PIERRE COMBESCOT

# *Les Filles du Calvaire*

ROMAN



GRASSET

La rue ainsi que le boulevard des Filles-du-Calvaire tirent leur nom du couvent d'une congrégation fondée par le père Joseph, l'éminence grise du cardinal de Richelieu, lequel déplorait l'absence d'un ordre religieux pour honorer la Vierge pleurant le Christ en croix. Ce couvent s'étendait le long de la rue de Turenne depuis la rue du Pont-aux-Choux jusqu'à celle des Filles-du-Calvaire et par son jardin, également, jusqu'au boulevard. Il y a une vingtaine d'années, Madame Lucie Faure publiait également sous ce titre un excellent roman.

P.C.

# LES FILLES DU CALVAIRE

*Pierre Combescot est né à Limoges. Après des études universitaires à Paris et à Munich, il a travaillé dans l'édition. A publié une biographie de Louis II de Bavière (Lattès, 1973) et un roman,* Le Chevalier du crépuscule *(Lattès, 1975) inspiré par le personnage de Frédéric II de Sicile. Rédacteur aux* Nouvelles littéraires *entre 1975 et 1982, aujourd'hui il collabore à* L'Express *et au* Canard enchaîné *dont il est le critique musical.*
*Son roman,* Les Funérailles de la Sardine, *a obtenu le prix Médicis 1986 et* Les Filles du Calvaire, *le prix Goncourt 1991.*

Juive de Tunis, petite-fille d'Emma, qui alimenta jadis la chronique de La Goulette, Rachel Aboulafia, devenue Madame Maud, trône derrière le comptoir du bistrot des Trapézistes, aux Filles-du-Calvaire. Rousse pulpeuse, elle règne sur le petit monde interlope où se côtoient artistes du Cirque d'Hiver voisin, souteneurs, prostitués des deux sexes, rabbins et danseuses nues, bouchers et mercières, professeurs de danse russes et flics de la mondaine. Dans cette peinture du Paris clandestin et grouillant des hors-la-loi et des paumés, Pierre Combescot ressuscite le grand roman du XIX^e^ siècle, non sans le moderniser radicalement grâce à un déploiement fastueux de virtuosité baroque. Epopée picaresque, dont la parabole secrète s'inspire du mythe de Parsifal, mais qui se lit d'abord comme une suite d'aventures merveilleuses, de trouvailles cocasses, d'images insolites, *Les Filles du Calvaire* est le livre de la maturité du plus imaginatif de nos romanciers.

## DU MÊME AUTEUR

LOUIS II DE BAVIÈRE, biographie,
Éditions spéciales, 1973.

LES CHEVALIERS DU CRÉPUSCULE, roman,
J.-C. Lattès, 1975.

LES FUNÉRAILLES DE LA SARDINE, roman,
Grasset, 1986. *(Prix Médicis.)*

*À Zizi*
*À Etiemble, à Dominique Fernandez, à Jean Lafont*
*et à Kiki*

Il se plaça entre les morts et les vivants.
Nombres, XVI, 47.

PREMIÈRE PARTIE

# *Aux Trapézistes*

# 1

AU vrai, la chose ne fut jamais formellement établie. Après tant d'années, qui aurait l'idée de feuilleter de vieux calendriers pour le plaisir de vérifier une date oubliée ? En outre, si d'aventure celle-ci se révélait inexacte, cette découverte aurait pour conséquence immédiate de détruire l'étonnant ouvrage du hasard, lequel, si l'on y songe, souligne encore mieux l'évidence de ce jour comme le seul propice au dénouement d'une affaire dont peu, certes, se souviennent, mais qui, à l'époque, avait bouleversé le quartier et, bien au-delà, fait sentir ses effets jusqu'aux Enfants-Rouges et dans la synagogue de la rue Pavée, tant la figure de Madame Maud avait su acquérir en quelques décennies cette sorte de popularité, défiant les frontières artificielles des avenues et des boulevards dans un Paris où, généralement, chacun s'entend à ne voir pas plus loin que le coin de sa rue. En fait, il y eut plusieurs « affaires » qui, si embrouillées fussent-elles, finirent cependant par n'en former qu'une seule dans l'esprit populaire, puisque toutes les pistes menaient à une même personne. Ce fut également, si l'on s'en souvient, ce jour où la presse, de droite comme de gauche, unanime quant aux éloges, annonça le décès brutal de l'académicien Thierry Le Cailar-Dubreuil, l'auteur célèbre de *La Vie inquiète de Judas Iscariote.* Toutefois, doit-on l'avouer, ni la renommée de l'écrivain, ni même son passé de collabo depuis longtemps oublié, n'agitèrent les rédactions, mais plutôt sa mort, hautement suspecte, dans un claque de la rue Rochechouart, au numéro 76, immeuble où jadis avait été arrêté Henri Désiré Landru.

Oui, le vendredi saint, cette année-là, tomba un vendredi 13. Or ce fut ce jour-là que choisirent ces messieurs de la Mondaine pour effectuer une descente aux Filles-du-Calvaire afin d'y coffrer la patronne des Trapézistes, un café-tabac sans importance, à la façade verte un peu écaillée, à présent disparu, comme anéanti après les événements, et qui se situait à l'angle de la rue Amelot et du boulevard, à l'emplacement de l'actuel Crédit Foncier, sur le côté gauche lorsqu'on regarde le Cirque d'Hiver. A l'époque s'y était formée une sorte de clique sous la houlette de Madame Maud qui, du haut de son comptoir-caisse, y entretenait une atmosphère bon enfant. Il s'y échangeait, dans un brouhaha continuel, des rogatons d'idées tronquées comme il arrive souvent dans ce genre d'endroit. On y côtoyait l'artiste du cirque qui, la représentation terminée, n'avait qu'à traverser la rue pour s'en jeter un dernier, ainsi que le mauvais garçon à ne confondre en aucun cas avec le vulgaire «alphonse» qui, lui aussi, de temps à autre, débarquait de la rue de Lappe, le croco clignotant aux pieds et la cravate bariolée, pour s'accouder au zinc où, la cibiche au bec, avec cet air de demi-sel mal débarbouillé, il vous débinait devant un pastis sa dernière acquisition, une américaine qu'on apercevait par la vitre, échouée sur le trottoir d'en face, le capot relevé, ruminant sa panne de bougie de tous ses chromes flambant neufs. Il y avait également de vieux habitués, pour la plupart des retraités frileux qui, à heure fixe, rappliquaient pour l'apéro; parmi eux un gros type flasque, d'une familiarité gênante. Toujours accoudé au bar, il ponctuait les scènes de commentaires absurdes. Comme il se mêlait de tout, on l'avait appelé «le Professeur». Par la suite, on lui inventa un passé de proviseur au lycée Charlemagne. Avec le temps on lui avait donné du grade.

Les jours de pluie, c'était réglé comme du papier à musique, la grande Rolande, l'une des dernières des échassières du boulevard, trouvait refuge à une table près de la fenêtre d'où, derrière les brise-bise en macramé jauni par la fumée, elle guettait le client, tout en sirotant un petit blanc gommé. On y rencontrait également de ces gens qu'on voit tous les jours, dont on serre la main, avec qui l'on boit ou l'on couche éventuellement, et qui sont comme morts.

A l'écart, afin de mieux faire sentir qu'ils n'appartenaient pas au même monde, s'attablaient parfois certains de la bande aux Poignardeurs. On les avait surnommés ainsi car ils avaient la rallonge rapide quand on les chauffait de trop près. On leur prêtait généreusement quelques coups fumants dont ils n'étaient pas toujours innocents. Ainsi les soupçonna-t-on du fric-frac de l'avenue de Messine, chez la veuve du banquier Cain-Machenoir, laquelle fut entièrement délestée de ses dorures alors qu'elle bambochait avec son amant, une jeunesse de vingt berges. La vieille, qui aimait en tout le solide et le répondant, s'était fait refiler le gigue par une maquerelle de sa connaissance du temps où elle était fille nue à Tabarin. Par la suite, la gouape ne fut jamais inquiétée bien que la police eût les preuves formelles qu'il appartenait à la bande qui avait monté le coup. D'évidence il avait un ange gardien à la Criminelle. L'affaire fut étouffée avec l'accord de la veuve qui préféra faire une croix sur son diam — vingt-six carats, taille marquise et jonquille de surcroît — plutôt que d'entendre dans le prétoire ses débordements jetés à tous vents, ainsi que son âge.

Les Poignardeurs étaient des petits gars juteux qui possédaient le sens inné du beau geste, dût-il être criminel. Ils en étalaient, fringués d'alpagas romantiques. On les reconnaissait à leurs coiffures gominées. L'après-midi, ils traînaient dans les guinches du quartier où certains se défonçaient au saxo sous l'œil éteint des rombières en dérive d'amour. Personne n'eût su dire quand, ni comment ils étaient arrivés aux Filles-du-Calvaire. C'était ni plus ni moins une de ces bandes dont Paris possède le secret, qui vont, viennent et s'évanouissent pour mieux resurgir. Ils exprimaient la lutte sourde des faubourgs. Souvent ils se battaient sans savoir pourquoi ; pour des motifs mystérieux qui les dépassaient ; pour un regard, un rire, une mauvaise plaisanterie ; pour un amour, sait-on, vieux de plusieurs siècles. Ils avaient leur jargon ; un parler souple et imagé où chaque mot recelait un parfum d'aventure. En reprenant à leur compte l'arpion des indics et des vaches et la bigorne du petit poisseux des fortifs, ils perpétuaient, sans s'en douter, la tradition de la langue verte. Ainsi étaient-ils devenus l'ultime maillon d'une chaîne qui les reliait à travers les siècles aux Coquillards, aux Drilles et aussi à tous ces poètes de mauvaise fortune comme ce Claude Le Petit, sodomite patenté, qui fut brûlé pour un poème fort «zobain», à la gloire du cul de son amant.

Certains faisaient garçon de piste au Cirque, et les plus doués l'acrobate. La nuit, le spectacle terminé, ils s'emparaient des hauteurs du chapiteau et, de trapèze en trapèze, bondissaient vers un ciel de cordages. C'était leur façon de se dégourdir et aussi de calmer l'orage qui grondait en eux. Ils recherchaient dans ces envolées silencieuses et clandestines la courbe idéale, de la même façon qu'ils s'assuraient dans leur parler du mot juste, de l'adjectif qui ferait mouche. Par jeu, ils étaient devenus des perfectionnistes. Ainsi avaient-ils l'impression d'atteindre à cette fortune indécise, état fragile que l'on n'obtient généralement qu'au gré du hasard et de la fantaisie. C'étaient en tous points des artistes. Ils en possédaient même l'inquiétude. Ils pressentaient, en effet, que la destinée qui était la leur, venant de rien, menant à rien — encore que par instants ils eussent confusément l'intuition d'être les dépositaires de vies inachevées dont ils reprenaient à leur compte, par certains gestes qui leur échappaient, le destin interrompu, lequel sans eux n'eût été que pet de veau mort-né —, ils avaient deviné, donc, que leur vie, certes singulière, quoique collective, n'échapperait aux distractions du temps que dans la mesure où ils sauraient par un détail fastueux ou cruel, en tout cas surprenant, allumer l'imagination du chroniqueur à venir, qui ne manquerait pas de les faire rebondir dans l'éternité d'une légende violente, au pire une ballade pour mauvais garçons.

Ces malfrats magnifiques, bijoutiers du clair de lune, hardés comme des rois, avaient, tout en maraudant sournoisement le bitume, le sens inné de l'histoire; de ces choses mortes qui influencent les vivants. Ils rêvaient leurs aventures dans le cadre étroit et banal de la vie moderne qui avait vu disparaître le mystère des bars de Belleville et des troquets des Batignolles.

A les voir assis à l'écart avec leurs mines languides de petits crevés, sirotant l'air ennuyé, comme revenus de tout, leur gazeuse d'une paille, le pékin entré par hasard dans le café ne se serait certes pas un instant douté qu'il se trouvait en présence d'un spécimen de marloupins infiniment dangereux. Ils traînaient parfois à leurs trousses des greluches qu'ils nommaient dans leur jargon, avec cette ostentation un peu méprisante que se doit d'afficher le petit dur pour ce qui touche à la gent femelle, leurs « bousines ». Probablement par extension de ce qu'ils appelaient « le dortoir aux vaches », un squat assez mystérieux du côté du Chemin-Vert où ils créchaient et où jamais personne ne s'était aventuré sans se retrouver lardé de coups de couteau. A moins que ce ne fût tout simplement à cause de la couleur de cheveux « queue de vache » qu'arboraient uniformément ces garçailles bottées jusqu'aux cuisses et toujours en grande peau. C'étaient, en effet, des rouquines artificielles dont la coiffure toute pleine de chichis, remontée par le devant et retenue par des peignes, leur donnait l'air — pour ceux qui connurent cette époque — de la jolie petite madame sous l'Occupation. Elles formaient comme un escadron. Pour les plus informés, ou qui voulaient le paraître, elles obéissaient à une mère maquerelle qui les envoyait faire la retape en grand dans les beaux quartiers. C'est de cette manière, à ce qu'on racontait — mais que ne racontait-on pas aux Trapézistes à l'heure où le pastis délie les langues —, que la bande se rencardait sur des coups juteux.

Pour un œil averti, la coiffure artistique des bousines n'était en fait qu'une variation assez simplifiée de celle qu'arborait Madame Maud qui semblait ne s'être jamais résignée à abandonner le remarquable édifice capillaire qu'elle avait jadis adopté et qui, en dépit des ravages du temps, lui conservait un air un peu garce, à la Ginette Leclerc. S'étant épaissie au fil des ans, la jolie peau de vache avait fini par se transformer en une imposante matrone, acagnardée dans une mauvaise graisse que mettait en valeur un boléro couleur framboise écrasée, tricoté au point mousse dans une laine angora. Ainsi tronquée derrière sa caisse, le cheveu flamme, la face camuse avec cet air absent que renforçait un sourire énigmatique comme épinglé une fois pour toutes sur son visage, on eût dit, avec ses sourcils épilés et retracés plus haut sur le front au crayon gras et ses paupières d'iguane taciturne noircies de khôl, une pythonisse de foire privée de sa boule de verre.

Jusqu'à ce vendredi 13 où la nouvelle de son arrestation éclata comme une bombe aux Filles-du-Calvaire, alors que dans la presse à peine quelques entrefilets évoquaient à mots couverts le scandale des « Fausses communiantes », trafic qui aurait eu lieu du côté de Barbès-Rochechouart, laissant cependant filtrer quelques détails pour émoustiller l'imagination du lecteur sans pour autant qu'on pût établir un rapprochement entre la grande perte que venaient de subir ce jour même les Lettres françaises et ce trafic de virginité — oui ! jusqu'à ce jour, ô combien mémorable, personne, non vraiment jamais personne, n'avait aperçu de la patronne des Trapézistes autre chose que son buste. Ainsi comprend-on mieux à présent l'étonnement de la petite fripouille qui, alors que la consternation était générale, s'était écriée dans un silence de mort, tandis qu'après avoir franchi le seuil du café où elle ne devait plus jamais revenir Madame Maud fendait la foule menottes aux poings : « Mais c'est qu'elle en avait une jolie paire de cannes, la vieille ! »

En effet, pour une fichue paire de jambes, c'en était une ! Et qui en avait vu, du paysage ! C'est évidemment à dessein — on le comprend mieux maintenant — qu'elle tint secrète durant presque trente ans cette partie de son anatomie, trop révélatrice à son goût d'un passé qui ne manquait certes ni de mystère ni de charme mais pour lequel, sans aucun doute, elle eût dû rendre des comptes. Plus qu'à la société (d'ailleurs qu'avait-elle à craindre de celle-ci, elle qui avait dans sa manche de gros bonnets de la Préfecture où elle avait été jadis, disait-on, « donneuse » sous le sobriquet très suggestif de « la Raie » — sinon comment expliquer l'escamotage de son procès ?), c'était à elle-même qu'elle tentait, en dissimulant ses jambes, de cacher un secret. Un de ces actes irréparables qui, pour celui qui en a commis un, semble se perpétuer éternellement, et que ni l'heure violette, ni le petit jour chargé d'espoir ne peuvent détourner, ne serait-ce que l'infime espace d'une poussière du temps. Un acte dont on est moins comptable envers les hommes qu'envers soi-même et qui, à la longue, finit par travestir une vie jusqu'à la dérision.

Ni jeune, ni vieille, en fait sans âge, Madame Maud, roulée en boule sur son passé pour n'en rien laisser transpirer, s'était dorloté une sorte d'oubli, s'absentant d'une partie d'elle-même. Encore que sa mémoire fût féroce : bien des années après, elle pouvait se souvenir de conversations tenues au comptoir et qui, répétées mot pour mot aux intéressés, les eussent plongés dans un grand embarras ; car pour eux la patronne, derrière sa caisse, avait toujours été un étrange objet trop assoupi pour s'intéresser à leurs magouilles.

Vespérale et mystérieuse, emmaillotée dans sa nuit obscure, et trônant telle une déité barbare sur sa cargaison de Gitanes, de Gauloises bleues, de Boyards papier maïs, de Celtiques, de Niñas et de Chiquitos, confortable dans sa graisse violacée, flambante de toute sa chevelure, son opulente poitrine posée à même la caisse comme un objet propitiatoire, ex-voto pour toutes les planches à pain et les femelles limandes du quartier, Madame Maud ressemblait à une sorte d'éponge vénéneuse prête à absorber les secrets les plus intimes pour mieux tranquilliser le sien. Avec son air majestueux et paterne, presque bonasse, la patronne n'était en fin de compte qu'une nymphe vampirique qui s'introduisait, par le biais d'une conversation surprise, dans l'âme même des clients pour y rechercher le reflet de ce qui la minait et y puiser, du même coup, on ne sait quoi qui eût pu constituer comme le début d'une raison de vivre. L'espoir tout simplement, peut-être, de se rédimer. Pour l'heure, elle régnait sur un monde de potins, de galéjades, d'arnaques, d'entourloupes à la petite semaine. Les saisons, les années avaient passé, et elle était demeurée immuable, âme violente et perdue, venue se poser dans ce coin de quartier ; et personne n'eût pu dire quand, ni comment — depuis toujours peut-être, comme au-delà de la mort, semblable à cette figure du tarot qu'on nomme « Bella donna » ou encore la Dame des passes critiques. Et bien évidemment, jamais personne n'avait eu l'idée, tant était fort son enchantement, de se demander si cette sirène de bistrot avait des guibolles. Au reste, elle s'était bien gardée de les montrer. Néanmoins elle avait l'habitude de porter (ne s'étant jamais faite à la mode du nylon) des bas de soie à couture dont elle prenait le plus grand soin, les apportant, dès qu'il s'en trouvait un de filé, chez une remailleuse en haut de la rue des Martyrs, lors de ses absences hebdomadaires du vendredi. « Mon jour de panouille où je cachetonne ailleurs », comme elle disait dès la veille dans un jargon qui sentait son ancienne théâtreuse, pour préparer sa sortie et s'excuser auprès de ses fidèles de son absence. Ses jambes recelaient le parfum d'une époque révolue qui, humé par un de ces vieux marcheurs boulevardiers impénitents — race aujourd'hui complètement disparue, mais dont il existait encore quelques rares spécimens aux Trapézistes —, n'eût pas manqué de le mettre sur la piste d'une ancienne danseuse de Tabarin au temps de la Joyeuse Collaboration. Cependant, ces jambes admirables que le quartier découvrit avec stupéfaction le jour de son arrestation ont rejoint elles aussi, avec le temps, l'anonymat de l'oubli. Car s'il existe une mémoire collective, c'est bien derrière sa caisse, le corps tronqué, surmonté de sa formidable coiffure, qu'on se souviendra de Madame Maud Boulafière. C'est ainsi qu'elle se nommait ; du moins c'était le nom inscrit sur les papiers que lui avait délivrés un commissaire marron de la Préfecture surnommé « le Chinois » qui passait, à ce qu'on raconta par la suite, pour lui avoir sauvé la mise à la Libération. Mais à dire vrai personne ne la connaissait sous ce nom. Pour le quartier, c'était Madame Maud ou tout simplement la Maud ; ou encore Maud Florelle à cause d'un mariage secret qu'on lui prêtait avec André Florelle, son commis, dit Monsieur Dédé. Ce n'est que quand tout fut terminé que ceux du quartier apprirent, et encore par des ragots provenant de Pigalle, de Barbès et du haut des Martyrs, le nom ainsi que la vraie nature de celle qui durant tant d'années n'avait cessé à la fois de les charmer et de les inquiéter. En effet, alors même qu'elle régnait aux Trapézistes, une main de Fatma entre les seins, déjà, sur les contreforts de Montmartre, chez les macs, les filles, les petits bougnoules et les anciennes tenancières de bobinards reconverties dans la limonade, la Boulafière était devenue le personnage central d'une geste aussi criminelle qu'infamante. Cette notoriété que seuls confèrent les bas-fonds dans un Paris toujours énervé de sang n'avait, étrangement, jamais transpiré jusqu'aux Filles-du-Calvaire. Madame Maud, il est vrai, avait su cloisonner ses différents pôles d'activités. Entretenir l'équivoque dont dépendait à la fois sa survie et sa tranquillité était devenu un réflexe naturel ; sans doute la conséquence de ce qu'elle s'était aliénée à elle-même pour mieux s'approprier le destin des autres et, ainsi, en devenant multiple, mieux s'oublier.

Ce n'est pas qu'on ne se fût jamais posé quelques questions à son sujet, mais son charme était tel qu'il muselait dans l'instant les plus curieux.

Pour être tout à fait objectif, il faut avouer que, sur la fin, elle s'était attiré quelques bonnes inimitiés. De ces jalousies dont la veuve Roubichou, mercière de la rue Oberkampf qui, elle, l'avait toujours eue dans le nez, surtout depuis l'affaire des bas de soie, sut tirer avantage. En y repensant, il se pourrait bien que ce fût cette sauterelle qui causa sa chute ainsi que tout le pastis qui s'ensuivit.

Et voici comme.

## 2

Madame Maud, nous l'avons vu, ne supportait à ses jambes que des bas de soie. Luxe insolite pour une limonadière, qui plus est, en un temps où les murs de la capitale se couvraient d'affiches vantant les mérites du bas Chesterfield. Pour extravagante que puisse paraître aujourd'hui cette bizarrerie, elle n'avait pourtant rien d'ostentatoire puisque Madame Maud était seule à en jouir, du moins aux Filles-du-Calvaire.

Ainsi, au petit matin, dans la lumière incertaine du jour qui allait s'imposer une nouvelle fois à elle avec toute l'amertume d'une souffrance ressentie comme injuste, mais cependant déjà sur son trente et un, pomponnée, l'accroche-cœur brillantiné, prête d'évidence à faire face, et n'attendant que les trois coups — à savoir que Monsieur Dédé eût relevé dans un bruit de tonnerre le rideau à la manivelle — pour gagner son perchoir par un escalier en colimaçon qui menait directement de son «privé» situé à l'entresol, dans le café, elle s'approchait avec précaution d'une psyché ornée d'angelots en guirlande, vieux reste d'un mobilier de maison close. Après avoir vérifié son maquillage avec le soin d'une actrice qui va entrer en scène, elle reculait et, toujours face à la glace, bien campée sur ses deux jambes, elle relevait d'un geste brusque, comme on tire un rideau, sa jupe jusqu'à mi-cuisse.

Entre la lisière du bas et la jarretelle, dessinée délicatement comme une langue de chat, apparaissait un bout de chair rose. Madame Maud demeurait en extase, comme étonnée de ce que cette partie de son corps sur laquelle son gros torse boudiné semblait être venu incongrûment se poser pût lui appartenir. Ses jambes vivaient d'une vie autonome. Ainsi, chaque matin, s'éblouissait-elle de ce qui demeurait encore intact d'une jeunesse qui depuis longtemps l'avait fuie. Face à son miroir, elle avait trouvé un moyen de se souvenir, en évitant de se retourner sur un passé qui l'eût, comme la femme de Loth, changée en statue de sel. Elle se rappelait ce qu'elle avait été et aussi ce qu'elle était devenue en se demandant si le jour qui pointait derrière les volets n'allait pas amener enfin celui qu'elle attendait pour la délivrer de son enchantement et, du même coup, racheter ce destin qui, si accablant qu'il lui parût, lui semblait bien en valoir un autre. Lorsque le jour au-dehors commençait à devenir plus impérieux et que, d'indécise, la lumière qui baignait jusque-là la chambre prenait un tour cruel, ne laissant au miroir plus aucune zone d'ombre, Madame Maud brisait d'elle-même le charme qui déjà l'entraînait vers un monde illusoire où la vie peu à peu s'animait, devenait fatalité ; où elle prenait des engagements, retrouvait des habitudes, loin de cet univers de la faute dont elle cherchait à se soustraire. Il lui arrivait même d'envisager la mort pour sauver ce qui était encore sauvable d'un passé dont elle semblait seule souveraine. C'est alors qu'elle prenait son image à partie :

« Rachel, ma fille ! Quelle vieille peau de youpine tu fais là ! Le Seigneur a dit : tu ne museleras pas le bœuf quand il foule le blé. Et pourtant, toi la rouquine, ils auraient bien dû t'abattre dès que tu commenças à vagir ; au lieu de te racheter comme chaque premier-né. Liée et zigouillée ! et pas question de faire un tour de passe-passe avec un vieux mouton dont Yahvé lui-même n'aurait pas voulu pour son méchoui ni de balancer ce petit bougnoule d'archange pour retenir la main armée du surin. Mais alors, quelle perte immense c'eût été pour le music-hall ! Parce que c'est vrai, une paire de gambettes comme celles-ci, elles peuvent se les accrocher, les filles de Sion ! Et tout le tintouin du chophar à la nouvelle lune, et les douze tribus, et le branle-bas de la synagogue n'y auraient rien pu changer. D'ailleurs, cette salope de frangine, fallait pas lui faire un dessin : elle avait tout de suite compris qu'il y avait là un filon à exploiter. Tu parles d'une garce ! Déjà dans le ventre de la mama, elle voulait me les chouraver, mes quilles. Ça, pas pour dire, elle me lâchait pas. Elle s'accrochait à mon talon et elle tirait, tirait, pour m'empêcher de sortir, aussi vrai que l'Éternel a dit que les méchants sont fourvoyés dès leur présence dans le sein de la mère. Et le ramdam qu'elle menait : kleine Mamélé, couinait-elle avec cet accent de la choule qu'elle s'attrapa plus tard à la rue Pavée — car n'est-il pas dit que le Seigneur nous connaît avant qu'il nous ait formés... Kleine Mamélé... et elle remettait ça de plus belle car elle pensait sans doute déjà, cette connasse, que ça fait chic de nasiller comme toute cette chiée de tailleurs polonais, tous ces trous duc' d'ashkénazes ! Mamélé, pourquoi Rachel a des jambes plus jolies que les miennes ? Faut dire aussi qu'elle n'était pas gâtée avec ses poteaux, cette garnie en croupe... »

Ici, parfois, elle s'interrompait pour réfléchir, peut-être sur l'iniquité de cette prédestination, puis se détournant du miroir, elle laissait entendre comme une plainte : « La perdition et la mort dirent : nous avons entendu parler d'elle... » Mais le plus souvent elle revenait sur cette sœur dont le destin l'avait gratifiée et qui semblait lui être comme une épine dans le pied ; ou encore à cet ange bougnoule qui avait retenu le couteau et permis au rabbin de sortir le sien pour accomplir l'alliance de la chair.

« Oh ! comme il est rouge votre enfant, madame Léa ! Comme il est rouge... Mais il n'y a rien à couper. Il n'y a pas de prépuce. Ce n'est pas un garçon. Si c'est une fille, la chose n'est pas de mon ressort... A moins que ce ne soit une créature de Lilith. »

Alors elle se mettait à crier face au miroir et pour un peu elle en eût brisé la glace : « Saleté de rabbin ! Saleté de rabbin ! Tout est bien de ta faute ! C'est toi qui m'as placée entre les vivants et les morts ; et pourtant l'ange avait retenu ta main, car sinon qui eût pu dire s'il est venu ou s'il viendra encore... Ah ! la chienne de vie ! Mais ça suffit comme ça, allez, rideau ma fille ! »

Et sur ces dernières paroles, elle laissait retomber sa jupe. L'instant d'après, alors que Monsieur Dédé branchait déjà la pression et tirait la première mousse de la matinée, Madame Maud se trouvait à sa caisse, l'œil mi-clos, somnolente et maternelle, prête à couver sa journée, cependant, sans toutefois oublier de laisser tomber de temps à autre de sa grosse bouche carminée, pour bien montrer qu'elle tenait la situation en main, quelques franches saillies qui feraient se tire-bouchonner une clientèle qui lui était déjà tout acquise.

En dépit du soin qu'elle apportait à ses bas de soie, le stock qu'elle possédait finissait par s'épuiser; il lui fallait le renouveler. C'était, chez elle, devenu une véritable obsession, presque une superstition. Ces bas lui étaient comme une seconde peau sans laquelle elle n'aurait su continuer à vivre.

L'article s'était fait rare et dans le cas de Madame Maud était quasiment introuvable puisqu'en dépit de sa corpulence elle utilisait la taille numéro «un» dans une couleur fumée passée de mode, que l'on nommait «gazelle». C'est alors que tomba à point nommé la mercière de la rue Oberkampf, Mme Henriette Roubichou, veuve de M. Amédée Roubichou.

La première fois que la mercière fit irruption dans le tabac pour s'approvisionner en «gros cul», le plus vulgaire caporal de la SEITA, Madame Maud eut un éblouissement. C'était bien celle qu'elle espérait, il n'y avait pas à se tromper. A la voir ainsi s'approcher, trotte-menu, l'air propre et récuré, et la conscience rincée, gantée de filoselle et coiffée d'un toupignard façon «tonkinois», qu'agrémentaient deux bouquets de violettes sur lesquels planait une voilette mauve, ou comme on disait alors : demi-deuil, la patronne fut saisie de cet irrésistible désir qui vient aux petites filles l'été, dans les hautes herbes, quand elles attrapent une sauterelle. Elle eut envie de lui arracher les pattes. Cependant, quand elle eut sous le nez ce visage sec et fripé qui transpirait une rancune tenace contre la vie et qu'elle eut croisé ces deux petits yeux durs et fuyants, elle comprit aussitôt le parti qu'elle allait en tirer.

«Tiens v'là l'aubaine! A cette sauterelle-là, avec ses airs de rosière, je vais lui apprendre à vivre! C'est-y pas vrai qu'on va se faire un petit bout de chemin ensemble, ma mignonne?» Comme une personne qui rêve tout haut, Madame Maud avait, dans son excitation, laissé échapper les derniers mots. Et ce «ma mignonne» vint résonner comme un coup de gong aux oreilles de la mercière qui n'était pas habituée à tant de familiarité, surtout de la part d'une personne qui lui semblait bien au-dessous de sa condition. Elle grimpa aussitôt sur ses ergots, c'est-à-dire sur la pointe des pieds, pour mieux envisager cette formidable créature qui, rayonnante, le sourire énigmatique, à vrai dire la bouche en cul de poule, la surplombait. Ce n'est qu'après avoir retiré ses gants et relevé de ses doigts gothiques sa voilette qu'elle lança d'un ton aigre : « Vous disiez ?

— Moi ? Mais rien, chère petite madame. Je rêvais...

— Bon. Alors si c'est comme cela, donnez-moi six paquets de votre gros gris. Vous y ajouterez une boîte d'allumettes et aussi un paquet de cure-pipes... »

Remarquant que la patronne était demeurée le crayon levé, prête à compléter la liste de la commande, la Roubichou laissa tomber : « C'est tout pour aujourd'hui. »

Cet « aujourd'hui » renfermait des assurances sur l'avenir qui charmèrent Madame Maud. Il lui sembla, cependant, qu'il était temps de lui infliger ce qu'elle nommait, selon une expression tauromachique, « les passes de châtiment » : des figures sèches et peu brillantes auxquelles se livre le matador pour contraindre une bête mal commode. Les violettes, les bas de deuil, le crêpe mauve et ostentatoire, en plus de tout ce qu'elle savait déjà d'elle, lui firent entrevoir par où il fallait amener l'animal à la pique.

« Votre mari est, à ce que je vois, un grand fumeur de pipe ? » Et, sans attendre que l'autre se rebiffe sous le coup, elle poursuivit :

« Vous devriez un jour lui faire goûter de ce tabac-ci... C'est du hollandais, légèrement opiacé... C'est pas que je veuille vous pousser à la consommation, mais je sais ce que c'est que l'odeur d'une pipe dans un appartement, et ce tabac-là c'est vraiment comme du parfum...

— Je suis veuve, madame. Et si j'achète du tabac c'est pour le fumer et entretenir ainsi le souvenir de mon mari, qui aimait le costaud et pas du parfum pour demoiselle...

— Veuve ? Vous êtes veuve. Mais voyez-vous donc cela ! Savez-vous bien, madame, que c'est un état charmant ? J'en connais plus d'une qui vous envierait. »

Et, se tournant vers Monsieur Dédé qui s'affairait à son percolateur, elle lança : « Tu entends, Dédé, madame est veuve. Et je lui disais la chance qu'elle a... N'est-ce pas, hein ! dis, qu'elle en a de la chance ? » Monsieur Dédé, tout à sa machine, acquiesça d'un signe de tête.

« Tenez, vous voyez ce que je vous disais... Une fichue veine ! Mais ce veuvage est récent si j'en juge par vos voiles...

— Cinq ans. Oui, cela fera bientôt cinq ans que M. Roubichou s'est fait la malle... Pardon. Je voulais dire que la maladie l'a emporté. Oui, hop! comme cela, porte de Montempoivre.

— Porte de Montempoivre, s'écria Madame Maud ravie de pouvoir lui planter sa première banderille. Mais que pouvait-il bien faire porte de Montempoivre?

— C'est bien ce que je me suis demandé moi-même. Surtout avec une valise pleine de mes plus rares dentelles... Mais c'est certain que c'était à la porte de Montempoivre et pas à une autre.

— Sans doute, sans doute...» fit Madame Maud d'un air lourdement entendu, puis elle ajouta après quelques instants de réflexion : « La porte de Montempoivre, parmi toutes les portes de la capitale, est l'une des plus malsaines. Le bois de Vincennes, la proximité du lac Daumesnil, Saint-Mandé... rien que d'y penser... Tenez, voyez vous-même (ici, la patronne projeta sous le nez de la mercière, dans un cliquetis de bracelets, une sorte de jambonneau en guise d'avant-bras) : j'en ai la chair de poule. Tous ces pavillons et ces jardins avec leurs fuchsias et leurs bégonias et en septembre leurs dahlias et aussi les avoines et encore d'autres herbes funestes, ça sent déjà la cambrousse à vous faire éternuer. Et encore toutes les autres saloperies sur lesquelles je passe... les terrains vagues où le petit ferrailleur fait son beurre. Croyez-moi, sous les orties, les épaves des voitures ne dorment que d'un œil... je vous assure, là, on peut se choper n'importe quoi. Mais au fait, était-ce un virus?

— Non, un autobus, le 29, ligne Saint-Lazare-Bastille-Daumesnil-Montempoivre. Lâché à cent à l'heure, ça ne vous fait pas de cadeau. Comme une crêpe, aplati, et pas la moindre dentelle à sauver. Des Bailleul, des Valenciennes, et également un adorable point d'Espagne qui, pour un centimètre, vous laisse une ouvrière aveugle à vingt ans; toutes ces merveilles baignant dans le sang. Oui, déchirées toutes et aussi, crac! ratiboisé mon cher Amédée.»

Pour mieux dramatiser la situation et, sans doute, culpabiliser un peu plus la RATP sans qui elle eût été encore en possession de ses dentelles et accessoirement d'un époux, la mercière ouvrit une bouche de poisson et, en un bruit sec de casse-noisettes, fit claquer sa langue. «Oui, crac!», puis, rabattant sa voilette, comme pour dire que c'en était fini pour cette fois, elle rafla lestement la monnaie ainsi que les paquets de tabac qu'elle glissa dans un grand sac, et tourna les talons.

« Pauvre Amédée Roubichou, se dit en elle-même Madame Maud, à présent je comprends mieux tes abattements, tes tristesses soudaines... mais je te jure que je vais te la mettre à la redresse, ta gribiche ! »

Madame Maud venait de reprendre à son compte une histoire dont depuis longtemps elle connaissait les prémices et à laquelle elle allait, pour conclure, donner un tour bien personnel.

Sa résolution fut prise rapidement : elle allait mettre un peu de panique dans la vie de la mercière et compléter du même coup son stock de bas de soie. Car cette salope de Roubichou en avait fait baver au pauvre Amédée ; et Amédée c'était son pote depuis toujours !

Néanmoins, malgré une vengeance personnelle à exercer, et les commodités vestimentaires qu'elle en tirerait, on peut se demander après coup ce qui poussa la patronne à s'acoquiner avec une personne aussi médiocre. Sans doute avait-elle perçu dans l'existence mesquine de cette rance créature un solide fonds de méchanceté qui, exploité avec soin et amour, finirait bien par lui valoir quelques bonnes traîtrises dont on a toujours besoin pour accomplir un destin. Comme tous ceux qui sont saisis de ce vertige crépusculaire qu'est le perfectionnement de leur fin, Madame Maud traquait le fourbe qui l'aiderait au naufrage. Ce n'était point la mort dont il s'agissait. Madame Maud était bien trop vivante pour y penser. Mais encore qu'elle en eût grand-peur, elle la pressentait comme le détail d'une mort autrement plus grandiose, affluent d'un fleuve mystérieux dont elle ne connaissait ni la source et encore moins l'endroit où il se perdait. Autant dire qu'elle lui échappait.

Cependant, ayant aperçu comme une ombre d'infamie, bien enfouie sous les débris de cette terne existence de mercière de quartier, Madame Maud n'hésita pas un instant : elle allait équarrir cet être, s'en jouer et, d'une certaine manière, comme le diamant de sa gangue, en faire sortir le feu.

# 3

C'ÉTAIT un soir de canicule. Le boulevard s'était vidé, revêtu, dans le déclin du jour, d'une pâleur mortelle. L'asphalte qui avait emmagasiné la chaleur de la journée irradiait une lueur blanchâtre. Dans la nuit qui n'en finissait pas de venir, passait, de temps à autre, une voiture dont les pneus sur la chaussée provoquaient un bruit de sparadrap qu'on arrache. Quelques passants comme égarés prenaient le frais sous les marronniers; d'autres faisaient pisser leur chien. On était fin juillet et Paris était en vacances.

Madame Maud, du haut de sa caisse, fit un geste imperceptible à Monsieur Dédé qui aussitôt se mit à empiler les chaises de la terrasse pour décourager les clients attardés devant un dernier bock. Quand Monsieur Dédé commença à baisser le rideau de fer, la patronne avait déjà quitté son perchoir pour ses appartements.

C'est ce soir-là, en son privé, volets clos, que Madame Maud pondit, dans une lumière mystérieuse et rose, sa première lettre à la mercière de la rue Oberkampf qui allait, par la suite, l'entraîner à soutenir à plume masquée une correspondance de vingt ans.

A la voir penchée sur son bureau, enveloppée dans un ample peignoir japonais, le buste agité dans un mouvement d'avant en arrière, on eût dit qu'après avoir convoqué Michel, Gabriel, Raphaël et Ouriel, les archanges de la Kabbale, elle se livrait, dans ce balancement où le corps s'oublie, à quelques obscures pratiques, comme l'élaboration d'un talisman qui lui ouvrirait l'âme de celle dont elle s'était fait un devoir de subvertir le destin. Se tenant au bord de la feuille blanche, comme prête à s'envoler, un grand dragon en broderie rouge dans le dos, hésitante encore quant à la calligraphie à employer, mais fascinée par ce miroir de papier, ses yeux dont, le jour, elle tenait secret l'éclat jetaient des lueurs vertes de démone. Son travail nocturne avait commencé. En détournant le sens même des mots, en se jouant des lettres et des signes, en se plaçant au-delà du rituel de l'écriture, elle était devenue la noire obsession du kabbaliste : cette Lilith qui avait commencé sa carrière démoniaque comme compagne d'Adam avant de dispenser le lait vénéneux des songes afin de séduire le dormeur.

«Je vais te lui torcher une bafouille, à la punaise, qu'elle n'aura pas assez de ses deux mains, cette pincée du cul, pour éventer ses nuits chaudes, grogna-t-elle. C'est le curé de Saint-Ambroise qui va en faire des bonds de carpe dans son confessionnal quand elle viendra lui vider sa tinette. Je lui en ficherai de la porte de Montempoivre!...» Sur ce, elle déploya en un ample mouvement les manches de son peignoir et ce fut comme un battement d'ailes. Elle prit son envol et piqua sur la feuille vierge pour y tracer un «Chère madame». Elle recula ensuite pour s'assurer de l'effet. «Un simple Madame suffira pour une première lettre», se ravisa-t-elle. Elle prit une nouvelle feuille et, après avoir oscillé un instant, elle traça d'une main ferme un «Madame» qui laissait augurer de la suite.

C'est quasiment d'une traite qu'elle gratta sa missive par laquelle elle expliquait à la mercière qu'ayant eu jadis une vie fort parisienne, mais que, retirée depuis de longues années dans les rutabagas à cause d'un mariage qui avait, depuis, tourné court, elle se sentait seulette et comme coupée du monde; que le plus terrible était de ne pouvoir profiter des frivolités qu'offraient à la femme honnête les boutiques de la capitale; qu'une amie de passage, dont elle tairait le nom, lui avait recommandé la mercerie de la rue Oberkampf, et que c'était, ajoutait-elle, en désespoir de cause qu'elle s'adressait à elle dont la réputation de femme de goût était parvenue dans sa province. Ensuite, elle ourlait tout un conte de son mariage raté où le mari qu'elle se prêtait ressemblait comme un frère à l'adorable Amédée Roubichou. Elle réservait, cependant, pour une autre lettre la description de ses nuits où, abandonnée, elle cherchait de petits plaisirs solitaires, lui apportant à la fois le calme et le sommeil. Une description assez torride qui, pensait-elle, ne manquerait pas de faire s'écrier la mercière : « Ah ! la pauvre femme ! Elle aussi ! » Après cette parenthèse où, d'une phrase circonvolutive, elle donnait un aperçu assez cru de ce qu'avait été son calvaire matrimonial, elle revenait au sujet qui l'avait poussée à écrire, contre toute bienséance, à une inconnue qu'elle imaginait déjà, bien qu'elle n'eût su dire pourquoi, comme une amie : elle avait besoin de dessous féminins, en dentelle de préférence, pour donner quelques nervosités aux doigts d'un petit polisson rencontré depuis peu. Evidemment elle gardait pour une autre lettre le portrait de ce salopard qui n'aimait rien tant que lui déchirer ses culottes. Elle se livrait néanmoins à une longue énumération des dentelles qui allait de la « mignonnette » à la « roseline » en passant par la Malines, la Sedan, bref une vraie géographie au petit point d'où n'étaient exclues ni l'application d'Angleterre ni la guipure de Caen, et qui montrait une vraie connaissance. Évidemment, au cours de ces digressions, jamais ne furent mentionnés les mots de « petite culotte » dont la seule évocation eût mis en alerte la mercière et fait échouer l'énorme bateau qu'elle lui montait. Dans le dernier paragraphe, elle la priait de lui faire connaître sa réponse à la poste restante du bureau de la rue Hippolyte-Lebas, presque au coin de la rue des Martyrs, où une amie se chargeait de relever son courrier chaque semaine et de le lui apporter car avec ces grèves perlées, le facteur toujours entre deux vins, rien n'était plus hasardeux que la poste par ces temps-ci.

Ce n'est qu'en post-scriptum qu'elle lui demandait, si d'aventure elle en possédait encore en magasin, d'ajouter quelques paires de bas de soie à couture, de taille « un » et de couleur « gazelle ».

La lettre, signée : Rachel Aboulafia, était si bien tournée, avec un sens parfaitement mesuré du crescendo, que la mercière, esprit pourtant soupçonneux, toujours prêt à débusquer une ombre à son plaisir, goba l'appât et n'attendit pas la seconde lettre pour s'écrier « Ah ! la pauvre femme ! Elle aussi ! »

La passion des dentelles qu'elles partageaient avait fait entrevoir à la mercière ce qu'elle recherchait depuis toujours, une âme sœur. Un être en détresse qui lui demandait secours, qui l'appelait, qui criait vers elle. Et ce cri retentissait d'autant plus fort que Madame Maud avait pris soin de rédiger sa lettre dans un style qui tenait à la fois de *Confidences* et de *Rêves*, les deux magazines qui, si on y ajoutait *Détective*, étaient les lectures préférées de la mercière.

Maintenant, il est fort probable que partant d'une allusion vague, motif à broder que lui avait pernicieusement jeté Madame Maud, la Roubichou avait imaginé d'elle-même la forme et la couleur à donner à cette petite culotte qu'elle évoqua sans gêne aucune dans sa réponse.

En effet, la nuit qui suivit la réception de cette première lettre, elle ressentit par tout son être une chaude effusion. Elle eut comme un accès de fièvre et se laissa porter par la volupté qui l'envahissait, sans refuser la main secourable. Son grand corps maigre frémit, se tendit, et se rendit. Elle avait, enfin, trouvé dans la soumission à une inconnue un but, une raison à son existence qui en manquait singulièrement. Au fond d'elle-même — c'est ce qu'en fin limier avait tout de suite senti Maud — elle était prête depuis longtemps à accueillir n'importe quel impératif de rencontre.

Le vendredi suivant, Madame Maud se rendit à la poste de la rue Hippolyte-Lebas. Elle y trouva un paquet qui renfermait une dizaine de paires de bas ainsi qu'une lettre ; celle-ci dépassait de loin ses espérances. La lettre était interminable. Une âme qui s'ouvre pour la première fois est toujours diserte. Chaque ligne était imprégnée de solitude et fleurait la frustration. « Peuh ! C'est à vomir ! Cela sent sa vieille gousse ! » s'écria Madame Maud en secouant les feuilles de papier jauni comme si elle avait voulu y faire circuler l'air entre les paragraphes.

La mercière lui révélait tout à trac sa vie, ses espoirs de jeune fille, ses désillusions de femme. Et ces nuits où, écoutant la sarabande que menaient les chats dans la gouttière, elle demeurait sur le dos, échouée parmi ses illusions au milieu du grand lit, blanche hostie refusée. « ...Et il dormait comme si je n'existais pas, comme si je n'avais jamais existé, ses petites fesses glabres et bombées tournées vers moi, offertes quasiment, comme s'il n'avait rien à craindre... comme si aucun désir ne pouvait m'animer. Pour mieux montrer son indifférence, son mépris peut-être, il ronflait ; et son corps à chaque inspiration semblait, telle une fleur, s'épanouir... »

« Merde, alors ! Ça, c'est du torché ! Mais la punaise, elle se la serait bien fait renifler, la fleurette ! » s'esclaffa Madame Maud que ce mélange de transpiration, de cuisses chaudes, d'odeur de sacristie, avait jetée au bord de la nausée.

Venait ensuite une description digne des pages de *Rêves*. Sous la plume de la mercière, le pâle M. Roubichou se transformait au fil des paragraphes en une sorte de jeune pâtre que son sommeil profond égalait aux mortels jadis aimés des dieux. Le morceau de bravoure de cette première épître demeurait, cependant, dans une version moins rapide mais surtout plus fidèle à la réalité, ce que tout le quartier, de Bastille à République, connaissait comme « la porte de Montempoivre à la Roubichou ». La RATP n'y jouait plus le rôle de l'aveugle fatalité, lançant ses autobus sur le pauvre Amédée Roubichou comme Diane ses chiens après Actéon. Il ne s'agissait plus d'un simple écrabouillage, banal accident de la circulation auquel, à dire vrai, personne dans le quartier n'avait vraiment cru, mais d'une sordide histoire de dentelles volées.

« Elle n'est pas encore tout à fait mûre, s'était dit Madame Maud, quelque peu affolée par cette rage qu'elle sentait chez la mercière de tout vouloir dire. Il va me falloir la lester un peu sinon elle va me filer entre les doigts avec toute son histoire et ce ne serait pas de jeu. A ce train-là, encore deux ou trois lettres de cette farine et nous touchons au but à moins que je ne la fasse se cabrer... »

Madame Maud prit donc son temps avant d'accuser bonne réception du colis par un mandat auquel elle joignit également une lettre. D'une écriture resserrée sur elle-même afin de mieux jouer de l'ombre et de la lumière, ainsi qu'en un verset de la Thora où la ligne écrite soudain se fait nuit et abîmes, elle confiait à la mercière, dans un frissonnement de pattes de mouche à l'encre violette, des potins taillés à sa mesure qui, sous sa plume, prenaient une étrange couleur d'éternité. Ces dégrainages assez carnes recelaient un fond de jalousie. La mercière n'était pas la seule à avoir mordu à l'hameçon. Elle-même était entrée sans le savoir dans le jeu terrible de l'écriture.

Madame Maud appartenait à la cohorte des âmes perdues, semblable à ces êtres inachevés qui parcourent, tel un souffle, le monde de leur vol pour tenter de se revêtir d'un corps. Ainsi se voulait-elle unique dans l'âme qu'elle avait élue et ne pouvait-elle souffrir qu'elle-même dans ce cœur — elle aimait déjà, sans le savoir, la Roubichou, créature certes encore imparfaite mais dont le destin concernait le sien.

Si la première lettre de la mercière exhalait une amertume soutenue, celle que la patronne des Trapézistes lui envoya en retour laissait entrevoir sous le couvert d'adjectifs fanfreluches — car elle savait écrire, la garce! — une effroyable solitude. Cette même solitude qui prend à Dieu lorsqu'il se sent abandonné de sa Création. Elle écrivit la lettre et la mit sous le coude. Elle attendit quinze jours, peut-être même plus, avant de la poster; ce qui, pensait-elle, devrait paraître une éternité à la mercière. Délai d'autant plus insoutenable que cette dernière, toujours épineuse, faisant d'une mouche un éléphant, devait déjà regretter de s'être jetée à son cou et de lui avoir livré des détails aussi intimes de sa vie. Peut-être même imaginait-elle quelques dégoûts de sa part.

Elle la mitonna lentement; la laissa mariner dans son jus chaque jour plus épais.

Madame Maud se la représentait sur le pas de sa porte, attendant le cœur battant le facteur, espérant toujours, et toujours déçue. Aussi, lorsque la lettre arriva enfin, l'émotion de la mercière fut telle qu'elle en oublia les mille morts auxquelles elle vouait encore, l'instant précédent, cette correspondante mystérieuse que le Ciel, dans son imprévisible munificence, lui avait dépêchée. Pour cette «inconnue» elle se sentait prête à bouleverser son univers d'aiguilles, de fils, de rubans, de boutons — fussent-ils en nacre ou de corozo —, de coulisses, d'extra-forts, de pressions, de ruban métrique, d'agrafes, de talonnettes, bref tout un monde de poussière et de dentelles envolées. Elle se sentit de nouveau au bord de l'aventure, disposée à tout subir de cette femme. Elle était dans l'état d'un enfant qui découvre pour la première fois la mer et qui, le cœur battant, à la fois craintif et irrésistiblement attiré, hésite cependant à se jeter à l'eau. Quelqu'un l'appelait; ce n'était encore qu'une ombre imprécise, mais déjà si impérieuse que sa vie en était tout emplie.

Il faut avouer aussi que la Maud y avait mis le paquet; sans oublier, toujours en post-scriptum, la commande de bas. Commande qu'elle devait par la suite renouveler à chaque lettre alors que depuis longtemps elle n'avait plus besoin de prétexte pour poursuivre ce jeu épistolaire, mais qu'elle continuait un peu comme en amour on se prête, alors que les passions se sont émoussées, les paroles, les gestes qui présidèrent aux premiers émois afin de retrouver, à défaut de la spontanéité de ces instants, une trace, fût-elle fossilisée, de ceux-ci.

Quant à la Roubichou, elle prit jusqu'au bout, c'est-à-dire quasiment jusqu'à la rupture, ses commandes très au sérieux, s'en allant même, lorsque son stock personnel fut épuisé, courir les merceries des faubourgs et plus tard des banlieues pour satisfaire cette cliente mystérieuse qui, à chaque lettre, lui laissait miroiter son arrivée prochaine, toujours différée par un empêchement de dernière minute, ce qui, chaque fois, ouvrait sous ses pieds des abîmes dans lesquels elle se perdait en conjectures.

Voilà comment, à propos d'un banal accessoire de la toilette féminine, commença une correspondance entre la patronne des Trapézistes et la mercière de la rue Oberkampf, laquelle devait se poursuivre durant vingt ans ; ce qui, si l'on tient compte des silences rusés de la patronne, des doutes de la mercière qui souvent se cabrait, et également des brouilles sans lesquelles il n'y a pas de passion, même épistolaire, qui vaille, enfin de ces petits riens qui tout naturellement s'en viennent troubler un commerce aussi long et suivi, finit par faire, de part et d'autre, de sacrés paquets de lettres.

Cette correspondance dura autant que le bon plaisir de la patronne. Quand elle jugea qu'il était temps pour elle d'y mettre un terme, dans la mesure où son destin était prêt à s'accomplir, puisque celui qu'elle attendait depuis toujours était enfin arrivé (son destin mais également celui de la mercière qui du sien était devenu comme l'ombre), elle dessala, vite fait, la morue. La purge fut administrée avec un soin extrême. D'abord elle fit apparaître et aussitôt disparaître, comme cela, au détour d'une phrase, au coin d'un paragraphe, certains petits détails qui, pensait-elle, ne manqueraient pas d'alerter la Roubichou, toujours prompte à imaginer le pire. Ainsi échauffa-t-elle l'imagination de la mercière qui commença à penser que si elle s'était fait échauder une fois par M. Roubichou, son époux de sinistre mémoire, ce n'était pas demain la veille qu'on la lui referait. Et certainement pas une «bouseuse» qui, en vingt ans, n'avait pas réussi une seule fois, ne fût-ce qu'une journée, à monter à Paris. Une pécore qui, après avoir fait tant de manières avec ses bas de soie, décidait tout soudain de se mettre à la mode du nylon. C'était clair : on s'était servi d'elle et à présent on lui donnait son congé. Ce n'était évidemment pas écrit noir sur blanc, mais il ne fallait pas être bien futée pour le deviner. Et les enveloppes : chaque fois un nouveau cachet de la poste et toujours d'une nouvelle ville de France. Cette Rachel Aboulafia n'était qu'une instable, une déréglée, une insatisfaite sexuelle, peut-être même une désaxée. Et puis encore, était-ce bien son nom, puisque dans l'une des dernières lettres elle avait signé : « Votre Maud qui vous aime et vous mangerait, trognon ! » ?

Maud qui ? Maud quoi ? Lorsqu'on s'appelle Rachel durant vingt ans, on ne devient pas, comme ça, tout d'un coup, sans crier gare, Maud. Et puis Rachel, n'est-ce point un nom juif ? Et Aboulafia par-dessus le marché ! Ça sent à plein nez sa youpine ! Une juive, elle s'était coiffée d'une juive ! Et comment ne s'en était-elle pas aperçue plus tôt ? Fallait-il vraiment qu'elle eût perdu la tête pour s'en être laissé imposer de la sorte ! Une dératée qui ne pouvait rester une semaine au même endroit. La juive errante ! C'était sa veine, elle s'était toquée de la juive errante !

Ainsi vagabondait l'esprit de la mercière, laquelle passait au crible chaque ligne, chaque paragraphe afin d'y débusquer ce qui la confirmerait dans le sentiment qu'on s'était bien fichu d'elle. Elle imaginait à chaque mot un double sens. Elle allait même jusqu'à relire des lettres très anciennes dont le contenu, qu'elle avait bu jadis comme un nectar, lui semblait maintenant du fiel. Chaque jour qui passait la voyait devenir un peu plus enragée. D'autant que Madame Maud, qui connaissait le pèlerin, s'employait à l'exciter par de nouvelles lettres dans lesquelles elle lui jetait d'autres leurres, tout en la caressant comme on calme un enfant réveillé en sursaut d'un mauvais rêve. Elle jouait sur l'âme de la mercière une fugue cruelle mais nécessaire qui devait toutes les deux les conduire vers le bonheur. Elle s'attachait à faire le mal sans haine mais également sans remords. Chez Maud l'appétit de la vie finissait toujours par l'emporter sur la tristesse de sa race et les aspirations troubles d'une âme en attente. Finalement elle délivra la mercière, entièrement purifiée de cette rancune contre elle-même ainsi que de son impuissance à se soumettre aux impératifs de la vie. Elle pouvait à présent devenir sa «mauvaise rencontre» qui allait précipiter le cours du destin ; ce pour quoi elle l'avait élue du jour où elle l'avait aperçue aux Trapézistes, le riflard vengeur sous le bras, avec son air de pintade espagnole, acide et toujours mécontente. C'était une chose inévitable, comme écrite par avance : elle serait sa trahison.

Oh ! comme elle l'avait aimée aussitôt de toute son âme, cette trahison. Pas un jour ne s'était écoulé qu'elle ne l'eût à l'esprit. Elle avait été le grain de sable qui avait fait pleurer l'huître. Aussi quelle jouissance lorsqu'elle entreprit la lettre ultime par laquelle, sans emphase ni effet de rhétorique, par une simple incise de rien du tout — pas même une parenthèse —, elle lui balançait sans ménagements que cette Rachel Aboulafia, l'inconnue aux bas de soie, n'était autre que la patronne des Trapézistes, celle que tout le quartier appelait familièrement la Maud ou encore, à cause de sa voix de rogomme, la «bistrot». La mercière reçut la lettre et la parcourut sans sourciller, car fort banale à la première lecture. Tout lui semblait même reparti comme en 14. Qu'avait-elle imaginé ? Et même si sa correspondante s'avérait juive, et un peu instable, vraiment, quelle importance ? Ce n'était pas parce que le capitaine Dreyfus avait été un grand coquin qu'il fallait à son aune mesurer tous ceux de sa race. D'ailleurs, parmi certains de ses fournisseurs en gros, elle avait connu quelques juifs charmants. Peu, certes, mais certains, lorsqu'ils n'avaient pas le nez trop gras, pouvaient posséder un charme oriental. De toute manière, elle n'était pas prête, pour des préjugés raciaux, à sacrifier une amitié de vingt ans, si pure, si belle, si exaltante ; sans laquelle depuis longtemps elle se serait retirée de la mercerie. Pour encore mieux se conforter, elle relut la lettre. C'est alors que la petite incise, à peine un coup de canif, mais affûté avec tant d'art, vint la frapper au détour d'une phrase. La lame alla droit au cœur. Mais si légère et subtile l'estocade, qu'on put croire un instant que le coup n'avait pas porté. Elle demeura droite sans un cri, sans une larme. Pétrifiée ainsi qu'un petit taureau noir campé sur ses pattes, alors que les arènes retiennent leur souffle et que brille entre ses épaules, posée comme une grosse mouche argentée, la garde de l'épée engagée jusqu'au cœur. Ainsi demeura-elle muette, le regard fixe et vide, hésitant à s'abattre. Seule la lettre avait glissé de ses mains qu'elle pressait sur sa maigre poitrine, telle la Vierge des Sept Douleurs.

Soudainement, elle se mit à chantonner. Rien de bien folichon. Une sorte de comptine qui disait le jardin de son papa avec ses lilas fleuris qu'elle confondait ensuite avec les lauriers d'un bois où elle s'était bien juré de ne plus mettre les pieds. Elle avait pris un air vague, presque doux. Puis, certainement, quelque chose dut crisser en elle qui la fit se précipiter sur son vieux chapeau, au rebut depuis longtemps, qu'elle empoigna comme s'il s'était agi, dans l'immense débâcle de sa vie, d'une planche de salut, une bouée inespérée. Elle courait dans tous les sens, comme ivre, butant sur les meubles. C'était une fin d'après-midi d'hiver. La nuit tombait. Et, de la rue, les passants qui rentraient chez eux pouvaient l'apercevoir derrière la vitrine, sous la lumière blafarde du plafonnier, se livrer à cet étrange vaudou. Elle voletait tel un oiseau affolé, ouvrant les tiroirs du comptoir ; comme elle ne trouvait sans doute pas ce qu'elle cherchait, elle se mit à tirer ceux des rayonnages. Elle en renversait les contenus puis passait à d'autres. Par cascade, les collections de boutons se déversèrent sur le sol, suivis par des flots de rubans. Elle ne sembla se calmer que lorsque, d'une boîte, jaillirent des fleurs artificielles aux fins pétales de mousseline, de tulle et d'éolienne aux couleurs délavées par le temps. Elle s'en amusa ; ouvrit leurs cœurs en perles de couleur. Elle trouvait un charme infini à ces articles, rescapés d'un temps révolu où il était élégant pour une femme à la mode d'afficher une plate-bande sur son chapeau. Elle riait et chantait. « Et en voici une grosse rouge pour Madame Maud, et cette mauve... mauve pour cette salope de Maud... » Elle était devenue comme ces petites filles qui s'excitent d'elles-mêmes à l'idée de se faire une farce. Lorsqu'elle eut terminé de choisir, parmi ces fleurs, celles qui lui semblaient les plus appropriées à son dessein, elle se mit en devoir de trouver du fil et une aiguille. Cela lui prit quelque temps. Brimbalant de droite et de gauche, elle paraissait sonnée. Elle arriva cependant à enfiler l'aiguille. Elle se mit, alors, à coudre avec grande fébrilité les fleurs sur son vieux toquet qu'elle se planta ensuite sur la tête. C'était devenu un de ces bibis de folle. Assez satisfaite, elle s'en alla ouvrir, toujours tangante, la porte d'un cabinet où se trouvait, au-dessus d'un lavabo hors d'usage, un bout de glace brisée. Là, devant ce miroir de fortune, elle s'employa à se maquiller ; plutôt à se peindre en rouge et en noir. Un noir opaque et funèbre, définitif, qui contrastait d'autant avec le rouge que celui-ci se nuançait d'une teinte acide, quelque peu capucine. Ainsi plâtrée, on eût dit un masque. D'instinct elle retrouvait le chic caf'conc' de la gommeuse de service. Encore un ultime regard vers la glace, puis elle se retrouva dans la rue après avoir enfilé à la va-vite un manteau de ratine usé, sans même prendre le temps de fermer le magasin tant elle avait hâte de fuir.

Elle remonta la rue Oberkampf en direction du boulevard, non sans croiser quelques regards. On n'était certes pas habitué à un tel accoutrement de la part d'une personne qui, de mémoire d'indigène du onzième, n'avait jamais affiché sur le macadam autre chose qu'une mise honnête. Pour ajouter à cette ambiance déjà dramatique, il neigeait. De gros flocons voilaient la lumière des réverbères. Et telles de blanches et cruelles abeilles, ils voltigeaient dans l'atmosphère glacée, poursuivant de leurs essaims les passants. La maigre silhouette de la mercière fuyait le long des magasins aux devantures éclairées. Elle allait, rapide, passant comme au travers des flocons. Elle déboucha sur le boulevard dont les lumières rayonnaient sourdement. Le vent par rafales plaquait la neige contre les façades grises des maisons. Dans le square Pasdeloup, des ombres rôdaient malgré le froid. La Roubichou s'était immobilisée à la frange de la lumière, sous les paulownias dénudés de la petite place, face aux Trapézistes. La neige avait détrempé le sol et une odeur de terre retournée s'exhalait dans la nuit. La masse épaisse du Cirque se devinait dans l'ombre. Les lampions en guirlande qui en ornaient l'entrée n'étaient pas encore allumés pour la représentation du soir. Malgré le silence et la nuit, et la neige qui tournoyait autour formant un cercle magique, une sorte de barricade mystérieuse, il se dégageait de l'édifice un charme inexplicable qui forçait le regard. Il semblait qu'à chaque instant le grand chapiteau allait se soulever comme le couvercle d'une boîte à chapeau, laissant s'échapper toutes les fantaisies qu'il recelait : ses mille et un tours, ses cruelles acrobaties, ses clowneries pailletées, enfin toute sa tripaille d'or et de crottin. C'était comme un volcan qu'on eût pensé assoupi mais qui ne demandait qu'à se réveiller pour pétarader l'illusion et le fantasque. Le quartier ainsi que ses habitants se ressentaient de sa présence. Aux Filles-du-Calvaire, on vivait à l'heure du Cirque. Même notre pointilleuse et très aiguë mercière avait un temps succombé à ce charme.

Pour le moment, elle se tenait en lisière du square, ne pouvant détourner son regard du café. Il devait être sept heures du soir et, si la neige avait vidé le boulevard, en revanche les Trapézistes étaient bondés. L'atmosphère y était enfumée. Tous les habitués, ceux du Cirque, et aussi quelques-uns de la bande des Poignardeurs, étaient là. Il y avait également les autres qui, poussés par le froid, y avaient trouvé refuge et qui, en buvant un vin chaud, attendaient patiemment que la neige se calme pour rentrer chez eux. D'où elle s'était postée, la mercière pouvait découvrir l'intérieur du café qui, ainsi, vu à distance, éclairé par la lumière acide de ses néons, ressemblait à un grand aquarium. Derrière ses vitres, en transparence, un petit monde sans ambition, cancanier et fouinard, s'affairait avec des gestes lents de poissons.

Au zinc, accoudé nonchalamment, un grand flandrin tout en nez, avec des cheveux longs et d'un gris un peu jaunasse, retombant comme des oreilles d'épagneul, s'enfilait un dernier galopin, en affichant un air hautain de croque-mort en goguette. Le quartier le connaissait d'ailleurs sous le sobriquet de «Croque-mort». C'était un type assez étrange et solitaire. Ce surnom lui était venu de sa mine, mais aussi de ce qu'il avait été le premier Monsieur Loyal dans l'histoire du cirque à revêtir, à la place du traditionnel frac rouge, un habit noir qui accentuait encore son allure funèbre. Sous son aspect de vieil hidalgo mélancolique et râpé (bien qu'il n'eût pas atteint la soixantaine), c'était l'esprit le plus mordant et pince-sans-rire qu'on pût imaginer. Il vous contait mille bêtises, inventées de toutes pièces, se livrait aux saillies les plus folles sans que l'expression de son visage fût un instant perturbée par l'ombre même d'un sourire. A moins qu'il ne se trouvât chez lui une déficience congénitable des muscles faciaux, quelque chose d'effroyable, remontant à une époque précédente (car, on le sentait bien, il n'avait pas toujours été artiste de cirque), lui avait à jamais givré le visage. Il se nommait du nom étrange de Keu. «Elzéar Keû-eû...» comme il faisait, en une sorte de beuglement caverneux pour souligner l'étrangeté de son nom. « Oui, Keu avec un K », ne manquait-il pas de préciser à la préposée des postes ou au facteur qui lui délivraient une lettre recommandée, quand ils ne trouvaient pas son nom dans le registre. « Keu comme le sénéchal du roi Arthur, qui, vous ne l'ignorez pas, est l'inventeur de la table ronde, ce qui va du petit guéridon à la carante des familles où l'on se boulotte le pot-au-feu du dimanche... »

On le soupçonnait d'avoir été jadis un excellent cavalier. En effet, lorsqu'il lui arrivait encore, quoique de plus en plus rarement, de travailler un nouveau cheval, à la manière dont il s'y prenait on sentait quelqu'un de rompu aux exercices de haute école. C'était de fait un écuyer-né. Certains assuraient même qu'il avait appartenu dans sa jeunesse au Cadre noir, qu'il avait dû quitter pour une histoire de femme. Le grand amour et puis, un soir, le drame... Un mari qui revient plus tôt que prévu, sur l'avis d'une lettre anonyme, et qui surprend les amants. Il met le feu au château. La femme est brûlée vive. L'amant s'enfuit et on en perd la trace. L'affaire était assez romanesque. Et au cours des années, à la longue, à force d'être racontée au coin du bar, à voix basse, comme un secret de famille, au premier venu qu'on souhaitait affranchir, l'histoire s'était augmentée de nombreux épisodes et était devenue un vrai roman. Ainsi le feu au château n'avait détrôné le banal coup de pistolet que du jour où, changeant un soir de chemise pour les besoins du spectacle, rapidement en coulisses, Elzéar Keu avait laissé entrevoir au nain Tipo, qui se trouvait dans les parages, d'horribles brûlures sur sa poitrine. Mais, à bien y réfléchir, toutes ces choses ne tenaient pas debout. Il était arrivé, en effet, encore assez jeune au cirque, dans le même temps, à ce que racontaient certains, où Madame Maud avait pris la gérance du café. Mais qui pouvait encore dire quand celle-ci était arrivée aux Filles-du-Calvaire ?

D'où était parti ce conte ? Nul n'en savait plus rien. Peut-être tout simplement de Madame Maud qui, aimant tout connaître de chacun, dans la mesure où le passé d'une personne lui échappait, généreusement lui en prêtait un. Cependant ce passé mystérieux — car au-delà du conte, il y avait bien un mystère — avait trouvé au Cirque une fabuleuse caisse de résonance.

Par un étrange phénomène, sous le chapiteau se galvanisent, telle la foudre au cœur de l'orage, hantises et obsessions, souvenirs et regrets, prêtant aux illusions une sorte de vie. Certains soirs, il s'en ressent dans l'air une tension extrême, une électricité d'autant plus mortelle que rôde la suspicion en un lieu où la vie de l'un dépend souvent de celle de l'autre. Lors de ces soirs d'orage, il n'est pas rare qu'un trapéziste durant son numéro tente d'arracher le secret de son partenaire, quitte à lui faire sentir le danger du vide. L'homme n'est pas seul, ces soirs-là, à se tenir à l'affût : il arrive qu'entre deux rugissements, la lionne, jalouse des amours de son dompteur, lui fasse avouer ses trahisons. Chacun se protège comme il peut de l'autre, en s'assurant de ses secrets. De ce besoin curieux, toujours insatisfait, naît le mortel désir de redoubler les dangers pour mettre non seulement sa vie mais également son âme en péril. Le Cirque, alors, irradie une lueur étrange qui, de loin, attire à lui, irrésistiblement, ceux qui lui sont destinés. A ce jeu dangereux, il est fatal que transpire à l'extérieur quelque chose de ses secrets, fussent-ils illusoires.

Elzéar Keu, avec sa figure fiévreuse et ce regard mort dans lequel passait de temps à autre une luisance d'horreur, ne semblait pas, ce soir-là, alors qu'il parlait à son vieil ami Eduardo Scannabelli, se soucier un instant de ce que l'on pouvait raconter dans son dos.

Eduardo Scannabelli, dit « le beau Dino », devait avoir, à peu de chose près, encore qu'il parût plus jeune, le même âge que son ami. C'était un vrai bourreau des cœurs, sous l'allure un peu démodée de boulevardier, comme il ne s'en trouvait plus depuis la disparition des orgues du Gaumont Palace et du ciel étoilé du vieux Rex. Avec ses guêtres, sa canne en bois d'amourette, ses cheveux finement argentés qu'il gominait avec soin, sa taille encore bien prise, un séducteur des années trente. Pas étonnant donc qu'il fût devenu, de la Bastille à la République, le tombeur des rombières. On le connaissait aussi dans le quartier sous le nom de Chipolata. C'était son nom d'artiste. En effet, il était l'un des derniers clowns tristes, la race était en voie de disparition. On peut même affirmer que, quand peu de temps après il se retira de la piste — au vrai qu'on l'en retira de force pour le placer dans une maison de santé du fait d'une singulière maniaquerie qui le poussait à perpétrer sur ses nouvelles conquêtes un simulacre d'empoisonnement avec de l'huile de ricin —, la lignée en fut définitivement éteinte. Il tenait sa science du rire de Zampone, le célèbre clown italien qui eut son heure de gloire avant la guerre de 1914, lequel avait lui-même hérité son art d'Antonet qui fut, au siècle dernier, la vedette du cirque Mills à l'Olympia de Londres.

Cette étrange lubie lui était venue à la disparition de sa fille, qui remontait à une quinzaine d'années. La petite Yvonne avait ravi par sa grâce le public du Cirque d'Hiver durant plusieurs saisons. Elle n'était autre que l'écuyère Blanchefleur. Tout le quartier avait été bouleversé par cette disparition aussi soudaine que mystérieuse. Au début, l'on crut à une fugue qui, les jours passant, se transforma en enlèvement. Cependant, comme aucune rançon n'avait été demandée, la police fut bien obligée d'imaginer le pire, un accident. On dragua le canal Saint-Martin. Mais les recherches demeurèrent vaines. Il ne restait plus que le crime de rôdeur. A seize ans, Mlle Yvonne avait, en effet, tout ce qu'il fallait pour affoler le pèlerin le moins porté sur la bagatelle. C'était une fort jolie personne toute en ronde bosse avec une frimousse de chat et dans le regard une langueur qui ne laissait aucun doute sur le tempérament de la belle. Du matin au soir ce n'était qu'un gazouillement de grands airs d'opéra qui ravissait son père. Elle fleurait bon les faubourgs ; un faubourg qui serait allé prendre un coup de chaud à Naples. Pour tout dire, on n'aurait su imaginer une plus belle enfant. Sa naissance même était regardée comme une étrangeté. Le clown, en effet, avait trouvé le bébé, un soir, en travers de son paillasson. Un billet d'une main anonyme était joint au colis pour certifier qu'il s'agissait bien là de la fleur de sa semence.

Pour dater l'événement, nous dirons que c'est à peu près à cette époque que Madame Maud vint s'installer aux Filles-du-Calvaire. Un beau matin, on la trouva comme tombée du ciel, rayonnante à sa caisse et déjà souveraine, prête à imposer son règne, sans qu'on sût exactement ce qu'il était advenu des bougnats qui, la veille encore, tenaient le café. Personne, cependant, ne s'interrogea, tant la personnalité de Madame Maud semblait appartenir depuis toujours au décor. Cela nous ramenait trente ans en arrière, avant ce soir où, sous la neige, la mercière de la rue Oberkampf, vague silhouette perdue dans la nuit, fixait de ses yeux perçants le café-tabac. Plus tard, quand, Madame Maud envolée, tout fut rentré dans l'ordre, ou plutôt effacé comme si jamais rien ne s'était passé, et que le café eut cédé sa place à une banque, certains vieux habitués des Trapézistes, vétérans d'un autre âge, obligés de changer de crémerie, se retrouvaient dans un autre troquet pour évoquer ces deux événements simultanés, perpétuant ainsi le culte de la patronne à jamais occultée; certains alors, et des plus orthodoxes, s'accordaient à dire qu'il y avait là bien plus qu'une simple coïncidence.

Dès le berceau, la petite Yvonne montra certaines ressemblances avec le clown, muselant les mauvaises langues et ceux qui, aux Trapézistes, avaient douté de cette soudaine paternité. En effet, il y avait là une conformité de traits qui ne pouvait tromper. La bouche bien dessinée, un joli nez droit quoique mutin, mais surtout les yeux. Des yeux soyeux, légèrement bridés. Ils étaient bien les mêmes que ceux de son père. Ce dernier, son faux nez enlevé, et débarbouillé de ses divers maquillages, était fort bel homme. Le type même du petit rital qui avait tout pour en faire déguster aux poulettes. Trente ans après, alors qu'il ne donnait plus que dans la rentière un peu mûre, il lui restait toujours cette vitalité toute méditerranéenne au point que plus d'une jeunesse n'aurait pas demandé son reste pour batifoler. Mais, étrangement, cette réputation de séducteur qui en agaçait plus d'un au Cirque lui avait été faite par des femmes qui, s'étant jetées à sa tête, ne voulaient pas ensuite que l'on puisse dire qu'elles étaient tombées sur un bec. Le beau Dino, couvert de femmes, était en fait un homme chaste. S'il s'était, parfois, laissé aimer, c'était plutôt par dépit d'un grand amour dont il ne parlait jamais et que personne, à l'exception de son ami, Elzéar Keu, n'avait même soupçonné. Ce dernier avait découvert la chose par hasard, en remarquant chez l'enfant au berceau, là où chacun s'accordait à voir le portrait craché du clown, une rouquinerie qui ne laissait aucun doute sur l'identité de la mère. Ce fut pour lui une bien cruelle révélation; car en découvrant qui était celle-ci, il apprenait en même temps qu'il avait été le rival malheureux de son meilleur ami. Cependant, l'amitié qu'il portait au clown n'en souffrit pas un instant. Tout au contraire elle s'en trouva renforcée. Il s'attacha à la fillette, un peu comme s'il était son second père. Il la gâtait, s'inquiétait au moindre rhume, lui faisait prendre son huile de foie de morue chaque matin chez le pharmacien. Lorsqu'elle fut en âge, il la grimpa sur un gros cheval gris pommelé et, d'un coup de chambrière, la fit entrer au pas espagnol dans le cercle enchanté du cirque. Si le clown était le véritable géniteur d'Yvonne, lui, en revanche, était le père de Blanchefleur, l'écuyère. Ainsi la vie, en ce qu'elle a de plus fortuit, rétablissait les choses que le destin n'avait su lier. Autant dire qu'il avait été, lui aussi, profondément atteint par la disparition de Mlle Yvonne. Et quand le soir, avant ou après le spectacle, il se retrouvait avec son ami aux Trapézistes, chacun sachant à quoi s'en tenir, même s'ils demeuraient silencieux devant leur verre, comme ce soir-là où il neigeait si fort, une étrange sensation s'emparait d'eux, leur donnant l'impression de se débattre dans une sorte de brume sur laquelle passait, rapide, crevant des cerceaux de papier, telle une vision du passé, une écuyère en tutu rose avec sa collerette de gaze et son corselet de velours sur un nuageux cheval gris. Il n'y avait pas un jour qu'ils ne pensassent à elle, sans se le dire car c'eût été avouer leur secret. Cependant ils commençaient à comprendre que cette disparition appartenait à un plan hautement prémédité auquel ils n'étaient pas étrangers. Au fil des années, ils en avaient percé, encore qu'obscurément, le dessein qui, sous les apparences d'une vengeance, n'était en fait point mauvais. Ils étaient tombés sous la coupe d'une volonté tyrannique, d'un de ces êtres affectés d'une grande souffrance qui, de toutes ses forces, n'aspirait, sans peut-être même le savoir, qu'à donner un caractère universel à sa douleur ; à ce que celle-ci a de plus personnel — et quoi de plus proche et de plus personnel que le fruit de sa chair dans la mesure où il grave en vous l'image de votre propre torture.

La chose remontait à très loin, à l'Occupation, à la guerre, et peut-être même avant. Quoi qu'il en soit, la disparition de sa fille avait poussé le clown à renouer avec de vieilles manies contractées dans son enfance.

Et voici comme.

# 4

La signora Giuseppina Scannabelli était de son état modiste et fille mère. Séduite, puis abandonnée par un de ces mauvais garçons comme il s'en trouve à Naples pour vous donner un coup de soleil, elle eût pu, grâce à une beauté quelque peu plantureuse, faire une fin en épousant un veuf ou encore l'avocat Casello, célibataire endurci qui possédait, sur le Pausilippe à Bagnoli, une maison cossue avec une pergola mauresque et un beau jardin de rocailles, et qui se serait bien tiré des doigts griffus d'une mère abusive pour se frotter aux chaudes rondeurs de la Giuseppina. Mais celle-ci ne voulait rien savoir et refusait toutes les avances de l'«avvocato». Cependant, parfois, le dimanche, elle se laissait emmener par lui dans son automobile jusqu'à Naples, pour prendre une glace au café Gambrinus. Elle aimait cet endroit vieillot avec ses miroirs et ses dorures, où des bourgeoises rengorgées qu'elle prenait pour des duchesses se bourraient de gâteaux. Elle détaillait leurs toilettes pour prendre des idées qu'elle rejetait aussitôt car elle sentait bien que ce n'était pas là le vrai chic, réconfortée, cependant, à la pensée que ces dames et ces demoiselles gloutonnes pourraient bien devenir un jour ses clientes, si elle arrivait à se faire connaître comme modiste. L'avocat la raccompagnait le soir jusqu'à sa porte, mais s'il tentait de la serrer de trop près pour lui voler un baiser, elle s'enfuyait en riant car elle n'était pas prude. Les voisines qui la guettaient se disaient qu'elle en faisait bien des manières, la Giuseppina, avec son avocat, après en avoir fait si peu avec le voyou. Si la Giuseppina était devenue sage, ce n'était que pour être encore plus folle. Car il n'y avait pas un jour qui ne s'écoulât qu'elle ne pensât à Riccardo Scarfetti lequel l'avait, enceinte, plantée là, en lui volant de surcroît ses économies pour s'en aller à San Remo se refaire une santé, comme il disait, parlant de ses descentes au casino comme d'une cure dans un sanatorium. Chaque jour qui passait le lui rappelait davantage dans la mesure où son fils, Eduardo, était en grandissant devenu le portrait de son père. De celui-ci, jamais un mot au petit, encore qu'elle lui montrât avec tendresse, tant qu'il ne sut pas lire, les cartes postales que le cher voyou ne manquait jamais de lui envoyer à la Noël, lesquelles lui permettaient de suivre les embardées de cet amant dont le souvenir la faisait s'inonder encore chaque nuit. Aux dernières nouvelles, il était devenu croupier au Casino de la Méditerranée à Nice ; à moins que son instabilité ne l'eût déjà poussé ailleurs.

En peu d'années, la réputation de modiste de la signora Scannabelli dépassa les faubourgs de Naples. Grâce à la princesse San Felice qui possédait une maison d'été à Bagnoli et qui la première l'avait employée pour quelques ravaudages : un ruban à changer à un canotier, quelques fleurs artificielles pour orner une vieille capeline, elle se fit une clientèle dans la société napolitaine la mieux choisie. En effet, la princesse ne s'en tint pas à ces rafistolages. Voyant que la jeune femme avait du goût, elle lui commanda un chapeau dont l'allure toute parisienne la ravit. Un toquet bien tourné avec une aigrette sur la tête de la duchesse de Bagnoli suffit à la lancer. Très vite on s'empressa chez elle. Cependant, la plupart du temps, c'était de grandes limousines qu'on dépêchait pour la conduire vers les quartiers chics et la riviera di Chiaia où se trouvaient les palais d'une aristocratie pas encore décavée. Sa venue était toujours une fête. On se réunissait même exprès. Ainsi, en une séance, pouvait-elle prendre les mesures, faire choisir les modèles, essayer la passe et la calotte avant le moulage définitif. La capeline en crêpe était l'une de ses spécialités, mais elle travaillait également avec virtuosité, pour l'été, la paille d'Italie.

« Oh ! la merveille de petit trésor ! » s'écriait la Pignatelli qui, coiffée d'un bibi d'où s'échappaient en panache des plumes de paradis, faisait des grâces devant un miroir sous l'œil envieux de la Caraffa qui s'en voulait, déjà, de n'avoir pas choisi ce modèle. Ces deux princesses rivalisaient d'élégance. « Comme c'est étrange, poursuivait la Pignatelli, il me semble déjà avoir vu dans un numéro de la *Gazette du Bon Ton* le même chapeau porté par la duchesse de Doudeauville aux courses de Chantilly... J'ai dû confondre, car comment cela se pourrait-il... ou c'est alors vraiment une coïncidence... n'importe, telle que je la connais, la Sangro en crèvera de jalousie... »

Ce n'était évidemment pas une coïncidence, car c'était bien le même chapeau — un modèle de Caroline Reboux, la célèbre modiste parisienne — qui se trouvait à Naples sur la tête de la princesse Pignatelli et, le mois précédent, aux drags d'Auteuil sur celle de Mme de La Rochefoucauld. Giuseppina s'était liée d'amitié au temps lointain de son apprentissage avec une cousette. Celle-ci était partie pour Paris où elle était devenue très vite « première » chez Worth. Chaque mois elle envoyait à Giuseppina, depuis que celle-ci s'était mise à son compte, les derniers numéros de La *Petite Illustration,* de la *Gazette du Bon Ton,* du *Jardin des Modes* et bien d'autres revues encore, afin qu'elle se tienne au courant des nouvelles tendances de la mode parisienne. Ces magazines, qui au fil des années avaient fini par s'entasser en piles dans le petit appartement, avaient servi non seulement à encourager l'inspiration créatrice de Giuseppina mais également à échauffer l'imagination de son fils Eduardo. Le jeune Dino passait des journées entières le nez dans ces revues dont certains des numéros remontaient au temps de sa naissance. Il venait de faire sa communion solennelle lorsque le hasard lui fit découvrir sous une pile poussiéreuse le numéro de La *Petite Illustration* de mars 1922. Avant même de l'ouvrir, son cœur se mit à battre. Pressentait-il qu'il touchait à quelque chose dont sa vie allait se trouver soudain illuminée ? Un véritable chemin de Damas ? La couverture en médaillon montrait Mistinguett dans un des tableaux de sa dernière revue du Casino de Paris. Elle était en apache, entourée de ses « boys » habillés en arsouilles qui faisaient mine de la jeter dans le canal Saint-Martin. La légende, « En douce... », était naturellement le titre de la chanson qu'elle interprétait. Mais ce n'était pas les jambes de la Miss qui avaient mis le jeune Dino dans cet état second. Il feuilletait fébrilement les pages du magazine comme si ce qu'il y cherchait inconsciemment pouvait lui échapper. Il n'eut pas un regard pour le reportage, avec ses grandes photos coloriées, sur le music-hall, et pas davantage pour les pages de mode que sa mère avait cornées alors qu'il était encore au berceau. Il feuilletait de plus en plus rapidement, sentant qu'il touchait au but. Soudain il tomba en arrêt. Celui dont il avait senti l'imminence était là, lui souriant. Quelque chose de malicieux dansait dans son regard. Chauve avec sa barbe élégamment taillée, son costume trois-pièces, ses guêtres d'où dépassaient des chaussures cirées avec soin, et sa canne en bois d'amourette, il s'avançait vers lui. «Je suis Henri Désiré Landru, celui que tu attendais», semblait-il lui dire en lui tendant les bras. Il y avait les photos, mais aussi des dessins qui, encore mieux que les clichés, retraçaient les riches heures de l'assassin de Gambais. Tout y était depuis son arrestation rue Rochechouart chez sa maîtresse Fernande Segret — la seule à qui il n'avait pas fait faire le voyage de Gambais — jusqu'au moment où, poussé sur l'échaufaud, il se tenait droit entre les bois de justice, toisant la foule qui s'était massée devant la prison de Versailles, son fin sourire aux lèvres, un sourire de séducteur blasé, qui semblait dire : «Eh bien oui, voilà, c'est vrai, je les ai tuées. Mais est-ce véritablement la peine de se donner tout ce mal...»

Cependant, de tous ces dessins et ces photos, comme celui où on apercevait l'assassin derrière un effet de manches de son avocat, maître de Moro-Giafferi, dans le box des accusés toujours impeccable, comme si tout ce flot de paroles qui se débitait ne pouvait l'atteindre, et qui quelque temps avait eu sa préférence, ce qui lui plaisait définitivement le plus était une sorte d'allégorie où l'on voyait l'adorable Henri Désiré en majesté, entouré de ses dix femmes qui tressaient autour de lui comme une guirlande. Le dessinateur n'avait pas oublié l'objet essentiel du culte : la cuisinière en fonte dont chaque détail était minutieusement rendu. D'un geste gracieux, avec beaucoup de précaution et de tendresse, comme un cavalier reconduit sa cavalière, Landru enfournait sa dernière victime qui, malgré ses yeux révulsés, semblait, au sourire qu'elle affichait, fort reconnaissante du sort qui lui était réservé. Il y avait dans ce sourire tant d'abnégation qu'Eduardo y perçut comme l'essentiel de la passion qu'il se jura de traquer, dût-il en avoir la tête coupée. Grâce à un petit dictionnaire de français qu'il empruntait à sa mère, il déchiffra la sinistre épopée de celui qui était devenu son héros.

Ainsi revenait-il, soir après soir, dans sa chambre, en secret, sur l'histoire de Landru, lequel avait fini par devenir une obsession. Chaque nuit il en rêvait. Il le voyait s'approcher de son lit avec ses chaussures vernies, sa jaquette qui dénotait le bon faiseur, entouré de ses femmes au sourire consentant. Une nuit, réveillé en sursaut, en sueur, dressé sur son lit, il s'écria : «Je serai Landru ou rien!» Il venait à peine d'avoir quatorze ans. C'était déjà un petit homme que les filles plus âgées regardaient avec intérêt. En secret il avait décidé de quitter sa mère pour s'en aller voir le monde. Ni le joli calot à glands d'or que lui avait confectionné Giuseppina pour aller avec son uniforme de jeune fasciste, ni les accents de *Giovinezza* ne purent le faire changer d'avis ; non plus que le désarroi dans lequel il allait jeter sa mère.

Un jour qu'il se trouvait avec elle au palais Sangro, tandis qu'elle essayait des chapeaux sur la duchesse, du balcon du «piano nobile» où il se tenait, il aperçut, dans les jardins de la Villa Comunale qui longent le bord de mer, un cirque ambulant dont on démontait le chapiteau. Il quitta aussitôt le balcon, traversa les appartements puis l'enfilade des salons dont les murs étaient décorés, dans le goût de Fischetti, de «putti» agrestes tressant des guirlandes à des magiciennes en manque de fêtes champêtres, et sortit du palais sans se faire voir. L'instant d'après, il se mêlait aux gens du voyage et le soir même il quittait Naples avec eux pour le Sud. Il leur avait raconté un conte très embrouillé duquel il ressortait qu'il était en rupture d'orphelinat. Il pleurait si joliment que, même s'ils doutaient de son histoire, ils en furent émus, cependant. «Ce petit est un artiste!» s'était exclamé le vieux clown Zampone au bord des larmes. Il n'y avait rien à ajouter. Le cri du vieillard fut un sésame qui lui ouvrit les portes d'un monde enchanté dont il ne soupçonnait aucun des sortilèges, n'ayant vu dans le cirque qu'un moyen de s'échapper.

Chacun le prit en amitié, lui apprenant ses tours. Il était doué. Ainsi fut-il amené à remplacer le jongleur ou l'équilibriste quand ceux-ci venaient à faire défaut. Le vieux clown Zampone lui porta tout de suite de l'affection. Avant la guerre, il avait connu une certaine gloire, mais celle-ci semblait depuis longtemps l'avoir quitté. Il n'en avait conçu aucune amertume. Relégué dans ce cirque de troisième catégorie, il n'en montrait aucune humeur, ni non plus ce dédain que certains artistes lâchés par le succès se sentent obligés d'afficher pour bien marquer qu'ils ne sont pas de la crotte de bique. Il aperçut dans le jeune Dino une possibilité de transmettre quelque chose de son art si éphémère, qui en avait fait l'égal d'un Little Tich et d'un Foottit avec son cheval extraordinaire.

Il lui expliqua le cirque comme une figure de géométrie, avec son chapiteau brillant, ses roulottes, sa ménagerie. « Écoute, lui disait-il à voix basse comme s'il se fût agi d'un secret qu'il ne voulait pas emporter dans la tombe. Oui, écoute bien. » Le vieux clown avait compris qu'il était temps que le grain fût semé même s'il fallait pour qu'il lève s'en remettre à une adolescence vagabonde et fantasque. « Le cirque, vois-tu bien, avec ses combinaisons à l'infini de cercles et de voltiges, ses entrées de clown réglées comme des valses, est un lieu qui sonne le rassemblement des formes les plus ailées, les plus lointaines. Avec ses fauves et ses funambules, ses chevaux et ses comiques à la face lunaire, si vrais, si purs, il est aussi le dernier maillon d'une chaîne qui nous rattache au commencement du monde. Sous le silence et le rire se cache un avertissement nuancé qui nous rappelle que si le cirque est un endroit magique, capable, selon notre fantaisie, de se transformer en jardin, en verger, en clairière, il est également un lieu dangereux. Le public rit parce que c'est humain mais aussi parce que c'est périlleux. Nous l'y amusons en frisant la mort. Sous les politesses de Monsieur Loyal s'élaborent un équilibre à chaque instant menacé d'écroulement, une construction de l'esprit, une cruauté sans remords par lesquels nous abreuvons les hommes de leur soif de vertige. Ce pays de l'illusion abrite l'anxiété du monde... »

Le vieux Zampone apprit au garçon tous ses secrets. Il lui enseigna le solfège et à jouer de divers instruments, car c'était un clown musicien ; de ceux qui se présentent sur la piste avec une grosse valise d'où ils tirent un violon de la taille d'un frelon. Eduardo écoutait attentivement et retenait ce qu'il pouvait. Le vieux clown était aux anges car les progrès du garçon dépassaient de beaucoup ses espérances. Si bien qu'un soir, après lui avoir enfariné le visage et l'avoir glissé dans un pantalon à carreaux trop grand pour lui, exacte réplique du sien, il l'entraîna sur la piste.

Comme en état d'ivresse, ils se laissèrent guider par l'inspiration du moment. Eduardo se livrait aux excentricités les plus folles comme s'il avait fait cela toute sa vie. Il sautait, dansait, et pour se tenir en équilibre ne dédaignait ni le dossier des chaises ni le couvercle du piano. C'était émouvant et lyrique. Il y avait quelque chose de fantastique dans ce nouveau tandem. Avec leur sourire en V, leur plastron qui sautait à chaque instant, leurs gants trop grands, leurs bottines longues comme des crocodiles et leur vaste redingote dont la boutonnière fleurie faisait office d'arrosoir, on les eût dits tout droit échappés d'une comédie de Shakespeare. Aux côtés de Dino, le vieux Zampone avait retrouvé une sorte de seconde jeunesse. Zampone n'était pas de ces clowns qui travaillent d'après nature et qui, par un geste, un coup d'œil, vous campent un type ; il ne possédait pas l'amertume qui permet de mieux disséquer afin de restituer cet excédent de vérité que le commun des mortels n'avait point remarqué ou simplement voulu voir. L'art de Zampone relevait de l'imagination la plus pure. C'est pourquoi il créait un monde bien à lui. En parfait ingénu, ce pitre parcourait la piste semant ses facéties comme des étoiles. La vie était pour lui pleine de merveilles dont il s'étonnait à chaque instant. C'était un véritable poète. Il avait inventé entre l'auguste et le clown blanc un type nouveau : le clown triste ; une manière d'excentrique qui tentait des tours impossibles qu'il finissait par rater, ce qui laissait le public sur une imperceptible impression de désespoir malgré les fantaisies musicales, les sauts et les transformations. On peut dire que, dans son genre, Zampone fut unique.

Alors qu'il apprenait ces mille tours et grimaces, Dino avait quelque peu perdu de vue la cuisinière en fonte du séducteur de Gambais. Cependant, de temps à autre, tandis qu'il dansait sur un fil, une ombrelle à la main, ou qu'il arrosait une grosse marguerite qui aussitôt se mettait à se tortiller de plaisir, il lui arrivait d'apercevoir, flottant comme une nébuleuse, la barbe d'Henri Désiré qui, la nuit suivante, ne manquait pas de lui apparaître en rêve entouré de son sérail. Mais, au fur et à mesure que Dino se donnait au cirque, cette vision se faisait de plus en plus rare. Bientôt il allait oublier complètement Henri Désiré et ses dix femmes.

Les mois, puis les saisons passèrent. Ce furent les années d'apprentissage. Le petit cirque héroïque, en cahotant, parcourait les chemins raboteux du Sud. Il passa même en Sicile. Certains soirs, la représentation terminée, Dino avait surpris le vieux clown en conversation avec des inconnus, à l'écart, derrière les roulottes de la ménagerie. Ils parlaient avec de grands gestes, un peu de la façon dont on discute politique au café. A chaque fois, au moment où ils allaient se séparer, le clown confiait aux inconnus un paquet et eux de leur côté lui en remettaient un autre. Dino eût juré qu'il s'agissait de lettres.

On était en 1938. L'ordre fasciste régnait sur l'Italie et les quelques opposants au régime mussolinien étaient traqués. On arrêtait des hommes qu'on déportait sur une simple dénonciation, quand on ne les exécutait pas sommairement au creux d'un ravin. Les Chemises noires et leurs espions étaient partout. Zampone, qui était dans l'âme un doux anarchiste, ne haïssait rien tant que cette violence et la bêtise de ce qui se débitait chaque jour et dont on gavait le peuple italien. Il lui restait de l'époque où à Rome il menait une vie de bohème, avant que la passion du cirque ne l'eût saisi, quand il se destinait encore à la peinture, quelques amis qu'il retrouvait au hasard de ses tournées. C'étaient des notaires rangés d'une ville de province, des professeurs de dessin de lycée. Certains, militants antifascistes notoires, lui confiaient des lettres à remettre à d'autres militants dans une ville où le cirque passerait prochainement. Ainsi le vieux clown, bien avant même qu'il eût rencontré Dino, était devenu l'un des courriers les plus actifs de la résistance contre Mussolini. Lorsque l'étau commença à se refermer, plutôt que ces apartés nocturnes qui auraient pu receler un piège, il préféra remettre le paquet au grand jour si l'on peut dire, sous les feux du cirque. La personne à qui le message était destiné se trouvait au premier rang, arborant un œillet rouge à la boutonnière en signe de reconnaissance. Vers la fin de son numéro, Zampone la prenait à partie. Puis l'entraînait sur la piste ; et là, devant le public, en un tour de passe-passe, il lui collait le paquet de lettres dans la poche de son veston. Dès que le message était délivré, aux grands applaudissements des miliciens qui garnissaient toujours un ou deux rangs des gradins, il la renvoyait à sa place en l'accompagnant d'un bras d'honneur qu'il agrémentait d'un sonore « vaf'enculo », lequel était devenu aussi célèbre que le « sans blague » de Grock.

Personne dans le cirque à ce moment précis, ni les Chemises noires, ni le public goguenard, ni les enfants qui se frottaient les yeux de tant de lumière pailletée à l'heure où le marchand de sable est passé depuis lurette, ni les artistes en coulisse, comme la femme-serpent se contorsionnant derrière un portant ou les trapézistes en collant rose se passant une dernière fois de la craie avant de bondir dans les airs dès que le clown aurait dégagé la piste, ne pouvait se douter que Zampone venait, en les prévenant à temps, de tirer deux « camarades » des griffes de l'OVRA, la terrible police d'État; et encore moins le Duce, au fond de son palais romain de la piazza Venezia, qu'un clown la lui avait mise le plus officiellement, à la grande joie de ses miliciens — car, bien entendu, ce « vaf'enculo » lui était destiné.

Le cirque avait planté son chapiteau pour quelques jours à Linguaglosa, un gros bourg dans la montagne au-dessus de Taormine. On était à la fin de l'hiver et les amandiers étaient en fleur. Au loin l'Etna s'était empanaché dans un ciel printanier. Rien dans la tranquillité de l'air ni dans l'humeur du vieux clown ne laissait prévoir ce qui allait suivre. En outre, ce soir-là, il n'avait aucun message à faire passer. Dino était déjà en piste quand Zampone fit son entrée. Il traînait après lui un énorme trombone à coulisse qui n'était pas prévu à leur numéro. Dino, qui connaissait l'esprit d'invention de son vieux maître, ne s'en inquiéta pas. C'est seulement quand le clown lui fit signe, d'un geste sec, de quitter la piste qu'il commença à s'alarmer. Il avait, de surcroît, aperçu dans son regard une lueur mauvaise qui ne lui ressemblait guère. Le vieux clown se livra d'abord à une époustouflante improvisation. Il essayait d'enfourcher son trombone comme un cavalier son cheval et à chaque tentative retombait, le nez dans la sciure. Le public, bon enfant, riait. Cependant, quand il eut, enfin, enfourché l'instrument et qu'il commença à se pavaner comme un dindon, la ressemblance était si frappante que le doute n'était plus permis. « Qu'est-ce qu'il lui prend? hurlait, hors d'elle, la femme-serpent qui en avait arrêté ses échauffements. Avec ses couillonneries, il va nous faire tous coffrer!» Sous les oripeaux du clown triste, c'était le Duce en personne qui se pavanait. La caricature était saisissante. Zampone à présent avait embouché l'instrument qui tomba en morceaux alors qu'il jouait *Giovinezza*. Les rires s'étaient tus. L'assistance était de glace. Pour la première fois de sa vie, le vieux clown sortit de piste dans un silence de mort. Mis à part son vieux fonds anarchiste, rien dans sa vie ne pouvait laisser présager une bravade aussi vaine. On pourrait s'interroger longtemps sur cet acte.

Tous les ouvrages sur le cirque consacrent une rubrique à Zampone, si grande avait été sa réputation aux alentours de 1900. Mais c'est, sans aucun doute, le plus célèbre des dictionnaires, *The Circus Encyclopedia* de Touchstone, qui, dans son inexactitude, cerne encore le mieux la vérité.

Ainsi y lit-on : «ZAMPONE, de son vrai nom Emilio Chiabrera (*Florence 1.IX.1868 — Linguaglosa 8.III.1939)... Après avoir connu la gloire, éprouva la désaffection du public. Il sut porter son art au sommet, à l'égal d'un Grock ou d'un Fratellini. Contraint de jouer dans des cinémas de quartier à Rome puis à Naples et de participer à des spectacles médiocres de théâtres de variétés, il n'en fut pas moins grand. Sur la fin de sa vie, il s'attacha à un cirque ambulant. Il se suicida après un spectacle. Il fut l'inventeur d'un genre nouveau : le clown triste qui rate tout ce qu'il entreprend. Sa vie même fut la meilleure illustration de son art subtil et mélancolique. Le clown franco-italien Chipolata, qui semble-t-il fut son élève, a tenté de perpétuer cette tradition. Cependant Zampone demeure unique.»

En effet ce fut bien là un acte suicidaire. De ceux qui viennent comme une bouffée de fièvre. Qui s'imposent soudain à l'esprit comme l'unique solution. Le petit point noir, tapi au repli de l'âme, et qui, tout d'un coup, sous l'effet d'on ne sait quel mystérieux mécanisme, devient cet abîme auquel on ne saurait résister. Certains, dans la façon d'en finir, y mettent même une sorte de précipitation rageuse. De cette rage qu'on voit à celui qui, dans un accident, a frôlé la mort et qui arrache ses pansements pour rejoindre plus vite sa promise; ou encore comme cet autre qui, après avoir épuisé toutes les ressources de la vie, se tire, un verre de champagne à la main, une balle dans la tête comme il eût, en d'autres temps, abattu sur la table une quinte flush.

Dans le cas du vieux clown, il faut y ajouter cette fatalité «artistique» qui le poursuivait comme une idée fixe : rappeler à l'ordre sa vie d'homme pour la mettre au même pas que sa vie de clown. En finir de la même manière que ses gags, sur un fiasco. Et le but avait été parfaitement atteint puisque, pour ses adieux, il était sorti de piste dans le silence le plus total, sans soulever un applaudissement. Ainsi, même le rire du public l'avait lâché. L'homme et le clown ne faisaient plus qu'un. Il avait réussi à réduire deux destins en une seule équation.

C'est ce que tentera, bien plus tard, encore que fort maladroitement, comme on le verra, son élève Dino, lorsqu'il sera devenu le clown Chipolata ; et peut-être est-ce à cause de cette maladresse qu'il réussit mieux que son maître sa sortie de clown triste, un flacon d'huile de ricin à la main.

Pour l'heure, il emboîta le pas au vieux clown tandis que le ciel rose des flonflons se voilait et que les fauves avaient mis leurs rugissements en sourdine. Même le crottin avait une odeur morose. Bref, le cirque n'était pas ce soir-là dans son assiette. On s'écarta d'eux en les voyant passer. Le chapiteau avait été planté à la porte de la petite ville, sur l'aire communale où jadis on battait les moissons. Le cirque manquant de dégagements, les artistes se maquillaient dans leur roulotte. Celles-ci formaient, à l'écart, un cercle comme les chariots des pionniers américains dans la grande prairie lorsqu'ils s'apprêtent à soutenir l'attaque des Indiens. Un mur de pierres éboulées, une haie d'agaves et quelques oliviers tordus complétaient le paysage. La nuit était claire et la lune haute et ronde jetait comme une poussière brillante. A l'instant où ils allaient contourner les dernières roulottes, Zampone et Dino se virent entourés par une bande de jeunes miliciens qui les avaient suivis. Dino voulut s'interposer, mais le vieux clown, d'un geste brusque, lui fit signe de déguerpir. C'était un ordre qui ne souffrait aucune contradiction. Dino s'y rendit et gagna seul la roulotte. Les miliciens qui n'en avaient qu'après le vieux clown le laissèrent. A présent, ils formaient un cercle autour de Zampone. Ils voulaient lui donner une simple correction. Ils commencèrent par l'injurier. Puis ils le poussèrent, se l'envoyant de l'un à l'autre comme, par jeu, on le fait d'une balle. Le vieux clown ne résistait pas. Entièrement désarticulé, on eût dit dans son costume de Paillasse une poupée de son. Moins il résisterait, plus leur colère monterait et plus vite il en aurait fini. Eux ne voulaient qu'une simple correction, lui voulait plus. Il les devinait jeunes dans le crime; c'était donc à lui de les guider. Accélérer la tension pour atteindre à ce point de non-retour où l'instinct animal prend le pas sur celui de l'homme civilisé. Il connaissait parfaitement le processus pour l'avoir, certains soirs, expérimenté sur le public dont il avait forcé le rire jusqu'à une sorte de rage hystérique proche de l'animalité.

Pas un instant les Chemises noires ne se doutèrent que, dans une ultime pirouette, elles devenaient le jouet du vieux. Une leçon! Mais c'était lui qui allait la leur donner la leçon, à ces jeunots, en leur infligeant le goût tenace, à la bouche, du remords. Pour eux, dorénavant, il n'y aurait plus de rémission par l'oubli. Il les avait élus, exhalés des ténèbres, soustraits de l'anonymat du rire pour en faire son dernier public. A présent, il leur commandait avec l'épée du jugement. Il sentait la fureur monter en eux, qu'il provoquait toujours un peu plus en s'y soustrayant.

De derrière la roulotte, caché, Dino ne perdait rien de la scène et il commençait, étrangement, à ressentir lui aussi le goût amer du remords. La peur qui l'envahissait lui donnait des doutes sur la conduite qu'il eût tenue si Zampone ne lui avait fait signe de se tenir éloigné.

Les miliciens avaient brisé leur cercle autour du clown, pensant que la plaisanterie avait assez duré. Mais Zampone, au lieu de s'échapper comme ils l'eussent souhaité, était allé se coller contre le muret, tel le condamné à mort attendant la salve. Il leur soufflait à présent leur rôle, les contraignant à devenir malgré eux des assassins. Il leur tenait tête, les bravait. La transpiration avait effacé son maquillage et son visage, étrangement, reflétait l'expression d'un forcené ou d'un saint, ce qui est à peu près la même chose. Les miliciens s'étaient regroupés. «Allez, laissez tomber! fit celui qui semblait être leur chef. — Mais ne vois-tu pas qu'il nous nargue? rétorqua la forte tête. — Je t'ai dit de laisser...» Les chiens commençaient à se mordre entre eux. Un sourire, singulier mélange d'ironie froide et de scepticisme, éclaira un instant le visage du clown. Il semblait dire : «Alors, qu'attendez-vous? Seriez-vous plus humains que je ne me le figurais? Peut-être même sensibles à la pitié... Voyons, mes enfants, rien qu'un petit geste... Me serais-je trompé sur les rires qui chaque jour de ma vie me déchirèrent l'âme ?»

Il y eut un instant de silence, grave, malgré la brise printanière qui s'était levée, épongeant cette terre fauve, comme harassée par une éternité de soleil. Le champ était vide. Seul un vieux clown contre un mur, une bande de Chemises noires et le regard d'un adolescent, et parmi ces ombres que déplaçait la lune oblique, rôdant, l'agonie.

D'où vint la première pierre, qui le dira jamais ? Elle frappa le clown à la tête. Il chancela puis se reprit, et de nouveau fit face. Trop empressés à rechercher des caillasses sur le sol, les jeunes assassins n'entendirent pas ce qu'il ricanait entre ses dents. En revanche Dino, qui appartenait au cercle magique du cirque, entendit parfaitement les paroles de son vieil ami, aussi bien que s'il les eût prononcées.

« J'ai vécu dix fois plus intensément que tout ce qui est vivant et je meurs mille fois plus profondément. J'ai aimé la vie mais ma plus grande joie aura été de la rompre comme, tant de fois, je me suis amusé à briser le silence par le rire. Je ne connais ni le chagrin ni l'allégresse, le plaisir non plus que la douleur, mais je peux pleurer, jubiler, rire et gémir tout à la fois, immensément. Je suis le CIRQUE ! »

Et comme pour appuyer ces mots — mais furent-ils jamais prononcés ou bien simplement imaginés par le cerveau échauffé d'un adolescent ? — le cirque, au loin, pardessus le muret, se mit à vomir ses rires et ses lumières. Alors il y eut un cri comme si la grande toile du chapiteau se déchirait ; quelque chose d'horrible et d'inhumain ; et les Chemises noires regardèrent leurs mains vides. Le vieux clown gisait au pied du mur. Quand Dino se pencha sur lui, les miliciens s'étaient envolés comme une bande de corbeaux. Zampone tourna la tête vers son protégé et lui fit signe d'approcher. Il retira de son costume un paquet de lettres qu'il lui tendit. Ensuite, comme si plus rien d'autre n'avait d'intérêt, il détourna la tête, ce qui dans son langage secret signifiait : « Maintenant, fous-moi la paix et tire-toi, grand vent ! » Dino crut voir, alors, dans la nuit claire, comme se détachant de ses lèvres, un sourire malicieux s'envoler tel un papillon. Peut-être Zampone n'avait-il été qu'une paire de lèvres, un bon gros sourire.

Sur le paquet de lettres, il était écrit de la main du clown « A remettre au signor Riccardo Scarfetti, croupier au Casino de la Méditerranée à Nice. »

Lorsque Dino, après s'être changé, sortit de la roulotte, sa petite valise à la main, la lune avait quitté le ciel et il faisait noir. Au loin il entendit la parade du cirque. La représentation allait se terminer. Il pensa qu'il avait fait un mauvais rêve. Qu'il s'était laissé happer dans un de ces trous noirs qui souvent le saisissaient tel un vertige au sortir de la piste avant de reprendre pied dans la réalité. Il n'eut pas un regard pour le vieux clown dont les paillettes résistaient à la nuit. Il était entré dans l'âge de l'ingratitude. Déjà il avait un pied dans d'autres aventures. Il prit la poudre d'escampette. Et, comme il put, remonta l'Italie en prenant soin de ne point passer par Naples.

Quand il arriva à Nice, c'était déjà l'été. Il s'enquit du signor Riccardo Scarfetti. Mais le Casino de la Méditerranée, qui était un casino d'hiver, était fermé. Cependant le gardien lui indiqua une petite pension derrière la place Masséna où il avait toutes les chances de trouver le croupier. Cette pension passait pour être le repaire des exilés politiques italiens, membres du mouvement antifasciste « Giustizia e Libertà ». On disait même que les frères Rosselli y avaient séjourné quelque temps avant d'être liquidés par des agents de l'OVRA auxquels s'étaient joints des cagoulards.

Dino trouva le signor Riccardo dans sa chambre. Celui-ci prit le paquet que le jeune homme lui tendait sans lui demander de plus amples explications. Cependant, quand il sut qu'il était né à Naples, son visage s'éclaira. « Je ne peux pas laisser repartir un pays comme cela. Moi-même je suis napolitain. Je sais ce que cela veut dire. Viens, c'est l'heure de casser un morceau. Je connais un bistrot pas loin d'ici, tenu par une Italienne, je t'y invite. »

Ce fut la seule fois qu'ils évoquèrent Naples. Dino trouva, sans doute, inopportun de parler de la mère qu'il y avait laissée sans nouvelles ; et de son côté, Riccardo ne pensa pas devoir évoquer une jeune fille dont il avait abusé et qu'il avait abandonnée grosse mais à qui, cependant, chaque Noël, il ne manquait jamais d'envoyer une carte postale. Peut-être qu'au fond d'eux-mêmes ils avaient deviné ce qui les liait, et que l'un n'avait pas, pour l'instant, besoin de s'encombrer d'un père, ni l'autre d'un fils.

Au restaurant, en attendant le plat de spaghetti, Riccardo, qui avait toujours un jeu de cartes dans sa poche, montra à Dino, sur le coin de la table, des tours. C'était un virtuose. Dino n'osa lui parler des siens au cirque car il aurait dû évoquer le vieux clown.

Le soir venu, comme il ne savait pas où dormir, Riccardo lui fit préparer un lit dans sa chambre. Malgré la différence d'âge, de peu d'importance puisque Dino avait à peu près celui de Riccardo lorsqu'il fut père, c'étaient déjà de vrais potes. Le lendemain, Riccardo emmena Dino se baigner. Les bruits de guerre, de jour en jour plus alarmants, n'avaient pas pour autant vidé les plages. Ni le « couloir » de Dantzig, ni l'invasion imminente de la Pologne par l'Allemagne hitlérienne, ni le pacte germano-soviétique ne réussirent à troubler la torpeur de cet été 1939. On lézardait sur les galets de la plage. Riccardo avait ses habitudes à la plage du Ruhl. Le plagiste était une connaissance du casino qui passait ses hivers à dilapider ses gains de l'été malgré les cartes avantageuses que Riccardo lui servait. C'était un vrai flambeur, qui mettait toute son ingéniosité à perdre ; car il sentait que, s'il commençait à gagner, quelque chose de son plaisir s'en trouverait diminué. Gagner lui eût semblé vulgaire. Pour autant il n'en avait pas moins de reconnaissance envers Riccardo. Pour le remercier de ses vains efforts, il lui réservait gratuitement un parasol. Toujours le même, en bordure de la plage, contre la barrière qui séparait celle-ci de la plage publique. Le plagiste connaissait les goûts de Riccardo pour les employées de bureau qui, à l'heure du déjeuner, venaient prendre un bain de soleil en grignotant un sandwich. C'était son lieu de chasse favori.

Tandis que Riccardo jetait par-dessus la barrière sur la plage publique le regard blasé de l'habitué qui connaît au restaurant la carte par cœur, Dino eut le sien attiré par une grande rousse qui se dorait au soleil. Avec sa crinière qui moussait et des jambes qui n'en finissaient plus, on aurait cru un fauve au repos, s'étirant nonchalamment au soleil. Elle portait un maillot de bain blanc qui, mouillé, la laissait comme nue. Lorsqu'elle se retourna pour faire bronzer son dos, son regard croisa celui du jeune homme. Cela ne dura qu'un instant mais Dino fut captivé par ce regard vert. Un regard de basilic. Il en eut soudain les jambes en coton ; pourtant ce n'était plus tout à fait un novice dans le domaine des filles. En lui-même il se dit : « Voilà une poulette qui vaut le détour ! »

« Qu'est-ce que tu regardes comme ça ? » lui demanda Riccardo à qui n'avait pas échappé le trouble du jeune homme. D'un mouvement de menton, Dino lui indiqua l'objet de sa rêverie. « Ah ! fit Riccardo surpris, tu aimes les juives rousses ! Moi ça me fait l'effet de lait caillé ! — Mais non, qu'est-ce que tu me racontes, rétorqua Dino déjà sur ses ergots, regarde comme elle est toute bronzée. Et d'abord comment sais-tu qu'elle est juive ?... D'ailleurs qu'est-ce que cela peut bien faire ? A Naples ma mère avait des clientes juives qui étaient très généreuses. » Riccardo, qui s'en fichait bien de la générosité des dames juives de Naples mais redoutait que Dino ne s'attarde sur sa vie familiale où il sentait comme un loup — car ce qui l'avait amusé, même un peu excité dans ce jeune homme qui lui était tombé sur le paletot, comme cela, sans crier gare ! avec un paquet de lettres qui, si elles avaient été saisies par la police, l'eût directement fait déporter aux Lipari ou au fort de Ponza, venait de ce qu'il donnait l'impression d'appartenir comme lui à rien et comme lui d'aller vers nulle part, le nez en l'air —, Riccardo, donc, pour couper court, pointa du doigt un peu plus loin, à quelques mètres de la rousse qui continuait à se dorer, une grosse dame sous un parasol jaune à gros pois orange. « Je ne lui donne pas dix ans pour qu'elle devienne comme sa mère. »

Une femme épaisse, aux chairs grasses et blanches, se tenait sous l'ombre étroite du parasol. Elle scrutait la mer, une main en visière malgré des paupières de saurien, pour se protéger de la réverbération. Serrés, presque collés contre elle pour éviter le soleil dru vers lequel sa corpulente personne les rejetait, se trouvaient, d'un côté, un petit juif en papillotes avec une calotte noire de rabbin, tout maigrelet dans son costume de bain trop large, et, de l'autre, une grosse fille aussi blanche et flasque que la mère avec de gros poteaux qu'elle essayait de couvrir tant bien que mal d'une serviette pour éviter les coups de soleil. Le petit « rabbin » reluquait en douce, dès que la grosse fille ne le regardait plus, la garce rousse en train de se faire bronzer. A un moment, cette dernière, sans même relever le nez, jeta à la cantonade :

« Alors, Moshé, tu te rinces l'œil, petit salaud ! »

Le petit « rabbin » piqua aussi sec un fard. La grosse fille aux coups de soleil couina d'un ton geignard : « Mamélé, kleine Mamélé, dis à Rachel de ne pas ennuyer Moshé !

— Ché né zui bas ennuyé ; ché la regarde zeulement. Ché fou assure, matame Aboulafia, fit le petit "rabbin".

— Tu vois grosse cloche, comme tu es ! c'est qu'il m'aime bien, ton fiancé ! Et puis quel mal y a-t-il à se rincer les mirettes ? balança la grande rousse sans lever le nez de son magazine.

— Cela suffit, Rachel ! Sois au moins convenable avec le fiancé de ta sœur, grogna la grosse femme sans pour autant détourner le regard de la mer qu'elle continuait à contempler.

— Convenable ! s'exclama la rousse en s'étirant comme un chat. Convenable ! convenable ! cria-t-elle encore en bondissant vers la mer. Je t'en foutrai du convenable, gros tas de saindoux kasher ! »

Les derniers mots se perdirent dans de grands éclaboussements.

Dino qui l'avait vue courir vers la mer ne perdit pas un instant. Cependant, comment l'aborder ? comment lui adresser la parole ? C'était un excellent nageur. Il se mit en devoir d'organiser autour d'elle une danse de marsouin amoureux. Il brassait, crawlait, papillonnait, plongeait, disparaissait pour rejaillir plus loin tel un poisson frétillant.

Tout en faisant négligemment la planche, la grande rousse le surveillait du coin de l'œil en se demandant si, oui ou non, il allait se décider, ce grand niquedouille, à monter à l'abordage. Dino s'arma de courage, plongea pour réapparaître avec grand fracas juste à côté de la nageuse. « Touchée ! s'écria celle-ci sans détourner la tête. — Mi scusi, signorina ! » ne trouva rien de mieux à dire le jeune homme en s'ébrouant. « Un italiano, ancora ! » s'écria-t-elle et, comme elle sentait que si elle ne faisait pas un geste, il était fort probable qu'ils en resteraient là, elle lui prit la main. « Ramène-moi jusqu'à la plage. » Et lui, sans rien dire, s'exécuta. Il la traîna, la poussa et elle se laissait aller au gré des vagues comme une sirène endormie. Ils reprirent pied sur les galets. C'est à ce moment-là qu'elle lui demanda : « Qui est le type avec toi ? C'est ton grand frère ? — Non, répondit étonné Dino. — Alors c'est ton père. — Non plus.

Mais pourquoi voudrais-tu qu'on soit parents ? — Je ne sais pas... mais en tout cas vous vous ressemblez sacrément. »

Cette grande rousse qui se nommait Rachel Aboulafia avait, déjà, un sens très aigu de la famille.

# 5

DÈS que le commissaire divisionnaire Changarnier, plus connu sous le nom du «Chinois», à cause de ses yeux bridés qu'il tenait d'une mère ancienne entraîneuse dans un bar de Cho Lon, eut été dépêché exprès du Quai des Orfèvres auprès d'Eduardo Scannabelli afin de l'avertir qu'on classait le dossier de sa fille disparue, le clown renoua avec de vieilles habitudes de jeunesse. Le soir même il rêva du bon vieux Henri Désiré, toujours aussi vert, de ses dix femmes et de la vieille cuisinière en fonte. C'est ainsi que, vers la cinquantaine, le clown Chipolata devint le tombeur des pimpantes rombières du boulevard.

La disparition de Mlle Yvonne avait plongé le quartier dans la stupeur. La tristesse qui s'ensuivit, avec le temps, sans doute, aurait fini par s'émousser si les riverains, devinant que la police n'avait pas été tout à fait à la hauteur et qu'ils allaient, de ce fait, être privés d'une affaire dont ils auraient fait leurs choux gras, n'avaient d'eux-mêmes relancé la partie par des ragots de la plus fine crème, tout un flan de dégrainage qui n'était pas que de la simple débine mais des potins où chacun y allait de ses impressions personnelles et d'où il ressortait que la môme avait été la bousine d'un Poignardeur avant de s'en aller fricoter avec Max le dompteur. Bref, quinze ans après sa disparition, Mlle Yvonne, dite Blanchefleur, nourrissait toujours les conversations aux Trapézistes.

Il y avait bien sûr du vrai dans tout ce qui s'était raconté et qui se racontait encore. Livrée toute jeune à elle-même, la petite Yvonne s'était découvert très tôt une appétence pour les choses de la vie. Encore enfant, elle fréquentait les Trapézistes, mais aussi d'autres troquets que hantaient les Poignardeurs. Il était donc fatal qu'un jour elle se fît rencarder par un de la bande et qu'à son contact cette jolie gosse apprît l'art libéral de la larronnerie. Il semblerait bien qu'en peu de temps elle ait dépassé son maître. Bijoutière du clair de lune, elle le fut sans aucun doute ; et cela dans la mesure où l'on est à peu près certain qu'elle participa à une ou deux équipées où l'on y avait été de la pince-monseigneur. Cependant bousine, à la colle avec un Poignardeur, fût-il le dab de la bande, cela vraiment, non ! Son petit capital, sa fleur, ce fut Max le dompteur qui l'eut.

Max, ou plutôt de son vrai nom Marius Costabel, était un petit gars assez moelleux qui n'avait pu se départir d'une pointe d'accent, non plus que de quelques expressions qui, pour une oreille aguerrie aux idiomes culs-terreux, ne pouvaient manquer de le faire repérer comme un fils du Midi.

Bien des années après la disparition de Mlle Yvonne, lorsqu'il lui arrivait encore, comme ce soir-là où il neigeait si fort, d'entrer aux Trapézistes, il ne manquait jamais, en passant devant la caisse, de soupirer en direction de Madame Maud : « Ah ! ma mie ! si vous saviez comme je me languis ! » Comme s'il ne doutait pas que la patronne puisse un jour, par ce pouvoir occulte qu'il lui prêtait secrètement, mettre un terme à ce languissement.

Il prononçait « ma mille », ce qui fleurait sa garrigue entre grand et petit Rhône où court l'eau vive des roubines. Quant au verbe qu'il employait au pronominal, c'était un provençalisme notoire qui, après tant d'années, ne laissait aucun doute sur l'objet de cette langueur.

Lui non plus ne s'était jamais remis de la disparition de Blanchefleur l'écuyère. Peut-être même en avait-il été mortellement blessé. Cependant, même si Mlle Yvonne, durant la dernière année qu'elle avait passée au Cirque, s'était montrée constamment en compagnie de Max, le suivant jusque dans la cage des fauves, pouvait-on pour cela imaginer une liaison ; alors que peut-être il ne s'agissait que d'un de ces engouements d'autant plus profonds qu'ils lient un enfant à un adolescent. En effet, à cette époque, si Blanchefleur allait sur ses seize ans, Max de son côté n'en avait pas même vingt. Cela avait été entre eux comme l'envoûtement d'un printemps.

« Ah ! ça, pour s'y prendre, elle savait s'y prendre la garce. Et pour lui en faire baver, elle lui en a fait baver, au Max ! Une vraie sorcière que je vous dis. Avec une mère pareille, elle avait de qui tenir... » Et sans doute l'aurait-il craché, ce nom qui lui brûlait la langue, le José, un ancien lanceur de couteaux à Médrano qui s'était retrouvé garçon de ménagerie au Cirque d'Hiver après avoir suriné en plein milieu de son numéro sa partenaire, si un Poignardeur ne lui avait pas coupé le sifflet.

Certes, en y repensant, il y avait bien quelque sorcellerie dans l'irrésistible attirance qu'ils avaient ressentie l'un envers l'autre. De la sorcellerie il y en avait également chez Max et de la plus noire. Le crin bouclé, de taille bien prise quoique moyenne, le jarret dur mais la démarche souple, presque féline, il eût été le parfait beau gosse dont on aurait tout dit en y ajoutant un sourire lumineux, de ceux qui font flancher les poulettes. Mais chez lui il y avait un peu plus que tout cela ; quelque chose de mystérieux et d'incertain qui embuait toute sa physionomie et le dénonçait comme un de ces êtres venus d'ailleurs sur qui rien ne prévaut. Avec cela un air farouche et une ardeur dans le regard où, par instants, tel un éclair de chaleur, passait de la sauvagerie. Pour le reste du temps, son visage était noyé par une sorte de tristesse ; de cette tristesse inhérente à l'âme, qui prend souvent aux gars du Sud, bien avant même qu'ils s'avisent de se tuer pour une fille infidèle, simplement parce qu'ils ont fixé, un jour par hasard, le soleil noir. A la fois rêveur et audacieux, Max appartenait à cette race d'hommes aussi prompte à la révolte qu'à la méditation. Enfant, quand il se bagarrait, le combat, inévitablement, se terminait dans le sang. S'il avait le dessous, alors il mordait. L'attitude même de Max, cet air taciturne dont il ne se départait plus, son « je me languis », enfin la solitude dans laquelle il vivait quant aux femmes (encore qu'on lui eût connu quelques liaisons comme avec Edwige, la jongleuse, mais qui ne furent que des passades, une façon de jeter sa gourme pour l'hygiène) ne pouvaient tromper : il avait aimé Blanchefleur ; et sa disparition lui avait causé une blessure dont il souffrait toujours. Aux fouillemerde qui auraient bien aimé lui faire cracher quelques souvenirs et qui le charriaient en douce,

Madame Maud laissa tomber un soir, du haut de sa caisse, une de ses petites phrases qui avaient l'avantage de remettre à l'heure les pendules. «Foutez-lui la paix, au Max. Vous voyez bien qu'il s'est chopé une rubéole au palpitant. Alors si on n'a plus le droit d'en pincer tranquille, je n'ai plus qu'à fermer boutique...» Pour les habitués qui connaissaient le langage codé de la patronne, il n'y avait plus à y revenir. C'était une mise en garde qui, au-delà de la personne du dompteur, s'adressait à tous ceux qui auraient voulu remettre sur le tapis, alors que le quartier commençait à en faire son deuil, l'«affaire Blanchefleur» comme avaient titré les journaux à l'époque pour rendre compte de la disparition de Mlle Yvonne Scannabelli, «un espoir du cirque de demain».

Cependant, sous les cendres de l'oubli, les braises du souvenir couvaient, prêtes à s'embraser de nouveau. Si bien que lorsque José, le garçon de ménagerie, eut cru bon, un soir en fin d'après-midi, alors que le café était bondé, de balancer sa vanne, chacun avait retenu son souffle. Personne ne s'y trompa : c'était une déclaration de guerre à l'endroit de la patronne.

José était un de ces êtres irritables et mal venus. Ombrageux, il entretenait un perpétuel ressentiment qui, en y repensant, n'était peut-être que celui d'avoir été mis au monde. La vie l'avait pourtant doté. Il avait même connu un certain succès. Il avait mis au point un numéro tout à fait épatant. Dans un décor mexicain, il détourait très adroitement sa partenaire avec des poignards. Celle-ci, qui était également sa femme, lui tenait douillettement son ménage. Il avait tout pour être heureux. Et cependant il la tua.

Il lui avait inventé un amant. Il voulut lui faire avouer cette liaison hautement fantaisiste; la battit, lui tira les cheveux. Il allait même jusqu'à la réveiller en pleine nuit pour essayer de lui faire murmurer dans la surprise du réveil le nom de son rival. Enfin il la mit dans un état de nervosité tel qu'un soir, durant leur numéro, ne sachant plus où elle se trouvait avec ces lumières qui tournaient autour d'elle, et les couteaux qui sifflaient à ses oreilles comme des crotales, elle commença, au lieu de se tenir immobile, à osciller dangereusement. L'un des poignards lui vint en plein cœur. L'affaire fit peu de bruit. On était le mercredi 2 juin 1943, veille de l'Ascension, et toute la soirée il y avait eu des rafles de la

Gestapo, à l'entour de Médrano, et dans les rues avoisinant Pigalle. La police française, pour laisser les coudées franches aux Allemands, n'arriva qu'à l'aube sur les lieux pour recueillir des témoignages qui disculpaient évidemment le lanceur de poignards. Cependant chacun dans la troupe savait à quoi s'en tenir.

Personne ne voulant lui servir de partenaire, il fut contraint d'abandonner son numéro. Il rôda quelque temps dans le quartier comme un chien affamé. Il proposait ici et là ses services. Mais personne n'en voulait : il avait la cerise.

Il ne s'appelait pas à l'époque José, mais du nom ronflant d'Antenor d'Acapulco ; ce qui ajoutait une touche supplémentaire de couleur locale à son numéro. En fait il se nommait Fernand, Fernand Crevel, et c'était un petit gars de La Courneuve. En perdant son numéro, il perdit également son nom d'artiste ; mais il ne se décida pas pour autant à reprendre sa véritable identité. Il préféra se faire appeler José. Avec sa consonance hispanique, ce nom lui permettait de mieux rêver à son passé d'artiste en regardant ses poignards qu'il gardait toujours auprès de lui comme d'autres des albums de photos. Il eût préféré mourir que de s'en séparer.

Il avait disparu du monde du cirque dans la tourmente de la Libération, pour resurgir à quelque temps de là aux Filles-du-Calvaire ; en fait, si certains s'en souviennent, à peu près à la même époque où Madame Maud y fit elle-même son apparition.

Ce fut, si l'on en croit ce que l'on raconta par la suite, grâce à son intervention qu'il fut engagé au Cirque d'Hiver. Madame Maud l'avait recommandé, semble-t-il, au directeur qui, alors, était M. Alexandre, l'aîné des quatre frères Bouglione. Ce dernier lui proposa de reprendre son ancien numéro. Il se chargeait même de lui trouver une partenaire. José refusa. Il montra ses mains qui tremblaient. L'alcool avait déjà commencé ses ravages. On lui proposa donc, presque par charité, de soigner les fauves. Ainsi passa-t-il le plus clair de son temps dans la cage de la lionne Daniela à briquer ses poignards. C'était une lionne terrible. Comme une petite femme, elle avait ses caprices et ses jalousies. D'un coup de patte, elle avait arraché la main du dompteur auquel Max devait succéder. Un certain temps, on raconta même — mais que ne racontait-on pas lorsque survenait un accident — qu'elle aurait poussé son gardien au suicide. Si José s'était pendu c'était, disait-on, par dépit. C'est du moins ce qu'on voulut croire. De fait, s'il est vrai qu'on le retrouva à dix mètres du sol, à hauteur des agrès, la tête passée dans un nœud coulant, ce fut néanmoins bel et bien un meurtre que d'un accord tacite, par une sorte de volonté commune qui échappe à la morale, toute une communauté — les gens du Cirque mais également ceux du quartier — s'employa à travestir en accident, mettant tout sur le dos de la pauvre bête. Mais la lionne Daniela avait sa conscience pour elle, elle avait aimé à la passion son gardien et continuerait de l'aimer jusqu'à son dernier souffle.

On le vit bien puisque refusant toute nourriture elle ne survécut à son gardien que quelques semaines. Il faut l'avouer, ce fut une bien étrange histoire d'amour comme il en arrive rarement, même au cirque. Si bien que les amours de José et de sa lionne font aujourd'hui partie de ces histoires éternelles avec lesquelles les vieux affranchissent la bleusaille.

Ainsi José, ce minable dont le nom eût été depuis longtemps oublié, continue, sous le chapiteau, à hanter les imaginations, et continuera aussi longtemps qu'il y aura des clowns, des dompteurs flambards et des lionnes rêvant à de grandes amours.

Cependant, dans ce cas précis, qu'en aurait-il été, si les Poignardeurs n'étaient venus donner un petit coup de main à la légende? Car le «suicide» de José est évidemment à mettre au compte des actions fumantes de la bande. En effet, sans cette «sortie» hautement dramatique, cette liaison (car ce fut une affaire qui dura longtemps; avec naturellement, comme dans tous les ménages, des hauts et des bas dont le dompteur du moment fit les frais) serait demeurée au stade du fait divers imprégné d'un léger parfum de zoophilie, ce qui sous un chapiteau est chose commune. On en aurait plaisanté comme pour ce cornac qui se polissait le chinois devant un jeune éléphanteau, d'autant que la femme-tronc, une vraie langue de vipère qui, après José, allait elle aussi trouver une mort tragique, s'était écriée : «Non seulement il se guignole le salsifis en plein air, mais il lui faut en plus un mion! C'est-y pas pousser le bouchon un peu loin!» En clair : que pour l'exhibitionnisme ça passait mais que la pédophilie, c'était pas le genre de la maison.

José, lorsqu'il n'était pas à décrotter les autres cages, vivait dans celle de la lionne. Il faut dire que celle-ci y avait mis du sien. Elle se conduisait avec lui comme une vraie maîtresse. Elle faisait sa coquette. C'était même un peu ridicule venant d'une personne déjà sur le retour. Dans sa jeunesse, elle avait montré certaines dispositions à la cruauté. On avait même été obligé de lui retirer ce qui restait d'une portée de lionceaux après qu'elle en eut croqué un. Autant dire tout de suite que pour grande amoureuse qu'elle fût, elle n'avait pour autant la fibre maternelle.

José, au début, fut quelque peu alarmé par ses agaceries. Même pattes de velours, toutes griffes rentrées, l'animal était d'une force peu commune, et l'ex-lanceur de poignards finissait par devenir une sorte de poupée dont la lionne s'amusait en le roulant comme une balle. Pour signaler que le jeu était fini, mais aussi que José était bien sa chose, elle lui posait les deux pattes avant sur le dos, le maintenant le visage dans la paille. Toutefois, pour tempérer ce geste impérieux de quelques tendresses, elle avançait son museau et après avoir reniflé longuement la nuque de son amoureux, elle la lui mordillait gentiment.

Le souffle du fauve, ses agaceries, ses baisers, donnèrent à José des émois qu'il n'avait jamais ressentis jusque-là, même dans les bras de la plus folle des maîtresses. Il découvrait une volupté nouvelle à laquelle il prit goût, malgré les ramponneaux qu'il se payait à chaque fois et les bleus qui s'ensuivaient. Rudes, en effet, étaient les préludes à ces nouveaux plaisirs. Parfois, oubliant de faire patte de velours, il arrivait à la lionne de griffer son amant au visage, ce qui lui donnait une mine encore plus patibulaire.

Tous les dompteurs qui voulurent se mêler de leurs badinages le payèrent cher et certains même de leur vie. Pour moins que cela, on pouvait s'attirer les foudres de l'amant : qu'un nouveau dompteur, pas trop mal de sa personne, travaillât la lionne sans susciter de sa part quelques rugissements, aussitôt la jalousie de José était en éveil. Il ne manquait jamais, alors, de demander à l'animal, en gage de fidélité, la vie du dompteur.

Lorsque Max parut, dans tout l'éclat de sa jeunesse, Daniela ne put se résoudre à sacrifier à la jalousie de son amant un si beau jeune homme. José imagina aussitôt le pire. Il voulut évidemment savoir ; et se mit, donc, à épier les moindres faits et gestes du dompteur. C'est probablement ainsi qu'il surprit Blanchefleur en compagnie de Max. Au lieu de s'en trouver rassuré, les amours de l'écuyère et du dompteur l'alarmèrent bien plus. Il y vit une manœuvre, un stratagème pour mieux l'abuser. Qui pouvait croire qu'un petit gars aussi coq pouvait se satisfaire d'une enfant ?

Il les épia tant et si bien qu'il les surprit une nuit dans la cage aux tigres. Depuis longtemps les lumières du cirque étaient éteintes et dans leurs stalles les éléphants avaient cessé de barrir. Ils étaient là, nus, enlacés. L'odeur des fauves, la paille blonde sur laquelle les cheveux éparpillés de la fille faisaient comme un halo de lune rousse, son visage triangulaire de chat qu'éclairaient de grands yeux liquides, pailletés d'or, dont il percevait l'éclat par-dessus l'épaule de son amant ; et lui, large, musclé, luisant comme de l'argent obscur, à la fois suave et violent, l'engloutissant sous des vagues répétées de désir ; fixé en elle par une sorte de géométrie des corps tandis qu'au fond de la cage, effrayés de tant de violence contenue, les tigres se tenaient silencieux dans leur terrible symétrie. Il y eut un cri qui parcourut l'éternité ; le petit jour se déchira comme un drap alors que l'ombre d'un enfant se faufilait tel le voleur de deux destinées.

C'était plus que n'en pouvait supporter José. Il s'enfuit sur le boulevard qu'une aube froissée commençait à inonder. Il portait en lui la nuit des amants et la lumière qu'ils irradiaient et dont il semblait exclu. Le soir même, il réitéra auprès de la lionne sa demande. Mais celle-ci ne voulut rien entendre. De jour en jour, elle semblait prendre davantage de plaisir aux exercices auxquels la soumettait le dompteur. Elle y retrouva même une sorte de jeunesse. Il fallait la voir sauter au travers des cerceaux de feu. Certes elle aimait toujours José, mais commençait à avoir de l'inclination pour Max.

La disparition mystérieuse de Mlle Yvonne jeta José dans le désespoir. Il craignait que la lionne n'allât le trahir puisque, l'écuyère disparue, elle n'avait plus de rivale dans le cœur de Max. C'est de ce jour qu'il se remit à boire, se laissant aller à des excès de langage que des hoquets rendaient incompréhensibles. Malgré sa prononciation pâteuse, il en ressortait que «toutes les rousses» étaient «des putes». Et qu'il avait connu, jadis, à Tabarin, «une sacrée rouquine qui, pour cacher son jeu, le cachait bien puisqu'elle était donneuse à la "rousse"». Ses paroles se perdaient généralement dans des odeurs d'apéritifs et les relents de musique qui s'échappaient du juke-box. Cependant un soir aux Trapézistes, juste avant la représentation, il balança, en avalant son ballon de rouge, assez clairement pour être compris de tous, que Mlle Yvonne n'était pas claire et que, en matière de sorcellerie, elle avait de qui tenir.

Il se retrouva sur le trottoir avant même d'avoir pu finir sa phrase. «Je l'ai croisé, il avait la mort peinte sur son visage», dira ensuite, lors de l'enquête (encore une qui tournera court), Yvonnet le montreur d'otaries. Ce qui confirmera la thèse du suicide. En tout cas, ce qui suivit fut un grand moment de cirque qu'on évoquait à mots couverts encore bien des années après.

Ce fut en effet une bien belle et étrange soirée. Le public était clairsemé et l'orchestre égrenait ses flonflons sans conviction. Les clowns avaient plié bagage et déjà, sur la piste, se présentait le grand Zamparo dans son collant rose, la chevelure huileuse et le biceps avantageux. Il s'avança dans un froissement de cape. Tournoya sur lui-même, fit encore quelques effets de muscles puis, s'étant dégagé de cette tornade scintillante en forme d'ailes de chauve-souris, il s'engagea sur l'échelle de corde. La musique jouait en sourdine pour donner plus de gravité au mystère aérien qui allait s'accomplir. Malgré quelques fausses notes et un arrangement un peu canaille, on reconnaissait la plus célèbre des valses de Strauss. Zamparo était à l'époque le seul volant au monde à risquer sans filet le grand ballant et le double huit. A un certain moment, la poursuite rose qui suivait sa lente progression vers les cimes s'en vint éclairer un corps qui pendait, désarticulé, à un filin. En bas, dans le noir, Monsieur Loyal s'agita. Le public n'avait encore rien remarqué. «Faites-moi disparaître cela!» cria-t-il en montrant le pendu aux garçons de piste qui commençaient dans l'ombre à monter la cage aux fauves. Zamparo, nimbé de rose, continuait à progresser vers les trapèzes. On voyait à présent parfaitement l'homme pendu au bout d'une corde qui se découpait sur une lune artificielle. «Regarde là-haut!

il y a un pendu qui en tire une toute rose!» cria quelqu'un dans le public, pensant qu'il s'agissait d'une des surprises du numéro. La musique avait cessé. Le projecteur à son tour s'éteignit. Lorsque, quelques secondes plus tard, la lumière se ralluma sur la piste, les lions et les tigres étaient dressés sur leurs tabourets rouges au vernis écaillé. Au milieu de la cage, le fouet haut, se tenait Max, bien pris dans un rase-pet à brandebourgs et un pantalon de suède moulant qui allait se perdre à mi-mollet dans des bottes façon boyard, passées au blanc d'Espagne, qu'agrémentaient de petits glands d'or. Sa chevelure noire, gominée et partagée par une raie au milieu, ainsi que de fausses moustaches, parachevaient le portrait idéal du dompteur qui se doit de soumettre par ses charmes virils — et il en avait, le bougre! — les fauves ainsi que le public. La lionne Daniela, ce soir-là, semblait demeurer insensible à son pouvoir. Roulée en boule à l'entrée de la cage, elle hurlait à la mort en jetant des regards désespérés vers les hauteurs du cirque où se balançaient les trapèzes vides. Le pendu à la langue rose, aussi rose que le collant du grand Zamparo, ainsi que le grand Zamparo lui-même avaient été subtilisés en un tour de main.

Très tard ce soir-là, aux Trapézistes, on évoqua à voix basse ce tour de passe-passe. Personne ne plaignit José, le pendu, mais certains eurent un mot pour la lionne. «Une passion si disproportionnée, si tumultueuse ne pouvait durer...» proclama l'illusionniste qui savait de quoi il retournait, lui qui s'était résigné à une vie de célibataire en compagnie de son lapin blanc que, chaque soir, il escamotait dans son claque à huit reflets.

Personne ne prononça le nom des Poignardeurs, bien qu'ils fussent présents à l'esprit de chacun. Tout le monde convint du suicide. C'est à ce moment précis que la femme-tronc, que l'on avait posée sur le coin du billard, comme chaque soir, balança comme un oracle des paroles qui allaient résonner encore longtemps : «Tu parles, Auguste, qu'on lui a fait donner la bénédiction par les pieds, au José! Il savait bien, lui, que la môme Blanchefleur, c'était une chaude de la pince. Et qu'elle s'en était collé un dans le tiroir, de polichinelle. Faut dire aussi qu'elle avait de qui tenir... hein?» Et là-dessus elle avait décoché un regard plein de haine en direction de la caisse où Madame Maud se tenait impavide.

« Allez, mémère, assez bu. Il faut aller se coucher, maintenant ! » s'exclama Monsieur Dédé en bondissant de derrière le bar pour limiter la casse. Il prit le monstre à bras-le-corps et, comme chaque soir, le posa par terre.

Ensuite elle se débrouillait seule, en équilibre sur ses moignons ; ou, quand elle avait trop bu, rampant telle une larve en s'aidant de ses branchies. Ce monstre de foire que l'on gardait par pure charité regagnait ainsi la ménagerie où il avait trouvé refuge chez les éléphants.

« Cette salope ne perd rien pour attendre », grogna Madame Maud qui depuis longtemps avait dans le collimateur celle en qui, sans se l'avouer, elle voyait comme une doublure tronquée de son propre personnage.

# 6

QUAND, d'où et comment Dédé était arrivé aux Trapézistes, personne ne s'en souvenait; et pour être juste, il faut avouer que personne ne s'était posé la question tant il semblait faire depuis toujours partie des meubles. Qui d'ailleurs aurait même songé à évoquer ce personnage, constamment derrière le bar à bricoler son percolateur, s'il n'y avait eu Mirabelle la femme-tronc qu'il aidait chaque soir à rentrer chez elle avec la bénédiction de Madame Maud car le monstre était bon client, se rinçant la dalle pour trois? Non seulement il la rembarquait, mais également il la posait sur le billard et, quand la patronne avait le dos tourné, lui tenait son verre pour la faire boire.

Il était peu loquace. Quand on lui demandait quelque chose ou qu'on le prenait à témoin pour trancher un différend, voire juger de quelque jobardise, il répondait immanquablement par : « Vous m'en direz tant ! » ou encore : « A qui le dites-vous ! » Phrases exclamatives ou interrogatives, selon la situation, et qu'il modulait, chaque fois, sur une intonation nouvelle.

Pour certains il ne faisait aucun doute — toute médisance mise à part — que Madame Maud était à la colle avec son commis. Pour d'autres, M. André Florelle, dit Dédé le Coup de rouge, était tout bonnement son mari. C'était si évident que parfois certains disaient la mère Florelle en parlant de la patronne et chacun comprenait qu'il s'agissait de Madame Maud. Et ce n'est pas la sollicitude qu'elle mettait à lui faire prendre à heure fixe ses médicaments, et le soir, avant qu'il n'aille débrancher la pression de la bière, sa décoction de feuilles d'artichaut qu'elle avait elle-même préparée, se fiant plus à cette médecine potagère pour juguler une cirrhose avancée qu'à tous les trucs des médecins, bons, comme elle disait, qu'à vous faire cracher au bassinet, qui aurait pu les faire changer d'avis. En somme, on peut affirmer, sans trop s'avancer, que pour les habitués du bar-tabac, Monsieur Dédé et Madame Maud, mariés ou non, formaient un vrai couple. De ceux qu'on prend en exemple pour dire que c'est du solide. Une vraie union où l'intérêt commun doublé d'une tendresse et d'un respect mutuel a su, à la longue, relayer la passion de la chair qui n'est que feu de paille dans la longue histoire d'une vie à deux. Quant à dire à quel moment Monsieur Dédé était apparu aux Trapézistes, personne ne s'en souvenait. Sur ce point, le quartier semblait soudain frappé d'amnésie. Cela faisait partie aussi des enchantements de Madame Maud : le quartier, c'est-à-dire les Filles-du-Calvaire, et même au-delà vers Saint-Ambroise et la Folie-Méricourt, vivait comme endormi à l'ombre tutélaire de cette figure éminemment baroque ; et de ce fait semblait avoir complètement perdu la notion du temps. A les écouter évoquer leurs souvenirs, on pouvait penser que la vie n'avait commencé qu'à l'arrivée de Madame Maud aux Trapézistes et que tout ce qui s'était passé avant procédait du domaine des limbes.

Ainsi, pour chacun, à l'instar du billard dans l'arrière-salle et de l'horloge qui, au-dessus du bar, soutenue par deux nymphes 1900 dont la chevelure nouille venait en tornade s'enrouler autour du cadran, Dédé appartenait au mobilier sur lequel depuis longtemps plus personne ne s'interrogeait.

En fait Madame Maud, à peine installée aux Trapézistes, l'avait récupéré sur le trottoir un matin. Il tenait dans sa main un bout de papier où était griffonnée une adresse. Le nez en l'air, il cherchait le numéro. « C'est ici ! » lui cria Maud par la porte grande ouverte, sans bouger de la caisse. Plutôt que de lui donner la souillarde du sixième étage réservée au commis, elle préféra l'installer dans une petite chambre au fond de son logement.

On dérive sur le fleuve du temps sans se voir vieillir. On pense toujours être cet enfant qui entrevoyait le monde par-dessus les hautes herbes de l'école buissonnière. Mais le monde, lui, ne se souvient que de votre dernière peau.

Ainsi, depuis longtemps, aux Trapézistes, avait-on oublié la belle rousse, découverte un beau matin à la caisse, pour ne se souvenir que de la goule qui y trônait à présent, le cheveu ardent, outrageusement fardée. Cette dernière avait fini par éclipser dans le souvenir des gens du quartier la belle garce qui s'était rappliquée trente ans auparavant, avec des airs de patronne, comme si elle avait toute sa vie tenu un café. Et plus personne ne savait quand ni comment. Pourtant le fait que, trente ans après, on pensait encore à eux comme mari et femme montrait, par-delà la routine des jours, l'obscure souvenance d'une époque, répandue comme une fine poussière scintillante dans l'air que le temps n'avait pas réussi à ternir, où elle avait été belle poule et lui petit flambard assez juteux. S'il ne s'était rien passé entre eux, c'est que, d'entrée de jeu, elle lui avait dit : « Pas de ça, Lisette ! » Et cependant ce qu'ils avaient été autrefois, lui un « arthur » assez rupin, elle une souris plutôt fignole, survivait en suspens, bien qu'ils ne se fussent jamais bricolés.

En trente ans, Madame Maud avait eu le temps de modeler Monsieur Dédé totalement à sa convenance. Elle en avait fait sa chose. Une sorte d'émanation d'elle-même. Il était devenu son bras séculier. En effet, c'était par sa bouche qu'elle rendait généralement ses oracles. Ainsi avait-elle fini par le placer, lui aussi, entre les vivants et les morts.

Elle le dressa si bien que, très vite, il prit ses poses et se mit à parler comme elle. Le vendredi, en effet, jour de congé de la patronne, Monsieur Dédé s'enhardissait et, quittant ses sempiternels « A qui le dites-vous ! », se lançait dans d'interminables tirades où l'on reconnaissait les intonations de Madame Maud qui, avec ses inflexions canailles, son accent traînant, chaloupé telle la java un peu vache d'un guinche mal famé, vous recréait par la seule magie d'un verbe ou d'une épithète une rue disparue laquelle, jadis, avec ses pavés mal équarris, s'en allait lente et de guingois, poussée comme par un air d'accordéon. Quoique peu bavarde, Madame Maud était devenue, au fil des années, grâce à ses saillies et ses reparties abruptes, un vrai répertoire de l'argot réformé et peut-être bien même le dernier des conservatoires d'une langue verte dont Monsieur Dédé, chaque vendredi, livré enfin à lui-même, se faisait l'écho.

Cependant il serait tout à fait injuste de cantonner Dédé Florelle dans un rôle subalterne. Car il ne fut pas simplement une caisse de résonance, un perroquet sans cervelle. Non, Monsieur Dédé, pour celui qui savait percevoir les infimes dissonances ainsi que les glissements d'un mot dans une phrase bien cognée, était un véritable artiste avec des inventions et un univers bien à lui. Ainsi, en fin d'après-midi, le vendredi, quand il en avait déjà quelques-uns dans le nez, il se surpassait. Naturellement, lorsqu'il était un peu trop allumé, il lui arrivait d'en remettre. C'est à ces moments-là que le consommateur pourtant inexpert en bigorne pouvait néanmoins reconnaître en Monsieur Dédé, grâce à un usage très particulier de certains substantifs, un ancien de la Légion.

Ces écarts de langage qu'il allait, dès le lendemain, payer cher — car la patronne ne supportait pas qu'on se fît du lard sur son dos — étaient devenus pour lui le seul moyen d'échapper à l'anonymat de la mort où, jour après jour, l'entraînait à sa suite Madame Maud. Perdre petit à petit ses souvenirs, se laisser conforter dans une léthargie où l'on ne perçoit plus autour de soi que d'obscurs et nocturnes bavardages comme des voix sourdes et desséchées, ne plus charrier au fond de sa mémoire que des ombres et, dans le geste, n'avoir plus que la supplication du mourant et, pour toute consolation, ce lent tâtonnement vers le royaume crépusculaire au-delà duquel toute vie se confond, tel semblait le destin auquel aurait souscrit derrière son zinc, une clope aux lèvres, Monsieur Dédé, s'il n'avait eu de temps à autre, pour déjouer ce pernicieux engourdissement, quelques bonnes bordées verbales. Celles-ci étaient souvent provoquées par l'apparition dans le café d'un grand zèbre crépu de facteur qui apportait le courrier. Cela commençait toujours ainsi : « Eh ! dis-moi, mon-z-ami ! c'est-y qu'ils s'ennuieraient de Dédé, là-bas, chez Pépète à Moul-el-Bacha, pour se rappeler à mon matricule ? Voudraient-ils me voir rappliquer et reprendre le trimard ? Ou c'est-y pas plutôt, question sentiment, que l'oignon les démange... ? » Cette apostrophe, qui ne variait jamais d'un pet ni d'un pouce et, partant, devenue légendaire, était promptement suivie par un embrayage en direction de Mirabelle, la femme-tronc, laquelle profitait de l'absence de la patronne pour couler des regards langoureux à Monsieur Dédé.

« Vous me demandez si je vous aime, mon chou ? Mais bien plus que ça ! Vrai ! Parole de Biribi ! Je vous aime mieux que la main de Fatma! Je vous aime... comment dire?... Tiens, tout plein la chambrée avec le barda et l'adjupette... »

Ces quelques paroles balancées sur un ton gouailleur qui, fût-ce dans un boui-boui du Kef, vous dénonçaient un «jésus» de Ménilmuche ou des Batignolles, séduisant et équivoque, tête brûlée par définition, permettaient à Monsieur Dédé de se faire la valise en douce pour s'en aller rêver au large, échappant au temps, à l'oubli et, plus encore, aux sortilèges que Madame Maud avait tissés pour mieux le dépouiller de ses souvenirs. Elle l'aurait voulu nu, dans cet état de renoncement quasi larvaire afin de l'enfouir dans son sein, comme cette jeune vie dont elle s'était privée et pourtant qu'elle avait tant désirée. Ce travail de mort — car c'était bien à cela que s'employait Madame Maud en collectionnant les âmes, âme elle-même violente et perdue —, travail qui, mené jour après jour, comme un ouvrage de sape, lui avait donné la sensation d'un lent émiettement, l'impression de n'être plus qu'un voyageur démuni, errant dans les replis d'une mémoire ne lui appartenant plus, s'interrompait aux seuls mots magiques de «Pépète à Moul-el Bacha». Et le bar-tabac semblait soudain trop exigu pour contenir les effluves d'aventures qui, par vagues, y déferlaient. Si, alors, s'était trouvé parmi les habitués du café un de ces aventuriers en chambre qui, à cause du mal de mer ou simplement de l'ennui de faire et défaire ses bagages, a choisi de rêver sur une carte aux mers du Sud, cet homme gonflé d'alizés qui d'instinct connaît l'odeur de la cannelle et du vanillier aurait perçu aussitôt le vent brûlant du désert sans lequel il n'est pas pour ceux de la Légion de marches hallucinantes vers le sud. Mieux, cet homme aurait vu le visage mou et toujours en sueur de Monsieur Dédé se transformer en une bouille de petit gars assez chouettard coiffé d'un képi blanc timbré d'une flamme, occupé à se fignoler une moukère dans l'arrière-salle de chez Pépète.

Il jouait avec application de ses petites fesses pommées, jaillies du désordre d'un falzar qu'il avait à peine pris le temps de baisser afin de se débarrasser au plus vite de ce qui n'était qu'une formalité. De temps à autre, tandis qu'il besognait, il jetait un regard en direction du fond de la pièce où, sous un ventilateur asthmatique, se tenait avachi, dans un fauteuil en rotin défoncé, jambes écartées, une grande brute blonde qui regardait la scène de son œil bleu opaque, en s'enfilant à même le goulot une canette de bière dont la mousse lui dégoulinait sur le menton. C'était le sergent Bolko, un colosse taciturne et plutôt secret quant à son passé. Le soir, à l'heure où la palmeraie devient mauve, il tirait son harmonica et jouait de vieux airs de brasserie que ça leur en retournait l'âme aux fatmas et à leurs chèvres. Ils étaient devenus inséparables, le demi-sel des barrières et lui. De vrais potes. On pouvait les voir, certains soirs, marcher sur la crête des dunes bras dessus, bras dessous, et contempler l'étendue sinueuse et moirée des sables quand la nuit, comme une mer immense et avide, submerge lentement le désert. Entre eux, c'était un « mariage d'Afrique ». A la vie, à la mort. « Bruderschaft », avait dit le boche, un soir que la lumière s'était faite un peu plus sentimentale. « Bruderschaft », avait répété sans trop comprendre le titi. Alors ce dernier avait vu, non sans effroi, l'autre tirer son poignard. « Fais pas la vache », avait-il dit. Mais l'Allemand lui avait saisi le bras pour y porter une large estafilade. Le sang avait coulé que l'autre s'était aussitôt empressé de laper. Ensuite il avait déchiré un pan de sa chemise dont il avait garrotté le bras du Français. Il l'avait regardé d'un œil froid, aussi froid que la lame qu'il lui tendait. « A ton tour ! » Le petit Français s'était senti soudain poussé vers quelque chose d'inévitable, un désir épais lié à la nuit, au désert fluide, aux vents amers, aux dunes mouvantes. Il prit le poignard et entailla, à la saignée, le bras du sergent allemand. Le sang jaillit et il le but. Quelque chose d'obscur et de léger comme un bruissement, peut-être le désir de mourir, berça la naissance nocturne de cette amitié. S'y inscrivait déjà l'appel à l'acte fatal autant que désespéré dont le souvenir n'avait pas cessé de travailler la mémoire du limonadier. En effet, l'écho vague qui subsistait de cette époque africaine grâce à quelques paroles, certes rendues par le temps poreuses et friables, reprenait, les soirs d'été où, sur les Filles-du-Calvaire, pesait une moiteur quasi tropicale, assez de force pour laisser entrevoir au fond d'une kasbah un drame suffisamment saignant pour appartenir aux légendes noires de la Légion.

Durant ces moments d'absence où l'esprit de Monsieur Dédé vagabondait, alors que lui-même continuait à tirer des bières, ses souvenirs libérés s'en allaient fertiliser d'autres imaginations, perpétuant le crime que ces propos décousus laissaient deviner. La sueur qui perlait à son front lui donnait l'air visqueux. Son visage perdait alors son air bonasse pour prendre une expression resserrée. Une méchanceté méticuleuse animait sa physionomie avec de petits yeux patients, précis et froids — des yeux, à n'en pas douter, d'assassin.

Par la suite, lorsque les langues se furent déliées après l'arrestation de Madame Maud, on raconta qu'un soir Monsieur Dédé, après avoir enlevé son sarrau, roula la manche droite de sa chemise de grossière flanelle et, tendant son bras à l'assistance, montra une large cicatrice et, plus bas, entre deux veines, un tatouage où, au-dessous d'une tête de mort grossièrement dessinée, on lisait ce simple mot, « Bruderschaft ».

« Fraternité ! Je lui en foutrai de la fraternité ! s'était-il écrié. A l'africaine tu voulais me la faire et sur un air d'harmonica avec ça ! Tu en voulais, eh bien tu en as eu pour ton matricule, sergent ! Pour te planter, ça je t'ai bien planté. »

En rajustant sa chemise, il eut encore quelques grognements d'où il ressortait que ledit sergent Bolko se fichait bien de son amitié, et qu'il n'en voulait, pour parler clair, qu'à sa paire de couilles. Il en avait pris pour son grade et même le pitaine n'avait pas été fâché d'être débarrassé d'un zèbre qu'on recherchait pour avoir été un temps, à ce que l'on racontait, l'Archange de Dachau.

On entrevoyait derrière ces paroles confuses un de ces drames passionnels qui s'élèvent entre soldats, assez banals à la Légion où personne ne s'étonne de voir, les soirs de quartier libre, de grands gaillards s'en aller deux par deux, main dans la main. Prêts, par ailleurs, à se battre au moindre regard ironique qui mettrait en doute leur virilité. Cependant, malgré les serments et les tatouages, qu'un bleu rapplique au bataillon, avec sa gueule d'amour, les couteaux brillent et c'en est fait du ménage de copailles.

Ces souvenirs lointains revenaient par bouffées à Monsieur Dédé, comme ces fièvres qui vous assaillent alors qu'on s'en croit guéri jusqu'à oublier qu'on en fut jamais atteint. En effet, tels ces êtres qui, soit paresse, soit résignation, ont fini par vivre par procuration, Monsieur Dédé avait infiniment de mal à faire coïncider l'image de ce légionnaire plein de gouaille avec l'épave qu'il était devenu.

Ces sorties qui, sur le tard, devinrent hebdomadaires et qui, les premières fois, avaient pu surprendre, n'auraient certes suscité aucun commentaire si Madame Maud elle-même, sentant qu'on lui avait, en son absence, volé la vedette, n'avait tenu à stigmatiser dès le lendemain, alors qu'elle avait regagné son perchoir, cet «accroc».

Dès le jeudi, veille de son jour de coiffeur, Madame Maud tenait à avertir sa fidèle clientèle de son départ. Il y avait là tout un cérémonial auquel elle n'eût pour rien au monde dérogé. C'était réglé comme papier à musique.

Cela commençait le jeudi, donc, à l'heure de l'apéro de midi quand le café était bondé, par deux ou trois coups d'œil jetés, par-dessus son épaule, à la dérobée, dans la glace qui se trouvait derrière elle. Pour être dérobés, ceux-ci n'en étaient pas moins appuyés, si bien que tout le café, dès qu'elle commençait à se trémousser à sa caisse, savait que c'était le moment de faire silence. Bons enfants, les habitués des Trapézistes se soumettaient au rituel. A un moment donné, n'y tenant plus et sentant par ailleurs son public accroché, Madame Maud se retournait brusquement afin de mieux se contempler par-dessus les piles de cigarettes et les cartes postales collées au miroir, représentant le rocher de la Vierge ou quelque calanque sur l'eau bleue de laquelle voguait un pédalo, dont ses fidèles ne manquaient jamais de la bombarder aux grandes vacances. Elle demeurait comme pétrifiée. Pendant ces quelques secondes, durant lesquelles un siècle aurait pu s'écouler, tout dans le café semblait en suspens. C'est alors que, brisant le charme, dans une sorte de gémissement qui semblait remonter de l'abîme où l'avait apparemment plongée sa propre contemplation, elle proférait des paroles qui, d'une semaine à l'autre, ne variaient jamais, ne fût-ce que d'un mot. «Mais regardez-moi cette bobine, c'est vraiment pas le kif! Et pourtant il n'y a pas une semaine que j'ai fait faire les racines. Et voilà le résultat! C'est un monde si on ne peut plus se fier au henné de la fatma!...» C'est alors que, balançant un coup d'œil à la ronde, elle empoignait des deux mains son épaisse chevelure, en faisant sonner toute la quincaillerie qui pendait à ses poignets, ce qui ajoutait une ampleur théâtrale à ce geste déjà ostentatoire. Reprenant sa position initiale, elle murmurait, comme en aparté, mais assez fort pour que les plus démunis de la feuille puissent l'entendre : « A "zed" ! Oui, à "zed" la boule ! Un jour je finirai bien par la ratiboiser cette douillure qui depuis ma naissance ne m'a apporté que de la mouscaille... ! » Le café en chœur, naturellement, s'élevait contre cette solution radicale et demandait grâce pour les bouclettes menacées d'extermination. Cela appartenait également au cérémonial du jeudi qui annonçait l'éclipse du lendemain durant laquelle la patronne en grand mystère allait se faire faire en plus de ses racines un tas de chichis et d'accroche-cœurs. Personne, cependant, ne put jamais déterminer quel était le merlan inspiré qui ornait, avec tant d'art, la citrouille de la patronne. Car il s'en écoula des années avant que la Roubichou ne vienne fourrer son nez dans ce mystère et découvrir du même coup le pot aux roses.

Un certain samedi matin, tandis que la patronne avait retrouvé sa place à la caisse, pomponnée à ravir, et que la dresseuse de caniches s'exclamait comme à l'accoutumée sur la réussite de la coiffure, Mirabelle, la femme-tronc, en profita pour déclarer elle aussi ouvertement la guerre qui allait entraîner sa fin. Alors que Madame Maud répondait aux compliments de la dresseuse, qui aurait bien voulu connaître l'adresse du coiffeur, par un sourire dont elle avait le secret, à la fois évanescent et dilatoire, la femme-tronc, du billard où elle était perchée, décocha sa flèche. « Allez, la môme ! tu vois bien que c'est cuit pour tes rouflaquettes. Elle te la crachera jamais, son adresse. Je connaissais quelqu'un, moi, qui en savait long sur cette daube et son merlan... »

Aux attaques de la femme-tronc, Madame Maud généralement se contentait de baisser le regard et de parfaire un sourire qui en disait long sur les Trônes et les Séraphins, les Puissances et les Dominations qu'elle avait vus (sinon comment expliquer ce sourire) s'abîmer dans les ténèbres où s'était diluée leur parfaite lumière. Un sourire qui n'était que le signe extérieur de son propre enchantement par lequel cette bouffissure sommée d'une coiffure sanglante avec son maquillage de théâtre appartenait à ces êtres rares, composés de différentes parties ; l'une apparente, et l'autre voilée et assez mystérieuse qui la plaçait hors du temps, « entre les vivants et les morts ».

Cette fois-ci, Mirabelle avait dépassé les limites. Elle constituait, à présent, une menace directe pour la tranquillité de la patronne. Comme cette escarmouche avait lieu juste quelque temps après la disparition de José l'ex-lanceur de poignards, tout laissait à croire que celui-ci avait, avant de disparaître, affranchi le monstre sur le compte de la Maud.

C'était la fin de la matinée. La patronne tourna lentement les yeux vers le coin de la salle où se tenait perché le monstre, dissimulé telle une déesse orientale derrière un rideau de fumée. Pour parvenir jusqu'à elle, Madame Maud traversa du regard plusieurs groupes et quand, par-delà les rumeurs et les vapeurs qui avaient fini par former comme une écharpe d'encens fluctuante autour de la femme-tronc, elle voulut se saisir de sa proie, elle ne trouva plus qu'une loque, ayant sombré dans l'alcool. Elle rengaina son regard et laissa échapper : « Elle ne perd rien pour attendre. Si je ne me retiens pas, un de ces jours je l'écrabouillerai comme la merde qu'elle est. » Rien n'était fortuit chez Maud et c'eût été une erreur de croire que cette phrase n'était que la manifestation d'un mouvement d'humeur passager. Si ces paroles furent prononcées — mais après tant d'années un doute peut subsister — ce fut à dessein, pour créer une sorte de mouvement dans le café où chacune de ses petites phrases résonnait comme un oracle.

Ces paroles donnèrent lieu par la suite à de multiples interprétations. Il est vrai que, la nuit même qui suivit, la femme-tronc fut véritablement écrasée par l'éléphant Alphonse dans la stalle duquel elle avait pris l'habitude de dormir. Ce débonnaire pachyderme était le seul des animaux du cirque à supporter ce monstre révoltant. On soupçonna le cornac qui, disait-on, avait appartenu à la bande des Poignardeurs. Par la suite, il ne se trouva personne dans le café qui n'eût entendu très clairement la patronne prononcer : « Attends un peu que je lâche mes chiens et tu verras comme je te bousillerai, comme une merde... »

Toutefois, si, ce matin-là — un samedi donc, jour où la patronne avait toujours quelques comptes à régler avec Monsieur Dédé —, au lieu de décortiquer en une ivresse quasi talmudique les paroles de Madame Maud à la femme-tronc afin d'en extraire le sens caché, les habitués avaient porté quelque attention à ce qui allait suivre, ils auraient été mieux éclairés sur ce personnage qui peu à peu devenait une sorte de lare pour le quartier, au point que quelques années après son occultation (comment dire autrement quand une déesse de cette grandeur a été coffrée au dépôt?), elle demeurait encore l'éponyme d'une époque révolue dont chacun ressentait la nostalgie. En effet, ce jour-là, ils auraient compris qu'entre la Maud et Dédé ce n'était ni du tout rose, ni du tout cuit; et aussi qu'ils s'étaient légèrement fichu le doigt dans l'œil à leur sujet.

Et pourtant il est probable qu'on finirait aujourd'hui encore, en cherchant bien, par trouver quelques anciens habitués des Trapézistes qui, perpétuant le souvenir de Madame Maud tel le culte d'une religion passée, et ayant oublié ce qu'elle fut, à savoir : une bijoutière du clair de lune doublée d'une effroyable proxénète, bien connue vers le haut de la rue des Martyrs et jusqu'à Barbès pour son trafic des «fausses communiantes», et également la présumée meurtrière de l'académicien Thierry Le Cailar-Dubreuil, associent toujours son nom, comme il se doit entre époux, à celui d'André Florelle, un sacré gaillard qui devait en avoir dans le falzar si l'on en juge par ses incontinences verbales du vendredi, ses souvenirs d'Afrique comme il disait.

«Souvenirs! je t'en foutrai des souvenirs d'Afrique! On se monte le bourrichon. On joue les fiers-à-bras, les petits dessalés et hop! on y va de sa féerie bougnoule. Le clairon qui sonne la retraite, le légionnaire, le sable chaud... Mais regarde ta bobine, mon pauvre Dédé. Et dis-moi vraiment, comme à une maman, sans fausse pudeur, sans honte, si avec une gueule pareille, il y a de quoi traouter le cul de la moukère! Moukère macache, oui! La mousmée, c'était pour du beurre! Ce qui était du solide, ce qui comptait, c'était l'autre. Un foutu loulou de Poméranie, celui-là! Sacré sergent Bolko! l'ex-Obersturmführer Bolko von Salza! ancien Waffen SS et garde d'honneur du Reichsführer Heydrich. Au procès de Nuremberg, il n'y en a eu que pour lui. Mais ce grand zigouilleur, malin, s'était envolé avec son milicien! Ciao! et bons baisers de la Légion! Quelle tristesse! Parce qu'il en savait de ces trucs et qu'il en avait à raconter, le salopard. Oui, une vraie salope, le Bolko. Mais un homme du monde, ça on peut pas dire! Il fallait lui en donner du Monsieur le Comte long comme le bras! Et que je te claque les talons et que je te baise la paluche et que je te glisse du «cholie peudite Matame». Et sentimental! Ça pour y aller d'une main baladeuse de son *Clair de lune* sur le piano de la Sidonie Baba rue Sainte-Anne il se posait là. Oui, un vrai grand sentimental! Avec ça bon danseur, du genre je meurs où je m'attache! A Tabarin, y faisait chaque soir la fermeture sur l'air de «On lui roussira les poils du cul à la youpine...». Et tu peux m'en croire que les poils du cul lui ont chauffé plus d'une fois à la Maud. Et toi, la gueule d'amour, t'es tombé dans le panneau. Il t'a fait le coup du légionnaire, à la vie à la mort! Bruderschaft! Freundschaft! et que je te trique dans le falzar. Un petit coup d'harmonica au crépuscule et t'as mouillé comme une gonzesse! Et ensuite, tu t'es senti trahi. Et tu as voulu lui faire la peau. Mais increvable, le Bolko! Les anges, ça meurt pas! Y avait vraiment pas de quoi se planquer comme un rat dans la kasbah pour lui avoir simplement brisé son instrument. Car c'était bien, dis, une affaire de coucher de soleil entre hommes sur un air d'harmonica? Ah! le bel enfoiré que tu as fait!»

La petite langue rose de Madame Maud, qui avait dû jadis être celle d'une jeune fille réservée, absurde à présent dans cette immense bouche carminée, allait et venait comme un dard obscène, une sorte d'aiguillon qui l'aidait à infuser le venin de ses paroles. Il lui fallait tuer les souvenirs, l'illusion du souvenir. Finir ce qui avait été déjà commencé là-bas sans elle, alors que, sans qu'ils en sachent rien, elle était incluse de toute éternité dans leur jeu de mort. Rendre la mémoire au néant pour mieux s'y dissoudre, servir de terreau à des âmes errantes, sans force, qui n'attendent que cette pâle lueur pour surgir au monde. Vivant sans espérance, elle tuait sans crainte tout espoir chez les autres. Et pourtant, au fond d'elle-même demeurait, comme un feu mal éteint, la conviction d'un rachat possible.

Si elle navrait à mort Monsieur Dédé en le fléchant de ses paroles assassines, c'était pour mieux le faire entrer dans le cercle magique, tracé au milieu du cimetière de ses propres souvenirs. Sa petite langue rose qui s'agitait dans cette immense vulve, quand elle n'en pourléchait pas ses lèvres afin de reprendre son souffle pour mieux repartir à l'assaut, constituait comme la dérision de cette épée dont il est dit dans les Écritures qu'elle est le plus court chemin d'un cœur à un autre. « Je sens que je ne t'aimerai que lorsque je t'aurai tuée », avait-elle entendu jadis une voix inconnue murmurer.

Elle connaissait son homme et savait sur combien peu de terre il vivait, combien peu profondes étaient ses racines. Elle mesurait aussi combien pouvaient être mortelles ses paroles et pourtant elle les débitait doucement sur le ton d'un entrepreneur de pompes funèbres qui demande un acompte dans la chambre du mort.

C'est inlassablement qu'elle revenait sur l'Obersturmführer et cette nuit du 2 octobre 1941 où la synagogue de la rue Pavée avait été dynamitée et aussi sur cette autre nuit du 2 juin 1943 veille de l'Ascension où l'on avait raflé dans Pigalle jusqu'aux prostituées juives. Avec une sorte de jubilation elle évoquait la figure d'un jeune milicien ; et, dans un râle de douleur, glissait l'ombre inquiétante de King Kong, l'as de la baignoire qui avait fait la peau à plus d'un résistant dans la cave d'une maison particulière de l'avenue de Messine.

A force de plonger son regard dans l'abîme, celui-ci finit par s'ancrer en elle. A lutter contre les monstres, elle n'avait pas pris garde à ne pas en devenir un à son tour. Elle reprenait le sujet, y revenait et ne le lâchait que lorsqu'elle était certaine d'en avoir extrait tout le poison dont elle ne savait plus à la fin à qui, de Dédé ou d'elle-même, elle le destinait.

En effet, à mastiquer toutes ces choses, on pouvait imaginer qu'au-delà de Dédé, de l'Obersturmführer, de la torture, du marché noir ou encore de ce petit juif de rien du tout, soldeur de peaux de lapin qu'on avait découvert, le jour de son arrestation, dévoré par ses chats, c'était la vie même qu'elle traquait, cette vie qui lui échappait et qui la poussait ainsi à parler irrésistiblement, comme pour avouer d'une façon détournée pourquoi et comment elle s'était retrouvée naufragée sur ce bout de trottoir face au Cirque, gardienne du royaume des illusions dont elle s'était interdit l'entrée. En trente ans, personne en effet ne l'y avait vue entrer.

Si ses paroles paraissaient parfois venir d'au-delà de la mort, c'est que sa vie, si diverse, si multiple, si ténue également, était devenue malgré elle l'Histoire. Une longue histoire dont elle ne savait plus très bien ni où elle commençait ni, non plus, quand elle s'achèverait. Plus elle parlait, plus elle perfectionnait sa propre mise à mort, ce qui n'était qu'une manière de se venger de n'avoir pas été rachetée.

Et aujourd'hui, alors que l'on tente de dire ce que furent les Filles-du-Calvaire au temps de Madame Maud et de Monsieur Dédé, ces paroles pleines de sous-entendus planent encore comme, en été, ces lourds essaims de mouches, sur les prairies, avant l'orage. Car elles aussi, elle les avait placées entre les vivants et les morts afin qu'elles ne passent pas.

Dans le square, immobile et muette, les pieds dans la boue et la neige mêlées, enracinée dans sa douleur, la veuve Roubichou aurait pu voir ce samedi-là (car ce fut un samedi qu'elle découvrit l'immense bateau que depuis vingt ans lui montait la patronne à coups de bas de soie), oui, elle aurait vu, si elle n'avait été égarée par la haine, les mots sortir de la bouche de Madame Maud pour aller, comme des flèches, frapper l'oreille de Monsieur Dédé ainsi que dans certains tableaux de primitifs, des lèvres à peine entrouvertes de l'ange, s'échappe en faisceaux d'or, tels des rais de miel blond, la parole divine. Alors elle eût également vu un jeune clairon, au visage ouvert déjà prêt à sonner le « Boudin », changer d'expression ; et du petit gars cintré dans sa vareuse avec sa ceinture de flanelle bleue qu'il était encore l'instant d'avant, redevenir cette lope alcoolique que la vie s'était chargée de lessiver. Elle eût sans doute aussi repéré d'autres choses comme par exemple ce qui liait Monsieur Loyal au vieux clown et celui-ci à Max le dompteur ; et comment chacun d'eux détenait sans que les autres s'en doutent une parcelle du secret de Madame Maud. Mieux, elle aurait compris, à la façon tendre dont le regard de Monsieur Loyal glissait du vieux clown au dompteur pour venir se fixer sur un loustic assez gouaille qui, avec vigueur, dans un coin du café, s'en prenait au flipper, qu'il y avait peut-être là un élément nouveau ; en tout cas quelque chose d'attendu, d'espéré qui justifiait toutes ces vies consommées et ces souvenirs incertains et flottants.

Ce marloupin avait débarqué aux Filles-du-Calvaire quelques mois, en tout cas moins d'un an, avant que la mercière ne découvrît le pied de cochon que lui avait farci la Maud.

Et voici comme.

# 7

Il s'était rappliqué, sans crier gare, comme cela, un beau matin, aux Filles-du-Calvaire. Et lestement, sans bruit, comme un voleur, il s'était faufilé, ses seize ans en bandoulière, dans le café avec, à ses trousses, le printemps qui carillonnait dans les arbres, poudrant de mauve et de rose les paulownias et le grand arbre de Judée du square.

«Ah! le petit corniaud!» s'était écriée la patronne, sortant de sa réserve naturelle, dès qu'elle avait aperçu le sourire fripouillard que lui balançait cette fleur d'oseille; alors qu'en elle-même elle pensait que c'était à lui, maintenant, de botter le cul au destin; et tant pis si elle y laissait des plumes.

Pour souligner cette fatalité qu'elle se chopait sur le râble, elle avait porté à sa poitrine, d'un geste théâtral, l'une de ses grosses mains embagouzées, comme pour se prévenir des flèches que le sort ne manquerait pas de lui décocher; puis elle s'était reculée dans l'ombre bleue que reflétaient les paquets de Gauloises et de Gitanes empilés derrière elle, ainsi qu'une murène dans son trou, afin d'échapper à ce sortilège printanier et peut-être aussi pour se soustraire à la tendresse qui commençait à l'envahir.

Le môme était là, devant elle, à la regarder fixement, et ce regard ne lui laissait plus aucun doute. Un regard gris et souple comme le sable avec, par instants, y chantant, comme des paillettes d'or. Un regard qui venait de loin, de par-delà la mer, par-delà la mort, du fin fond de son enfance pour lui rappeler d'anciens souvenirs. Le même regard que celui de la grand-mère quand elle lui disait : «Avec une paire de guibolles comme ça, il y a pas moyen de rater une carrière au music-hall... si tu vois ce que je veux dire, Rachelita! — Oui! grand-mère, mais alors il faudra que je danse! — Tu danseras ma fille! Avec des jambes pareilles, tu danseras!»

Malgré son mouvement de retraite, Madame Maud n'avait pu entièrement se dérober à l'enchantement.

«Ah! le sale petit zoufri! On ne peut pas dire qu'il soit passé à côté de son arbre généalogique, celui-là!» avait-elle murmuré en une plainte, agitant ses mains comme pour se défaire de ces brumes, tissu de vieux souvenirs qui, peu à peu, l'encerclaient, la précipitant dans une lumière mauve. Elle revit l'abat-jour lilas de la lampe en pâte de verre qui distillait dans la pièce aux persiennes tirées une lumière rose et nacrée. Ce demi-jour de méridienne exhalait un parfum oublié. Elle revit la bouteille noire avec son étiquette dorée sur laquelle étaient gravés ces mots magiques : *FLIRT de Pinaud, 18, place Vendôme, Paris.* Et la bouteille vint se placer sur une coiffeuse auprès d'une boîte à poudre ronde, en carton laqué noir, sur laquelle était frappée la figure héraldique d'une dame moyenâgeuse, portant une cape, qui, penchée sur un enfant coiffé d'un bourrelet, assurait, en l'attirant vers elle, ses premiers pas. La coiffeuse en pitchpin était incrustée de nacre. Il y avait également dans la pièce un piano droit avec, dessus, l'immanquable vase en baccarat. Sur la petite table basse d'allure mauresque était posé le tourne-disque à cornet qui moulinait la voix éraillée de la Miss. Un peignoir japonais s'affairait devant la coiffeuse et, s'échappant de ce frissonnement de soie, la voix de la grand-mère, au timbre encore plus canaille que celui du disque, reprenait le refrain de la chanson :

*J'ai fait ça en douce*
*Sans toutes les complications*
*Derrière les fortifications*
*Pour perdre ma fleur d'oranger*
*J'ai pas dérangé...*

«Ah! le music-hall, ma petite, le music-hall vraiment! il n'y a que ça!»

«Non, grand-mère, non! Jamais plus ça! Jamais!» s'était écriée la patronne à sa caisse en se bouchant les oreilles, prise comme par le vertige des profondeurs.

«Alors, mémé, on se sent toute chose. C'est-y qu'on se prendrait pour la Jeanne et qu'on entendrait des voix? Ce sont des choses qui arrivent à force de se faire son cinéma toute seule», gouailla le gosse.

Cette voix! oui, la voix était la même! Madame Maud avait eu la tentation, alors, de se laisser couler à pic. Submerger, noyer par ce passé qui, comme on dit de la marée, revenait sur elle tel un cheval au triple galop. C'eût été sans doute la meilleure façon de passer la main, d'arrêter cette immense machine qu'elle avait assemblée pièce par pièce et mise en marche. Mais alors toutes ces vies sacrifiées, brisées, interrompues; ces destins qu'elle s'était ingéniée à dévoyer, imaginant, folle qu'elle était, pouvoir effacer les vieilles rancœurs par le sang de l'enfant. Et la Roubichou, et Dédé Florelle, et les autres, Blanchefleur, le vieux clown, et Max inconsolable... et pas seulement ceux du Cirque mais également tous les autres qu'elle avait mouillés dans son histoire personnelle : ceux de la synagogue et ceux du vendredi, de la rue des Martyrs et, plus haut, de la rue Rochechouart; et encore les autres de par-delà la mer, ceux de La Goulette, Emma sa grand-mère, et la cousine Simone retrouvée morte dans ses cabinets, et la Zia qui racontait aux morts l'Histoire des vivants; oui, qu'adviendrait-il d'eux tous à présent? Que leur arriverait-il si elle se retirait de toute cette magouille qu'elle avait imaginée simplement parce que, jadis, il y a très longtemps, par-delà la mer, une femme avait renié un enfant, sorti de ses entrailles couvert de sang et le cheveu rouge. Un enfant que le moël refusa le septième jour de circoncire, car ce n'était pas un garçon.

Elle avait encore agité ses mains pour chasser les mouches du passé, au bourdonnement obsédant. Mais lui était toujours là, bien réel, et pas un fantôme qu'on peut exorciser d'un geste. Elle toucha à plusieurs reprises la main de Fatma en or qui pendait sur sa poitrine. Mais le môme continuait à la regarder, l'air moqueur. Il se tenait au milieu du café parmi les débris de souvenirs que son apparition avait suscités, s'ébrouant comme un jeune chiot de cette poussière de printemps qu'il traînait après lui. Ses traouzes délavés façon amerloc, un peu larges et un blouson au dos duquel s'agrippait un aigle ajoutaient encore à sa nonchalance.

Puisqu'il nous faut restituer les événements dans leur chronologie, en respectant l'ordre plus ou moins dans lequel ils advinrent, en ce lieu où le temps paraissait s'être arrêté, disons donc qu'il s'était écoulé quinze ans, à un printemps près, depuis la disparition de l'écuyère Blanchefleur quand Marceau — c'était le nom de cette oseille — pointa son nez ; quinze ans juste que José l'ex-lanceur de poignards au cirque Médrano s'était pendu, devançant de quelques jours la mort accidentelle de la femme-tronc. Cependant, comme celle-ci avait été aussitôt remplacée par une autre monstresse, aussi laide et sale mais qui avait sur la première l'avantage d'être bigle et qu'on s'était empressé d'expédier dans la stalle de l'éléphant Alphonse, on avait le sentiment que le temps, pour déjouer la vieillesse et la mort, s'était mis à tourner en rond. Oui, quinze ans qu'Eduardo Scannabelli se défonçait le foie sous le regard réprobateur de Madame Maud pour, ensuite, s'en aller lever sur le boulevard des vieilles peaux, ex-belles raccrochées à leur maquillage, afin d'assouvir, en les empoisonnant pour du beurre avec de l'huile de ricin, son rêve d'enfant : devenir Landru ou rien ; vingt ans enfin que la patronne des Trapézistes traquait son destin, en bombardant une mercière de la rue Oberkampf avec des poulets sentimentaux. Alors il ne fallait pas être grand clerc pour comprendre que ce zigomar qui vous débarquait un beau matin, en trombe, prêt à semer la panique dans la vie de chacun, comme ces anges bousilleurs de destin, du haut de ses quinze ans — seize à tout casser, mais pour son âge il remplissait déjà bien son pantalon, assez du moins pour se comporter en bon garçon avec les filles —, avait également son mot à dire dans cette histoire. En rupture d'Assistance publique depuis quelques semaines, lui aussi ignorait d'où il venait et où il allait. La seule chose dont il était certain en ce monde, c'est qu'il voulait voler. Voler sur les cordages du cirque, de trapèze en trapèze. Traverser sur une corde un ciel pailleté. Depuis toujours il avait senti en lui une voix qui lui intimait l'ordre de voler. Et c'est ainsi qu'il s'était retrouvé un petit matin frisquet de printemps aux Filles-du-Calvaire, face au Cirque dont l'image avait hanté ses nuits.

« La voix du sang ! » avait hurlé Madame Maud, réveillée en sursaut de son éblouissement, surprise du cri qui l'avait jetée comme hors d'elle-même. Le voyant planté sous son nez et sentant bien qu'il n'était pas prêt à déguerpir : « Alors, le môme, quand tu en auras eu assez de me reluquer, tu me diras ce que tu veux, avait-elle fait. — Un paquet de clopes mais des américaines, avait-il répondu, en ajoutant : Comme je travaille en ce moment plutôt chômeur, ça m'arrangerait, mémère, que tu me mettes ça sur une petite ardoise... » Et en plus, un culot de commissaire, s'était dit Madame Maud. Il n'y avait pas à se tromper : c'était bien lui qu'elle attendait et dont, certains soirs, elle désespérait de la venue. Pourquoi tout cela ne continuerait-il pas jusqu'à la fin ? pensait-elle dans ses moments d'abattement. Il n'y avait, en effet, si elle y réfléchissait bien, aucune raison pour que ça s'arrête. Dédé et sa cirrhose, le bistrot, les Poignardeurs, la Roubichou et ses lettres, le vieux clown sur le boulevard, et la vie lente, lente jusqu'au désespoir.

Jamais, se disait-elle alors, il ne viendra, ce petit couillu, ce petit braillard qu'elle avait refusé de prendre dans ses bras lorsque la sage-femme le lui avait tendu. Et pourtant il était arrivé. Il était là. Malgré toutes les barrières qu'elle avait pris soin de mettre entre elle et lui. Il avait retrouvé le chemin du Cirque. Alors, maintenant, où les choses avaient eu leur naissance, elles pourraient enfin être expiées selon l'ordre du temps et son destin à elle s'accomplir.

Il avait saisi le paquet que Madame Maud avait poussé jusqu'au bord du comptoir et, après avoir méticuleusement pratiqué une ouverture dans l'emballage, en tapant de deux doigts, il en avait fait sortir une cigarette qu'il s'était coincée dans le bec. Il allait sans doute empocher le paquet puis sortir en sifflotant quand il s'était ravisé. Faisant demi-tour, il avait tendu le paquet à la patronne. « On s'en grille une ? — C'est pas de refus », avait répondu Maud en prenant la cigarette. Ce fut d'ailleurs la seule et unique fois qu'on la vit avec une cigarette. « Tu fumes à présent ? s'était aussitôt étonné Dédé. — T'occupe ! Tu vois bien que je suis en conversation d'affaires... » et elle avait jeté avec une délectation non dissimulée, vers le plafond, cette première bouffée, puis, ramenant son regard sur le garçon, elle lui avait demandé : « Comment t'appelles-tu ? — Marceau. —

Marceau? tiens, je n'y aurais pas pensé. C'est un joli nom. — C'est pas mon nom, c'est mon prénom. — Marceau quoi, alors? — Marceau tout court. Je suis de l'Assistance... C'est comme ça qu'on m'a toujours appelé. Même chez les bouseux où j'étais en apprentissage, on m'appelait comme ça... — Ah! Vous étiez à la campagne, avait fait Maud en le vouvoyant soudain pour mettre quelque distance, et la cambrousse vous plaisait-elle?... Maintenant n'allez pas me dire que vous êtes venu exprès de vos pâturages jusqu'ici pour le simple plaisir que je vous fasse une ardoise? — D'accord, mémère, j'ai tout de suite vu qu'on ne te la faisait pas. Un petit peu curieuse sur le bord, hein? Eh bien oui! je me suis fait la belle! — Et pourquoi donc, monsieur Marceau? — A cause de ceci!» Et, se tournant, il avait montré à travers les vitres, se profilant sur un ciel encore pâle, le Cirque.

«Ah! tu veux faire l'artiste, toi aussi? — Non, l'équilibriste. A quelle heure, mémère, ouvre la baraque? — D'abord ne m'appelle pas mémère. C'est agaçant et ça fait mauvais genre. Mais Madame Maud comme tout le monde ici. Maintenant, en tournant par-derrière dans la rue de Crussol, tu trouveras une porte qui doit être ouverte à cette heure-ci...»

Il ne se l'était pas fait dire deux fois. Il avait filé comme il était entré, en coup de vent. D'un geste à peine esquissé, Madame Maud avait voulu le retenir afin de lui donner une recommandation pour Elzéar Keu. Mais pistonne-t-on le destin? s'était-elle dit en laissant retomber sa main.

Le soir même, le vieux clown et Max avaient fêté le nouveau venu. S'étaient joints à eux Yvonnet et aussi Monsieur Loyal qui s'était proposé d'apprendre à Marceau comment se tenir en équilibre sur un cheval. Celui-ci était au milieu d'eux, écoutant, regardant tout, et cependant pas un instant impressionné par cet univers qu'il découvrait. Cependant rien de blasé; simplement donnant le sentiment avec sa tignasse drue et rousse et ses yeux pailletés d'appartenir à ce monde depuis toujours.

Madame Maud à sa caisse avait glissé à plusieurs reprises des regards dans leur direction et ce qui, le matin même, ne l'avait pas frappée, sous la lumière verte du néon lui retournait à présent l'œil. «Ça vraiment, là, quand même, il exagère! Il aurait pu y aller mollo dans la couleur des tifs.

Avec cette rouquinerie il n'a pas besoin, le bougre, d'un acte de naissance!» Son regard s'était fait caressant, allant du vieux clown à Max pour venir se poser sur le loubard. On aurait dit qu'elle voulait lier ce qui avait été délié par la vie. «C'est quand même beau une famille!» s'était-elle dit, fixant sa couvée, les yeux pleins de tendresse.

# 8

La mercière se tenait sous l'arbre, fichée dans le sol, vieux totem plein de haine. Les flocons comme de blanches abeilles tourbillonnaient autour d'elle. Avec le froid extérieur et la surchauffe du café, car il y avait foule ce soir-là, la buée des vitres avait fini par masquer à la Roubichou ce qui se déroulait à l'intérieur. Cependant elle continuait à fixer de ses yeux rouges de lapin le jeu des ombres qu'elle apercevait par transparence, comme pour faire voler les vitres en éclats afin d'atteindre sa mortelle ennemie dont elle devinait la silhouette imposante, laquelle, par un phénomène étrange de réverbération, lui renvoyait, du moins lui semblait-il, son hostilité.

Peut-être avait-on déjà abaissé le rideau de fer du café — car on ne sut jamais le temps qu'elle resta ainsi sur le sol, recouverte de neige quand on la découvrit inanimée au petit matin —, peut-être y avait-il encore quelques clients attardés autour d'un vin chaud, quand fut poussé ce hurlement à vous déchirer les entrailles que personne, par la suite, n'eut souvenance d'avoir entendu, à l'exception d'un clochard qui dormait sur l'un des bancs du square, enfoui sous une couche épaisse de journaux et qui en fut réveillé en sursaut.

«Un hurlement de fauve!» confia-t-il aux infirmiers du SAMU appelés d'urgence pour réanimer la mercière toute bleue et raide. «Un de ces cris à vous bousiller les portugaises. J'ai cru un moment que la lionne Daniela était revenue. Mais ça fait bien au moins quinze ans qu'elle est crevée la garce et qu'on peut, enfin, pioncer en paix. Et v'là-t'y pas, je me disais, que cette salope remet ça. Et puis ensuite il y a eu les paroles... alors là j'ai compris que ce n'était pas un coup du cirque... Des paroles... tenez... quelque chose comme ça... Oui, c'est ça : qu'elle voulait lui brosser le cul ! Oui ! le cul, c'est ça ! — D'accord ! d'accord ! » fit l'infirmier du SAMU qui s'en fichait bien de la lionne Daniela et de ce cul qu'on voulait brosser. Écartant le clochard Josué qui s'agrippait à sa manche car la mémoire lui revenait peu à peu, il enfourna dans l'ambulance la mercière toujours sans connaissance.

C'est évident qu'un clochard qui s'est réchauffé toute la soirée au gros rouge, réveillé en sursaut, encore dans un demi-sommeil, ne peut faire la différence entre « cirer » et « brosser ». Il y eut bien, alors que la ville s'enfonçait dans la nuit à peine traversée d'une lueur bleue et que les derniers autobus zigzaguaient sur le verglas, un cri inhumain. Un cri de bête enragée. Et jamais personne n'aurait soupçonné, tant il y avait de violence et de force dans ce hurlement, qu'il pût jaillir d'un corps aussi petit et recroquevillé que celui sur lequel les portes de l'ambulance venaient de se refermer. Et pourtant ce fut bien la mercière qui déchira la nuit d'un rugissement que n'eût pas désavoué, si elle avait été encore en vie, la lionne Daniela. Quant à la phrase qui suivit, le clochard ne l'avait pas rêvée. Elle ne fut que murmurée, comme une plainte intérieure ; une sorte de hoquet de l'âme que la nuit cristalline répercuta en plusieurs échos. Ainsi des mots épars, rassemblés dans la neige, formèrent-ils cette phrase dont, aujourd'hui, on ne saurait détourner ne fût-ce qu'un point d'exclamation, tant il est vrai qu'elle devint, dès l'instant précis où elle fut prononcée, la charnière de notre histoire. La voici pour ce qu'elle est : « Ah ! ça alors, elle m'aura bien ciré le cul, la garce ! »

Il faut avouer que durant les vingt années écoulées, elle lui en avait fait voir, du paysage, avec ses bafouilles, la Maud ! Oh ! quel périple elles avaient, ensemble, accompli à travers les mots et les sentiments, depuis les premiers poulets. En ce qui concerne la mercière, s'il en fallait une preuve, cette petite phrase dont la nuit se fit l'écho aurait, mieux qu'un florilège de sa correspondance, révélé par son ton « zobain » et son léger parfum de gouaille l'itinéraire qu'elle avait effectué.

En effet, par la magie des mots, la patronne des Trapézistes s'était peu à peu insinuée dans son intimité, liant, lettre après lettre, sa volonté ; s'emparant, ni plus ni moins, de son âme. Par des remarques aussi séduisantes que captieuses, elle menait la Roubichou par le bout du nez, vers un but mystérieux et obscur. Ce fut aussi un lent progrès en amour. D'autant plus lent que la «bistrot» mettait un malin plaisir à rendre les choses difficiles — sans doute pour qu'elles fussent irrémédiables ; elle égarait sa victime par des surprises, des fausses confidences, des dénouements imprévus à une histoire commencée quelques lettres plus tôt, laissée en quenouille et reprise alors même que sa correspondante en avait oublié le début. Ainsi éprouvait-elle un stratagème qui, dans les mystérieux entrelacs de cette correspondance, lui donnait la possibilité de mieux vaincre un préjugé, en triomphant des doutes qu'elle-même avait par ailleurs semés dans l'esprit de la mercière toujours un peu en arrière de la main et prompte à s'effrayer. Elle savait truffer ses lettres de ces illusions bienfaisantes que sont les clichés et les lieux communs. Elle connaissait sa rhétorique. Cela ne l'empêchait pas, cependant, de se hisser aux réflexions abstraites et aux idées pures. Et ceci dans le langage le moins convenu du monde, avec des inventions qui, à chaque lettre, charmaient et comblaient la Roubichou, d'autant mieux d'ailleurs que ces missives étaient agencées de façon qu'on les oubliât à mesure. C'était une sorte de correspondance circulaire dont le style, à la fois soutenu et souteneur, finissait par donner à ces lettres une étrange séduction. L'impression, également, de quelque chose d'assez proche du tourbillon marin qui vous enserre, vous tourne et vous retourne pour mieux, finalement, vous happer par le fond. Elle y mettait infiniment d'artifice. Elle ne se fiait pas seulement aux charmes de certains mots qui vous illuminent une phrase, dans leur simple nudité (encore que pour le plaisir d'une jolie consonance, elle en inventât parfois qui, bardés d'un adverbe ou d'un adjectif mignard, passaient comme lettre à la poste), mais en vraie artiste — on devrait même dire en écrivain — elle s'efforçait de les réunir et de les associer selon les lois du rythme, de l'antithèse, de la métaphore, voire de l'hyperbole car elle ne dédaignait pas ces coups de théâtre qui ne vont jamais sans quelque emphase. En somme elle perfectionnait un style afin qu'au lent progrès de l'amour répondît comme en écho celui d'une écriture.

Madame Maud se trouve tout entière dans ses lettres; encore qu'à la première lecture on puisse l'y surprendre inégale. En y réfléchissant, on s'aperçoit que c'est de cette instabilité qu'elle tire son plus grand charme. On peut dire qu'elle fut, avec un art consommé, une illusionniste qui trouvait dans son extrême mobilité, ses sous-entendus où elle ne se livrait que pour mieux se reprendre à la missive suivante, ses indiscrétions impudiques, un moyen infaillible de conquérir la mercière. On connaît les lettres «à la Roubichou», mais il est fort probable que dans sa longue carrière de truqueuse, elle entretint d'autres relations épistolaires qui mirent ses correspondants à sa merci, par le seul effet de sa plume perfide.

Toutes ces nuances, ajoutées à cet insensible et subtil art du glissement des mots qu'elle possédait par une révélation innée des étymologies ainsi que des lois du sous-entendu qui font que la question la plus simple comme «Qu'avez-vous?» posée par un banquier, un douanier, un médecin, signifie, soit : «Quel est l'état de votre fortune? Qu'avez-vous à déclarer? Ou encore, de quoi souffrez-vous?», finissaient par donner à ses lettres une sorte de flou, comme cette impression vague de fumée sur certains tableaux, qui, invariablement, jetait la Roubichou dans des états extrêmes.

Elle jouait de tous les artifices que recèle la langue française sur le cœur de la mercière comme de son archet le violoniste sur son violon, pour reprendre la métaphore — ô combien osée! — de l'écrivain Thierry Le Cailar-Dubreuil qui, dans *La Vie inquiète de Judas Iscariote,* écrit : «Et le traître charma une nouvelle et dernière fois les Onze de sa voix infiniment grave d'homme qui avait connu les femmes et savait leur parler. Jouant des mots sur leur cœur comme de son archet le citharède sur sa cithare.»

Et, comme la fleur de Judée, comme le cœur innocent de l'Apôtre, celui de la Roubichou s'ouvrit à la voix de la trahison; car bien évidemment — sinon où eût été le jeu? — il y avait quelque chose d'obscur, de fatal et même d'assez abject dans la manière dont la Maud torchait ses bafouilles. Séduisant la mercière, c'était elle-même finalement qu'elle abusait. En s'appropriant son âme, c'était la sienne qu'elle disputait à la nuit, à l'oubli, à des chimères surgies de l'enfance.

Très vite, la mercière avait perdu pied dans cette correspondance qui avait, dès les premiers échanges, pris un tour feuilletonesque. Cependant, c'était radieuse et grisée que le soir, après avoir fermé son magasin, étendue sur son grand lit modern-style acheté une bouchée de pain faubourg Saint-Antoine (car déjà passé de mode à l'époque de son mariage), elle lisait et relisait les lettres de cette correspondante mystérieuse, s'enlisant avec délice, peu à peu, dans ce grand roman. Elle mordait aux appâts que lui jetait la Maud, avec délectation, toute frissonnante de ces petits riens négligemment lâchés au détour d'une phrase qui, dans la grisaille de sa vie, soudain, lui semblaient un horizon lumineux et plein d'aventures. Et même malgré certaines volte-face de la patronne, assez abruptes pourtant, qui selon son humeur pouvaient ressembler à de miaulantes palinodies dans la mesure où elle voulait prendre du recul pour mieux ensuite enfoncer le clou, la mercière, ne se doutant de rien, continuait, nuit après nuit, à gamberger.

«... Que je suis bête! Sont-ce des choses à confier à une inconnue, à une personne qu'on n'a jamais même entrevue? Mais vous êtes ainsi faite, ma chère, que vous appelez la confidence. A votre contact, le cœur le plus endurci s'épanche. Je me sens auprès de vous comme une enfant. Si vous me pouviez voir en l'état où je me trouve, vous ne douteriez pas qu'à chacune de vos lettres je subisse votre influence. Mais n'en parlons pas puisque le mal est fait. Je me repens de ce que je vous ai livré la fois dernière; et voudrais ne l'avoir pas fait. Mais, couilles au bleu! je suis une fille naturelle et quand mon cœur est en presse, je ne puis m'empêcher de tout dire. Il faut me pardonner ces sortes de faiblesses. Aussi, qu'avais-je à vous raconter ainsi tout à trac ces choses qui me semblaient être enfouies une fois pour toutes dans le passé. Ai-je, d'ailleurs, aimé cette jeune femme autant que je vous l'ai laissé entendre? Ne fut-ce point plutôt l'égarement d'un instant qu'une passion suivie? Car vous l'ai-je dit? Dès le lendemain je la trahissais et lui volais son mari...»

La mercière retombait de haut. Mais la douleur même relançait son désir et c'est avec encore plus d'avidité qu'elle dévorait la lettre suivante où, à travers les lignes, passait l'ombre d'un bonheur auquel elle n'aurait jamais aspiré sans cette prose moirée, affectée par instants, afin de mieux masquer les précipices desquels, comme des profondeurs de la mer, monte, rapide, le reflet argenté d'un poisson, et où brillaient un tas de promesses qu'un fil visqueux rattachait aux souvenirs de nuits anciennes. Bref, Madame Maud lui distillait tout un lait de rêveries.

Cependant le vrai miracle fut autre. Après quelque temps, durant lequel la mercière se contenta de colorier comme une enfant sage les dessins que lui proposait Maud, répondant point par point à ses questions, gobant comme il le fallait toutes ses insinuations, réagissant en somme ainsi que l'autre s'y attendait, elle eut un sursaut. Madame Maud crut tout d'abord à une rébellion. Le bon élève, simplement, devançait les désirs du maître. Maud le comprit qui lui laissa la bride sur le cou.

Quoique bien en jambe, le style de la mercière n'atteignit jamais les sommets de la perfection où culminait celui de sa correspondante. C'était un style narratif qui avait pour lui d'être clair et d'aller droit au but. Cependant, pour être tout à fait juste, nous devons avouer qu'avec le temps il évolua et finit par ressembler, le charme en moins, à celui de Madame Maud. A la longue il s'était opéré une sorte d'osmose ; si bien qu'une personne qui serait alors tombée en plein milieu de la correspondance, sans en connaître les tenants et les aboutissants, n'aurait su dire de qui était la lettre, de Maud ou de la Roubichou. En vingt ans, avec bien entendu des interruptions que savait ménager en artiste la patronne des Trapézistes, dans le genre «... Mon ange, je ne vous écrirai pas le mois prochain, ni même celui d'après. Car, figurez-vous, est-ce bête ! j'ai attrapé le bonheur par la queue. Et le temps que nous cheminerons ensemble, je n'aurai que lui en tête... » pour mieux se reprendre, par la suite, quand la mercière avait assez mariné, par un : « Le croiriez-vous ? Ce grand amour n'était qu'un "alphonse" un peu vache qui, après m'avoir mise au chaud, s'est tiré avec mes économies, me laissant dans la schtourbe sentimentale la plus complète. Ah ! mon ange ! heureusement que je vous ai ! » Oui, vingt ans durant lesquels Maud s'empara, lettre après lettre, du cœur de la mercière. Vingt ans ! cela fait, de part et d'autre, un sacré paquet de lettres.

Où sont-elles, à présent, ces lettres ? Celles de la mercière et, encore plus précieuses, celles de Madame Maud ? Car si la Roubichou finissait toujours, malgré quelques réticences, par livrer des pans entiers de sa vie, Madame Maud procédait différemment ; à mots couverts, jouant du secret et de l'allusion, se donnant pour mieux se reprendre. Et ce qu'elle avait été, ce qu'elle était devenue à travers les différentes étapes de sa vie, finissait, de lettre en lettre, par prendre le tour d'un immense rébus. Cependant, à la lecture des lettres de Madame Maud, apparaissait en filigrane, montant de la profondeur même de l'écriture, comme délié par le regard, le dessin d'une vie.

La mercière garda longtemps ces lettres dans une boîte à chapeau en carton qu'elle cachait sous son lit. Certains assurent l'avoir aperçue au petit matin, quelques jours avant l'arrestation de la patronne des Trapézistes et son transfert au dépôt, le carton à chapeau sous le bras, remontant le boulevard en titubant vers la République, comme ces insectes apparemment frêles et vacillants mais entêtés dans leur dessein. Et personne depuis ne l'a revue aux Filles-du-Calvaire.

Pour les lettres de la mercière, d'une écriture resserrée et fine à l'encre violette sur du papier quadrillé d'écolier, on aurait pu craindre pour leur sort. Brûlées, c'est évidemment la première idée qui vient à l'esprit. Mais trop de textes sacrés, de thoras et de talmuds, déjà, avaient été effacés par les flammes de la mémoire de Dieu et des hommes, pour que Madame Maud se prêtât à cette besogne impie, même sur des lettres d'une pauvre mercière de quartier. En les brûlant, ne se serait-elle pas brûlée elle-même ? En fait, probablement parties avec le mobilier quand celui-ci fut dispersé lors de la saisie judiciaire. Oui, disparues, les lettres ; comme avait disparu la Roubichou et s'était évanoui dans la nature Monsieur Dédé juste avant que l'huissier ne fasse main basse sur son percolateur.

Celui qui détient les lettres de la mercière, récupérées pour trois francs six sous au fond d'une mannette de l'Hôtel des Ventes avec un lot de bas de soie à couture couleur gazelle et quelques vieux flacons de Flirt de Pinaud — celui-là se doute-t-il qu'il possède un témoignage inestimable pour le sociologue à venir qui voudrait se pencher sur ce qu'a été la jeunesse d'une commerçante dans le Paris en mutation du milieu du XX$^{e}$ siècle ?

En effet, les lettres dites « du Chemin-Vert » (ainsi les appellerons-nous pour les différencier d'une seconde volée qu'on nommera les «Oberkampf») ne laissent rien dans l'ombre de ce que fut la vie quotidienne d'une adolescente ingrate et mal aimée.

C'est en effet rue du Chemin-Vert que la Roubichou, née Henriette Chouin, vit le jour dans un petit appartement contigu à la mercerie que tenait sa mère. Enfant unique, venue par mégarde dans un ménage où l'on ne s'aimait plus — si tant est qu'on s'y fût jamais aimé — et où l'on se déchirait d'une façon quasi permanente en des scènes dont le voisinage se faisait l'écho, la jeune Henriette grandit tristement.

Elle naquit le 11 novembre 1918, jour de l'armistice qui ne fut en revanche pas un jour de trêve pour les époux Chouin. Mme Chouin, née Luciane Duborniau, de son état mercière de mère en fille depuis quatre générations, avait mis un point d'honneur à accoucher chez elle ainsi que les dames du monde des romans-feuilletons dont elle s'abreuvait pour tromper l'ennui d'une condition qu'elle trouvait inférieure à ses mérites et à sa naissance. Cette littérature qui avait encore un pied dans le XIXe siècle négligeait les progrès de l'obstétrique, et au moderne gynécologue préférait la sage-femme des familles, bien plus romanesque auprès du lit d'une jeune fille séduite et abandonnée. Elle sentait qu'il y avait là un chic ineffable; et quand son médecin lui proposa un lit à l'hôpital Saint-Vincent, elle le remit à sa place avec un air de hauteur qu'elle pensait être celui du grand monde, lui signifiant par là qu'elle ne discutait pas avec un vulgaire carabin. Elle fit bien d'autres embarras comme pour sa parure de lit, laquelle, avec sa courtepointe, ses draps ajourés et garnis d'un volant, ses oreillers de dentelle, n'était que les signes extérieurs d'un cérémonial qu'elle voulait strict et soutenu. Elle avait attrapé cette lubie en feuilletant le magazine *Femina* qui consacrait un reportage à une jeune pensionnaire du Français, plus connue pour ses triomphes dans le demi-monde que pour ceux qu'elle réservait à la scène où elle n'avait jamais interprété que des rôles de confidentes auprès de la «divine» Julia Bartet. On y voyait sur une photo coloriée la jeune personne parmi des oreillers mousseux, croquant un toast, petit doigt en l'air, alors qu'un bichon sautait sur son lit. La légende : «L'heure insouciante du breakfast avec

Mlle Yanette d'Aurenche et son adorable Mistou» sacrifiait à la mode du «british», laquelle, depuis la découverte des bienfaits du jersey et du tweed, avait plus fait pour l'entente cordiale que les «tommies» dans les tranchées de la Somme ou encore les sourires faux cul des diplomates de l'un et l'autre bord du Channel.

Les derniers mois de la grossesse se passèrent en cris et en constantes revendications : le mari, Raymond Chouin, pourtant un brave garçon qui n'avait épousé durant la guerre la mercière que pour obtenir plus facilement des permissions afin de se rendre à Marseille auprès d'une juive tunisienne qui était sa maîtresse, claqua la porte et s'en alla au troquet le plus proche lever le coude en honneur de la Victoire, non sans avoir auparavant vrillé son clou à la mégère. «Je vous jure que dans la haute, quand elles pondaient leurs gniards, elles en faisaient moins à la pose que cette rencarrure qui se gobe pour un lardon comme si elle vous chiait des pommes vapeur...»

La Roubichou racontant le jour mémorable de sa naissance mettait dans la bouche de son géniteur des expressions que la Maud lui avait refilées en douce, la sentant en panne, dans une de ses dernières lettres et qui dans le langage «zobain» des Poignardeurs signifiait en gros : «Ne fais pas tant d'embarras» et par extension : «Tu me les casses avec tes salades.»

Il claqua donc la porte. Mais que n'avait-il pas dit! «Dans la haute! Dans la haute! Ah! Monsieur voudrait nous faire croire qu'il fréquente le haut du pavé! Mais il n'y a pas plus de baronne et de comtesse que de beurre en branche. C'est pas à moi, une Duborniau dont la mère avait la plus jolie clientèle de Paris avant de venir s'enterrer dans ce trou du onzième, qu'on peut la faire avec ces emperruquées. Parlez-moi de Mme Cardebois, la femme du notaire, de Mlle Emma Bocardon de l'Odéon, une vraie artiste celle-là, ou encore de Mme Crovachon, oui, Mme Félix Crovachon dont le mari est grand manitou à la Bourse du commerce! Mais des baronnes! des baronnes! du flan, oui! une grue! une de ces poules du Trianon Palace que tu entretiens derrière mon dos. Ou encore cette Emma, cette pute tunisienne à qui tu écris chaque semaine. Si tu crois que je n'ai pas vu ton manège... Emma Boccara! une juive en plus! Et la façon dont tu te sers dans la caisse... et si ce n'était que la caisse, mais mes dentelles aussi y passent. Pour les envoyer à ta Tunisienne ! Ah ! monsieur se fait sa pelote dans mon dos ! Drôle de mentalité, monsieur Chouin ! » Et pour ajouter à sa vindicte, elle le poursuivit, la charentaise leste, dans la rue. C'est au moment où elle s'apprêtait à lui balancer une nouvelle bordée d'injures qu'elle glissa sur le trottoir mouillé et tomba de tout son long en poussant un cri. Raymond Chouin poursuivit sa route sans se retourner. Une voisine, apercevant alors la malheureuse à la renverse, les jambes gigotantes ainsi qu'une tortue retournée qui ne peut se remettre sur les pattes, alerta le pharmacien lequel lui-même appela le docteur le plus proche. La contrariété qu'elle venait de subir, ainsi que le choc de la chute, avait déclenché le processus de l'accouchement. Le médecin, qui n'avait jamais soigné que des orgelets, fit quérir promptement une sage-femme qui pronostiqua un accouchement pénible : l'enfant se présentait par le siège et il n'y avait vraisemblablement aucune chance que l'on puisse sauver à la fois la mère et le bébé ; et plus vraisemblablement encore ni l'un ni l'autre. Cette sentence de la Faculté, dépêchée promptement au café, n'eut apparemment aucun effet sur la partie de belote de Raymond Chouin. Là où un père de famille aurait senti comme le poids de la fatalité, le brave garçon, lui, entrevit soudain l'état enviable de veuf et la liberté, enfin, de s'en aller en toute quiétude se rincer les mirettes aux promenoirs des caf'conc' du boulevard. « Il y a bien longtemps que j'aurais dû me décramponner de cette pimbêche. Eh bien, qu'elle se tire ! bon vent ! » Et là-dessus, il avait amené sur le tapis la dame puis le roi dans un sonore « Belote ! et rebelote ! ».

C'est ce qui du moins avait été rapporté par une âme bienveillante ; à moins que la chose n'eût été inventée de toutes pièces, après coup, par Mme Chouin afin de pimenter le long récit de ses souffrances de parturiente qui, avec les années, le départ de M. Chouin — lequel avait mis les voiles sans laisser d'adresse —, prit le tour d'une geste épique combinée à un mystère de la nativité. Car il y avait bien là un mystère dans le sens où personne dans le quartier n'avait jamais compris comment son père, le brave Raymond, roi des promenoirs où il était connu comme le loup blanc, avait pu marier cette figue sèche et, de surcroît, y aller de sa crampette. Parce que pour tout dire, la Luciane, même avec sa collection de dentelles et son fonds de commerce, c'était plutôt un remède à l'amour. Remarquez que cette opinion peu flatteuse était encore, cinquante ans après, partagée par sa fille puisqu'elle figurait noir sur blanc dans l'une des lettres adressées à Madame Maud.

La sage-femme, contre tous les pronostics, réussit à sauver la mère et l'enfant. L'accouchement comme la nouvelle de la disparition du père étaient rendus par la Roubichou avec une rage froide et ce souci du détail qu'on s'en va rechercher au fond de sa mémoire pour mieux se blesser. Ainsi, certains êtres nocturnes possèdent une panoplie de souvenirs dont ils éprouvent le besoin d'animer leur rage par haine de la vie ou plus probablement par honte de vivre.

« Retirez cette enfant de ma vue! » s'écria Luciane Chouin en repoussant la sage-femme qui, toute fière de son travail, lui présentait le nouveau-né. Et ce « Retirez cette enfant de ma vue! » creusa avec le temps un abîme de fiel et d'amertume dans l'âme candide et simple de la Roubichou. C'est ce que comprit tout de suite Madame Maud qui en repliant la lettre résuma d'instinct la situation : « Encore une mal aimée qui fera une mal baisée! » Mais de toutes ces lettres ayant trait à son enfance, la plus cruelle certainement est celle que nous nommerons « La communion solennelle ».

Celle-ci s'ouvre par un long passage quasiment idyllique où les grandes vacances humides à La Panne sur fond de mer grise criblée de mouettes criardes, avec en renfort l'odeur du varech et la plage lancinante à perte de vue, étaient rendues avec une précision toute maritime. Sans compter la bruine du 15 août ainsi que la chasse aux escargots dans les dunes d'où Mlle Henriette Chouin, notre future Roubichou, revenait sans petite culotte mais le feu aux joues, prête dès le lendemain à remettre ça avec les garnements, quitte à se payer, au retour, une nouvelle paire de torgnoles. De l'écume qui après l'éclatement de la vague venait franger comme une dentelle le bord de la plage, elle passait sans transition, avec cet appétit de conter qu'on remarque seulement chez les vrais écrivains, à l'appareillage tout en point d'Alençon de sa robe de communiante qui, comme construction, se posait un peu là.

« Petite sotte, sache une fois pour toutes qu'il n'y a jamais assez de dentelles! » criait énervée Luciane Chouin, saisie d'un délire ornemental, en rajoutant une bride tortillée retenue par des gros choux de satin. Tel un derviche, elle tournait autour de sa fille en la piquant ici et là avec des aiguilles. On eût dit qu'elle se livrait à une sorte de cérémonial qui tenait à la fois de la danse vaudou et de la messe noire. Au fur et à mesure que s'amoncelaient nœuds, festons et guirlandes, la Chouin semblait s'amadouer. La colère constante qu'elle marquait à sa fille tombait, faisant place à une sorte d'attendrissement. Cet objet, qui à chaque instant lui rappelait la bestialité de l'horrible M. Chouin, recouvert ainsi de dentelles lui tirait pour la première fois des pulsions incontrôlées de tendresse d'autant plus soudaines et fortes que longtemps refoulées. « Une vraie petite mariée de Jésus ! » s'exclamait-elle en voletant comme un papillon éperdu autour de son œuvre, y revenant dans un butinement incessant pour replacer un ruban ou un bout de dentelle. « Mais voyez la jolie petite mariée que cela nous fait ! »

Au vrai, plus qu'à une mariée, Mlle Chouin ressemblait à un énorme saint-honoré rehaussé de chantilly, tandis qu'émergeait de cet édifice, pointu et déjà fouineur, le nez jaune et immanquable de la future Roubichou.

Lorsque, le jour de la cérémonie, elle parut, un cierge à la main, dans l'allée centrale de Saint-Ambroise, déjà asperge, dominant de sa haute taille les autres communiantes, il y eut dans l'assistance un moment de stupéfaction, rapidement relayé par un immense fou rire. Chacun pouffait dans son missel. La chorale entière se gondolait. Seule, à son banc, Mme Chouin tournait des regards extatiques vers le ciel en remerciement de ce miracle entièrement, doit-on le rappeler, ourlé de ses mains. Ravie par son propre enchantement, elle paraissait ignorer les regards furtifs et un tantinet rigolards qu'on lui glissait. Sous son voile, la jeune Henriette, en revanche, n'en perdait pas une. « La salope ! Elle me le paiera ! Je te lui en ficherai de ses dentelles de merde ! Elle n'est pas près de l'emporter en paradis ! » Venait par-dessus toute une jolie tirade où la Roubichou mettait à profit les leçons d'argot de Madame Maud. Cette lettre trouvait son apothéose quand, sous les voûtes de Saint-Ambroise, durant le Kyrie plein d'allégresse, M. Chouin — oui ! le brave Raymond en personne que tout le monde croyait mort — paraissait au milieu de l'allée centrale. Entré par une porte latérale près de la sacristie, il semblait surgi comme d'une trappe. Le chapeau melon bosselé et de travers, pas rasé, un pan de sa chemise échappant de son pantalon par-derrière, il était de toute évidence en ribote. Il n'eut que le temps de crier d'une voix pâteuse : « Je veux voir ma petite fille... Je veux voir ma petite Henriette... » déjà le sacristain l'entraînait, le faisant disparaître aussi promptement qu'il était apparu. Les chants avaient cessé. M. l'archiprêtre roulait des yeux ahuris sur l'assistance, son « Gloria in excelsis... » en travers du gosier.

Du haut du ciel où elle s'était élevée parmi les anges sur un nuage de dentelles, Luciane Chouin redégringola aussi sec, lâchée sans ménagements par la cohorte des chérubins à la simple apparition d'un mari qu'elle croyait à jamais disparu de sa vie. Il se fit un bruit effroyable. La mercière de la rue du Chemin-Vert avait chu de tout son haut et, en tombant, venait de briser son prie-Dieu.

Pour autant qu'on puisse l'assurer, ce fut la seule et unique occasion qui fut donnée à la jeune Henriette d'apercevoir un père dont on s'était toujours bien gardé de prononcer jusqu'au nom devant elle.

Cette intrusion somme toute villageoise, car à cette époque le quartier était comme un vrai petit village — intrusion soudaine certes, mais suivie d'une retraite éternelle —, allait offrir à la Roubichou, bien des années plus tard, l'occasion de dédier à ce père, à peine entrevu, un pieux hommage doublé d'un hymne à la liberté et aux vertus viriles. Un vrai morceau de bravoure qu'on ne retrouvera pas sous sa plume quand elle abordera le sujet épineux, mais à tout prendre quasiment identique, de l'adorable Amédée Roubichou se taillant avec ses dentelles.

Et pourtant, durant de longues années, drapée dans ses voiles de veuve, le toupignard demi-deuil sur la tête, elle avait conforté les habitués des Trapézistes, qui se bidonnaient derrière son dos, dans la légende d'un M. Roubichou, roi des étalons. Ce bon Amédée poudré à frimas, l'œil fait à la biche et la bagouze arrogante, se transformait en un coq de village, un vrai tombeur qui n'en négligeait pas pour autant ses devoirs d'époux. Ce conjungo était exalté tous les samedis, à l'heure du PMU, aux Trapézistes, sous l'œil narquois de la patronne quand la mercière, après avoir refait sa provision de Caporal, s'attardait encore quelques instants.

Comme il se trouvait toujours dans le café, parmi les fidèles, des clients de passage, la mercière se faisait un devoir de les affranchir en reprenant l'affaire dès le début. Ainsi ce « veuvage », qui remontait à perpète et même, selon certains, à une époque précédant l'arrivée de Madame Maud aux Filles-du-Calvaire, paraissait dater de la veille. Cette impression se trouvait renforcée du fait que ce récit qui, s'il vous en souvient, n'avait été dans la nuit des temps qu'un fait divers mettant en cause la seule responsabilité de la RATP, augmenté chaque semaine de nouveaux détails aux ressorts de plus en plus rocambolesques, avait fini par devenir au fil des ans comme ces textes savants que l'on encombre de notes inextricables, un immense pastis dans lequel, largués depuis longtemps, barbotaient les habitués du samedi, subjugués une fois pour toutes par les trémolos et les larmes de cette veuve éternelle. En effet, le malheur qui, de semaine en semaine, s'acharnait sur la Roubichou avait fini par laisser de marbre un auditoire cependant attentif, lequel n'eût pour rien au monde raté une de ses prestations, mais se contentait, sans aller chercher midi à quatorze heures, du grand chant intérieur de cette âme désolée, vouée, lui semblait-il, de toute éternité à ce perpétuel veuvage. Les paroles n'avaient dès lors plus d'importance en regard de la ligne mélodique que rendait admirablement, en un nasillant lamento, la voix éraillée de la mercière, muezzin de sa propre détresse.

Après les premières formalités, sorte d'appel à la prière qui commençait immanquablement par : « Mais, dites-moi un peu, mon Dieu, ce qu'il pouvait bien aller faire porte de Montempoivre ? », elle gambadait de sourate en sourate, toujours plus haut, dévidant son histoire en de prodigieuses arabesques que sa voix épousait, grimpant parfois d'un bond une octave pour tenir une note des plus perchées où les initiés reconnaissaient sans mal le crissement d'un pneu, le choc de l'autobus ou encore le bruit flasque du corps écrasé. Ce n'est qu'après avoir repris, du début, l'historique de ce deuil aussi mystérieux que soudain, maudissant au passage comme elle se le devait le n° 29 de la ligne Montempoivre-Saint-Lazare, lequel en écrasant un époux adoré avait brisé les liens sacrés d'un mariage unique, puis s'être attardée quelques instants à l'Institut médico-légal le temps d'évoquer les restes du cher disparu «aplati comme une crêpe» (ici elle émettait un claquement de langue où perçait une satisfaction non dissimulée), qu'enfin la Roubichou, ayant assuré ses arrières, pouvait se lancer dans son finale, son grand hymne à la vertu virile. M. Roubichou passait de l'état latent de tapette des faubourgs à celui d'un dur de première qui n'aimait rien tant que l'amour vache. Son discours, jusque-là mesuré et plein de componction, prenait un tour où se faisait sentir l'influence de Madame Maud. On y remarquait des expressions que cette grenouille de bénitier n'aurait jamais même soupçonnées si elles ne lui étaient venues toutes pétries à la bouche. La patronne à sa caisse, modeste, les paupières baissées, savourait ainsi chaque samedi les progrès d'une âme ainsi que l'évolution du lent empoisonnement auquel elle l'avait vouée. C'est à peine si, dans ce délire où avec délice se plongeait la mercière pour en arriver finalement à orner d'une paire de bacchantes l'adorable et imberbe visage de M. Roubichou dans le même temps que ses bras se gonflaient d'improbables biscotos, on entendait dans un souffle la patronne glisser à la cantonade : «Ah çà, tout de même, elle charrie un peu, parce que comme zouavette l'Amédée, il se posait plutôt là.» Cette remarque, qui aurait pu paraître acide, mais qui au fond partait du noble sentiment de l'historien de remettre les pendules à l'heure et, en ce cas précis, de rendre justice en son absence à l'aimable Roubichou qui, très certainement, aurait eu un haut-le-cœur à l'idée de cette douteuse pilosité dont on le gratifiait, se perdait dans les glapissements en forme de fioritures qui ornaient cet extraordinaire chant à la gloire du surmâle.

Reprenant la question initiale : «Mais dites-moi un peu, mon Dieu, ce qu'il pouvait bien aller faire porte de Montempoivre?», elle se livrait ensuite à une description panique du «défunt» poursuivant les échassières au bois de Vincennes, lesquelles, tirées de leur frigidité corporative, la petite affaire expédiée, lui offraient en remerciement un coup gratis. C'est alors que, toute pleine d'une nouvelle philosophie de la vie, la mercière se livrait à quelques réflexions d'où il résultait qu'un dur, un vrai, pour se regonfler les roubignoles avait besoin de s'en aller renifler de temps à autre ailleurs; et qu'une femme, une vraie, se devait de passer l'éponge, d'autant que pour elle c'était du tout bénef dans la mesure où ces incartades n'étaient que les répétitions du grand débat matrimonial du samedi soir qui pouvait ainsi enfin s'élever de la petite bézouille où l'on s'endort sur le mastic à un corps à corps franc et généreux qui vous fait grimper au septième ciel. A cet endroit de son discours, elle rassemblait tout ce qu'elle avait pu retenir des petites cochonneries dont Madame Maud, brûlant parfois ses vaisseaux, truffait ses lettres, y ajoutant également ce qu'elle-même avait glané à la lecture de *Rêves* et de *Confidences* et aussi de bien d'autres titres de la presse du cœur aujourd'hui disparus dont elle faisait ses délices solitaires et, haussant le ton, elle se lançait dans une description assez alerte des petites fesses de ce bourreau des cœurs qui, par d'habiles caresses l'ayant mise sur des charbons ardents, «écartait tendrement ses cuisses de biche aux abois pour se frayer un passage en elle et lui imposer sa lourde virilité». Sur ces belles paroles, elle rabattait la voilette de son bloumard, façon de dire «rideau! c'est fini pour aujourd'hui» ou encore «le reste je me le garde». Geste qui aussitôt trouvait son écho chez Madame Maud, laquelle grognait : «Finalement ça y est! elle l'a eu avec sa langue son petit orgasme!» La cérémonie n'en était pas pour autant terminée. Après avoir ramassé en prenant tout son temps sa monnaie sur le comptoir, comme si elle voulait ménager ce dernier effet, elle avançait son museau de rat quasiment sous le nez de la patronne et, retenant son souffle ainsi que certaines cantatrices pour mieux tenir la note finale d'un grand air, elle lâchait : «Me direz-vous quand même ce qu'il pouvait bien aller faire porte de Montempoivre?» La question balancée, posée d'ailleurs uniquement pour lui permettre de se préparer pour la semaine suivante à de nouvelles variations sur ce thème, elle tournait les talons.

Ce cantique à la virilité du bel Amédée cessa soudain un beau jour au grand dam des habitués des Trapézistes qui chaque samedi en redemandaient toujours plus. L'explication en était toute simple : du jour où dans ses lettres à l'inconnue aux bas de soie la mercière se mit à évoquer un paternel, libre et volage, dont sa mère, cette pimbêche au visage chafouin, aurait dû, selon elle, au lieu de faire son étroite, en faire ses choux gras, elle para M. Chouin de toutes les qualités qu'elle prêtait pour la galerie à son défunt époux. Toutefois, si ce père qu'elle découvrait lettre après lettre, comme une terre inconnue, devenait sous sa plume un boulevardier, vadrouilleur impénitent des promenoirs, là, cependant, s'arrêtait toute comparaison avec le doux Amédée, une vraie «Mam'zelle Bibi» comme eût dit la Maud, qui non seulement arpentait le macadam de la République à la porte Saint-Denis, poussant, quand le goujon était en vue, parfois jusqu'à l'Opéra, n'hésitant pas pour pêcher en eau encore plus profonde à prendre le 29 à la porte de Montempoivre afin de jouer de la main baladeuse sur la plate-forme où se pressaient aux heures de pointe les petits gars de Saint-Mandé, de Joinville ou de Fontenay-sous-Bois, lesquels, doit-on le préciser, n'étaient pas des flanelles. L'effet de ce racolage ne se faisait jamais attendre : Amédée se récoltait généralement un œil au beurre noir avant l'arrêt Daumesnil-Picpus. Et cependant le brave Raymond Chouin se vit orner des dépouilles de ce gendre un rien «frôleuse». La vie, ou plutôt les mensonges dont se travestit une vie, et qui sont souvent plus réels que la réalité, permettait de donner une épaisseur à un personnage qu'elle n'avait, en somme, entrevu qu'une fois entre deux cierges, le jour de sa communion, alors que le petit Jésus allait la visiter.

Dépouillé de ses attributs de mâle, repoussé dans l'ombre par l'écriture, il ne resta bientôt plus rien du charmant Amédée. Et si la Roubichou, toujours ponctuellement, se pointait encore chaque samedi aux Trapézistes, elle demeurait muette comme une carpe. Les semaines passèrent et, au grand étonnement des habitués qui espéraient toujours un revirement pour s'en payer encore une bonne tranche, on la vit bientôt abandonner l'un après l'autre ses vêtements de deuil. Ce furent en premier les bas noirs. Ensuite vinrent les gants de filoselle qui furent avantageusement remplacés par des mitaines de fil blanc. Les voiles et les crêpes tombèrent à leur tour. Le dernier bastion à tenir encore quelque temps fut le toupignard façon tonkinois; mais lui aussi finit par céder au souffle du renouveau : il abandonna ses bouquets de violettes pour se transformer en un bibi infiniment printanier dont la vue réjouit le cœur de Madame Maud. En effet, cette véritable plate-bande d'œillets mignardises et de myosotis sur laquelle planait, légère comme un nuage, une voilette pervenche retenue par deux oiseaux de paradis, bien plus que les lettres retirées chaque semaine à la poste restante de la rue Hippolyte-Lebas, assurait Madame Maud du plein succès de son entreprise.

Cependant, la mercière toujours ombrageuse n'était pas à l'abri des rechutes. N'ayant pas tout à fait abandonné dans son inconscient certaines illusions du passé, un mot de travers, une allusion venue mal à propos dans une lettre de la patronne, elle prenait la mouche. La semaine suivante on voyait réapparaître, selon le degré de ses désillusions, les bas noirs ou le tonkinois aux violettes, et ce nouveau deuil durait parfois des semaines, voire plusieurs mois. Madame Maud, qui avait compris comment faire vibrer l'âme sensible de la mercière, jouait avec virtuosité de ses humeurs. Ainsi gagnait-elle du temps. Quand elle décida de lui passer le mors définitivement, le deuil disparut pour toujours. Madame Maud touchait au but. Déjà, dans l'arrière-salle des Trapézistes, un petit loulou en blouson avec un aigle dans le dos s'employait à secouer les flippers.

La lettre que la Roubichou écrivit la veille du jour où elle parut aux Trapézistes coiffée de son nouveau chapeau, pimpante, presque délurée avec son chemisier froufroutant et sa jupe marquée à peine au-dessus du genou, doit être tenue pour la version définitive de son naufrage matrimonial, tel un cri de délivrance, même si par la suite devait venir quelque rétractation qui la fit replonger dans son deuil d'autrefois. Une lettre terrible. Sans pudeur, sans concession d'aucune sorte, dénuée de tout respect pour elle-même. Elle s'y livrait tout entière, revenant comme à plaisir sur sa honte, s'écorchant avec cette rage funeste de détruire ce qu'elle avait été afin d'atteindre plus promptement à cette assomption que lui avait laissé entrevoir entre les lignes, tel un miroitement mystérieux, l'inconnue aux bas de soie. Madame Maud, pourtant une dure à cuire, en fut si bouleversée qu'elle se fit un devoir dans ses lettres suivantes de lester quelque peu cette âme qui n'aspirait qu'à s'élever et se réduire en fumée.

La lettre était bien là, d'une écriture rétrécie à l'encre mauve, vrai venin distillé par une sergent-major qui, dans sa hâte de tout craquer, en avait égratigné, rageuse, le vélin de mauvaise qualité dont se servait la mercière. Par petits paragraphes bien nets, s'étalait sur plusieurs pages la vie quotidienne au fond d'une officine dans la grisaille d'un demi-jour, au temps des rutabagas, d'une jeune fille montée en graine, entre une vendeuse servile et une mère rêche et incommode.

Mlle Henriette Chouin avait depuis longtemps coiffé sainte Catherine quand, dans l'atmosphère confinée de la mercerie maternelle de la rue du Chemin-Vert, parut, tel un soleil, rayonnant de tous les feux de ses bagouzes, Amédée Roubichou. La trentaine, le cheveu oxygéné et finement bouclé, avec un rien de zazou dans la coupe, le cul avantageux et bien tortillé dans un grimpant couleur bois de rose, bref une petite présence assez chouette qui sur son passage eût fait s'écrier le moindre «loupeur» du boulevard : «Oh! mais en voilà une bien jolie tapette!» Il n'eut qu'à paraître pour conquérir le cœur de Mlle Chouin. Il n'avait même pas encore prononcé de sa voix flûtée : «Ah! l'adorable point que vous avez là», en portant sa main vers les dentelles qui se trouvaient sur le comptoir, que l'Henriette s'en trouvait déjà entichée, et sans doute allait-elle lui répondre quand sa mère, d'un geste brusque, l'écarta. «J'ai tout de suite vu que vous étiez un connaisseur, fit-elle de sa voix la plus sucrée. — Oh! à peine, à peine un amateur, se défendit-il en agitant ses petites mains rondelettes. — Voyons, voyons, ne faites pas votre modeste. Ce sont des choses qui s'entendent à demi-mot entre personnes qui partagent la même passion... Allez, on sent bien que vous vous y connaissez en dentelle. D'ailleurs, vous allez tout de suite au plus rare, au plus cher. Un point d'Espagne comme celui-ci, de cette qualité, il faut remonter à Anne d'Autriche pour en trouver de cette sorte... C'est vraiment de l'unique. — Vraiment, répondit ébloui M. Roubichou en laissant retomber la vieille dentelle jaunie. Vous m'en compterez deux centimètres, juste un échantillon pour ma collection. On ne peut pas laisser passer une occasion pareille, et surtout Anne d'Autriche... — Une collection! coqueta Luciane Chouin, vous voyez bien, je ne m'étais pas trompée, vous êtes bien plus qu'un amateur... Si c'est pour votre collection, je vous en couperai cinq centimètres afin que vous ayez le motif central dans son entier... Non, non, surtout ne dites rien... c'est un cadeau de la maison. Ici on sait reconnaître les talents.»

M. Roubichou eut beau se défendre, il empocha cependant le vieux bout de dentelle et aussitôt, comme l'enfant gourmand qui avise un pot de confiture en haut d'une armoire, il pointa un index goulu vers le mur où, suspendue dans un cadre telle une vieille relique, jaunissait une barbe de dentelle, au point d'esprit.

« Pour avoir l'œil, vous l'avez, jeune homme ! Dans le genre on ne fait pas plus beau zéphyr. C'est la pièce la plus rare de ma collection personnelle », s'écria la Chouin en émettant un petit rire nerveux comme si, en portant son regard sur cette dentelle, Amédée l'avait indiscrètement chatouillée à un point sensible de son corps.

Avec le temps, les frustrations, l'ulcère qui se préparait secrètement et qui allait lui être fatal, Luciane Chouin était devenue un être transparent, semblable à une de ses dentelles d'où petit à petit s'était effacé le motif. Le coup d'œil prédateur de M. Roubichou la faisait revivre. Ses joues desséchées s'empourprèrent. Le sang affluait là où depuis longtemps la bile avait établi son empire. A peine revivait-elle qu'elle espérait déjà.

« Non, non, celle-là, vous ne me la prendrez pas, jeune homme ! » minauda-t-elle avec cet air d'abandon qu'affichent les héroïnes de romans à six sous pour signifier au godelureau qui les presse de céder que, malgré leur résistance, elles sont mûres à point.

C'est à cet instant de sa narration, jusque-là assez froide, où, s'en tenant aux faits, elle s'était gardée de tout jugement qui aurait pu révéler ses sentiments personnels, que la Roubichou, quittant sa réserve, intervint pour crier sa détresse profonde, ce mal de vivre qui l'avait saisie le jour de sa communion sous un amas de dentelles et qui depuis lors ne l'avait plus lâchée.

« Je haïssais cette mère. Mais ce jour-là, j'en eus pour la première fois du mépris. Toute sa lubricité de femelle en chaleur m'apparut soudain dans la façon dont elle se déhanchait en se frottant au comptoir. Cela me causa un trouble que je tentai de dissimuler par un petit rire semblable au sien. Ma mère, tirée du rêve qu'elle filait en douce, cette salope ! sursauta. Un serpent qui l'eût piquée lui aurait fait moins d'effet. "Tu peux rire, Henriette, oui ma fille, tu peux rire. Il y a des choses que tu ne comprendras jamais..." Et, se retournant vers le jeune homme, elle ajouta : "Comme vous pouvez en juger, ma fille, cher monsieur, est une sotte qui n'entend rien aux dentelles..." C'est alors que le jeune homme, jusque-là accaparé par ma mère, mais qui n'avait en tête que de me parler, trouvant enfin un prétexte, se retourna et son regard où flottait une légère coquetterie me perça le cœur. Je me sentis toute flasque. Est-ce cela l'amour ? me demandai-je. »

Dans les lettres suivantes, la Roubichou, aux aguets des moindres mouvements de son cœur, décrivait avec une précision minutieuse, et même parfois avec grande délicatesse, les affolements, les élans, les émois, les doutes également, bref les effusions d'une âme enamourée. Sans négliger pour autant certains détails des plus crus.

Amédée Roubichou commença par visiter la mercerie, une fois par semaine d'abord, puis deux, et finalement il y vint tous les jours. On ne pouvait l'en déloger. Il jouait à la marchande, prêtant la main ici, donnant des conseils là et pour le reste batifolant dans les dentelles.

« Une vraie follasse ! » s'était écriée Madame Maud à la lecture de la lettre.

« Il est fou de mes dentelles ! » confiait en extase Mme Chouin à sa vendeuse, pensant au fond d'elle-même que si ce jeune homme revenait ainsi chaque jour pour mettre sens dessus dessous le magasin et caresser ses dentelles, c'était au fond parce qu'il s'était épris d'elle sans oser le lui avouer. De jour en jour, Mme Chouin se faisait plus coquette. Déjà elle pensait à un remariage. Mais, à peine conçue, cette idée se trouva contrariée par une réflexion d'Henriette. « Vos dentelles, vos dentelles ! Mais qui penserait à regarder ces mochetés ? Réfléchissez un peu ! Il ne s'intéresse à vos vieilleries que pour mieux se rincer l'œil. Car vous voyez bien qu'il n'a d'yeux que pour moi, mère ! » Ce à quoi la Chouin grognait : « La sotte ! comment peut-on même un instant imaginer qu'on puisse regarder une grande chicorée pareille ! » Venaient, ensuite, deux paragraphes où la Roubichou expédiait promptement les menus plaisirs de deux cœurs qui s'éprennent pour en arriver rapidement aux fiançailles puis au mariage qui, ainsi résumés, semblaient de banales formalités dont des jeunes gens, en ces temps de l'après-guerre, auraient pu fort bien se passer. Évidemment, l'idée appartenait à Madame Maud qui, sentant que la mercière s'embourbait, lui avait soufflé toute une panacée à base d'amour libre et d'existentialisme pour classe laborieuse.

Dans le même temps, pas un mot sur M. Roubichou ; d'où il venait ; ce qu'avait bien pu être sa vie avant de tomber du ciel comme un véritable miracle, un soir pluvieux de novembre, dans cette mercerie de la rue du Chemin-Vert. Le silence le plus total.

« Elle n'est pas encore mûre pour envisager la vérité dans ce qu'elle a de nu, d'abrupt et de désespérant », s'était dit Madame Maud que ces atermoiements, au fond, arrangeaient et qui attendait son heure pour lui beurrer la tartine. Elle relut la lettre pour être bien certaine que rien ne lui avait échappé : un aveu étouffé, l'ombre d'une incertitude se faufilant entre deux adjectifs, une rature même dont elle aurait pu tirer profit pour sa réponse. Non. La mercière nageait avec délices dans un matrimonial qu'aucune ombre ne semblait menacer.

« Cher Amédée, s'était dit Madame Maud en rangeant la lettre, âme légère et craintive, qui deux saisons durant fut au Trianon Palace la parfaite imitation de Suzy Solidor avec ta perruque blonde et ta robe faite de vieux bouts de dentelles glanés ici et là, qui aurait jamais pensé que tu finirais enfin par trouver le bonheur après ce purgatoire de quelques années au fond d'une mercerie de quartier. »

Au fur et à mesure de cette correspondance, la mercière se libérait. Aux épanchements avait bientôt fait place un ton détaché, presque hautain ; et c'était avec une sorte de froide détermination qu'elle réglait à présent ses comptes avec la vie. Une conversation à voix basse, feutrée, d'où, par instants, comme des éclairs de chaleur, s'échappaient des poussées de colère. Alors, dans une sorte de jubilation fébrile, elle craquait tout. Ainsi la lettre qu'on nommera « La mort d'une mère », où elle décrit la fin de Mme Luciane Chouin, seule, abandonnée de tous dans une chambre mal chauffée, hurlant de peur, criant après ses dentelles que sa fille lui avait volées avec ses tickets de ravitaillement, était un vrai bijou de cruauté.

« Tu vas mourir, tu m'entends ? Tu vas crever seule ! oui, seule ! » hurlait la Roubichou à travers la porte de la chambre qu'elle avait fermée à double tour dès que l'archiprêtre avait tourné les talons avec le saint sacrement. « Oui ! crève comme une chienne ! » poursuivait-elle en martelant la porte de ses poings. Et de grosses larmes coulaient le long de son nez pointu. « Tes dentelles, tu m'entends, oui, tes dentelles, tes chères petites dentelles... eh bien tu ne les reverras plus... c'est fini ! je vais les brûler. Oui, toutes. Sans exception ! »

C'est alors que la mère Chouin avait rendu l'âme en poussant un cri d'animal à qui l'on aurait arraché les entrailles. Cri, cependant, qui résonna longtemps aux oreilles de la Roubichou comme un défi.

La mercière, en guise de conclusion à cette lettre terrible, où elle avouait entre les lignes qu'elle avait, somme toute, laissé mourir de faim cette mère détestée, confiait qu'au retour du cimetière de Charonne elle avait allumé le poêle à charbon mais que, au moment d'y jeter les dentelles, elle n'avait pu se résoudre à les brûler, ayant ressenti alors à leur contact comme une volupté. Elle les avait caressées toute la nuit dans une sorte de demi-inconscience. Et au petit jour elle les avait rangées avec soin.

Cependant, les lettres n'étaient pas toujours de la même tenue. Cela dépendait de la relance que voulait bien y donner Madame Maud. Dans certains cas, la mercière d'une lettre à l'autre pouvait se contredire. Il lui arrivait même de donner plusieurs versions de certains événements. Elle ajoutait, soustrayait, enrichissait selon son humeur du jour ou plutôt du soir, car c'est de nuit, à la lueur d'une lampe, le visage couleur de citron, penchée sur la feuille pour mieux saisir de ses petits yeux secs et bilieux les entrelacs tracés à l'encre violâtre, qu'elle s'inventait un passé vertigineux. Les lettres dites « du Chemin-Vert », par exemple, ne comptent pas moins de huit versions, espacées il est vrai sur une dizaine d'années. Mais dans toute cette correspondance où Madame Maud s'épuisait à trouver un ordre, une cohérence, c'est sans nul doute les lettres dites « de la porte Montempoivre » qui comportent le plus de variantes. Ces lettres retracent les aventures maritales de la mercière quand, quittant la boutique du Chemin-Vert, elle vient s'installer à son compte rue Oberkampf avec son « homme » (c'est ainsi qu'elle nommait Amédée, ce qui faisait invariablement glousser la Maud), jusqu'au moment où M. Roubichou se trouve réduit à l'état de crêpe porte de Montempoivre. On ne s'étonnera pas que cette porte, somme toute avenante puisqu'elle offre la clef des champs aux Parisiens dès les premiers beaux jours, ait donné son nom à cet ensemble de lettres lorsqu'on saura qu'il n'existe pas moins de trente états de la plus fameuse qui retrace la fin de l'adorable Amédée. En effet, d'infinies et mouvantes variations lui permirent de passer du sanglant écrabouillage d'Amédée Roubichou, innocente victime de la RATP, à son occultation pure et simple par laquelle il devenait une sorte d'Imam caché qui de son empyrée régissait la solitude de cette veuve inconsolable pour en arriver finalement (et là elle crachait le morceau, encore que par petits bouts) à avouer qu'elle avait été tout bonnement plaquée pour une roulure blondasse qui, disait-elle, «faisait dans la plume». La ritournelle des premières versions étaient assez chantournée pour que le lecteur moyen ne vît dans cette briseuse de ménage rencontrée par hasard sur la plate-forme du 29 qu'une poulasse assez facile et de son état plumassière. Le flou était artistique et les rondeurs de la demoiselle cachaient le vrai paysage. Ce n'est qu'après un nombre assez considérable de lettres que la mercière se décidait à surprendre les amants au «pageot» (elle avait préféré ce mot à plumard que lui avait soufflé la Maud, pensant qu'une plumassière au plumard était quelque peu redondant, d'autant plus si l'on imaginait ce qu'elle pouvait y pratiquer). «Dans mon propre lit, dans mes propres draps!» s'indignait-elle. Ensuite, par petites touches, elle modifiait l'éclairage et en arrivait, en lâchant quelques détails assez physiologiques, à avouer que cette tapineuse des autobus était en fait un petit gars bien couillu qui travaillait dans l'aigrette et le marabout et qui partageait avec son époux la passion de l'opéra français.

«C'est d'ailleurs, ajoutait-elle, cette passion commune qui me mit la puce à l'oreille.» Dans l'ultime lettre de ce cycle, reprenant avec une virtuosité étonnante chacun des thèmes des missives précédentes, depuis le «Dites-moi, que pouvait-il bien aller faire porte de Montempoivre?» pour finir par le «Je suis morte, ils m'ont volé mes dentelles!», elle avouait, en effet, que jamais elle n'aurait eu l'idée de monter jusqu'à la chambre si, en revenant plus tôt au magasin après des courses dans le quartier, elle n'avait entendu le duo de *Manon* : «Nous vivrons à Paris tous les deux! et nos cœurs amoureux...» bramé à pleins poumons. Et ce qu'elle vit alors du palier par la porte entrebâillée lui pinça si horriblement le cœur qu'elle en tomba évanouie.

Lorsqu'elle reprit connaissance, ce mari jadis si fort aimé et son encloué s'étaient fait la valise avec ses dentelles, la laissant pour morte. « J'avais découvert, poursuivait-elle pour donner une sorte de moralité à toute cette affaire, ce que sans pouvoir même l'imaginer je soupçonnais inconsciemment depuis toujours ; cette chose dont je tremblais car je la sentais planer menaçante sur mon bonheur et à laquelle je ne pouvais donner un nom, une chose innommable, oui ! que l'infâme portait en lui et qui me faisait craindre le pire dès qu'il tournait le coin de la rue. Je compris le rire qui secoua ma mère avant de mourir quand, de derrière la porte d'où j'épiais son dernier soupir, je lui criais, forte de mon amour, que moi je n'étais pas comme elle une laissée-pour-compte de l'amour, que j'avais un homme que j'aimais et qui m'aimait, et que je n'avais pas besoin de reporter ma tendresse sur de vieilles dentelles.

« Mais qu'importe tout cela, car c'est du passé. Maintenant que je vous ai, ma belle inconnue, tout cela n'a plus d'importance. Ce n'est même plus un mauvais souvenir : à peine un mauvais rêve. Les dentelles volées ? Que m'importe à présent, puisque j'ai vos bas de soie que je caresse et, les caressant, j'ai l'impression de vous reluire la jambe, de vous toucher. Oh ! si vous saviez en ces moments-là combien je vous aime, vous qui n'avez jamais condescendu à venir jusqu'à moi. Je vous dis là des choses folles, mais qu'y puis-je ? Savez-vous bien qu'il y a des nuits entières que je passe recouverte de vos bas pour me sentir plus près de vous, toute pénétrée de votre image. L'autre jour, j'ai fait le compte ; eh bien, imaginez un peu, à la Noël prochaine, cela fera vingt ans que nous nous connaissons et durant toutes ces années je vous ai envoyé plus de mille paires de bas. Et maintenant, ne me dites pas que je n'ai pas le droit de câliner un peu ces jambes-là. O mon ange, ô vous ma passion... »

Toutes les pièces de son jeu étant à présent en place, c'est au reçu de cette dernière lettre que Madame Maud, sentant que la mercière était mûre, décida de l'estoquer.

# 9

A l'hôpital Saint-Antoine où la mercière avait été transportée sans connaissance, on craignit quelque temps des complications respiratoires. Mais sa constitution était plus solide qu'il ne le paraissait et elle se remit rapidement. Chaque jour, cependant, Madame Maud faisait discrètement prendre de ses nouvelles. Elle s'entretenait longuement par téléphone avec les médecins et l'infirmière de garde. Une reprise de la fièvre chez la malade la jetait dans de grandes tristesses. Certes, elle devait craindre qu'arrivée presque à bon port elle lui claquât entre les doigts. Toutefois, au-delà de cette inquiétude intéressée, il y avait une vraie compassion pour cette âme dont elle se sentait en charge. Il fallait l'entendre au téléphone se faire expliquer le traitement par l'infirmière.

« Vraiment, vous lui avez donné des antibiotiques ?... Comment... Ah ! oui... et vous avez arrêté parce qu'elle ne les supportait pas... La fièvre... Toujours 38,6°... C'est pas énorme... mais ce n'est tout de même pas normal... Vous êtes certaine que des ventouses scarifiées ne feraient pas plus d'effet ?... Ou même un bon rigollot... Qui je suis ? Mais une parente... Oui, c'est cela, une cousine de province... C'est pour cela que je vous appelle... sinon vous pensez bien qu'il y a longtemps que je serais à son chevet... Non ! non ! ce n'est pas la peine de lui dire que j'ai appelé... Bon, si vous y tenez... alors dites-lui que Rachel a pris de ses nouvelles... »

A chaque fois que l'infirmière rendait compte à la patiente des appels de sa cousine Rachel, cette dernière poussait des gémissements qui, avec les forces qu'elle reprenait chaque jour, finirent par se transformer en hurlements de démente. Comme la fièvre était tombée, les médecins décidèrent de se débarrasser de cette furieuse. La Roubichou sortit donc de l'hôpital la veille de la Noël. Rentrée chez elle, elle ramassa ce qui lui restait de bas de soie couleur gazelle qu'elle jeta dans la cheminée un à un. Cela lui prit toute une nuit pour consumer ce qu'elle avait idolâtré durant vingt ans. Une joie méchante pétillait dans ses yeux. A l'aube sans doute, les lettres de Madame Maud auraient subi le même destin, si le hasard n'avait voulu que le regard de la mercière soit attiré par une petite phrase qui piqua sa curiosité. Elle lut la phrase, puis la suivante, et enfin toute la lettre. Puis, de lettre en lettre, comme une possédée, elle reprit en entier toute la correspondance. Elle s'y attacha deux nuits et deux jours entiers presque sans boire ni manger. Elle croyait connaître ces lettres, elle les découvrait. Elle vit passer entre les lignes l'écuyère et le vieux clown, et l'ombre de Landru se faufilant vers l'entrée du 76 de la rue Rochechouart où se faisait trafic de fausses communiantes. Elle vit rôder le crime et la trahison. Elle entendit les cris de l'homme qu'on torture et, remontant paragraphe par paragraphe, arriva à King Kong, à sa gégène et à la baignoire. Alors elle aperçut un grand SS qui, assis au piano, jouait au salon la bagatelle « Für Elise », tandis que l'autre gueulait à la mort dans la salle de bains ; et à ses côtés se tenait un jeune milicien l'air loustic qui, la page suivante, s'engageait au Bat' d'Af'. Tout y était et aussi la veuve du banquier Cain-Machenoir et son gigue, Poignardeur, ainsi qu'un commissaire véreux de la Mondaine et « la Raie », sa donneuse. Tel le Petit Poucet, Madame Maud avait semé des cailloux qu'elle n'avait plus qu'à ramasser un à un. « Oh, la salope ! la salope ! hurlait-elle à chaque découverte. Ça, elle me l'a bien ciré, le cul ! Mais je me vengerai ! » Elle ne comprit pas qu'à l'instant où avait germé, en elle, l'idée de cette vengeance, elle ramassait le dernier caillou empoisonné semé par la patronne des Trapézistes. Elle voulait détruire cette « sainte famille » qu'elle venait furtivement d'entrevoir, sans se douter un instant qu'elle-même en faisait déjà partie. Chacun de ses mouvements était prévu dans le plan de Madame Maud.

Elle mâchonna sa vengeance, ce qui lui prit quelques semaines, durant lesquelles elle trouva le ressort de faire enfermer le clown Chipolata pour tentative d'empoisonnement sur sa personne. Elle s'était mis dans la poche le pharmacien de la rue de Malte chez qui Eduardo Scannabelli se procurait de l'huile de ricin. Celui-ci témoigna et le vieux clown fut dépêché sans autre forme de procès dans un asile d'aliénés. Enfin, un beau matin, elle se leva à l'aube. C'était un vendredi. Coiffée de son «tonkinois», armée de son riflard, elle se plaça en sentinelle devant les Trapézistes. Elle aperçut Madame Maud sur le coup des six heures sortant du tabac. La lumière des réverbères glissait sur la chaussée mouillée, la patronne s'engouffra dans la nuit car le jour n'était pas près de se lever. La Roubichou se mit à sa poursuite sans se douter qu'elle-même avait sur ses talons un drôle de loulou en blouson de cuir avec un aigle dans le dos. Elle la suivit jusqu'à la rue des Martyrs et plus haut encore. Et ainsi chaque vendredi. Les Filles-du-Calvaire commencèrent dès lors à dériver vers Pigalle et Barbès. Ce qu'il en advint appartient à la chronique des Martyrs.

Ce fut donc un vendredi saint, de surcroît un vendredi 13, que l'on vint arrêter Madame Maud. Contre toute attente elle trônait ce jour-là à sa caisse. Lorsque le commissaire Changarnier, dit le Chinois, se présenta flanqué de deux policiers en civil, elle ne montra aucune résistance. Ceux qui étaient dans le café, attirés par l'inhabituelle présence un vendredi de la patronne, racontèrent par la suite que c'est de son plein gré qu'elle tendit ses poignets au commissaire, l'obligeant ainsi à lui passer les menottes. Rouge et magnifique, la jambe gainée de soie, elle descendit de son perchoir d'où elle avait durant trente ans enchanté le quartier et, telle une Isis de pacotille, forte de son passé réduit en cendres, veillé sur le royaume des morts. Son apparition sur le pas de la porte musela la foule qui s'était massée aux abords du café; et c'est dans le silence pesant qui précède les catastrophes qu'elle traversa le trottoir. Ses cheveux flamboyaient dans la lumière printanière, se dressant sur sa tête tels de petits serpents, ainsi que ceux de Méduse qui, comme elle, avait été belle autrefois. Au moment où elle allait monter dans la voiture, quelqu'un dans la foule émit un lazzi suivi d'un sifflet d'admiration. Elle ne se retourna pas, de peur que son regard ne change en pierre ce qui lui restait de souvenirs. Elle connaissait le siffleur. Car point n'avait été nécessaire de lui couper la tête pour que de son sang jaillît un cheval ailé, un drôle de zèbre qui, tel Pégase, caracolait déjà sur un fil dans les hauteurs du Cirque.

DEUXIÈME PARTIE

# *Une saison à La Goulette*

# 1

Il est aujourd'hui encore, au coin de la rue Khaznadar, anciennement rue du Capitaine-Petitjean, et de l'avenue de Carthage, devenue avenue Bourguiba, un hospice pour vieux juifs ; pour ceux qui sont restés après l'indépendance, soit qu'ils aient été trop âgés pour faire le voyage de France ou de Palestine, soit qu'ils n'eussent plus de familles ou plus vraisemblablement qu'ils ne se résignassent point à quitter ce bout de terre d'Islam dont ils étaient locataires, ayant, en effet, créé au cours des siècles dans ce faubourg de Tunis une sorte de treizième tribu d'Israël : celle de La Goulette. Ah ! mes aïeux ! quelle tribu de petits malins que c'était là ! Et cette roublardise qu'ils savaient mettre en toute chose, et cette gaieté, cette gentillesse et cette bonne humeur ! Leurs tours, leurs farces, leurs goguenardises faisaient pouffer la diaspora entière ; et jusqu'en Pologne où l'on s'épanouissait la rate de leurs rodomontades au point qu'un rabbi de là-bas moins bégueule que les autres voulut consigner en une sorte de Talmud les blagues de ces coreligionnaires lointains ; ces « Yahoud el-Arab », véritables demi-burnous, des « gânav » de la pire voyoucratie pour qui on n'avait que mépris ; et cela tant il est vrai que leurs joyeuses entourloupettes s'exerçaient non seulement vis-à-vis de l'Arabe mélancolique et résigné, et du petit colon français péteux, mais aussi à l'encontre du grand-papa Jéhovah dont ils savaient avec un charme inouï et un culot de commissaire détourner la Loi à leur profit. C'étaient de vrais artistes en magouilles. Et pour mouiller Dieu dans leur bizenesse, ils n'avaient pas leurs pareils.

Tout cela, c'était avant : lorsque, légers et insouciants du lendemain, les enfants d'Israël grimpaient sur les toits pour jouer du violon et danser, papillotes au vent ; quand ils pouvaient encore briser les verres et s'écrier, sans que cela prenne un tour ironique et macabre : « L'Chaïm ! » — à la vie ! Oui, c'était avant la nuit et le brouillard, et le grand vent sur la face du monde et le feu et toutes ces destinées réduites en cendres.

Mais pour les petits vieux qui demeuraient dans l'asile au coin de la rue Khaznadar, le temps du soupçon avait étrangement et d'une manière même assez dérisoire commencé bien avant que l'on eût éprouvé cet éternel goût de cendres dans la bouche ; bien avant même que l'on apprenne que Irène Nataf, partie faire ses études de médecine à Paris, avait été embarquée pour l'Allemagne sans billet de retour ; de même que Marthe Nizard, Yvette Scemama, Guy Schemla, Benjamin Fitoussi, Élie Acoca, Alfred Valensi... et bien d'autres encore ; de fait lorsque la jetée avec son casino avait été endommagée par la tempête et que la municipalité, plutôt que d'entreprendre les travaux de réaménagement, avait préféré la détruire. Sonnait ainsi la fin d'une époque. De même que certains orages du plein été changent soudain la couleur de la mer pour nous signifier que le ver est dans le fruit et annoncer l'automne, cette destruction venait insidieusement rappeler à cette petite société épanouie et enfin confortée dans ses aises orientales que La Goulette n'était rien qu'une étape dans le cours de son errance, et que tout pouvait arriver après la disparition de la jetée. Effectivement tout arriva. Ainsi pour ces juifs qui étaient la vraie chair et la vraie moelle de cette langue de terre prise entre les eaux amères d'un lac qui, lorsque les vents soufflent du ventre de l'Afrique, transpire affreusement le soufre, et l'infinie étendue de la mer harassée par le soleil — oui, pour la plupart d'entre eux ce qu'il advint par la suite apparut toujours comme la conséquence de cette légèreté avec laquelle, sans se soucier d'eux, la municipalité avait sacrifié le symbole de leur ancrage, et de leur gaieté : ce plaisir de vivre là tous ensemble, mêlés aux autres sans arrière-pensées. La nuit qui se fit, quand s'éteignirent les lampions du casino de la jetée, pour beaucoup ne fut que le début de celle qui allait s'étendre sur le monde. Et quand ensuite chaque mort fut recensé, et qu'on eut dressé la liste des martyrs, les noms étrangers qu'accompagnait la litanie, qui résonnaient sinistrement tel un glas : Belzec, Buchenwald, Mauthausen, Sobibor, Treblinka... — ces noms pareils à ceux des anges de la mort possédaient dans leur abstraction, pour ceux qui n'avaient jamais passé la mer, infiniment moins de réalité que la disparition de cette jetée et de son casino qui, avec le temps, faisait figure de seconde destruction du Temple. Plus tard encore, lorsqu'il fallut faire ses valises et repartir, en laissant derrière soi ses morts et ses souvenirs, sur le pont du bateau qui les emmenait, leurs yeux — pour ceux du moins qui avaient connu cette époque bénie d'entre les deux guerres — cherchaient toujours cette jetée et son kiosque mauresque, source de tant de bonheur, dont la disparition, même s'ils n'osaient l'avouer, avait secrètement annoncé, au-delà de la fin d'une époque, le temps des adversités.

Mais leurs regards ne trouvèrent sur la promenade du bord de mer, en signe d'adieu, que le lent balancement des tamaris poudrés de rose et, par-delà le vieux fort de Charles Quint et la centrale électrique, en direction de Tunis, perdue dans la buée grésillante qui s'élevait du lac, tel un mirage, un vol de flamants.

Oui, un mirage, se dirent-ils en gagnant l'entrepont, leur valise à la main. Et le fort, et la ville, et la montagne du Jellaz au loin, piquée de tombes blanches, s'évanouirent à leur tour comme un beau matin avait disparu la jetée.

Mirage, se disaient également les petits vieux de l'hospice Khaznadar, abandonnés ainsi que de vieilles reliques d'une époque révolue, d'un temps dont ils doutaient maintenant qu'il eût jamais eu cours.

Chaque fois qu'il leur arrivait de sortir, si les rues étaient au même endroit, leurs noms avaient changé. Et pas seulement les noms mais aussi leurs parfums et jusqu'aux cris des enfants joueurs qui n'étaient plus les mêmes. Des fondouks ne s'exhalaient plus les mêmes odeurs d'huile et d'épices ; et, le long des avenues, le crépitement auquel s'adonnaient les oiseaux dans les ficus aux troncs badigeonnés de blanc paraissait, lui aussi, moins effervescent qu'autrefois. Tout, sans doute, était à la même place, et pourtant tout était différent. Le cœur n'y était plus.

Rendus à la solitude de leur chambre ou, dans l'immense patio couvert, disposés par petits groupes autour de tables devant des paquets de cartes grasses qu'ils ne touchaient même plus car pour eux le temps des parties de skouba et de rami était définitivement passé, ils continuaient à mâchonner leurs souvenirs, ne sachant plus très bien démêler ce qui procédait du rêve ou de la réalité.

Ils maintenaient ainsi, chacun dans son coin, l'illusion d'une vie qui leur avait échappé depuis longtemps. Cependant, une ou deux fois l'an, l'un d'eux recevait, au dos d'une vue touristique de Montmartre ou de la tour Eiffel, des nouvelles de ceux qui étaient partis. Ce qui avait pour effet de les tirer en sursaut de leur rêverie. Ils apprenaient ainsi, au détour d'une carte postale griffonnée à la va-vite, que le petit Abitbol était devenu dans le Sentier un gros ponte du « schmatte » ou encore que la fille à Lelouche, le quincaillier, s'était fiancée avec l'un des fils Taïeb. Et si celui ou celle qui recevait la carte ne se souvenait plus très bien du petit Abitbol, il y avait toujours un malin, à la mémoire moins mitée, pour s'écrier : « Mais, voyons, Yvette, fais un effort ! Tu n'as connu que lui ! C'était, tu sais, ce chapardeur qui pissait encore au lit à douze ans... — Quoi, le petit avec de grosses lunettes rondes cerclées d'acier et l'air chafouin qui habitait au coin de la rue du Limousin et de la rue Hamouda-Pacha... mais je me souviens tout à fait ! Comment s'appelait déjà sa mère ?... Kamouna, je crois... Oui c'est cela ! Kamouna ! Une grosse femme, assez stupide, qui vous parlait de ses cousins Lombroso du Passage à Tunis comme s'il s'agissait de la famille du Bey. Une grosse dondon à la voix perchée, toujours fourrée à manger des gâteaux chez Ben Amor, le pâtissier de l'avenue de Sidi-Bou-Saïd. Elle se faisait appeler Marie-Yvonne, pour faire mieux... »

Et ainsi, peu à peu, potin après potin, d'où n'était pas exclue la médisance, la vie d'antan reprenait. Et ceux qui avaient cru être enfermés une fois pour toutes dans leurs souvenirs, coupés du monde, séparés comme des îlots infimes, étrangers les uns aux autres, se regroupaient pour former, au crépuscule, le temps d'un thé à la menthe, cette communauté qu'ils avaient animée jadis de tout leur être. Ce n'était qu'un feu de paille, et la nuit ramenait le silence et l'oubli. Cependant, tandis qu'ils reprenaient un par un leurs souvenirs, chevauchant les générations, ne démêlant plus très bien une époque d'une autre, remontant parfois jusqu'au temps de la Hara quand leurs grands-parents étaient contraints de porter des chapeaux noirs et de longues robes rayées, c'eût été vraiment jouer de malchance si à un moment donné de la conversation ils n'en étaient pas venus à évoquer cette famille haute en couleur qu'étaient les Aboulafia de la rue de l'Angelo.

Si chacun concédait facilement que Élie, le père, était un brave type et pas voleur pour un sou quand il vous pesait votre viande (car il était boucher kasher et selon certains le meilleur de toute l'avenue de Carthage) ; que Mme Léa, la mère, était une bigote bien lardée qui s'était monté le bourrichon en épousant, contre la volonté de sa famille, un rabbin — le boucher était également « shohet », c'est-à-dire rabbin sacrificateur aux abattoirs municipaux — ; enfin que la Boccara, la grand-mère (la mère de Mme Léa) — Emma Boccara née Montefiore, à savoir ce qui se faisait de plus huppé chez les « grana », ces juifs livournais de Tunis qui tenaient le haut du pavé, elle-même veuve d'Abramo Boccara, fils du joaillier bien connu et l'un des principaux actionnaires de *La Dépêche tunisienne* —, était, malgré ses grands airs, ses calèches, ses ombrelles et ses voilettes, une fieffée gourgandine qui ne s'était pas contentée de croquer une partie de sa fortune avec des gigolos mais qui également avait, sur le tard, fricoté en douce avec les Arabes — oui, s'ils convenaient facilement de tout cela, en revanche, lorsqu'ils en arrivaient aux jumelles, Rachel et Rébecca, les filles du boucher et de la bigote, alors chacun y allait de son opinion et cela finissait par un roman, toujours augmenté de nouveaux chapitres. Cependant, tous reconnaissaient volontiers qu'à défaut d'une beauté morale, Mlle Rachel Aboulafia avait été en son temps une fichue poulette qui en avait fait triquer plus d'un. En effet, alors que sa sœur était le portrait craché de la mère, elle était trait pour trait celui de sa grand-mère Boccara dont elle avait hérité la chevelure fauve et la jambe longue et bien faite. Pas étonnant qu'à quinze ans elle eût déjà le diable au corps. Une fricoteuse de première, elle aussi. Toujours fourrée avec les Arabes ou à se frotter des tangos contre les ritals de la Petite Sicile sous le palmier du Chalet Goulettois, alors que le piano mécanique avait remplacé, pour les noceurs attardés, l'orchestre typique, lequel depuis longtemps avait plié bagage.

Le plus extraordinaire dans tout cela c'est que cette famille, somme toute assez banale si l'on fait exception de

Mlle Rachel et de sa grand-mère Boccara, lesquelles, l'une comme l'autre, possédaient un sacré tempérament, était, avec les années, devenue pour ces petits vieux abandonnés à la fois la source et le réservoir de leurs souvenirs. En effet, quel que fût le point de départ d'où leur mémoire défaillante se lançait à l'assaut du passé, ils finissaient toujours par venir buter sur cette famille ; et ce qu'ils avaient glané en route, qu'ils avaient pu dérober à l'oubli, concourait à épaissir cette saga familiale dont ils maintenaient le culte comme d'un texte sacré, y revenant sans cesse pour l'augmenter et le commenter. Insidieusement, jour après jour, l'histoire de la famille Aboulafia était devenue celle de tous les juifs de La Goulette. D'elle dépendait le grand secret du « retour » qui fait que chaque chose remonte à sa source et s'y rédime.

Tout cela était d'autant plus étrange que cette famille avait disparu ; et depuis, on n'en avait jamais plus entendu parler. Un beau matin — au début de l'été de 1939 — on avait vu s'embarquer à bord du *Lamoricière* la bigote flanquée de ses deux filles et d'un petit rabbin polak qu'elle présentait avec des cris de pintade orgueilleuse (pensez ! encore un rabbin dans la famille !) comme le fiancé de Rébecca, sa fille préférée.

De ce dernier on connaissait peu de choses ; simplement qu'il avait été envoyé par le rabbin d'une synagogue parisienne, située à Paris, dans le Marais, rue Pavée, afin de se documenter auprès de ceux de la yeshiva de Tunis, connus pour leur ivresse talmudique et leur science infinie de la Kabbale. Il préparait une thèse sur Abraham Aboulafia, ce personnage quasiment mythique du Moyen Age que Mme Léa, après avoir escaladé les cimes du Zohar et fait chier la synagogue entière, s'était octroyé à travers les siècles comme cousin. Elle en parlait comme d'une vieille connaissance qu'elle eût quittée la veille au soir. Elle y faisait des références incessantes ; citait abondamment son *Livre de l'Unité.* Rien ne lui était étranger de ce personnage chimérique qu'une soif insatiable de Dieu avait conduit jusqu'au fin fond de l'Ethiopie à la recherche de la source du Sabbation, ce fleuve mystérieux et violent comme la parole divine, qui charriait des blocs de pierre et s'arrêtait de couler le jour du sabbat. Cette quête en avait fait une sorte de Parsifal hébraïque. Autant dire que quand elle eut vent qu'un jeune rabbin avait traversé la Méditerranée pour s'informer de «son cousin», ce fut comme si soudainement la manne lui tombait du ciel. Elle l'invita, lui prépara des petits plats, le chauffa si fortement que le malheureux se trouva, sans même jamais en avoir formulé le désir, fiancé avec la jumelle laide alors que l'autre, la Rachel avec ses airs délurés, lui plaisait infiniment plus. Ah! quelle «chutzpah»! comme il disait, ne sachant plus à quelle synagogue se vouer. Et c'était avec délice qu'il rougissait quand elle dansait autour de lui en faisant à peine bouger ses hanches. Elle se balançait sur place et il voyait ses seins s'agiter. Des seins tièdes et lourds. Ils étaient là, offerts, à sa portée. Il n'avait qu'à tendre la main. Mais elle, l'effrontée, quand elle voyait s'allumer dans son regard de myope cette petite flamme de convoitise, elle s'approchait plus encore pour se frotter tout contre lui et, au moment où il allait la saisir, elle lui tirait les papillotes et s'enfuyait, l'éclaboussant de grands éclats de rire. Et l'odeur de sa peau mouchetée de rousse qui sentait la framboise le poursuivait jusqu'au soir.

C'était donc avec ses deux filles et suivie du petit rabbin qui portait les valises que Mme Léa s'était embarquée un beau matin pour Marseille sur le paquebot de la Compagnie générale transatlantique. «Nous allons passer les vacances à Nice», avait-elle dit simplement, sans donner plus d'explications, à la voisine en lui confiant la clef du petit jardin de la rue de l'Angelo afin qu'elle prenne soin en son absence des jasmins et du bananier. Et personne depuis n'avait eu de leurs nouvelles. Comme si leurs vies s'étaient effacées, dissoutes dans l'écumeux sillage du bateau qui les emportait au loin sans retour.

Et pourtant, plus de quarante ans après, il se trouvait toujours quelques vieux juifs au fond d'un hospice pour butiner ces destins évanouis, et en faire le miel du souvenir, mieux, le roman d'une époque : celle de la jetée et de son casino.

## 2

A vingt-cinq ans, Mlle Léa Boccara, fille de feu Abramo Boccara, en son temps joaillier bien connu de la rue de Marseille, et d'Emma Boccara née Montefiore, veuve pour le moins joyeuse, semblait s'être attardée en un pubescent embonpoint dont probablement elle ne débourrerait pas tant elle mettait de rage à s'y conforter à coups de babas, de religieuses et d'éclairs au chocolat. C'était sa façon d'être autrement. Autrement que cette mère élégante et frivole, aux jambes fines toujours gainées de soie et dont la chevelure mousseuse et acajou, toute en frisures, était un chef-d'œuvre d'audace et d'artifice. Cette haine tenace, qui la poussait à s'empiffrer de sucreries afin d'être certaine d'échapper physiquement à ce que représentait à ses yeux cette mère, lui venait de la plus tendre enfance. Afin de se donner du courage alors qu'elle se sentait caler devant l'ultime baba au rhum, elle n'avait qu'à repenser au grand salon de la rue de Marseille avec ses meubles de palissandre tout en volutes, dans le style Majorelle, et ces canapés profonds de chez Pérol frères que ses parents avaient achetés lors de l'Exposition universelle et fait venir à grands frais de Paris.

Les stores en point de Nice avec leurs motifs de fontaine et de fleurs étaient tirés et la pièce semblait flotter tout entière dans une lumière douce et dorée d'où se dégageait une atmosphère câline de miel blond que, dans son souvenir, elle avait fini par associer à l'odeur des cigarettes turques que fumait sa mère. Une ambiance feutrée où les paroles persifleuses de celle-ci résonnèrent à ses oreilles d'autant plus durement.

Sa mère était nonchalamment étendue sur un sofa et, la tête renversée dans les coussins, fumait en écoutant d'un air absent les miaulements attristés de Simone Cardozo, une lointaine cousine, venue lui rendre une visite de condoléances. Cela avait dû se passer quelque temps après la mort de son père dont elle n'avait aucun souvenir. L'entrevue se déroulait selon l'ordre établi, de la manière la plus courtoise, bien qu'on devinât une certaine impatience à la façon dont la veuve agitait au bout de son petit pied cambré une mule de velours rouge, quand la visiteuse, après avoir une dernière fois recensé les mérites du défunt, s'était laissée aller, forte sans doute de la chiée d'enfants dont elle avait accablé la synagogue, à déplorer qu'un couple aussi assorti que le leur n'eût pour toute progéniture qu'une seule et unique fille.

« Ma chère Simone, lui avait rétorqué froidement Mme Boccara en écrasant sa cigarette dans le cendrier, si je sentais un instant le nombre des enfants d'Israël diminuer, il est bien entendu que je me fierais à votre instinct très sûr de pondeuse. Mais, comme il n'en est rien, je pense avoir fait montre d'esprit civique en refusant de donner à ce petit chef-d'œuvre de Léa son pendant qui eût offusqué un peu plus la vue de mon voisin. J'ai limité la casse. Me voyez-vous avec sur les bras un autre magot aussi réussi ? C'eût été désespérer de la beauté ! » C'est en se redressant pour ramener sa main du cendrier posé sur une table basse que Mme Boccara sentit braqués sur elle les yeux noirs de la fillette, laquelle se trouvait sous une table à crayonner un livre d'images, et dont elle avait oublié la présence. « Elle est trop jeune, elle n'aura pas compris », se dit Emma Boccara afin de se rassurer et de faire taire au fond d'elle-même le remords de ne pouvoir éprouver à l'égard de son enfant un sentiment de mère. Mais plutôt que cette fille, venue inopportunément troubler son grand amour, elle eût préféré rien qui ne lui rappelât son cher Abramo. Rien qui ne fût là comme le souvenir d'une fatalité inévitable. « Heureusement que cette oie kasher ne m'a pas dit que c'était le portrait craché de son père, sinon je la giflais. »

Mort, il était mort, et elle vivante. Voilà au fond ce qu'elle reprochait à cette enfant de sept ans. Elle avait beau se dire que c'était sa chair, son sang, elle ne ressentait devant elle que malaise et dégoût. Non, jamais elle n'avait perçu en elle les battements d'un cœur de mère. Comme d'ailleurs elle ne s'était jamais vraiment sentie autrement liée à Abramo que par le désir qu'elle avait de lui. Une faim insatiable. Plus que sa femme, elle avait été sa maîtresse, son amante. Et l'échange des alliances à la synagogue sous le taleth et tous les verres brisés ne purent lui faire prendre conscience de son statut d'épouse officielle qui mettait fin à un concubinage, situation pour l'époque scandaleuse. Lorsque après la noyade on lui avait ramené son mari sur un brancard de fortune dans la petite maison sur les hauteurs de Gamarth où ils passaient l'été parmi les palmes et les lauriers en fleur, elle s'était jetée sur le corps à peine violacé ; et sans même vouloir écouter le récit de l'accident, comme si elle eût voulu par-delà la mort lui tirer encore quelques émois, elle était demeurée toute la nuit serrée contre lui, à lui prodiguer des caresses en balbutiant des mots d'amour, ainsi que de gourmandes petites cochonneries qui sont de mise entre amants enflammés. L'aube l'avait surprise les cheveux défaits et toujours éperdue. Ce ne fut que par la suite, quand se présentèrent les Rosh Hobra pour la toilette funéraire et qu'on voulut enlever le corps, qu'elle découvrit dans quel gouffre sa vie, tout d'un coup, venait de s'abîmer. Elle eut des cris de fauve. Mais les fauves, eux, aiment leurs petits ; et elle n'avait jamais considéré ce « bout de gras », comme elle la nommait parfois en plaisantant, que comme un poids inutile, dérangeant son bel amour. Elle n'avait jamais pu masquer le dégoût qu'elle avait de cette chose sortie d'elle.

Et comme l'abîme invoque l'abîme, celle qui n'était qu'un souffle amoureux, privée ainsi de son miroir, de ce beau corps qui, l'instant d'une nuit, apaisait sa soif sans pourtant l'étancher complètement, devint une de ces âmes errantes, un de ces shedim qui parcourent le monde de leur vol fallacieux. Un de ces souffles que l'on découvre, tel un miroitement, ici et là, au détour d'un paragraphe du Talmud. Ne dit-on pas d'eux, en effet, qu'ils furent créés par Dieu « entre les soleils », c'est-à-dire la veille du sabbat. Et comme l'heure du repos sonnait, et qu'Il n'avait pas eu le temps de leur donner une forme, ils furent d'eux-mêmes contraints, par la suite, de chercher désespérément un corps pour s'y réfugier. N'allègue-t-on pas encore qu'ils naissent de la semence répandue de la nuit quand l'amour, en des jeux solitaires, se prend au mirage de l'amour; et cela depuis qu'Adam préféra plus sûrement sa main à celle d'Eve.

Ainsi privée de l'objet de sa passion, se dévorant de son propre feu et toujours en quête d'un corps, Emma Boccara devint peu à peu inane et vide.

Quant à l'appartement de la rue de Marseille, il fut minutieusement dépouillé de tout souvenir du défunt. C'est en vain qu'on y aurait cherché une photo d'Abramo Boccara. A quoi bon les photos! Pourquoi resterait-il, lui, éternellement jeune dans son cadre en argent alors qu'elle vieillirait et que, décrépite, elle attendrait frileuse ainsi qu'on voit en automne ces oiseaux au vol frissonnant se préparer à la migration? Oui, à quoi bon se souvenir, se disait-elle, puisqu'il ne la reconnaîtrait pas quand, ombre déteinte de ce qu'elle avait été, elle se présenterait à ses yeux. Jamais plus ils ne s'assiéraient ensemble au festin du désir, ces amants magnifiques aux appétits fastueux. Quelque chose d'inégal s'était établi entre eux que la mémoire, prémunie de toutes les babioles qu'on destine généralement au culte funéraire d'un époux aimé, ne pouvait qu'accentuer.

Durant quelques années, le temps de guetter dans son miroir la première ride lui signalant que désormais ils naviguaient chacun sur un fleuve différent aux courants contraires, et de se décider alors à prendre un amant, tout son être se cabra contre cette injustice. La nuit surtout, quand seule dans son lit, le ventre lourd, elle se débattait, ses grands yeux ardoise fixés au plafond, telle une démone, pour retrouver quelques débris de ce qu'elle avait aimé, un muscle, un méplat, l'odeur de la peau, son grain, afin de guider plus fermement une main indiscrète. C'est avec un cri de rage qu'elle atteignait la jouissance. Un cri déchirant la nuit. En survivant à son amour, elle s'était déterminée pour le chemin le plus malaisé. Dans le miroir de sa coiffeuse, un jour elle aperçut la vieille folle pathétique qu'elle deviendrait.

Elle avait donc purgé l'appartement de toute mémoire et, foutue pour foutue, décidé de survivre.

Seul le «bout de gras» demeura, témoignage dérisoire de leurs folles amours; et bientôt, celle qu'elle n'avait, jusqu'à la mort de son mari, regardée que distraitement devint une épine dans sa chair. Si cette enfant, encore ni laide ni jolie, se met quelque jour à ressembler à son père, cela deviendra insupportable, s'était-elle dit alors que la petite Léa venait par un geste gracieux de ranimer en elle quelque douloureux souvenir. De ce jour, puisqu'elle ne pouvait la faire disparaître comme les photos, elle s'attacha, à l'insu d'elle-même — car elle était d'une nature généreuse et bonne —, à détruire son enfant. Pire, à la dénaturer. Et la fillette, se conformant à son désir, se sentant mal aimée, lui prêta main-forte.

Emma Boccara fut réveillée en sursaut par le regard froid de l'enfant. Elle vit la blessure qu'elle lui avait portée et ses paroles voletant comme un essaim de mouches autour. Elle crut ressentir le poids d'un remords qu'elle prit aussitôt pour une émotion maternelle. Mais comme toute gravité lui était insupportable, elle se mit à rire ; d'un petit rire clair et tintant comme le verre, et tranchant comme lui. Sous la table, au milieu de ses crayons de couleur éparpillés sur le tapis, la petite Léa reçut cette gaieté de plein fouet comme une nouvelle blessure. Elle n'avait pas tout compris de ce qui s'était dit, mais par ce rire, elle sentit bien qu'on venait de lui manger une partie du cœur. De cet instant, elle se jura bien de détruire en elle tout ce qui pourrait ressembler à cette mère. Ainsi commença-t-elle son travail de mort.

Quarante ans plus tard, tandis qu'un train l'emporterait sans retour vers l'Allemagne, au fond de son wagon, comme une bête prostrée, ce qui lui reviendrait en mémoire serait encore, dans cette lumière dorée de méridienne, le grand salon, l'odeur un peu lourde et sucrée du tabac turc, et ce rire ironique, fil léger du destin, qui l'avait conduite à devenir cette dérisoire et adipeuse mamma juive.

## 3

La jeunesse de Mlle Léa Boccara se passa donc entre le petit lycée Jules-Ferry de la rue d'Angleterre et les pâtisseries sur le chemin de l'école, tandis que sa mère, insatiable et toujours en quête de grandes amours, s'étourdissait dans une ronde incessante de jeunes amants. L'une se gavait de gâteaux et l'autre des romans de Paul Bourget dont les héroïnes lui paraissaient bien timides.

La Première Guerre mondiale survint alors qu'Emma, éprise d'un jeune et bel aviateur, recevait son baptême de l'air. A ceux qui s'en étonnèrent, lui faisant remarquer que c'était dangereux, elle répondit avec l'insolence de la femme libre : « Qu'y a-t-il d'étonnant ? Ne dit-on pas généralement que l'amour donne des ailes ! » Le jeune aviateur partit pour la guerre, Elle décida de lui être fidèle. De la même manière que Mlle Léa s'était fixé comme choix définitif dans ses gâteaux l'éclair au café.

Elle lui fut fidèle mais dévora les romans de Marcel Prévost et de Victor Margueritte. Un jour, elle reçut la nouvelle de la mort héroïque de son aviateur. Il y eut quelques pleurs. Le sort décidément lui était contraire. Elle se consola puisqu'elle s'était persuadée une fois pour toutes que la vie valait mieux que le souvenir.

C'était le temps des marraines de guerre. Elle se fit attribuer un filleul avec lequel elle établit une correspondance. Elle s'y jeta à corps perdu, avec une sorte de rage proche du désespoir. Rapidement, la lettre mensuelle devint hebdomadaire. Elle fut alors saisie par la magie des mots qu'elle alignait à l'encre bleue sur un joli vélin rose. Elle n'avait jamais écrit de sa vie, à l'exception de quelques billets de remerciements ou de félicitations ; et elle découvrait le plaisir de se laisser porter par tous ces mots qui lui venaient d'abondance sous la plume. Ce fut comme un vertige ; pourtant, jamais elle ne s'était sentie aussi épaisse et solide. Jamais ses nuits n'avaient été moins vagabondes. Si bien qu'il lui sembla que le souffle qui l'animait jusqu'à présent, ne lui laissant aucun repos, la poursuivant même dans ses rêves, l'avait abandonnée du fait de quelque mystérieux exorcisme. Il n'en était rien : le souffle était devenu fureur d'écrire.

Les lettres hebdomadaires firent bientôt place à des lettres quotidiennes. « Tiens, se disait-elle un beau matin en éprouvant comme une humeur balnéaire, ce pauvre petit, tout crotté dans sa tranchée au fin fond des Ardennes, il mérite bien lui aussi un bout de mer et de soleil. » Et aussitôt de se précipiter à son bureau « dos d'âne » pour y jeter sur une feuille de papier, tout en vrac, des rochers, une anse au sable blanc, ronde et souple comme le bras d'une jolie femme, un crépitement de palme et dans l'air toute une alacrité marine avec dans le fond un petit village blanc de pêcheurs, dont les maisons grimpées les unes sur les autres comme des cubes lestaient ce paysage de brise et d'écume. Comme elle avait caressé éperdument des nuits entières de jeunes corps pour tenter de ramener cette chose qui l'avait fuie, de la même manière, elle cajolait à présent, pour en sentir les aspérités mais aussi les rondeurs, chacun des mots qu'elle couchait ensuite sur le papier ; et le plaisir qu'elle en tirait était ineffable et sans comparaison quant à la volupté avec celui qu'elle tirait de ses amants de fortune. C'était comme une chair dont elle ne se lassait pas, sans que s'immisçât dans ces noces secrètes et mystérieuses le moindre désenchantement ou encore cette tristesse qui prend parfois aux amants après l'amour. Elle s'ébrouait, insouciante et neuve parmi les mots, s'amusant de leur chatoiement, jouant de leurs couleurs et aussi de leur étrangeté.

C'est donc nouvelle, comme lavée et libérée, qu'elle resurgissait de ces longues pages d'écriture, souvent douloureuses, fuyantes parfois lorsqu'elle s'attachait à rendre la couleur incertaine des capucines sauvages qui viennent par cascades dans le djebel ou l'odeur, après l'orage, de la terre rouge et fumante qui zigzague entre les vignes et dont elle s'était tant de fois grisée quand, se rendant à sa ferme du cap Bon en calèche et surprise par la pluie, elle se trouvait contrainte de faire halte sous un arbre. Après ces heures passées à son petit bureau, courbée sur la feuille de papier comme sur un miroir duquel elle eût espéré voir monter des profondeurs on ne sait quel signe, même s'il lui prenait de douter, pestant en elle-même : « Mais à quoi bon m'esquinter à lui faire entrevoir la lueur de foudre que reflètent les oliviers dans l'orage, à ce bigorneau qui ne pense qu'à son rata... », elle finissait toujours par atteindre ce qu'elle voulait ; et alors elle avait le sentiment profond, quoique éphémère — sinon elle n'y fût pas revenue dès le lendemain —, d'avoir frôlé un monde, quelque chose qui lui était proche, qui la concernait ; quelque chose qu'elle avait été ou bien qu'elle n'avait pu devenir ; quelque chose en tout cas vers quoi, de toutes ses forces, elle tendait en cherchant à se perdre dans l'autre pour n'être plus qu'un seul être ; se perdre dans ce corps qu'elle désirait désespérément depuis qu'elle en avait été dépourvue à la mort d'Abramo.

Peut-être était-elle cette Lilith, comme le lui avait crié, un jour, sa fille Léa, alors qu'elle revenait le ventre gonflé de pâtisseries et la tête farcie par le sermon du rabbin. Oui, si elle était cette Lilith, princesse des Démons, alors elle engendrerait, telle une faunesse nocturne, des paysages de mots, produisant ce lait vénéneux dont les enfants des hommes nourrissent leurs songes. Et si elle échouait, alors une autre de sa race, du même sang qu'elle, y parviendrait.

Jamais, tout le temps que dura cette correspondance, Emma Boccara ne fut plus belle ni plus sage. Cela désespérait la cousine Cardozo qui, depuis le jour où elle était venue faire sa visite de condoléances, était devenue une familière de l'appartement de la rue de Marseille. A la longue, Emma avait fini par apprécier la lourde et pantouflarde présence de cette mère de famille qu'elle soupçonnait de prier pour son âme aux offices du sabbat. De son côté, cette très convenable personne avait peu à peu pris goût au récit des aventures de la cousine scandaleuse dont sa famille lui reprochait la fréquentation. Cette femme sensée et un peu sentencieuse, qui n'avait jusque-là éprouvé que des passions étriquées et familiales et pour seules contrariétés des contretemps ménagers, fut, peut-être, de tous les proches d'Emma, la seule qui comprît véritablement la grandeur de cette âme fantasque et immorale. Elle s'était, au début, offusquée comme les autres quand cette «créature de la rue de Marseille» (c'est ainsi qu'on nommait Emma en famille de peur de prononcer son nom car, outre sa mauvaise réputation, on la soupçonnait également de porter la guigne — et posséder le mauvais œil dans une famille de juifs italiens, c'était pire qu'une catastrophe : une véritable tare qui compromettait l'honneur de la tribu grana) commandait sans hésiter au restaurant, et même avec une certaine ostentation, un «prosciuto con melone» et que, chez elle, pour l'apéritif, elle se faisait servir avec un verre de jerez du saucisson qu'elle grignotait avec détachement sous le nez du rabbin venu la remercier pour son offrande à la synagogue. Cependant, rapidement, la brave Simone Cardozo, au contact de cet être de caprice, perdit toute notion de bienséance. Dès qu'elle franchissait le seuil de l'appartement de la rue de Marseille, elle avait l'impression de devenir une autre, sans pour autant s'altérer. Surgissait alors, pour s'épanouir comme par magie, tout ce qu'elle aurait pu être ou qu'elle avait rêvé d'être sans se l'avouer, ce qu'elle avait étouffé en elle ou qu'on s'était chargé de briser, toutes ces voix, tous ces visages qu'elle eût pu emprunter, si elle ne s'était dit un jour qu'elle serait une mère juive irréprochable — enfin ces mille possibilités mystérieuses, chimères flexibles et sans cesse renouvelées, nées de cette cavité aux humeurs marines qui font que, pour l'homme privé d'imagination, incapable d'exploiter d'aussi divers paysages, la femme la plus transparente sera toujours une boîte à malices.

A peine entrée dans le grand salon, elle se sentait captive de cette lumière dorée de fin d'après-midi qu'assouplissaient de hauts stores; ce qui donnait aux choses une rondeur qui lui semblait étrangement vouloir se conformer aux siennes. Elle pouvait, en buvant du café, papoter sur le divan avec cette cousine un peu brebis galeuse, des heures durant, sans les voir passer.

«Mais non, mais non, disait Emma en lui prenant les mains pour la conforter dans son sortilège tandis que le jour baissait, tu n'es pas grosse du tout. Vraiment! Où as-tu été chercher cela? C'est un monde tout de même! Grosse, mais pas un instant, mon chou! Tu veux que je te dise, eh bien, tu es pulpeuse. Et je connais beaucoup d'hommes qui seraient fous de toi. Des hommes très beaux, très bien... Oui, fous. L'autre jour... un homme, je tairai son nom parce qu'il est marié et que je sais que tu connais sa femme, une de ces chieuses de la synagogue... enfin, vois-tu, alors qu'il m'avait fait comprendre en dansant que je ne lui étais pas indifférente — du moins le croyais-je —, et que, pensant l'affaire dans le sac et quittant toute réserve, je brûlais quelque peu mes vaisseaux et lui proposais de venir prendre un verre chez moi, je m'entendis répondre sans ménagements : "D'accord. Mais en camarade, car voyez-vous, ma chère, si charmante et spirituelle que vous soyez, vous n'êtes pas mon type..." Et moi, pauvre cloche, de lui demander, la bouche en cœur, quel était son genre. "J'aime les grosses, les potelées, les rondes, les rigolotes qui roulent et dont on a plein les mains. Vous comprenez que, pour être tout à fait à mon goût, il vous manque encore quelques kilos...» Autant te dire que j'étais sur les fesses. Mais en y réfléchissant par la suite, je me suis dit qu'au fond peut-être il n'avait pas tort et qu'une grosse doit avoir des avantages sans doute insoupçonnés. J'ai commencé à bien te regarder et, très vite, j'ai compris. En y repensant, "pulpeuse", ce n'est pas le terme exact. Non, tu es "duveteuse". "Duveteuse", tu m'entends, mon chou.» Et, toute ravie de sa trouvaille, elle répétait le mot inlassablement en faisant claquer d'une façon gourmande sa langue comme si elle suçait un bonbon. «Tu es imposante et en même temps légère. C'est ça le truc! Comme un édredon. Légère et confortable. Et qu'est-ce que les hommes aiment plus que leur confort, dis-le-moi? Ah! si tu voulais bien te donner un peu de mal, vraiment tu ferais un malheur. Et c'est pas en camarade, toi, que tu prendrais le dernier verre...»

Simone avait approché son visage rouge, charnu et déjà complaisant. Elle cilla comme éblouie. «Vraiment! Vraiment!» s'écriait-elle en battant ses petites mains rondes; des pattes de petite fille qui lui étaient restées comme un souvenir d'une enfance boulotte. «Duveteuse, vraiment, tu crois? — Je ne le crois pas, j'en suis sûre. — Et tu penses que si je le voulais... — Evidemment... — Non, vraiment. Vraiment ce serait au-dessus de mes forces. Je ne pourrais faire cela à mon Albert... — Mais voyons! qui te demande de le tromper? Ce n'est pas là le vrai problème. Non, l'important, vois-tu, c'est de savoir que l'on pourrait si l'on voulait... qu'on n'est pas une laissée-pour-compte de l'amour... Et avec du pelotage pareil au balcon, c'est pas demain la veille que tu feras tapisserie, ma Simone...» Et elle lui défaisait son corsage pour mieux lui caresser les seins. «Voyez, regardez-moi, ces petits hypocrites... Ils font leur modeste... Mais au fond, ça ne demande qu'à voir du paysage pour mieux s'épanouir... Ah! vous voulez de l'aventure, mes gaillards...»

Et la fin de l'après-midi s'écoulait jusqu'au crépuscule à se caresser et à s'épouiller l'âme. Et quand l'obscurité commençait à envahir le grand salon, celle qui un temps n'avait été qu'une «oie kasher de synagogue» et qui, au fil des années, était devenue «ma chère cousine Simone», resurgissait tout à coup, ébouriffée, le feu aux joues, du fond du divan, d'entre les bras de celle qu'à présent tout Tunis ne nommait plus que la «Putiphar de la rue de Marseille». La cousine Simone regardait sa montre. «Oh! là là! faisait-elle en se rajustant, c'est qu'ils vont s'en faire à la maison du mauvais sang.» Cette phrase qui lui permettait de sortir la tête haute d'une situation risquée et par surcroît légère, elle toujours si balourde et encombrée de son corps, ne variait jamais d'un mot. Et c'est vrai qu'elle se sentait légère, nouvelle, comme dans une autre peau. Duveteuse sans doute puisqu'elle avait l'impression de flotter sur des nuages. Mais cette impression cessait la porte d'entrée passée.

Et voilà pourquoi, chaque jour, elle revenait rue de Marseille, malgré les sourcils froncés de son Albert qui avait depuis longtemps flairé qu'il se passait là-bas, chez cette très suspecte cousine Emma, dans ce monde mystérieux et ouaté des femmes entre elles, des choses obscures dont il se sentait exclu. Pour concrétiser ce sentiment et bien montrer également sa désapprobation, il reniflait très fort avant de lâcher d'un air entendu : «Vois-tu, tout ce que je peux te dire, ma petite Simone, c'est que ça sent le roussi.» Mais malgré le roussi, et les yeux noirs d'Albert, Simone, pour se sentir une fois encore belle, légère, désirable et désirée, courait sur les cinq heures pétantes, prétextant les excuses les plus invraisemblables. Elle courait comme une folle de peur de perdre une minute de bonheur, vers ces ombres mauves et satinées où traînait une odeur inquiétante de kif.

Comme elle avait une phrase clef pour disparaître, elle avait également un sésame pour pénétrer dans ce monde enchanté. A peine son gros derrière posé sur un pouf au milieu du salon, elle se tournait vers le divan où, lovée dans les coussins, Emma la regardait venir, un fin sourire aux lèvres, et d'une petite voix inquiète, les yeux baissés, comme dans un soupir, elle demandait : «Et alors?» Cette simple interrogation suffisait à remettre en branle la machine. Et aussitôt Emma, d'une voix lasse qui, peu à peu, allait s'affermissant dans le feu du récit, donnait d'un ton de bulletin météorologique le compte rendu de sa nuit qui, bien évidemment, n'aurait pu manquer d'être chaude au risque de décevoir Simone. Ses aventures toutefois assez modestes, qui avaient cependant réussi à en faire une Mme Putiphar, une nouvelle Hérodiade, ne suffisaient pas à pourvoir, et de loin, ces récits quotidiens et sans cesse renouvelés. Elle s'inventait donc des amants à qui elle prêtait des tempéraments torrides et des goûts exotiques. «Ouïe! ouïe! ouïe! maman! s'exclamait Simone en agitant ses mains comme l'on fait pour montrer qu'on a eu chaud ou qu'on l'a échappé belle. Quelle santé! Ah! c'est pas mon Albert qui aurait idée de trucs pareils.» Et ces exclamations de la cousine l'encourageaient à frapper encore plus fort. «Mon Dieu! Mais ma fille, c'est que ce petit salaud-là va te casser le cul!» s'écriait la brave Simone à la fois émoustillée et affolée de tant de hardiesse.

Évidemment, Simone ne s'en tenait pas là. Il lui fallait des noms. Car, pour demeurer dans la pure abstraction, l'anecdote la plus croustilleuse, sans quelques lestages de réalité, ne saurait prendre son envol pour atteindre au rang du potin. «Ah, je n'en peux plus! Des noms, des noms!» implorait Simone dans un murmure, préfigurant le gage du secret, mais d'une voix si lasse qu'il était évident que c'était à sa propre petite personne que ces mâles insatiables s'en étaient pris. Et après tant d'après-midi passés à dévider ses nuits, il n'était plus question pour Emma de noyer le poisson en s'inventant un galant de passage, rencontré dans le hall du Tunisia Palace ou dans quelque dancing. Pas question non plus de s'attarder sur des amants minables et vantards qui lui tenaient la jambe pendant un clair de lune pour finalement la rater au petit matin. Au fil des années, Simone était devenue extrêmement pointue et fort sélective quant aux amants de sa cousine. Depuis longtemps Emma ne pouvait lui servir les reliefs de ses nuits qu'accommodés de sauces toujours plus relevées. Les ferments qu'elle avait dispensés, durant ces après-midi douillets, dans l'âme simple et candide de Simone avaient levé. Ainsi les rêves et les chimères empiétaient à présent sur la vie réelle qui avait cessé de les nourrir. Emma était prise au piège de son roman. Chaque jour il lui fallait donner de nouveaux visages à ses amants de fortune, de nouveaux noms pour satisfaire la dévorante curiosité de sa cousine.

« Quoi ! s'écriait-elle, Gino lui aussi ! Gino Lombroso, le fils de Fernand... Enfin celui du Belvédère qui s'est fiancé il y a quelques semaines. On le dit pourtant très amoureux... Eh bien ! ma vieille, tu y vas fort. Alors il est venu ici. O mon Dieu ! Et ça s'est passé là, sur ce divan... Toi, vraiment, rien ne t'arrête... Ils ont tout de même raison de dire que tu es une sorcière... Là, vraiment là, ça s'est passé là dans ces coussins ? — Oui, faisait Emma en soupirant, les yeux modestement baissés. — Mais c'est encore un gamin ! — Mais tu sais bien que j'aime les gamins, Simone. — Ah ! — Il faut se décider à rajeunir les cadres... »

Ces noms lâchés au gré de sa fantaisie avaient fini par troubler l'esprit de la brave Simone qui, sortie de l'appartement de la rue de Marseille, butait à tout bout de champ sur les amants que s'octroyait Emma. On la vit ainsi s'approcher en se dandinant dudit Gino le jour de son mariage, et, le visage paterne, prête à tout comprendre et à tout pardonner, lui balancer un clin d'œil entendu avant de lui glisser à l'oreille : « Mon petit salaud, non seulement tu lui casses le cul, mais encore tu lui brises le cœur... » Autant dire que le Gino tomba de haut. Ce qui ne l'empêcha pas, lorsqu'il eut repris ses esprits, de raconter partout qu'une vieille folle lui avait proposé la botte le jour de son mariage.

Beaucoup d'hommes étaient partis pour la France et Emma, de son côté, se jeta à corps perdu dans sa correspondance avec son filleul. Les visites de Simone rue de Marseille ne se ralentirent pas pour autant. Chaque jour à la même heure, comme à son habitude, elle sonnait à la porte de l'appartement des Boccara et Fatma, la vieille Berbère au visage tatoué, venait lui ouvrir pour la mener, traînant la babouche, par de longs corridors et l'introduire dans le salon où, exténuée, elle se laissait lourdement tomber sur le pouf.

De jour en jour elle ressentait un peu plus sa graisse et la fatigue des deux étages à monter. Elle savait que jamais plus elle ne serait légère et duveteuse. Il y avait là comme une disgrâce. Et pourtant, elle continuait à venir. Le salon était toujours plongé dans un demi-jour mais, au lieu de se tenir allongée sur le divan, Emma à présent était assise à son petit bureau. C'est à peine si elle s'apercevait que l'autre était là tant elle se trouvait absorbée par ses écrits. Cependant, au bout de quelques minutes, sans même lever la tête, elle disait : «Mets-toi à l'aise, ma chérie. Je n'en ai plus, vraiment, que pour quelques minutes. Mais il faut absolument, vois-tu, que je termine cette lettre que je remets depuis une semaine. Quand je pense à ce pauvre chou barbotant les pieds dans la boue au fond de sa tranchée, j'ai honte de ma paresse. Mais ne te sauve pas, surtout. J'ai mille choses à te raconter... Tiens, en attendant, lis ce qu'il m'écrit... C'est vraiment terrible, cette guerre... terrible... On ne peut pas s'imaginer... Vraiment pas s'imaginer...»

Simone lisait la lettre qui ressemblait en tout à celle qu'elle avait lue le jour précédent. C'était les mêmes jurons contre l'adjudant qu'était une vache, un enfioté et le pitaine qui ne valait pas mieux avec sa gueule d'empeigne; des cris de guerre contre les boches qui, lors du dernier dérouillage, en avaient pris dans l'oignon pour leur grade malgré la grosse Bertha qui en avait reçu aussi plein les miches; et des trucs, également, bien saignants comme ce crouillat des Bat' d'Af' qui s'était fait décarpiller des deux jambes par un boulet et qui, avant de claboter, chialait si fort après sa fatma qu'on n'entendait que lui, dans tout ce barouf de sirènes et d'obus, et que c'était à se calter tellement que ça vous chambardait l'âme. La lettre se terminait invariablement par une sortie violente contre les planqués des ministères qui les avaient bien au chaud, sans se fouiller, alors qu'eux se les caillaient à faire le poireau dans les tranchées. Tout cela était plein de hargne avec des points d'exclamation rageurs à chaque mot. Simone avait beau lire et relire, elle ne comprenait rien. C'était pour elle du charabia. Cependant le mot «perlot» qui revenait à chaque missive, en post-scriptum, finit par la turlupiner. «Merci pour le perlot»... «Je vais manquer de perlot. Renvoie-moi du même que la dernière fois»... Qu'est-ce que cela pouvait bien dire? Elle se sentait exclue de ce trafic. Elle en souffrait.

Mais elle avait son quant-à-soi. Cependant, elle ne put résister à demander la signification de ce mot qui, parmi tous ceux qu'elle ne comprenait pas, avait allumé son imagination.

« Mais voyons, Simone, réfléchis un peu ! Enfin, "perlot", ça s'entend sans se comprendre... "perlot", c'est tout simple, c'est du tabac. Le pauvre chou bouffarde à en crever. Je lui ai bien dit que c'était mauvais pour ses éponges... Mais que veux-tu, il faut bien que jeunesse se passe... et puis le malheureux, c'est pas la joie là-bas... »

Simone remarqua avec chagrin que sa cousine commençait à employer les mêmes expressions qu'utilisait, dans ses lettres, ce Raymond Chouin, caporal au 56e RI qu'elle vouait en secret à tous les obus de la grosse Bertha.

Au début, elle avait encore risqué, tandis qu'elle calait son gros fessier sur le pouf, le rituel « Et alors ? ». Mais comme elle n'avait reçu aucune réponse, très vite elle avait abandonné cette tactique et s'en tenait à un silence réprobateur. « Tu en tires une drôle de tête », lui lançait Emma pardessus l'épaule, sans même se retourner, les jours où ce mutisme pesait plus lourdement. « Albert serait-il malade ou est-ce un des enfants ? Si quelque chose te tracasse chez toi, ne te fais surtout pas une obligation de rester... Je comprendrai... Vraiment, je ne te retiens pas... C'est dommage. Je n'en avais plus que pour quelques minutes avec cette lettre ; et j'avais après des tas de choses à te raconter... Oui, vraiment, c'est bien navrant... » Et la cousine Simone restait collée à son pouf, pétrifiée de tant d'indifférence et pourtant l'imagination en éveil, émoustillée par ces choses miroitantes et lointaines qu'on lui promettait comme à un enfant des sucres d'orge.

La nuit venue, elle repartait le bec vide et l'âme courbatue ; plus lourde, plus empotée qu'elle n'était arrivée. Il se jouait là, dans l'atmosphère emmiellée de fin d'après-midi, un de ces drames que nous propose à tout instant, dans les hautes herbes de l'été, l'entomologie. D'une façon inévitable, insouciante, presque légère, avec cet entêtement que met l'araignée à tisser sa toile afin de conjurer on ne sait quelle fatalité géométrique qu'elle porte en elle, doucement, sournoisement, après l'avoir engraissée, Emma dépiautait vivante la cousine. Elle n'y mettait aucune passion triste, partant aucune méchanceté. Elle n'était guidée que par une perfection d'insecte, ne connaissant ni haine, ni remords; par un instinct animal irréductiblement extérieur aux règles du bien et du mal.

Quelquefois, Emma se tournait vers la cousine, sentant qu'il lui fallait faire un geste et, tenant à la main la lettre qu'elle avait reçue le matin même de son filleul, Raymond Chouin, elle s'apprêtait à lui en donner lecture. «Écoute un peu ce qu'il m'écrit... Mais d'abord, il faut que tu saches qu'il vient d'être nommé "caporal-chef"... Voyons le passage... Non, cela n'a pas grand intérêt pour toi... — Mais si... mais si..., faisait Simone, crevant de curiosité. — Mais non, vraiment, je t'assure... Non, c'est vraiment rien de bien amusant... sa dernière permission : tu penses comme tu t'en tapes... — Mais je ne m'en tape pas du tout, Emma... — Tu es trop gentille, Simone. Tu ne dis cela que pour me faire plaisir...» Et continuant à parcourir la lettre, elle finissait en désespoir de cause par avouer qu'elle avait dû se tromper : «Je croyais bien pourtant qu'il y avait là quelque chose qui t'aurait amusée follement. Mais j'ai dû confondre avec la lettre d'avant-hier... et celle-là, vois-tu, par malchance, j'ai déjà dû la mettre au panier...» Simone, évidemment, n'en croyait pas un mot, car elle savait que sa cousine gardait toutes les lettres du «filleul» dans une boîte en galuchat avec les doubles de celles qu'elle lui envoyait. Elle lui fut cependant reconnaissante d'avoir essayé de la mettre dans le coup, même si cela n'avait servi qu'à la renvoyer encore plus brutalement à sa vacuité et à lui faire comprendre encore un peu plus combien elle s'éloignait d'elle, chaque jour, entraînée par un courant irréversible, à la dérive de ce flux d'encre violette qu'elle répandait journellement sur le papier d'une écriture serrée, grand oiseau funeste dans son kimono de soie, planant en un ultime adieu sur le ressac des paragraphes qu'elle venait d'aligner.

Un jour, Emma s'était retournée vers cette forme vague et ectoplasmique qu'était devenue la cousine piquée sur son pouf et, sans que rien eût préparé cette sortie, elle lui avait demandé quel âge elle pouvait lui avouer. «Ce petit corniaud me demande mon âge, c'est un comble, non? — Dis-lui la vérité, avait répondu Simone. — La vérité! la vérité! voyez-vous ça! Mais il ne faut jamais dire la vérité, ma pauvre Simone, sinon, où irions-nous? D'ailleurs, qui demande la vérité? ma vérité? la sienne? Il croit que j'ai dix-huit ans ; j'ai dépassé, il y a lurette, les quarante mais je me sens une âme de vingt ans. Où est la vérité ? Comment survivre dans un monde où chacun a sa petite idée de vous et vous-même la vôtre ? Il faut feindre de se perdre dans la pénombre épaisse aux creux de l'âme et, en secret, comme le mauvais talmudiste truque la parole de Dieu, changer de nature. Oui, il faut à chaque instant feindre, ma Simone, pour tenter de survivre aux chienneries de la vie. Il faut vivre double... ici et là. Je vais lui écrire que j'ai vingt-cinq ans et je t'assure que je fais une grande concession à la vérité de mes vingt ans... Tu me crois déraisonnable ? je le suis. Qu'aurais-je à faire de la raison ? C'est la raison qui enfante les monstres, lesquels ensuite nous dévorent... » La cousine écoutait bouche bée, toujours plus flasque et larguée.

Un après-midi — ce devait être vers la fin janvier de 1918 —, alors que la cousine Simone sonnait comme à son accoutumée à l'appartement de la rue de Marseille, Fatma vint lui ouvrir mais ne la laissa pas entrer. Elle tempêta, voulut forcer la porte, mais l'Arabe demeura ferme. A la fin, tout de même, alors qu'elle lui repoussait la porte au nez, elle lâcha : « Madame est partie ce matin avec le bateau... », ce qui eut pour effet immédiat d'achever la cousine. Estoquée à mort, Simone regagna sa maison, titubant le long des avenues désertées qu'un vent froid et pluvieux balayait. Arrivée chez elle, elle retira son chapeau, rangea soigneusement ses gants et, avec une froide détermination, s'enferma dans les waters. Comme elle ne paraissait pas au dîner, on s'inquiéta. Albert vint lui parler à travers la porte. Elle le renvoya se coucher en le rassurant avec un ton si tranquille qu'aussitôt dans son lit il s'endormit, sans se douter un instant de ce qui l'attendait. Au matin quand il se réveilla, il ne trouva pas Simone auprès de lui. Il l'imagina déjà à la cuisine en train de s'affairer au petit déjeuner des enfants. Il s'y traîna, mal réveillé, en se frottant les yeux, et ne la vit point. Il regagnait sa chambre par le couloir quand, à la hauteur des cabinets, il entendit des râles, des sortes d'ahans assez semblables à ceux d'une femme en travail. « Est-ce toi, Simone ? » demanda Albert inquiet, en collant son oreille contre la porte. Alors il y eut un cri, un cri inhumain à déchirer l'âme. Un hurlement de folle où Albert distinguait deux voix entremêlées. L'une plaintive qu'il reconnut pour être celle de sa Simone ; l'autre vociférante et démoniaque.

« Fous le camp, lui criait cette dernière, laisse-moi chier mon bâtard en paix ! Oui, fous le camp, Albert ! Allez, ouste ! Du vent ! Tu croyais que ta petite Simone t'aimait... eh bien, tu l'as toujours dégoûtée. Tu pensais qu'elle t'avait dans la peau ? C'est avec les autres, tous les autres qu'elle prenait son plaisir... et toi, pauvre con ! tu t'en es jamais même un instant douté, rengorgé que tu étais dans tes prétentions de mâle rassasié, sûr de son pouvoir parce qu'il est arrivé, enfin, non sans mal, à tirer sa petite crampette... » Cela fut suivi d'un grand éclat de rire à l'intérieur duquel une plainte étouffée se fit entendre. C'était l'autre voix qui lui disait : « Surtout, Albert, ne la crois pas... C'est moi ta Simone et je t'ai toujours aimé... toujours... » Mais l'autre revenait à la charge : « Allez, décampe ! laisse-moi chier toute cette merde en paix... quinze ans de baise tous les jours, quinze ans de saloperies !... Je vais te lui en mettre une sacrée déflaque. Ça, pour duveteuse, elle le sera, cette mouscaille ! »

Albert voulut enfoncer la porte mais alors les deux voix se mirent à l'unisson pour lui enjoindre de n'en rien faire. Chacune menaçait de se tuer.

La famille bientôt tout entière fut devant la porte à supplier. Les proches parents furent également alertés qui se pointèrent avec des mines d'enterrement. A les voir se presser dans l'entrée, tous bruissants de conseils, pleins de componction, et l'air entendu, on eût cru qu'ils attendaient chacun leur tour pour entrer dans la chambre de la morte. « Je veux lui parler », criait une voisine qui alléguait qu'elles avaient passé leur jeunesse ensemble. « Moi, elle m'écoutera... » La fin de la journée amena la présence d'un rabbin qui récita des passages du Zohar lesquels sont, dit-on, les seules armes contre les démons. Et comme si cela ne suffisait pas, il y alla d'une incantation par laquelle, en levant les bras et en tournant sur lui-même, il demandait, au nom d'Ahniel, de Matatiel, de Zoutiel, de Totsiel, de Clariel, de Pouliel et d'une bonne tripotée d'autres anges, à ces démons, qu'ils fussent shedim et sheditim, lilin et lilitin, rouhin et rouhat, de déguerpir de ces chiottes. Mais les prières et les invocations du rabbin restèrent vaines. Lilith en personne était bel et bien installée dans la cuvette des vécés d'un appartement bourgeois de la rue de Londres à Tunis.

# 4

Tandis que sa cousine Simone demeurait, au grand scandale de sa famille, prisonnière de Lilith dans les cabinets, Emma voguait vers Marseille. Elle avait quitté précipitamment Tunis au reçu d'une lettre du filleul qui lui annonçait qu'il allait obtenir une permission à l'occasion de son mariage. Après les mutineries de l'année précédente et les constantes offensives que son régiment subissait, les permissions avaient été presque totalement supprimées, expliquait-il ; et l'on ne pouvait en décrocher qu'à l'occasion d'un deuil, encore fallait-il que ce fût celui d'un parent proche, ou de son propre mariage — « ce qui, ajoutait-il non sans ironie, est à peu près la même chose ». Dans le reste de sa lettre, il racontait comment, lors de sa dernière et déjà lointaine permission à Paris, le hasard avait voulu qu'il perdît un bouton de sa capote rue du Chemin-Vert devant une mercerie. Il avait ramassé le bouton sur le trottoir et était entré dans la mercerie afin de trouver du fil et une aiguille. Le magasin était tenu par une femme revêche et sa fille. Ici venait la description de la demoiselle, un grand échalas tout en nez, qui avait ressenti son apparition dans la boutique, où aucun homme ne s'était, semble-t-il, aventuré depuis des lustres, comme une bénédiction des dieux. La façon dont elle se proposa pour lui recoudre son bouton montrait bien que les seules moustaches jamais aperçues étaient celles de cette mère dragon qui regardait d'un air furibard et réprobateur le manège de sa fille. Alors qu'il allait franchir la porte, elle le retint par la manche, pressentant non seulement qu'elle ne le reverrait jamais, mais encore qu'elle ne retrouverait plus une autre occasion semblable si elle le laissait filer. Malgré l'air de plus en plus renfrogné de sa mère, elle se jeta à son cou : « J'ai vingt-cinq ans, je m'appelle Luciane et j'aimerais vous écrire... » « La petite gourgandine ! s'était écriée Emma à la lecture de la lettre, voilà comment se tiennent les filles aujourd'hui. C'est du propre ! et puis quel culot : vingt-cinq ans ! le même âge que moi ! »

A peine de retour sur le front, Raymond Chouin reçut la première d'une série de lettres de cette Luciane qui lui firent entrevoir la possibilité d'une nouvelle permission. Pour conclure, il expliquait à Emma qu'il s'était décidé à épouser Mlle Duborniau, mais que la cérémonie à Saint-Ambroise expédiée, il planterait la mariée dans ses voiles et prendrait le premier train pour Marseille où il comptait bien la retrouver, elle, sa vraie marraine.

Accoudée au bastingage, Emma regardait avec tendresse la photographie que son filleul lui avait envoyée. C'était une photo de groupe. Six fortes têtes du régiment qui tiraient la langue à l'objectif. Comme son filleul Raymond avait oublié — à moins qu'il ne l'eût fait exprès — de lui dire où il se trouvait placé sur la photo, et que de son côté elle s'était bien gardée de le lui demander, peut-être pour ne pas être déçue ou tout simplement pour entretenir le mystère, elle passait en revue, encore une fois, ces six gaillards, certains mal rasés, d'autres mal foutus, avec lesquels elle s'était, l'un après l'autre, imaginée faisant l'amour. Cette photo datait déjà de deux ans et certains y figurant étaient probablement morts du typhus ou emportés par un obus. Et cependant chaque nuit ils revenaient lui faire sa fête. Elle défiait ainsi la fatalité de la mort dont elle sentait le poids un peu plus chaque jour. Raymond Chouin avait fini par devenir un nom générique qui recouvrait ceux ignorés des cinq autres ; car c'était bien aux six gaillards de la photo qu'elle adressait depuis deux ans ses lettres. Ce qui ne l'empêchait pas d'en personnaliser certains passages : un paragraphe par exemple était destiné au petit binoclard qui se tenait à l'extrême droite de l'objectif avec sa bouille sympathique et ne devait pas être une mauvaise affaire ; alors que la suite revenait aux deux fiflots bras dessus, bras dessous et qui, si leur culotte ne mentait pas, ne devaient pas non plus manquer d'agrément. Celui auquel elle s'adressait le moins souvent —

encore qu'elle eût pour lui quelques tendresses — était le grand escogriffe qui se tenait, avec son air filochard, à l'arrière du groupe.

« Lequel, mais lequel est-ce ? » se demandait-elle alors que le paquebot avait dépassé le château d'If et s'apprêtait à faire son entrée dans le grand bassin de la Joliette. Un doute commençait à l'assaillir. « Vingt-cinq ans ! tu ne crois pas que tu y as été un peu fort ? Il va s'en payer une tranche le petit binoclard quand il te verra. Car c'est pas lui qu'on trompera sur la qualité. Ce sont des choses inexplicables mais qu'une femme sent. Il devinera tout de suite, si ce n'est déjà fait, la vieille poule de retour... » Et elle arpentait fébrilement le pont des premières, en jetant à la dérobée, de temps à autre, un regard sur les vitres des sabords pour y saisir son image afin de se rassurer. Le vent avait ébouriffé ses cheveux rouges. « J'ai l'air d'une folle, se dit-elle, et une folle pas tout à fait de la première fraîcheur... mais les jambes donnent encore le change... Elles peuvent se les accrocher leurs vingt berges, les gamines, pour se tirer des gambettes pareilles... » Au moment d'emprunter la passerelle pour descendre à terre, elle ressentit comme un pincement au cœur, une sorte de petit malaise et elle pensa aussitôt à Simone. « C'est trop bête, j'aurais dû l'emmener... » Elle venait de se rendre compte que, par négligence, elle avait perdu son ombre.

# 5

EMMA Boccara fut absente plusieurs semaines. Déjà un petit printemps neigeux avec ses amandiers en fleur se levait dans les vergers à l'entour de Tunis. Et le parfum entêtant d'orangers descendait des collines quand elle débarqua un beau matin. Elle retrouva l'appartement de la rue de Marseille, non sans une certaine satisfaction. Elle pénétra dans le grand salon et directement, sans enlever son chapeau, elle se dirigea vers son bureau. Elle l'ouvrit et sortit d'un tiroir la boîte en galuchat dans laquelle elle serrait sa correspondance. Elle eut un moment d'hésitation. A quoi bon s'attendrir sur le passé, relire ses vieilles lettres? Elle percevait même quelque chose d'indécent à s'immiscer comme cela, à froid, dans l'intimité d'une passion — « Une passion! Plutôt une excitation passagère! » C'était comme si ces lettres ne lui avaient jamais été adressées. Comme si les réponses, recopiées de sa main, n'étaient pas d'elle. Elle tira de son sac, brusquement, une photo. Prit un crayon de couleur qui se trouvait dans le plumier, et rapidement elle entoura d'un cercle rouge la tête de la grande ficelle qui, sur la photo, dominait de son air rigolard le groupe de soldats. En décapitant ce qu'elle avait pris pour une grande passion, elle venait une nouvelle fois de changer de peau. « J'aimais les six ensemble. » S'obliger à en choisir un seul l'avait séparée des autres. Quelque chose s'était définitivement accompli. Ils poursuivraient dorénavant leur existence en dehors d'elle, éternellement ignorants de ce qu'elle avait été pour eux. Elle eut alors une de ces nonchalances de l'âme qui ne durent qu'un instant; la tristesse du temps qui passe, voleur de souvenirs, une ombre à peine, rien, une humeur, celle du papillon alourdi par les premières gouttes de l'orage qui menace ; le sentiment de ce qui aurait pu arriver : le rendez-vous manqué ou le raccourci ignoré dans la forêt au crépuscule.

Emma avait refermé le bureau et se trouvait, comme jadis, lovée sur le divan. Elle scrutait la pendule puis commença à regarder sa montre-bracelet avec nervosité. N'y tenant plus, elle appela Fatma.

« A quelle heure Mme Simone a-t-elle dit qu'elle viendrait aujourd'hui ? Elle a plus d'une demi-heure de retard. Cela n'est pas dans ses habitudes... » Fatma la regarda, l'air hébété. Puis elle se mit à pleurer. « Mais qu'y a-t-il ? enfin, veux-tu bien me dire ce que tout cela signifie... » Et entre deux hoquets, la vieille Berbère avoua : « M'ame Simone, elle est morte ! — Morte ! morte ! mais ce n'est pas possible. Que dis-tu ? Elle était en pleine santé ! Morte ! Je sens que je deviens folle ! Mais enfin, voyons ! Elle n'a pas pu me faire cela ! Elle sait bien que je déteste les morts... » Et tel un oiseau dont l'aile eût été cassée, elle courait, éperdue, butant sur chaque meuble. Elle, si libre, se sentit soudain prisonnière. « Il faut que je la voie... absolument que je la voie. » Fatma n'eut pas le temps de la retenir qu'elle se trouvait déjà dans la rue après avoir déboulé comme une folle les escaliers.

Elle vagua dans la ville sans trop savoir où elle se trouvait. Elle se perdit un temps dans la médina et, vers le soir, ses pas finirent par la conduire face à un immeuble moderne aux balcons de fer forgé que soutenaient des cariatides en faïence dont les visages figuraient les masques de la tragédie et de la comédie. Elle allait y pénétrer en titubant, lorsqu'elle tomba sur une naine de noir vêtue. Un de ces êtres bancals, contrefaits, que les familles cachent au sein de leurs multiples ramifications pour ne les sortir qu'aux grandes occasions ; lors d'un deuil par exemple, afin de les utiliser tels des vaguemestres de la mort. « Pourquoi viens-tu ici ? Est-ce pour narguer la douleur d'une famille entière ? Ne crois-tu pas que tu as fait assez de mal comme cela ? — Mais, Zia, il faut que je la voie pour lui dire... Tu sais, je ne lui ai pas tout dit... Tu devrais comprendre, toi au moins qui cours la ville la bouche toujours pleine de mauvaises nouvelles... »

On ne connaissait cet être difforme que sous ce nom de la Zia ; encore qu'elle eût dû en avoir un propre lorsque, toute jeune, elle était débarquée un matin du bateau en provenance de Livourne, pauvre orpheline, déjà de noir vêtue, avec une lettre de recommandation pour un vague cousin de son père, alors établi à la Hara. Cependant, la chose était si lointaine qu'on l'avait oubliée et qu'on n'avait retenu que cette qualité de « tante », qu'avec le temps et les services qu'elle rendait elle s'était acquise dans la plupart des familles grana avec lesquelles, en tordant un peu les branches des arbres généalogiques, elle finissait toujours par cousiner.

« Je veux la voir ! — Elle est morte. — Morte ? — Complètement. » Ce « complètement » avait quelque chose de définitif, d'irrévocable dans la bouche noire et édentée de la naine ; et, de surcroît, laissait entendre qu'elle avait eu son mot à dire dans la manière dont s'était dénouée cette destinée. Un parent était mort ; mais il était clair qu'il ne le serait « complètement » que lorsqu'elle se serait penchée sur son front pour lui accorder un dernier baiser. Dès que se précisait quelque part, chez les juifs italiens, une rumeur d'agonie, la Zia fixait ses attelles, glissait rapidement de vagues moignons dans des bottines orthopédiques, avec la dextérité d'une actrice qui change de costume entre deux actes, et se précipitait au grand théâtre de la mort. Si la famille nourrissait encore quelque espoir, son arrivée signalait à celle-ci que le dénouement était imminent. Elle était devenue un ange de la mort, dérisoire et grotesque. Quand elle s'entremettait auprès du praticien ou des infirmières, ce n'était pas tant pour les aider que pour s'assurer du dernier souffle du mourant. Sa petite taille lui permettait de se faufiler et de se trouver toujours au premier rang lors du dernier soupir. Elle était inévitable. Et d'ailleurs, sans elle, une mort n'aurait eu aucun retentissement. Car elle assurait par la suite la propagation de la nouvelle : et selon la façon dont on l'avait traitée, soit avec les égards que l'on doit à une proche parente, soit avec cette indifférence que l'on montre à une simple relation, le mort avait droit à un panégyrique enflammé ou à un éloge expéditif. Si par malheur on l'avait éconduite, alors la Zia, ne lâchant pas prise pour autant, se tenait en face de la maison du mourant et claironnait à qui voulait l'entendre tout ce que le futur défunt eût voulu emmener avec lui dans la tombe.

« Complètement », répéta-t-elle en agitant sa canne et en détachant bien chaque syllabe pour mieux faire sentir que tout cela était son œuvre. Puis, sur le ton d'un chantre de la synagogue, elle se mit à psalmodier ce qu'avaient été les dernières semaines de Simone Cardozo barricadée dans ses cabinets, et comment on l'avait retrouvée morte d'épuisement, recroquevillée comme un pauvre moineau, assise sur la lunette de la cuvette. « Tu imagines, elle si grosse, c'était plus rien... » Elle lui fit une description clinique de la morte : la peau jaune et parcheminée avec des polissures comme d'une chose usée ; le cou tendu et plein de cordes, et, malgré le fait qu'elle se fût racornie, un air de grandeur qui transpirait de son visage et lui donnait la majesté du désespoir. Par le détail, elle donnait une description de cette mort voulue et subie comme une rédemption qui, dans sa bouche, devenait une véritable « via crucis » des vécés avec ses différentes stations, et les paroles sacrées de la mourante. Tout y était. Et jusqu'à la moindre intervention extérieure pour tenter de détourner Simone de son projet funeste et de la faire sortir des cabinets. Chaque voix était imitée à merveille, avec ses intonations particulières. Elle faisait crépiter les mots et les phrases dans une sorte de grand lamento où l'on reconnaissait les pleurnicheries de la tante Mimi Bueno, les plaintes flûtées du cousin Elias qui aimait tant s'adonner au tricot à ses moments perdus, le désespoir barytonnant d'Albert... Chacune de ces interventions se détachait de la masse orchestrale de ce concert de lamentations avec cependant le souci de garder un équilibre polyphonique. De tout cela ressortait également un sabir étrange où le français et l'italien le disputaient à l'arabe et qu'émaillaient de temps à autre des mots hébreux. La Zia était non seulement un conservatoire des grands drames et des belles agonies mais également une sorte de dictionnaire vivant de ce parler étrange où le français n'était venu qu'en dernier ressort se greffer.

Ce monstre sans âge pour qui l'on n'avait que mépris, mais que l'on tolérait de peur qu'il ne jette un mauvais sort, était devenu peu à peu une partie de la mémoire vivante de ces juifs qui, si longtemps, dans Tunis, avaient, comme médecins des beys ou grands argentiers, tenu le haut du pavé. Inconsciemment, elle devait avoir eu depuis toujours le sentiment du rôle qui lui était échu par le hasard d'une infirmité. Car, bien plus tard, quand ce petit monde industrieux, grouillant et papotant se serait dispersé et que personne, dans le sauve-qui-peut quasi général, ne se soucierait de l'emporter dans ses bagages, avec les mezouzas ou l'un de ces objets baroques — surtout de cheminée ou vieille pendule qui a présidé fidèlement de son carillon aigrelet aux événements familiaux —, on la verrait, presque centenaire, elle, l'enfant à qui les sages-femmes de Livourne n'avaient pas même donné une heure à vivre, sauter de tombe en tombe tel un oiseau picorant les souvenirs des morts dans le cimetière juif du Borgel. Elle se réfugierait alors parmi ses meilleurs amis, tous ces morts dont elle avait recueilli goutte à goutte l'agonie. Les vieilles Berbères aux tatouages sorciers, retentissantes de bijoux sauvages, campant là dans ce cimetière abandonné à l'orée de la ville, et regardant passer, tel un spectre, cette naine claudicante parmi les tombes brisées et envahies d'herbes, penseraient avoir vu un djinn. Ainsi la Zia, sans âge, loqueteuse et béquillarde, se jouant des morsures du soleil et des broussailles pour mieux murmurer, à chaque mort, depuis longtemps abandonné, comme un secret ses dernières paroles qui sans elles se seraient effacées dans le vent, serait-elle devenue mieux que l'officiant qui mugit dans la trompe le jour du Grand Pardon, ou l'interprète sourcilleux du Lévitique et du Deutéronome bandé de phylactères, contre l'aveugle cruauté de l'oubli, la bergère du souvenir. Et plus sûrement encore, par-delà la grande juiverie de la Bible et son passé immémorial, la gardienne de cette race intrépide encroûtée à jamais en cette terre ocre, fumante d'épices, creusée au soir d'ombres vineuses, par la pérennité de ses morts. En répétant à tous vents les dernières paroles de ces boutiquiers, de ces prêteurs sur gages, de ces médecins, nécromants, kabbalistes de la dernière heure, elle transposerait leur vie dans l'ordre du mystère, les plaçant pour toujours dans le domaine des patries perdues, dans cet Orient brumeux de soleil où les nuits sont dorées quand l'ange vient à se pencher sur l'épaule du talmudiste des premiers âges. Elle serait la rassembleuse, ne se dérobant plus à la vie, pour rendre au silence le fourmillant écho d'existences oubliées et, sans elle, perdues.

Emma ne voulut point en entendre plus. Elle savait. Elle savait depuis toujours. Cette mort, elle la portait en elle. Elle en avait établi inconsciemment chaque détail comme d'un cérémonial absurde dans les molles lueurs qui baignaient son salon. Les spires de leurs commérages ne se déroulaient que pour mieux masquer les concavités nocturnes de leurs âmes, les tendresses mais aussi les secrètes douleurs, les poignantes nostalgies de la mort qui nous habitent tous. Elle avait tenté d'arracher sa vie à l'inertie de la fatalité, de se libérer et, dans la lumière de ces soirs mystérieux où elles se racontaient à l'infini, d'arracher, qui sait? pour réchauffer leur pauvre destin de femmes juives, un rayon inconnu au buisson ardent. Elle l'avait pétrie comme on pétrit un songe afin de s'en imprégner pour ne point le laisser échapper au réveil. Elle l'avait pétrie à son image, lui insufflant la vie de sa chair et de son cœur. Puis s'était laissé pénétrer par cette fille de ses rêves, qui s'était développée en elle à son tour, avec le fourmillement, le foisonnement d'une plante vivace. Elle s'était déroutée, avec l'entêtement du cerf blessé qui cherche la fraîche profondeur des forêts pour viander et survivre. Mais la charge était trop lourde, il avait fallu que Simone disparût pour qu'Emma pût survivre à la douleur d'être née, à l'oubli d'Abramo, à la trahison de ce qu'elle avait été, de ce qu'elle aurait dû devenir.

Elle se mit à courir. Mais la naine la poursuivait, encore plus rapide, clopinant comme un diable, l'agrippant. « Écoute, mais écoute, Emma, ce qu'elle disait la Simone, dans ces chiottes... Enlevez-moi toute cette merde qu'Emma m'a fichue dans le ventre... Oui, elle disait cela... On l'entendait bien de derrière la porte... Chaque mot... Et puis parfois elle demandait à quelle heure le bateau de Marseille devait arriver... Le dernier jour on aurait dit qu'elle allait accoucher... Elle criait... c'était affreux... Mais si on voulait forcer la porte, elle menaçait aussitôt de se tuer... On aurait dit qu'elle se battait contre une ombre... Ensuite il n'y eut plus rien... Le silence... Elle ne répondait plus... Alors Albert enfonça la porte et on la trouva toute ratatinée... Elle s'était vidée... vidée entièrement... vidée de toi, Emma... oui, de toi... »

Et la Zia la poursuivait toujours en criant et en gesticulant. Et elle toujours de se dérober. Au bout d'un moment, la naine lâcha prise. Mais Emma ne suspendit pas pour autant sa course éperdue. Plus que le souvenir de Simone, c'était elle-même qu'elle fuyait. A un moment, elle s'arrêta pour reprendre haleine. C'est alors qu'elle sentit quelque chose qui l'empoignait. Quelque chose de mou, de décoloré, d'envahissant. Elle ne comprit pas tout de suite que c'était le remords. Un peu plus tard, assise sur un banc de l'avenue désertée par la nuit qui tombait, à l'exception de quelques Arabes qui se tenaient par groupes sous les arbres, elle repensa au désastre qu'avait été sa vie. A la mort de Simone, si insolite mais également si prévisible. Et elle sentit que quelque chose s'en était allé définitivement. Personne ne sonnerait plus à cinq heures. Personne ne viendrait plus s'asseoir dans le salon. Personne ne lui dirait plus : « Et alors ?... mais raconte donc ! » Sa vie, ses rêves, personne ne les partagerait plus. Désormais elle n'avait plus d'ombre, ni de mémoire — dès lors qu'elle avait tué avec cette parfaite et précise légèreté cette chose trop présente, trop encombrante qui s'était installée en elle comme une mauvaise fièvre et qui n'était autre que le trop fidèle reflet de ce qu'on déteste de soi.

« Nous avons vécu ensemble, se disait Emma Boccara sans tristesse, avec même une sorte de sérénité qui vient lorsque l'irrémédiable est accompli, nous avons rêvé ensemble. Nos santés se sont mêlées au point d'avoir nos règles le même jour. Oui, nous formions bien un même corps... » Elle repensa à ses deux nuits passées à Marseille dans un hôtel pour militaires près de la gare Saint-Charles dans les bras de Raymond Chouin, ce filleul de guerre et de fortune dont personne ne saurait jamais rien. Elle les vit dériver sur le fleuve de l'oubli comme des morceaux d'existences qui s'effacent quand plus personne n'est là pour s'en souvenir ou les transformer par des mensonges ; quand il n'y a plus que des pierres muettes et un nom gravé dans un cimetière en friche pour rendre le parfum d'une existence. « Et merde ! c'est bien ma veine ! car il m'a fait bougrement jouir, ce petit salopard ! » s'écria-t-elle en se levant du banc.

De retour chez elle, elle ouvrit la porte du salon et là, sur le seuil, eut comme un choc. Simone était assise à l'endroit habituel, sur le pouf. Sa silhouette se détachait dans la pénombre pour former une masse encore plus formidable qu'avant. On eût dit qu'on l'avait gonflée. Son visage était dans l'ombre. Mais c'était bien Simone. Emma allait se jeter sur elle, l'embrasser, lui faire mille reproches, quand l'autre pressa la poire de la petite lampe à l'abat-jour en pâte de verre. Emma poussa un cri d'horreur. Ce n'était pas Simone avec son bon visage mais Léa, sa fille. Au regard de haine que celle-ci lui décocha, elle fut assurée que l'enfant qu'elle avait laissée quelque quinze ans auparavant, sous une table, en train de colorier des images, avait finalement compris les paroles jetées alors comme une bravade face à un destin injuste. Le «bout de gras», comme elle l'avait appelée, avait grandi sans même qu'elle y prît garde. Cependant, force lui fut de constater que cette fille négligée, cette enfant du placard l'avait épiée afin de déterrer impitoyablement, tel un charognard dans les replis les plus obscurs de son âme, le reflet de l'infamie un instant caressée. L'enfant — car une haine aussi tenace qui, pour assouvir sa vengeance, pousse à travestir la vie jusqu'à se défigurer ne peut tirer sa force que des marécages de l'enfance, peuplés de chimères monstrueuses —, l'enfant donc s'était emparée de cette ombre, l'avait cajolée, nourrie, s'en était même amusée comme l'on fait avec une poupée, la plus vieille, la plus laide, celle que l'on ne peut abandonner malgré les nouvelles et à laquelle on revient toujours pour mieux lui tordre les bras ; elle avait longuement mûri son chagrin et, à coups d'éclairs au café, était devenue une blague de la nature. Emma découvrait, à la lueur rose de la lampe du petit guéridon, un monstre. Pire, la caricature de sa vie et de ses amours. Et, au-delà, le spectre malveillant de la brave Simone. Un reproche éternel. Cette chose molle, décolorée, poisseuse qu'elle avait sentie l'envahir quelques instants auparavant dans la rue, et qui lui était tombée dessus comme un poulpe, avait pris enfin corps, pour devenir cette fille. Cette chair de sa chair dont elle s'était détournée jadis une fois pour toutes avec violence. Un cri de désespoir qu'elle avait cru étouffé au fond d'elle-même : «Arrachez cette enfant de mes entrailles... Et si ce n'est pas possible, surtout qu'elle ne soit pas à mon image. Je ne veux pas survivre à moi-même. Je veux que personne ne me survive. Je veux que ma race soit effacée de la face de ce monde... avoir été unique, et puis l'oubli sans que pèse sur moi le souvenir ou le rachat.» L'enfant avait bien entendu ce cri de l'ange déchu et s'y était conformée. Mais le sang pour être maudit était fort et Emma put percevoir derrière cette graisse absurde quelque chose, vague encore, qui, au-delà du banal remords, aurait pu se découvrir, si elle en avait éprouvé le sentiment, comme la fragile espérance d'une immortalité. Elle fut saisie d'une sorte de malaise qui n'était peut-être que cette appréhension que dut ressentir Jacob devant l'Échelle.

« Mère, dit Léa sans se lever de son pouf, je vais me marier !

— Quoi ! Si jeune !

— J'ai vingt-trois ans !

— Mon Dieu ! Déjà ! Tant que cela. Au fond on ne voit pas ses enfants grandir. Pour moi tu es toujours la petite fille sous la table...

— Je vais me marier...

— Mais avec qui donc ?

— Avec un jeune rabbin...

— Un rabbin ? Tu n'y penses pas ? Quelle horreur ! Mais c'est très sale, un rabbin. Et puis ils sont toujours à se mettre en avant, à se pousser auprès de Dieu. A le tutoyer pour bien montrer qu'ils le connaissent. Du flan, les rabbins ! Mon pauvre Abramo, ton père, n'était pas religieux. Moi-même je ne le suis guère. Et je ne crois pas, autant que je puisse m'en souvenir, que du côté Montefiore ou Boccara on l'ait été. Je n'ai jamais entendu parler d'un rabbin dans notre famille. Mon pauvre chou, heureusement que tu m'en parles. Non ça, vraiment, un rabbin, ce n'est pas possible !

— Je vais me marier...

— Mais enfin, Léa sois raisonnable... Et puis, rabbin, ce n'est pas une situation... »

Elle comprit, à son air buté, que tout ce qu'elle pourrait lui dire ne la ferait pas changer d'avis.

Derrière ce visage fermé, elle perçut une effroyable haine contre la vie. Elle débusqua la bigote fanatique.

« Et comment se nomme ce fiancé ?

— Aboulafia... Élie Aboulafia.

— Connais pas ! Même jamais entendu parler. En tout cas, c'est pas un grana... Aboulafia ! Aboulafia ! vraiment un nom à coucher dehors ! Tu n'aurais pas pu faire un petit effort pour choisir un peu mieux... Enfin, si tu le veux, c'est pas moi qui m'y opposerai... Parfois on a des partis pris. C'est absurde. Peut-être est-il un brave homme... C'est tout de même drôle que je n'aie jamais entendu ce nom...

— Il est de La Goulette... Boucher à La Goulette... Mais boucher sacrificateur...

— Alors on donne dans le kasher! c'est le pompon!»

Et là-dessus, comme elle sentait que les cartes avaient été distribuées depuis longtemps et que le jeu était perdu d'avance, elle quitta la pièce. Pour la revanche, elle s'en remettait au travail du temps, du destin et à la fatalité du sang.

Dans sa chambre, ce même soir, elle se regarda attentivement devant la grande psyché. Elle se tourna. Se retourna. Si ses jambes avaient gardé leur galbe parfait, gainées comme elles étaient dans des bas de soie couleur gazelle, la taille en revanche s'était épaissie. Elle n'avait plus ce corps de garçon qui, dans les luttes d'amour, lui donnait souvent l'avantage. La silhouette de la matrone juive se profilait à l'horizon. Elle sentit qu'elle ne pouvait y échapper. «Je vais finir par ressembler à Simone», s'exclama-t-elle tout haut. Mais la résignation l'emporta sur la rage.

Elle allait bientôt avoir cinquante ans. Simone était morte. La guerre tirait sur sa fin. Il était temps pour elle de mettre un pied dans la vieillesse. Cependant, elle continua à se parfumer lourdement avec Flirt de chez Pinaud et à porter les mêmes bas de soie. Elle commanda sur catalogue un nouveau salon chez Sue et Mare. Acheta un tourne-disque. Commença à fréquenter les pâtisseries. Et quand les gâteaux ne suffisaient pas à calmer cette vieille chair qui la tourmentait encore, elle s'en allait en douce giboyer chez les Arabes.

## 6

Le mariage de Léa Boccara avec Élie Aboulafia eut lieu à la synagogue de La Goulette quelques mois après l'armistice de 1918. Emma y fut conviée et s'y rendit. Elle eut des paroles aimables pour son gendre ainsi que pour toute la tribu Aboulafia. Elle dansa même avec le père du marié au Chalet Goulettois lors du banquet qui suivit la cérémonie. «Ces gens sont charmants, glissa-t-elle en aparté à sa fille, oui, vraiment charmants. J'ai bien eu tort. Tu fais un joli mariage.» A cette réflexion Léa se renfrogna un peu plus. La présence de sa mère lui était une insulte. S'il n'en avait tenu qu'à elle, Emma n'eût pas été invitée. Mais sa belle-famille avait insisté pour qu'on la priât, malgré tout ce que l'on racontait sur elle et dont La Goulette avait eu écho.

Son art de séduire était si grand qu'Emma les mit tous dans sa poche, et les plus prévenus comme son gendre. Ces juifs de La Goulette étaient un monde à part qu'elle découvrait. Elle s'en voulait de ne pas l'avoir connu plus tôt. Elle les trouvait bien plus sympathiques que ceux de la tribu grana qui ne se prenaient pas pour de la crotte de Moïse. Elle regarda son gendre à la dérobée. Plutôt beau gosse. Elle se demanda comment il avait pu, même un instant, regarder Léa. Ce n'était même pas un bigot, tout shohet qu'il fût. Il serait un peu flirt que ça ne m'étonnerait pas, s'était dit Emma en dansant un tango avec lui.

A partir de cet instant, elle commença à considérer sa fille avec plus d'intérêt. Il y avait là un mystère qui l'intriguait. Et au-delà du mystère, quelque chose dont elle se sentait au fond d'elle-même responsable et sur quoi elle se devait de veiller.

Dès le lendemain de son mariage, Mme Léa Aboulafia trônait sous une étoile de David à la caisse de la Boucherie Moderne, rue de Carthage, au coin de la rue du Marché-Soliman. L'héritage qu'elle venait de toucher de son père en avait fait une femme riche; mais plutôt que de dépenser cet argent à faire construire, comme beaucoup, une villa sur le bord de mer, entre La Goulette-Casino et Khereddine, elle s'était contentée de la maison que lui avaient donnée ses beaux-parents. C'était une bicoque de rien dans la Vieille Goulette au numéro 3, rue de l'Angelo. Les pièces y étaient disposées autour d'un patio où poussait un bananier. Il y avait également un vieux jasmin qui, dès le mois de juin, embaumait le voisinage et repoussait les tenaces odeurs des fondouks proches. Les murs étaient humides et on avait beau les chauler une fois l'an, le salpêtre y revenait par plaques. C'était cependant un lieu plein de charme. On y percevait sous l'effet d'une influence mystérieuse et subtile l'humus d'un passé accumulé ainsi que le poids des existences qui de génération en génération s'étaient entassées dans ces pièces étroites où le jour filtrait avec peine. La rue de l'Angelo, malodorante avec sa chaussée en terre battue traversée en longueur par une rigole où coulaient des eaux grasses, ses entrepôts, son vieux bain maure dit «le bain du juif» car il avait été édifié jadis sur une remise appartenant à un grand-oncle du marié, offrait un aspect populaire et rassurant. L'épaisse silhouette de Léa s'était intégrée aussitôt à cette vie grouillante, aux palpitations lumineuses qui jaillissaient de la forge du maréchal-ferrant, à cette humanité mêlée d'une circulation de couleurs, où les masses d'ombres et de lumières s'organisaient selon un irréprochable équilibre. Et les soirs d'hiver, quand le jour tombait, rapide, et que, se répandant telle une marée à travers les ruelles, un brouillard épais et mêlé de crasse montait de la mer, les ors, les rouges, les turquins, loin de se laisser submerger, rejaillissaient encore avec plus de violence, prolongeant comme un souvenir l'immense vibration du grand soleil oriental. La brume était alors déchirée par cette rumeur et, la nuit se creusant, devenait phosphorescente. A l'échoppe du cardeur, les écheveaux de laine safran et indigo pendaient pareils à des astres. Plus loin, de grandes pièces de cuir cru, écharnées et palissonnées à l'huile, renvoyaient une lumière sauvage. Mais c'étaient les grands bœufs éventrés, pendus à des crochets, montrant leurs muscles violâtres qui, mieux encore que les étals où s'entassaient les fruits dorés, donnaient au jour mourant son dernier battement de fièvre. A voir ainsi passer dans cette rue, massive, hautement carnée, comme rengorgée dans sa graisse semblable à une volaille qu'on eût gavée de la Thora, impériale dans sa certitude, Mme Léa Aboulafia, on sentait que la nouvelle bouchère avait trouvé ici, parmi ce petit peuple industrieux, dans ce torrent triomphal de la vie, elle, la grana, fille de gros bonnets de la rue de Marseille, son expression suprême. Elle s'était du premier jour incorporée à cet espace tout tremblant de vibrations éternelles, pour retrouver dans chaque fragment des choses un cri, une lumière, le reflet d'un plateau de cuivre qu'un enfant arabe accroupi auprès d'un brasero burine d'un geste qu'il semble posséder d'instinct, la source et l'aboutissement d'un mystère qu'elle pressentait en elle.

C'est là, dans cet univers bon enfant et populaire, qu'elle eut la révélation d'elle-même. De ce à quoi elle avait été destinée. Et ainsi elle allait, tel un grand vaisseau qui prend le large toutes voiles dehors, annonçant d'entrée de jeu, par son inénarrable démarche dandinée, qu'il fallait tenir ses distances car derrière l'apparence trompeuse d'une simple bouchère de quartier c'était, de fait, à la dernière des grandes matrones bibliques, à la fois femme et mère de patriarches, qu'on allait se frotter. On la sentait comme muer, poussée au train par toute la ribambelle des Sarah, des Rachel et des Rébecca, des Ruth et des Tamar, des baisées et des mal baisées, de tous ces ventres féconds et aussi des autres secs comme de vieilles figues. Certains soirs, elle sentait les anges d'Élohim grouiller autour d'elle tandis qu'elle s'affairait aux tâches ménagères. Cependant, au-delà de ce beau destin biblique qui paraissait lui tendre les bras en la personne d'un séraphin, «Adolescent», «Prince des visages», «Arpenteur de la dernière heure», bref, ce «Métatron» qu'elle ne manquait jamais d'apercevoir, dans son délire de sainteté, souvent au coin d'une casserole, elle poursuivait une idée fixe. Une idée qui la tenaillait depuis toujours, qu'elle ressentait comme une injustice et qu'elle s'était fait une obligation de réparer. A cette fin, elle eût escaladé des montagnes. Et il faut avouer que c'était un sacré massif auquel elle s'apprêtait à donner l'assaut, si l'on mettait l'un sur l'autre la Thora et le Talmud, le Zohar et le Midrash sans oublier la Baraïtha que tous les petits rabbis ont égrenés de par le monde. Car il ne s'agissait de rien de moins que d'enjamber la Loi et accaparer la volonté de Dieu en faisant pièce, par des arguments irréfutables, aux seigneurs du Commentaire passés, présents et à venir, à tous ces princes de l'Exégèse. Bref, démontrer par un pilpoul «du feu de Dieu» — c'était bien, en effet, un moment de foudre qu'elle espérait pour s'insinuer dans la parole de l'Éternel et y porter le fer — que toute cette chiée de rabbis, lesquels avaient monopolisé le verbe de Celui qui, nonobstant le vertige, proféra du haut du Sinaï les Commandements funestes aux oreilles des Hébreux, n'étaient en fait que de petits branleurs. A renvoyer, chophar aux fesses, à leurs écoles hébraïques et à toutes leurs yeshivas de culs-terreux, les Tanaïm et les Amoraïm, ces maîtres de la Mishna et du Talmud, afin qu'ils apprennent de quel bois se chauffait Léa Aboulafia quand il lui venait en tête de faire rendre son plat de lentilles à ce rouquin d'Esaü. Oui, tout un plat de lentilles; et rien que cela. Un plat énorme pour boustifailleur patriarcal qui avait coûté son droit d'aînesse et la bénédiction paternelle à ce simplet qui, tout rouquin qu'il fût, n'y avait vu que du bleu; dans la mesure où sa mère, la Rébecca, avait bien su tourner la sauce. Car elle lui préférait Jacob, son jumeau.

Chaque fois que Mme Léa évoquait intérieurement la magouille culinaire à laquelle s'était livrée Rébecca, la femme d'Isaac, pour déposséder son premier-né, elle était saisie d'une sainte fureur. Car elle associait évidemment Rébecca à sa mère qui l'avait, elle aussi, rejetée, pour mieux la déposséder de son amour. Pourtant Dieu avait dit : «L'aîné servira le cadet.» Et malgré cela, Rébecca avait contourné la parole du Créateur. Alors il fallait bien qu'à présent elle aussi la contournât pour déjouer l'imposture et rouvrir «la Clôture du Talmud». Et pour cela, elle appelait la foudre sur sa mère, sur Rébecca, sur tous ces ventres secs, ces goules nocturnes, ces dures à jouir. Toutes ces truqueuses de braguettes, ces mères indignes. Oui, elle aussi avait son petit vocabulaire. A les écouter, enfant cachée sous la table, la Simone et la vieille, elle s'en était pris plein les esgourdes de leurs saloperies. Toujours à se tripoter, à se gougnotter.

Les nuits de Léa se passaient en une lutte permanente avec le destin. Elle avait mis sous l'oreiller tout ce que l'Orient comportait de mains de Fatma, de poissons porte-bonheur, de mandragores, de poils de rabbin, d'amulettes et de grigris en tous genres pour femmes frigides et ventres inféconds. Mais malgré cela, le boucher n'arrivait pas à maîtriser ce paquet de graisse déchaînée qui se tortillait dans le lit en marmonnant des «Chema Israël...» à n'en plus finir. Il demeurait flanelle. Et si par hasard il finissait par triquer, alors il déflaquait vite fait, comme un petit voyou, sans prendre la peine de mastiquer son gros bout de barbaque. Cependant Léa ne se laissa pas démonter par ces coups du sort répétés, et ajouta, pour conjurer les éjaculations précoces d'un mari paresseux qui ne demandait au fond qu'à pioncer, un nouveau talisman qui alla rejoindre ceux qui se trouvaient déjà sous l'oreiller.

Elle coinçait le pauvre Élie entre ses énormes cuisses et tant qu'elle ne le sentait pas durcir en elle, elle ne le lâchait pas. Le malheureux, qui avait cru faire un chopin en épousant cette grana bourrée aux as, non seulement n'avait pas touché un fifrelin de sa dot, mais encore était en passe d'y laisser sa santé. Quoique costaud, à ce régime, il commença à s'étioler. L'aube le voyait sortir titubant de la petite maison de la rue de l'Angelo pour se rendre aux abattoirs où il officiait deux fois la semaine.

Emma, qui n'avait pas l'œil dans sa poche lorsqu'il s'agissait de débusquer sous des fringues de travail, souvent mal coupées, un petit moelleux à la tournure canaille, et qui tout de suite avait perçu comme une vague ressemblance entre feu son mari, le regretté Abramo, et son gendre, fut affolée de voir ce dernier changer physiquement du tout au tout en quelques mois de mariage. «Ma fille est un vampire! ne se privait pas de clamer partout Emma qui avait pris son gendre en affection. Elle doit lui sucer le sang, c'est pas possible. Regardez, il n'est plus que l'ombre de lui-même. Le pauvre garçon, vraiment, je me sens responsable...»

Elle s'était sentie si concernée par cette union — elle dont on ne pouvait vraiment pas dire qu'elle eût le sentiment de la famille — qu'elle vint s'établir à La Goulette. Rien à vrai dire, depuis la fin de la guerre et la mort de Simone, ne la retenait à Tunis. Elle garda cependant son grand appartement de la rue de Marseille, mais vendit la villa Montefiore de Gamarth qu'elle n'avait jamais aimée et où, depuis la mort de son mari, elle n'était que rarement retournée, préférant de beaucoup, l'été, quand l'air de Tunis devenait irrespirable, se transporter dans un palais de La Marsa qu'elle louait à une famille arabe. Elle vendit donc la maison de Gamarth et se fit construire une villa sur la promenade à la limite de La Goulette-Casino et de Khereddine. Elle prit une entreprise de Maltais qui passaient, alors, pour d'excellents maçons et même de vrais artistes lorsqu'il s'agissait de stuquer les plafonds. Elle se décida pour une maison simple, dans le style colonial, avec cependant un fronton affichant un motif d'arabesques et de rosaces entrelacées qui donnait à ce pavillon l'air d'un kiosque mauresque. Afin de jouir des couchers de soleil sur la mer, elle voulut également une terrasse surélevée, en partie recouverte par un péristyle dont les arcades étaient soutenues par de fines colonnes. Le sol était pavé de majoliques qu'elle avait récupérées d'un vieux palais turc en destruction dans la médina. On y accédait par deux escaliers en marbre assez joliment tournés. De là, on découvrait le jardin où croissaient, dans une volupté somnolente, un vieil hibiscus aux fleurs roses et rouges, un gros palmier entouré de jasmins et, près d'un bassin, ordonnés avec une négligence voulue afin de déjouer un côté trop peigné, quelques orangers. Pour compléter cette alcôve végétale à l'ombrage immobile, il y faut ajouter un mimosa et quelques citronniers. C'était le royaume de la fantaisie. La fantaisie des courbes indociles. Les balustres, les arbres, les colonnes et jusqu'au bassin allaient un peu de guingois et donnaient à l'ensemble un air de pacotille. Emma n'avait qu'à pousser le portail pour se retrouver sur la plage. Il y avait également à l'arrière une écurie ainsi qu'une remise pour la calèche avec laquelle, chaque fin d'après-midi, elle se faisait conduire au casino bien que l'établissement de jeu ne fût distant de Jasmina (c'était le nom que le chef maçon avait gravé au-dessus de la porte sans même consulter la propriétaire) que de quelques pâtés de maisons. Et les grelots du petit cheval noir annonçaient avant même qu'il eût tourné la rue ce charmant équipage, mené par Ali, le petit-fils de la fidèle Fatma.

« Tiens ! déjà six heures ! voilà la Boccara qui s'en va perdre son flouze à la roulette », faisait, sans même regarder sa montre, Yacoub Arouss, qui prenait le frais devant son débit de tabac. Très vite le couple que formaient Ali avec son chèche rose, son boléro rouge, ses babouches et son grand saroual bleu et, posée comme un gros gâteau sur la banquette arrière, Emma avec ses turbans chaque jour de couleur différente, ses voilettes et ses robes vaporeuses du plus excentrique effet, devint une des attractions de la saison goulettoise. Aujourd'hui, on ne veut se souvenir que du gamin espiègle qui faisait siffler son fouet au-dessus de la jument Déborah en criant : « Zob ! zob ! Déborah ! aïe ! maman ! mais qu'est-ce qu'elle a fait au bon Dieu, cette bestiole ! » ; et aussi de la Boccara riant à ces impertinences de petit voyou de Bab Souika qui, du fond de la calèche, lui disait : « Va, va, mon bonhomme ! Déborah est comme la vieille Emma, il y a des mots qu'il ne faut pas prononcer devant elle, si tu ne veux pas qu'elle s'emballe... Tu apprendras un de ces jours qu'il y a des femmes à qui on ne doit pas en promettre à la légère... Il y a les chaudes et puis il y a les froides, les gribiches, les planches à pain... Vois dans quel état tu as mis cette pauvre Déborah ! Et comme sa robe frissonne chaque fois que tu lui promets ton zobi de petit zoufri... »

Oui, c'est du gosse perché sur la banquette avant, du gamin déluré qu'on se souviendra, ainsi que d'une Emma impériale dans ses mousselines. Et jamais ils ne vieilliront. Car c'est bien toujours lui, le petit zoufri rigolard, qui, dans la mémoire de ceux de La Goulette, se trouvera encore à l'avant de la voiture, le fouet à la main, pour conduire une dernière fois la Boccara au casino, quelques jours avant sa mort ; alors qu'elle ne sera déjà plus que deux lèvres tordues comme une blessure sanglante derrière une voilette, tandis qu'il sera, lui, devenu une vedette du football local. Cependant, quand il n'était encore qu'un espoir dans l'équipe des cadets du Club Africain, il s'arrangeait toujours pour quitter le stade avant la fin de l'entraînement ; car pour rien au monde il n'eût fait manquer à Emma son rendez-vous avec le tapis vert.

Il faudrait également mentionner ici un troisième personnage qui, bien vite, se retrouva dans la calèche et dont peu semblent à présent vouloir se souvenir. Et pourtant, c'était un sacré type, qui défraya par ses frasques plus d'une fois la chronique goulettoise.

# 7

Ce fut un jour d'hiver qu'Emma l'aperçut. Un de ces jours gris, ouateux, où tout semble figé, même le vent et la mer qui roule sans passion le varech sur la grève. Elle inspectait la construction de sa nouvelle maison et se trouvait sur la terrasse d'où elle apercevait la promenade et la plage. C'est alors qu'elle vit passer sur le chemin un petit homme rondouillard, fort bien mis, avec même une certaine recherche que n'appelaient ni l'heure ni la saison, et en tout cas pas le lieu. Quinze ans après, elle lui demandait encore : « Mais dites-moi, Loulou, pourquoi portiez-vous ce jour-là des vernis ?... Vous vous souvenez bien, quand je vous ai surpris la première fois sur la plage à courir comme un dératé derrière un burnous... — Mais non, Emma, vous n'y êtes pas du tout. Et cela m'étonne de vous car ce n'est vraiment pas dans vos habitudes d'avoir l'œil dans votre poche, ma chère. Ce n'étaient pas, comme vous voudriez me le faire croire, des croquenots gandins que j'avais ce jour-là, mais des bottines de chevreau dont les découpes en veau étaient seules vernies. En un mot, des ribouis du meilleur genre, un modèle de chez Maxwell, le même que celui que portait le prince de Galles, et que j'avais mis pour cette promenade matinale afin de les forcer un peu. Quant au burnous, cara mia, je crains de ne pas comprendre ce que vous voulez insinuer... — Enfin, Loulou, ne me dites pas que ce jour-là vous n'étiez pas un peu en maraude... — Peut-être, peut-être... mais il y a si longtemps... On était si jeunes alors... »

Elle vit donc, du haut de la terrasse en construction, passer et repasser à plusieurs reprises le petit monsieur rondelet et calamistré, l'œil furibard, les deux poings enfoncés dans les poches de son pardessus dont la fente arrière, par un fatal mécanisme, s'ouvrait, laissant apercevoir un gros pétard qui n'était peut-être qu'une façon détournée de faire sa propre promotion auprès du natif. « Tiens, v'là une consœur ! s'était écriée tout haut Emma. Méfions-nous de ces chouraveuses. »

Le soir même, alors qu'elle poussait des plaques sur des numéros, cherchant en une martingale improbable le moyen définitif de se ruiner — car elle ne fréquentait le casino que pour perdre afin d'être bien certaine de ne rien laisser à cette fille qui refusait son héritage et la méprisait pour son argent, et qu'elle n'appelait plus que « ma fille la bouchère kasher » —, alors que, pour la quatrième fois, donc, elle jouait le 7, le 17 et le 27, chiffres qui étaient déjà sortis trois fois, remettant en jeu tout ce qu'elle avait déjà gagné (et il s'agissait d'une somme colossale pour l'époque et surtout pour ce petit casino), elle surprit de l'autre côté de la table, près du croupier, deux yeux noirs, légèrement khôlés, qui la fixaient ironiquement. Les trois numéros sortirent à nouveau. En une journée, elle venait de doubler ses revenus d'une année. Une fichue chance qui la poursuivait comme un mauvais sort. « Pour quelqu'un qui veut se ruiner, c'est plutôt dans les choux ! » murmura-t-elle en ramassant les plaques que le croupier poussait vers elle. Elle jeta négligemment une plaque de 1 000 francs : « Pour le personnel ! » La salle était en effervescence. Le bruit courut que la Boccara venait de faire sauter la banque. Tandis que, sur son passage, des applaudissements crépitaient, elle entendit bien distinctement : « Brava la vioque ! » Elle n'eut même pas à se retourner pour savoir d'où venait cette apostrophe flatteuse. Lorsque le petit homme passa devant elle, perché sur les talonnettes qu'il faisait ajouter à ses chaussures pour relever sa petite taille, roulant de la croupe, elle le retint par la veste. « Alors, on galope, mon gaillard, pour aller faire sa mari-bibi plus vite sur la plage, et on laisse en plan sa vieille copine. Monsieur chasse le bicot sous mes fenêtres et il croit peut-être que je vais lui permettre de piétiner mes plates-bandes... »

Cérémonieusement, l'homme s'inclina sur la main que lui tendait Emma. « Ludovico Pontormo, marquis Montegufoni », dit-il en déposant un baiser sur le bout de ses doigts.

Puis, se relevant, non sans lui avoir auparavant glissé un clin d'œil canaille, il ajouta : « Appelez-moi Loulou. » Deux délinquants de la meilleure espèce venaient de se renifler. Ils allaient devenir les meilleurs amis du monde.

Elle le fit monter dans sa calèche et le reconduisit chez lui. Et chaque jour, par la suite — cela devint comme un rite —, elle le reconduisait en calèche et l'hiver dans son automobile. Elle le laissait toujours sur l'avenue de Sidi-Bou-Saïd, entre Khereddine et le Kram, au coin d'une ruelle d'aspect assez sordide où il s'engouffrait sans demander son reste. On lui avait dit qu'il louait chez des Arabes un logement composé de deux misérables pièces. De fait, il y avait de nombreuses histoires qui couraient sur son compte. On le prétendait riche à millions mais avare. D'autres disaient qu'il s'était ruiné jadis au jeu à San Remo et qu'il avait fait serment à saint Pancrace, pour qui il avait une vénération particulière, de ne plus toucher une carte ni de s'asseoir à une table. Cependant, il se rendait chaque jour au casino pour se replonger dans cet élément qui avait causé sa faillite afin de se faire peur et de ranimer des souvenirs d'un temps où il était traité comme un nabab dans les salles de jeu. D'autres encore prétendaient qu'une méchante affaire de marin dans laquelle il s'était fait rosser et ayant causé grand scandale en son temps à Rome lui avait valu d'être entièrement déshérité de son majorat au profit d'un frère cadet lequel ne possédait pas son fatal penchant pour la chose marine. Enfin, mille racontars, dont le plus échevelé en faisait un espion du Duce. Il y avait évidemment un peu de vrai dans tout cela, mais aussi beaucoup de faux. Emma écoutait, car elle adorait les contes. Et sans doute aurait-elle ajouté sa propre version, encore plus folle que les autres, si elle ne s'était prise d'une véritable affection pour Loulou qui l'obligeait à le défendre par un silence hautain quand on venait lui glisser dans l'oreille : « Ma chère Emma, méfiez-vous, vous ne savez pas avec quel aigrefin vous vous affichez. »

Elle ne lui posa aucune question. Un jour, cependant — ce devait être cinq ou six mois après qu'ils s'étaient rencontrés —, de lui-même il lui demanda, avec les précautions d'usage d'un homme du monde qui lance une invitation, de venir prendre le thé chez lui. « Vous verrez, chère, c'est positivement un gourbi, mais que voulez-vous, je ne saurais vivre autre part. Mounir d'ailleurs le prendrait fort mal. Et puis, il y a les enfants auxquels je suis attaché... Des petites racailles, mais choisit-on sa famille...»

La voiture s'engagea dans une ruelle malpropre, où grouillait une meute d'enfants qui, dès qu'ils aperçurent Loulou au fond de la calèche, se mirent à courir derrière. Arrivés devant la masure, il entraîna Emma par un escalier obscur. Il ouvrit une petite porte : «Ecco! nous y voici!» Aussitôt, sans prendre le temps de quitter son paletot, il mit de l'eau à bouillir sur un réchaud antédiluvien. C'était en effet un gourbi, mais arrangé de telle sorte qu'on y sentait comme un air de luxe. Une mouise dorée. Loulou y campait avec des restes d'une fortune qui, depuis longtemps, l'avait fui. Ici et là, posées sur de petites tables, quelques pièces d'argenterie laissaient deviner, naguère, un joli train de maison. Un cadre assez précieux, posé près du divan, contenait la photo d'une femme élégante dans une robe à tournure qui datait ce cliché aux alentours des années 1880. Près d'elle, grimpé sur un pouf, se tenait un petit garçon en habit de marin. Ce qu'on apercevait en premier dans ce visage rond, c'était deux grands yeux noirs qui toisaient l'appareil et à la fois s'en étonnaient. De la morgue, mais aussi cette surprise continuelle devant les choses de la vie, cet émerveillement que Loulou avait su préserver, comme la chose la plus précieuse, du naufrage de cette enfance dorée. On retrouvait à nouveau la femme de la photo dans un grand portrait suspendu au mur. L'artiste l'y faisait figurer de trois quarts, probablement pour mieux rendre son beau profil aigu. Elle portait une robe de velours grenat, à tournure également, au collet bordé de plumes, qui accentuait encore cet air de bel oiseau. A son poignet pendait un petit éventail noir. La couleur de la robe mettait une touche dramatique à un camaïeu voulu de toute évidence par le peintre et qui trouvait un dernier écho dans la chevelure du modèle, d'un rouge flamboyant, relevée négligemment en un chignon que retenaient deux grosses perles baroques et noires.

Apercevant Emma en arrêt devant le tableau, Loulou lança à la cantonade, tout en continuant à s'affairer auprès de la bouilloire : «Ah! vous regardez la youpine! Hein! n'est-ce pas qu'elle est belle! C'était ma mère!» L'insolence du propos ne pouvait masquer une certaine émotion dans la voix. Quant au petit rire qui suivit, ce fut comme un sanglot étouffé. Il poursuivit : «C'était une Leonino. Autant dire riche à millions. C'est d'ailleurs pourquoi mon père s'autorisa ce flirt avec la synagogue. Les Leonino sont originaires de Milan mais il existe une branche livournaise. On m'a dit que vous étiez née Montefiore. Ma grand-mère Leonino avait une vieille et très chère amie Montefiore. Emma Montefiore. Oui, elle se prénommait Emma comme vous, ma chère. Peut-être vous était-elle parente?» C'était, sur un ton détaché, une question qui n'en était pas tout à fait une. Une de ces interrogations qui viennent en badinant et dont le causeur ne s'étonne pas qu'elle ne suscite chez son interlocuteur aucune réponse dans la mesure où elle n'a été posée que pour soustraire la conversation à la gravité qui pourrait s'en emparer si le flux des mots ne l'entraînait déjà vers d'autres sujets.

Loulou était revenu au portrait. «C'est un Boldini de la première manière. On y sent encore une rage dans le pinceau, une vraie nervosité. Ma mère séjourna plusieurs mois à Paris pour poser dans son atelier de la rue de Douai. Elle y avait fait déménager quelques grands meubles de notre palais de la via Tornabuoni pour s'y sentir comme chez elle. C'était bien avant qu'il ne devînt un peintre à la mode et ne trouvât son fameux coup de fouet grâce auquel il multiplia les croûtes élégantes et superficielles de ces flans anglais recouverts de mousseline, apanage de la gentry. Un coup d'œil suffit pour voir que ce tableau est bien mieux venu que le portrait de la duchesse de Marlborough qui passe pour être, avec celui de Mlle Lanthelme, son chef-d'œuvre... Vous vous souvenez de Consuelo? Consuelo Vanderbilt, former Duchess of Marlborough, une femme adorable. Savez-vous qu'elle a été l'objet d'un scandale incroyable? D'ailleurs il y a belle lurette qu'elle n'est plus duchesse. Un jour elle en eut assez et quitta tout. Mari, fils, chasses à courre, équipages, et la grandeur passée et présente des Churchill. Bleinheim Castle tous les jours avec ses pompes n'est pas une sinécure. Mais ficher le camp sans même prévenir. Comme cela, vraiment d'un instant à l'autre, c'est mieux que du toupet, c'est de la grandeur. Il faut bien dire, à la décharge de cette Américaine au sang bouillant et un peu mohican, que l'ennui que distillent ces soirées où les hommes ne quittent la table que pour passer au billard et y fumer le cigare en se racontant des histoires cochonnes, tandis qu'au salon leurs dignes épouses piquées sur des chaises chuintent derrière leurs éventails les potins de la saison londonienne, doit être bien insupportable. Il paraît qu'elle replia la lettre et sonna un valet de pied et demanda sa voiture... Pourquoi ne me demandez-vous pas ce qu'il y avait dans cette lettre?» fit Loulou, pincé de n'avoir pas réussi à capter complètement l'attention d'Emma et sentant que l'histoire de la passion secrète de la duchesse de Marlborough était en train de fondre comme neige au soleil alors qu'il tentait de toutes ses forces de ranimer un monde qu'il avait entrevu enfant par la porte de l'office où on le reléguait avec sa gouvernante...

«Une lettre?» fit Emma comme l'enfant surpris dans sa rêverie au fond de la classe et qui reprend mécaniquement la dernière phrase prononcée pour bien montrer qu'il suivait les propos du professeur. «Oh, les lettres! je sais ce que c'est...» Et tout de suite, revenant à ses pensées : «... Oui, dit-elle, Emma Montefiore était ma grand-mère. Elle ne voulut jamais quitter Livourne. Elle était une Benedetti de Florence...» Au tour de Loulou d'être absent; cet arbre généalogique qui se profilait dans le lointain sur les branches duquel ils finiraient certainement par se trouver mutuellement un cousinage le fit intérieurement bâiller. L'idée de se faire pincer par une cousine même éloignée alors qu'il coursait l'Arabe l'aurait même paniqué s'il n'avait aussitôt changé la conversation pour revenir à la lettre de la duchesse de Marlborough.

«... Eh bien oui, une lettre, même d'un inconnu, peut bouleverser une vie dans ce monde où l'on s'ennuie. Celle que reçut la duchesse quelques instants avant qu'elle ne donne l'ordre d'atteler lui avait été envoyée par un aviateur français. On était en pleine guerre. Ce jeune officier partait pour une mission derrière les lignes ennemies dont il était probable qu'il ne reviendrait pas. Pourquoi se souvint-il alors de la duchesse? L'homme qui va mourir a parfois d'étranges pensées... Il lui écrivit. Et dans sa lettre, mit ce qu'elle désirait entendre. Il lui dit sans ambages qu'elle était la seule femme qu'il eût jamais aimée. Qu'il avait appris son mariage. C'était, paraît-il, la lettre d'un enragé qui, dans les ultimes secondes qui lui restent à vivre, veut se venger d'un destin contraire, reprendre, ne fût-ce que le temps d'une missive, la vie où elle lui a manqué. Il s'attardait même à des détails incroyables. Comme la couleur de la robe qu'elle portait le soir à un bal où il l'avait entrevue. Elle n'était alors qu'une de ces petites Américaines, oie blanche truffée de dollars qui vous redorait un blason et vous remontait la façade d'un château sans même écorner sa dot. Elle avait beau chercher. Lire et relire. Elle ne voyait pas de qui il pouvait bien s'agir. Et puis la magie des mots commença à opérer. Elle aperçut, dans ce brouillard d'ennui qui l'entourait, deux yeux noirs bien vivants, sentit auprès d'elle une respiration chaude, une odeur musquée de petit mâle sûr de lui, bien campé sur ses jambes. Elle se revit en train de valser. Elle entendit les piaillements de sa tante Winnie qui la mettait en garde contre ce garnement. Un bon à rien, un noceur qui n'aimait que les chevaux et les cocottes. Elle avait même prononcé le nom d'une célèbre demi-mondaine. Sans doute à ce moment-là sentit-elle qu'il fallait forcer sa mémoire pour le sauver; reprendre la valse interrompue. Rompre le mauvais sort qui avait permis que la vie les séparât. Elle plia la lettre et le soir même s'embarquait à Douvres. Par un général de ses amis, elle sut facilement le nom du camp d'aviation d'où lui avait été expédié le billet. Munie d'un laissez-passer, elle s'y rendit. Lorsqu'elle y arriva, il descendait de son avion. Il était seul rescapé de son escadrille. Cela se passait il y a quatre ans. Il paraît qu'aujourd'hui ils vivent mariés et heureux sur la Riviera... Mais pourquoi vous ai-je ennuyée avec cette histoire, chère Emma?... Mais oui, évidemment! c'était tout simplement à cause de la robe. En effet, alors que mariée, apparemment heureuse, elle se faisait peindre par Boldini, elle voulut justement porter la robe de son premier bal à Paris. Une vieillerie en somme qui datait d'au moins six ans... On était déjà en 1906 ou 7, si j'ai bonne mémoire. Et en six ans la mode change et la robe d'hier devient un chiffon. Boldini, toujours snob, lui suggéra une autre toilette. Mais elle en tint pour celle-là, malgré les ruses du peintre. N'était-ce pas bien étrange qu'elle se fût entêtée pour cette robe? Elle était riche, belle et encore jeune. C'était la femme la plus fêtée de Londres. la vie lui souriait. Elle paraissait heureuse. Du moins c'est l'impression que donne le portrait. Et pourtant quelque chose d'obscur, de souterrain, dont elle n'avait encore qu'une idée confuse, et qui semblait cheminer parallèlement à sa vie, par le truchement d'une toilette qu'elle ne s'était jamais résignée à mettre au rebut, la ramenait à un soir de jadis où, sans qu'elle l'eût même perçu, le destin dans son dos avait lié son sort à l'existence d'un inconnu, le temps d'une valse oubliée. Cette chose qu'elle n'eût su nommer n'était au fond que l'ombre du bonheur... Voyez-vous, ma chère Emma, sur le tard je deviens un peu fleur bleue. Je prête aux autres des bonheurs dont je soupçonne l'existence sans les avoir jamais éprouvés. Je fais ma pelote de la vie des autres... Je suis devenu un vieux sentimental infréquentable... Et pourtant, il n'y a rien que j'exècre plus que les sentiments humides... Je vous ennuie, n'est-ce pas, avec ces histoires?

— Mais pas un instant, mon cher Loulou, fit Emma rêveuse. Bien au contraire, cela me passionne. Mais comment faites-vous pour vous tenir au courant de toutes ces choses? Londres, Paris, la France... tout cela me paraît si loin. Parfois il me semble, quand je demeure seule dans mon appartement de Tunis, que je suis un îlot à la dérive des autres continents, dont plus un écho même ne m'arrive. Larguée, mon cher Loulou, complètement larguée... voilà! Alors vous comprenez, lorsque quelqu'un comme vous, au fait des nouvelles mondaines de Londres, me craque des potins, cela me redonne une bouffée d'air... Mais comment toutes ces nouvelles vous parviennent-elles?

— Oh, ma chère, c'est un travail de chaque instant. On m'écrit, mais je relance beaucoup. J'ai quelques "mouches" qui me tuyautent en gros sur ce qui court les salons. Des "mouches" laborieuses. Rien vraiment de bien huppé. Souvent même elles se contentent de récolter leur information dans la presse à scandale. Pour avoir plus de détails, je suis souvent moi-même obligé de mettre sur le coup de plus fines abeilles qui savent bourdonner avec plus de précision... Et puis je suis fort bien avec un jeune attaché à la légation d'Italie. Depuis qu'on a installé le câble, je peux téléphoner de son bureau... Cela a moins de charme qu'une lettre, certes. C'est infiniment plus laconique mais aussi plus sûr. Et même lorsque votre interlocuteur au bout du fil vous raconte des bobards, vous rétablissez de vous-même la vérité. Une voix se trahit. L'écriture vous enrobe dans ses tortillements. Vous entrez dans l'histoire que vous file votre correspondant, lequel souvent, sans même s'en rendre compte, sous l'emprise de l'écriture, en remet... Je ne fais aucune sélection. Pour vous dire : je passe très facilement des fureurs utérines d'une duchesse anglaise aux hémorroïdes du Bey. Et quand celles-ci me trahissent, alors je me rabats sur les histoires des petits bougnoules du quartier. Elles sont tellement plus drôles, tellement plus vivantes; et elles ont l'avantage d'être sans fin.»

Tout en dégustant son thé à petites gorgées, Emma fut une nouvelle fois attirée par le grand portrait. Loulou s'en rendit compte et sourit.

«Je savais bien que vous finiriez par vous en apercevoir. Cela dépend de la façon dont on se place devant le tableau. Le jour où le marquis son mari, dont j'eus le désagrément d'être le fils, découvrit la chose, il fut pris d'un accès de fureur. Ce fut terrible. Il s'empara d'un grand vase en majolique qu'il lança avec une telle violence qu'il en troua la toile. Lorsqu'il se fut calmé, il donna l'ordre qu'on décroche le tableau et qu'on le brûle. Le majordome, tout acquis à ma mère, n'en fit rien. Au contraire, il l'emmena aux Offices où un restaurateur le remit en état. Il n'y paraît plus rien. Et pourtant, je vous assure que c'était effrayant. J'étais encore enfant. Et ce que je pus apercevoir de cette scène m'impressionna si fort que j'eus le soir même une sorte de fièvre qui me tint plusieurs jours au lit. Je délirais véritablement. En fait, dans mon imagination d'enfant, j'avais cru que mon père avait assassiné ma mère. La façon dont la toile s'était déchirée m'avait donné, de l'endroit où je me trouvais, alerté par les cris de mon père, l'illusion de la vie. A la lumière des lampes à pétrole, je vis vraiment les cheveux de ma mère se défaire, son visage s'ensanglanter, sa robe se déchirer...»

Loulou était lancé. Et comme il avait un art de conteur qu'il tenait, par sa mère, de ses ancêtres orientaux, il rendit admirablement cette soirée à Florence au palais Pontormo de la via Tornabuoni. Sa fièvre, ses frayeurs d'enfant, les pleurs de la marquise, la froide cruauté du père qu'il nommait avec dédain le marquis... tout était rendu par le menu. Rien, pas le moindre détail, ne restait dans l'ombre. La grande galerie du palais donnant sur le cortile s'animait. Les cris, les ombres, les domestiques apeurés qui fuyaient... On voyait aussi l'enfant, les deux yeux écarquillés, parmi les tentures de velours, et les portraits d'ancêtres aux murs. Et surtout le moment où la haine du père venait s'enraciner en lui. Tout cela était aboyé, crié, chuchoté. Emma en fut tellement saisie qu'elle en laissa tomber son verre de thé à la menthe. « Oh ! comme vous avez dû souffrir, mon pauvre Loulou. — Oui, sans doute. Mais quand même, à la fin, on l'a tout de même bien eu, ce sale goy ! » Il prit Emma par la main et la mena vers un endroit d'où elle avait une vue d'angle du tableau. « Elles y sont toujours. Regardez comme secrètement elles brillent dans la moirure du tissu. »

Emma en effet les aperçut. C'étaient de petites étoiles de David qui s'enlaçaient au motif du beau damas cerise de Fortuny qui formait le fond du tableau.

« Ma mère n'était pas vraiment croyante. Mais elle avait été tellement humiliée par ce mariage avec un homme qui ne l'avait aimée que pour sa dot qu'elle avait voulu affirmer sa judaïcité. Elle n'avait trouvé que ce moyen. Cette idée plut à Boldini, qui y vit comme un défi à sa technique. De face, vous le constatez, les étoiles ne sont pas visibles, mais si l'on se place de trois quarts, ainsi, elles vous sautent aux yeux pour la plus grande gloire d'une Jérusalem retrouvée et la construction du troisième Grand Temple. Et c'est cette voie lactée que monsieur le marquis Pontormo se prit dans les mirettes par hasard, en parcourant à la nuit sa galerie de peintures, une lampe pigeon à la main. »

L'heure était aux confidences. Emma, à demi allongée sur le divan, s'était faite toute creuse comme pour les recevoir. Loulou reprit son souffle et mit à la voile dans le soir qui tombait pour faire découvrir à sa nouvelle amie l'histoire de sa vie.

Après l'histoire du tableau, sa mère et lui furent renvoyés du palais de Florence. Le marquis possédait une maison à Pise. C'est là qu'on les relégua. La famille de sa mère, pourtant avertie, ne fit aucune réclamation, trop honorée de cette alliance qui la confortait dans son ascension sociale. Loulou décrivit, avec une sensibilité de peintre, Pise en hiver. Les rues étroites aux pavés sonores. Les ombres furtives sous les arcades. Et les brouillards qui montent du fleuve et se répandent par nappes dans la ville. Le cri déchirant d'un héron sauvage qui s'en vient des marais et qui, passant au-dessus de la place des Miracoli, déchire de son ombre blanche le miroir de marbre. Fantôme glissant sur un fantôme. Et la ville morte qui dérive. La ville, l'hiver mais également l'été, lourde et vénéneuse, enlisée dans une sorte de fièvre endémique. Et cette odeur pestilentielle montant des berges ensablées de l'Arno. Et, entre les murs du palais Montegufoni, semblables à ce lent engloutissement de la ville, ces deux existences, la sienne et celle de sa mère — ces deux volontés de vivre qu'on voulait briser —, s'effritant, se délitant jour après jour, et que ni les visites de la Montefiore chaque jour à heure fixe, ni les séjours au plus fort de la canicule dans la pinède de Forte dei Marmi ne pouvaient ramener à un semblant de vie. Enfin le nouveau majordome et la première femme de chambre, toujours derrière la porte à épier afin de rendre compte au marquis des moindres faits et gestes de son épouse et de ce fils qu'il n'avait pas désiré, afin de déceler au fond de leur regard les progrès d'une fièvre, d'une malaria ou encore de la souhaitable phtisie qui le délivreraient à la fois de cette mésalliance et du fruit de celle-ci.

N'épargnant ni son père, ni même sa mère, qu'il trouvait trop passive vis-à-vis des événements, se complaisant à son rôle de victime, il ne s'épargnait pas lui-même. Avec cette rage à se blesser, à se mutiler, il se décrivait comme un enfant vicieux, préparant déjà en sous-main sa vengeance. Il se perdait corps et âme, pour mieux tuer ce père qu'il détestait. C'est à cette époque, alors qu'il n'avait pas encore dix ans, qu'il apprit auprès des valets de pied le plaisir. Il vit aussitôt le parti scandaleux qu'il pouvait en tirer pour déshonorer un nom qu'il exécrait.

« Ma chère, vous ne me croiriez pas, mais j'étais à l'époque vraiment un petit vicieux... un sale petit branleur. Et après le jardinier et les marmitons je m'apprêtais à enjôler l'ignoble majordome à la solde de mon père quand le drame survint... »

Loulou ici raconta comment sa mère un jour trouva sur la banquette de sa voiture une lettre. En la lisant, rien de son contenu sur son visage ne transpira. Et pourtant, dès le jour suivant, son comportement changea du tout au tout. Elle fit venir une couturière de Milan. Commanda des robes. Chaque jour elle passait des heures à se préparer pour se faire mener ensuite en voiture sur les bords de l'Arno. La lettre lui avait été envoyée par un étudiant aux Beaux-Arts. Il lui avouait qu'il l'aimait. Qu'il l'avait une fois aperçue à la promenade et que, depuis ce jour, il en avait perdu le goût du boire et du manger. Enfin, qu'il ne pensait plus qu'à elle.

« Une lettre, ma chère, comme on rêve "toutes" d'en recevoir... Je crois bien qu'ils se virent en secret malgré le majordome et le cocher... »

Ici, Loulou prêta une nuit torride aux amants, ce qui lui permit de prétendre que sa mère n'avait jamais éprouvé de plaisir avant ce moment-là. Ainsi laissait-il entendre que le marquis, avec ses airs de Don Juan, n'était de fait qu'un mauvais coup. Le jeune artiste possédait un talent novateur. Il était juif et originaire lui aussi de Livourne. Il aima avec rage la jeune femme. Comme le feu qui dévore. Et puis un jour, sans rien dire, il ne vint pas au rendez-vous. Quelques jours plus tard, la marquise apprit qu'il était parti pour Paris.

« Lorsqu'elle fut certaine qu'il ne reviendrait plus, ma mère se fit conduire au baptistère. Elle demanda au cocher de l'attendre. Elle monta sur la tour. Elle avait revêtu cette robe rouge de Worth, celle du portrait. Certains témoins dirent ensuite l'avoir vue un instant se tenir en équilibre en haut du campanile. Ce fut, dirent-ils, comme un grand oiseau rouge qui déployait ses ailes. Voyez-vous, chère Emma, comme c'est étrange. Le destin de cette femme, qui fut ma mère, et celui de la duchesse. Deux lettres, deux portraits du même peintre, deux passions folles, et surtout les robes du même couturier. Mais l'une l'avait gardée pour se tailler avec le bonheur ; l'autre pour s'enfuir avec la mort qui, certains l'assurent, est peut-être la félicité suprême. Etrange également la destinée de ce jeune artiste, qui se fit plus tard une réputation de grand peintre à Paris où il mourut alcoolique, laissant une femme, laquelle se suicida aussi en se jetant par la fenêtre d'un hôpital... »

Loulou, en parlant, tentait de ramener désespérément vers une même source les eaux dispersées de la vie, les plus claires mais également celles qui s'étaient perdues dans les sables de l'oubli. Vers ce point où un destin peut en racheter un autre.

Veuf, le marquis n'attendit pas même les quelques mois de deuil qu'impose la bienséance pour se remarier. Loulou fut envoyé au collège chez les jésuites. D'où il ne ressortit que pour entrer à l'université. Le marquis croyait avoir enfin muselé ce fils incommode ; et sans doute pensait-il pouvoir faire passer sur la tête de l'enfant qui lui était né de son second lit le majorat bien requinqué par la fortune de sa première femme, quand lui arrivèrent de Rome les échos des premières frasques de Loulou.

« Imaginez, Emma, la tête du marquis quand il apprit que je m'étais fait annoncer par l'aboyeur à un bal chez les Colonna : le marquis Ludovico Pontormo, youtre de première classe... Je portais ma juiverie en sautoir...

— Pauvre Loulou, vous avez dû être malheureux... » ne put qu'ajouter Emma, en l'entourant d'un bras fraternel.

Quelque chose de mort, d'irrévocable comme un destin accompli, avait envahi la pièce où la bouilloire continuait de siffler. Des gouttes de sueur perlaient au front de Loulou. Emma tira un mouchoir de son sac et les épongea avec une attention à la fois d'amante et de mère.

« Ce fut si terrible que cela ?

— Horrible ! horrible ! Un enfant que l'on assassine jour après jour, consciemment, minutieusement. Et que l'on pousse dans les voies du crime... »

Voilà ce que furent ces heures épaisses durant lesquelles Loulou tenta de se délivrer de ce passé qui revenait sur lui, à la charge, chaque soir, quand la lumière, entre chien et loup, devenait mauvaise. C'étaient en fait des souvenirs sans densité, qui changeaient de formes et s'épanouissaient à son gré. Plus que les choses en elles-mêmes, il se souvenait des sensations d'angoisse qu'elles avaient produites et qui, mouvantes, comme dans un rêve les images vues d'un autre rêve, remontaient à la surface. Il était obsédé par cette enfance et par la haute silhouette du marquis.

Est-ce ce soir-là qu'il raconta le reste de sa vie ? Ou un autre soir identique quand ils se retrouvèrent sur le même sofa défoncé à boire un thé à la menthe ? De son côté, Emma ne fut pas en reste de confidences. Ils surent tout, très vite, l'un de l'autre. C'étaient de belles épaves. Quelle constance dans l'échec ! Mais aussi, quel brio ! Pour finir, Loulou en vint à raconter comment il avait échoué en Tunisie.

« Une Américaine s'était éprise de moi, cette folle ! A moins que, ayant compris qu'on chassait le même gibier sur le même terrain, elle ait cru que je lui servirais de rabatteur. C'était d'emblée mal me connaître. Elle passait le plus clair de son temps perchée à Taormine dans une maison qu'elle s'était fait construire. Elle m'y invita. Quand je débarquai, je la trouvai le nez dans ses bagages. "Je pars, j'en ai assez de ce sale patelin." Elle avait donné si fort dans l'impubère que la municipalité l'avait priée de ne pas y revenir et de décaniller grand vent. Pourtant ils en ont vu avec toutes ces follasses allemandes qui y vont de leur appareil photo pour attraper le goujon. De surcroît, là-bas, à dix ans, ils ont déjà de la moustache et sont montés comme des ânes. Mais elle était tombée sur un os. Il faut dire que par malchance le gosse que cette goule du Texas s'était collé entre les cuisses était le fils cadet du capo mafioso du coin. Il voulut la faire cracher au bassinet. Elle était riche, mais pingre. Le soir même, j'étais embarqué avec le perroquet, la guenon Mafalda, et une vingtaine de malles-cabines, à bord de son yacht. « Droit devant vous, cria-t-elle au capitaine, et surtout qu'on ne me reparle plus de la Sicile. » Et voilà comment on se retrouva en vue d'Hammamet. En attendant de faire construire, car elle avait la passion du bâtiment, elle loua une maison dans les vergers. Mounir appartenait à la nombreuse domesticité. Il n'avait pas seize ans. Il était huilé et brillant. Il passait pour un spécialiste des vieilles. Autant dire que la Peau-Rouge voulut en faire ses choux gras. Tandis qu'elle menait sa sarabande, lui n'avait d'yeux que pour moi. Dès le lendemain, je me retrouvais sur le bord de la route avec mes valises et Mounir à mon bras. On a vécu le grand amour. La famille de ce gosse, des gens parfaits et compréhensifs, m'a tout de suite adopté. Quand j'ai pu dégager le peu d'argent qui me restait, la première chose que j'entrepris fut de récompenser ces braves gens. Je leur ai acheté une petite ferme avec un bois d'oliviers. J'ai doté les trois sœurs de Mounir. Quant à lui, je l'ai finalement obligé à se marier. Et comme vous me voyez à l'heure actuelle, me voici gratifié d'une nombreuse famille. Car, évidemment, tout cela se saute comme des lapins. Mounir n'a jamais voulu que je le quitte. Je vis dans ces deux pièces contiguës à sa nichée. Ce n'est pas très grand mais cela nous suffit, à moi et à mes souvenirs. D'ailleurs je dois me restreindre et faire quelques économies car il s'est mis dans la tête de faire le chauffeur de taxi. Mounir aura sa voiture, mais pour cela, Loulou doit se serrer la ceinture. »

« Oui, Mounir aura son taxi et Loulou n'aura pas à se serrer pour autant la ceinture... » se dit en elle-même Emma.

En effet, la semaine suivante, le marquis Ludovico Pontormo reçut un mandat de 2000 francs, ce qui était, en ce tout début des années vingt, une somme avec laquelle on pouvait vivre comme un nabab des faubourgs au moins durant trois mois. Le mandat-carte était signé de la formule juive «Nadev Hayeduha», qui signifie «bienfaiteur anonyme». Loulou, qui était véritablement à la côte, nonobstant ses chaussures de Bond Street et ses pardessus de chez Pool à Saville Row, restes d'une grandeur passée, toucha le mandat. Ce n'est qu'après l'avoir encaissé qu'il se posa des questions. «Ne trouvez-vous pas étrange ce mandat, chère Emma? — Pas un instant, cher Loulou, pas un instant. Vous devez avoir une vieille tante Leonino à Milan ou à Livourne qui s'est souvenue de vous. Elle a dû se dire : ce pauvre Loulou seul et démuni dans cette grande Afrique, il faut que je fasse quelque chose... — Vous avez raison sans doute. Oui, une vieille tante. Mais certainement pas une Leonino. Ils se sont trop mal conduits avec maman en la vendant, oui véritablement en la bradant à cet horrible marquis! Ce doit être plutôt ma vieille tante Levi. Une femme exquise avec un goût merveilleux. Vous auriez vu sa villa au-dessus de Prato. Et son palais de Florence, un véritable musée... Mais elle est morte il y a deux ans. Pauvre tante Fiamma! — Alors ce doit être sa fille... ou sa petite-fille... Souvent les enfants sont forcés, par une sorte d'urgence mystérieuse, à terminer ce que leurs parents n'ont pu achever; parfois même à entreprendre des actions que les défunts tenaient secrètes et qu'ils n'eurent pas le temps de réaliser. N'avez-vous jamais éprouvé ce genre de sentiment de vous sentir contraint par une force supérieure à faire quelque chose que vous n'auriez pas imaginé la minute d'avant?»

Loulou ne fut pas convaincu tout à fait par l'argument d'Emma, mais dépensa l'argent. Le mois suivant, il fut averti par la poste qu'un nouveau mandat l'attendait. Encore 2000 francs. Il questionna le postier-chef du bureau du Kram. Celui-ci, acheté par Emma, laissa entendre mais avec beaucoup de réticences — car si on apprenait qu'il trahissait le grand mystère des postes, il risquait de perdre son travail —, que le mandat avait été expédié d'Italie. Loulou eut beau menacer ce probe employé des PTT des foudres de tous les marabouts de l'Islam, celui-ci demeura muet comme une carpe et Loulou ne put connaître le bureau d'émission.

C'est ainsi qu'Emma devint la bienfaitrice anonyme de Loulou, lequel était devenu auprès d'elle une sorte de sigisbée. En moins de deux mois, Mounir acquit son premier taxi. Et il ne se passait pas un jour que, de son côté, Emma ne reçût de Loulou un petit cadeau. Quelques bonbons, une paire de gants ou des bas d'une soie très fine couleur évidemment gazelle; parfois même un flacon de Flirt de chez Pinaud. Enfin, de ces petites attentions chaque jour renouvelées. «Vous allez vous ruiner, mon cher Loulou», disait Emma en le grondant gentiment, et en elle-même elle se disait : «A ce train-là, il faudra, le mois prochain, que je double la mise...»

Durant plus de quinze ans, jusqu'à la mort d'Emma, ils furent inséparables. Au casino, mais également au stade, les jours de championnat lorsque Ali devint un as du ballon rond. Et même, l'hiver, qu'il vente ou qu'il pleuve, ils assistaient à l'entraînement du petit. On les apercevait sur les gradins du grand stade vide, se réchauffant en buvant du thé apporté dans un thermos. Parfois, quand la séance risquait de durer plus longtemps, ils venaient avec le pique-nique. Le turban rose d'Emma et le panama de Loulou étaient devenus indissociables. A la belle saison, ils s'en allaient danser au kiosque de la jetée. Si un couple s'attardait sur la piste, tandis que l'aube se levait, Louis, le barman, n'avait pas besoin de lever le nez de ses verres pour être certain qu'il s'agissait encore de ce vieux noceur de Loulou et de la Boccara. Parfois, Emma faisait arrêter sa calèche devant la Boucherie Moderne de l'avenue de Carthage. Du haut de son attelage, elle criait : «Bonjour, Élie! Ça gaze comme tu veux? Léa, mon chou, sois gentille de me faire mettre de côté un rôti de veau. De la noix. Du tendre, hein!» Et, se retournant vers Loulou dans une sorte d'aparté assez tonitruant pour que la rue en soit informée : «Mais quoi, cher Loulou, vous ne le saviez pas, mais c'est ma fille. Oui, mon cher, j'ai une fille kasher.» Puis, de nouveau en direction de la boucherie : «Léa, tu connais évidemment Loulou, c'est mon fiancé...» Et certaine d'avoir produit son petit effet, en donnant à jaser pour quelques jours, elle jetait à Ali : «Allez, fouette cocher! On rentre!»

Ils disparaissaient quelquefois pour un mois ou deux. Le moins bien informé prétendait Loulou malade et la Boccara à son chevet. En effet, Loulou saisi par une dépression soudaine se claquemurait dans sa chambre ; cependant, depuis qu'il connaissait Emma, ces bouffées d'angoisse se faisaient plus rares. Si d'aventure elles le reprenaient, c'était généralement au petit printemps. « Allez, Pontormo, remue-toi un peu le popotin ! s'exclamait Emma en surgissant à l'improviste. Tu ne vas tout de même pas traînasser au lit, comme cela, à broyer du noir. Je t'emmène en calèche jusqu'à Sidi-Bou-Saïd. Tu verras, l'air est léger, à peine mordant. C'est exquis. Le djebel n'est qu'une cascade de capucines sauvages qui embaument... — Ne me parle pas de malheurs, Boccara. Tu vois bien que c'est cette foutue nature qui me chavire l'âme ! Ma petite âme sensible de youpin. Ce que je porte en moi, en ce moment même, c'est toute la tristesse de la synagogue, la destruction du Temple, un ancêtre qui s'échappe d'un pogrom et qu'on course comme une bête, les grincements des lourdes grilles du ghetto qui se referment à la nuit... Oui, tout cela — c'est bête, hein ? mais que veux-tu, je n'y peux rien —, oui, tout cela revient en moi pour me donner le rhume des foins. »

Mais la plupart du temps, quand on ne voyait pas la calèche remonter la grande avenue des Eucalyptus qui mène de Carthage à La Goulette, c'était tout simplement qu'ils voyageaient. Régulièrement, chaque année, ils visitaient Paris. « J'ai un très cher ami là-bas, lui avait dit Emma, sur le pont de la *Ville d'Alger,* la première fois qu'ils s'étaient embarqués. C'est un petit gars très bien. Avec un parler bien à lui, tout à fait rigolo. Le vrai titi parisien, vous verrez. En fait, j'ai dû vous en parler déjà. C'est ce garçon qui était mon filleul de guerre et dont Simone avait pris ombrage... Vraiment, il n'y avait pas de quoi. On s'est rencontrés rapidement, à la sauvette, dans un hôtel borgne de Marseille. Il y avait des marins ivres à tous les étages ; des filles qui gueulaient. Et il m'a ratée. L'important, évidemment, c'était l'idée... Longtemps j'ai même cru qu'il m'avait fait jouir. Cela fait de toute façon des souvenirs... Vraiment, pauvre Simone ! Quelle folle tu as faite ! Il n'y avait pas de quoi fouetter un chat. Cette escapade a au moins été utile à une chose : il a quitté définitivement la pimbêche avec laquelle il s'était marié afin d'obtenir une permission pour venir me retrouver à Marseille. Mais le train qui le ramenait à Paris après cette nuit de luxure a déraillé. On lui a demandé s'il était blessé. Il a répondu qu'il avait le pied en compote. Ils n'ont pas été regarder plus loin et ils l'ont réformé. Je me dis parfois que, sans moi, il aurait peut-être été descendu lors de la dernière offensive... au Chemin des Dames... ou je ne sais où... A quoi cela tient, hein?... Je reçois de temps à autre de ses nouvelles... Évidemment, pas comme autrefois... Et puis comme il n'y a plus Simone... ce ne serait pas de jeu... Il est devenu le roi des promenoirs... Il connaît tout du monde du music-hall et des caf'conc'. Pacra est son domaine de prédilection. Ce sera un guide charmant. Et il connaît aussi des petits endroits très intéressants pour un galopin comme vous. En fait il est quelque chose comme le gérant, au 76 de la rue Rochechouart, d'un établissement propre, discret, bien fréquenté et assez joliment achalandé de joyeux zéphyrs, de grenadiers du rifle, de bigorneaux, enfin de tout ce que la belle armée française compte de petits pulpeux dans la mouscaille qui, contre un billet pour améliorer leur ordinaire, rendent de petits services aux messieurs... N'est-ce pas, qu'elle pense à son Loulou, la vieille Emma! Alors on le lui dit qu'on l'aime? — C'est pas que je l'aime un peu; c'est que je l'adore, ma vieille Emma!»

Chaque fois qu'ils revenaient de voyage, ils rapportaient les nouveaux airs en vogue, les nouvelles chansons, et même parfois un tourne-disque. Et quand celui-ci ne suffit plus à leur boulimie de musique, Emma acheta un piano. Tout un été durant, les baigneurs qui s'attardaient le soir sur la plage devant la villa Jasmina purent entendre Loulou accompagner, sur un crapaud de Pleyel, Emma qui s'essayait dans le dernier succès de la Miss.

*J'ai fait ça en douce*
*Sans toutes les complications,*
*En pleine cambrousse,*
*Derrièr' les fortifications.*
*Pour perdre ma fleur d'oranger*
*J'ai pas dérangé...*
*J'ai connu sur le gazon*
*La grande secousse*
*Et le fameux petit frisson*
*En douce...*

Plus tard, des années après, quand l'alcool commença à se joindre aux chansons, un soir où elle tenait particulièrement la forme, Emma se laissa aller à raconter à haute voix, au Chalet Goulettois où ils dînaient, leur première visite au 76 de la rue Rochechouart. Les quelques tables qui restaient à cette heure tardive n'en perdirent pas une miette.

«... Fais un effort, Loulou! voyons! c'était quand... A notre premier voyage? Vraiment, c'est si loin et pourtant cela me paraît aujourd'hui... Avril 1919! presque quinze ans... Enfin, monsieur sautait et moi je faisais le pied de grue sur le trottoir d'en face devant la terrasse du Khédive en attendant que monsieur ait fini sa petite affaire. Soudain, une descente de police... en moi-même, je me dis : Loulou est cuit. Comment le prévenir? Impossible, la flicaille était partout. Il y avait même un cordon qui barrait la rue. J'étais aux cent coups. Au bout de cinq minutes... pas plus, pas moins... mais ça m'avait paru un siècle, je vis ressortir l'inspecteur principal poussant devant lui un petit bonhomme avec une barbe... Mon Dieu! ils coffrent Loulou, me suis-je dit. Mais non, Loulou n'a pas de barbe. A cet instant, une femme se mit à crier par la fenêtre du second : “Laissez-moi mon Désiré. Henri Désiré, reste! Mais vous voyez bien, messieurs, qu'il ne ferait pas de mal à une mouche... Aussi vrai que je m'appelle Fernande, il est innocent... Vous commettez une erreur...” Le barbu monta dans le panier à salade. Quand dix minutes plus tard Loulou sortit de la maison, la circulation dans la rue était redevenue normale. C'est le lendemain seulement, tu te souviens, dis? que l'on apprit en lisant les journaux que Landru venait d'être arrêté au 76, rue Rochechouart chez sa maîtresse Fernande Segret. Il faut dire aussi que tu ne pouvais rien entendre, n'est-ce pas Loulou? La demoiselle habitait dans l'immeuble donnant sur la rue, alors que le bobinard de Raymond Chouin était dans une petite maison au fond de la cour...»

Eh bien, malgré Landru, le piano, sa présence au stade chaque fois que le Club Africain disputait un match, jamais aucun des petits vieux de l'hospice de la rue Khaznadar, anciennement rue du Capitaine-Petitjean, ne prononça le nom de Loulou. C'était comme s'il n'eût jamais existé. Et pourtant, ils ne pouvaient l'ignorer. Car il était connu comme le loup blanc. C'était une vedette, Loulou. Et avec ça une touche étonnante quand, au bras d'Emma, toutes voiles dehors, il faisait son entrée au casino ou au kiosque de la jetée. Boudiné dans un costume de lin blanc qui sentait son bon faiseur mais avait dû être à sa taille trente ans auparavant, le cheveu passé au henné et laqué, l'œil fait, il jouait d'un petit éventail japonais derrière lequel il s'abritait pour bombarder d'œillades assassines Moncef, l'aide-barman. L'arrivée du couple était d'ailleurs l'une des attractions attendues de la soirée. C'était, oui vraiment, comme s'il n'eût jamais traversé leur existence. Comme s'il n'eût jamais appartenu à la Treizième Tribu — aux petits roublards de la Goulette. Évidemment, on ne l'avait jamais aperçu à la synagogue ; ni à s'affairer, la kippa sur le crâne, en d'infinis balancements au-dessus de la Thora. Mais chacun savait bien qu'il appartenait de cœur à la race. Le paradoxe des juifs — et ceux de La Goulette n'y faisaient pas exception —, c'est que certains s'en vantent et que d'autres s'en cachent. Il y a les dogmatiques, les sionistes et aussi les libéraux et même les athées ; et puis il y a les honteux.

« Je vous assure, chère Emma, vous me connaissez mieux que personne... vraiment je ne suis pas une " honteuse "... mais je ne vois pas pourquoi j'irais crier sur les toits que je ne suis que demi, quart ou trois quarts... ou que le curé de Santa Trinità a gratté d'une longueur le rabbin, me vouant à jamais à saint Pancrace... Oui, pourquoi ? Alors que de tout mon être j'appartiens à la plus neurasthénique des tribus... » s'était-il écrié un jour où Emma avait senti chez lui comme une inquiétude de ne pas être complètement accepté, et où il prévoyait déjà — car sa nature hybride lui permettait de deviner d'instinct les choses — qu'il passerait sur cette terre sans laisser de traces. C'est d'ailleurs probablement ce jour-là qu'il s'approcha du kilim qui pendait au mur de sa piaule et que, le tirant d'un geste sec, il découvrit une niche qu'il avait transformée en oratoire et où trônait, à côté d'une statuette de saint Pancrace, le menora. « Voyez-vous, ma chère amie, dit-il en montrant le chandelier, on se raccroche aux branches comme on peut... »

De fait, il avait naturellement ces manières qu'affectent les juifs qui veulent dissimuler leurs origines ; la façon dont il parlait, donnant toujours l'impression de sucer les mots comme des bonbons avant de les lâcher pour les faire tinter ; puis celle dont, en baissant le regard et en tenant la tête penchée de côté, il soulevait à chaque instant son chapeau dans la rue dès qu'il croisait une personne qu'il avait l'impression de connaître. Il ressemblait à ce juif polonais dont les juifs viennois se plaisent à raconter l'histoire comme une bonne blague. Celui-ci, qui voyageait en train, seul dans un compartiment avec un inconnu, étalait toute une panoplie de manières exquises jusqu'au moment où il comprit, au détour d'une conversation, que son interlocuteur était juif. « Ah ! bon ! » s'exclama-t-il avec soulagement. Et aussitôt d'allonger sans plus d'autres façons ses jambes sur la banquette d'en face.

Mais voilà. Loulou n'allongea jamais ses jambes, et il en mourut, ne croyant plus en lui, et rongé de tristesse. Ce fut bien des années après la mort d'Emma ; vers la fin de la Seconde Guerre. Dans les derniers temps, il ne quittait plus son quartier du Kram. Il s'aventurait parfois à pied jusqu'à La Goulette. Il flottait dans ses vieux alpagas. Il n'avait presque plus de cheveux mais il continuait à les teindre. Il saluait toujours à droite et à gauche en penchant nerveusement la tête. Jusqu'au crépuscule, il allait ainsi sans but précis dans les rues ; et à le voir soudain émerger dans la lumière rasante du soir, on eût dit un vautour tournant autour du charnier de ses souvenirs. Il n'était pas pauvre. Emma lui avait laissé une bonne rente et même la jouissance jusqu'à sa mort de la villa Jasmina. Mais il avait préféré rester dans son gourbi, avec sa famille arabe. Cependant, chaque jour, comme il avait gardé la clef de la villa, il poussait la grille du jardin, lequel était devenu une sorte de jungle où, à l'odeur du jasmin, se mêlait parfois celle d'un vieux chat crevé, venu mourir là en paix. Il pénétrait dans la maison et, sans même ouvrir les volets, se mettait au piano et chantonnait. Tout le répertoire de jadis y passait : les chansons de Paulette Darty, de Damia et de la Miss. On l'entendait égrener d'une voix de fausset, en une cascade d'arpèges :

*Je t'ai rencontré simplement,*
*Et tu n'as rien fait*
*Pour chercher à me plaire...*

Et si d'aventure, à cet instant, quelqu'un passait devant la maison il ne manquait pas de se dire : « Tiens, cette vieille folle de Boccara est de retour. »

Depuis la destruction de la jetée et de son kiosque mauresque, à La Goulette comme au Kram et à Khereddine qui, jusqu'à Carthage, ne forment qu'un seul faubourg, le temps s'était figé une fois pour toutes. On vivait sur un os de seiche, on s'y faisait le bec pour aviver ses souvenirs. On se souvenait de la voix perchée et grelottante d'Emma, mais on avait oublié Loulou, l'accessoire indispensable de sa vie, comme le furent son boa de plumes, son vieil éventail et ses bas de soie couleur gazelle.

Et pourtant, sa tombe est bien là, elle aussi au Borgel, près de celle d'Emma ; quasiment à touche-touche parmi le vagabondage des rosiers sauvages, odoriférants comme ces femmes d'Orient que secrètement il eût voulu être. La végétation y est si pressée qu'on ne peut y lire le nom des morts. Pourtant, en écartant les ronces, on peut apercevoir, gravés avec soin par le marbrier Gozlan sur la pierre tombale, une étoile de David ainsi qu'un chandelier à sept branches, et pour toute inscription : « Ici repose Ludovico marquis Pontormo di Montegufoni, juif de première classe. »

En fait, la seule qui reconnut Loulou pour ce qu'il avait été durant sa vie fut la Zia, cette mortelle ennemie des vivants. Sautant de tombe en tombe et venant se poser un instant sur celle d'Emma, elle ne manquait jamais d'aller picorer aussi sur celle de Loulou. Le temps de lui murmurer, après avoir jeté son regard bigle et méfiant de chaque côté, des paroles douces, de celles avec lesquelles on endort les enfants. C'est peut-être grâce à elle qu'il réintégra le sein maternel et qu'aujourd'hui il s'ébat auprès de ses ancêtres dans les verts et doux pâturages de Canaan.

# 8

POURTANT, quand on y repense, Loulou fut de toutes les fêtes, participa à tous les événements importants de La Goulette. Et l'on ne peut certainement pas dire que la naissance de Rachel et Rébecca Aboulafia, les jumelles que, dans sa miséricorde et contre toute attente, l'Éternel accorda à Mme Léa la bouchère de l'avenue de Carthage, ne puisse être comptée parmi les grandes heures de ce faubourg populaire de Tunis.

Or, qui voit-on sur la photo qui immortalise cet événement capital — un peu tremblé et jauni par le temps, le cliché, ce qui ajoute encore au mystère de ce moment historique où l'on sentit le doigt de Dieu posé sur La Goulette —, oui, qui aperçoit-on, derrière Emma Boccara tenant non sans fierté dans les bras l'un des poupons (certainement la jeune Rachel)? Bien évidemment Loulou, reconnaissable entre tous avec son œil bistré d'Égyptien, et son profil de toucan.

Ce fut un sacré événement, orchestré avec un sens inné du miracle par Mme Léa. On doit reconnaître que la bouchère avait su faire résonner le chophar. D'autant plus victorieusement que durant plus d'un an, après avoir brisé des nuits entières les reins du pauvre Élie pour lui tirer un peu de semence qu'elle voulait hautement biblique, elle s'était en vain glissée, chaque jour au petit matin, hors du lit conjugal pour inspecter son ventre sans pouvoir y déceler la moindre rondeur prometteuse. Cependant elle ne s'était pas un instant désespérée, forte de sa certitude intérieure. Sarah n'avait-elle pas enfanté en sa vieillesse? Rébecca de son côté fut longtemps stérile avant de donner des jumeaux à Isaac qui avait imploré Elohim en sa faveur. Quant à Rachel, ce n'est que sur le tard que Dieu se souvint d'elle et ouvrit son sein. Confortée par l'exemple de ces chipies bibliques, chaque jour qui passait n'était dans son esprit qu'un nouvel obstacle franchi entre elle et le jour de son prochain triomphe. Lorsqu'elle s'aperçut que son cardinal était en retard, que son ordinaire lui faisait faux bond, bref que le jour était passé, comme on disait là-bas, sans qu'elle eût écrasé des tomates, la rue de l'Angelo fut dans l'instant au courant ; et par l'avenue de Carthage, ce fut une traînée de poudre ; si bien que de La Goulette jusqu'à Sidi-Bou-Saïd, toutes les populations surent avant même la fin de la matinée que Mme Léa Aboulafia la bouchère, fille de la terrible Boccara, était en position intéressante. Le docteur Lombroso, le meilleur gynécologue de Tunis, fut convoqué pour constater le miracle. De ce jour, même si la grossesse tant espérée ne datait que de quelques semaines, Mme Léa, pour qu'aucun doute ne fût possible et que chacun se le tînt pour dit, marcha les jambes écartées.

Plus Mme Léa, du haut de sa caisse à la boucherie, prospérait, plus M. Élie tranchant à son comptoir les escalopes se faisait évanescent. Lentement, discrètement, il s'effaçait, gommé par l'ombre de son épouse. Elle l'avait vidé nuit après nuit et du jeune coq assez moelleux, il ne restait, deux ans après leur mariage, qu'un petit homme quinteux, à l'œil rond et au geste raide de celui qui débite la viande. Aux clients qui s'étaient aperçus de ce changement et qui, tout bas, demandaient à l'oreille de la patronne ce qui pouvait bien être cause d'une pareille transformation, cette dernière, levant les yeux au ciel, se frappait la poitrine de la main ; portant ensuite un doigt à sa bouche pour leur intimer l'ordre du « motus, bouche cousue ». Assez vite, tout le quartier fut au courant de ce que M. Élie filait un mauvais coton. Les mieux renseignés, reprenant le geste de Mme Léa, ajoutaient : « Le pauvre garçon se débine de la caisse... si jeune et bientôt père... n'est-ce pas un malheur ! »

M. Élie commença à tousser quand la sage-femme, après avoir palpé le ventre de Mme Léa, lui eut assuré qu'elle portait des jumeaux. De ce jour, la bouchère n'eut plus aucun doute sur son destin : elle avait bien été choisie par Dieu pour remettre à sa place Rébecca, la rusée, et rendre son droit d'aînesse à Esaü, perdu pour un plat de lentilles. Elle fit le vœu d'appeler son premier-né de ce nom.

Le jour de la délivrance arriva. Léa entra en travail dans la nuit du jeudi au vendredi. L'accouchement s'annonçait difficile et il était donc plus que probable que le sabbat arriverait tandis que la bouchère serait encore en train d'accoucher. La chose lui parut abominable. Elle vit là une tentative des démons pour s'emparer de l'âme des nouveau-nés. « C'est Lilith. Je la sens. Elle est dans la chambre. Je perçois son souffle. Elle y rôde jour et nuit. Voyez en ce moment même comme elle se tient au pied de mon lit... » ne cessait-elle de gémir, se dressant sur ses oreillers, effrayée par la vision de la démone. Elle convoqua toutes les bigotes et tous les devins du quartier. Il en vint même de la Hara de Tunis. Et la maison commença à retentir d'exorcismes et d'incantations pour convoquer autour du lit de Mme Léa les archanges Michel, Gabriel, Raphaël et Ouriel. On accrocha des mains de Fatma ainsi que des poissons. On inscrivit sur les murs de la chambre des formules kabbalistiques. On y ajouta la tête d'un coq fraîchement tranchée ainsi que cinq piments. Il se présenta également un rabbi assez peu orthodoxe qui se livra à de savantes conjectures où entraient en compte le prénom de la parturiente et celui de sa mère dont il additionnait les valeurs numériques des lettres selon le « behesbon katan, elhset essghir » qui n'est autre, pour les nécromants, que ce qu'on nomme « le petit calcul ». Lorsque le prénom d'Emma fut prononcé, la bouchère se mit à hurler comme une diablesse. « Non, surtout, empêchez-la de venir. Qu'elle n'entre pas. C'est elle Lilith. Elle me prendrait mon premier-né... Dehors... n'inscrivez surtout pas son nom. » Elle parut se calmer quand l'une des femmes lui raconta l'histoire d'un rabbin de Tlemcen qui, voyant qu'il allait mourir à l'approche du sabbat, demanda qu'on enfonce un clou dans le mur de sa maison et de ne l'ôter qu'après ses funérailles. Il mourut et son disciple se conforma à ses ordres. Chacun se demandait si le temps qui restait suffirait aux préparatifs des obsèques et à l'inhumation. Il fut enterré sans que le jour semblât décliner. De retour du cimetière, on arracha, comme il l'avait ordonné, le clou du mur, et la nuit se fit aussitôt. La sainteté du maître avait permis d'arrêter le cours du soleil comme pour Josué à Gabaon.

Ce fut donc un 14 de Nisan ; pour mieux dire le 7 avril 1920, qui cette année-là tombait le vendredi saint chrétien, quelques instants avant trois heures de l'après-midi, que Mme Léa demanda un marteau et un clou. Les contractions semblaient s'être calmées. Elle fixait la porte, inquiète de ce que l'on n'apportât point assez rapidement ce qu'elle avait demandé. C'est alors que celle-ci s'ouvrit. Mme Léa se jeta en arrière, le visage convulsé par la peur. Elle n'eut pas même à pousser : l'enfant vint de lui-même. L'assistance s'était retournée. Sur le pas de la porte parut Emma Boccara rayonnante, couverte de bijoux et coiffée pour l'occasion d'une capeline en organza saumon. Derrière elle, modestement, se tenait Loulou Pontormo. « Donnez-moi cette petite », demanda-t-elle à la sage-femme qui finissait de nettoyer l'enfant tandis que Mme Léa, secouée de spasmes intermittents, à la renverse dans ses oreillers, dérivait.

Cependant, à peine Emma eut-elle formulé sa demande que la bouchère, qui n'avait encore, notons-le, accompli qu'une moitié de sa tâche, se mit à gémir.

« Non, ne lui donnez pas le petit. C'est Lilith. Elle veut mon petit. Ne voyez-vous pas qu'elle veut me le voler ?... »

Impériale, le sourire aux lèvres, Emma ignora avec hauteur les paroles de sa fille et tendit les bras pour recevoir l'enfant :

« Alors, mademoiselle Leila, vous me donnez ma petite-fille...

— Mais, madame...

— Vous voyez bien que ma fille délire... Où voyez-vous Lilith dans cette chambre ?... Allez, mademoiselle, donnez-moi ma petite-fille... Je suis tout de même sa grand-mère... »

Lorsqu'elle l'eut dans les bras, alors ce ne fut qu'un gazouillement que relayaient les pépiements des oiseaux printaniers parvenant du petit jardin.

« Oh, la jolie petite pisseuse que voilà ! La jolie petite fille qui fera les délices de sa grand-mère... » Et l'enfant, qui n'avait pas encore une demi-heure de vie, ouvrait déjà de grands yeux où se reflétaient dans une lueur verte ceux de son aïeule.

« Regardez, Loulou, comme elle est éveillée... Enfin, ce n'est pas parce que vous êtes un vieux célibataire endurci qu'il ne faut pas prêter attention à cette enfant... Voyez, elle a déjà des cheveux et, n'est-ce point étrange, ils ont la couleur des miens... Enfin, Loulou, dites quelque chose! Vous êtes impatientant!

— Chère, je ne peux pas dire mieux, elle est votre portrait craché...

— N'est-ce pas?»

Emma était rayonnante. C'est sans doute à cet instant que la photo fut prise par Ali à qui Emma avait offert un Zeiss du dernier modèle. Sur cette photo figurent non seulement Emma tenant dans ses bras sa petite-fille Rachel, Loulou évidemment ainsi que trois voisines de la rue de l'Angelo; mais on peut discerner également dans l'ombre, cachée par la corpulente sage-femme, la Zia flanquée de sa troupe funèbre composée de trois vieilles ensorceleuses berbères, expertes à conjurer le mauvais œil. Sont absents du cliché : Élie le chef de la famille, sans doute retenu à la boucherie; la parturiente hors champ et toujours larguée dans ses édredons; enfin le second enfant qui allait naître quelques minutes plus tard. Entre-temps, on avait oublié le clou et le marteau, et la lumière avait décliné : on était entré en sabbat.

Si Mme Léa, lorsqu'elle eut repris tous ses esprits, se laissa persuader, non d'ailleurs sans difficulté, que la seconde née des enfants était une fille, elle ne voulut jamais en convenir pour la première. Pour elle c'était un garçon et il se nommerait Esaü. Comme le jumeau de Jacob, n'était-il pas né avec des cheveux rouges?

Durant les sept jours qui séparent la naissance d'un enfant mâle de sa circoncision, la chambre de l'accouchée retentit des prières inscrites sur les hzabot, feuilles de papier qui doivent servir d'écran et préserver le nouveau-né du souffle des mauvais génies. Alors que l'on attribua au second le nom de Rébecca, Léa s'opposa à ce que l'on nomme le premier enfant. On l'appelait «l'invité» pour prévenir tout coup fourré de Lilith. En effet, si ce démon apprenait le nom de l'enfant, elle le charmerait en le répétant inlassablement et s'emparerait ainsi de son âme.

«Ma fille est devenue folle! répétait à qui voulait l'entendre Emma dès le lendemain au casino, en raflant au baccara, les doigts scintillant d'énormes patinoires, des plaques de 2000 francs. Folle, vous m'entendez! Folle à lier! Elle veut appeler une de ses filles — celle évidemment qui me ressemble le plus — Esaü. Esaü! imaginez un peu! Où a-t-elle été chercher cela?»

Le septième jour, le rabbin de la synagogue Attal Gagou de l'impasse Jugurtha fut mandé. Il arriva avec son aide et tout le tremblement du sécateur. On lui tendit «l'invité». Il défit les langes et c'est alors qu'il prononça les paroles aujourd'hui devenues historiques : «Oh! comme il est rouge votre enfant, madame Léa! comme il est rouge... Mais il n'y a rien à couper. Ce n'est pas un garçon... Si c'est une fille, la chose n'est pas de mon ressort...» Et ces paroles suffirent à placer l'enfant entre les vivants et les morts.

Stupéfaite d'abord, la bouchère sembla hésiter sous le coup qui l'accablait. «C'est Lilith, c'est Lilith! Je le savais bien... Il ne fallait pas la laisser rentrer... J'avais bien dit de ne pas la laisser venir... Elle et son Italien de malheur...» Quand on lui demanda comment on devait appeler l'enfant, Mme Léa eut un mouvement d'impatience : «Appelez-la comme vous voudrez... Tenez, appelez-la Rachel!»

Dès qu'elle fut relevée de ses couches, alors qu'elle montrait une tendresse particulière pour Rébecca, la seconde des jumelles, elle marqua un éloignement prononcé, presque une répulsion, pour la première. Elle ne demandait jamais à la voir. La petite fut même reléguée avec une servante arabe dans une chambre éloignée, de l'autre côté du jardin. Car c'était l'enfant de Lilith et elle en avait peur. Les paroles du rabbin lui trottaient continuellement dans la tête : «... si c'est une fille, la chose n'est pas de mon ressort...» Était-ce du sien? Mais ce n'était pas une fille. C'était un garçon, son premier-né qu'on lui avait volé, et remplacé par un succube... Elle se sentit fortifiée dans cette idée du fait que chaque fois que sa mère se présentait en grand équipage rue de l'Angelo, elle s'enquérait de la santé de Rachel et jamais de celle de Rébecca. Emma passait en effet des journées à contempler sa petite-fille dans son berceau qui, d'une de ses menottes, lui tenait le doigt. «Ah! la jolie petite empoigneuse, comme sa vieille grand-mère... Elle non plus ne chipotera pas la vie... Vous verrez, Loulou, ce que je vous prédis (car Loulou se trouvait toujours de l'équipée quand il fallait se rendre chez la bigote kasher...) Vous verrez, elle vous la mordra à pleines dents... Un sacré voyou, déjà une vraie culbuteuse.»

A quelque temps de là, M. Élie se mit à cracher le sang. On l'envoya du côté du Zaghouan prendre le bon air. Mais il revint encore plus défait de cette cure. Au printemps suivant, il mourut. Emma prit le deuil avec ostentation. La dame en rose saumon fut remplacée quelque temps au bord du tapis vert du casino par une dame en noir. Derrière les voiles et les crêpes, il y avait un vrai chagrin car elle avait aimé son gendre. En revanche, Mme Léa ressentit un soulagement de la mort de ce mari qu'elle n'avait aimé que pour sa position de rabbin sacrificateur. Elle continua seule la boucherie. Le temps qui lui restait, elle le passait en dévotion. Une dévotion qui, quelle que fût la litanie du jour, la ramenait à une idée fixe : exorciser le démon qui avait transformé ce fils tant désiré en fille.

Bien des décennies plus tard, on se souvenait toujours, chez les petits vieux de l'asile de la rue Khaznadar, du jour où elle avait décidé de construire dans son jardin une sorte de guitoune avec des bambous et les feuilles du bananier afin d'y passer les sept jours de Soukkoth, la fête des Cabanes. Les jumelles devaient à l'époque avoir dix ans. Mme Léa se retira dans le cabanon de fortune avec sa fille préférée. La petite Rachel avait été exclue d'office de cette expédition qui combinait pour la plus grande gloire du dieu d'Israël la bigoterie la plus échevelée et un scoutisme de fortune. Les deux premières nuits se passèrent fort bien si l'on exclut quelques courbatures au réveil. La troisième nuit — du fait d'une bougie mal éteinte ou d'un voisin qui se serait livré à une mauvaise plaisanterie, laquelle par la suite aurait mal tourné —, la troisième nuit, la cabane prit feu. Les deux servantes et les voisins alertés eurent juste le temps de retirer Mme Léa et sa fille de la fournaise. Au moment où on les extirpait du brasier, hébétées, le cheveu roussi, Mme Léa aperçut, au travers d'une vitre de l'une des fenêtres de la dépendance, sous une crinière rouge qui aurait pu fort bien être le reflet des flammes, deux yeux verts comme des émeraudes. Saisie par ce regard d'une violence cristalline, allègre comme celui d'un jeune fauve, elle se mit aussitôt à hurler : « C'est Lilith ! C'est Lilith... c'est elle qui a mis le feu. » Dès le lendemain, elle décida de passer à une étape supérieure dans l'exorcisme.

La peur que montrait Rachel de l'obscurité et des ombres suintantes qui glissaient dans la pénombre des grandes salles du bain maure quand elle y accompagnait le vendredi sa sœur et sa mère donna à cette dernière une idée. Elle se renseigna auprès de la Zia qui lui indiqua un établissement à Tunis, dans la médina, où, au fond de salles bitumeuses et voûtées, parmi les vapeurs, de vieilles Arabes un peu sorcières, expertes en infibulation, se réunissaient le jour du bain des femmes.

Un après-midi, elle partit pour Tunis, emmenant les deux petites et ses servantes avec un couffin plein de pagnes, de gants de crin, ainsi que de cette argile dont avec de l'eau on fait une pâte verte pour s'enduire le corps ; on y ajouta le henné, et d'autres teintures et onguents. Sous la houlette de Mme Léa, la petite troupe caquetante des femmes gagna la gare du TGM (Tunis-La-Goulette-La Marsa). Le petit train mettait moins d'une demi-heure pour traverser le lac par une chaussée. Ensuite, il fallait encore une demi-heure pour remonter à pied la rue Jules-Ferry jusqu'à la porte de France à partir de laquelle commençait le sombre royaume de la médina. Pour Rachel, le mystère et la peur commençaient. Chaque fois qu'elle y était venue, elle avait eu l'impression d'entrer dans une cité interdite qui, avec ses rues, ses impasses, ses ruelles conçues comme un immense labyrinthe, ses grands murs aveugles écaillés de chaux vive, ses escaliers rompus et déchaussés et, rapides comme une apparition, sous un figuier tordu, rampant au-dessus d'une terrasse, ses ombres de femmes voilées, semblait toucher à l'empire des morts. Y régnait une atmosphère malsaine et triste. La venelle qu'elles empruntèrent ce jour-là était jonchée d'immondices et de fétus de paille épars. Une odeur indéfinissable y flottait qui ne pouvait appartenir qu'à de vilaines choses. Au coin d'une rue, il y avait une maison dont la porte restait toujours ouverte. En hiver, quand la nuit tombait plus vite, on pouvait en passant apercevoir le long et sinistre vestibule, ainsi que l'escalier du fond qui montait à l'étage éclairé par une maigre lumière rouge. Le long du mur, sur un banc, se tenaient six à sept femmes, vieilles, sans forme, les lèvres peintes au bétel, la tête enveloppée d'étoffes d'où pendaient des sequins de pacotille. Elles ressemblaient ainsi à des sibylles veillant aux portes de l'Enfer. Il y avait un va-et-vient d'hommes dans le couloir.

Quelques Européens, mais pour la plupart des Arabes ou des juifs qui n'avaient pas voulu quitter la Hara. Pour le jeune Arabe sans le sou, il n'avait pas besoin de monter à l'étage. L'une des vieilles se levait et, nonchalamment, sans un mot, s'en allait l'arranger dans l'escalier. La branlade terminée, elle lui servait un verre d'alcool de figue avant de le renvoyer dans la nuit.

Le bain n'était plus qu'à quelques mètres. On y entrait par une grande porte en arc brisé peinte en rouge et noir. On descendait quelques marches pour se trouver en face d'une impressionnante créature qui trônait à la caisse. Les habituées la nommait Mama Aziza. Ainsi hippopotamesque et majestueuse, le visage grêlé, drapée dans des linges, pareille à une immense momie entourée de ses bandelettes, personne ne fut jamais certain de son sexe. On disait qu'elle était experte à ravauder les hymens endommagés des jeunes fiancées ; également une formidable pourvoyeuse des limbes car elle passait pour la meilleure faiseuse d'anges de la ville arabe. Lorsqu'une princesse beylicale se trouvait en difficulté, on faisait appel à Mama Aziza. Voici ce qui courait sur le compte de cette puissante femelle. Mais cela ne valait que pour les jours du bain des femmes. Car elle se tenait aussi à la caisse les jours des hommes et ce qu'on racontait alors sur « lui » était tout différent. Son nom d'ailleurs changeait : on l'appelait Baba Moklouf. Ces jours-là, son visage prenait une expression solennelle et violente. On disait qu'il avait été eunuque un temps chez le Bey. D'autres prétendaient, à cause de sa peau foncée, qu'il était un esclave d'Arabie d'où il était arrivé après avoir été un temps bourreau à Médine. La façon dont il savait réduire une fracture, ou remettre en place un membre déboîté, pouvait accréditer la fable. On lui donnait du « hadj », ce qui laissait entendre qu'il avait au moins fait le petit pèlerinage de La Mecque. Elle ou lui ? inquiétant était le personnage ; d'autant plus qu'aveugle il pouvait au bruit des pas nommer la personne qui se présentait à la caisse. Mama Aziza eut tout de suite à la bonne la petite Rachel. Et peut-être est-ce à elle que l'on doit l'échec de l'attentat que Mme Léa, avec l'aide de la Zia, avait prémédité sur la personne de sa fille détestée. Comme souvent les êtres ambigus, Baba Moklouf et Mama Aziza, puisqu'ils ne formaient qu'une même et indivisible personne, étaient bons. Anubis veillant sur ce royaume des ombres et des vapeurs, il (ou elle) avait appris à déjouer les pièges du destin.

Et tandis que Mme Léa poussait Rachel vers cette bouche sépulcrale, Mama Aziza lui glissait à l'oreille : « Va, petite, écoute ta mère, et ne crains rien. Je suis là et je veille sur toi. Ne suis-je pas la gardienne des eaux ? Et tant que je serai là, les grands reptiles ne pourront rien sur toi. »

Le plan du bain était calqué sur celui de la ville. Une enfilade de salles qui tournait en un dédale inextricable pour finir par déboucher sur une rotonde où se concentraient les vapeurs, enroulées en fines écharpes autour d'un rai de lumière qui, tombant d'un trou fait au sommet de la coupole, semblait les traverser comme une épée. Il y avait quelque chose de vertigineux dans cette architecture chancelante. A chaque instant détruite et recomposée. Mais toujours flageolante dans un jour mourant où s'accumulaient des fumées de solfatare. Le bruit de l'eau passant de rigole en rigole pour finir en cascade dans un bassin de mosaïque verdâtre renforçait cette atmosphère de cérémonie secrète. Résistant à la nuit, étalées sur des plaques de marbre, des femmes aux corps blancs et gras se faisaient pétrir par des masseurs aveugles. On les grattait, les étrillait. C'était déjà une laverie de mort. Rachel traversa l'épaisseur de ces ténèbres, frôlant des ombres pour arriver enfin dans la dernière salle. Elle ne voyait rien mais entendait des sifflements. Elle s'avança encore. C'est alors qu'elle aperçut près d'une fontaine quatre femmes à croupetons. C'étaient d'horribles vieilles décharnées, le visage pointillé de rouge. Elles sifflaient telles des serpentes en agitant leur langue dans leur bouche édentée, tout en mimant des gestes obscènes. Elles virent paraître, comme jaillie de la nuit, la fille aux cheveux rouges. Car « il n'est de lumière que sortie du sein de l'obscur ». Elles cessèrent aussitôt leurs sifflements et lentement, en rampant, regagnèrent leur trou d'ombre sans tenter aucun geste impudique ni commettre sur l'enfant l'attentat dont elles avaient touché le salaire.

De ce jour, Rachel garda longtemps la peur de l'obscurité et le sentiment d'avoir été trahie.

# 9

La jeunesse de Rachel, ainsi que celle de Rébecca sa sœur, se passa entre la maison de la rue de l'Angelo et l'école de l'avenue Charles-Nicolle. Alors que sa sœur ressemblait, avec sa peau grasse et son air endormi, chaque jour un peu plus à Mme Léa, Rachel avait tout pris de la grand-mère. Les cheveux, les yeux, mais aussi les jambes. « C'est le portrait de la Boccara. Voyez, à douze ans, elle a déjà le diable au corps », murmurait-on sur son passage. Il est vrai qu'elle en éclaboussait, la Rachel. Mme Léa ayant abdiqué l'idée de lui rendre son identité de garçon et ne lui prêtant guère d'attention, la rue fut bientôt son domaine. C'est là qu'elle apprit la vie. Elle n'avait que quatorze ans quand elle devint chef de bande. Elle avait regroupé autour d'elle des chapardeurs, pour la plupart des petits bougnoules pour lesquels elle était la « juive » à qui l'on obéissait au doigt et à l'œil quand il s'agissait de jouer de la pince-monseigneur chez Sarfati l'épicier de la rue d'Utique.

C'est lors d'une de ces équipées que Rachel rencontra par hasard celui qui allait devenir, pour la vie, son meilleur ami, son ombre, l'autre soi-même : Slim Masmoudi, dit « Felfel ». Elle avait décidé que la bande irait faire un coup de main chez les pêcheurs italiens de la Petite Sicile. C'était un quartier de La Goulette situé près du port et dont les maisons jouxtaient la forteresse. On était en été et la nuit venait lentement. Rachel s'était assise sur un talus près de l'immense fortification quand soudain elle entendit un bruit en contrebas dans le fossé parmi les broussailles. Des râles.

Elle s'avança avec précaution en écartant les ronces. Elle était si occupée à regarder par terre pour ne pas faire craquer les branches que ce n'est qu'à quelques pas d'eux qu'elle s'aperçut de leur présence. C'était deux garçons. L'un, le blond, qu'elle reconnut aussitôt, était le fils Martin. Son père était chef douanier au port. L'autre était arabe. Un gamin, mais monté déjà comme un homme. Ils semblaient contents l'un de l'autre. Le Français, sans doute un peu plus âgé, finissait de se rajuster tandis que l'Arabe, lui, sans aucune gêne, se tenait nu, une djellaba roulée en boule à ses pieds, dont il semblait, ainsi tout debout dans le jour déclinant, émerger comme un sphinx nocturne de son cocon. Mince et svelte, il eut un geste prompt pour saisir le billet qu'avant de s'enfuir le Français lui tendit. Une lueur joyeuse se mit à danser dans ses yeux gris. Ses lèvres violettes s'entrouvrirent, découvrant des dents unies et très blanches. Il continua à fixer Rachel sans même tenter un mouvement pour se rhabiller. « Si cela te fait envie, laisse-moi un petit moment pour me refaire une santé. Et tu pourras à ton tour y goûter. T'auras pas besoin de casquer. Je ne veux pas de flouze. Avec toi ce sera pour le plaisir...

— Pauvre cloche, fit Rachel en haussant les épaules, c'est dégoûtant ce gros machin. Allez, enfile ta djellaba et rentre-moi ton felfel... » Elle lui tourna le dos et grimpa sur le talus. Quelques instants après, il était auprès d'elle, comme un chien qui a reniflé le bon maître. Ils ne devaient plus se quitter, à l'exception toutefois des quatre années de la guerre à venir et dont on commençait à évoquer le spectre dans La Dépêche tunisienne. De cette rencontre, il garda le surnom de « Felfel » qui, en arabe, signifie poivron.

Et voilà comment Rachel, avec Felfel sur les talons, entra dans l'âge de l'adolescence.

Mme Léa régnait à la Boucherie Moderne qu'elle développa en femme d'affaires avisée. Mlle Rébecca, prenant le relais de sa mère en grosseur et en bigoterie, était devenue incollable sur le Talmud ; à la yeshiva de Tunis qu'elle fréquentait depuis peu, elle passa rapidement pour un as du pilpoul, cette subtile dialectique grâce à laquelle on feinte, on godille dans la parole de Dieu. Déjà l'œil extatique et la bouche toujours pleine de choux à la crème, elle errait en compagnie de la Présence. La Boccara, toujours splendide, continuait de faire la matérielle de Loulou aux tables de roulette et de baccara. Quant à Loulou, il maraudait avec une molle constance le soir sur la plage ; de fait bien plus pour maintenir sa réputation parmi les petites canailles que par besoin physiologique. Mounir avait créé une petite compagnie de taxis avec trois voitures dont une Talbot grand luxe. Et Ali, au Club Africain, était passé de l'équipe des juniors à celle des seniors. La jument Déborah était morte mais avait été remplacée par une autre qu'on avait aussitôt rebaptisée Déborah en mémoire de la première, bien qu'on l'appelât familièrement Debby car la mode américaine commençait à se faire sentir jusqu'en Tunisie. D'ailleurs Emma, donnant le ton, s'était mise à tâter en douce du Johnnie Walker. « Darling, mon baby on the rocks », demandait-elle à présent à Moncef qui était devenu barman en chef, lorsqu'elle se rendait au casino de la jetée en fin d'après-midi pour prendre l'air du large.

Enfin, Rachel, quand elle n'était pas en train de tenir le haut du pavé avec ses petits escarpes, se plaisait en compagnie de sa grand-mère. Et la Rachel qui poussait la porte de la villa Jasmina était bien différente de la chef de bande. Elle n'avait que seize ans et déjà deux visages.

Ah ! les charmantes fins d'après-midi que c'était quand elle venait rendre visite à Emma ! Cette dernière n'avait de cesse de la tripoter, de la caresser. « Mais regardez, Loulou, ces jambes... Dites-moi un peu si vous avez déjà vu une paire de gambettes aussi affriolantes ? — Les vôtres, ma chère ! — Oui, c'est vrai. Les miennes n'étaient pas trop mal dans le temps... mais rien à côté de celles-ci. Même celles de la Miss sont de la crotte à côté. Elle en crèverait de rage si elle pouvait imaginer qu'une gamine se trimbale des cannes pareilles... vraiment, la jolie poulette que tu fais, Rachel... Si tu ne perces pas dans le music-hall avec ces guibolles, c'est vraiment que je ne m'appelle plus Emma Boccara... Imaginez-la un peu, Loulou, en haut du grand escalier du Casino de Paris, sous un projecteur rose « mistinguett » ; cette petite va faire un malheur ! Et ces petits seins ? Regardez-moi ces petits seins. Je sais que cela ne vous intéresse pas vraiment, Loulou, mais c'est pas pour cela qu'il faut prendre cet air dégoûté... — Mais je ne vois pas du tout ce que vous voulez insinuer par là, ma chère... La poitrine de Rachel est épatante et, en connaisseur... oui, oui... vous pouvez rire... en connaisseur, je le dis et le répète, je les avais remarqués ces petits païens depuis longtemps... et sans doute même avant vous...» Et aussitôt Loulou de se mettre au piano pour jouer un air de *Phi-Phi* de Christiné. Après avoir plaqué quelques accords, il commençait d'une voix éraillée : «Les petits païens... eh oui madame, c'est toute la femme... qu'on tient quand on les a dans la main...» et après une série de glissandi où l'on sentait la férule d'une bonne maîtresse de piano, il se tournait vers Emma. «Vous vous souvenez de la poitrine d'Alice... Oui! Alice Cocéa, ma chère. Faites un effort, souvenez-vous quand nous sommes allés la voir dans *Phi-Phi* aux Bouffes-Parisiens lors de notre premier séjour à Paris. Ah! les petits seins qu'elle arborait, la garce!... Charmants, pigeonnants en diable... Vraiment! c'était exquis, pour un peu elle m'eût fait aimer la femme...» Il allumait aussitôt une «Rameses», comme pour s'aider à plonger encore plus profondément dans ses souvenirs. Et, jetant au plafond la fumée de la cigarette, «yenidge turkish tobacco» comme il aimait à préciser, il ajoutait : «Vraiment, les femmes! quel dommage d'être passé à côté...» On ne sait pas pourquoi mais il fumait uniquement ces cigarettes qui empestaient. Des égyptiennes fabriquées à Philadelphie par G. A. Georgopulo and Co... Peut-être simplement à cause de leur boîte en carton rose sur laquelle était dessinée, au milieu d'une touffe de papyrus, entourée d'une guirlande de palmettes, la figure d'un pharaon. Une vieille chochotte hongroise qu'il avait connue jadis à Rome, le baron Eugène Clarence von Tatabanyi, les lui envoyait très régulièrement par colis de New York.

Ayant décidé que Rachel avait un petit air à la fois de la Cocéa et de Gina Manès, ils décidèrent de l'habiller et de la maquiller. Emma se chargea de lui faire enfiler une paire de ses bas de soie, couleur gazelle. Elle ressortit ensuite, du fond d'un placard, une vieille robe dans laquelle elle n'entrait plus. Rachel se prêtait gentiment à ce jeu. Elle se laissait peloter sans faire de manières, car elle n'y voyait pas malice. Loulou, de son côté, la maquillait puis la coiffait. Ensuite, le guinche commençait. Loulou, de nouveau au piano, se lançait dans un fox-trot endiablé de Cole Porter. Alors Emma, empoignant sa petite-fille, comme un cavalier sûr de son fait, partait pour les figures les plus ébouriffées. Ensuite venait une valse lente sur l'air de «Rosen auf'm Tyrol». Enfin le tango final. Et tandis que Loulou prenait des accents de Carlos Gardel, les deux femmes se livraient à d'incroyables chaloupées qui finissaient, généralement, par les jeter à la renverse sur le divan, éperdues, à bout de souffle, sens dessus dessous, riant et s'embrassant. Oui, c'étaient de charmants après-midi. Emma était amoureuse de sa petite-fille, et Rachel adorait sa grand-mère. La nuit venue, ils partaient en calèche pour le Chalet Goulettois où les deux femmes — car à seize ans Rachel était déjà une femme —, toujours dansant ensemble, embrasaient les imaginations. Les regards brillants des hommes étaient braqués sur elles. Elles faisaient la soirée. Plus besoin d'orchestres typiques, de malouf, de danse du ventre. Elles valaient à elles seules tous les divertissements. A la façon dont ils les regardaient, peut-être formaient-elles, dans leur esprit, déjà un couple.

Pourquoi fallut-il que Rachel amène Felfel un jour en fin d'après-midi et fasse ainsi entrer la partie la plus obscure de sa vie dans la moins secrète. La vie sans cela eût continué, lente avec ses hauts et ses bas. Et peut-être que rien jamais ne serait arrivé. Oui, pourquoi? Peut-être était-ce tout simplement à cause de Loulou dont elle connaissait le goût canaille? Ou encore inconsciemment pour offrir à cette grand-mère, dont elle avait saisi dans le regard alangui comme un regret quand passait sur la plage un jeune homme, une partie d'elle-même — car Felfel, faut-il le redire, était déjà un peu plus que son ombre?

On était en juin 1938, et Rachel venait d'avoir dix-huit ans. Le grand araucaria découpait ses branches en toit de pagode sur le ciel empourpré. La mer glissait bleue et étale et au loin, vers le port punique, les hirondelles menaient leur carrousel. Rachel poussa Felfel un peu intimidé à travers les jasmins. Dès que Loulou et Emma l'aperçurent du haut de la terrasse, ils se sentirent les jambes en coton. Loulou coula à Felfel son regard de biche aux abois qu'il appelait en se moquant de lui-même «mon œil Bosphore», et qu'il disait posséder en commun avec feu Pierre Loti dont le roman *Aziyadé* avait enchanté son adolescence; et Emma ne put retenir un sursaut de sa vaste poitrine qu'elle camoufla comme elle put, en touchant rapidement la main de Fatma qui pendait dans son décolleté. Il faut dire que Felfel n'en débarquait pas qu'un peu. C'était un escarpe, mais de charme. Loulou, au piano cet après-midi-là, fit des fausses notes; quant à Emma, la virtuosité même pourtant, elle se prit à plusieurs reprises, en dansant, les pieds dans le tapis. L'atmosphère était un peu lourde et Rachel paraissait songeuse; peut-être même déçue du tour que prenait ce qu'elle avait cru être, au départ, une bonne idée. Il y avait comme un sentiment poisseux qui traînait dans l'air; une arrière-pensée qui donnait aux déhanchements d'Emma, aux œillades de Loulou, aux rires forcés de Rachel quelque chose de provocant, de luxurieux. Rachel crut même voir à un moment la main de sa grand-mère s'attarder sur la cuisse du jeune Arabe et Loulou, pudiquement, mettre en sourdine son «œil Bosphore» en abaissant une paupière douloureuse. Seul Felfel demeurait à son naturel.

Pourquoi, deux jours plus tard, Rachel vint-elle rendre visite à Emma, contre toute habitude, en début d'après-midi, à l'heure de la méridienne, à l'heure mauvaise? Plus tard, bien plus tard, elle se le demanderait encore. Pourquoi? Oui, pourquoi ne rebroussa-t-elle pas chemin quand elle crut apercevoir, sur une barque que les pêcheurs avaient tirée sur le sable, posée comme un oiseau de malheur, la Zia? La Zia avec sa cape noire et ses bottines appareillées, contemplant la mer fixement, le regard perdu à l'horizon : il y avait là quelque chose d'incongru qui eût dû l'alerter. Elle poussa cependant la porte du jardin et pénétra au sein d'une jungle d'odeurs. La nature, anéantie par la chaleur, rendait un léger friselis : les insectes profitaient de cette sieste pour abuser des fleurs. Dans le silence étouffant, Rachel perçut les impatiences ainsi que les prudences exquises d'une infinité de vies. Elle n'appela pas du jardin comme elle en avait l'habitude. Elle grimpa l'escalier, traversa la terrasse et entra dans la maison. Les volets étaient clos. Une bonne fraîcheur y régnait. Elle s'avança dans le petit salon de musique au fond duquel la porte de la chambre d'Emma était entrebâillée. Une sorte de long lamento, tout d'abord imperceptible, vaguement modulé de soupirs, s'en échappait. Rachel s'approcha avec précaution, telle une voleuse. Elle percevait comme les sourdes prémices d'un feu qui couve, tout prêt à éclater. Elle en devinait les rougeoiements intenses. Elle aurait voulu fuir. Mais quelque chose la poussa au contraire de l'avant. Elle écarta légèrement la porte afin de jeter un regard à l'intérieur de la chambre. Sur les murs à panneaux entourés de baguettes dorées, les grosses fleurs rouges éclatantes, imitant par leur relief laqué le cuir de Cordoue, faisaient dans la pénombre comme des taches de sang. Dans cette lumière sanglante, faite de reflets, au milieu de la masse molle d'un lit dévasté, répandant le désordre de ses linges, les cheveux défaits, une femme rousse qui tenait à la fois de la lionne et de la vache était vautrée. Rachel ne reconnut pas tout de suite Emma en cette femelle qui poussait des petits cris d'enfant et dont les lèvres fiévreuses s'agitaient comme dans une prière muette. Exposée ainsi, nue et grasse, éclatante de blancheur, grande ouverte, le ventre en délire, offert comme une gueule monstrueuse, elle se cramponnait à un dos d'homme souple et musculeux. A la fois absorbé et rejeté par cette lourde chair travaillée d'un désir brutal, l'Arabe aux cheveux bouclés, en qui tout de suite Rachel avait deviné Felfel, besognait à la satisfaire. Il y avait là, en majeur, se consommant sous ses yeux, quelque chose du mystère qu'elle avait entr'aperçu dans le jardin. Les fleurs d'hibiscus grasses et lourdes, avalant l'insecte et l'emprisonnant dans leur pistil mielleux.

Le mouvement s'accentuait. Alors la femme, furieusement torse et tendue, secouant rageusement sa crinière d'un côté puis d'un autre, se mit à crier : «Allez ! crénom, petit ! vas-y ! bousille-moi ! Si tu rates la vieille Emma, elle, je te le jure, elle ne te ratera pas ! » Elle gueulait pour se donner du courage ; car au fond, de l'amour elle n'avait jamais aimé que le désir. Ce coup de fouet qui, comme elle disait, était un peu de «paradis» qui vous passe sous le nez. Dans un ultime effort, elle se cabra et, projetant sa tête par-dessus l'épaule de l'Arabe, elle aperçut le regard horrifié de sa petite-fille. Ce fut alors un cri atroce, un cri de bête ferrée à mort qui s'échappa de toute cette vomissure de linge, de coussins écroulés. Felfel paniqua. «Merde ! C'est pas mon kif. La vieille est en train de me claquer entre les pattes ! » Et il se dégagea lestement. Après avoir ramassé sa djellaba, il s'enfuit en sautant par la fenêtre.

Rachel courait à travers le jardin comme aveuglée. Les branches des arbustes lui déchiraient le visage. Elle courut avec une envie de mourir, d'être abattue sur place, jusqu'à la rue de l'Angelo.

Sur la plage, la Zia avait aussi entendu le cri. Il était temps pour elle de lâcher ses chiens.

Le soir même, Loulou se présenta rue de l'Angelo. Mme Léa était encore à la boucherie. Il n'y avait dans la maison qu'une servante et dans sa chambre Rachel prostrée sur son lit. Loulou dut la secouer longtemps pour la tirer de son état d'hébétude. « Viens, viens ! criait-il en la secouant. Viens ! il faut venir... Ta grand-mère... Oh ! mon Dieu ! quelle tristesse... — Non ! non ! hurlait Rachel quand il essaya de l'emmener de force. Je ne veux pas la voir... c'est ma faute... je ne veux pas aller là-bas... je suis coupable... c'est moi qui suis mauvaise... Oh pourquoi ? oui ! pourquoi ? — Viens, ma chérie, viens... Il faut que tu viennes... elle te demande... Je sais qu'elle te demande... » Et il la tira malgré elle. Il fallut que Mounir, qui l'avait conduit jusque-là en taxi, se mette aussi de la partie pour la faire entrer de force dans la voiture.

Lorsqu'ils arrivèrent à la villa Jasmina, la nuit était presque tombée. Le docteur Lombroso, appelé d'urgence de Tunis, marchait de long en large dans le salon de musique.

« Si elle veut vivre, elle vivra. C'est une question de volonté... et de temps... — Et la parole ? demanda Loulou. — Oh, la parole, c'est aussi une question de temps. Le côté gauche a été touché. Les membres reviendront d'abord. Je pense assez vite. Il faudra un peu plus de temps pour qu'elle reparle. Je la connais, c'est une forte femme. Elle s'en sortira. Encore faudra-t-il, je le répète, qu'elle le veuille... » Loulou pleurait. Il pleurait comme un enfant, à gros sanglots. Il s'était mis sur son trente et un. Car, ce soir-là, ils avaient décidé avec Emma d'emmener Rachel à l'Amphitrite, une nouvelle guinguette du bord de mer. Son maquillage avait coulé sur son costume d'alpaga blanc. « Viens, dit-il en prenant Rachel par la main. Il faut que tu la voies. Je suis certain qu'elle veut te voir. N'est-ce pas, docteur, Rachel peut voir sa grand-mère ? — Oui, mais qu'elle ne la fatigue pas. Juste quelques minutes... Je ne vous cacherai pas qu'il y a encore quelques jours critiques à passer. »

La chambre était dans la pénombre. Une infirmière se tenait près du lit qui avait été refait. Emma reposait, les cheveux épars sur l'oreiller. Elle semblait dormir. Les pas de Loulou et de Rachel dans la chambre lui firent ouvrir un œil. L'autre demeura fermé. Et cet œil monstrueux, cyclopéen, était comme une émeraude. Et le regard qu'elle jeta avait encore la violence du fauve. Elle vit Rachel. Une grosse larme lui vint et elle détourna de honte son visage.

Loulou, qui l'avait découverte paralysée sur son lit, eut à cet instant la confirmation de ce qu'il soupçonnait. Cependant, jamais ni pendant la maladie d'Emma ni après, il n'évoqua la cause de ce qui avait provoqué cette attaque d'apoplexie.

Durant les jours qui suivirent, Rachel vint voir sa grand-mère. Elle arrivait le matin de bonne heure et repartait à la nuit tombante. Elle se tenait sur la terrasse et n'entrait jamais dans la maison. Un matin, elle arriva en retard. Le soleil était déjà haut. Elle grimpa l'escalier et ce n'est qu'arrivée sur le palier qu'elle aperçut Emma étendue dans une chaise longue en rotin. Elle portait son peignoir japonais et un chapeau de paille. Ses cheveux étaient défaits. C'était une vieille femme. Rachel voulut s'enfuir. Mais elle entrevit, sur ce visage qu'elle reconnaissait à peine, quelque chose de serein, d'apaisé. Alertée par le bruit, Emma tourna la tête. Elle gardait toujours un œil clos. Elle lui sourit maladroitement. C'était un sourire d'une tristesse lointaine et comme héréditaire. Un sourire auquel Rachel répondit avec cette tristesse qu'elle venait de recevoir à l'instant même en partage.

Emma demeura ainsi quelques jours sur la terrasse, d'où elle découvrait la plage ; et sur la plage, toujours perchée comme un oiseau sur la barque, la Zia. Elle semblait, ainsi dans sa chaise longue, drapée dans son éternel peignoir japonais, une de ces consciences qui veillent et inlassablement repassent dans leur mémoire asséchée une vie de fauve. Les balafrures de l'été qui à présent chantait dans le jardin avec ses myriades d'odeurs ne surent raviver cet esprit qui s'enfonçait lentement. Elle avait sur ses genoux une ardoise. Un jour que Rachel se tenait près d'elle, elle y traça d'une main tremblante et maladroite : « Fais du music-hall ! » Puis elle porta un doigt à sa bouche. C'était un secret entre elle et sa petite-fille. Un autre jour, elle y inscrivit : « Ils avaient raison. J'ai été Lilith. — Non, grand-mère, tu n'es pas Lilith ! cria Rachel en effaçant ce qu'elle venait d'écrire. Non, tu n'es pas Lilith. Tu n'es pas Lilith ! tu m'entends ? N'écris jamais plus cela. C'est moi qui suis Lilith. Lilith, tu m'entends : c'est moi ! » Emma la regarda curieusement de son œil de chouette. Dès lors, elle ne demanda plus son ardoise.

Quelques jours passèrent encore et un matin, alors qu'elle franchissait le seuil de la porte du jardin, Rachel entendit des sanglots. Elle se précipita. Loulou se tenait sous la terrasse et à ses pieds gisait Emma, la tête renversée dans une bordure de lantanas : le col rompu par la chute. Le choc avait dû être terrible. L'œil touché par l'hémiplégie était grand ouvert. Son regard de basilic, par-delà la mort, jetait des flammes. Le docteur Lombroso qui, pourtant, avait diagnostiqué une incapacité de se lever chez la patiente se rallia sans difficulté à la version de l'accident. Emma, dans un demi-sommeil, poussée par on ne sait quel mauvais rêve, ou plus prosaïquement par un besoin pressant, s'était par mégarde approchée de la balustrade d'où elle avait basculé dans le jardin.

Le soir même, à cause de la chaleur, le corps fut conduit en fourgon au dépositoire de la rue de Navarin à Tunis, où s'effectuaient à la fois la toilette du mort et les dernières prières. Personne ne s'étonna de voir la Zia grimper dans la voiture mortuaire. Elle avait pris les choses fermement en main. Emma appartenait désormais à son empire.

# 10

LONGTEMPS on se raconta l'enterrement de la Boccara. Et sans doute aujourd'hui, à l'hospice de la rue Khaznadar, en parle-t-on encore. Il faut bien avouer que Rachel y mit mieux que du sien.

La nouvelle de la mort de Mme Boccara se répandit en un instant de La Goulette jusqu'à Carthage. Les parents, les amis, les relations lointaines, ceux mêmes de Tunis avec lesquels Emma avait rompu depuis longtémps en acceptant un nouveau mode de vie vinrent nombreux, souvent même en délégation rue de l'Angelo présenter à Mme Léa leurs condoléances. Toute la tribu grana défila : car avec Emma, si scandaleuse qu'avait été sa vie, disparaissait la dernière des Montefiore et toute une époque. Pour le peuple du souvenir, une époque qui fiche le camp mérite bien qu'on la salue. Mme Léa joua le jeu. Elle pleura ce qu'il fallait. Et on fut même étonné de voir cette grande bourgeoise déclassée, qui donnait à présent dans le bifteck, évoquer sa « chère mère qui eût été si heureuse de vous revoir... qui me parlait de vous avec tant de tendresse... » ou encore « voyons, Salomon Moati... Moati... vous n'avez pas besoin de m'expliquer... ma grand-mère paternelle était cousine de la vôtre... », pour finir par donner sa main négligemment à baiser. Mme Léa, dont, sous cape, chacun s'apprêtait à rire, faisait crânement face. Cette grosse bouchère avait de la défense et même de la ressource. En tout cas, elle possédait une certaine branche.

Le lendemain, la famille se rendit rue de Navarin au dépositoire. Les taxis de Mounir n'y suffirent point, car chaque heure amenait de nouveaux cousins qu'il ne fallait surtout pas blesser en les faisant figurer parmi les familiers alors qu'ils appartenaient d'évidence à la famille.

La tenue de Rachel ainsi que son maquillage assez outrancier firent sourciller. Seul Loulou comprit l'hommage détourné que la jeune fille rendait à sa grand-mère. Elle arborait une capeline noire sur laquelle elle avait planté des grappes de cerises qu'elle avait pris soin de teindre pour ne pas déroger au deuil. Elle était perchée sur des escarpins dont les talons fins et effilés lui donnaient une démarche étrangement chaloupée qui renforçait l'apparence moulante de sa robe. Une main de Fatma en argent brillait entre ses deux seins qui, à chaque mouvement, risquaient de bondir hors du bustier. Elle portait évidemment des bas à couture en soie couleur gazelle et flottait sur un nuage de Flirt de chez Pinaud. « Bravo ! ne put s'empêcher de s'écrier joyeusement Loulou, malgré les circonstances. Tu enlèves le modèle, ma petite ! » Loulou, lui, portait, pour la première fois de sa vie et sans doute la dernière, au sommet de la tête, la kippa.

Lorsque le cortège, après avoir remonté l'avenue de Londres, arriva par le Passage au dépositoire, les Rosh Hobra, cette confrérie de femmes ou d'hommes, selon le sexe du défunt, qui se charge de la dernière toilette, venaient, sous la direction de la Zia, d'achever leur travail. La porte qui communiquait de la salle des prières avec la morgue était ouverte. Rachel put entr'apercevoir sa grand-mère allongée sur la grande table de marbre. Elle la vit blanche, froide, seule et, peut-être même, déjà, oubliée. Conforme en tout cas à ce qu'ils attendaient d'elle, à ce qu'ils auraient voulu qu'elle fût toujours. Ils prenaient leur revanche. Cela ne dura qu'un instant car ensuite la bière fut amenée sans le couvercle au milieu de la salle, et posée sur des tréteaux. Un drap noir la recouvrait, laissant seulement apparaître, sur un oreiller rose mignard et ridicule avec des dentelles fanfreluches, la tête d'Emma. On lui avait tiré les cheveux et on l'avait coiffée comme une institutrice avec un chignon. On l'avait défigurée, travestie. Ils en avaient fait une petite vieille très convenable. La prière des morts montait autour de Rachel, entêtante comme un bourdonnement d'abeilles. Une longue lamentation. Piquée sur son siège, la Zia était agitée de petits soubresauts. Elle accouchait de la mort. Le bourdonnement, la Zia épanouie, la grand-mère blanche et sage dans sa boîte : Rachel n'y tint plus. Elle quitta sa chaise et, se précipitant sur le cercueil, elle arracha le drap noir : « Pas de noir pour grand-mère, pas de noir pour la Boccara, non, pas de noir pour cette gourgandine... pour Lilith ! hein ! n'est-ce pas ? c'est bien comme cela que vous l'appeliez entre vous ? » Puis elle grimpa sur une chaise et, relevant sa jupe jusqu'à mi-cuisse, elle découvrit une paire de jambes sur la filiation de laquelle il n'y avait pas à se tromper ; c'était bien la petite-fille de la Boccara. D'une voix gouailleuse, elle se mit à chanter :

*Je f'rai ça en douce*
*Et sans envoyer de faire-part*
*Pourquoi fair' d'la mousse*
*Et d' tas d'chichis quand on part ?*
*J'n'ai pas besoin des bagnoles*
*De monsieur Borniol... en douce... en douce...*

« Mais arrêtez-la ! arrêtez-la donc ! hurlait la Zia. Vous ne voyez pas que cette fille est le diable, qu'elle va continuer ce qu'Emma a commencé ! Elles ne sont qu'un seul et même esprit. Voyez ses yeux, ce sont les mêmes yeux que ceux de la morte... C'est Lilith, oui, c'est elle à présent ! » Elle fulminait. D'un bond, elle vola sur le cercueil afin d'empêcher que quelqu'un s'en empare. Elle moulinait l'air de sa canne, défendant son bien contre le souffle mauvais, contre Lilith. Mme Léa était évanouie sur sa chaise. Et Rébecca pleurnichait en prenant l'accent yiddish, façon de faire du genre : « Kleine Mamélé ! kleine Mamélé ! »

Loulou, dont Rachel avait exigé la présence au banc de la famille, oubliant le lieu où il se trouvait, battait des mains comme un enfant au spectacle. « Brava ! s'écria-t-il, brava ! Voilà un joli baisser de rideau pour Emma. » Toujours perchée sur sa chaise, Rachel lui tira une révérence. « J'ai toujours su, monsieur le marquis, que tu étais un homme de goût. » Et, sautant à terre, après avoir ramassé ses vernis à talons aiguilles qu'elle avait ôtés pour son numéro, elle prit Loulou par la main : « Allez, assez de momeries pour aujourd'hui ! on rentre chez grand-mère ! » Et sur ces mots, elle quitta l'assemblée.

Pour ce qui suivit, personne à l'hospice de la rue Khaznadar ne s'en souvient. Et pour que ces petits vieux bavards, dont aujourd'hui la seule fonction est de se souvenir, ne puissent dire ce qui se passa ensuite, c'est que vraiment le reste de la cérémonie n'eut plus grand intérêt après la sortie de Mlle Rachel. On enterra Emma Boccara au Borgel, mais pas dans le même caveau que son cher Abramo. Elle l'avait exigé dans ses dernières volontés. Plusieurs fois même, elle s'en était expliquée en public, sur un mode plaisant, lors d'une de ces fins de soirée au Chalet Goulettois quand grâce au vin la conversation prenait un tour vaguement nostalgique : « Voyez-vous, disait-elle, et Dieu sait si je l'ai aimé de toute mon âme. Mais vraiment, je ne lui ferai pas ce coup-là, à mon cher Abramo. Passer l'éternité ensemble ! Lui toujours jeune. Moi une vieille peau. Il me planterait là aussi sec. Et moi qui me la suis chopée, la vie, en pleine poire, il n'y a aucune raison qu'il me tienne la dragée haute. Aucune raison. Vous entendez, aucune ! Car je me la suis coltinée, la vie. Et pour deux, encore. J'aurais pu me faire comme lui la malle. De toute façon, à sa mort, j'étais foutue. Mais pour lui, j'ai morflé. C'est pour lui, seulement pour lui, que je ne me suis pas esbignée. Pas pour moi. Pour lui. Moi, y a lurette que j'étais dans les choux. » Alors, prenant son verre et le promenant à la ronde, elle lançait aux tables voisines : « A la vie foutue, mes amis ! L'Chaïm ! »

Pendant qu'on enterrait sa grand-mère au Borgel, Rachel avait regagné la villa Jasmina avec Loulou. Elle en parcourut les pièces. Elle prit dans un placard une valise qu'elle jeta sur le lit. Elle y entassa pêle-mêle tous les bas de soie couleur gazelle qu'elle put trouver dans la commode ainsi que les flacons de Flirt qu'elle rafla sur la coiffeuse. Puis elle sortit sur la terrasse. « Je ne reviendrai plus, Loulou, dans cette maison. Plus jamais. » C'est probablement à ce moment que Loulou lui montra l'ardoise qu'il avait trouvée au pied de la chaise longue quelques instants après l'accident et qu'il avait cachée avec soin. Y était inscrit, toujours de cette écriture hésitante : « Lilith, rachète-moi. »

En lisant et relisant ces mots, Rachel sentit que quelque chose, sournoisement, se glissait en elle. Quelque chose de fort. Une autre vie. Une autre volonté que la sienne à laquelle elle allait adhérer totalement.

Le soir même, elle chercha Felfel partout dans les rues de La Goulette, et jusqu'au port de la Petite Sicile. Durant les dix jours qu'avait duré la maladie d'Emma, elle ne s'en était aucunement souciée. Et pourtant, c'était bien par lui qu'elle devait commencer son opération du «grand rachat». Elle erra une bonne partie de la soirée. Et comme personne de la bande ne pouvait lui dire où il se trouvait, il lui vint une idée. Elle courut jusqu'au fort. Grimpa sur le talus et se glissa sous les ronces. Il ne lui fallut pas aller bien loin pour y découvrir Felfel. Il était là. Exactement au même endroit où elle l'avait pincé le premier soir. Il se tenait assis par terre, les jambes collées au menton, enveloppé dans sa djellaba. Elle s'agenouilla à ses côtés. Et lui passant un bras autour des épaules, elle lui dit : «Ne t'en fais pas, Slim Masmoudi, la vie c'est pas toujours le kif, mais tu verras qu'on finira par s'en sortir.»

Elle l'avait appelé de son nom; et, au-delà du rachat, l'avait placé pour toujours à son côté, entre les vivants et les morts.

# 11

QUELQUES semaines passèrent puis on ouvrit le testament. Emma était riche. Laissant à sa fille Mme Léa ce qui lui revenait de droit, elle privilégia Rachel. Elle avait placé à son nom une grosse somme sur un compte ouvert au siège central du Crédit Lyonnais à Paris, ainsi qu'un beau portefeuille d'actions. Elle lui laissait aussi tous ses bijoux ainsi que la villa Jasmina dont l'usufruit revenait à Loulou. Ce dernier reçut de son côté une rente à vie qui le mettait à l'abri pour le reste de ses jours. A Ali, elle donnait la ferme qu'elle possédait au cap Bon. Rébecca eut l'appartement de la rue de Marseille et un joli collier de perles qu'elle ne porta jamais.

Rachel remit aussitôt à Loulou la clef de la villa — « Elle est à toi. Moi, cette baraque je n'en veux pas. » Pour rien au monde elle n'eût quitté la rue de l'Angelo ni cette mère dont elle sentait obscurément que de l'accomplissement du destin allait dépendre le sien. Loulou accepta le don. Mais préféra demeurer dans son gourbi. Cependant, chaque jour, en fin d'après-midi, hiver comme été, il venait prendre son thé à la menthe sur la terrasse. Ensuite seulement, il pénétrait dans la maison. Il s'asseyait au piano. Jouait quelques airs démodés, ragtimes, valses à hésitation; puis repartait, comme il était venu, par le bord de mer.

Il y eut encore quelques belles soirées au Chalet Goulettois. Rachel y mena plusieurs fois Loulou. Certains soirs, Felfel se joignait à eux. Ali souvent était de la partie. Il était devenu une star du football et son apparition au bras de Rachel déclenchait toujours des applaudissements. Ainsi se passa encore une année. Loulou vieillissait un peu. Ali avait remisé une fois pour toutes la calèche ; et Debby, la jument, s'était retrouvée à la ferme du cap Bon. Ali, vers la fin de la même année, se maria. En souvenir d'Emma, la noce eut lieu au Chalet. Rachel et Loulou y assistèrent. Rachel y dansa son dernier tango avec Loulou. Et puis vinrent les tempêtes d'équinoxe qui, cette année-là, se montrèrent violentes. La jetée et son kiosque mauresque n'y résistèrent pas.

Vers la fin de l'automne, Rébecca amena un soir, pour dîner, rue de l'Angelo, un petit rabbin polonais qu'elle avait connu à la yeshiva de Tunis. Mme Léa avait mis les petits plats dans les grands, sentant qu'il y avait là un parti pour sa fille. Elles lui servirent leur bigoterie accommodée avec des tripes d'agneau. Le petit polak — Moshé Zeinvel était son nom — avait entrepris le voyage de Lublin à Tunis via la synagogue parisienne de la rue Pavée afin de recueillir des renseignements pour une thèse sur Abraham ben Samuel Aboulafia, l'un des fondateurs de la Kabbale espagnole, lequel durant ses années d'errance avait quelque temps séjourné à Tunis. L'illuminé était ensuite passé en Italie pour tenter d'y convertir le pape Martin IV au judaïsme. Moshé vit en sa rencontre avec l'imposante Mlle Rébecca Aboulafia comme un signe du Ciel. Dès le lendemain soir, il était de retour, papillotes au vent, pour demander la main, non de Mlle Rébecca, mais de Rachel dont entre-temps il avait fait la connaissance. Mme Léa poussa des hauts cris. S'il devait épouser une Aboulafia ce serait Rébecca et personne d'autre. Il fut contraint, non sans un certain dépit, d'accepter. Le mariage serait célébré l'automne suivant mais alors, comme il le désirait, à Nice où Moshé avait un oncle rabbin. D'ici là toute la famille irait passer l'été dans cette station balnéaire.

Les bruits d'une guerre imminente avec l'Allemagne, les brimades que les juifs enduraient du régime hitlérien, enfin toutes les nouvelles alarmantes qui avaient fini par atteindre La Goulette ne semblaient pas ébranler les projets de Moshé. Il avait une foi totale en l'avenir. D'après des calculs savants où entraient en compte des dates de naissance, des lettres, ainsi que les sept degrés de contemplation du mystique médiéval Bonaventure, contemporain du grand

Aboulafia, ne devait-il pas être celui à qui revenait la tâche historique de convertir le Führer au judaïsme?

Il connaissait tout sur Hitler qu'il nommait d'ailleurs par son prénom. Un jour que Rachel traversait la cour en sifflotant « Rosen auf'm Tyrol », « Ach ! matemoizelle Rachelé, c'est un bien choli air que fous zivlotez... L'air vavori d'Adolf. A Berchtesgaden, Eva le choue au piano quand paufre Adolf a la micraine. Ach ! que vous êtes cholie, matemoizelle Rachelé... » et il essaya de l'embrasser. « Allez, bas les pattes, petit cochon de youpin ashkénaze ! » lui balança Rachel avant de s'enfuir en riant. C'était un garçon de vingt-cinq ans, maigrelet et jaune de poil, avec, dans une figure soufflée et huileuse, un œil rond de lapin. Sa lèvre inférieure était rabattue. Cette physionomie assez repoussante somme toute, au premier abord, finissait lorsqu'elle s'animait par forcer la sympathie. Par ses chatteries qu'elle assaisonnait de bonnes douches froides, Rachel pensa le rendre fou.

Quelques jours avant le départ, Loulou se présenta rue de l'Angelo. Il tenta de dissuader Mme Léa d'entreprendre ce voyage. « Vraiment, chère Léa, réfléchissez encore. On court infailliblement à la guerre. Les accords de Munich sont déjà violés. Regardez comme ce M. Hitler, qui est peut-être végétarien mais qui, en revanche, possède un sérieux appétit pour les territoires, a avalé la Tchécoslovaquie. De partout il ne m'arrive que de mauvaises nouvelles. Vraiment des plus alarmantes. Le prince de Salza-Kürtling, qui a épousé une de mes cousines Frescobaldi, m'a écrit que son neveu, le jeune Bolko von Salza, promis aux plus hautes fonctions dans l'armée allemande, s'était engagé, victime de la propagande, dans une section spéciale, et qu'il est devenu une sorte de garde-chiourme dans un camp près de Munich. Et qui campe dans ce camp entouré de barbelés? Des bolcheviks, l'œil de Moscou et tout le tintamarre, certes ! Mais aussi les petits youpins. Des petits youpins, des petites youpines, comme vous, comme moi. Des "juden ganz jüdische" que Herr Hitler s'est pris une fois pour toutes dans le tarin. Et savez-vous, chère Léa, pourquoi il nous a dans le nez, l'Adolf? Eh bien, je peux le dire car ce n'est un secret pour personne, parce qu'il nous a eus dans le cul ! » Rachel, qui assistait à l'entretien, comprit que Loulou n'était pas dans son état normal. Il avait bu et il était au désespoir. A présent, il s'accrochait à la bouchère comme si, sur le point de s'embarquer, il eût voulu la retenir. « Oui, dans le cul, Léa ! Parce que comment croyez-vous que ce peintre du dimanche survivait à Vienne quand il n'avait pas trois fifrelins en poche ? Comme tout le monde, il faisait le trottoir. Et pas de bol pour nous, c'est une vieille chochotte de la synagogue qui la lui a mise. Et depuis ce jour il a la rondelle en feu ! Voyez-vous, Léa, nous sommes ses morpions ! Et les morpions, cela se brûle ! A petites causes, grands effets ! On va tous cramer, Léa. Et pourquoi ? pour la rondelle malmenée de Herr Hitler ! Enfants d'Israël, faites-vous mettre mais n'enculez jamais ! » Et il continuait de s'agripper à la bouchère.

« Lâchez-moi, monsieur. Vous êtes ivre. Vous sentez l'alcool que c'en est dégoûtant. Vous étiez l'ami de ma mère, voilà pourquoi je ne vous fais pas foutre à la porte. Mais je connais le jeu auquel vous vous livriez avec elle. Avec moi, ça ne prend pas. Je ne m'en laisserai pas conter. Vous avez beau dire, beau faire, nous partons. » Et en effet, Loulou eut beau dire, rien de ce qu'il ajouta ne put ébranler Mme Léa en sa foi dans les calculs du petit rabbin. « Je vais vous confier à mon tour un secret, monsieur Pontormo. Sachez-le, s'il persécute les juifs, c'est pour donner le change. Hitler aime les juifs. Il est juif au fond de lui, il l'est dans l'âme. Et n'attend que le moment propice pour se convertir... C'est écrit... écrit noir sur blanc... les signes ne peuvent tromper. »

Loulou vit qu'il ne pourrait rien contre cette extravagante toute bouffie d'une folie messianique qui confondait arithmétique et Talmud. Desserrant son étreinte, il se laissa choir sur une chaise. Lorsque sa mère eut quitté la pièce, Rachel s'approcha de lui. « Est-ce si terrible ? » lui demanda-t-elle le voyant complètement déballonné. « Peut-être que oui, peut-être que non. Il faudrait se battre ; mais nous battrons-nous ? » C'est alors qu'il tendit à Rachel un petit coffret en galuchat. « Tu trouveras dans cette boîte la correspondance qu'Emma a tenue durant la dernière guerre avec un soldat. Elle voulait que je brûle ces lettres mais je n'ai pas pu. Elles t'appartiennent. Si tu as besoin de quelque chose quand tu seras à Paris, va le voir. Il habite au 76 de la rue Rochechouart. Il te donnera un coup de main pour percer dans le music-hall. Chouin, souviens-toi bien. Raymond

Chouin, 76, rue Rochechouart. Une petite maison au fond de la cour. C'est un claque et c'est lui qui en est le gérant. Le music-hall ! C'est vraiment ce qu'Emma souhaitait pour toi... le music-hall... le music-hall ! Ah ! comme elle savait faire claquer ce mot. On voyait les plumes, les paillettes ; l'on sentait déjà l'odeur entêtante des fards et de la poudre. » Il avait retrouvé son calme et son apparente ivresse s'était dissipée. Il tira de sa poche une grosse boîte ronde en carton, laquée de noir. « C'est de la poudre de chez Lanvin. Un léger pan-cake et un nuage de cette poudre par-dessus, cela te fait un teint de rêve, ma chère. Vraiment. Crois-en mon expérience. Maintenant, il faut que je me sauve. Allez, petite, bon vent. » Là-dessus, il sauta dans le taxi de Mounir et disparut. Hormis l'instant des mouchoirs, Rachel ne devait plus jamais le revoir.

Le gros paquebot commença à glisser le long du quai, rejetant les eaux. Une mer réduite à un bassin, sombre et lourde comme un fuseau de fer d'un côté ; de l'autre semblable à une feuille de mica gris-vert. Et, par-dessus, jouant, la poussière et le sel du vent, et les ombres du soleil. Au-delà, plus haut que la ville dissoute dans une âcre fumée bleuâtre, parmi les collines rouges se mirant dans l'eau nonchalante du lac, l'été, déjà en furie, hurlait la sécheresse, le calcinement des âmes. Rachel n'avait jamais pu s'imaginer le Dieu des juifs mais comme l'été dans le djebel, elle en avait perçu le souffle terrible qui rend l'homme aride jusqu'à l'expiation de la faute. Cette expiation qu'elle présentait comme une longue absence. Mais alors, que resterait-il de ces années goulettoises dont elle se départait non sans tristesse ? A peine plus tangibles qu'une bulle de savon, elles demeureraient, un instant encore, le temps du départ, le temps de cravacher la vie et de se refaire une peau, ce petit nuage irisé à l'intérieur duquel le charme des lieux et des êtres se condense avant de se dissoudre comme par jeu. Ultime charité de la mémoire avant l'oubli.

Sur le pont des premières, les mouchoirs répondaient aux mouchoirs qui s'agitaient sur le quai. Déjà les hangars, les tonneaux et les caisses, les balles et les sacs fuyaient ainsi que l'odeur des épices mêlée à celle d'oignons frits et de harengs fumés, quand Rachel crut apercevoir près des docks, contre une porte badigeonnée de rouge — du même rouge que celui d'un couchant estival qui engloutit les formes et les vies —, la silhouette familière de Loulou. Vieux rapace anémique déjà empaillé avec ses cheveux acajou et son cou maigre émergeant d'une encolure de chemise trop large. Dans son ombre se tenait la Zia. De ses yeux ardents, enfoncés dans des cernes violets, cette collectionneuse d'âmes regardait s'échapper des destinées dont déjà, en secret, elle avait commencé à préparer la mort.

TROISIÈME PARTIE

# *Une Joyeuse Collaboration*

# 1

Ce fut à l'aube du jeudi 13 juin, vingt-quatre heures exactement avant l'entrée des Allemands dans Paris, qu'en belle garce charnue, la chevelure flamme, moulée dans une robe printanière en artificiel, Rachel Aboulafia, une valise à la main, se faufila par les grilles entrouvertes de la gare d'Austerlitz, que des cheminots, demeurés à leur poste malgré le sauve-qui-peut général, tentaient de fermer à une foule hurlante et paniquée, massée sur le boulevard de l'Hôpital. Il se trouvait là un bel échantillon d'humanité. Du gandin, du smarteux mais aussi du petit souteneur, de l'escarpe à trois sous, mêlés aux filles qui venaient de goupiner leur dernier client avant que la sous-maîtresse ne se résolût à mettre la clef sous la porte; il y avait aussi de l'embusqué, du péteux galonné, définitivement largué par son régiment, qui, pour se donner une contenance, cravache sous le bras, et jarret arrogant malgré les molletières, jouait du monocle comme aux beaux jours de la ligne Maginot.

Cependant de tous ces trouille-au-cul, le plus pétard et celui qui couinait le plus fort était bien le bourgeois bardé de lingots et poussant en avant pour lui faire rempart, tel un bouclier, sa digne moitié, laquelle, l'air outragé de la mère française meurtrie dans sa chair patriotique, brandissait un riflard vengeur en direction du préposé aux Chemins de Fer. «J'ai honte, monsieur, oui! J'ai honte d'être française! Ça doit être encore un Blum, celui-là qui nous ferme la porte au nez. A nous, la bonne soupe et les wagons-lits. Ça, le youpin, il est toujours là pour se servir le premier et quand ça commence à chauffer pour son matricule, le premier aussi à se faire la malle avec nos billets et notre or. Pour s'en mettre plein les poches, on peut pas dire, ils sont à l'aise...

— Bravo, madame !» s'exclama un monsieur, dont la mise élégante tranchait sur cette foule en colère, en direction de la grosse femme au visage cramoisi au bord de la syncope, tant elle s'était donné d'émotion à l'idée des deniers publics raflés par la bande à Blum, et qui, dans le même temps où son mari la pressait de se taire, pour ne pas attirer l'attention sur eux, se faisait arranger son sac par une crème aux doigts experts. Le monsieur bien, dont la mise — du chapeau Kronstadt jusqu'au monocle, lequel malgré la bousculade était resté fixé à son œil — dénotait qu'il était un lecteur assidu de *Gringoire* et de *Je suis partout,* envoya d'une voix claironnante, à la dame que le flux entraînait déjà, comme un ultime satisfecit qui vint se poser sur son opulente et très bourgeoise poitrine, ainsi qu'une croix de la Légion d'honneur : «Ah ! Voilà une vraie Française ! Cela vous réchauffe tout de même le cœur !» Et, alors que celle-ci happée par la foule avait disparu et qu'il se trouvait privé d'interlocuteur, il continua à la cantonade, le monocle haut, quêtant un regard ici et là, comme le tribun de son perchoir des acquiescements, qui, pour être implicites, susciteraient toutefois quelques hochements de tête, voire des applaudissements : «Puisque le Français est devenu un indigène parmi tous ces Blumenstein et Rosentruc, eh bien, que l'indigène se révolte ! Non, monsieur Marx Dormoy ! le juif ne vaut pas un Breton ! Ah ! Si vous les aviez vus rappliquer ! “Fiers Gaulois à tête ronde...” soupirait la musique de la Garde nationale, tandis que s'avançaient, avec leurs bobines inénarrables, MM. Blum, Cahen-Salvador, Moch, et pour le bouquet, la mère Brunschvicg... Un cabinet ministériel ? Un lieu d'aisances, oui !» Au début, le titi, la raclure du trottoir et le petit filou, qui composaient le gros de la foule, l'écoutaient, l'air plutôt goguenard. Puis, peu à peu, ce flot de haine et de bêtise les submergea, et ils se mirent à crier, à leur tour : «Chef de gare sécateur ! Mort aux youpins ! On en a marre des baptisés au coupe-cigare !» Déjà, dans l'air, flottait une odeur de charnier. Des mots de flammes et des paroles de cendres formaient comme un buisson ardent que, flamme elle-même, Rachel Aboulafia traversa, tel le prophète Daniel le feu de la fournaise. La foule étonnée par cette apparition et soudainement muette s'ouvrit devant elle, ainsi que les eaux de la mer Rouge. Le chef de gare en profita pour cadenasser la grille et y suspendre une pancarte où l'on pouvait lire : « Trafic interrompu, jusqu'à plus ample information. »

Le boulevard était vide. Pas une voiture, pas un autobus, pas le moindre triporteur du livreur matinal. Des flaques de pluie reflétaient la triste clarté d'une aube incertaine. Une lueur sale filtrait à travers de gros nuages, roulant sur eux-mêmes, qui rendaient encore plus inquiétants et cinéraires les éclairs furtifs que, par instants, renvoyait l'asphalte de la chaussée. La ville était cernée par les incendies. C'étaient les réservoirs de pétrole du Pecq, de Port-Marly, de Vitry, de Colombes qui brûlaient. Il neigeait de la suie. Rachel s'avança sur le boulevard, accompagnée de la seule fragrance des tilleuls du square de la Salpêtrière pour lui faire souvenir qu'on était encore au printemps. La ville résonnait creux, comme vidée ; quelque chose de terrible, de dénué de sens, s'y était introduit. On y pressentait cette torpeur qui précède l'orage.

Rachel allait lentement, pour savourer ce moment tant attendu, tant espéré, où, quittant sa peau de fille de La Goulette, elle allait devenir ce qu'Emma avait toujours espéré pour elle, une vraie Parisienne. Elle avançait, résolue, sans hâte ni fatigue. Elle allait ainsi déjà depuis des jours et des jours, de gare en gare, empruntant souvent des moyens de fortune, mais certaine de son fait. Et la longue et monotone succession de jours et de nuits, à travers lesquels elle s'était avancée avec obstination, lui donnait la sensation de lointain, d'abandonné. La force d'une vie, à la fois mystérieuse et terrible, qui vous harcèle et vous pousse de l'avant. Oui, une vie égarée quelque part, on ne sait plus quand ; déjà un passé qui, comme un couloir paisible par lequel on aurait cheminé, confiant, se serait allongé dans votre dos, tout peuplé de figures incertaines, bientôt anonymes. Il y avait aussi, dans son entêtement, une sorte de fatalité. Elle avait l'impression parfois que quelqu'un lui faisait signe, l'attendait ; qu'elle ne devait pas manquer au rendez-vous. Ses pensées s'étaient enchaînées, rapides, aisées, emplies de voix cordiales. Et voilà qu'elle était arrivée dans une ville vide, où il n'y avait rien qu'un boulevard monotone, jonché de débris, de charrettes abandonnées, d'êtres fugitifs, glissant sous une pluie chaude et noire, et elle, marchant au milieu de la chaussée, en une sorte d'hypnose inflexible, lourde de sa certitude.

Soudain, elle entendit derrière elle comme un roulement continu, une salve. Elle se retourna. Nul Allemand ne se portait à l'horizon. Le boulevard était désespérément vide, à l'exception d'un grand cheval fou qui le descendait au galop, faisant sonner ses fers comme une mitraille sur le pavé. C'était un cheval rouan, qui secouait à tout vent sa crinière noire et dont la robe semblait refléter et le ciel gris et les lueurs lointaines des incendies. Cendres et flammes, il passa rapide, la robe écumante et, au loin, se perdit pour n'être plus bientôt qu'un éclair sanglant sur le pont d'Austerlitz. Rachel longea quelque temps les quais. De l'autre côté de la chaussée, derrière les grilles du Jardin des Plantes, les animaux que leurs gardiens avaient abandonnés hurlaient à la mort. Dans ce concert de cris, le plus sinistre était bien le hurlement de l'hyène : Rachel, qui portait des chaussures d'Emma, à hauts talons et trop grandes pour elle, sentit qu'avec la fatigue qui commençait à l'envahir elle allait se tordre le pied. Elle se laissa tomber sur un banc. « Commencer à Tabarin avec une cheville comme un jambonneau, cela la ficherait mal tout de même. » Elle enleva l'une de ses chaussures, et, tout en se massant les pieds, elle repensa au chambardement de sa vie, depuis qu'elle avait vu s'éloigner les côtes de l'Afrique.

Tunis, La Goulette n'étaient déjà plus qu'un souvenir lointain. Il y avait eu ce long été, à Nice, à lézarder sur la plage ; et dès la nuit venue, sur la Promenade des Anglais, tous ces cafés pleins de bruits, de rires, de lumières et de musiques. Et ces rires, et ces lumières, et ces musiques, et toute cette insouciance avaient finalement eu raison des inquiétudes qui, chaque matin, s'emparaient des estivants, le temps d'un coup d'œil négligent sur la presse, manipulée de toute évidence pour grossir et déformer à souhait le moindre événement. Mais elle n'avait que faire de la politique, et son esprit s'en vint tout naturellement à évoquer le jeune Italien. Un petit roublard, celui-là, un sacré loustic qu'elle eût préféré oublier, car, depuis qu'elle l'avait rencontré, elle, si libre, si légère, se sentait à son souvenir plus lourde, comme gravide. Oui, une chose s'était insinuée mystérieusement en elle, une chose presque sale, collante, dont elle eût aimé se débarrasser, et qui venait, alors qu'elle s'y attendait le moins, lui battre les flancs et la réveiller en sursaut, la nuit, lui donnant l'impression, dans le silence épais qui l'environnait, d'être un grand bateau gréé dans les voiles duquel s'engouffrait le vent. Et, à ces moments-là, tout son corps grinçait, craquait sous le coup du ressac. Dans ce déferlement lumineux, qui n'était pas encore la promesse d'une vie, mais la retombée d'une excitation, qui l'avait prise, à son insu, elle se sentait à la fois liée et ouverte, comme un fruit trop juteux, ouverte à tous les vents. Alors, une voix inconnue — mais était-ce une voix? — lui disait, au-delà de la panique qui s'était emparée d'elle un jour et qui ne l'avait pas quittée depuis, lorsque, dans la touffeur d'un après-midi d'été, ayant surpris Emma au milieu du désordre des draps, humide et lourde de chair en délire, cramponnée à un torse, elle s'était mise à courir, comme folle, le long de la plage, ne s'arrêtant que pour vomir, cette voix lui murmurait qu'il faudrait bien qu'un jour quelqu'un se charge de faire arriver ce qui est juste.

# 2

ILS avaient, un mois durant, nagé et dansé ensemble. A son contact, elle s'était sentie aussi liquide que la mer, aussi légère que l'écume. Et cependant chaque jour, elle s'alourdissait un peu plus, comme chargée d'une profusion de dons inavoués que, dans les replis de sa conscience, elle préparait à ce jeune ravisseur, aux dents blanches et carnassières. Pour la première fois, son corps devançait ses pensées, les guidait. Pour la première fois, sa chair proposait ; et elle s'offrait, telle la plante lourde qu'accable le poids du fruit qu'elle a formé, implorant la main bienveillante qui la cueillera. Pour la première fois, elle subissait la fatalité de l'espèce. Le lent mûrissement du désir, qui est comme une injonction à se survivre par la perfection de l'amour. Toute sa vie s'était réorganisée autour de l'empreinte qu'avait laissée en elle ce Dino Scannabelli, alors qu'un soir il l'avait plaquée brutalement contre un mur pour la forcer. Dans la nuit, elle avait vu briller sur son visage comme le feu d'une action décisive. Elle attendait avec impatience la douleur, cette rupture qui vous rend femme. Elle l'avait subi de tout son poids, tandis qu'imperceptiblement son ventre sécrétait le venin. Elle le souhaitait, elle le désirait ; et il allait s'appesantir plus profondément, quand il relâcha brusquement son étreinte. Qu'avait-il lu, alors, sur son visage, dans cette affreuse beauté qu'elle lui livrait au bord du plaisir ? Le masque animal d'Emma ? Cette fatalité inhérente à son sang ? Une ardeur qui ne pouvait qu'épuiser et détruire ? Déjà, peut-être, sa descendance et sa mort ? Quoi qu'il en soit, il s'était sauvé, comme un voleur. Il avait fui, comme si l'heure pour lui n'était pas encore venue, la laissant là, plaquée contre le mur, tout humide et molle. Laissant au bord de l'inconscience une femme amoureuse.

Le lendemain, elle l'avait attendu toute la journée sur la plage, mais ni lui, ni l'autre Italien que l'on disait croupier au casino n'étaient reparus. Pas plus les jours suivants. Et pourtant, elle ne s'était montrée ni inquiète, ni triste. Un ange était venu qui, dans leur dos, s'était joué d'eux, liant deux destins aussi peu propres à être liés. Et elle l'avait entendu murmurer : « Dorénavant, cette grande juive rousse ira de pair avec ce petit roublard ; et ils se chercheront dans la nuit, et ils se trouveront et s'appartiendront, et cela par-delà la mort et jusqu'à la fin des temps. »

Les semaines passèrent. Puis, l'autre était apparu qui, chaque jour, pour se rapprocher d'elle, poussait un peu plus sa serviette sur le sable et qui avait fini par lui adresser la parole. Un drôle de zouave, celui-là encore, pas clair du tout, et sans doute pêcheur en eau trouble, avec cet air ficelle qu'accentuait, dans une paupière légèrement bridée, un regard jaune et rigolard où, par instants, passait une lueur cruelle. Un petit costaud, tout boulé sur lui-même, aux muscles durs et méchants. Un vrai teigneux. D'entrée de jeu, il lui avait balancé : « Je m'appelle Changarnier. Maurice Changarnier. Mais tout le monde, dans la rousse, m'appelle le Chinois, ou encore le Chinetoque. Ma mère était un bol de riz et garnisseuse de bambou dans une fumerie à Saigon. Tu vois ce que je veux dire. Mon père était douanier, mais je ne l'ai pas connu. Miné par les fièvres et ratiboisé par l'opium, il s'est fait rapidement la valise, le vieux ! Tu peux juger de la famille. Une sacrée fricassée. Maintenant que te voilà affranchie, pour tézigue, t'as vraiment pas besoin de me faire un dessin. Avec la smala que tu te traînes : le petit rabbin et ces deux jambons kasher (ici, il montra du doigt Mme Léa et sa fille chérie, Mlle Rébecca, qui essayaient de se garer comme elles pouvaient à l'ombre d'un parasol anémique), ça, vraiment, on peut pas dire que t'aies loupé la synagogue ! Ma main au feu que t'es une deldinek ? — Non, une tune », avait-elle répondu froidement. Voyant qu'elle ne s'était pas démontée, il avait continué : « Si j'ai un conseil à te donner, tu ferais mieux, ces temps-ci, de mettre ta luisarde de David en veilleuse. Maintenant, si tu as un jour besoin d'un coup de main, n'hésite pas. Des gosses dans ton genre, faut les aider. Et puis, j'y peux rien, toi, tu me bottes. Si tu ne me trouves pas à la grande maison, à la renifle, si tu préfères... à la Mondaine, quoi ! quelqu'un t'indiquera toujours où je suis... Dans notre métier, on va, on vient... Tu sais, moi, si je te dis ça, c'est pour toi. Mais t'aurais plutôt intérêt, avec tout ce qui se prépare, à te fabriquer rapidos un faux blaze, parce que Rachel Aboulafia, ça fait pas vraiment débarqué de basse Bretagne. »

Elle avait écarquillé grand les yeux et, tandis qu'elle se demandait comment diable il pouvait connaître son nom, il avait aussitôt repris : « Ça t'en bouche un coin. Mais nous, dans la rousse, la fouine, c'est notre métier. Alors, on sait pas, si tu te décides, un de ces jours, à changer de nom... pour des nouveaux papelards, avec tout ce qu'il faut comme timbres, tampons... le grand jeu du fafiot et de la Marianne... le Chinois est à ton service... » Là-dessus, il avait tiré de son caleçon de bain une carte écornée et jaunie, pas bristol pour un sou, mais sans doute seul spécimen de son espèce, sur laquelle elle avait pu lire, gravé à bon marché, son nom ainsi que son titre d'inspecteur stagiaire à la brigade mondaine. L'adresse, dans le coin, était facile à retenir : Police judiciaire, 36, quai des Orfèvres, Paris Ier arr. Quand il fut certain qu'elle avait bien pris connaissance de son titre ronflant, il lui reprit la carte des mains pour la remettre dans son maillot. Par une subtile reptation, il allait regagner sa serviette, posée un peu plus loin, sur les galets, quand il se retourna vers elle. « J'allais oublier, tu sais, pour ton macaroni, c'est pas la peine de te faire du mouron ; je crois qu'il s'en est tiré. Il a sauté en marche de la voiture avant que celle-ci n'atteigne la frontière. A la barbe des hommes de la Cagoule qui les avaient enlevés, lui et son pote le croupier Scarfetti, pour les remettre aux tueurs de l'OVRA. On l'a vu, paraît-il, comme un lapin dans la garrigue. L'autre a eu moins de chance... » En effet, les journaux italiens, ce matin-là, mentionnaient dans la page des faits divers qu'un corps d'homme avait été retrouvé déchiqueté sur la voie du chemin de fer, dans le tunnel entre Imperia et Alassio. Pour la presse du Duce, ce corps était celui d'un cheminot surpris dans son travail par le rapide de Gênes. Pour le Chinois, il ne faisait aucun doute que c'était celui du signor Riccardo Scarfetti, croupier au casino de Nice, et membre actif du mouvement antifasciste «Giustizia e Libertà». «Tu savais que Scarfetti était le père de ton macaroni?... Pas la peine de faire l'étonnée. Avec moi, ça prend pas. Évidemment, tu l'avais deviné... Ah! si au moins tu acceptais de me rencarder, d'être une de mes mouches, on formerait ensemble une équipe épatante. Donneuse à la Mondaine, ça vous ouvre pas mal de portes et même celle du grand monde... Allez, ça presse pas... Tu peux réfléchir... De toute façon, je suis certain que l'on va se revoir bientôt.»

Cette scène s'était déroulée sur la plage publique, quelques jours avant le mariage de Rébecca, prévu initialement fin septembre et dont on avait avancé la date à cause de l'état de santé du vieux rabbin, Schlomo Gorlitz, l'oncle maternel de Moshé. Ce dernier était un vieux grigou qui avait tout de suite eu de la sympathie pour Rachel. «Fiens izi, bétite, qué j'y té régarde», lui faisait-il de son index crochu, dès qu'elle paraissait dans la soupente, sous les toits d'un vieil immeuble derrière le port, au 9, rue du Forestat, où il habitait. Et comme Rachel l'avait elle aussi pris en amitié, elle s'approchait du grabat, où le vieillard passait ses journées, étendu, les jambes pleines d'ulcérations, mais toujours riant et jobardisant avec la concierge qui lui était toute dévouée; pelotant également la petite bonne que les locataires de l'étage du dessous, compatissants, lui dépêchaient, deux fois par jour, avec un bouillon.

C'était un vieil escroc de la vie qui, à Varsovie, dans sa jeunesse, avait fréquenté avec assiduité les bordels de la rue Poczajow, ainsi que les actrices du théâtre yiddish. «J'étais une foyou, une bétit foyou... Il vallait être afeûgle pour ne pas foir toutes ces vêmmes... afec mon ami Pinchosl, on a fraiment fait les gâtre zents gouts... Dans le Talmud, il est égrit qué si un homme est faincu par l'ezbrit du mal, il toit mettre des fêtements noirs et bartir pour un entroit où berzonne ne le gonnaît... Et là, ébuizer le désir de zon cœur... Jé né pas eu lés temps de bartir parcé que Dieu m'a bris par la main : “Où vas-du, Schlomo, bétit foyou?” il m'a fait Dieu, en me binzant lé bras... Oh za, il a binzé Schlomo si fort que Schlomo sé réfeillé en zursaut. Ouille! qu'il a fait Schlomo pazéqué il binze vort, Dieu! “Il né y a pas dé Ouille! qui tiénne et tu fas réfénir dout de zuite... Du né pé pas té défiler gomme za... Alors blus des bédites vêmmes, hein ! Schlomo !... blus des bédites chanteuses dè l'Alhambra, lé musigôl dé la rue Leszno... Fini toutes zé bétites gochonnéries... Maintenant, le Schlomo, il fa dévénir l'espion de Dieu... alors il ne vréquentera plus ni Pinchosl le vlambeur, ni Pelzer le foleur, ni Zeinvel le gasseur... Oui ! Le cousin Zeinvel, le fils de tante Yentl, un frai foyou, barole de Dieu ! il méttra sa kippa, le Schlomo, et il défiendra chamash..." »

Et en effet Schlomo avait, du jour au lendemain, changé de vie. Il était devenu chamash, c'est-à-dire bedeau à la synagogue, et on ne le voyait plus que la kippa perchée sur son crâne en pain de sucre. Lorsqu'il n'était pas à briquer les chandeliers et les mezuzahs dans lesquels on enferme les textes du Shema, il se livrait à d'invraisemblables calculs, se conformant aux indications des maîtres de la Kabbale. Le hasard fit tomber entre ses mains le *Likouté Meharan* et encore d'autres ouvrages du Reb Nahman de Bratzlav qui, par sa mère, était l'arrière-petit-fils d'Israel Baal Schem Tov, fondateur du mouvement hassidique. C'est ainsi qu'à l'âge de trente ans, après une jeunesse désordonnée, il devint une sorte de « fol en Dieu », un de ces rabbins hassidim sans congrégation. Il appartenait à une des nombreuses dissidences qui germaient spontanément depuis la mort, quelque deux siècles auparavant, du « maître du bon nom » et dont très certainement il était le seul adhérent.

Par la suite, il avait tellement sauté, tourné en chantant, pour atteindre le chemin de Dieu, qu'il avait à la longue attrapé des varices, dont il s'était peu soucié. Mais danser tel un derviche en chantant pour la plus grande gloire du Dieu d'Israël ne le différenciait en rien des autres rabbins qui comme lui, papillotes à tous vents, tournaient comme des toupies par les champs et les prés de la Pologne. Si, dans son ensemble, il avait souscrit à l'enseignement du Reb Nahman de Bratzlav, il ne l'avait pas suivi sur le terrain relatif à Lilith. En effet, Nahman, qui au fond n'avait d'égard ni pour le Talmud, ni pour la Kabbale, pensait avoir inventé une prière qu'il suffisait de réciter les soirs de pleine lune pour tuer toutes les forces mauvaises que Lilith engendre. Schlomo, à qui restait de sa jeunesse désordonnée comme une nostalgie et qui, non sans une certaine fierté, avait l'impression d'avoir accru considérablement par ses débordements le troupeau des créatures de Lilith (selon le Zohar, c'est de la semence folâtre, jetée à tout vent, que Lilith conçoit ses démons femelles), se mit en tête de retrouver chacune des créatures dont il pouvait revendiquer, en un certain sens, la paternité. Les filles de Lilith sont bien connues pour leurs merveilleuses chevelures qui, la nuit, se déployant, leur servent d'ailes pour voler autour du dormeur sans méfiance et féconder en lui des rêves. Le jour, elles ne se différencient en rien des autres femmes. Seul l'éclat de leurs cheveux peut les trahir. Peut-être est-ce pour cela que jadis, en Pologne, les femmes juives très pieuses se rasaient les cheveux et portaient des perruques. Car, ne sachant pas si elles étaient des créatures de Lilith (c'est en effet là, dans la méconnaissance de sa véritable nature, que réside le pire enchantement de la démone), elles préféraient se priver d'un des attributs majeurs de leur féminité plutôt que de courir le risque de s'envoler, sans le savoir, la nuit, délaissant la couche de leur époux pour des amants de fortune.

Schlomo avait, durant trente ans, poursuivi, à travers la Pologne et la Lituanie, de Lublin à Pinsk et poussant même jusqu'à Minsk, les filles aux cheveux d'or, les filles aux cheveux bleus, tant ils étaient noirs, mais surtout les filles aux cheveux de flamme. Dès qu'il voyait une rousse, que ce fût dans le tramway de Varsovie ou dans une brasserie, il sortait de grands ciseaux de sa soutanelle et, se précipitant sur l'inconnue, commençait à tailler à grands coups dans son chignon, sans plus se soucier des cris de la femme effrayée, et souvent même de ceux du mari. Mais rien n'y faisait. Ni cris, ni menaces. Et il continuait à tailler comme un forcené. «Ché veux tes chéveux, tout tés chéveux... ma fifille... car tu es ma fifille... et tu tiras à ta mère Lilith qué jé l'emmerde...» criait-il dans un yiddish mâtiné d'allemand, qui le faisait connaître comme natif de Galicie. Évidemment, l'aventure finissait toujours au poste de police.

Une année, il s'était mis en tête de couper les cheveux de toutes les danseuses de l'Alhambra qui, étant donné les relations qu'il avait entretenues avec celles de la génération précédente, ne pouvaient être, elles aussi, que des filles de Lilith. Ainsi furent littéralement scalpées l'une après l'autre les danseuses de cancan du café-concert où venaient s'encanailler les prêteurs sur gages de la rue Grzybowska. Sans doute l'aurait-on enfermé dans un asile, s'il n'avait quitté la Pologne après avoir lu, dans une gazette locale, que la grande vedette du music-hall, Halina Zeromska, qui venait de tourner à Hollywood sous la direction de Rouben Mamoulian *Le Baron tzigane,* passait l'hiver en villégiature à Nice. «Zé elle! Zé elle! Forcément za né beut être qu'elle!» criait-il, en sautant, en tournant, en dansant de joie. «Oh! La bétite gochonne! quel dempérament!» Sous le nom d'Halina Zeromska, il pensait avoir retrouvé une beugleuse des temps héroïques de l'Alhambra, Yadwiga Zotlmacher. Il était certain de ne pas se tromper. C'était bien elle. Tout la dénonçait : la photo d'abord, car même les maquilleurs de la Metro Goldwyn Mayer n'avaient pu atténuer son air de petite hermine vicieuse. Et puis ce prénom. C'était bien ce même prénom qu'elle avait toujours eu en tête et par lequel elle lui demandait de l'appeler quand ils se retrouvaient, après la revue, au fond du magasin des accessoires où, culbutée sur une panière de laquelle s'échappaient des boas déplumés et de vieux costumes aux paillettes éteintes, il lui faisait l'amour à la sauvette. Et elle, lui refusant son petit capital, de peur de s'attraper un polichinelle dans le tiroir, lui disait gentiment : «Non, Schlomo, entre les seins, c'est plus sûr... Et si tu veux bien, quand tu sens que cela vient, appelle-moi Halina...» O toutes les belles déflaques qu'il lui avait balancées entre les mouzus... C'était Lilith qui devait être contente.

Il replia le journal, caressa les ciseaux dans sa poche et n'eut plus en tête que de gagner Nice au plus vite. Il mit quelques années à rassembler l'argent du voyage. Le temps pour quelqu'un qui s'empoigne quotidiennement avec des créatures éternelles n'a pas vraiment d'importance. Un beau matin, il se rendit à la gare de Varsovie et demanda un billet de troisième classe pour Nice. Le compartiment était vide, à l'exception d'un autre rabbin. Tout jeune, tout maigrelet, tout frileux. Schlomo le fit boire et, avant d'arriver à Berlin, il connaissait l'histoire de sa vie. «Mais il vallait mé lé dire plus tôt, Moshé, qué du étais le fils de Zeinvel, le petit-fils de tante Yentl... Zé suis un peu ton oncle, alors! Parcéqué Zeinvel et moi, on était fraiment gomme des vrères!» Il l'encouragea également dans sa résolution de convertir Adolf Hitler. «Lé religions, zouviens-toi, Moshé, né vallent qué lors guelles zons des idées vixes! Il vaut doujours avoir une idée vixe!» A Paris, avant de changer de train, il lui donna l'adresse du rabbin de la synagogue de la rue Pavée, une connaissance de Varsovie. Et comme le jeune homme lui avait laissé entendre qu'il comptait très vite fonder une famille, il lui fit jurer que nul autre que lui ne dresserait le dais nuptial et ne rédigerait la ketoubah, qui est une manière de certificat de mariage. Il lui donna l'adresse de la rue du Forestat, où il se rendait chez son ami Jakob Pelzer qui, de coupeur de bourse, s'était reconverti au casino dans le chemin de fer.

Il arriva à Nice en pleine bataille des fleurs. Couvert de roses et de mimosas, le chapeau à large bord telle une plate-bande, il se présenta à l'hôtel Negresco. Le concierge, qui connaissait son monde, vit tout de suite à qui il avait affaire. Il lui donna les renseignements qu'il désirait. Mais, hélas! Depuis déjà deux ans, l'hôtel ne comptait plus parmi sa prestigieuse clientèle la star d'Hollywood qui, d'ailleurs, n'avait jamais tourné là-bas que deux films et dont la célébrité tenait bien plus à ses nuits scandaleuses au Cocoanut Grove et à son duel à l'épée avec Lili Damita, pour l'une des serveuses du Mary's, le célèbre gouine-bar de Beverly Hills, dont *Photoplay,* le magazine à sensation, avait fait tout un potage, qu'à son réel talent. La star avait depuis longtemps sombré dans les dry martinis quand on la découvrit, un matin, noyée dans sa piscine. «Yadwiga noyée! Mais zé impozible! Ma bétite Yadwiga...» et de grosses larmes roulaient le long du nez de Schlomo, pour atterrir sur le registre du concierge, où elles s'étalaient en de grandes mares violettes. Et il continuait à répéter : «Yadwiga, ma bétite idiote!» tout en jouant dans sa poche avec ses ciseaux.

Il gagna, par la Promenade des Anglais, le port derrière lequel se trouvait la rue du Forestat, non sans avoir ratiboisé au passage quelques coiffures qui lui paraissaient suspectes. Arrivé à l'adresse de Jakob Pelzer, la concierge se mit en devoir de lui apprendre que son ami avait été transféré à la prison de Grasse, d'où il ne sortirait que pour être jugé; mais avec sur le paletot pour chefs d'accusation vol au jeu et à l'escalade, recel, enfin escroqueries en tous genres, il y retournerait aussitôt. Car, s'il ne s'en prenait que pour quinze ans, ce serait un miracle. La concierge avait débité, sans acrimonie aucune, les méfaits de ce locataire pour lequel elle ne pouvait s'empêcher d'avoir de la sympathie — voire même une certaine tendresse — malgré que la police eût, à plusieurs reprises, sali son escalier en venant perquisitionner au cinquième, où il avait sa chambre. Jakob avait le geste large, quand il était en fonds, et la bignole avait dû comme les autres en palper. D'ailleurs, le regret qu'elle avait de ce truand qui parlait à peine le français la poussa à proposer à Schlomo, malgré sa touche suspecte, la chambre du cinquième, dès qu'elle eut compris qu'il n'avait nulle part où aller. En montant le grand escalier, Schlomo ne pouvait s'empêcher de répéter : « Et moi qui croyais qué Jakob était lé roi des casinos ! — Oui, le roi des casinos, comme moi la reine d'Angleterre ! » répliqua Mme Tartamella, la concierge.

C'est ainsi que Schlomo le rabbin hérita de la chambre de Jakob le voleur. Il y passa plusieurs mois, sans doute même quelques années. La concierge, qui avait reporté sur lui toute la tendresse qu'elle avait eue naguère pour Jakob, le voyant sortir, dès le matin, lui criait, dans la cage de l'escalier : « Hein, bas de pétise, Schlomo. Jé né feux blus de bétites bérruques... » Cette puissante Méridionale, qu'il fallait voir le matin sur le port, au marché aux poissons, se disputer le merlan avec la Fanny, la commère du n° 23 de la même rue, avait attrapé l'accent yiddish qu'elle resservait tout chaud quand elle s'adressait à son rabbin. Elle en savait quelque chose de ce qu'elle appelait les « bérruques », qui avaient fini par tapisser les murs de la chambre du cinquième. Il y avait des postiches, évidemment, mais aussi de longues chevelures, dont les nuances allaient du blond cendré au roux, en passant par toutes les tonalités d'auburn et d'acajou. Schlomo, une ou deux fois par semaine, s'en allait, les ciseaux dans la poche, vaguer du côté de la Promenade ; et c'eût été vraiment de la malchance s'il n'avait, dans sa quête, rapporté deux ou trois beaux chignons. Cette chasse n'allait pas sans quelques risques, car, si sournois que fût le ciseau, si rapide le geste du rabbin, parfois, ce dernier tombait sur un mauvais cheval qui le conduisait au poste de police, où il s'entendait traiter invariablement de « youtre », de « sale polak » qui pourrit la France... Mais aussi, toujours à point nommé, au moment où le plus excité s'apprêtait à le « chahuter », apparaissait la concierge, qui expliquait au commissaire qu'il avait affaire à un saint homme, ami intime de Paul Reynaud, et souvent même, lorsque l'affaire se corsait, et que la tondue allait porter plainte, elle lui trouvait une parenté avec feu Déroulède, qu'elle appelait d'ailleurs «Déroulette» et dont le nom avait bercé son enfance, son père étant royaliste et, par dépit, «boulangiste». L'affaire se réglait généralement à l'amiable : la concierge déboursant les dommages et les intérêts.

Bientôt, des ulcérations aux jambes se déclarèrent, mais les soins de Mme Tartamella ne se relâchèrent pas pour autant. C'est elle qui faisait et défaisait les pansements, massait les pauvres jambes du vieux juif. Et c'est ainsi qu'un beau matin Schlomo vit paraître, alors qu'il en avait oublié l'existence, le petit-fils de tante Yentl, son neveu, le rabbin Zeinvel, suivi des trois Aboulafia. Le soir même, il avait tondu Mme Léa, ainsi que la fiancée, Mlle Rébecca. Mais Rachel, dont la chevelure lui avait tout de suite frisé l'œil, s'était dérobée à cette tonte générale. Il avait eu beau lui faire valoir que la belle-sœur d'un rabbin polonais se devait d'être rasée et de porter une perruque, elle s'y était violemment refusée. Cependant, avisant toutes les chevelures qui pendaient aux murs comme de vieux scalps, elle avait fini par éclater de rire : «Eh bien! Mon cochon! Il doit y en avoir des belles-sœurs de rabbin polonais à Nice! — Ach, la bétite maline, la bétite ruzée!» avait fait le vieux rabbin en lui glissant un clin d'œil.

Depuis lors, chaque jour, en rentrant de la Promenade, Rachel ne manquait jamais de faire un détour par la rue du Forestat, afin de monter voir, ne fût-ce que quelques instants, le vieux rabbin. Elle savait bien qu'il cachait ses ciseaux sous son matelas, mais elle ne le craignait plus. Il se contentait de lui caresser les cheveux qu'elle défaisait pour lui. «Ach ces jeveux! ces jeveux...» soupirait-il. Et il lui racontait qu'il avait été amoureux fou d'une femme qui avait les mêmes cheveux roux que les siens, mais cette femme l'avait éconduit, car elle était fidèle à son mari. «Ce sont lé jeveux de Lilith, et contre les jeveux de Lilith aucun rabbin né beut rien... — Alors, tu crois, Schlomo, que je suis Lilith... — Beut-être, beut-être zeulement un beu... ou beut-être, pas du tout... C'est la fie qui le tira... Voui, la fie... Il n'y a que za... La fie, ah! comme elle est pelle la fie... — Tu veux dire la vie... — Oui jé tis la fie... zé la fie qui tira si tu es Lilith ou la vêmme vidèle...»

Et c'est ainsi qu'un soir de la fin mai, alors que les Allemands venaient, après avoir passé la Meuse, de prendre Sedan, le vieux rabbin mourut en caressant les cheveux de Rachel. Quelques jours auparavant, se sentant un peu mieux, il avait béni le mariage de Moshé et de Rébecca. Rien à présent ne retenait plus la famille Aboulafia à Nice. Moshé piaffait. Il n'avait plus qu'une idée en tête : regagner Paris au plus vite et retrouver la synagogue de la rue Pavée, où il pressentait que le destin l'attendait.

Depuis quelques semaines, Nice était envahie chaque jour par un flot de nouveaux réfugiés. D'abord avaient rappliqué les rupins, dans de grosses limousines conduites par des chauffeurs de maître. Les rupins, les élégants, les bambochards, avec ce qu'il faut de poules de haute volée, qui riaient fort au bar du Negresco, continuant, sans trop se soucier des événements, la vie chouette. Premiers à débarquer, ils avaient loué les meilleures villas et pris d'assaut les hôtels les plus luxueux. Ils menaient grand train ; c'était leur façon de se rassurer. Après le fêtard, l'affairiste et la grue, apparut une clientèle moins huppée qui dut se contenter des restes. Et puis encore, quelque temps après, la piétaille, qui, elle, suait la peur. Cependant, on riait toujours aussi fort au Jimmy's, à la Cabane Bambou, au bar du Ruhl. Personne ne croyait à une attaque des Italiens. Dès les premières heures de la matinée, on apercevait les chauffeurs, manches retroussées, briquant les Hispano, les Rolls et les Delage cabriolets. Vers midi, les élégants et les maquereaux se pointaient, et tout ce beau monde se précipitait au cap d'Antibes, à Éden Roc, ou courait les bistrots de l'arrière-pays.

Par un matin particulièrement encombré de berlines et de coupés rutilants, de petits chiens que les grooms des hôtels faisaient pisser, Rachel, s'étant aventurée devant le Negresco, en vit sortir une femme d'une élégance un peu apprêtée pour cette heure matinale. Elle était cintrée dans un tailleur à basques, en tussor ivoire. Le col, décolleté jusqu'à la taille, s'ouvrait sur une modestie. Elle portait un grand canotier en paille vernie pain brûlé, garnie d'une voilette que retenait un bouquet de roses blanches. Elle tenait à la main une écharpe de mousseline du même ton. C'était un modèle de Lucien Lelong, que Rachel reconnut aussitôt pour l'avoir vu dans *Marie-Claire* sur le dos de Mila Parely. La femme passa rapidement, au bras d'une sorte de grand albinos au visage glabre dont les cils étaient si blonds qu'ils en paraissaient blancs. C'était un homme jeune, malhabile de ses gestes, comme empoté d'avoir à son bras cette splendide créature. Il était ganté de beurre frais et vêtu d'une veste de flanelle claire à martingale. Tandis que le voiturier tenait la portière d'une Bugatti grand sport, dans laquelle la femme élégante se glissait, l'homme promena rapidement à la ronde ses yeux bleu délavé ; comme s'il eût craint quelque chose de cette foule qui s'était massée devant l'hôtel pour voir sortir les élégants. En fait, il y avait plus que de la crainte, dans ce regard furtif, une sorte de terreur.

Rachel regarda la voiture s'éloigner sur la Promenade. « Du beau linge, hein ! » s'entendit-elle siffler à l'oreille. Elle se retourna. Le Chinois se tenait derrière elle. La présence du jeune policier la mit mal à l'aise tout en la rassurant. Elle pressentait en lui des ombres. Un tas de magouilles peu claires. Elle pouvait même se l'imaginer prêt à tuer. Peut-être était-il déjà un assassin ? Et pourtant, le premier mouvement de recul passé, elle se trouvait en confiance avec lui. Quelque chose lui disait qu'ils étaient de la même étoffe. Au fond, prêts à tout.

« Ça, c'est de l'urf, de la haute gomme... Une jolie petite madame, n'est-ce pas ? » Et comme elle ne répondait pas il continua. « Elle, c'est la Cain-Machenoir. La femme du banquier... Oui, le baron Abel Joseph Cain-Machenoir. Juif et baron du pape. Pour les bonnes causes, le goupillon ignore le sécateur. C'est une petite démerde. Tu as vu le caillou qu'elle se paie au doigt ? Elle a commencé dans la dèche. Elle faisait la retape pour une bande à Montmartre. Ensuite, fille nue au Mayol, puis à Tabarin. De là, rapidement, elle a su se frayer un chemin. Le mari, qui a senti le vent venir, s'est tiré aux Amériques, en la laissant ici pour veiller au grain... — Et lui, le grand blond ? demanda Rachel, qui voulait un panorama complet du couple. C'est son amant ? — Lui ? Ce petit crevé de Thierry Le Cailar ? Eh ben la môme, je te pensais plus fouinasse ! On peut pas dire, là, que tu as eu le coup d'œil. On sent tout de suite qu'il en dégage, le mariole. Et je vais même te dire que je me le garde au chaud, parce que, sous son air de grand puceau, il a de la ressource dans le vice... On lui a étouffé déjà plusieurs sales affaires... Il fait dans la communiante, si tu vois ce que je veux dire. De la branlette dans l'organdi, quoi! Il lui faut du tulle, des cierges, de l'encens, du col Eton, du brassard en satinette pour se tenir droit. Alors, chez les gens chics, à Saint-Honoré-d'Eylau, ça a mis comme du vent dans les voiles. L'archidiacre en a avalé son missel et le tantum ergo avec... Mais avec sa galette, un oncle membre de l'Institut, un papa qui touche des jetons de présence dans plusieurs conseils d'administration et qui contrôle en partie la Séquanaise des Eaux... cela aplanit les petits problèmes, même avec la police. Qu'une petite fiancée du Bon Dieu se retrouve avec sa robe déchirée et poissée par un Le Cailar, qu'est-ce que ça peut bien faire? On change de paroisse, voilà tout. On faisait dans le chic, à Saint-Honoré, dans le bourgeois, dans le cossu, eh bien on ira chez les pauvres se faire son cinéma. A Saint-Pierre-du-Petit-Montrouge, à Saint-Joseph-des-Épinettes, à Saint-Jean-Baptiste-de-Belleville... »

Après une longue énumération des paroisses parisiennes des quartiers tristes, le Chinois reprit son souffle. Rachel en profita pour lui demander : « S'il se fait grimper le felfel... le poivron, quoi! en se prenant des communiantes dans les mirettes, quel mal y a-t-il à cela? » Une lueur amusée passa dans le regard du Chinois. Il venait de trouver encore plus amorale que lui. « D'accord! Mais depuis quelque temps, il ne se contente plus de faire voir son jésus en se guignolant. Il va jusqu'à la déflaque dans l'organdi... Mais tout cela, avec des manières, parce qu'on porte beau, on porte à droite, du côté de *Candide* et de *Je suis partout*.. Ce salopard gratte même du papier dans *Gringoire*... D'ailleurs, tels que tu les vois partis, là, tous les deux, dans leur torpédo, ils s'en vont déjeuner à la Grande Pointe, chez la mère Adri... Oui, Adrienne de Carbuccia, la femme justement du propriétaire de ce canard; si on cherchait bien, on retrouverait probablement sa signature dans *La Liberté* de Doriot. Chaque été, il s'en va cueillir des edelweiss du côté de Berchtesgaden. Eh oui! Il fait du camping sous le nez de M. Hitler, quand il ne se paie pas le pèlerinage de Chartres. Mais c'est pas tout. Il était, jusqu'à l'année dernière, l'intime d'un des attachés militaires de l'ambassade d'Allemagne. Un zigue du nom de M. Bolko. Enfin, c'est comme cela qu'il se faisait appeler dans les boîtes louches de Montmartre et de Pigalle, chez les tantes, dans les claques à garçons. Un drôle d'oiseau, lui aussi. Monocle et baisemain, si tu vois le genre, mais on se fait en douce enfiler comme une reine... Ils ont, ensemble, assisté au dernier congrès de Nuremberg, d'où le Thierry est revenu copain comme cochon avec un certain Abetz, qui s'occupe activement des *Cahiers franco-allemands...*» Rachel écarquillait de grands yeux. «Eh oui! C'est mon métier de tout savoir sur tout le monde. Comme eux, je suis partout. On me demande de faire disparaître un dossier, mais c'est pour mieux compléter mon fichier personnel.... — Maître chanteur? — Quel vilain mot! Non, vaguement justicier pour les petites gens... C'est la seule chose qui me rachète un peu d'être né dans la peau d'un salaud.»

Le lendemain, Rachel quittait Nice pour Paris, en compagnie de sa mère, de sa sœur et du petit rabbin. On leur avait pourtant bien dit que les voies étaient coupées, que les trains ne passaient plus, que les Allemands avaient commencé à bombarder Orléans, rien n'y fit. Le petit rabbin sentait son heure proche. Plus les Allemands avançaient, plus le but qu'il s'était fixé lui devenait évident. Il était entré en une sainte fureur. Déjà, il pressentait Hitler en son pouvoir. Il l'imaginait tout empli de la parole de Yahvé parmi les cierges, les chandeliers, dans la synagogue de la rue Pavée.

Rachel se retrouva donc dans une micheline bondée, coincée entre la fenêtre et le petit rabbin, avec sur la banquette en face d'elle sa mère et sa sœur, affalées dans leur graisse, somnolentes, leurs lourdes perruques orange posées de travers sur leurs têtes. Ce tortillard s'arrêtait à chaque gare. La chaleur, tous ces gens compressés dans le passage transpirant la peur, qui fuyaient sans savoir très bien où les mènerait leur fuite, la foule, sur le quai, tentant à chaque arrêt de prendre le train d'assaut, le petit rabbin qui sentait le rance et ces deux femmes grotesques, dont elle ne pouvait malgré tout se dissocier, lui donnèrent la nausée. A Toulon, profitant d'une bousculade, elle tira sa valise de dessous la banquette et s'éclipsa. Sur le quai, elle vit la micheline démarrer sans regret. Elle était enfin seule au monde. Elle était libre.

Elle marcha longtemps, souvent de nuit, profitant de moyens de fortune. Elle remonta à contre-courant cette multitude, ce grouillement d'êtres sans forme qui, ayant abdiqué toute personnalité, allait comme une marée infinie, submergeant les routes. Elle vit des choses terribles et d'autres d'une drôlerie funeste. Un capitaine poussé dans une brouette par son ordonnance. La lâcheté, à tout bout de champ, et parfois, quoique rarement, le courage. Elle aperçut des pillards qui dépouillaient les morts laissés sur le talus. Et, comme chacun, elle se précipita dans le premier fossé lorsque les avions ennemis mitraillaient la route. Et c'est ainsi que, couchant dans les granges ou à la belle étoile, elle arriva aux Aubrais. Les Allemands avaient bombardé les ponts de la Loire. Mais elle passa tout de même, grâce à un batelier, et put attraper le dernier convoi qui remontait sur Paris, malgré l'ordre de repli général. Tout cela était si proche, et déjà si ancien. Quelque chose qui aurait appartenu à une autre vie... Une vie qu'elle aurait eue autrefois. Déjà lointaine. Et même la voix gouailleuse du cheminot qui lui avait permis de se glisser au fond du fourgon : « Alors, c'est-y ma p'tite demoiselle qu'on les aime tant ces boches qu'on veuille comme ça aller se les renifler de plus près... Mais savez-vous que Paname a été déclarée ville ouverte... », oui, même ces paroles résonnaient à présent comme au travers d'un épais brouillard.

# 3

Elle était là maintenant sur ce banc, perplexe, les chevilles gonflées, éreintée par ses nuits sans sommeil. Et le jour se levait, pour elle seule, sur la ville. Sur une ville sans habitants. Sur l'ombre d'une ville, qui aurait jadis existé et qu'on aurait décalquée avant de la détruire. Une ville terrible comme la mort et, comme elle, dénuée de sens. Elle se dressa machinalement et poursuivit sa marche le long de la Seine. Sa perplexité n'avait duré qu'un instant. Elle n'appartenait pas à cette sorte de gens qui abandonnent à l'orée de la vie ce pour quoi ils sont nés, ni, par conséquent, tous ceux qui dépendent de leur entreprise. Oui, il faudra bien que quelqu'un se charge de faire arriver ce qui est juste, se répétait-elle. Elle allait, à l'aveuglette, pieds nus, tenant d'une main ses chaussures et de l'autre sa valise, avec en tête l'idée qu'elle finirait bien par arriver — quelque chemin qu'elle empruntât — devant le 76 de la rue Rochechouart.

Tandis que neuf heures sonnaient à Notre-Dame-de-Lorette, Rachel déboucha au bas de la rue des Martyrs. Une sorte de calme l'envahit alors. Elle trouva un air rassurant à cette rue montante, avec ses maisons de guingois et ses pavés mal équarris, dominée par la masse blanche du Sacré-Cœur. Elle eut l'intuition soudaine que cette rue lui était destinée, dans l'instant où elle en perçut la bonne et grasse odeur ainsi que le confort populaire. C'était une rue taillée à sa mesure que la ville, en s'ouvrant devant elle, venait de lui offrir. Lorsqu'elle s'y fut engagée, elle ne fut aucunement surprise d'apercevoir à mi-hauteur, sur la droite, l'avenue

Trudaine dont lui avait parlé Emma ; et au bout de cette percée ombragée par de gros platanes, le 76 de la rue Rochechouart. Il semblait qu'il y avait eu comme un complot de la ville pour lui dicter son chemin. Le bar-tabac du Khédive était bien là, comme le lui avait décrit Emma, avec son petit côté « Mohamed-filou ». Mais les volets en étaient tirés et le tablier de fer baissé. Elle hésita un instant, puis traversa la rue pour s'engager sous le porche du 76. Une voûte, comme un long et sombre passage, et, y faisant suite, la clarté. Elle se retrouva face à une grande cour ensoleillée, sur le pavé de laquelle les locataires des trois immeubles qui la délimitaient avaient, avant de fuir, déposé leurs plantes grasses ainsi que leurs jardinières. Géraniums et hortensias jetaient des taches de couleurs claires sur le fond de grisaille, sans oublier la gaieté qu'amenaient les pétunias et les fuchsias, qui avec leurs pendeloques agrémentent dans de gros pots en barbotine les perrons des pavillons en meulière des banlieues. On y voyait même, ordonnés comme un jardin odoriférant, de la sauge, du thym, de la verveine, des camomilles, de la menthe des champs, des guimauves officinales et bien évidemment le très utile persil dans ses variétés les plus diverses. On se demandait comment tout cela avait pu tenir dans ces modestes logements, sur les rebords étroits des fenêtres. Un gros chat noir rôdait parmi cette petite jungle, laquelle pour croître ne demandait qu'une légère averse, à défaut d'un orage d'été. La cour était fermée dans le fond par un pavillon de trois étages. Les trois marches qui menaient à la porte d'entrée étaient abritées par une marquise au-dessus de laquelle se tenait accroché, tel un diadème, un transparent bleuâtre. On y lisait, bien qu'il ne fût pas allumé : « Pension Emma », et en dessous : « Chambres à la journée » avec le numéro Trudaine 76.18. Autour de l'enseigne, une glycine encore en fleur déployait d'infinies arabesques tandis qu'une des grappes violettes venait narguer le deuxième « M » d'Emma. Le reste de la façade était couvert de vigne vierge. Toute la maison, jusqu'à ses gouttières et à son toit gondolé, paraissait bancale.

Rachel se tint un bon moment à la lisière de l'ombre et de la lumière. Elle avait posé sa valise. Elle semblait hésiter à entrer dans sa nouvelle vie. Et pourtant, elle savait qu'elle était arrivée, bien qu'elle n'eût jamais réussi à obtenir, ni de

Loulou, ni d'Emma, une véritable description du «bobinard», comme ils disaient en riant, quand ils se souvenaient de leurs frasques parisiennes, faisant sonner ce mot, qui sans doute à leurs oreilles avait quelque chose de plus chatoyant que le simple mot de bordel. Comme également, malgré ses questions, elle n'avait jamais pu leur soutirer une version définitive de l'arrestation de Landru qui avait eu lieu dans ce même immeuble. Et, pourtant, c'est ainsi qu'elle avait imaginé la «tôle à garçons» où Loulou, selon sa grand-mère, avait fait des prouesses. «Un chaud lapin, notre Loulou. Il voulait pas décaniller. Non, il en redemandait et même du costaud des Épinettes. Et moi qui me faisais un sang d'encre en l'attendant devant mon panaché, à la terrasse du Khédive... Une rafle, vous savez, c'est vite arrivé. Heureusement que j'avais dans la place mon fidèle Raymond. Raymond Chouin, un petit gars très bien, une vieille connaissance à moi. C'est à lui qu'on doit la propreté de l'établissement... Avec lui, pas de resquille. Le chtouillard, il l'a à l'œil... Braguettes ouvertes et visite de casernement, tous les matins, pour messieurs les michetonneurs...» Oh! comme elle balançait cela Emma; et c'était si bien ourlé que personne n'avait même l'idée de s'en offusquer. Maintenant qu'elle était morte, cette voix et ce rire inimitables la hantaient. C'était peut-être, à l'exception des bas de soie couleur gazelle, la seule chose qui lui restait d'Emma, qui demeurait encore bien vivante. Cette voix résonnant comme un grelot, pour s'échapper dans la nuit claire par-delà le palmier du Chalet Goulettois telle une bouffée de jasmin. Jusqu'au dernier jour de sa vie, elle les entendrait, ces paroles et ce rire, remonter en elle de très loin, de cette enfance africaine, morte et pourtant encore si vivante — et peut-être bien qu'après sa mort, une autre, si elle pouvait en rendre, ne fût-ce qu'une fois, une seule fois, toute la saveur et la jovialité, s'en étant imprégnée, les restituerait à son tour, ainsi que le coquillage capte les éclats de la mer pour en rendre la houle entêtante. Alors se perpétueraient ce rire et ces paroles jusqu'à la fin des temps, jusqu'à ce que tous ces mots jetés au vent et devenus timides bruits du temps, craquants comme du bois sec, dépourvus depuis longtemps de tout sens, s'en viennent se replacer d'eux-mêmes dans la bouche d'Emma, là-bas, au cimetière en bordure du djebel, afin d'être hurlés dans le grand alléluia final. Pour ses jambes et sa démarche ondulée, ça, elle s'en chargerait; mais la voix, cette voix où se mêlaient à ravir les intonations «zobi» de Bab Souika et la gouaille la plus parigote, qui la lui restituerait?

Elle demeurait toujours plantée, pieds nus, avec sa valise, à lire et à relire l'inscription sur l'enseigne. Le gros chat ronronnait déjà dans ses jambes, quand elle vit sortir de l'hôtel meublé une sorte de grand ratapoil hirsute qui tenait d'une main un arrosoir et de l'autre la pâtée du miaulant. Il avait le soleil dans l'œil et sans doute ne vit-il d'abord dans cette fille en robe à fleurs qu'une poule un peu godiche, s'étant trompée sur l'établissement. Il se fit un malin plaisir de la choper de plein fouet. «C'est pas dans ce clapier qu'on embauche de la bergère! Et serait-elle une trimardeuse de rêve, la fleur du trottoir parisien, on n'en a, ici, que tringlette. Maintenant, si vous voulez casser votre cruche... oui! quoi! perdre votre berlingue, c'est pas non plus ici que vous trouverez votre lapin. Ici, on est au rayon des chochottes, des petits jésus, des grands emmanchés. On se fiotte; on se donne dans l'oignon; on se case l'émile dans le fion. Et même que vous seriez un fiston passablement juteux et que vous me demanderiez de servir, vu votre braquemart et vos burnes coquettes, dans le bataillon des zouavettes — de la tata, quoi! —, je suis pas sûr de vous fournir le micheton. Le bon, évidemment, celui à la demi-lune accueillante, qui sait quand il le faut cracher sa toquante et se laisser soutirer les pépettes sans que le portemonaille fasse la grimace... Alors, retournez d'où vous venez, la môme, ici on est chez les tantes et l'on n'a pas besoin de fendue...»

A la première bordée, Rachel reconnut en ce grand escogriffe Raymond Chouin, l'amant marseillais de sa grand-mère. Orgueilleux don quichotte de la pègre, plein de superbe et long comme un jour sans pain, il se battait contre les mots qu'il mastiquait d'une manière étrange, dans son énorme bouche, avant de les laisser glisser avec dédain. Il était à la côte, largué par tous, seul, et sa ville près d'être bombardée. Et ce grand vomissement qu'il venait de lâcher, alors que, par-derrière la Butte, du côté de Pantin et de Bagnolet, grondait le canon, n'était que le formidable dégoût qu'il avait de lui-même et de sa chienne de vie. Il n'avait plus, pour se raccrocher à celle-ci, qu'un vieux chat abandonné par des voisins de l'escalier A, quelques fleurs en pot à arroser et ses souvenirs de vieux marcheur parisien qui s'effilochaient dans sa caboche racornie. On le pressentait au bord du naufrage et sans doute si Rachel, bardée de toutes ses rousseurs empruntées à Emma, n'avait débarqué, il se serait avant la fin de la journée tiré une bordée de plombs dans la tête avec une pétoire qu'il gardait à la réception derrière le bureau, par mesure de sécurité au cas où l'un des petits mercenaires aurait voulu dépouiller le client, la passe terminée. Pour avoir lu la correspondance qu'il avait entretenue jadis avec Emma, Rachel s'était-elle doutée du drame qui se jouait ? Ce qui est certain, c'est qu'elle alla le repêcher à l'une des charnières de sa vie et, comme une carte sans importance dans une partie truquée, le remit dans le jeu, ce valet de cœur écorné.

« C'est apparemment pas le kif aujourd'hui ! Y a des jours sans, faut faire selon les saisons ! Souviens-toi à Marseille, dans le petit hôtel, près de la gare Saint-Charles, c'était pas non plus le pied. Parce que dans les grandes largeurs, tu l'as bien ratée, Emma. Et ce matin-là, tu ne faisais pas ton flambard ! »

Elle le vit osciller sous le coup. Il avait lâché l'arrosoir et laissé tomber la gamelle du chat. Le soleil le fit ciller. Il demeura hébété, puis hésita un instant, enfin, il se mit à gesticuler et à hurler. C'était un homme pris par le mal des profondeurs et qui ne sait plus pour remonter à la surface par où s'en vient la lumière. « Emma ! Emma ! Mais bon Dieu que viens-tu faire ici dans cette panade ? Tire-toi ! Tout est foutu ! » cria-t-il.

Le soleil tourna par-dessus le toit et, du même coup, une partie de la cour fut plongée dans l'ombre. Il put alors à contre-jour apercevoir cette mousseuse rousseur qui n'avait pas bougé et qui se trouvait toujours plantée là, sa valise à la main ; il bondit et il allait saisir Rachel, quand celle-ci lui ménagea une douche froide. « Te dore pas la pilule, coco ! Tu le sais bien, ça fait un bail qu'Emma est crevée. Ça sert à rien de branler les souvenirs ! Cela dit, les petits zobis de là-bas, qui eurent la chance de la reluquer de près, m'ont toujours dit que je lui ressemblais. C'est normal, je suis sa petite-fille ! — Rachel ! Tu es Rachel ! Mon Dieu, mais j'aurais dû m'en douter ! Ce vieux bougre de Loulou m'avait pourtant prévenu de ton arrivée. Mais sa lettre date d'il y a un an. Et il s'est passé depuis tant de choses que je ne t'attendais plus... La petite-fille d'Emma... Oh!...»

Et il la pelotait, la retournait dans tous les sens, enfonçait son grand pif dans sa chevelure. Il la humait, la respirait, la dégustait par petites bouffées, se grisait de son odeur. Et, en lui, une nouvelle fois, montait le souvenir du petit jour perçant à travers les jalousies du vieil hôtel, un hôtel de passe minable, face à la gare Saint-Charles, en bas dans la rue, les tramways musiquaient déjà le long des rails, et lui était là contre elle, tenant la belle étrangère, un peu mûre, à bras-le-corps, penaud du fiasco de la nuit, mais au fond de lui-même heureux.

Il se détacha brusquement de Rachel et, la tenant toujours par les épaules, il lui dit : «Alors, toi aussi? — Quoi, moi aussi? — Eh ben... mais Flirt de Pinaud; ça danse rudement mais sur toi, c'est plutôt aux oiseaux... Vrai! Ça me relance... Tu vois, j'y vais presque du jus de mirettes...» Et de son gros pouce, il écrasa une larme sur sa joue. «Oh! Rachel, Rachel, mais c'est pas vrai... Allez, viens, petite... Donne-moi ta valoche... Il faut rentrer... Avec les boches aux basques, vaux mieux garer ses miches... D'ailleurs, tu les entends... Ça pétarade de partout... Et depuis ce matin, y a leurs zingues qui se sont mis de la fête... Je leur donne pas deux jours pour venir parader sur les boulevards.»

Il la précéda, en portant la valise jusqu'à l'entrée de l'hôtel. Il s'effaça pour la laisser passer la première. Dès l'entrée, Rachel fut saisie par une odeur de chat mouillé mêlée à une autre, plus forte et plus lourde; une odeur indéfinissable de linges douteux dont les tapis usés, les vieux fauteuils en moleskine défoncés et jusqu'aux murs recouverts de papier peint à raies rouges à moitié arraché et maculé d'auréoles de moisissure étaient imprégnés. Un énorme chat, qui n'était pas celui de la cour, dormait, lové en rond, sur le bureau de la réception. Les meubles, les tables, tout était sens dessus dessous. Une horde avait mis à sac l'hôtel. Les carreaux dépolis de la porte vitrée qui séparait le hall d'entrée du petit salon attenant avaient été brisés; ainsi on pouvait voir, dans la pièce dévastée, le tapis du billard déchiré, au-dessus du bar, le grand miroir en faux Venise entièrement étoilé, ainsi que renversées les chaises et cassées les lampes aux abat-jour en raphia.

« Quel souk ! ne put s'empêcher de s'exclamer Rachel. — Ça, tu peux le dire, ma fille ! Ces mirebalais m'ont pas raté ! Et sans doute m'auraient-ils fait la peau, si je m'étais trouvé là au moment de leur descente. Ils ont cherché partout l'oseille ; et comme ils ne l'ont pas trouvée : voilà le résultat. Et puis quand la France se fait enculer par l'Allemagne, ils se sentent un devoir, eux, qui en ont pris plein l'oignon, de se refaire une virginité. Et la meilleure manière, c'est de bousiller la tôle au père Chouin. Dans les temps de troubles, la pute, qui se sent l'âme soudainement patriotique, finit toujours par égorger son maquereau... Et lui, le pauvre maquereau, sur qui pèse la responsabilité de la démoralisation de la France, toujours à trimarder, à trouver des combines pour recoller sa minable existence qui fout le camp par tous les bouts, qui se soucie de lui ? Oui, de lui, fillette, dis-le-moi ? Qui pense qu'il a aussi une âme sensible ? J'ai pourtant toujours été aux truffes avec mes marloupins. Un vrai papa. Je ne connais pas beaucoup de tôle où le sacristain fait les soudures de fin de mois... Il y en avait même un... un petit rabusto... dix-huit berges et toutes ses dents... peut-être même bien dix-sept... Je mange pas de ce pain-là, mais si j'avais eu à me faire secouer, sûr que c'est lui que je me serais choisi... Le vrai titi ! moelleux à souhait... et, avec ça, sachant y faire, le Dédé... Oui, André Florelle, c'était son nom... un gosse de La Garenne... papa alcoolo et maman trimardeuse dans la lessive... Le baron, une chochotte pleine aux as, qui avait ses habitudes ici, s'en était toqué au point qu'il voulait l'adopter... Tu imagines, lui l'orphelin ! adopté ! C'est dire qu'il savait vous embobiner, le jésus... Enfin, moi, je l'avais à la bonne, parce qu'il était plutôt réglo, le môme. Quand sa gigolette s'est trouvée avec le singe, c'est le papa Chouin qui a encore casqué pour la mort-au-gosse... la faiseuse d'anges, quoi !... Et c'est pas de gaieté de cœur, parce que moi, le lardon, je l'aurais bien gardé... Et pourtant, malgré cela et tout le pèze que je lui ai refilé en douce, c'est lui, à ce qu'on m'a raconté par la suite, qui a été le pire de tous. Ils avaient éventré les matelas des chambres du haut, renversé les tables, cassé les verres, crevé les banquettes et les fauteuils, déchiré le tapis du billard... Enfin, ils avaient fini leur descente et s'apprêtaient à se tirer, quand le Dédé est revenu en arrière, il a empoigné la bouteille de Dubonnet, et vlan ! en plein dans la glace du bar. C'est la Mireille, sa greluche, une Corse qui a traîné dans le milieu à Marseille et qui se trouvait avec eux, c'est elle qui m'a raconté le lendemain... Une vraie fouteuse de merde, la Mireille Cuttoli, et bêcheuse avec ça ! Qui croit qu'elle est une artiste, parce qu'elle fait fille nue dans *Sourires de femmes* au Mayol. Une artiste ! Je t'en ficherai ! Elle pouvait pas supporter l'idée d'être en cloque... Tu penses, cela lui aurait abîmé son petit ventre de sale limande. Et par qui crois-tu qu'elle a dégoté ce cacheton ? Hein ?... Eh bien, c'est encore bibi. Parce que le père Chouin, il a peut-être pas l'air, mais il connaît la crème des promenoirs parisiens... Un coup de téléphone à la secrétaire de Lucien Rimel et la cocotte a été engagée, aussi sec. Et, pour me remercier, qu'est-ce qu'elle fait, cette garce ? Elle dresse Dédé contre moi. Je ne sais pas ce qu'elle a fricoté, ce qu'elle a pu lui dire au gamin, mais il n'a plus jamais été le même. Il s'est mis à traîner au Khédive avec des types qu'avaient des drôles de bobines. Pas du tout genre « maquereau comme papa ». De la renâclette en eau trouble. Des donneurs à Doriot... Des mecs de la Cagoule qui font la retape. Cintrés dans leur caoutchouc, le feutre sur l'œil et le revolver armé dans la poche, vraiment de sales trombines de tueurs. Un jour, il est revenu tout fier et m'a montré sa carte du PPF. Et le Doriot par-ci, et le Doriot par-là. C'est qu'on lui avait monté le bourrichon, au môme... Et pourtant, vois-tu, je l'aimais bien. Tu comprends, moi, j'ai pas de famille, et ce gosse, c'était presque comme un fils... »

Pour couper à l'émotion qui montait en lui, Raymond Chouin se leva de la chaise où il s'était laissé choir en constatant une nouvelle fois le spectacle de désolation qu'offrait son clapier, et il se dirigea vers un vieux poste, placé sur le bureau de la réception. La TSF avait arrêté ses émissions de musique légère pour retransmettre un discours. Une grosse voix mélodramatique de vieux cabot qui ronfle son texte, une voix de pannouseur qu'on aurait sifflée au vieil Odéon, se fit entendre. De Tours, où le gouvernement s'était replié, le président du Conseil, M. Paul Reynaud, s'adressait à la France. « Nous continuerons à combattre. Nous sommes sûrs de vaincre. Nous gardons l'espérance au cœur. Hitler a dit que la France était gouvernée par un gouvernement de fantoches, nous lui montrerons qu'il se trompe... » D'un geste sec, Raymond Chouin tourna le bouton. «Le con! Il y a des coups de pied au cul qui se perdent. Et le petit père Hitler qu'on dit fou, il a tout de même un certain jugement. Parce que ce sont bien des fantoches! Alors, ma vérole, ma vérole, qui aurait démoralisé la France, je la leur lègue, à tous ces pourris du sauve-qui-peut général!»

Ainsi, debout parmi les débris de ce qui avait été une partie de sa vie, avec le jour qui commençait à décliner, Rachel perçut un homme aux abois; bien plus, blessé, amer. Dans la cour, elle aurait pu se défiler, tourner les talons, jeter à cet homme, pour elle encore un inconnu et qui s'avançait un arrosoir à la main : «Faites excuse! J'ai dû me tromper de numéro... C'est pas la pension Emma que je cherche, mais l'hôtel des Mimosas...» Enfin, trouver n'importe quel prétexte pour se tirer. Mais elle avait alors senti sa valise pourtant légère lui peser, comme si soudain elle se fût emplie des souvenirs de mille vies. Et, à présent qu'elle avait franchi les frontières du royaume de l'illusion, qu'elle était entrée dans cet hôtel borgne, elle se rendait compte que c'étaient les lettres, celles d'Emma qu'elle gardait dans la boîte en galuchat, qui s'étaient mises à peser sur sa vie jusqu'à l'infléchir. C'était Emma, oui, le fantôme d'Emma qui l'avait saisie par la main pour l'empêcher de fuir. Et, comme elle avait pris en charge le passé de sa grand-mère, elle savait, dorénavant, qu'il lui faudrait assumer celui du filleul de guerre.

Et tandis qu'elle le regardait par en dessous, se demandant comment elle allait s'acagnarder dans cette vie émiettée parmi ces décombres, lui, de son côté, n'en finissait pas de la dévisager. La manière dont elle rejetait d'un coup de tête ses cheveux roux en arrière, ainsi que les bas de soie à couture, rien ne lui avait échappé. Il se demandait pourquoi la vie s'était toujours si mal goupillée. «Trop tard! Elle arrive trop tard», se dit-il. D'ailleurs, si le hasard lui envoyait cette frangine pour lui faire souvenir d'événements tenant à un passé lointain, mais qui, du moins le croyait-il, avaient déterminé par la suite le reste de sa vie — «Car ça on peut pas dire qu'elle ne me l'a pas rincée, mon existence! Une bousilleuse de première, la Emma, vous m'entendez, une vraie arnaque, cette femelle!» avait-il l'habitude de bougonner, résigné, ces soirs d'été, quand, le dernier client parti et les «petits» sous la douche, ayant fini de compter les «serviettes» de la journée, il tirait une chaise dans la cour, pour boire à la fraîche son verre de quinquina, laissant monter en lui de vieux souvenirs alors qu'une brume roussâtre descendait sur Paris —, si le hasard donc, qui fait si mal les choses, lui balançait, alors qu'il avait décidé d'en terminer une fois pour toutes, entre les pattes cette peau de rousse, c'était sans doute pour l'enfoncer davantage, et ainsi mieux lui faire comprendre quel gâchis avait été sa vie. Mais peut-être qu'au contraire c'était pour le piquer au vif, lui redonner le goût à l'existence. En effet, si Rachel ressemblait à Emma, c'était une Emma neuve, sans plis, à peine effleurée par la vie, pareille à celle dont il avait rêvé, nuit après nuit, roulé en boule, le cul mouillé et dans la boue, au fond de sa tranchée, avec le ciel au-dessus de sa tête allumé comme en plein jour par les tirs de barrage de l'artillerie. Elle était enfin arrivée, avec plus de vingt ans de retard, celle dont il avait fini par désespérer de la venue ; et elle était trait pour trait identique à celle dont il avait imaginé l'existence lointaine ; à cette ombre mouvante, à cette jeune femme qui, lentement, comme des profondeurs mystérieuses de la mer, était remontée des paragraphes à l'encre bleue qu'elle alignait pour finir par s'y dessiner comme en filigrane. Mais cette image n'avait été qu'un leurre, car lorsque dans la chambre du petit hôtel marseillais il avait tenu dans ses bras la véritable Emma, celle-ci, la quarantaine bien sonnée, n'était déjà plus qu'une femme lourde, teinte et trop fardée.

Sans qu'aucune parole eût été prononcée, des choses impalpables, mesures exactes du souvenir, s'étaient ainsi tissées, dans l'obscurité unie et douce du soir qui tombait entre ces deux êtres. Ils restèrent ainsi longtemps à s'observer et, dans le silence, on sentait monter la transpiration humide du passé. Oui, quelque chose d'étroitement voulu s'élaborait ; quelque chose qui tenait au défi de l'amertume, du sang, de l'imminence de la mort, du dédain éternel. Entre eux l'atmosphère semblait tendue de flammes. Dans l'ombre, il aperçut, tel un apaisement, sa splendide rousseur qui démultipliait l'espace ; elle, de son côté, l'ingénuité du gamin derrière l'homme de douleur, déchu, au visage boursouflé par le vin, à la bouche amère, édentée, presque obscène. Rachel se sentit, encore que confusément, comme un devoir de ramener en elle les ombres du passé, les paroles vides et jetées à tous vents, la sorcellerie des mots ainsi que les destins brisés, les gestes esquissés et jamais achevés, les violences du désir inassouvi, les abandons, les lâchetés, la solitude, le deuil. Oui, elle était prête à racheter l'obscure pyramide des âmes, et le péché de vivre, afin de se délivrer de l'horreur de la nuit.

Elle se tenait là dans le soir descendant, comme une borne lumineuse, et il se dégageait d'elle une épaisse volupté et quelque chose de sombre et de fugace, une sorte de moirure — l'appréhension, peut-être, de l'éternité. Elle s'approcha de lui et, posant une main sur son épaule, lui dit : « Ne t'en fais pas, Raymond Chouin, il reviendra le gamin... » Et prononçant ces paroles, elle se plaça dans un cercle enchanté, prenant enfin la place d'Emma, d'une Emma qu'elle n'avait jamais connue, peut-être bien même jamais soupçonnée. Elle franchissait le temps et revenait en arrière comme si rien n'avait été accompli. Par ce simple geste fraternel, elle rendait vains tous ces gribouillages, ces reliques, qu'elle tenait enfermés dans la petite boîte en galuchat. Lettres mortes ! Elle serait dorénavant à la fois le clair et l'obscur ; mais pour être la rassembleuse, elle n'accepterait jamais de devenir le cimetière des souvenirs.

Il lui rétorqua, avec un flegme résigné : « Pour ça, je ne me fais pas de mouron ! Ils reviennent toujours. Pour le connaître, ils le connaissent le chemin du clapier aux illusions. Faut les voir se reluquer dans la glace, se prendre des mines. De vraies gonzesses ! A croire qu'il y a ici une lumière qui les aguiche comme des papillons. Qu'ils se fassent poisser à la retape, à peine sortis du trou, les v'là qui rappliquent. Si bien que leur vie se passe en va-et-vient entre la maison des illusions et le château de l'ombre. Oui, ça pour revenir, ils reviennent toujours. Et moi, la bonne poire, je passe l'éponge... Car qu'est-ce que serait le père Chouin, hein ! dis-le-moi, sans ses marloupins et leurs gouailleuses petites gueules d'enfants de l'asphalte ? »

Était-ce la nuit qui descendait, calme, ou cette grande rousse devant lui, dont il devinait le parfum ? Quoi qu'il en soit, peu à peu, ses mots dans l'ombre prenaient corps et, se solidifiant, formaient comme un humus, une terre reconquise sur la tristesse, l'amertume, le désenchantement. Au-delà de ces paroles, fleurant bon la rue canaille, c'était tout son être morcelé qu'il rassemblait d'un coup. Et en même temps, comme par magie, surgissaient des décombres de son existence sa vieille tôle moisie et au loin la ville, sa ville dont il pressentait soudain la pérennité, ce qui était non seulement un gage mais un petit acompte sur sa propre éternité. Cette rousse, buisson ardent et touffu de vie, était passée devant lui et du même coup l'avait innocenté.

Plus tard, dans la soirée, drapée dans un peignoir japonais sur lequel étaient brodés d'immenses oiseaux de feu, Rachel s'affairait au salon, un balai à la main. Elle remettait de l'ordre. Entre-temps, Raymond Chouin lui avait monté sa valise à l'étage et l'avait installée dans la chambre n° 18, la seule qui possédât une véritable salle de bains. On l'appelait la chambre du Pacha. C'était une grande pièce dans le style lupanar à Ismaïlia. On parvenait au lit surélevé et placé tel un divan dans une alcôve par quelques marches, lesquelles étaient surmontées d'un baldaquin en stuc assez chichement doré, mais incrusté de verroteries multicolores. Les courtines étaient de velours rouge, gansé d'or. Quant aux lambris, qui couraient le long des murs, ils reprenaient la décoration géométrique du baldaquin, ménageant cependant, ici et là, de petites niches fermées par des volets ajourés en bois et travaillés comme des moucharabiehs d'où s'échappait une lumière mauve de cabinet de diseuse de bonne aventure. Le tout était reflété par des glaces au plafond. Enfin, pour parfaire cette décoration mûrement élaborée, deux portraits étaient accrochés de chaque côté d'un poêle à charbon qui, choisi pour son petit air mauresque, rappelait vaguement un minaret. C'étaient des fixés sous verre qu'on achetait jadis dans tous les bazars de l'Orient. L'un représentait le khédive Ismaël arborant un tarbouche à gland d'or. Sur son gros ventre de pacha bien nourri s'étalaient le ruban jaune ainsi que la plaque de commandeur de l'ordre du Caïman. Il était en tout point semblable à l'image de lui que l'on trouve encore parfois sur certains paquets de cigarettes égyptiennes. En pendant, de son cadre chantourné, l'impératrice Eugénie, l'œil trop bleu et un peu vague, lui glissait le sourire pincé d'une personne gênée de se trouver dans un lieu si mal famé.

« Ce sera ta chambre, petite », lui avait dit Raymond Chouin, non sans une certaine fierté, tandis que d'un geste large il lui faisait les honneurs de ce qui allait devenir son royaume. Rachel ne montrant aucun signe d'étonnement, le vieux maquereau, piqué, s'exclama : « C'est quand même fort ! Ne me dis pas que cette piaule ne te rappelle rien ! » Et comme elle demeurait interdite, cherchant à quoi ce bazar pouvait bien ressembler, Raymond Chouin n'y tenant plus lui lança, excédé : « Si c'est pour me faire bisquer, cesse de te tortiller, fillette ! Avoue tout de même que papa Chouin a le compas dans l'œil ! Copie conforme ! Hein ? Enfin, tu ne vois pas que c'est exactement la chambre d'Emma. J'aurais aimé lui en faire la surprise, mais, je ne sais pourquoi, depuis dix ans, chaque année, elle remettait son voyage... Et elle sera morte, la pauvre, sans avoir vu sa chambre... Tu vois, tout y est, exactement comme à la villa Jasmina... C'est Loulou qui m'a rencardé... Je lui avais demandé certains détails sur la maison. Il m'a répondu aussitôt, ajoutant même des crobards. Un sacré pinceau, le Loulou. Si bien qu'on s'y croirait, hein ! »

Rachel, qui connaissait son Loulou, comprit tout de suite le bateau que celui-ci avait monté au tôlier. Ce n'était pas les plans de la chambre d'Emma qu'il lui avait communiqués, mais ceux du cabinet particulier du Chalet Goulettois, où les soirs de bar-mitsva, quand l'alcool commençait à faire son effet, les grosses mammas juives venaient en douce se faire peloter sur le divan par les petits rabbins. Cependant, ne voulant pas décevoir son nouvel ami, elle fit mine de retrouver la mémoire et, dans un de ces élans du cœur qui vous viennent quand le souvenir du passé vous met le grappin dessus, elle s'écria : « Evidemment ! Oui ! Mais où avais-je donc la tête ? Évidemment, c'est bien la chambre d'Emma ! » Cependant, en y regardant de plus près, quelque chose lui revint en mémoire et elle se demanda si Loulou s'était vraiment joué du brave Chouin qui lui avait plus d'une fois sauvé la mise lors de ses séjours parisiens. Quelque chose de très ancien, qui devait bien remonter à sa première visite à la villa Jasmina. Elle ne devait pas avoir alors plus de huit ans. Visitant, en compagnie de Loulou, la chambre d'Emma, elle lui avait dit que lorsqu'elle serait grande, elle voudrait une chambre semblable, mais avec un lit plus grand et sur une estrade, avec des rideaux qu'on puisse tirer. Et de beaux tableaux aux murs. « Et comment les veux-tu, ces tableaux ? lui avait demandé Loulou. Des paysages ? — Non, des belles dames et des beaux messieurs que j'appellerai mes oncles et tantes. — Je vois, avait répondu Loulou, avec cet esprit de synthèse qui le personnifiait, en somme, tu veux une chambre de cocotte, avec des portraits dont tu puisses te faire une vraie famille! Bravo, petite, tu iras plus loin et plus fort que ta grand-mère!» Le ton, son petit rire aigrelet, chaque mot tombant de cette bouche pincée par un rictus de distinction gouailleuse, ses yeux pétillants de malice, tout lui était revenu d'un seul coup. De la même façon que ces étoiles qu'on découvre au coin du ciel et qui, alors même que leur lumière vous arrive anémique et clignotante, sont déjà mortes. Cette chambre inventée par Loulou, avec, ici et là, des réminiscences du Chalet Goulettois, c'était son enfance qui la rattrapait. Mieux, un lieu prévu pour elle, depuis toujours, chose qu'ignorait Raymond Chouin. Et, dans un éclair, elle eut la révélation que les puissantes et avides racines du souvenir qui traversent le temps et s'enfoncent jusqu'au plus profond d'une mémoire labile, bien au-delà des ténèbres des nuits et des jours abandonnés, défiant l'oubli, pousseraient dorénavant leur réseau souterrain de cette chambre ridicule, dans sa lumière trop mauve et son décor de pacotille, mais qui concrétisait maladroitement le désir lointain de la fillette qu'elle avait été. Elle promena ses mains sur les meubles, toucha chaque objet. Elle s'approcha lentement d'une glace où, comme écrasées, de grosses tulipes de lumière violette ruisselaient. On eût dit qu'elle voulait surprendre sur son visage un mystère que, seul, ce miroir sous cet éclairage pouvait trahir. Elle y vit la peau de vache qu'elle allait devenir et, sous sa robe légère, se dessiner, haute et ferme, une poitrine savoureuse. Sa robe était si plaquée qu'on devinait son ventre descendant entre les flancs courbés et, au-dessous, le triangle. Elle avait de quoi prendre. Mais saurait-elle donner? Faire souche? Elle alla aussitôt se blottir au creux d'un fauteuil, souple, un peu pâle et crispée, et à peine un instant, comme une ombre légère, rapide mais impérissable, passa entre elle et son doute la silhouette du petit rital plein de sève. Alors se retira d'elle toute inquiétude du futur. Ce futur qu'on imagine à la merci de l'insolent hasard. Elle savait qu'elle était enfin arrivée, même s'il lui fallait encore attendre pour céder à la vie. Pour s'ouvrir et craquer comme un beau fruit. Mais c'était bien ici — et, de cela, elle était certaine — qu'elle devait attendre cette lumineuse rupture sans laquelle toute femme demeure vaine. Et ainsi se retrouva-t-elle au bord du temps, libre, prête à envisager tous les chemins que lui offrait la vie.

Aussitôt, elle défit sa valise et, après s'être escrimée sur une commode dont l'un des tiroirs avait joué, elle avait rangé soigneusement, comme si sa nouvelle vie allait en dépendre, un flot de bas de soie couleur gazelle.

Plus tard encore, quand ils eurent fini de mettre un peu d'ordre au salon, Raymond Chouin tira deux chaises sur le perron. La nuit était douce, une nuit d'été déjà. Quelque part, dans une arrière-cour, il y avait un seringa dont les effluves leur parvenaient. Par-dessus le toit, le ciel fourmillait d'astres. Pas un souffle. Pas un bruit. Seulement, de temps en temps, une lueur d'incendie par-delà le Sacré-Cœur, avec comme un roulement de tonnerre.

« Ça canonne encore dur. Tu vas voir qu'ils vont finir par dégommer le doulosse de la basilique, fit Raymond Chouin.

— Ce sont les Allemands ?

— Et qui veux-tu que ce soit d'autre ? Demain, ils seront là. Ça m'étonne d'ailleurs qu'ils n'y soient pas déjà... Demain, oui, demain, ils s'empocheront Paris... Ils iront à la bamboche... Tu les verras même rappliquer ici... Ils crachent pas sur la brioche maudite, les frisés... J'en connaissais un, y a pas si longtemps que cela. Un drôle de type. Paraît qu'il était attaché à l'ambassade. Il ne décanillait pas de la tôle. La trentaine mais avec encore une gueule de mioche... On aurait pu croire qu'il se donnait des airs de petit monsieur avec son chapeau mou et ses cols à bouffer de la tarte, s'il n'y avait eu ses yeux. Un regard terrible, bleu et froid. Un regard qu'on n'oublie pas de sitôt... Des yeux d'aveugle. Certains jours, il vous fixait et c'était comme si vous n'existiez pas. J'en ai vu de ces yeux-là durant la dernière guerre, c'étaient des yeux qui avaient vu la mort. Il se faisait appeler M. Bolko. Mais on ne la fait pas au père Chouin. Je savais que ce nom en cachait un autre. Il débarquait toujours avec des filles du Moulin-Rouge. Pour autant de greluches, il faisait monter le même nombre de mes gars. Ensuite, champagne pour tout le monde. Lui se mettait au piano et il jouait de ces trucs à vous chavirer l'âme. Au début, j'ai cru que ce qui l'amusait, c'était de mater... Et puis, un jour, il a aperçu Dédé, et il est devenu comme fou... Et Dédé, ce type, ça le bottait qu'à moitié. Autant il s'allongeait sans façon avec le vieux baron, mais, avec celui-là, que dalle ! J'avais beau le raisonner. Rien n'y fit. C'était comme si l'Allemand lui faisait peur. Il avait beau me dire : " Moi, avec un frangin comme ça, c'est pas que je veuille pas, mais c'est que je peux pas triquer. " Mais moi, je savais bien qu'il y avait autre chose. Fallait le voir, le Dédé, reluquer à la dérobée le frisé, quand il était au piano et qu'il nous balançait sa musique... Des trucs pour garces allemandes... J'en ai vu défiler du zouave, et de toutes les couleurs, alors si c'était pas de l'amour qui brillait dans les mirettes du Dédé, le père Chouin peut prendre sa retraite... Le gosse trouillait dans son falzar seulement parce qu'il était amoureux du prusco, c'était clair ! C'était peut-être même la première fois qu'il en pinçait, le môme ; parce que la Mireille, faut pas croire, malgré les bécots et les dimanches au caboulot, c'était pas la grande secousse. Il se rongeait même le cul à la vinaigrette, avec la Mireille. Alors, faut le comprendre : ça vous fout tout de même un sacré coup, quand on se croit un petit dur, un demi-sel des fortifs et que v'lan, comme ça, on se retrouve avec un cœur de tapette ! C'était l'année dernière, à peu près à cette époque, même pas deux mois avant la déclaration ; et tu l'aurais entendu le Herr Bolko s'adresser au père Chouin le jour où il a fait sa valise. Un vrai officier. " Monsieur Chouine ", m'a-t-il dit — je ne sais pas ce qu'il avait à m'appeler toujours " Chouine ", et pourtant, il parlait un français impec —... " la prochaine fois, monsieur Chouine, quand je reviendrai... j'aimerais que Dédé soit présent... " Et ça, sur un ton... c'était un ordre. Quand il a ensuite vissé son monocle pour régler l'addition, j'ai cru entendre, oui, vraiment entendre, des bottes claquer. C'est à ce moment que j'ai compris qu'avec des zèbres pareils on était cuits. Et demain, si Dédé ne rapplique pas, c'est le père Chouine — comme il disait — qui sera de la revue. Parce qu'il va revenir le Bolko... Et si c'est pas demain... ce sera après-demain. De toute façon, quand on en a goûté à la tôle aux illusions, on y revient toujours... »

Les mots se perdaient dans la nuit qui, peu à peu, les submergeait, eux, leurs paroles et leurs souvenirs. Un bénéfique engourdissement avait fini par les gagner. La ville immense, naguère encombrée de la rumeur des rues grouillantes, des trottoirs et des cafés étincelants, cette ville furieuse d'épuiser les plaisirs avec ses bouges et ses tripots, ses fumeries et ses bordels, s'était tue. Une odeur grasse et tendre leur parvenait par bouffées, rameutant en eux des sentiments agrestes.

« Écoute, petite, fit le maquereau en saisissant le bras de Rachel, tu entends, c'est la cambrousse qui vient jusqu'à nous. L'odeur des herbes folles de la Butte. Mais, écoute, écoute bien, voilà le sureau de la rue Labat, qui rapplique avec toute sa broussaille... Oh ! la vieille branche ! Ce que j'ai pu la tailler pour en faire des sarbacanes... »

Et, de nouveau, le silence. Ils se parlèrent ainsi, longtemps. Deux voix dans la nuit qui soliloquaient leur peur, mais aussi le plaisir de s'être trouvées. Cela venait comme le ressac imprévu d'une mer calme.

A un moment, il dit : « Je me demande où elle peut bien être, à présent ?

— Qui ?

— Ma petite Henriette, ma fille ! Eh oui, le père Chouin avait jadis une famille !... Et à l'heure actuelle, si Emma n'avait pas déboulé dans sa vie, il serait heureux, les charentaises au coin d'un feu... Quand j'y repense, c'était tout de même une sacrée bousilleuse d'existences, l'Emma, parce qu'elle me l'a bien foutue en l'air ma vie !... Mais, au fond, je ne regrette rien... Je préfère encore mégoter le bout de lard à la Mondaine avec le Chinois plutôt que de me retrouver à vendre des fermetures Éclair et des boutons-pression rue du Chemin-Vert...

— Le Chinois ?... Tiens, ce serait drôle que ce soit le même que le mien !

— Des Chinois, y en a beaucoup, mais de cette trempe il n'y en a qu'un. Si tu l'as rencontré une fois, après tu ne peux plus le louper. Un œil bridé, qui fait dans la rousse, et qui a ses indics un peu partout dans le quartier ; au Khédive, mais aussi à l'Olympic, rue des Martyrs, et jusqu'au Cyrano, à la place Blanche... Un petit teigneux, tout en muscles, mais quand on le connaît un peu, pas si mauvais bougre ; on le met facilement à la coule quand on sait lui en faire palper... Pour ça, un sacré magouilleur. Il ira loin, le Changarnier, c'est le père Chouin qui te le dit !... »

Il raconta alors l'équipée sanglante de l'inspecteur Changarnier contre une bande d'escarpes qui s'était établie aux alentours des Abbesses. Le quartier, qui les craignait, les connaissait sous le nom des Poignardeurs. Ce nom leur venait de ce que, de mémoire de voyou, on ne les avait jamais vus manier un revolver. Certains prétendaient même qu'ils se servaient pour leurs mauvais coups d'un couteau qu'ils appelaient l' «eustache». Ils en jouaient entre eux, pour un oui, pour un non, pour le sourire d'une môme.

«Changarnier s'est fait rencarder sur un de la bande qui, contrairement aux autres, traversait le boulevard et venait jusqu'au Khédive lire son *Paris-Sport*. C'était un rupin du biscoteau. Il fréquentait la salle de sport de la rue du Delta. Parfois, en douce, il cachetonnait ici. Mais c'était pas un régulier. Il me disait qu'il ne faisait cela que pour l'oseille. Mais moi, je savais que c'était par vice, qu'il aimait les vieux... Tu vois le genre : un gosse de l'Assistance qui s'invente un papa, le temps d'une passe. Le Chinois l'avait à l'œil. Il a reniflé le filon.» Le tôlier raconta ensuite comment l'inspecteur s'était grimé et avait mis une perruque grisonnante, des moustaches, un faux ventre, une Légion d'honneur au revers de son veston et, évidemment, des bagouzes aux doigts pour donner le change et faire le bourgeois qui a du répondant. «Donc, petit doigt en l'air, le v'là parti pour agacer le Fernand à la retape. Fernand, c'était son nom, Fernand Crevel, et il était réputé comme un sacré lanceur de couteaux, le meilleur, disait-on, de la bande. Ils conviennent d'un rendez-vous. Le lendemain, sur les trois heures, ils rappliquent ici. Je leur donne la clef du n° 3. Je laisse passer un moment et je me planque dans le couloir. J'essaye d'écouter à la porte, mais je n'entends rien. Ça a duré bien dix minutes, au bout desquelles, branle-bas de combat. J'entends des cris. Une sacrée empoigne s'ensuit. " L'ordure, gueule le petit gars, il m'a poissé, la vache ! " Quelques bons ramponneaux encore, et la porte s'ouvre violemment. Le Fernand est éjecté, menottes aux mains, la chemise déchirée, le falzar encore défait. A moitié sonné, un coquard à l'œil, il fait quelques pas et va s'écrouler contre la porte d'en face. Derrière, sur le pas de la porte, se tient l'inspecteur, sans moustache ni perruque, l'air goguenard, qui, tout en rafistolant sa bragouze, jette à la cantonade : " Sache que c'est pas à l'influence qu'on la fait au Chinois. " J'ai pas demandé mon reste. Je me suis éclipsé sans faire de bruit. Je ne sais pas ce qui s'est passé ensuite. Quand ils sont redescendus, un peu plus tard, le Chinois avait remis sa perruque et sa moustache et il tenait l'escarpe par le cou, d'une façon protectrice, comme si, entre eux, c'était une affaire qui roulait. Le Poignardeur avait la casquette rabaissée sur l'œil et ne portait plus de menottes. Alors, il a bien fallu que quelque chose se passe. De ce jour, on n'a plus jamais revu Fernand-le-Couteau ; ni au Khédive, ni non plus, le soir, sur le boulevard à la brune, quand ça se frôle. Selon le dire de certains de mes petits truqueurs, on l'aurait vu rôder autour de Médrano où il aurait essayé de se faire engager comme lanceur de poignards. Mais, là-dessus, la guerre est arrivée, et tout ce beau monde s'est taillé dans la nature...

— Médrano ? » demanda Rachel. Et ce nom qu'elle avait peut-être entendu, une fois, au hasard d'une conversation sur une plage à Nice et qu'elle reprenait dans la nuit comme un écho se chargea d'une immense tendresse. « Médrano », répéta-t-elle et elle se sentit soudain chaude et tétonnière. Elle revit son Italien lézardant auprès d'elle sur le sable, qui lui racontait comme une fanfaronnade le monde illusoire du cirque. Et de nouveau ce sentiment qu'elle connaissait bien la submergea. Vague mélange de tristesse et de désir. Assez semblable à ce que parfois l'été on ressent dans les rues désertées qui grimpent avec cette lancinante monotonie et qu'on emprunte avec l'impression d'être le dernier survivant d'une cité morte. Pire, un étouffement qui vous signifie que la vie est passée, ne laissant derrière elle que les aubes qui ne se lèveront plus que sur des jours anciens, avec sa ronde confuse de morts et de vivants ; tourbillon où les lumières, les regards, les formes, les amours inachevées, les chansons interrompues finissent par n'être plus que les pâles éléments d'un monde obscur, qui nous cernent de tous côtés, et auquel, sans le savoir, nous appartenons déjà. Et alors qu'elle s'effrayait de ce glissement qu'elle percevait en elle, de cette ombre qui sépare peu à peu et partage les âmes, les arrachant à leur passé en un effritement sournois, elle eut l'intuition que, parmi ces visages, qui assiègent avec mélancolie le souvenir, ce ne sont pas les morts qui laissent le plus de regrets.

Déjà la nuit pâlissait quand elle interrogea encore : « Médrano ? », comme pour rappeler l'image du jeune clown qui peu à peu, avec les jours, s'effaçait d'elle et dont, elle le pressentait, dépendait l'accomplissement de son destin.

« Eh oui ! Médrano ! C'est juste à deux pas sur le boulevard... »

Ensuite, le tôlier raconta comment, quelques jours plus

tard, la bande aux Poignardeurs s'était fait coincer derrière une palissade, dans un terrain vague, rue de l'Armée-d'Orient; et aussi comment le Chinois en avait crevé deux, presque à bout portant. «C'est un petit malin, le Chinois! Après avoir mis les chefs à la retraite, il s'est placé à la tête de la bande. Trafics en tous genres, si tu vois ce que je veux dire... Aux dernières nouvelles, mais elles datent déjà de plusieurs mois, d'avant la grande trouille, la bande exerçait ses libéralités sur le Sébasto...»

Ils étaient là, assis l'un à côté de l'autre. Elle, drapée dans le grand peignoir japonais d'Emma; lui, avec son pantalon de coutil poché aux genoux. Et l'aube se levait. Ils avaient émietté la nuit, en se parlant de tout et de rien. Il lui avait offert le quartier, son quartier, qui s'étendait de Rochechouart aux Martyrs et, par-delà le square d'Anvers, jusqu'à Pigalle, et encore plus loin en haut vers Montmartre. Elle avait compris, sans même qu'il ait eu besoin de le lui avouer, qu'il avait été, il y avait longtemps, bien longtemps, dans sa jeunesse de voyou de la Butte, lui aussi de la bande aux Poignardeurs. De son côté, lui avait deviné que quelque chose l'attachait secrètement au cirque, même si elle ne lui avait pas encore dit qu'elle voulait faire l'artiste de music-hall. Cependant, ni l'un ni l'autre n'évoqua, même à demi-mot, la mort d'Emma. D'ailleurs, pourquoi l'auraient-ils évoquée — lui, du moins — puisqu'elle se tenait là, bien vivante, à ses côtés, plus jeune et rousse que jamais, dans son peignoir japonais. Lorsque Raymond Chouin, après un long silence, alors que les premières lueurs de l'aube éclaircissaient le ciel, ramena la conversation sur cette fille qu'il avait eue jadis et qui, l'âge venant, était devenue pour lui comme une obsession, Rachel se sentit un devoir de réparer ce qu'Emma avait détruit, sans peut-être même le savoir; puisque Emma, à présent, c'était elle.

«Oui, une sacrée bousilleuse, ta grand-mère! Et la Luciane, une vraie salope! merde! On est tout de même encore mariés, et elle m'empêche de voir ma gosse! Tu aurais vu comme j'ai été jeté de l'église, le jour de la communion solennelle d'Henriette! Tu te rends compte, le jour de sa communion! On ne m'a même pas laissé l'embrasser! Moi, son père!»

Une grosse larme lui roulait le long du nez.

« Imagine un peu ! Simplement pour l'apercevoir, je m'en vais quelquefois, quand il n'y a pas trop de turbin ici, le dimanche après-midi, aux Trapézistes, un café-tabac, métro Filles-du-Calvaire, juste en face du Cirque d'Hiver. Oui, rien que pour la voir passer avec la Luciane. Elles remontent le boulevard jusqu'à République, c'est leur promenade de la semaine. Oh ! c'est pas qu'elle soit bien belle. Elle fait plutôt dans le grand échalas pointu. Mais c'est ma fille et, quand je la vois passer, ça me fout le bourdon...

— Allez, cesse de pisser de l'œil ! Je te la ramènerai, va, ton Henriette, et je te la ramènerai ici même ! » fit brusquement Rachel, attrapant sans s'en rendre compte les intonations d'Emma. Ainsi coupa-t-elle à un vague sentiment de culpabilité, en même temps qu'elle faisait entrer, dans le cercle enchanté où elle avait déjà placé Emma, Henriette Chouin, fille de Raymond Chouin et de son éphémère épouse, Luciane, née Duborniau, mercière de mère en fille, rue du Chemin-Vert.

Raymond Chouin ne parut pas surpris par le ton. Il était déjà sous l'emprise de cette fée qui lui tombait du ciel.

« Vrai ? fit-il.

— Oui, vrai ! » Et elle ajouta, plus bas, comme s'il se fût agi d'un pacte secret : « Parole d'Emma ! »

Il se pourrait bien que, ces derniers mots, Raymond Chouin ne les entendît pas. Car il s'était dressé de sa chaise, comme mû par un ressort, et de son grand nez il flairait le petit vent coulis de l'aube. Il attrapa le bras de Rachel.

« Tu sens... là, cette odeur ? » En effet, dans l'air léger du matin, encore tout plein des sortilèges de la nuit, s'était glissée une odeur de chou qui, à l'expression qu'avait prise le visage du tôlier, semblait le ravir.

« Ils sont revenus... Ils ne sont que les premiers... mais les autres suivront... Tu m'entends, Rachel, ils vont tous revenir... peut-être ce soir, demain sans doute !... Mais ils finiront par rappliquer... »

Et comme Rachel demeurait de marbre, ne comprenant rien à cette excitation soudaine qui avait succédé à l'abattement le plus profond, il lui serra encore plus fort le bras :

« Ne sens-tu pas le chou... ce merveilleux chou ?

— Oui, tu as raison, ça bouscule légèrement...

— Mais, tu n'y es pas, ma petite... C'est magnifique... Plus cela coince, mieux c'est!... Ah! quel parfum que la soupe aux choux des Roubichou... Mais oui, ne fais pas cette tête-là... Les Roubichou, les locataires du troisième dans l'escalier B, et Amédée, leur grande brèle de fils, sont de retour... Ne me dis pas que tu ne le sens pas... Alors, tu comprends, fillette, nous ne sommes plus seuls... Nous ne sommes plus abandonnés!»

Et, à le voir ainsi, les narines frémissantes, humer l'air — cette odeur qu'en d'autres temps il trouvait repoussante au point de grogner presque chaque matin : «Quel cornage! C'est tout de même pas permis de nous empoisonner une atmosphère comme ça. On devrait lui foutre son congé à cette pétasse! Et au fifils à sa maman... Tu parles d'un Aimé! Une zouavette qui voudrait faire du music-hall, en travelo, sur un fil d'acier comme Barbette, je vous fais pas le tableau... Un nouvel ange du trapèze, tu parles... Un sacré fildefériste, oui!... C'est du barbelé au cul qu'on devrait lui foutre à cette majorette! Du chou! Du chou! Toujours du chou! Mais c'est pas possible, c'est la famille Jeannot Lapin que ces gens-là! Comme s'il n'y avait rien à cuire de mieux, dès le matin, que ce fichu légume...» —, oui, on comprenait que pour lui cette «danse», comme il disait, était devenu le plus suave des parfums et pour un peu, aurait-il rencontré dans la cour cette grande brèle d'Amédée Roubichou qu'il l'eût embrassé comme du bon pain. Et c'était si vrai que lorsqu'il reparla un peu plus tard du music-hall et de la façon dont Rachel devait envisager sa carrière, il lui conseilla de s'adresser à Amédée. «Tu sais, c'est un petit très bien. Il connaît tout ce qu'on peut connaître du milieu. Il prend des cours de danse chez une vieille Russe quelque part dans le quartier. C'est là où il faut qu'il t'emmène afin d'apprendre à lever la patte. Fille nue, d'accord. Montrer son cul, toujours d'accord. Mais attention! Les cannes, même les plus chiadées naturellement, c'est jamais du tout cuit. Ma petite, des jambes de music-hall, c'est autre chose : ça se travaille!»

Et, avec le soleil qui se levait, la chaleur tomba sur la ville. Plus bas, à quelques centaines de mètres à vol d'oiseau, les Allemands venaient d'accrocher sur la façade de l'Opéra le drapeau rouge frappé du svastika noir.

Ce fut donc par une belle matinée de printemps que Paris entra dans cette époque incertaine, dont certains depuis ont gardé la nostalgie — mais après tout ne fut-ce point le temps de leur jeunesse ? —, une époque que les livres d'Histoire s'accordent généralement à nommer l' « Occupation », alors qu'elle ne fut, peut-être, que celle de la « Joyeuse Collaboration » ; en tout cas, une époque pour petits démerdards.

# 4

« MADAME » habitait vers le haut de la rue des Martyrs, au fond d'une cour, dans un atelier de sculpteur qu'elle avait transformé en studio de danse. En émanaient de fortes odeurs de pipi de chat, un fumet concentré qui prenait à la gorge dès qu'on entrait. Un odorat aguerri y aurait même décelé le souvenir de plusieurs générations de lapins de gouttière que Madame, qui avait le cœur large quant à la gent griffue, recueillait à tour de rôle. Il y avait eu Goliath premier, qu'avait suivi de peu Goliath second, et ainsi de suite, jusqu'à celui qui avait élu domicile sur le piano et qui portait, dans cette longue descendance du grand musclé philistin, le chiffre cinq. Ce relent auquel on finissait par s'accoutumer redoublait aux changements de temps ; et ainsi ses vieilles pisses imprégnées dans le velours râpé d'un fauteuil et les châles brodés, qui traînaient ici et là et dont se drapait Madame selon son humeur, l'avertissaient, mieux que les rhumatismes déformants dont elle souffrait, des variations du baromètre. Lors de sa leçon quotidienne, tandis que de ses doigts crochus Madame soulignait l'envol d'un oiseau bleu ou le frissonnement amoureux du cygne, il lui arrivait, parfois, d'interrompre la tapeuse au piano pour annoncer d'une voix de pythie mal comprise que le temps était en train de tourner à l'orage, un orage que rien dans le ciel ne laissait prévoir. Devant l'air dubitatif et même souvent goguenard que prenaient ses élèves, elle se dirigeait alors vers la pianiste, pour la prendre à témoin, et roulant les *r*, comme si elle eût voulu préfigurer le tonnerre :

« Évidemment c'est orrrâge qui se prrrépare. Goliath n'a jamais trompé maman. » Cependant, comme soudain frappée d'un doute, elle avançait son nez busqué d'oiseau de proie, pour s'assurer une dernière fois, la narine frémissante, que son odorat ne l'avait pas trahie. Alors, prenant à nouveau à partie la tapeuse, son souffre-douleur : « Babouchka, petite sotte, pourquoi faire mijaurée et bouche cul de poule quand je dis : orage pour ce soir ? As-tu oublié Goliath ? Petite boule tigrée rouquine trouvée dans poubelles par maman, nuit de Saint-Vladimir. Jamais lui se tromper même quand devenu gros pépère ronflant près du poêle ; et venir, lui, toujours avant orrrâge pisser sur châle espagnol de maman... »

Quand Madame était en colère, ou feignait de l'être, elle négligeait l'emploi de l'article. Et cette ellipse la dénonçait au quartier comme la russkof de service mieux encore que saint Vladimir et la très sainte Anastasie qu'elle appelait à son secours pour un oui ou pour un non ; et avec d'autant plus de vigueur, quand l'huissier de la rue de Navarin, Me Chagrumeau, débarquait aux premières heures de la matinée, flanqué du commissaire de police. En effet, une journée de Madame n'eût pas trouvé son parfait équilibre sans quelques exploits, commandements, constats, sommations ou saisies, apportés par Me Chagrumeau en personne, qu'elle s'appliquait avec une constance que le temps n'avait pas émoussée à appeler « Chapuceau ». « Non, Chagrumeau, madame ! rectifiait à chaque fois l'huissier. — Oui, très bien, par saint Vladimir, Chapruneau. — Non, madame, Chat... — Oui ! Chat... ! Chat... ! Chat... ! Par sainte Anastasie ne m'ennuyez pas avec votre Chat... Posez votre gros derrière de matou sur le tabouret... Cinq minutes ! Je vous donne cinq minutes pour rincer votre petit œil... » Alors, se tournant vers sa classe : « Un, deux, mesdemoiselles ! Série de grands battements balancés pour faire petit plaisir au brave mésieur Chapuceau... » A la fin de l'exercice, elle interrompait la leçon et reconduisait l'huissier et le commissaire à la porte. « Par saint Vladimir, cela a été très excessif aujourd'hui, trop de jolies cuisses pour vous, vilain gribouille. Et, maintenant, rentrez directement chez bobonne... » Elle arrachait alors à l'huissier les papiers qu'il tenait. « Par sainte Anastasie, donnez-moi vos paperolles pour me faire papillotes sur la citrouille... Et encore merci, messieurs, d'être venus jusqu'à moi.» Après avoir esquissé une manière de révérence, elle leur claquait la porte au nez.

Madame avait une syntaxe et un vocabulaire bien à elle, lesquels combinaient tout à la fois les avantages du subjonctif et de l'argot le plus relevé qu'une oreille passante pouvait s'attraper sans y prendre garde, comme cela, à la venvole sur le boulevard Rochechouart. Avec les hardes dont elle s'attifait et les allures d'un spectre qui eût sur le tard découvert les bienfaits du maquillage, elle perpétuait, non sans grandeur, en dépit de la mouise où elle se trouvait, un passé illustre, sans qu'on pût tout à fait dire lequel. Un samovar en argent d'un joli travail moscovite, qui près du poêle à charbon sifflait du matin au soir, semblait étayer ses anciens fastes qu'il ne se passait pas un jour qu'elle ne prît soin de rappeler à la classe. Tout lui servait de prétexte : un cou-de-pied mal tendu d'une élève, un fouetté sans conviction, et aussitôt elle prenait le mors aux dents. «Malheureuse petite!» s'écriait-elle, avec des accents de douleur en portant les deux mains à son turban, comme si cette vacillante créature venait de commettre un crime épouvantable. «Fouetté, ce n'est pas trente-deuxième du Kamasutra, ni danse du ventre pour faire bandouiller gros bourgeois apathique au Moulin-Rouge; si toi petite pécore vouloir faire mignonnette, alors quitter Madame pour te placer comme demoiselle au salon. Turbin très honorable à 200 francs la plume. Et tu pourras faire, si tu veux, en supplément, " flic-flac ", les deux jambes écartées, sans tendre cou-de-pied. Mais moi pas sous-maîtresse! Moi faire art. Grand art selon évangile Marius Petipa et école théâtre Maryinski. Fouetté, c'est demi-plié sur jambe gauche avec la droite à la seconde; et pivoter ensuite avec tour en dehors et fouetter avec la jambe droite qui passe en arrière, sous le genou... Pierina Legnani, grande pute italienne, mais belle artiste, a rendu fou Marius avec trente-deux fouettés soir première *Cendrillon*. Beau ballet sur musique très caca de baron Fitinghof-Schell. Terrible partouzeur, le baron, et rabatteur de petits danseurs pour grands-ducs...» La première bordée envoyée, Madame ne redescendait de ses grands chevaux que pour monter en troïka afin de gagner Pavlovsk ou Tsarskoïe Selo. Là, un général de ses amis, commandant le régiment Préobrajenski, saisi d'un délire fétichiste, la fouettait avec des sautoirs de perles commandés tout exprès chez Cartier. Sautoirs que, la séance terminée, elle empochait. A Pâques, ce même général lui faisait parcourir son jardin d'hiver, à quatre pattes, dans le plus simple appareil, en laisse, un collier de chien clouté de diamants au cou, afin qu'elle débusque derrière les buissons de mimosas de Crimée et de kentias des œufs de Fabergé qu'il y avait cachés à son intention. Ainsi, à partir d'un pas mal exécuté, Madame se prêtait les souvenirs de la grande décadence pétersbourgeoise où, durant les nuits blanches, la morphine coulait à flots et où, en somme, tomber sur un fétichiste n'était qu'un moindre mal.

La demoiselle, vertement rabrouée et menacée de rejoindre à la prochaine incartade un claque du quartier, qui n'avait servi qu'à exciter son imagination, était rapidement abandonnée à la barre. Madame gagnait alors le centre du studio où elle se plaçait en cinquième, le pied droit en avant, comme si elle allait exécuter un demi-plié et enchaîner sur une pirouette à la seconde. En fait, la variation attendue n'était que verbale. Mais quelle variation! Quelle virtuosité pour rendre une atmosphère de neige, le canal gelé de la Moïka, les soirs de première au Théâtre impérial et aussi un tas de petites cochonneries qui font le charme de tous les papotages des coulisses et qui, rapportées avec cette verve, vous signalent définitivement la théâtreuse-née. Elle se trouvait partout, quand il le fallait, là où l'obligeait son récit. Elle se prêtait même des rôles peu favorables, se faisant l'agent du scandale ou du crime.

Cependant, lors de ces grands soliloques, certaines parties du développement demeuraient souvent dans l'ombre. Tout n'était pas toujours expliqué et cela dans le dessein secret de se prévaloir de ces obscurités à une autre occasion, afin de donner une autre version de l'événement. Madame était une truqueuse du tonnerre. Tout chez elle, et jusqu'à ses souvenirs les plus intimes, sentait l'artifice et le théâtre. Au point qu'on eût été en droit de se demander si le samovar en argent n'était pas l'un de ces accessoires indispensables à la représentation d'une pièce de Tourgueniev ou de Tchekhov. Pourtant personne n'y avait même jamais pensé tant elle avait su établir son empire sur les imaginations des élèves qu'elle nourrissait de ses contes. D'ailleurs, le samovar — artifice suprême ou véritable nécessité? — disparaissait chaque fin de mois, pour réapparaître au même endroit, près du poêle, au début du suivant ; ce qui soutirait chaque fois à la tapeuse un gémissement : « Pauvre Madame, elle n'a plus un fifrelin pour mettre du moricaud dans son poêle ! Et la voilà encore une fois repartie avec sa bouilloire chez ma tante ! » La pianiste, sous ses airs revêches de vieux cactus, était une fille de caf' conc' qui fidèle avait suivi Madame dans ses successifs avatars et qui, en dépit des mauvais traitements qu'elle en recevait, l'aimait en secret.

Madame était donc dans la panade, mais avec quelle branche ! Il fallait la voir, le soir, sur les sept heures, traverser la rue des Martyrs en charentaises, avec son turban et des gants à crispin gris perle, la clope au bec, qu'elle se roulait elle-même, comme un vrai marlou, pour se rendre à l'Olympic, le café qui se trouvait au coin de la rue de la Tour-d'Auvergne et qui céda la place, il y a peu, à un fast-food plein de néons. Elle y commandait, avec des airs de grande-duchesse en exil, un vermouth-cassis qu'elle s'envoyait au zinc, sans adresser la parole à personne. Le seul à ne pas se laisser impressionner par son genre hautain, qui faisait s'écrier les habitués dès qu'on apercevait son turban mauve : « Tiens, v'là la duchesse qui rapplique ! », c'était le patron, Pierre Boucheseiche. Pierrot-le-Phoque, comme on l'appelait, pour une paire de bacchantes qu'il portait à la gauloise, possédait cette jovialité du coquin bien nourri, avec cette fragile trace de malpropreté morale. Ancien camelot du roi reconverti dans la limonade, il n'avait pas son pareil pour vous décortiquer un youpin à cent lieues. C'était pas un méchant homme et on le verra par la suite lorsque au soir du 2 juin 1943, veille de l'Ascension, qui fut aussi une nuit de pleine lune, alors que la Gestapo aidée par des policiers français raflait les juifs à Pigalle, il cachera une famille dans sa cave, prenant de grands risques, car personne à l'époque ne pouvait se fier à personne. « Que voulez-vous, avouait-il, c'est pas que ce soit tous de mauvais bougres, mais c'est comme ça : j'ai un blair qui les piffe pas... C'est pas ma faute... Moi, je les renifle à cent lieues, chez moi, c'est comme un sixième sens... » Depuis longtemps, il avait flairé, en partie, la vérité sur Madame. Vérité qu'il ne lâchait que par bribes quand il en tenait un petit coup. Au fond, il aimait bien cette vieille toquée, avec son turban, les cheveux postiches qui s'en échappaient et ses charentaises, et il lui arrivait même, quand il devinait les mois difficiles, d'effacer sans rien dire son ardoise. Mais il ne pouvait s'empêcher des petites réflexions, qui par ailleurs n'entamaient en rien le pouvoir de Madame sur les habitués. C'était une fée en son genre : elle n'avait qu'à paraître pour séduire. Ce qui, évidemment, faisait bouillir le Phoque qui en tirait sa bière de travers. A peine Madame avait-elle tourné les talons qu'il libérait la vapeur selon son degré d'ébriété.

«Une duchesse, tu parles! Une vieille maquerelle juive, oui! Si vous saviez ce qu'elle traficote avec la sous-maîtresse du Moyen-Age, le claque de la rue Ballu. Elle te dorlote la poulette durant une saison... Grand écart et tout le trucmuche... Et ensuite, hop! Dans le pageot au bobinard... Et le frangin! Avez-vous jamais vu la trombine du frangin? Faut dire qu'elle ne le montre pas trop souvent... Ce serait même possible qu'elle en ait honte... Quand il rapplique, vraiment là, on ne peut pas le rater... Du cent pour cent ghetto! Il fait dans la peau de lapin et même dans d'autres trucs pas chouettes, à ce que raconte le Chinois. Faut dire que ce petit merdeux de la Mondaine se pose là comme fouinard.»

Madame avait en effet un frère, revendeur de peaux de lapins en arrière-boutique dans le faubourg Montmartre. Certains soirs, pour la voir, il grimpait en soufflant la rue des Martyrs. C'était un petit homme gros. Vêtu en toute saison d'un pardessus et le chef couvert d'un chapeau melon. Le visage glabre et un œil battant la campagne. Son nez était gras et plein de points noirs. Il marchait les pieds en dedans, butant sur les pavés. Et c'est probablement pour se prémunir d'une chute malencontreuse qu'il rasait les murs. Il se présentait une ou deux fois par mois, en fin de journée, chez Madame, qui le faisait entrer rapidement, comme un voleur. Elle le poussait aussitôt dans une sorte de réduit qui lui tenait lieu de cuisine. Ils restaient là les yeux baissés, sans se parler, de part et d'autre d'une table, les mains à plat sur une mauvaise toile cirée. Il pouvait se passer alors quelques minutes ou des heures; le temps n'avait plus d'importance. Ils demeuraient ainsi silencieux, obsédés par les souvenirs qui les liaient et qui, comme les mouches de l'été avant l'orage, rendaient un sourd bruissement au-dessus de leurs têtes. Les râles d'une mère à l'agonie et, dans la chambre à côté, les rires clairs et insouciants des enfants. Les hurlements du vieil oncle

Aaron, roué de coups, puis écorché vif lors du pogrom de Kichinev en 1903, le jour même de la Pâque. Ils n'avaient pas besoin de parler pour se comprendre. Quand le poids des souvenirs devenait trop lourd, une main glissait sur la table pour venir toucher du bout des doigts celle de l'autre, en face. Alors, de grosses larmes coulaient sur leurs joues. Au bout d'un moment, lui se levait, abandonnant sur la table une enveloppe contenant quelques billets. Madame le suivait. Et ce n'est qu'à la porte, alors qu'il se trouvait déjà dans la cour et que la nuit était tombée, qu'elle se hissait, telle une petite fille, sur la pointe des pieds pour lui glisser un baiser sur la joue.

Ces soirs-là, quand elle regagnait la loggia au-dessus du studio où elle avait établi, comme elle disait, « son pucier », parmi les œufs peints, les icônes et de vieilles cartes postales épinglées à même le mur, représentant la perspective Kamenoostrovski avec ses tramways, ou encore les bords de la Neva, avec à l'horizon, perdues au milieu du brouillard, dérivant comme des îles mal arrimées, la cathédrale Pierre-et-Paul et la forteresse du même nom, elle ne rêvait pas à l'institut pour jeunes filles nobles de Smolny, ce pensionnat d'où on l'avait tirée pour la faire entrer presque de force à l'école du Ballet impérial, parce qu'un soir, aux vacances, dans la grande datcha familiale, elle avait montré lors d'une pantomime improvisée tant d'à-propos et de légèreté que Serguei Pavlovitch Diaghilev, ami de ses parents et voisin de villégiature convié à cette fête des enfants, s'était écrié, avec cette emphase qu'il mettait en toute chose : « Vraiment, cette petite Ivana m'a étonné ! Il faut absolument qu'elle danse ! Ce serait un crime de ne pas exploiter un talent pareil ! » Elle oubliait tout. Tout ce passé qu'elle s'était prêté généreusement, depuis tant d'années ; le petit bois de bouleaux qui, la nuit venue, avec ses ombres, lui semblait une forêt ; la vieille demeure avec sa véranda où s'enroulaient des clématites ; les géraniums dans leurs pots, alignés sur la balustrade ; et les comptines dont la berçait la niania pour l'endormir. S'envolait également la chambre aux murs de sapin qui emplissait toute la maison d'une bonne odeur de résine, pour faire place à un relent persistant de choux rances et de navets qui la prenait alors à la gorge. Une odeur fétide qui avait empoisonné son enfance ; l'enfance de Sarah Moïseievna et d'Itshak Moïseievitch, les enfants de Moïse

Davidovitch Chapiro, premier chantre à la synagogue et négociant en grains, rue du Commerce à Kolomna, le quartier juif de Pétersbourg qui commençait derrière le théâtre Marie, un peu au-delà de la prison de Lituanie. Elle se revoyait, en famille, dans une atmosphère lourde et engluée, autour d'une table sur laquelle on venait de déposer une soupe grasse et quelques harengs fumés accompagnés de hala. C'est à cette même table qu'un soir s'étaient assemblés silencieusement tous les membres masculins de la famille en taleth rayé lorsqu'on avait appris la nouvelle de l'assassinat de l'oncle Aaron. Elle revoyait aussi les femmes s'en allant dans la grisaille matinale, par les rues où pendaient les enseignes des magasins juifs, avec leurs cheveux postiches s'échappant de leurs fichus. Les enfants trottinant derrière de longs vieillards en toque de velours, avec leurs redingotes qui semblaient balayer la neige tant elles étaient amples. Et, au loin, dominant les pauvres bâtisses, comme montées les unes sur les autres par manque de place, tel l'immense chapeau de ce quartier misérable, la synagogue avec ses bulbes, ses coupoles, tout irradiés de chants et de lumières, voguant, consolation improbable, sur un océan de débris. Elle y entrait et derrière la balustre de la tribune, avec les femmes, elle écoutait les voix d'enfants qui s'élevaient dans une lueur de cuivre. Tout brillait, les bougies, les chandeliers et jusqu'aux chapeaux hauts de forme de certains messieurs qui n'avaient rien à voir avec son pauvre univers et dont certains, disait-on, qui étaient barons, vivaient dans des palais à la Fontanka. Ils étaient si élégants qu'on les eût dits égarés chez des Orientaux dans ce coin reculé de la Bolchaïa Masterskaïa.

Affalée sur le matelas posé à même le sol, à la renverse sur un édredon rouge d'où s'échappait un désordre de draps, Madame buvait alors au goulot un litron de rouge, façon de faire une halte dans cette jungle de souvenirs qui remontaient de son enfance chaque fois que son frère venait la voir. Et pourtant elle ne lui eût pour rien au monde interdit sa porte, car elle l'aimait, ce frère banqueroutier et un peu voleur. La moitié de la bouteille descendue, elle s'enfonçait de nouveau dans ce monde qui allait et venait dans sa vieille tête, lancinant comme une migraine, dont elle eût aimé se libérer, si pour cela il ne lui eût pas fallu déchirer sa propre chair. « Plutôt mille fois me supplicier que de retenir en moi ces horreurs», criait-elle alors, en brandissant la bouteille. Mais elle ne pouvait s'échapper et, chaque fois, après l'agonie de sa mère se tordant de douleur dans son lit, comme si cette image en appelait une autre, elle revoyait son père, mort lui aussi. Etendu sur le plancher, le sang giclant à gros bouillons de la jugulaire tranchée. Il tenait encore à la main un grand couteau de cuisine. Si fort qu'il fallut l'enterrer avec. Les souvenirs affluaient vite, et tout finissait par se brouiller. La petite fille qu'elle avait été mourait là, au soir du sabbat, dans le logement au-dessus du magasin de la rue du Commerce, à côté d'un père qu'elle vénérait. Elle ne revenait à la vie qu'à l'âge de quinze ans, drapée dans quelques loques qui lui donnaient l'air tzigane, racolant le client à la Moïka, le long du canal ou sous les tilleuls de la Fontanka, à la hauteur du palais Cheremetev. C'est là qu'un soir d'hiver, dans la lumière scintillante que renvoyait l'eau gelée du canal, alors que plusieurs gros bourgeois l'avaient repoussée, un petit jeune homme au visage féminin la prit par le bras et qu'elle le suivit.

«Zhydovka! Zhydovka!» et puis en français : «Vieille juive, vieille pute!» se mettait-elle à crier. Et elle serait bien morte, submergée par sa honte, si le gros rouge n'avait été là pour l'endormir. Elle murmurait encore quelques «Zhydovka» avant de sombrer. On entendait alors de déchirants miaous. C'était Goliath qui, perché sur l'armoire, fixait de ses yeux jaunes sa maîtresse qui, tel un vieux poisson au bord de l'asphyxie, dérivait dans la nuit. L'édredon jetait autour d'elle un halo rouge, formant comme une flaque sanglante qui, par-delà les années, ressemblait étrangement à celle dans laquelle elle avait retrouvé son père, avec son grand bonnet et ses bottes, qui, lui, avait eu le courage de ne pas survivre à la douleur et à la honte d'exister.

C'est ainsi qu'au matin on la découvrait, échouée sur la grève de son passé lointain. Quand la lutte de la nuit avait été plus intense et les fantômes qui l'avaient assaillie plus violents, il arrivait que les élèves du premier cours de la matinée la découvrissent, dégringolée de sa loggia, sur le plancher, au milieu du studio. Cet accroc au cérémonial que Madame, enturbannée, truquée, avec son sourcil théâtre et sur le pied de guerre, en somme, dès l'aube, maintenait en dépit des visites imprévisibles de son frère, qui chaque fois la replongeaient au dernier dessous, n'était arrivé en fait qu'une fois ; cependant, avec assez d'éclat pour lui établir une solide réputation de poivrote. Heureusement Petoucha arrivait le matin tôt et souvent, l'hiver, avant le lever du jour, pour remettre un peu d'ordre dans le studio.

C'était un être sans sexe vraiment défini, avec une bonne tête ronde dont Madame coupait elle-même les cheveux au bol et un nez rouge en pied de marmite, toujours habillé d'un pantalon bouffant et d'une chemise russe serrée à la taille par une ceinture en simili-soie. Très certainement, elle lui aurait fait porter, aux grandes occasions, si elle en avait eu les moyens, une toque de fourrure surmontée de plumes de paon, afin de parachever son costume de cocher. Mais Madame était pauvre, et même chez Mme Pouldourec, la plumassière de la rue des Martyrs, trois plumes de paon eussent été un luxe inabordable pour sa bourse. Petoucha, avec un dévouement parfait, la ramassait puis, après avoir planqué les litrons vides, la baignait, la torchait, la dessoûlait avec un café noir bien salé. Elle lui redressait ensuite le postiche, l'enturbannait, bref, la rafistolait entièrement. Madame n'en avait apparemment aucune reconnaissance. Elle rudoyait Petoucha. « Piotr, petit monstre ! veux-tu pas tirer, moi, cheveux ! Gueule de bois terminée te donnerai knout ! » Si par mégarde l'eau du tub avait été coulée trop chaude, elle poussait des cris atrocement perchés, comme si on eût voulu l'ébouillanter, ce qui signalait au voisinage qu'elle avait été encore cette nuit-là, en suisse, se taper son gros rouge. En dépit de ces continuelles rebuffades, Madame aimait son esclave qu'elle appelait selon son humeur Piotr, Petia, Petinka, réservant le diminutif de Petoucha aux instants privilégiés des grands épanchements.

Parfois, la journée terminée, après la classe des garçons, quand elle se sentait l'âme lourde et nostalgique, elle tirait une bouteille de derrière le bahut, prenait trois verres ébréchés et, d'un geste large, comme si elle eût convié la cour impériale à trinquer avec elle, elle s'écriait : « Vodka per tutti. » Elle signifiait alors, d'un geste autoritaire, à la tapeuse de demeurer au piano et, après lui avoir versé deux doigts d'alcool, elle gagnait un vieux rocking-chair. Calée dans des coussins défraîchis et emmitouflée dans ses châles, telle une momie, la bouteille d'alcool auprès d'elle, elle appelait Petoucha, qui venait aussitôt se lover à ses pieds. Tout en sirotant son verre de vodka, elle caressait négligemment la tête de l'esclave. A un moment précis, quand elle sentait avec l'alcool une sorte de tendresse l'envahir, elle se tournait vers la pianiste : « Babouchka chérie, joue mazurka de *Coppélia*. J'adore musique Léo Delibes avec vodka ! » La tapeuse s'exécutait à grand renfort de pédales pour bien marquer le temps cadencé, ce qui n'excluait en rien certains rubati, les yeux tournés vers le ciel, comme pour demander d'un air douloureux au plafond, plein de toiles d'araignée et tout noirci par la fumée du poêle, une inspiration qui se faisait aussitôt sentir dès qu'elle repiquait du nez sur le clavier par un bouquet de fausses notes. Mais rien, aucun accroc ne pouvait entamer la rêverie dans laquelle Madame était plongée. Le morceau achevé, elle sortait un instant de son engourdissement et, opérant un moulinet de la main dont elle flattait, l'instant d'avant, les cheveux gras de l'esclave, elle jetait, d'une voix presque mourante tant on la sentait sous l'émotion des souvenirs que cette musique un peu bastringue avait le don de réveiller en elle : « Da capo, Babouchka, da capo !... » Et la tapeuse reprenait. Ainsi, Madame, de petit verre en petit verre, se piquait le nez avec application, sur un air de mazurka dont, à la faveur des lampées qu'elle s'envoyait en douce, Mlle Hortense Poucinet — c'était le nom de la tapeuse — montait à chaque reprise l'intensité. Lorsque, la tête alourdie par trop d'alcool et de souvenirs, toute bruissante encore des applaudissements qu'elle avait recueillis lors de ses triomphes sur la scène du Maryinsky, à Monte-Carle et même au Colon de Buenos Aires, où elle avait dansé *Le Lac, Giselle* et *Coppélia*... Madame roulait sur le côté, mettant en péril l'équilibre de sa coiffure, Petoucha savait qu'il était temps de la coucher. Aidée de la pianiste, l'esclave la mettait au lit. Assise en tailleur à son chevet, Petoucha demeurait souvent la nuit entière, épiant le sommeil de sa maîtresse, afin de s'approprier quelque chose des secrets de son âme. Petoucha subissait sans jamais se rebiffer les humeurs de Madame, avec une constance qui, en y songeant après coup, dénotait une nature dissimulée. Parfois, alors qu'elle s'activait à quelques tâches ménagères et que personne ne lui prêtait attention, sur son bon visage honnête et rustaud passait, telle une ombre rapide, une expression de fourberie intense. Ses petits yeux noirs rapprochés et à fleur de tête s'allumaient d'une lueur de haine.

D'une voix rauque, qui fleurait son Massif central, l'esclave fidèle bougonnait alors : «Je te crèverai un de ces jours, sale youpine! Oui, je te ferai la peau; vieille folle! Et tu ne l'auras pas volé!»

Sous son déguisement de cocher, Petoucha était de fait une bonne paysanne auvergnate, n'ayant guère dépassé la trentaine et qui, sur les registres communaux de Cassaniouze, arrondissement d'Aurillac, Cantal, était inscrite à la date du 8 avril 1912, jour de sa naissance, comme Truffade, Céleste, Aurélie, Léontine, avec sur la même ligne la mention : sexe féminin. Madame, qui avait à partir de Céleste Truffade inventé Petoucha de toutes pièces, avait tout de suite discerné la violence qui sommeillait dans cette nature fruste et sournoise. Elle y avait perçu comme la promesse d'une trahison qu'elle favorisa aussitôt chez cette fille de fatigue, de bonne et honnête tradition, par des caresses appuyées, alternées d'humiliations. Elle perfectionna ainsi sa propre mort.

Pour en finir avec Madame et ses carambouilles, on peut dire qu'excepté ce frère qui la visitait de loin en loin, ils n'étaient que trois dans le quartier à détenir une partie des secrets de sa vraie vie : Pierrot-le-Phoque, l'inspecteur Changarnier, dit le Chinois, et enfin Petoucha qui, de nuit en nuit, se repaissait de son âme. Ces fragments mis bout à bout auraient finalement concouru à former la plus aventureuse des existences et aussi la plus triste. Madame, toujours large, s'en était assuré plusieurs, sachant qu'il fallait un bon nombre de vies réelles ou imaginaires pour former un destin. Ce qui avait de surcroît l'avantage, dans cette forêt de souvenirs vrais ou faux où elle s'ingéniait à brouiller les pistes, de lui garantir un anonymat providentiel. Du moins le croyait-elle.

Cependant, cette liste des personnes qui connaissaient une partie de la vraie nature de Madame serait incomplète si l'on n'y ajoutait le nom de l'adorable Amédée Roubichou, truqueur de première, lui aussi, et qui, se trouvant un peu sur son terrain, avait fini par la percer à jour. Il fut aidé en cela par Olga Trempond, née Natichine, la sous-maîtresse du Moyen-Age, la maison close de la rue Ballu, qui, à l'époque de sa jeunesse à Pétersbourg, avait fort bien connu Madame. Amédée Roubichou — fils de Bernadette Roubichou, née Bouchinet, ancienne postière et présentement de son état couturière en chambre, et d'Anicet Roubichou, tout-puissant agent des postes et télécommunications, premier inspecteur, avec espoir de passer directeur avant cinq ans, mais déjà véritable potentat régnant en maître absolu sur les colis et les petits bleus au bureau de la rue Hippolyte-Lebas —, Amédée Roubichou, donc, pour échapper à la fatalité d'un poste d'auxiliaire aux PTT auquel le désignait tout naturellement un atavisme familial aussi fort, prenait, depuis deux ans, des cours de danse chez Mme Ivana Ardalionovna Ivoguine. C'était le nom que Madame s'était inventé, après mûre réflexion, et qui figurait à la porte du studio, gravé sur une plaque de cuivre, avec en dessous la mention « Ancienne étoile du Ballet impérial », ce qui donnait à son école à la fois une caution de sérieux et de chic, y apportant également comme un fumet de grandeur. Amédée prenait la classe des filles, pensant que savoir monter sur pointes serait de la plus grande utilité dans le métier auquel il se destinait secrètement.

## 5

A vingt-cinq ans, Amédée Roubichou était un mastic assez mignard, pommadé comme une gonzesse, avec un postérieur avantageux, dont la rotondité donnait une sorte d'assise à toute sa petite personne. Vous voyez d'ici la découpure! Il portait des bagues qui mettaient en évidence des mains grassouillettes, qu'il agitait en parlant. Ses pieds également étaient petits, mais assez joliment cambrés ce dont il n'était pas peu fier. Il marchait en canard avec précaution, comme sur des œufs. Dès qu'il se trouvait à l'arrêt, il appuyait tout son corps sur une jambe, tendant l'autre en avant afin de mettre en valeur un cou-de-pied assez bien venu. Si la station devait se prolonger, il changeait de position, sautant d'une jambe sur l'autre, effectuant à chaque fois comme un pas de danse, ce qui forçait son interlocuteur à remarquer cette prédisposition naturelle à tendre le pied. Si d'aventure ce dernier lui en faisait compliment, il ne manquait jamais de préciser en se rengorgeant : «Je vois que vous êtes un connaisseur. En effet, mon cou-de-pied n'est pas mal du tout. Mlle Dorciane de l'Opéra chausse la même pointure que moi. Mais elle, elle a des panards en fer à repasser!» Et son visage généralement pâle à cause de la poudre s'empourprait. Il piquait un fard de plaisir. Ses gros yeux globuleux et éteints se fendaient, limpides, en courant d'air. Quant à ses cheveux tirant entre le blond paille et le vert, une couleur tout à fait unique qu'il avait obtenue à force de les décolorer, mais qui végétaient tristement au sommet de son crâne pointu, ils rebiquaient en une sorte de houppette laquelle proclamait la mode zazou avant la lettre. Sa petite bouche aux lèvres proéminentes exprimait alors par contenance une sorte de moue. « Vraiment, vraiment... ne cessait-il de répéter, c'est bien vrai que vous les trouvez jolis, mes arpions ?... » Et le regard étonné, sautillant, presque moqueur, il ajoutait de l'air détaché de celui qui doit se faire à une fatalité physique : « Oui, je dois l'avouer, ma modestie devrait-elle en souffrir, c'est vraiment ce que j'ai de mieux. »

Le jeune Roubichou avait l'âme artiste, ce qui l'avait empêché de réussir à son certificat d'études. Plutôt que de plancher sur sa géographie, il préférait courir les caf' conc' et les music-halls. A quatorze ans, il avait déjà l'expérience d'un vieux marcheur. Il se faufilait si promptement sous le nez des caissières qu'à la longue elles avaient fini par ne même plus esquisser un geste pour l'arrêter, le laissant passer comme quelqu'un de la maison. Son accoutrement, avec des vestes raccourcies et pincées à la taille que lui rajustait sa mère, son léger maquillage et un petit air déluré, qui faisait bisquer les messieurs du promenoir, lesquels ne venaient pas toujours là pour le spectacle, lui avaient très vite valu le surnom de « petite madone des promenoirs ». Il aimait plus que tout les chanteuses réalistes. Et si la Miss, qu'il considérait comme une cachetonneuse en plumes, ne lui tirait pas même un applaudissement, il poursuivait en revanche Berthe Sylva, Marie Dubas, Fréhel, puis quand vint son tour Damia, de lettres d'amour qu'il agrémentait d'un bouquet de violettes, chipé, au passage, à la devanture du fleuriste de la rue des Martyrs. Il aimait leurs chansons qui lui laissaient voir des ports, des matelots, des boui-bouis pour légionnaires, ainsi que des marlous huileux qui les travaillaient au ventre. Il fut inconsolable de la mort d'Yvonne George dont il porta le deuil avec ostentation par un crêpe du meilleur effet, sur le revers de son rase-pet bois de rose, tout en fredonnant son grand succès : « Pars, sans te retourner... » Il se faufilait un peu partout. On le retrouvait à La Cigale, au Bataclan, à la Gaîté Rochechouart, au Casino Saint-Martin, à l'Alhambra, aux Folies Wagram et même souvent encore plus loin dans des cinémas-concerts de quartier, comme l'Éden des Gobelins ou les Bateaux Parisiens, au fin fond d'Auteuil, boulevard Exelmans, où il allait applaudir Cora Laparcerie.

Un jour, cependant, en feuilletant un ancien numéro de *La Vie parisienne*, il tomba sur une photo de Barbette, avec sa gueule d'ange et son maquillage de nacre. Il décida, sur-le-champ, de reprendre le flambeau de celui qui, de trapèze en trapèze, avait porté si haut l'art du travelo. Il éblouirait donc les foules par des salto mortale, tout en chantant « Mon légionnaire ». Il s'inscrivit aussitôt à l'école du cirque de Médrano. Mais, comme il était sujet au vertige, il se retrouva dès la première leçon le nez dans le filet. A dix mètres au-dessus de sa tête, le trapèze oscillant semblait le narguer. Une sorte de grand musclé en collant rose le regardait goguenard : « Alors, ma poule, on se sent toute chose. Faudrait s'attraper des biscoteaux avant d'essayer de s'envoyer en l'air. » Et il lui conseilla d'aller se faire le biceps, à la rame, sur le lac Daumesnil. Et voilà comment, à l'âge où généralement l'on passe son brevet, Amédée Roubichou découvrit tout à la fois les joies du canotage, les fourrés du bois de Vincennes et la plate-forme de l'autobus n° 29 qu'il attrapait au vol à l'Opéra, pour ensuite, par la rue des Petits-Champs, la rue du Grenier-Saint-Lazare, en descendant les Filles-du-Calvaire et le boulevard Beaumarchais, atteindre en moins d'une heure la porte de Montempoivre, d'où, à pied, par le boulevard de la Guyane, il se rendait au Chalet du Lac. Il canota un printemps et un été. Le soir, seul dans sa chambre, il prenait la pose devant la glace du cabinet de toilette, bombant le torse, tel le costaud des Épinettes, jouant du bras, grimpant ensuite sur le tabouret pour inspecter le galbe du mollet sans que jamais le moindre méplat, la moindre ombre vînt, afin de couronner ses efforts soutenus, souligner ne fût-ce que l'hypothétique espoir d'un muscle naissant. Aux roses de septembre, il abandonna les plaisirs de l'aviron sans pour autant abdiquer ceux des fourrés. Barbette s'en alla donc rejoindre dans le ciel de ses premières désillusions les autres météorites qui l'avaient un temps effleuré de leur lumière.

Alors que le music-hall semblait le lâcher, un soir où il mollassonnait sur son lit, rêvant à cette gloire que devaient lui apporter les planches mais qui se défilait toujours, de la TSF, qui grésillait sur sa table de nuit, lui parvint une voix rauque. Une voix de vieux loup de mer qui vint le chiper aux tripes. C'était encore une histoire portuaire de matelot mais sans goéland cette fois, un de ces grands chambardements sentimentaux d'une nuit dans un hôtel borgne ; et il se demanda comment cette chanson avait pu jusqu'ici lui échapper. C'est ainsi que Suzy Solidor entra dans la vie d'Amédée Roubichou. Aussitôt, il se mit à collectionner tout ce qui concernait sa nouvelle idole. C'est pour se donner du maintien afin de lui ressembler que, trois fois la semaine, il commença à fréquenter le cours de danse de Madame.

Lorsque Amédée n'était pas rue des Martyrs, à transpirer à grosses gouttes à la classe des filles, on le croisait dans le quartier où, fouineur, inquiet de toute nouveauté, il musardait, nez au vent, l'air de rien. On le rencontrait, certains soirs, à l'Olympic et au Khédive où, dans une atmosphère de petits souteneurs sans importance, se trafiquaient des affaires louches, inspirées par l'espionnage, la drogue et la traite des filles. Le patron du Khédive, qu'on appelait le Grand Albert, était un gros type chauve, qui grisonnait là où son crâne rose était encore velu. Sa face ronde et large et sa bonne humeur dissimulaient mal l'affreux pouvoir dont il pouvait user en des occasions précises. Derrière son bar, toujours à l'affût, il contrôlait ce simulacre de négoce. Il n'aimait pas les tantes, bien qu'il en tirât du profit ; et un soir qu'Amédée s'était un peu trop tortillé en terrasse, il avait eu à son encontre des paroles assez brutales. En revanche, Pierrot-le-Phoque de l'Olympic avait tout de suite décelé en Amédée l' « artiste » ; et il se servait de lui comme grouillot. Amédée buvait gratis son diabolo fraise et, en retour, portait des messages dans le quartier, souvent même au-delà de Pigalle afin d'avertir certains macs, amis de Pierrot, d'une éventuelle descente de police dont il avait eu vent par le Chinois. Toutefois, là où l'on était vraiment certain de trouver Amédée, l'après-midi, au moins trois fois par semaine, c'était au Moyen-Age de Madame Olga, le claque sélect de la rue Ballu. La plupart des pensionnaires de cette maison étaient des clientes de Mme Roubichou, qui leur confectionnait d'après des patrons du *Jardin des modes* des robes d'intérieur et des déshabillés. Bernadette Roubichou, qui n'aurait pour rien au monde été se fourvoyer dans une maison de si mauvaise réputation, fût-ce sous le couvert d'un essayage, avait chargé son fils de la tâche délicate de traiter avec cette clientèle qui ne lésinait pas sur la fanfreluche. Il montrait les catalogues, proposait les tissus, prenait les commandes, apportait, rapportait les vêtements et se livrait souvent même aux essayages. La vie d'Amédée pouvait se résumer ainsi : pied agile, le matin chez Madame, et petite main, l'après-midi au boxon. Ce fut pour Amédée une époque d'apprentissage intense.

Un jour qu'il babillait, tout en tournant autour de Madame Olga, piquant ici et là des épingles, afin de rectifier le godet d'une robe d'intérieur en panne de velours cramoisi qui devait faire ressembler la sous-maîtresse à une sorte de Grande Catherine des bas-fonds, et que, plantée telle une statue au milieu du salon, d'où le jour tombait du plafond par une verrière dont le motif mythologique ne laissait aucun doute quant à la respectabilité de la maison, cette créature grasse et entassée buvait comme du petit-lait les potins du quartier que lui rapportait dans leur menu Amédée, elle poussa brusquement, à un nom qu'il venait de prononcer, un cri perçant, compromettant, par des gestes brusques, le drapé subtil qu'il parachevait sur sa personne. « Amédée, comment dis-tu qu'elle se fait appeler ? Ivoguine ! Ivana Ivoguine, étoile du Ballet impérial ! Quel culot ! Et moi, alors, j'ai chanté Boris Godounov au Bolchoï avec une paire de bacchantes ! L'école de danse du palais Rossi ! Foutaises que tout cela ! Comme tout le monde, oui, elle a levé la jambe, mais chez la Samsova, la fameuse maquerelle qui tenait une maison en appartements, rue Bolchoï Moskovska. Ivoguine ! Tu parles ! Elle s'appelait Sarah Chapiro et, dans le genre petite youpine retorse, on pouvait pas faire mieux ! A l'époque, je te parle de bien avant la Révolution, toutes les maisons convenables de Pétersbourg se devaient d'avoir une ou deux juives au salon... Je ne sais pas pourquoi, mais ça en excitait certains... »

Madame Olga conta alors comment, un soir d'hiver qu'il neigeait, Sarah Chapiro apparut dans l'embrasure de la porte d'entrée, toute mince et grelottante, vêtue d'une robe en calicot, la tête couverte d'un châle à fleurs. Ses grands yeux noirs cernés mangeaient ce qui lui restait de visage. Un visage d'oiseau perdu. Un jeune homme, qui parlait avec la maquerelle, l'avait précédée dans l'entrée. La coupe de sa pelisse à martingale et le chapeau de feutre dont il était coiffé ainsi que ses gants en peau de couleur claire le dénonçaient, au premier coup d'œil, comme un Français. Il parlait avec ses mains pour mieux se faire comprendre de la Samsova, qui, de son côté, brandissait sous son nez le pouce, l'index et le majeur, semblant ne pas vouloir démordre du chiffre trois. Voyant qu'il n'y avait rien à ajouter pour faire baisser le prix qu'elle lui demandait afin de garder en pension sa protégée, il tira de son portefeuille trois billets de mille roubles. Puis, sans même jeter un regard sur la jeune fille qu'il laissait ainsi en dépôt, il repassa la porte et la lourde portière de velours à glands d'or retomba avec mollesse, coupant ce monde carcéral du plaisir clandestin moins brutalement mais aussi sûrement de l'extérieur qu'une porte de prison. Olga raconta aussi comme elle s'était tout de suite liée avec la nouvelle venue et comment, le premier soir, le dernier client parti, l'apercevant toute tremblante dans un des cabinets où la patronne l'avait reléguée en attendant de lui montrer sa chambre, elle l'avait prise avec elle dans son lit pour la réchauffer. Dès le lendemain, la maquerelle, en dépit des trois mille roubles qu'elle avait touchés pour la garder sans la faire travailler, la mit au salon.

«Ce qui est extraordinaire, c'est la façon dont elle s'adapta aussitôt à cette situation. Dans sa robe en soie verte, qu'on lui avait mise sur le dos, avec ses cheveux cuivrés, relevés en une sorte de chignon, elle allait et venait dans le salon, offrant à boire aux clients, comme si elle avait toute sa vie fait ce métier. Une vraie princesse. Et je peux t'assurer qu'il fallait la porter, cette vieille robe démodée, effilochée par endroits, avec des auréoles sous les bras, dont aucun nettoyage n'avait pu venir à bout. Oui, une vraie princesse orientale. Tout de suite, elle eut sa clientèle. Il y avait quelque chose de froid et de déterminé chez elle. De cruel, même. Lorsque, le soir, nous nous retrouvions entre nous, nous parlions de la journée. On riait librement des travers de certains clients, de leurs petites manies : on finissait par s'attacher à nos vieux abonnés. Mais, elle, elle demeurait muette. Jamais un mot. Pas même une allusion. Elle se contentait de nous fixer de ses immenses yeux noirs, comme si nous n'existions pas. Comme si nous étions un écran qui l'empêchait de voir plus loin. Son regard était à la fois fixe et mobile. On aurait dit qu'elle était toujours à l'affût, peut-être d'une autre vie. Une vie qu'elle aurait rêvée ou qui lui aurait échappé. Enfin, de quelque chose qui, comme un reflet dans un miroir, se dérobait toujours. Ses yeux ne faisaient pas de détails ils brûlaient. D'ailleurs, tout en elle brûlait... »

Madame Olga fit une pause pour rassembler ses souvenirs, qui remontaient si loin, « au temps des tsars, avant ces salauds de bolcheviks », comme elle disait. Mais c'est en vain qu'elle tenta de rendre, en cherchant ses mots, ce qu'il y avait de fatal dans le regard de la jeune Sarah. Ce qu'il y avait d'irrémédiable, de las en elle, alors encore presque une enfant. Elle évoqua l'épisode du général avec lequel aucune fille ne voulait monter, tant il était brutal. « Eh bien ! la Chapiro ne fit aucune histoire et bien qu'on l'eût prévenue, elle se proposa d'elle-même. Le soir, la Samsova, qui était pourtant une dure à cuire, fut si effrayée en apercevant son visage tuméfié qu'elle voulut faire venir le cureteur, comme on appelait le toubib marron, qui avait déjà esquinté une demi-douzaine de filles. Je possédais une bouteille d'arnica. Je lui fis des compresses et on évita ainsi le docteur. Eh bien ! que crois-tu ? Lorsque le général se présenta à nouveau, la semaine suivante, tout flambard dans son uniforme des Preobrajenski, et qu'il la demanda au salon, elle ne fit aucune difficulté. Cette fois-là, il fallut appeler d'urgence un chirurgien, car, non content de lui avoir fichu une torgnole, il lui avait brisé le bras. C'est cette nuit-là, alors que le chirurgien lui bandait le bras, qu'elle prononça ce mot étrange, si étrange qu'après tant d'années je m'en souviens encore. J'étais près d'elle et je la voyais fixer la porte, comme si elle espérait que quelqu'un, qu'elle eût attendu depuis toujours, l'ouvre et entre enfin dans la pièce. Je voyais ses yeux fiévreux aller et venir. Je ne pus m'empêcher de lui demander qui elle attendait ainsi. Alors, elle se tourna vers moi et, plantant son regard dans le mien, elle me dit : “ Le Malach'amovez... ” Et je sus aussitôt que c'était la mort... Bien des années après, j'appris par hasard, en fréquentant des juifs polonais, que ce mot signifiait en yiddish l'Archange de la Mort : celui qui plane sur les pogroms... L'Ange exterminateur ! Voilà ce à quoi rêvait, à dix-sept ans, Sarah Chapiro, pensionnaire chez la Samsova... Tu me la copieras, quand même ! Non ? »

C'était sur un ton presque nostalgique que Madame Olga se souvenait des temps héroïques de sa jeunesse pétersbourgeoise. On percevait, dans ses paroles, une tendresse mal éteinte pour cette fille étrange et sauvage, dont une maison d'abattage n'avait su venir à bout. On y percevait également une sorte d'irritation; comme une vieille névralgie qui aurait survécu aux années et qui revenait sporadiquement pour lui rappeler l'agacement qu'elle avait eu de ne pouvoir percer le mystère d'un être qui lui avait été si proche. Un de ces rendez-vous ratés, en quelque sorte, que la vie vous ménage pour vous laisser avec le regret, un goût d'amertume dans la bouche. Elle n'avait su discerner, au-delà de la porte que la jeune pensionnaire fixait, la flaque de sang qui la hantait. Elle n'avait pu comprendre que le Malach'amovez lui avait chipé sa vie, un soir, après l'office du sabbat, et que, pour survivre, il lui fallait, puisque la mort lui refusait sa consolation, en inventer d'autres par milliers. Des vies de courtisanes, des vies de danseuses, de vieux professeurs de danse...

En revanche, l'exclamation d'Amédée : « Tu parles que ce général, je le connais ! Il n'y a pas un bouton de sa vareuse qu'elle ne nous ait décrit. C'est le père fouettard de Tsarskoïe Selo ! Ça, on peut pas dire ! C'est une vraie truqueuse, la vieille ! D'une série de ramponneaux, se faire un collier de perles, c'est du fortiche ! » montrait qu'il avait en partie deviné le subtil mécanisme de cette machine à rêves que, peu à peu, au gré des différents âges de sa vie, Madame avait fini par devenir. Cependant, lui non plus ne sut discerner derrière ces divers paysages de fantaisie, dans lesquels elle se donnait la comédie d'existences multiples et empruntées, cette délectation de la mort qui, chez elle, était une volupté de chaque instant : il n'avait vu en Petoucha qu'une farce, et non cet Ange de la Mort, ce Malach'amovez, en qui Madame avait fini par mettre toute sa confiance. Ce fut ainsi que, quelque temps avant la déclaration de guerre, Amédée Roubichou fut affranchi sur le compte de Madame Ivana par la sous-maîtresse du Moyen-Age.

Madame Olga raconta aussi comment, un jour, le jeune Français réapparut et emmena Sarah définitivement. Elle évoqua également ce frère dont la jeune pensionnaire lui avait parlé et qui, alors que les clients se pressaient au salon, avait débarqué, ivre mort, criant, menaçant la Samsova, pour finir par lui jeter à la tête les pièces d'or qu'il avait d'évidence économisées pour racheter la liberté de sa sœur. Elle fit le récit des premiers temps de troubles : la prise du palais d'Hiver et la façon dont les pensionnaires, tout excitées par ces événements qui ne leur parvenaient que comme un écho assourdi, après avoir vidé la cave, s'étaient mises à frapper la sous-maîtresse à mort pour finir par la pendre nue dans la cage d'escalier, en compagnie de son souteneur, un indic de la police. Les cris de la sous-maîtresse, ses injonctions, ses menaces, puis ses prières ; les rugissements du policier avec qui elle se trouvait au lit ; les hurlements inhumains des filles qui tournaient autour d'eux comme des bacchantes en délire ; le sang sur les tapis ; le feu qui avait pris aux doubles rideaux ; l'odeur du vin répandu ; et jusqu'au silence qui suivit la pendaison, quand, penchées sur la rampe, elles regardèrent les deux corps se balancer dans le vide, retenus par les cordelières qu'elles avaient à la hâte arrachées aux garnitures des fenêtres ; toutes ces choses étaient rendues avec violence, mais également avec une précision du détail, une fraîcheur qui pouvaient laisser penser que ce carnage avait eu lieu la veille. D'évidence, pour cette femme accorte, au visage rouge et empâté qui suintait une placide bonté, cette nuit d'horreur était devenue le souvenir de sa vie. Un souvenir qui avait éclipsé tous les autres, et ceux-là même qui fleuraient le bonheur. Car le temps, avec l'aide des mots qu'il asservit, les moirant imperceptiblement d'un récit à l'autre de différentes nuances, finit par corroder l'acrimonie de la mémoire, pour en banaliser l'horreur, pire, la transposer dans l'ordre de l'imaginaire. De témoin, Madame Olga était devenue tout bonnement le romancier de ses souvenirs. La condition des morts n'était point son souci, ni le regret, ni la tristesse, ni la honte d'avoir hurlé avec les chiens ; l'attrition par la parole du souvenir, dans ce qu'il a de brutal et d'irrémédiable, avait permis par une de ces impatiences à la vie de resurgir ; une vie où le bien, le mal formaient un même humus. Madame Olga opérait à la lisière du conte, où chacun a le choix de sa vérité, picorant, comme l'oiseau son os de seiche, une vie qui lui avait, une fois pour toutes, échappé une nuit d'hiver de 1917 à Petrograd. Et ainsi, au flanc de Montmartre, dans ce quartier petit-bourgeois où les ateliers d'artistes voisinent avec les maisons closes et les cabarets et qui, la nuit venue, alors que les filles prennent position sous le regard désabusé de leur maquereau, se paillette et se farde de mille feux, éclaboussant de néons, Madame Olga, au coin de la rue Ballu et de la rue de Vintimille, à l'instar de

Madame Ivana dans son fond de cour de la rue des Martyrs, perpétuait, par la seule magie d'une parole capricieuse et toujours à l'affût, les nuits blanches et délétères de la Pétersbourg fin de siècle. Une ville dont, en les écoutant, on se demandait si elle avait jamais existé.

« Je pensais, ajouta-t-elle, ne plus jamais entendre parler de Sarah. On vivait chaque jour dans une sorte d'ivresse permanente. C'était comme si la Russie avait explosé. Mais l'ivresse ne dure qu'un temps. Je n'étais alors qu'une pauvre fille. Mais je compris ce qui allait arriver et je parcourus l'Europe. Je connus les maisons de Hambourg. La révolution à Berlin. Les vitrines d'Amsterdam. Et c'est un soir, à La Haye, le long d'un canal, que j'aperçus une silhouette familière. On était en janvier. L'eau des canaux était gelée. Et, par nappes, un brouillard y flottait. Je ne pouvais pas imaginer que ce fût elle. Et pourtant je courus après cette ombre qui s'enfuyait, titubante, dans la nuit. Je la rattrapai. Elle se retourna avant même que je ne fasse un geste. C'était bien Sarah, avec son même air d'oiseau égaré, mais si vieillie que je ne pus retenir un cri. Je n'étais pas tellement plus âgée qu'elle et pourtant, à cet instant, elle me parut vieille, si vieille. Il y avait quelque chose en elle d'écroulé, comme si on l'avait privée de son ossature. Elle tenait une poupée entre ses bras. Une poupée avec un tutu de danseuse. Son regard allait de moi à cet objet qu'elle berçait. A un moment, elle me dit : " Regarde quelle jolie danseuse c'était ! Regarde bien, car c'est la dernière fois que tu la verras. Elle est morte. Et c'est moi, aujourd'hui, qui vais la remplacer... N'est-ce pas, Anna ? Je vais te remplacer, et tu n'y pourras rien ; et je danserai mieux que toi... Et le monde me reconnaîtra enfin ! " Et elle se mit à courir comme une folle, tournant, sautant en l'air, et elle disparut ainsi dans la nuit. Le lendemain, j'apprenais par le journal que la célèbre danseuse Anna Pavlova était décédée, la veille au soir, d'une pleurésie fulgurante. »

Madame Olga, sans s'attarder sur la grandeur et la perte d'une telle artiste, reprit son récit. Elle avait deviné aussitôt le lien qui existait entre l'état d'excitation dans lequel elle avait surpris Sarah et la mort de la danseuse. Elle s'était rendue, le lendemain, au Théâtre royal, où la troupe de la ballerine, en dépit du deuil qui la frappait, assurait la représentation prévue. Le portier de l'entrée des artistes l'avait laissée passer, la prenant pour un membre de la troupe. Elle s'était tenue dans les coulisses, contre un portant, pour regarder le va-et-vient des danseurs dont les visages rayonnants, l'instant précédent, alors qu'ils se trouvaient encore sous les feux de la rampe, se tordaient de douleur dès qu'ils réintégraient l'ombre des coulisses. Elle rendait parfaitement l'atmosphère de celles-ci ! L'odeur de colophane, de fards, de transpiration. Elle décrivit avec beaucoup de soin les costumes, n'oubliant aucun détail. Les yeux du jeune Roubichou brillaient à l'évocation de ce monde enchanté, peuplé de sylphes et de sylphides irradiant la beauté et qui, la ligne d'ombre franchie, par-delà les projecteurs aux gélatines roses et bleues, comme happés par la nuit, redevenaient des êtres sans grâce aucune, traînant la jambe, avachis sur des panières, souvent même ne se gênant pas pour quitter l'un de leurs chaussons, et se gratter un pied douloureux. Elle décrivit le manège des habilleuses qui, comme des officiantes du royaume des ombres, Parques jalouses de ces créatures aériennes et scintillantes, se précipitaient sur elles afin de les dépouiller de leur peau satinée, de leurs ailes pailletées, de leurs nageoires de tulle, et de leur enfiler ensuite d'horribles hardes, pour les repousser, en un ultime acte de vengeance, vers la lumière, dans l'espérance sans doute de les voir dévorer par les flammes, comme l'éphémère, les soirs d'été, vient se brûler à la lampe à pétrole. Mais, alors, ce qui n'était qu'un vieux tulle chiffonné, un collant défraîchi, soudain, dans l'espace magique de la scène, redevenait le plus admirable des costumes. C'est durant l'un de ces changements qu'Olga aperçut, de l'autre côté de la scène, à la hauteur de la première coulisse, des yeux fiévreux, brûlant d'une sorte de rage intérieure ; un regard qui, ainsi projeté, s'en allait sur la scène chercher, l'une après l'autre, les danseuses pour mieux les poignarder. Il y avait là en effet quelque chose d'assassin, un besoin de clouer ces papillons pour mieux s'emparer d'eux. Le début, en somme, de la métamorphose d'une chrysalide qui, retenue par une sorte de fatalité biologique dans son monde larvaire, n'aurait pour atteindre à la maturité eu d'autre choix que la mise à mort d'un de ces êtres de lumière afin de s'emparer de sa dépouille pour s'y glisser. Sous l'éclairage de ce regard cruel et fou, le spectacle délicieux que formaient ces troupeaux de cygnes valsant sous la lune à la faveur des flonflons que soupirait l'orchestre était devenu une danse de mort ; un immense vaudou dont on ne savait plus très bien qui, de l'initié ou de l'initiateur, allait finalement abdiquer sa personnalité au profit de l'autre et perdre son âme. Amédée comprit, sans qu'elle eût à la nommer, à qui appartenait ce regard. Il connaissait ces yeux pour en avoir saisi, de temps à autre, l'ardente intensité ; il se souvint du jour où, s'étant attardé dans le studio, il avait vu Madame se diriger vers une photo de la Pavlova, qui se trouvait accrochée au mur. Se croyant seule, elle s'était avancée tout près de l'image pour l'embrasser, ainsi qu'une relique. Mais alors, comme surprise elle-même par ce geste, elle avait reculé et, quittant son accent russe entretenu, elle s'était écriée en vraie parigote : « Alors, Anna, tu fais plus ta fiérote à présent que te voilà crevée, vieux cygne ! Oui ! Oui ! C'est de ma faute. C'est moi qui ouvrais toujours la fenêtre de ta loge dans ton dos. Et tu t'es enfin décidée à l'attraper cette crève. Eh oui ! C'est moi, et moi seule, qui les ai dégommées, tes éponges ! » Puis elle s'était détournée et, levant la jambe en arrière en une sorte de pas dérisoire qui rappelait vaguement celui du cygne incarné jadis par la grande ballerine russe, elle avait émis un pet en lançant : « Et après tout, allez-y donc, c'est pas mon père ! »

« Mais comment était-elle devenue habilleuse de la Pavlova ? demanda Amédée, qui tenait à connaître les tenants et aboutissants de cette affaire.

— Tout simplement par le petit Français, répondit Madame Olga, comme si la chose allait de soi.

— Le petit Français ?

— Eh oui ! Le petit Français ! Celui qui l'avait ramassée, un soir de neige, le long du canal de la Moïka ; qui l'avait conduite, pris de compassion pour cette enfant toute bleue de froid, au claque qu'il fréquentait de temps à autre. Et qui, cinq ans plus tard, de retour d'une tournée en Amérique du Sud, était venu la rechercher... Eh bien, ce petit gars, qui se donnait des airs d'affranchi mais qui avait un cœur gros comme la main, n'était autre que Victor Cabanel, le partenaire préféré de la Pavlova...

— Quoi ! Victor Cabanel, l'associé de Sandrini à Tabarin ? Celui à qui l'on doit *La Joie de vivre, Les heures sont belles !* » s'était exclamé Amédée, déjà prêt à énumérer toutes les revues Cabanel, si Madame Olga, que le gotha du music-hall n'impressionnait guère, elle-même ayant été «chorus-girl» entre deux maisons closes, ne l'avait interrompu.

«Lui-même... Alors, tu comprends maintenant : la petite mère Sarah, devenue grand professeur de danse, dès qu'elle dégraisse un petit cul à la barre, l'envoie aussitôt se faire voir à Tabarin... Elle est devenue la meilleure pourvoyeuse des music-halls parisiens et même des bordels. Car ces poulasses, dès qu'elles épaississent un peu, finissent toujours par nous être ristournées. Et Cabanel n'est pas le dernier dans le monde du spectacle à se livrer à ce trafic. D'ailleurs, c'est un de mes meilleurs clients...» Finalement, elle avoua qu'il y avait peu de temps qu'elle avait découvert la présence à Paris de Madame Ivana, alias Sarah Chapiro. C'était un jour où, s'étant rendue dans un grand magasin des boulevards, elle passait devant le rayon des produits de beauté. Il y avait là un attroupement au milieu duquel elle aperçut une personne enturbannée qui, avec force gestes, prenant la vendeuse à témoin, expliquait comment elle se maquillait pour danser *Le Lac des cygnes*. Puis, se tournant vers quelques jeunes filles qu'elle imaginait, en son délire, être des danseuses de l'Opéra, venues en voisines entre deux répétitions faire des emplettes, elle leur cria : «Vous qui dansez Le *Lac* tous les soirs, prenez garde au baron von Rothbart, ce magicien de la mort, il n'est autre que le Malach'amovez, vous m'entendez, le Malach'amovez... Et vous ne lui échapperez que dissimulées derrière un maquillage impeccable, celui-là même de la mort. Car seule la mort écarte la mort... C'est une timorée qui s'effraie de son ombre...» Il n'avait pas fallu longtemps à Madame Olga pour comprendre que cette folle à l'œil bistré, au sourcil fait à la diable, poudrée comme un pierrot et qui, brandissant une houppette, menaçait ceux qu'elle avait ameutés par ses cris autour du comptoir des produits de beauté de les enfariner à leur tour, n'était autre que son passé. Un passé brutal qui n'avait rien à voir avec celui douillet comme un cocon qu'elle s'était savamment, jour après jour, tissé. Ce «Malach'amovez» hurlé à tout vent par cette toquée vint, telle une épée, la frapper, la plaçant pour un instant entre le passé et le présent, quelque part elle aussi entre les vivants et les morts.

En écoutant ce récit, Amédée avait ressenti également une étrange sensation d'angoisse. Madame Olga s'était tue. Sa grosse main posée sur son opulente poitrine, elle tentait de refréner un spasme. Amédée fut le premier à se reprendre. Comme il l'avait vue osciller dangereusement sous le coup de l'émotion, il comprit que tout son minutieux travail d'épinglage serait à recommencer si elle s'en allait chavirer sur le sofa. Il avait, alors, rompu le silence.

« Vous ne vous êtes, depuis lors, jamais revues ?

— Jamais... Non ! Jamais je ne la reverrai... Jamais ! » Il y avait une détermination farouche dans ce « jamais » ainsi proféré. Une détermination à se prémunir pour sauver ce qui était encore sauvable d'une existence menacée par le souvenir. « Parfois nous parlons d'elle, mais de loin en loin, avec Victor Cabanel, quand il trouve encore le temps de venir jusqu'ici. C'est lui qui m'a appris qu'elle était devenue professeur de danse. Mais il s'est bien gardé de me dire qu'elle avait changé de nom... Ivana Ivoguine ! Evidemment, ça fait mieux que Sarah Chapiro... Je devrais songer moi aussi à changer de nom pour me refaire une peau...

— Mais le vôtre est ravissant...

— Tu parles, bonhomme. Toutes les volailles nées à Belleville et qui barbotent aujourd'hui au bar du Shéhérazade s'appellent Olga. Alors, pourquoi je me ferais pas appeler Ginette ou Marie-Paule ?... » Cette sortie de la patronne sur les prénoms fut interrompue par l'arrivée de la Punaise.

« Y a l'huissier qu'est en bas et qui vous demande.

— Quoi ! Le petit Chagrumeau ! Encore lui ! Mais il est déjà venu lundi ! Deux fois par semaine, il exagère ! Envoie-le aux pelotes. Dis-lui que c'est mauvais pour sa santé !

— J'ai essayé... mais il veut rien savoir...

— Alors, refile-le à la Louise...

— Mais il en veut pas... c'est vous qu'il veut... »

La vaste poitrine de Madame Olga eut encore un sursaut. Mais, cette fois-ci, la cause n'en était pas l'anxiété : c'est d'aise qu'elle s'épanouissait. Elle porta à nouveau la main à son corsage, pour mieux souligner par ce geste théâtral l'émotion que lui causait la fidélité de cet être chafouin et papelard qui demeurait, à la fois, son seul client et sa bonne action hebdomadaire.

« A la guerre comme à la guerre. Et comme on dit : quand il faut y aller, il faut y aller... Tu comprends, mon petit Roubichou, je l'ai déniaisé, ce petit... Et quand on n'est plus toute jeune, même un petit corniaud entre les pattes, c'est de la jeunesse. On calcule pas, on se donne. Avec moi, il a toujours mangé du caviar. C'est vrai. C'est ma faute. Je l'ai mal élevé. Faut le comprendre, ce petiot... Parce qu'avec les filles, maintenant, ça traîne pas ; elles font ça rapide... De nos jours, tout se perd, même la conscience professionnelle, et je ne te parle pas du sentiment... Alors, c'est fatal qu'on revienne toujours à maman... » Là-dessus, elle laissa glisser sa robe d'intérieur aux mains d'Amédée et, avec la majesté d'une actrice tout emplie d'abnégation qui a décidé, au dernier acte, d'aller vers son destin, elle sortit du salon.

« On peut pas dire, mais Madame Olga, c'est une vraie dame. Parce que le petit huissier pour le faire jouir, c'est pas de la tarte ! Faut vraiment de l'expérience et de la bonté d'âme », s'exclama la Punaise, qui en avait les larmes aux yeux.

Ainsi, ces deux femmes, qui s'étaient connues, aimées peut-être au temps héroïque de leur jeunesse, quand pelotonnées l'une contre l'autre elles se retrouvaient le soir dans le même lit, apeurées, se caressant, réchauffant leurs corps meurtris, vivaient à présent dans cette grande ville, ancrées dans le même quartier, sans éprouver le besoin de se voir, d'évoquer leur passé commun. La vie les avait fait dériver. Chacune possédait un secret, et une blessure à partir de laquelle elles s'étaient prêté, l'une comme l'autre, des souvenirs qui, dans leur extravagance, ne coïncidaient plus. Leur apparence physique même, avec le temps, se trouvait à l'opposé, alors que jadis on eût pu les prendre pour des sœurs. Tandis que Madame Olga se dorlotait douillettement une fin de vie dans une graisse confortable, ayant troqué son visage triangulaire de petite chatte ukrainienne contre la face épatée et rougeaude d'une vieille moujik, à laquelle son regard bleu et liquide donnait une expression de bonté bovine, Madame Ivana, desséchée comme par un sirocco qui eût soufflé sur tout son être, n'était plus que l'épure d'un corps tendu telle une corde prête à se rompre, où l'on ne pouvait imaginer que de la chair y eût jamais dessiné quelques gracilités. Toutes deux cantonnées dans leur territoire, à quelques rues de distance, ne prenant que par la bande des nouvelles de l'autre, n'ayant aucun désir de se fréquenter, le craignant même, de peur d'évoquer un passé commun dont elles s'étaient débarrassées, il leur arrivait cependant, la nuit, de rêver pareillement. L'écho du cri qu'elles poussaient alors, quand elles s'éveillaient en sursaut de leur cauchemar, venait dans le calme de la ville endormie, par-dessus les toits, évoquer le fantôme d'une jeunesse qui de loin n'avait pas été rose; alors même qu'elles s'évertuaient, durant la journée, à perpétuer une vieille Russie qui n'avait peut-être jamais existé.

# 6

La chaleur était tombée sur la ville qui s'engourdissait en une douce quiétude. Sur les bâtiments publics flottaient, depuis quelques jours, les drapeaux allemands. Les Parisiens, ayant réintégré leur domicile, avaient repris leurs habitudes. Après la panique générale des dernières semaines, la vie revenait lentement. Les bars-tabacs, les brasseries, les restaurants, les boutiques, qui avaient tiré leurs rideaux en catastrophe, rouvraient. Rue des Martyrs, à l'Olympic, Pierrot-le-Phoque était à son poste derrière le zinc. A la terrasse du Khédive, à l'angle de l'avenue Trudaine et de la rue Rochechouart, les demi-sel du boulevard, les planqués et les moutons gobaient les mouches devant un bock, tout en se demandant comment ils allaient s'adapter à la nouvelle situation. Les théâtres, les music-halls préparaient la rentrée. La ville, sous des airs de langueur, s'activait. Chacun avait décidé de survivre. Et tandis qu'à la préfecture de police Maurice Changarnier, dit le Chinois, précédant le retour de ses confrères, s'appropriait des dossiers pour se constituer son fichier personnel, Rachel Aboulafia prenait sa première leçon de danse.

Madame, qui avait été contrainte de fermer boutique quelques semaines avant l'entrée des Allemands dans Paris, avait rouvert en grande pompe devant l'affluence de toutes les perruches qui souhaitaient se faire un nom dans le nu artistique, un troupeau de poules aux cuisses flasques qui iraient ensuite auditionner aux Folies-Bergère, au Casino, à l'Alcazar, à l'Alhambra, à l'Étoile. Beaucoup se présentaient avec un mot de recommandation de Victor Cabanel, le directeur artistique de Tabarin, car Madame, avant de dispenser son enseignement à ce cheptel, se livrait toujours à un tri draconien. S'il y avait beaucoup d'appelées, il y avait peu d'élues. Madame ne badinait pas. Une jambe trop arquée, un mollet légèrement développé, et la plus belle garce se trouvait mise au rebut. Rachel n'était passée au travers de cette sélection rigoureuse que grâce à la haute protection d'Amédée Roubichou.

En effet, quelques jours auparavant, suivant en cela le conseil de Raymond Chouin, elle s'était postée dans la cour de l'immeuble, devant l'escalier B. Elle n'avait guère eu à attendre. Bientôt, une odeur de violette, supplantant celle du haricot de mouton que mitonnait Mme Roubichou, embauma l'escalier. Printanier, la houppette avenante, le pétard cintré dans un pantalon à rayures vertes, parut, gracieux comme Phaéton descendant de son char, l'adorable Amédée. Au bas de l'escalier, il se heurta à Rachel. Il recula. La vue de cette grande peau de rousse, inattendue dans ce lieu où il ne croisait généralement que les petits retraités du troisième, l'avait surpris. Ce n'était pas que les femmes lui fissent peur ; mais, à leur contact, surtout lorsqu'elles se trouvaient être de son âge, il ressentait un léger malaise. Quelque chose de similaire à la vague répulsion qu'on peut avoir devant une de ces plantes carnivores et tentaculaires, aux effluves aquatiques, toujours affamées et prêtes à s'ouvrir béantes. Et sans doute aurait-il rebroussé chemin si la curiosité ne l'avait piqué. Ce fut lui, en effet, qui lui adressa le premier la parole, ayant reniflé comme une odeur de connaissance.

« Tiens, ça chlingue bon Flirt de chez Pinaud, fit-il à la cantonade.

— C'est moi ! répondit Rachel, attrapant la balle au vol.

— C'est drôle. C'était le parfum de scène d'Yvonne George. Chaque fois que je me l'attrape dans le blair, ça me fout la larme à l'œil. Trente-quatre ans, c'est quand même bête de crever à trente-quatre ans, quand on a de l'émotion à revendre au public... » Une grosse larme roulait déjà sur la joue nacrée d'Amédée, quand Rachel tira son mouchoir.

« Tiens », dit-elle. Et, Amédée, s'en emparant, éternua son chagrin dans la batiste.

« Merci, dit-il en lui rendant le tire-jus. C'est bien gracieux à vous, mademoiselle, mademoiselle... ?

— Rachel... Mais de rien. Moi aussi, ça me fait parfois le même effet...

— Quoi, vous avez entendu Yvonne George ! A Bobino, lors de son dernier passage ? Ou n'était-ce pas plutôt à l'Empire ?

— Yvonne George ? Non, jamais ! Moi, c'est quand je repense à Emma...

— Emma ? » demanda Amédée dont la voix trahissait une certaine inquiétude. Serait-il, avec cette Emma, passé au travers d'un talent qu'il aurait méconnu ?

« Emma, oui ! Emma Boccara, c'était ma grand-mère, et elle mettait ce parfum...

— Ah bon ! » fit Amédée, rassuré. Et la conversation aurait pu en rester là — car il s'en tapait de la grand-mère de cette grande bringue, même si elle avait eu le bon goût d'employer le parfum d'Yvonne George —, mais Rachel, au moment où il s'apprêtait à lui filer sous le nez, le retint par la manche.

« Ne courez pas si vite. C'est vous que je suis venue voir. Je m'apprêtais d'ailleurs à monter et à sonner à votre porte... En fait, c'est Raymond qui m'a conseillé de venir vous voir... Oui, Raymond... Raymond Chouin...

— Que me veut ce vieux maquereau ? demanda Amédée, soudain inquiet.

— Il m'a dit que vous pourriez peut-être me pistonner pour un cours de danse...

— Ah ! Il vous a dit cela... » Et probablement lui aurait-il répondu qu'elle pouvait toujours aller se brosser s'il n'avait, à cet instant, perçu comme une vague inquiétude sur le visage de cette fille, pour lui encore une inconnue. Il avait senti que quelque chose de plus important se cachait derrière le service qu'elle lui demandait. Lui, qui n'avait jamais éprouvé le besoin de s'interroger sur sa vie, qui l'avait menée toujours à la va-vite, empruntant les premiers chemins de traverse qui se présentaient, sans réfléchir au lendemain, comprit qu'il se trouvait à un carrefour. Il cilla de ses petits yeux de myope, comme éclaboussé par la lumière que lui déversait cette grande fille. Pour la première fois, il n'avait pas peur d'une femme. Rachel sentit quelque chose qui s'insinuait au creux de sa main : c'était celle d'Amédée, chaude et ronde comme un petit pain, qui venait s'y placer avec confiance. Elle la serra fort pour bien lui montrer qu'elle avait compris d'où il venait et combien avait été pénible le chemin qui l'avait mené jusqu'à elle, mais qu'à présent il n'avait plus à s'en faire, puisqu'il l'avait retrouvée. Elle scellait ainsi un pacte d'amitié, le postant du même coup auprès d'elle, au bas de l'échelle sur laquelle, plus haut, venait de disparaître Emma, pour se tenir encore quelque temps à la lisière du souvenir et de l'oubli, prête cependant à rejoindre sur les échelons supérieurs ces ombres pâles dont plus personne n'a mémoire. Telle cette cousine Simone, morte claquemurée dans ses chiottes et qui avait la chance, elle au moins, de se soustraire, de temps à autre, à ces limbes dans lesquels, par la négligence des vivants, tous les destins finissent par se confondre, grâce à Rachel qui se souvenait de ce drame qu'on évoquait à voix basse encore dans son enfance.

Amédée avait reconnu le parfum de sa grand-mère Boccara, c'était assez pour le placer lui aussi entre les vivants et les morts. Et voilà comment, en ce premier matin de l'été, il l'avait entraînée au cours de danse de Madame ; mais c'est elle qui le tenait par la main.

Madame avait bien perçu, tout de suite, dès les premiers exercices, une atmosphère inhabituelle dans sa classe. Quelque chose d'imprécis, dont elle n'eût su dire la nature et qui la menaçait personnellement. C'était comme un grignotement sournois, un vrai travail de sape qui mettait tout son être en danger. Sur la défensive, donc, et l'esprit trop contraint pour se livrer à ses sorties habituelles sur la gloire du Ballet impérial en général et sur la sienne, en particulier, comme danseuse étoile de cette noble institution, Madame Ivana se tenait au milieu du studio, l'air chagrin. Elle avait tout d'abord cru à une rébellion non avouée de son esclave. Mais un coup d'œil à Petoucha qui se tenait fidèle au poste, la serpillière à la main, l'avait rassurée. Elle soupçonna alors la tapeuse. Mais, à son piano, Hortense Poucinet, le chapeau de travers sur la tête, piquant du nez sur le clavier, égrenait avec application les fausses notes, comme à l'accoutumée. Cependant, en artiste sensible aux changements climatiques, elle aussi avait tout de suite senti quelque chose d'anormal, ce qui accentuait les ornementations imprévues de son jeu et à chaque raté la faisait grommeler dans sa moustache : « Vraiment, aujourd'hui, je ne suis pas dans mon assiette. » Madame, qui d'habitude ne se gênait pas pour la rabrouer lorsque trop d'ajouts personnels venaient défigurer la valse ou la mazurka servant à l'exercice, semblait n'y prêter aucune attention, trop occupée par ses sombres pensées. Avec une violence incroyable, un irrépressible sentiment de vie venait de s'insinuer en elle, la réveillant de son engourdissement. Quelqu'un était en train de s'en prendre à son plan de mort ; elle le savait ; elle le sentait. On tentait de la ramener malgré elle à la vie, à ses fatalités. On était venu la braver jusque dans son refuge, parmi les poussières mortes d'un monde évanoui, déjà oublié, que chaque jour, funeste Pénélope, elle s'attelait à reconstruire à partir de souvenirs empruntés et des débris épars d'une mémoire vagabonde, pour mieux encore le détruire. De ses propres décombres on essayait de l'écarter, et déjà elle ne se sentait plus tout à fait morte, et pas encore tout à fait vivante. Le souffle court, oppressée, elle se trouvait au bord de l'évanouissement ; trop d'air et une si soudaine lumière lui donnaient l'impression que quelque chose se déchirait en elle. Le cocon qu'elle avait tissé autour d'elle, vaine chrysalide, se défaisait et tout ce à quoi elle avait renoncé par peur, peur de la vie, de la fatalité de sa race, revenait à la charge. Par où ce trop-plein de vie, de sang et le poids équivoque de la chair avec ses aspirations troubles, ses attendrissements aussi, avaient-ils pu s'insinuer jusqu'à elle pour l'agresser dans son mortel et confortable assoupissement afin de lui rappeler que tout ce qui a vécu, ne serait-ce que l'éclair d'un désir mal contenu, demeure à jamais ? Qui avait bien pu oser venir la réveiller ?

Ébouriffée, tel un oiseau aux plumes retournées par la bourrasque précédant l'orage, le turban de travers, éperdue, ne sachant plus à qui se fier, Madame Ivana jetait de tous côtés un regard fou, comme celui d'un cheval encerclé par les flammes. Et il s'agissait bien de flammes, car, tandis que Madame scrutait l'une après l'autre ces grosses filles moches avec leurs grosses cuisses qui se donnaient du rêve en venant chaque jour transpirer à sa barre et qui finiraient, au mieux, avec une chiée de lardons auxquels elles raconteraient qu'elles avaient été artistes dans leur jeunesse, au pire petites mains ou brodeuses dans un boxon de seconde zone, après avoir végété un temps comme entraîneuses dans un cabaret, oui, alors qu'elle les passait en revue, leur promettant pour se venger un de ces avenirs tel que, si elles avaient pu l'imaginer ne fût-ce qu'un instant, elles se seraient tirées rapidement de ce clapier sans attendre d'y laisser leurs illusions, Madame aperçut, dans la glace, une lueur ardente. Imprécise d'abord, mais qui s'y obstinait. Elle crut un instant que le soleil, en cette fin d'après-midi d'été, glissant sur la verrière après avoir rameuté les clématites et les glycines, était venu y jeter les premières berceries du crépuscule. Mais ici, point de câlinerie qui eût pu la rassurer, ni même cette friabilité de la lumière qui apaise et nimbe tout d'une tendresse violette, avant le grand engloutissement, seulement quelque chose d'impérieux pour la rappeler à l'ordre et lui signifier la désolation de sa vie et, peut-être, son éternelle damnation. Elle s'attendait donc à voir paraître devant elle, montant du miroir, quelque chose d'abominable. Or, devant cette buée sanglante qui peu à peu se répandait sur l'immense glace, d'où s'était évanoui, comme par enchantement, le reflet des danseuses, une idée s'imposa à elle. Elle poussa un cri, un cri de bête blessée. Un cri inintelligible, un mot peut-être mais si mal articulé que seule Petoucha, qui ronchonnait près du samovar, au fond du studio, perçut, pour l'avoir entendu prononcer certaines nuits, quand, épiant le sommeil de sa patronne, celle-ci se réveillait de son cauchemar, le visage baigné par la transpiration, le regard halluciné, hurlant à l'obscurité, tout en essayant de saisir avec ses mains cette forme qu'elle apercevait au pied de son lit : le « Malach'amovez ». C'est en effet le nom de l'Ange de la Mort qu'elle hurla. Mais cette fois, en plein jour, dans son propre studio, alors qu'elle dispensait l'art dans lequel elle tentait de se fondre, de se dissoudre pour lui échapper.

La tapeuse, à ce cri, avait suspendu son envol de fausses notes ; les danseuses ainsi qu'Amédée, figés à la barre, semblaient pétrifiés. Seule, Rachel rayonnait d'une lumière inhabituelle, rejetant par son éclat les autres danseurs dans la profondeur du miroir. « Le Malach'amovez », glapit Madame, une nouvelle fois, en se précipitant sur la glace, pour tenter d'en chasser l'image qui venait d'y surgir. Et, comme l'alouette, elle y buta avec toute la violence de l'oiseau pris au leurre. Le choc la réveilla, et c'est en se retournant, le dos à la glace, qu'elle aperçut, plus effrayant encore, l'objet de sa terreur. Comment avait-elle pu l'admettre dans son cours? Comment cette fille rouge que tout désignait à la sauvagerie de la vie, dont elle pressentait la violence rien qu'à voir se dessiner sous son maillot trempé par la sueur le ventre lisse et rond, les cuisses fortes et cette chair pleine qui, avec ses cambrures, ses rondeurs, à elle seule appelait à la fertilité, comment avait-elle pu franchir le seuil de son studio? Son corps, dans sa féminine perfection, n'était qu'un cri de vie, une insurrection contre les puissances des ténèbres. Elle perçut également son pouvoir de consolatrice. Elle la pressentit comme un beau fruit mûr, pulpeuse, certaine de son destin. Elle perçut même l'odeur de sa fourrure fauve. Et sur celle-ci, elle vit très clairement posée la tête bouclée du jeune Italien. Elle vit également sa grande main, revenant là, à ce delta, pour y déchaîner, nuit après nuit, la jouissance solitaire, par vague de plus en plus profonde. Elle l'aperçut, rouge et égarée, le regard perdu et prête à jouir; elle l'entendit crier le nom de celui qui tardait à venir. Un cri sauvage qui, par-delà la violence de sa jouissance, rameutait les générations qui devaient sortir d'elle, s'élever de son ventre, tel un bel arbre plein de fruits.

Oui, Madame Ivana vit tout cela très clairement; d'autant mieux qu'elles étaient animées de la même violence et cernées par la même fatalité inhérente à la race biblique. Mais la vie, dans ce qu'elle a de plus improbable, l'avait fait accéder lentement à la part obscure de son être, alors que cette fille, délaissant l'ombre, avait pris le parti de la lumière. Cependant, elle arrivait trop tard. En d'autres temps, peut-être eût-elle succombé à l'enchantement d'une miroitante et improbable rédemption; peut-être se serait-elle laissé séduire par cette incandescente rousseur; et, finalement, s'en serait-elle remise à la vie. Une vie poussée lentement, sans trop de gourmandise. A présent, trop de destins, trop de souvenirs empruntés, trop de morts aussi, et de sang, et de trahisons, la ligotaient; enserrée dans des bandelettes, elle se trouvait à la fois morte et vivante comme ces momies empotées qui s'en vont aux royaumes des ombres avec auprès d'elles leurs objets quotidiens. Mais parmi tous ces objets qu'elle s'était soigneusement, jour après jour, appropriés, qu'était devenue la vieille poupée de la petite juive, cette Sarah Moïseievna Chapiro, fille du grainetier de la rue du Commerce, derrière la prison de Lituanie, dans le quartier juif de Pétersbourg, qui s'était tranché la gorge, de retour de la synagogue, un soir de sabbat ? Elle semblait toute petite, comme avalée par le reflet de l'immense glace. « Essayez de vivre tout doucement. Sans gourmandise. Tu parles ! Mais pourquoi cette fille m'a mis ces idées en tête ? Pourquoi les cheveux de cette fille ont-ils la couleur du sang ? Mais qu'elle s'en aille, qu'elle parte ! D'ailleurs, pourquoi est-elle venue ? Puisque tout, ici, est déjà accompli ; puisque plus rien ne peut être ni retranché, ni ajouté, et que le jeu est définitivement fermé. N'est-ce pas Petoucha ? N'est-ce pas qu'on n'a pas besoin d'elle ? N'est-ce pas qu'on n'a plus besoin de personne ? »

L'esclave, qui voyait depuis un moment Madame Ivana se débattre parmi ses fantômes et qui n'avait pourtant pas bougé, bien qu'elle se fût dit en elle-même : « M'est avis de me dépêcher, sinon cette gueuse-là va me sécher la vieille, et il ne me restera plus que mes yeux pour pleurer... », bondit prestement et, prenant Madame par la main, l'entraîna jusqu'à l'endroit où se tenait Rachel. Madame se laissa guider comme une enfant que l'on mène vers le coin d'une chambre pour lui montrer que les monstres qui l'effrayaient n'étaient de fait que l'ombre de la grande armoire, projetée sur le mur par la lune. Tout ce qui avait suscité en elle sa panique, ce grand chambardement de l'âme, se trouva apaisé. Elle considéra cette fille trop charnue, trop vivante, si contraire à tout ce qu'elle était, sans aucune crainte. Elle entrevit alors, derrière l'éclat de cette fastueuse rousse, ce qu'elle allait devenir : un corps boudiné avec des chairs flasques... Mais ses jambes, c'était une autre affaire ! Contre elles, ni le ravinement du temps, ni les effets de la vieillesse ne prévaudraient. Madame devina en ces jambes une pérennité. Comme un talisman, qui finirait par racheter le reste. Dotée de jambes grêles et un peu torses, elle en ressentit d'autant plus fort l'injustice. « Quoi, elle pourrait, elle, se sauver, grâce à ses cannes... Mais je me fais fort de les lui briser, ses guibolles, moi, et de la mettre à la redresse, cette graine de poule ! »

Et c'est donc sans la moindre crainte, sur un ton mielleux, qu'elle s'adressa à Rachel : « Mademoiselle, sachez que Madame aime que nouvelle venue vienne se présenter et fasse révérence. C'était ainsi au Ballet impérial, et nous tenons à maintenir ce protocole. Vous êtes, je vois, amie de cette petite fripouille d'Amédée ; et sans doute, comme lui, vous voudriez faire music-hall. Pour cela, pas besoin de Madame. Amédée aurait pu prévenir. J'aurais fait aussitôt lettre à Victor Cabanel, vieil ami à moi, des temps anciens à Pétersbourg, aujourd'hui directeur à Tabarin. Petoucha, du papier, vite, que je gratte un mot de recommandation pour petite demoiselle. » L'esclave disparut sous la loggia, où on l'entendit s'affairer. Au bout d'un moment, elle revint avec une écritoire qu'elle tendit à Madame Ivana, tout en lui avançant une chaise. Assise, l'écritoire sur les genoux, le regard perdu dans la grande glace, comme si elle eût voulu y repêcher le reflet fugace et menaçant de cet être rouge qui l'avait tant effrayée pour conforter son inspiration, Madame demeura ainsi quelque temps immobile ; puis, après avoir, d'un geste large et théâtral, trempé son porte-plume dans l'encrier que lui présentait Petoucha, elle commença d'écrire. « Je t'envoie cette rousse, qui, bien emplumée, fera son petit effet. Ces fleurs-là ne durent qu'une saison. On s'en lasse vite. Dès que tu en auras épuisé les charmes, vire-la, rue Ballu, chez la mère Olga. » Elle plia le billet, sans le signer, et l'introduisit dans une enveloppe qu'elle tendit non cachetée à Rachel. Bien qu'il soit d'usage de ne point fermer une lettre qu'on remet à quelqu'un, Madame, en tendant avec un sourire à Rachel la lettre ouverte, ne sacrifiait nullement à la bonne éducation, mais se méfiait des libertés que prend souvent le destin à l'égard des plans les mieux ourdis, alors même qu'elle souhaitait secrètement par ce piège se venger de la vie, de sa vie, en renouvelant avec cette fille sa propre existence. Belle joueuse, elle lui laissait, cependant, une issue de secours. C'était sa façon de lui dire : tu es libre de succomber. Madame Ivana continuait de sourire, en lui tendant la lettre. Rachel lui décocha un regard, le regard vert du basilic que Madame ne put soutenir. Déjà, elle savait qu'elle avait perdu la partie et que jamais cette fille ne se virerait de la vie, comme elle-même certain soir, en ouvrant la fenêtre pour fermer les volets, en avait eu l'envie. De son côté, Rachel, que rien n'effrayait car elle tenait le pouvoir de Lilith qu'on lui avait si largement prêté pour bien supérieur à celui de l'Ange de la Mort, se serait amusée du piège que la vieille lui avait préparé à sa mesure ; et cela dans la seule intention de se mesurer à la mort, aux ténèbres, à toutes ces choses qui grouillent à l'envers des destinées ; mais le temps pressait : trop de gens aux destins incertains, ceux du passé mais aussi ceux de l'avenir, l'attendaient pour être la rassembleuse ; quant à la vieille, momifiée dans ses souvenirs factices et son malheur vrai, qui avait refusé de se placer sous sa houlette, entre les vivants et les morts, elle ne pouvait désormais plus rien pour elle. Elle prit la lettre et, comme souvent elle l'avait vu faire à Loulou quand Emma lui en remettait à poster, elle tira sa petite langue rose de chatte et lentement, sans quitter Madame des yeux, la passa au revers de l'enveloppe pour en mouiller la colle, puis, d'une pression rapide du pouce, s'assura qu'elle était bien cachetée. Madame poussa un petit cri et s'écroula sans connaissance sur le plancher, comme une marionnette dont on eût coupé les fils. Goliath rôda en miaulant autour d'elle, puis s'en alla faire ses griffes sur le turban rose qui avait roulé un peu plus loin.

# 7

La ville reprenait peu à peu son souffle d'avant la débâcle. Les théâtres rouvraient les uns après les autres. A l'Œuvre, dès le 11 juillet, moins d'un mois après l'entrée des Allemands dans Paris, on affichait *Juliette,* une comédie de Jean Bassan. Puis ce fut au tour du théâtre des Ambassadeurs et de celui de la Madeleine de lever leur rideau. Et le gros de la troupe suivit. Dès septembre, le Français affichait *Le Misanthrope* et l'Odéon *L'Arlésienne,* et lorsque les music-halls se mirent de la partie, il ne resta guère de place sur les colonnes Morris. Le premier à jeter plumes et paillettes se trouva être l'Alcazar du faubourg Montmartre, rebaptisé, pour l'occasion, le Palace. En effet, les autorités allemandes avaient informé le directeur qu'ils ne toléreraient pas la présence de femmes nues sur une scène dont le nom rappelait l'école militaire de Tolède où les cadets franquistes avaient soutenu, durant la guerre d'Espagne, un siège héroïque. Très vite, ensuite, au Casino de Paris, les girls se plantèrent un plumet tricolore dans le derrière pour chanter « Ça sent si bon la France ». Paris était à la fête. Paris était même de toutes les fêtes. Les revues avaient pour titre *Toujours Paris, Paris en fleurs, Bravo Paris, Paris-Printemps, Pour toi Paris, Paris fredonne...* Au Tabarin, Victor Cabanel dérogea, pour un temps, à cette mode parisienne ; il essayait de rassembler ses troupes pour reprendre la revue *Un vrai paradis,* qui avait fait les beaux jours de la drôle de guerre. Il se démenait comme un diable, s'en voulant de s'être laissé prendre de court. Il passait des auditions du matin au soir, pour ne recruter que des flans, et c'est désespéré qu'il remontait dans son bureau, où il se grattait l'occiput en se demandant comment il arriverait à trouver une douzaine de fesses pas trop moches pour son fameux carrousel. Si bien que, lorsque relevant la tête il aperçut, en cette fin d'après-midi de septembre où il semblait encore plus abattu, là, plantée au milieu de son bureau, sans même l'avoir entendue entrer, cette grande rousse, éclatante dans sa robe à fleurs en artificiel, dont la crinière était tout en chichis au petit fer et sommée d'un bibi assez canaille, il comprit que la chance revenait. Une fille de cette qualité, pensa-t-il, avec des flûtes pareilles, on en voit une sur mille. Ça vous enlève un peloton de girls. On ne remarque qu'elle. On en a plein les mirettes. De son petit œil gris perçant, il patrouillait tout autour de Rachel, qui se sentit comme déshabillée. Celui qui eût croisé autrefois Victor Cabanel, au temps héroïque des tournées «Pavlova», n'aurait certes pas reconnu en ce personnage qui défiait tout essai de description physique, car il appartenait à cette catégorie d'individus séduisants et médiocres, à ces marginaux vivant des femmes, à l'élégance à la fois vulgaire et conformiste, le petit gars propre et net, capable d'enthousiasme et de beaux gestes. Les fards et les cold-creams d'une vie de théâtre avaient, avec le temps, fini par gommer ses traits, qui n'étaient plus que le négatif flou d'un visage, dont on n'aurait, même avec beaucoup d'imagination, su reconstituer ni la forme, ni la carnation. Sa chevelure, abondante quoique gominée, était teinte en noir sur le dessus alors que les tempes, blanches sans doute comme le reste des cheveux, avaient été passées au bleu. Il y avait, chez cet homme, quelque chose de définitivement lessivé.

Il tira une pochette mauve dont il s'essuya le front où perlaient de fines gouttes de sueur. Puis s'étant carré dans son fauteuil, il continua de caresser Rachel d'un œil mouillé. Il ne s'en lassait pas. Mais si léger que se voulait ce frôlement, son regard embué avait la précision d'un scalpel. On eût dit qu'il voulait la découper, selon un pointillé imaginaire, pour la mettre dans son livre de souvenirs parmi les beaux spécimens féminins qui s'y trouvaient déjà. C'était un homme à femmes, et de toute évidence, elle était son type. Un homme à femmes, certes, mais qui n'aimait que les juives. Au bout d'un moment, quand il eût fini de la gober, il lui demanda, à brûle-pourpoint : «Alors, on veut faire du music-hall?» et sans lui laisser le temps de répondre, il enchaîna : «C'est d'accord! Tu lèveras le torchon. Et, au final, tu remplaceras Germaine dans le grand carrousel.» Pour la retenir encore un peu auprès de lui et afin de gagner du temps, il raconta l'histoire de Germaine qui s'était fait choper le palpitant par un certain Fernand Crevel. «Un type louche, qui joue du poignard. Mais, dans l'âme, un traîne-savate. Un de ces mecs foutus, même avant leur naissance, et qui puent à plein nez l'épave... Mais qu'est-ce que tu veux, la Germaine, elle en était retournée. Elle m'a demandé un mot de recommandation pour les frères Bouglione. Il a été engagé à Médrano, où il fait un numéro de lanceur de couteaux, sous le nom d'Antenor d'Acapulco. Mais ce que je n'avais pas prévu, c'est que la fille qu'il détoure au poignard, c'est la Germaine. On a coupé la poire en deux. Elle continue à passer en première partie et, sans même se démaquiller, elle court à Médrano, qui est à cinq minutes d'ici à pied.» Il lui expliqua cette drôle de fille. Au début, il avait cru que c'était par amour. Mais, à la longue, il avait fini par comprendre qu'elle aimait avoir peur. Sentir autour d'elle siffler les couteaux comme des serpents. Et, en plus de cela, il lui foutait des torgnoles. Ne se supportant pas, il se vengeait sur elle. «La Germaine y trouve peut-être son compte. Moi pas. Il y a des soirs, tiens comme en mai dernier, juste avant qu'on ferme, avant que les frisés ne rappliquent, elle m'a vraiment mis dans le pétrin... Il l'avait tellement tabassée qu'il a fallu que je la remplace au dernier moment. On ne pouvait décemment pas la laisser entrer en scène avec une gueule en arc-en-ciel. Ici, les filles ont fini par l'appeler " Germaine l'Escalope ". Une fois par semaine, au moins, on la voyait rappliquer avec sa tranche de veau sur le museau. Et même avec ça, fallait bien trois jours pour que ça dégonfle. Mais c'est une brave fille, tu verras. Vous partagerez la même loge. Il y en aura une troisième avec vous. Une fille que j'ai piquée à Lucien Rimel, au Mayol. Une peau de vache, mais avec du chien. Une vraie Corse, la Mireille... Alors, c'est d'accord! On marche comme ça... — Vraiment, vous ne voulez pas voir ma lettre de recommandation... — Pas la peine, mon chou... Tes jambes parlent pour toi... Et puis, je sais très bien ce que cette vieille folle peut m'écrire», ajouta Victor Cabanel qui, de loin, avait reconnu sur l'enveloppe que lui tendait désespérément depuis un bon moment Rachel la grande écriture de Madame, avec ses jambages fous. « Alors, on la met au panier ? », et sans attendre la réponse, Rachel déchira la lettre dont elle plaça les morceaux dans un grand cendrier qui se trouvait sur le bureau. « D'accord, ça marche ! » dit-elle, en gagnant la porte. Mais, là, elle se ravisa et, faisant demi-tour, revint vers le bureau où elle rafla une boîte d'allumettes. Elle en craqua une qu'elle jeta négligemment dans le cendrier. Et ce n'est que lorsque les morceaux de la lettre furent réduits en cendres qu'elle gagna définitivement la porte.

Quelque chose chantait et riait au fond d'elle. Une écume de rires qui prenait ses aises, pour détourner l'usure et la sécheresse des cœurs et l'odeur fétide du malheur. Elle perçut un léger crissement — pas celui qui dénonce la brièveté de la chair, mais une sorte de germination, semblable à la maturation secrète d'une vie. Tout ce qui était encore épars s'était rassemblé en elle, sous la houlette de ces rires légers. Elle n'était plus cette contemplatrice nocturne qui ne savait par quel chemin s'aventurer. Son singulier destin avait été pris en compte pour qu'elle puisse, à son tour, se charger d'autres destinées. « Tu es de la race de Lilith. Tu appartiens à la grande transhumance, à celles qui se repaissent avidement de leur propre ombre pour mieux distiller la lactation des songes... » Au travers de ce rire qui sonnait en elle, elle entendait tantôt la voix d'Emma, tantôt celle du vieux rabbin Schlomo. « Tu es Lilith, et aussi son contraire. Tu possèdes en toi la férocité de la vie. Si tu ne t'abreuves pas des eaux nocturnes, ni du souvenir, c'est pour mieux entendre la chaleureuse histoire des vivants. Pour mieux la redire par la suite. Bâillonne le remords et la tristesse de notre race, et entends le grondement des eaux, des grandes eaux du monde en marche. Ecoute frémir le sang d'un nouvel âge ! Déjà, tu t'ouvres à la lumière et une ample charge s'anime ; déjà, en toi, un cri de vivant se fraye son chemin par lequel tu gagneras les rives lointaines où déserte la mort... » Elle, qui eût interrogé la terre entière pour connaître le sens du grand désordre qu'elle éprouvait, s'irritant de n'avoir pas de réponse, se sentit à la fois grave et légère ; comme à l'aplomb d'elle-même dans la fauverie de cette fin de journée d'été qui entrait par la fenêtre grande ouverte.

Victor Cabanel, l'apercevant au seuil du bureau, hésitante, comme saisie de stupeur, se dit en lui-même : « C'est pas ma veine, cette fille est en train de me lâcher dans les grandes envergures... Avec des mômes de cette trempe, c'est jamais du tout cuit... » Dans la lumière mordorée, il lui sembla qu'elle s'épanouissait comme l'une de ces fleurs imaginaires, purpurines et vénéneuses, dont les décorateurs de théâtre ornent, au tableau tropical de la revue, les jungles en carton-pâte au milieu desquelles une troupe de filles, coiffées d'ananas et vêtues d'une ceinture de bananes, mènent une danse papoue. Lui-même fut pris de vertige. Il s'écria tout haut : « T'as pas de mouron à te faire, la môme. Je vais te mettre au point une de ces entrées qu'ils s'en rappelleront du wunderschön Paris, les frisés. De quoi les démoraliser un brin, ces salauds. On a le droit de zieuter, mais pas touche ! Un suiveur avec une gélatine rose, à peine orangée, pour empaqueter tes petits nichons et tes gambettes... Je t'assure que ça va leur foutre un sacré tam-tam entre les cuisses... Tout un promenoir en érection... Du jamais vu... »

Lorsqu'il se reprit, après ce moment d'exaltation passager, la fille avait disparu. Il courut jusqu'à la porte. L'ouvrit. Le couloir était vide. Et, s'il n'y avait eu ces morceaux de papier brûlés dans le cendrier, sans doute aurait-il cru qu'il avait été le jouet d'une hallucination.

Dès que Rachel eut poussé la porte de la loge que lui avait indiquée le concierge, au premier dessous, côté jardin, elle aperçut, dans la glace fixée au-dessus d'une grande table qui servait de coiffeuse, le visage de la garce. La fille finissait de se maquiller. Elle comprit qu'elle se trouvait en présence de Mireille, dont lui avait parlé, la veille, Victor Cabanel. C'était cette même Mireille Cuttoli qui en avait fait baver au père Chouin, lorsqu'elle avait monté contre lui Dédé Florelle, l'arsouille qu'il avait à la bonne et qu'il considérait un peu comme son fils. Le vieux en avait eu le cœur brisé. Et simplement à la voir tendre ainsi, vers le miroir entouré d'ampoules, ses grosses lèvres charnues qu'elle avançait en un mouvement obscène, comme si elle eût voulu aspirer sa propre image, Rachel comprit qu'elle la détestait. Elle la détestait depuis toujours. C'était l'une de ces haines héréditaires, qui telle une exhalaison aussi soudaine que violente, déjouant tout motif rationnel, remontait d'on ne sait quelle profondeur de l'âme. Un sentiment sauvage, irrépressible, qui tenait à un réflexe de survie. Quelque chose venant de très loin, de la petite enfance, et pourquoi pas d'outre-tombe, dans la mesure où l'on vit des morts et de leurs legs — une répulsion qui, dans ce cas précis, ne résultait pas des éventuelles préventions que Raymond Chouin aurait pu susciter chez elle, mais qui, ayant cheminé à travers les âges et les songes amassés, l'avait choisie pour se concrétiser. Souvent, les rêves qu'ont osés secrètement les morts, et que l'on croit perdus avec eux, resurgissent chez les vivants, les obligeant à passer à l'acte. Rachel, dans l'instant où elle avait aperçu de dos cette masse de chairs douteuses, marquée de légères ecchymoses, avait été saisie d'une rage qui l'avait étonnée elle-même. Elle aurait voulu y incruster ses ongles ; d'autant plus férocement qu'une odeur douceâtre, que dissimulait mal un parfum lourd et bon marché, renforçait cette impression de crasse morale, de vie équivoque, d'amours à la sauvette. Un relent fétide se dégageait de ce corps nu, déjà épuisé par les étreintes sans amour et les faiseuses d'anges du lendemain.

La Cuttoli, qui avait entendu la porte se refermer, se retourna, et le regard de Rachel vint la frapper comme une écharde de lumière. Elle fut inondée de son propre dégoût. Sa bouche devint poreuse et sèche. On venait de la disséquer, de la mettre à nu. Ainsi que certains animaux qui, sous l'emprise de la peur, sécrètent un liquide nauséabond, elle sentit son ventre se relâcher, et déjà prêt à la débâcle. Elle transpirait la puanteur par tous les pores, et telle la pieuvre, elle était prête à jeter son encre. Cependant, le premier instant de panique passé, elle se reprit et fit face. Elle soutint le regard, sans même chercher à dissimuler sa nudité. Elle avait, elle aussi, flairé l'ennemie mortelle. Elle posa le bâton de rouge. « Alors, c'est toi, la nouvelle ? » Comme Rachel ne répondait pas, elle poursuivit : « Je ne sais pas ce que tu lui as fait au Cabanel, mais depuis ce matin, il n'y en a que pour toi... » Et la déshabillant du regard : « Au fond, je vois pas très bien ce que tu as de plus que les autres... Faut dire que le Victor, c'est un gars spécial. Il peut pas voir une youpine sans se tenir la braguette. Mais faut pas croire que tu feras pour ça de longs os. Il aime le changement. Trois petits tours sur scène, et il vous vire sur le trottoir... Le sentiment, ça ne l'étouffe pas... Maintenant, que je te dise un truc : ici, c'est chacune pour soi... T'as tes affaires; j'ai les miennes. On se mélange pas les pinceaux. Pas question de m'emprunter ma poudre de riz. Encore moins de venir, après le spectacle, ratisser dans ma clientèle...

— Allez, Mireille, ne te fais pas plus mauvaise que tu n'es... » La porte de la loge venait de s'ouvrir et une grande blonde se tenait sur le seuil. « Bonjour », fit-elle, avec un large sourire en direction de Rachel. « Je vais pousser un peu mes affaires, ça te fera de la place... Le patron nous a annoncé ton arrivée, ce matin... Tu ne peux pas t'imaginer la mousse qu'il a faite... Tu as dû sacrément lui taper dans l'œil... Maintenant, va falloir mettre la gomme : on est déjà au troisième jour de répétition. Ne t'inquiète pas si, au début, le régisseur te crie dessus... C'est un coup à prendre. Quand tu es dans le rythme, ensuite, les pas viennent d'eux-mêmes... Je sens qu'on va être des amies... » Et pour bien concrétiser cette amitié naissante, elle lui tendit la main. « Je m'appelle Germaine. Toi, c'est... » Rachel lui prit la main, et marquant un temps d'hésitation que remarqua Mireille : « Moi... Eh bien moi, c'est Maud. Oui, Maud. Maud Boulafière... »

## 8

QUELQUES jours auparavant — peut-être bien même quelques semaines, en tout cas, moins d'un mois avant que Rachel ne fût engagée à Tabarin —, «Papa» Chouin (c'est ainsi qu'elle l'appelait à présent) avait été pris d'une crise d'asthme. La canicule avait plongé la ville dans une léthargie dont les orages violents, qui surviennent généralement en août, n'avaient pu la tirer. Le tôlier, incapable de faire un pas sans suffoquer, avait trouvé refuge dans l'un des grands fauteuils en rotin du salon. Dès les premiers jours de chaleur, les coupures de courant constantes avaient eu raison de la résistance d'un vieux ventilateur, et c'est avec l'éventail d'Emma que lui avait prêté Rachel qu'il se donnait un peu d'air. Ainsi, avec sa moustache hirsute, son lorgnon aux verres embués, perché au bout de son long nez, et des grognements intermittents par lesquels il maudissait en bloc la verdure parisienne et en particulier les platanes de l'avenue Trudaine qui, chaque année à la même époque, se chargeaient de lui secouer les éponges, on eût dit un vieux phoque échoué sur une banquise de coussins, à qui une vieille syphilis mal blanchie liquéfiait peu à peu le cerveau. La boutique, dont le commerce reprenait doucement, était tenue à présent par Rachel. Raymond Chouin, du fond de son fauteuil, se contentait de contrôler le va-et-vient des clients dans l'escalier. Certains rasaient les murs ou feignaient un gros rhume pour masquer leur visage d'un mouchoir dans lequel les retenait un incessant éternuement; d'autres se donnaient des allures affranchies et s'avançaient en sifflotant. Chacun ressentait malgré tout le même pincement au cœur avant de s'engager dans l'escalier : car si sûre que fût la pension Emma, on n'y était toutefois pas à l'abri d'une éventuelle descente de police. Raymond Chouin, cependant, ne manquait jamais de saluer par un sonore : «Cela a-t-il été comme vous vouliez, mon président? J'attends, d'un jour à l'autre, en provenance de Toulon, un arrivage de petits marsouins, de vraies terreurs du gaillard d'arrière! Vous m'en direz des nouvelles à votre prochaine visite!» Le client, qui affichait une tête vaguement connue mais congestionnée lorsqu'il redescendait, sa petite affaire faite, et qui espérait passer inaperçu, n'avait plus qu'une idée : se tirer au plus vite de cette boîte. C'était toujours la même interpellation, qui avait le don de mettre l'habitué, si familier fût-il de l'établissement, dans ses petits souliers. Autant dire que ces petits gars de l'infanterie de marine, dont l'arrivée retardée de semaine en semaine était devenue l'une des idées fixes du tôlier, faisaient l'objet de plaisanteries salaces. Mais personne n'aurait osé ouvertement en rire, car c'eût été se voir signifier sur-le-champ son congé. Quant à ce «président» dont Raymond Chouin gratifiait certains habitués, c'était sa façon à la fois de respecter l'anonymat d'un client dont il subodorait à ses vêtements l'identité, tout en saluant d'une façon neutre quelqu'un qui venait de dépenser pour un quart d'heure de bon temps la coquette somme de 200 francs. Evidemment, il ne servait du «président» qu'à ceux qui portaient un gilet et qui se découvraient en entrant, ce qui, pour lui, était le signe du «monsieur».

Rachel avait vite appris les habitudes de cette clientèle triée sur le volet. Elle tenait le commerce d'une main ferme. A chaque nouveau client expédié à l'étage, le père Chouin ne pouvait s'empêcher de s'écrier : «Mais regardez-moi quel tact! quel doigté! On dirait qu'elle a fait cela toute sa vie!» Il est vrai que Rachel se débrouillait pas trop mal. D'un coup d'œil, elle débusquait le mauvais coucheur, le type à histoires. Et c'est avec la fermeté d'un videur de grande classe qu'elle lui barrait l'accès au salon, pour le raccompagner jusqu'à la porte, en l'assurant qu'ici, vraiment, c'était pas du tout son genre. Le prix de la chambre une fois réglé, il s'agissait ensuite de faire cracher le micheton pour «le cadeau du petit»; cadeau sur lequel la maison prélevait la moitié, voire les deux tiers, selon que le garçon était nourri, blanchi ou logé aux frais du tôlier. Jamais, parmi les frétillards, il n'y avait eu de réclamations; car tous savaient que, chez le père Chouin, on avait en plus la sécurité de l'emploi. Quand le client avait acquitté ce qu'il devait, Rachel le menait jusqu'à la porte du petit salon où se tenaient ceux qu'elle appelait déjà «mes mômes». Certains jouaient à la belote pour tuer le temps, d'autres étalaient leurs tatouages sur le divan, façon de se recharger les batteries en pionçant. D'autres encore comparaient les mérites de leurs copines qu'ils avaient mises sur le trottoir, à Blanche ou à Clichy. Parfois, ils parlaient de leur avenir, de la mort qu'ils avaient, pour la plupart, frôlée avec une gouaille sinistre. Rachel tirait une sorte de judas pratiqué dans la porte. Ainsi le client pouvait faire son choix, sans être vu. Rachel l'expédiait, ensuite, avec la clef de sa chambre au premier; puis elle revenait vers la porte du petit salon, qu'elle entrebâillait, et, d'une voix affectant le genre poissard, elle lançait : «Alors, le Grand Frisson, on se les secoue un peu... C'est vraiment pas le moment de se faire du sentiment en rêvassant à sa gonzesse, quand il y a un micheton qui ne demande qu'à se défriser la rondelle au numéro 15...» Tous les marloupins qui formaient le fond de sauce de la «pension» possédaient un surnom, toujours évocateur d'une spécialité, voire d'une particularité physique. Il y avait le Grand Frisson, mais également Mes Fesses, l'Anguille, ou encore la Poigne. Un brave garçon, celui-là, pas méchant pour deux sous, mais qui s'était fait une notoriété dans la torgnole un peu vacharde. Bref, en ce mois d'août 1940, l'établissement tournait à cinq ou six et c'étaient, bien évidemment, des bouches à nourrir. Raymond Chouin, toujours inquiet pour la santé de son poulailler, disait, non sans un certain attendrissement : «Ces petits-là, ça baise comme un, mais ça boulotte comme six.» Vues les restrictions, le repas du soir posait chaque jour un problème que Rachel se devait de résoudre puisque «Papa» ne pouvait arquer deux pas sans s'étouffer. Très vite, elle s'était mise au parfum du marché noir et il n'y avait pas un arrivage de poulets au Bœuf Couronné, la boucherie de la rue des Martyrs, qu'elle n'en fût la première avertie.

Ce fut par une fin d'après-midi d'août, alors qu'elle remontait l'avenue Trudaine, un gigot sous le bras, et qu'elle s'apprêtait à traverser la rue Rochechouart, à la hauteur du Khédive, que Rachel fut hélée par une voix qui lui parut familière.

« Alors, on fait sa bêcheuse ! On passe à côté de ses vieux amis sans les reconnaître, maintenant ? » L'avenue était déserte, et le ciel bitumeux traversé d'éclairs. La chaussée était grasse et luisante. La ville entière semblait transpirer. Dans les arbres, les piafs avaient cessé leurs disputes. Les quelques passants qu'on pouvait apercevoir se hâtaient de rentrer chez eux de crainte d'être surpris par l'orage. Au loin, dans cette lumière grise, une escouade d'Allemands casqués, le fusil en bandoulière, montait à vélo vers Montmartre. Sur l'avenue, à la hauteur du square d'Anvers, des sacs de sable avaient été entreposés, pour former des chicanes. Plusieurs tables étaient encore occupées à la terrasse du Khédive, où des filles un peu trop maquillées riaient un peu trop fort en compagnie de quelques sous-officiers allemands. Ils s'envoyaient la mousse de leur bière au visage, en soufflant sur leur chope. Elles, déjà parties, riaient en s'essuyant du revers de la main. La chaleur, l'orage menaçant, les éclairs intermittents, la rue déserte, à l'exception de quelques silhouettes fuyantes, rasant les murs, le rire mécanique des garces et leur maquillage qui coulait donnaient une impression d'irréel à cette scène. On aurait dit que ce coin de rue, mis entre parenthèses, vivait détaché du reste du monde. Rachel eut un sentiment fugace de déjà-vu. Ces filles, elle les avait entendues rire de la sorte, mais sans pouvoir se rappeler où. Car, quelque part au fond de sa mémoire, ces rires trouvaient une résonance. Et au loin, ces militaires en bottes, perchés sur leurs vélos et pédalant sur place, comme arrêtés dans leur élan, ne venaient-ils pas, eux aussi, de quelque mauvais rêve ? D'un morceau de vie qui n'appartenait ni au jour ni à la nuit. Une vie d'à côté, décalquée sur la vraie et qui n'aurait été qu'une répétition de celle-ci.

Pour ne pas se laisser submerger par cette impression de malaise, Rachel se raccrocha à la voix familière qui l'avait interpellée. Elle jeta un coup d'œil rapide sur la terrasse. Derrière la table qu'occupaient les filles et les soldats allemands, elle aperçut un panama qui avait dû naguère être blanc ; et, sous le chapeau gondolé et pisseux, une chevelure mal contenue en baguettes de tambour et la bouille d'un vieux coing. Assis, seul à une table, l'homme paraissait somnoler, le nez dans un journal, affichant un air de gandin de la pègre, revenu de tout. Pourtant, il n'en perdait pas une. En effet, par la fente de ses paupières, légèrement bridées, passait comme un bref éclair. Le regard vif de la fouine aux aguets. Et puis, il retombait dans son apathie de coolie piqué par une mouche tsé-tsé. Rachel le reconnut aussitôt. C'était le Chinois, sa vieille connaissance niçoise. Elle se fraya un chemin entre les tables. Un des soldats allemands lui donna, au passage, une claque sur les fesses. Rachel s'apprêtait déjà à lui balancer une gifle en retour, quand le Chinois se dressa et, d'une main ferme, lui saisit le poignet. « Enfin, voyons, mademoiselle Maud, ce monsieur a bien le droit de plaisanter... » Et prenant à témoin le sous-officier qui écarquillait les yeux : « Nicht war ? » Et à Rachel : « Pour nous avoir délivré de cette bande de margoulins qui nous gouvernaient, ils ont tout de même le droit d'avoir la main baladeuse... Allez, Maud, calmez-vous... Tout ceci n'a vraiment aucune importance. L'essentiel, c'est de vous avoir retrouvée... » Il tira un coup de chapeau en direction de la table des Allemands avant de se rasseoir.

« Savez-vous que, depuis que je vous ai quittée à Nice, je me faisais un sacré mouron pour vous... Est-ce bien raisonnable de perdre ainsi ses papiers sur les plages, surtout par les temps qui courent... » Il sortit de sa poche une carte d'identité écornée et tachée qu'il ouvrit d'un coup de pouce. « Heureusement que l'inspecteur Changarnier est là pour veiller sur vous », dit-il, en plaçant la carte sous le nez de Rachel. C'était bien sa photo. Elle lut :

| | |
|---|---|
| Nom | BOULAFIÈRE |
| Prénoms | Maud, Marie, Joséphine |
| Né(e)le | 23 juillet 1920 |
| à | Montpellier (Hérault) |
| Taille | 1,73 m |
| Signes particuliers | néant |
| Domicile | 76, rue Rochechouart, Paris IX^e^ |

« Mais qu'est-ce que ça veut dire ?

— Ça veut dire que vous avez beaucoup de chance, mademoiselle, de retrouver vos papiers... » Là-dessus, il fit signe à l'un des garçons qui godillait entre les tables, son plateau encombré de demis panachés. « Petit Jean, tu diras à Grand Albert de mettre le picon-bière sur ma note... Il faut que je raccompagne mademoiselle chez elle... Ces temps-ci, il fait pas bon traîner dans les rues après le couvre-feu... »

Rachel voulut objecter qu'elle habitait à deux pas ; mais il lui serra si fort le bras qu'elle poussa un cri. Il relâcha son emprise et entre ses dents, il lui cracha à l'oreille : « Ça suffit. Maintenant, tu la boucles. Tu me suis, sans faire d'histoires. Ou sinon, tu vas au diable, mais alors je donne pas cher de ta peau de youpine... » Sur ce, il gagna la chaussée. En passant devant la table des boches, il souleva à nouveau son chapeau : « Mesdames ! La France compte sur vous. Soyez à la hauteur... » L'une des filles avait glissé de sa chaise et se trouvait à quatre pattes ; et les autres riaient si fort qu'elles n'entendirent même pas. Pour elles, la nuit de la grande rigolade avait commencé.

L'inspecteur Changarnier descendit, à enjambées sèches, l'avenue Trudaine et entra dans le square d'Anvers. Rachel, après avoir hésité une fraction de seconde, le suivit. Mais sa jupe étroite l'empêchait de marcher aussi vite. Elle trottinait derrière, en serrant son gigot. Un chien, qui avait senti la bonne affaire, la suivait. Elle traversa l'avenue et entra également dans le square. Le Chinois, assis sur un banc, la vit arriver de loin.

« Alors, on s'est finalement décidée ? » Il ouvrit son sac à main et y laissa tomber avec dédain la carte d'identité qu'il tenait, comme si ces papiers lui brûlaient les doigts. « Tu ferais moins ta mijaurée si tu savais combien ce truc-là m'a coûté... La carte en elle-même, c'est encore ce qu'il y a de plus facile à trafiquer... Mais truquer les registres de l'état civil, ce fut plutôt coton. Fallait trouver d'abord un patelin où on peut réveiller les morts sans faire trop de bruit. Une fillette morte en bas âge et qui, si elle avait vécu, serait aujourd'hui orpheline à vingt ans, ça ne se dégote pas comme ça, sous le sabot d'un cheval. La petite Maud, morte à deux ans de la typhoïde, peut à présent renaître. Ni vu, ni connu. Ça colle au poil. Et je t'assure qu'il vaut mieux que tout colle, quand ces messieurs de la Gestapo y fourreront leur nez. Rien ne les arrêtera et certainement pas la ligne de démarcation. Quand ils auront épuisé les fichiers de la préfecture de police, et recensé à Paris tous les juifs, ils iront voir en province. L'Obersturmführer-SS Knochen a de l'appétit. Il l'a montré en se faisant communiquer, dès le lendemain de son arrivée à Paris, la liste des émigrés allemands antinazis et des juifs de tous bords. Il a, depuis, infiltré nos services. Quelques-uns de nos inspecteurs ont été détachés auprès de la Gestapo... » L'inspecteur Changarnier brossa alors un tableau assez noir de la situation. Il démonta chaque pièce du mécanisme de l'implacable machine mise en place. L'ordre du 1er juillet enjoignant à la Gestapo de dresser la liste des objets d'art appartenant aux juifs en territoire occupé et de les saisir n'était, selon lui, que le prélude d'une plus vaste opération.

« Tu comprends maintenant pourquoi il vaut mieux, en ce moment, s'appeler Maud Boulafière plutôt que Rachel Aboulafia ; surtout lorsqu'on a un beauf rabbin qu'on a été obligé de mettre à l'ombre. »

Rachel se fichait éperdument de sa famille, mais l'idée que sa mère et sa sœur puissent s'en aller en pleurnichant, le dimanche, porter des oranges à cet énervé du Talmud la fit doucement rigoler.

« Tu ris, mais si je n'étais pas intervenu, à l'heure qu'il est, il serait déjà dans un camp en Allemagne. Juif, polack et propagateur de la foi, c'est beaucoup, en ce moment, pour un seul homme. » Heureusement, expliqua-t-il, que l'officier allemand que Moshé baratinait à la terrasse d'un café, après lui avoir assuré que Hitler s'était lui-même converti secrètement au judaïsme, n'avait rien compris à son sabir. « Verrückt, der Mann, se contentait-il de répéter. Zet homme est folle. » Et, du doigt, pour mieux se faire comprendre, il montrait qu'il travaillait du chapeau. Devant l'attroupement qui s'était formé, la police avait été forcée d'intervenir. On avait minimisé l'affaire, et le petit rabbin avait été coffré sans autre charge que vagabondage en état d'ivresse... « Mais s'il était tombé sur un officier mauvais coucheur, un SS, par exemple, il était cuit, ton beauf... conclut le Chinois. Cuit, répéta-t-il, cuit... »

Ils se tenaient là, assis l'un près de l'autre, dans ce square désert, en marge de la nuit. Il parla longtemps, d'une voix cassée et basse où perçait l'ironie grinçante du désespoir. Elle l'écoutait et ne l'interrompait que rarement. Ils se tenaient immobiles, pétrifiés dans cette lumière grise, égale et mortuaire. Tout faisait autour d'eux silence. On eût dit que le ciel obscur et tumultueux, qui menaçait de s'ouvrir à chaque instant, les avait circonscrits, comme retranchés des vivants. Les bruits du boulevard proche arrivaient étouffés, pétris de cette densité cotonneuse qui donne l'impression d'appartenir déjà à un autre monde. Les lumières bleues qui venaient de s'allumer au fronton de l'Élysée-Montmartre ajoutaient encore à cette atmosphère irréelle et jusqu'au gigot posé sur le banc auprès d'eux qui, enveloppé dans un papier journal sur lequel s'élargissaient les taches de sang, semblait absurde. Ces paroles venaient d'être prononcées aux portes de la nuit. Des mots redoutables, sous leur apparente légèreté, où se mêlaient le secret de la vie et de la mort, du présent et du passé, des ténèbres, et, au-delà, une certaine clarté préfigurant, peut-être, la résurrection d'un peuple. Là, au milieu de ce square où les pigeons, alignés sur la balustrade du petit kiosque, semblaient fossilisés, ils se retrouvaient otages de l'Histoire, placés par un mystérieux mécanisme entre les vivants et les morts.

« Cuit ! » répéta-t-il encore une fois, et Rachel, qui avait toujours perçu la grande merveille d'être en vie, ce prodige d'être à chaque instant dans sa chair et sa force, sans se soucier du poids des morts, sentit peser sur elle comme une matière inerte et froide la tristesse de sa race. Elle se vit entraînée avec ce peuple, sacrifié par avance, et duquel elle ne s'était jamais sentie solidaire. Et alors, comme jadis durant l'enterrement d'Emma elle avait pu échapper en chantonnant à cette congrégation de la mort, dans laquelle malgré elle on avait tenté de l'entraîner, elle s'arracha par un cri à ce mirage, à l'enlisement de la fatalité.

« Cuit ! s'écria-t-elle. Cuit, as-tu dit, le Chinois ! Parole de Rachel... » Ici, elle se reprit : « Non, parole de Maud ! Je te jure que je leur ferai payer cher ma peau de youpine ! »

L'orage avait roulé sur Paris sans éclater. La nuit était descendue, moite, n'apportant aucun répit à la canicule. Un quartier de lune brillait, dérisoire et pâle, au-dessus de Montmartre, accroché tel un colifichet au sommet de la basilique. Ils sortirent du square sans un mot.

Plus tard, bien des années après, lorsque certains soirs ils se remémoreraient non sans nostalgie le temps de l'Occupation, qui fut aussi celui de leur jeunesse, et qu'ils se souviendraient comment ils s'étaient à diverses occasions mutuellement sauvé la mise, jamais pourtant ils n'évoqueraient cette demi-heure sur un banc, dans le square d'Anvers. Ce serait comme s'ils n'y étaient jamais entrés. On entendrait même Rachel, alors établie dans ses meubles et ayant pris la succession de Raymond Chouin à la pension Emma, dire à l'un des petits corniauds qui, vautré au bar, attendait le client en jetant d'un air désabusé des ronds de fumée de cigarette au plafond : « Eh ! Raton, cesse de faire le légume. Et plutôt que de te miter les éponges avec cette cochonnerie, tu ferais mieux d'aller respirer la chlorophylle au square. Tu vois, moi, je ne demanderais qu'à y flâner, si cette sacrée tôle ne me pompait pas tout mon temps. Je passe souvent devant, j'entends les oiseaux y piailler... Mais, en dix ans, je n'y ai pas mis une fois les pieds... » C'était comme si vingt minutes, une demi-heure au plus, avaient été gommées de leurs vies. Une éclipse. Un éblouissement dans le miroir du néant. Et pourtant l'espace intérieur de l'âme prête un écho au bruissement de leurs regards. « Qu'a-t-il bien pu se passer en moi ? » demande l'un, surpris, en cillant. « Oui, qu'a-t-il bien pu se passer en toi ? » répond l'autre, ainsi que le reflet d'un miroir jumeau. Et c'est sans doute la question qu'ils se posèrent au fond d'eux-mêmes en se séparant sur le trottoir de l'avenue Trudaine.

Et pourtant, ce soir-là dans le square, quelque chose les avait liés à jamais. Ils s'étaient reconnus, lui, ce demi-bol de riz, fils d'un douanier et d'une entraîneuse d'un bar louche de Cho Lon, elle, la fille de La Goulette, dernière des granas de Tunis et future tenancière de maison close. Un fil avait été tendu, plus fort que celui de l'amour : une passion de tête qui, au long des années, s'affirmerait, laissant deviner entre eux comme la reconnaissance secrète d'une préhistoire commune. Pour lui, elle deviendrait donneuse à la Mondaine, sous le sobriquet de la Raie, et également chef de bande de ces Poignardeurs qui, sous ses ordres, feraient du beau travail à la Libération. De son côté, il deviendrait chaste, lui si insatiable, quoique dissimulé en amour, puisque né en la fin du signe du Scorpion et tenant de ce fait aux deux sexes. L'amour dont aucune femme ni aucun homme ne serait digne à ses yeux n'émergerait plus qu'en images désordonnées, reflet brouillé dans le miroir.

Alors, durant des nuits entières, dans la solitude de ses différentes planques disséminées dans Paris, qu'il hante selon sa fantaisie, où les draps d'un lit douteux sont imprégnés d'une odeur d'opium, le Chinois tentera de débrouiller et d'ordonner ses visions, avant de s'endormir exténué, mais repu par ce con majestueux, puissant, aux poils chiffonnés et imprégnés d'une sombre odeur de rousse. Ainsi l'apercevra-t-il, la tête pâle et renversée, les yeux clos, se donnant une jouissance en pensant à son jeune Italien. Et elle, de son côté, par le même jeu de miroirs, le devinera dans le désordre de son lit, nu, baignant dans une odeur grasse et sucrée, la chevelure bleu-noir, épaisse, le corps mince et fiévreux, secoué par instants de spasmes violents, avec sa grande main allant et venant sur un sexe musculeux, massif, presque obscène pour une constitution apparemment si frêle. Mais ce dont elle ne se doutera jamais c'est que, certains soirs, il se secouait la colonne non en pensant à elle mais à son Italien, ce Dino Scannabelli, avec ses cheveux frisés, qu'il aurait souhaité enfiler, de la même façon qu'il lui arrivait naguère de la mettre à la sauvette, dans un terrain vague de Montmartre ou des Batignolles, à un voyou en maraude, avant de le faire entrer chez les Poignardeurs, histoire d'imposer sa loi à cette mauvaise tête. C'était toujours assez vachard. Il l'entraînait derrière une palissade et, après lui avoir baissé le froc, il le collait face aux planches. Jamais ne se glissait un geste de tendresse. Et d'aventure, il bombait le cul pour mieux sentir l'attaque, le demi-sel retournait gentiment la tête pour le bécoter, trahissant une nature affectueuse, le Chinois alors d'une bourrade le remettait vite à sa place : « Allez, pas de ça entre nous... » En revanche, lorsqu'il se figurera le rital en train de se branler en pensant à sa grande rousse — car il l'a dans la peau, le jeune clown, cette garce rencontrée sur une plage de Nice, l'été 1939 —, lui, le Chinois, afin de parvenir à se faire gicler encore plus magnifiquement, s'imaginera auprès du gamin, le léchant tendrement pour mieux l'ouvrir. Un gamin ! En effet pour lui ce n'était encore qu'un gosse à qui il avait déjà par deux fois rendu des services, en le cachant d'abord et en lui procurant ensuite des papiers en règle.

Ainsi, alors que Rachel se décidait, une nuit d'été, square d'Anvers, à changer d'identité, elle ignorait que son amoureux se trouvait à Paris et logeait à deux pas de la rue Rochechouart, de l'autre côté du boulevard, aux Abbesses. Le Chinois avait mis à sa disposition l'une de ses planques, au cinquième d'un immeuble de la rue d'Orsel. Il s'était cependant bien gardé de révéler la présence de l'Italien en ville, car, du même coup, il eût brisé ce vol obsédant d'images qui les reliait tous trois par un fil secret, invisible et pourtant lumineux.

# 9

C'EST donc sous le nom de Maud Boulafière que Rachel Aboulafia débuta comme fille nue à Tabarin, le célèbre cabaret de la rue Victor-Massé. Victor Cabanel avait fait des miracles pour sa nouvelle revue. La salle était emplie d'officiers allemands en uniforme. Se mêlaient à eux ceux qui, bientôt, allaient devenir la «Joyeuse Collaboration». Des poules, mais aussi des femmes du monde, accompagnées de maris complaisants. Les bouchons de champagne sautaient pour saluer l'entrée du cancan. Au bar se tenaient Raymond Chouin et Amédée Roubichou, qui pour l'occasion avaient scellé un pacte de non-agression. A quelques tabourets d'eux, dans l'ombre, on devinait le Chinois. Plus que par les tableaux vivants et les numéros, celui-ci paraissait intéressé par le spectacle que lui offrait cette salle de gala. Rien ne lui échappait. Il décelait le moindre mouvement qui s'opérait d'une table à l'autre. Il prenait ses repères; établissait des relevés pour une géographie qui allait se révéler bientôt des plus mouvantes. A une table d'Allemands, il reconnut le SS-Untersturmführer Roland Nosek, appartenant au SD-Ausland, chargé de recueillir des renseignements politiques. Agé d'une quarantaine d'années, il en paraissait moins. D'une taille élancée, sa chevelure blonde d'où s'échappaient des épis rebelles et un visage rond qu'éclairaient deux yeux d'un bleu presque délavé lui donnaient l'air d'un gamin éberlué. Ce n'était qu'une apparence. Car une bouche mince qu'un pli discret inclinait sur la droite, dans une expression méprisante, et quelques balafres de sabre, récoltées au temps de l'université, donnaient à ce personnage, à la réputation sinistre, son véritable aspect. Il avait été un temps à Berlin le chouchou et compagnon de débauche de Heydrich. Et cela avait suffi à le faire craindre dans les rangs mêmes de la SS. L'inspecteur Changarnier ne fut guère étonné de découvrir, à sa droite, une femme élégante qui n'était autre que l'épouse du célèbre banquier en fuite, Abel J. Cain-Machenoir. Pour l'occasion, la baronne Abel — c'est ainsi qu'on l'appelait dans le monde pour la différencier de sa belle-sœur, la baronne Jérôme, née Mendelssohn — portait une robe de Lanvin, avec cette négligence qui fleurait son ancienne théâtreuse. Elle avait été girl au Mayol et puis à Tabarin, sous le surnom de Mistouflette. Pour arrondir ses fins de mois, elle traînait parfois, après le spectacle, au Cyrano, place Blanche, où elle avait fini par se faire une clientèle. Ce n'était pas tout à fait le trottoir. C'est là qu'un soir elle avait rencontré son futur mari, qui sortait du Moulin-Rouge. Elle était en ménage avec un petit gars dont on disait qu'il appartenait à la bande aux Poignardeurs. Ensemble, ils carburaient à la morphine. Elle le quitta, tout en restant fidèle à la drogue, qu'elle recevait du Chinois contre quelques renseignements. En effet, chaque mois, celui-ci se présentait avenue de Messine, à l'hôtel Machenoir. Il sonnait, comme un fournisseur, à la porte de service et, par l'escalier des domestiques, une femme de chambre le faisait monter jusqu'au boudoir de la maîtresse de maison.

Ce soir-là elle portait, à son accoutumée, afin de dissimuler les hématomes laissés par les piqûres, de longs gants en chevreau montant haut sur le bras, que l'on pouvait déboutonner au poignet afin d'en dégager la main. Cependant, à la façon dont, nerveusement, elle les boutonnait et les déboutonnait, les roulait et les déroulait, l'inspecteur Changarnier comprit qu'elle devait être en manque. « Il faudrait bien qu'un de ces jours j'aille lui faire une petite visite. Elle doit avoir pas mal de choses à me dire... » Depuis quelque temps il soupçonnait qu'il se passait de drôles de choses avenue de Messine. On y croisait des Allemands, mais aussi des anciens de la Cagoule qui s'étaient recyclés dans la Gestapo. Un de ses indics lui avait à plusieurs reprises signalé, lors de dîners, la présence de Filliol, ce tueur à gages, homme de main de Deloncle, l'ex-maître de la Cagoule. Sur le moment, il avait cru à une affabulation. Il y a chez les policiers — le Chinois le savait bien, car il avait observé cette inclination chez lui-même — une tendance qui, au-delà du besoin de se faire mousser, les pousse à accumuler les renseignements les plus farfelus, à amasser des indices souvent contradictoires, afin de donner une épaisseur à une affaire qui sans cela se serait résumée à un simple fait divers, tendance aussi à étendre, à partir d'un simple crime crapuleux, découvert au fond d'une cour sinistre ou d'un rez-de-chaussée sombre, ses tentacules, telle une pieuvre, sur la rue, puis sur le quartier. Et cela afin de rendre universel un mauvais coup de couteau, quitte à mouiller une ville entière. Le policier déploie ainsi son imagination, envisage, extrapole à partir de bribes d'existences, qu'il s'est appropriées le temps d'un interrogatoire. Il échafaude toutes les possibilités, tente d'insuffler quelque vie à ces destins parcellaires, qui passent, telles des ombres, entre les lignes d'un rapport. Et, comme Dieu ou le romancier devant leur création, il est pris de mélancolie au moment où il lui faut abandonner ces vies dont il s'est imprégné pour n'en élire qu'une seule dans le crime. Cependant, alors même qu'il les rejette dans l'ombre, les condamnant à l'anonymat de la grande ville, quelque part, au fond de lui, il en garde la trace ; car, pour un policier, il n'est pas de rencontre fortuite, de hasard innocent ; et le passant qui s'est fait connaître de la police parce qu'il croyait avoir reconnu dans le portrait-robot diffusé la veille dans la presse l'homme qui, le matin même, prenait son café au zinc près de lui est aussi un criminel en puissance.

Et tandis qu'assis au bar le Chinois se torturait l'esprit, se rendant compte qu'une pièce du dossier Cain-Machenoir avait dû lui échapper, puisqu'il ne pouvait s'expliquer cette soudaine collusion de la baronne Abel avec les plus hauts membres de la SS, l'une des danseuses du cancan, ayant détaché le bouquet de violettes artificielles qu'elle portait à son corsage, s'était avancée sur le devant de la scène et, tout en continuant de danser, l'avait envoyé, accompagné d'un baiser, à l'Untersturmführer Nosek. Sous sa perruque abricot et son déguisement de gigolette, il avait aussitôt reconnu Mireille Cuttoli.

Il n'avait fallu que ce geste pour faire resurgir de sa mémoire la pièce qui lui manquait. Il avait simplement oublié dans la vie de la baronne Abel ces quelques mois où, avant d'être engagée à Tabarin, elle avait cachetonné au Mayol. C'est là qu'elle avait connu la Cuttoli. « Oui, Mireille Cuttoli, évidemment, c'est elle qui a fait la soudure... » Tout était clair à présent. Ce n'était pas le Poignardeur, comme il l'avait longtemps cru, qui l'avait initiée à la drogue, mais la Mireille, qui depuis toujours était fichée à la Mondaine comme toxicomane et revendeuse. Quant aux anciens de la Cagoule, avec qui elle fricotait, c'était également par elle que la baronne Abel les avait connus. Filliol, le SS Nosek, tout s'expliquait. Il pressentit que quelque chose d'assez ignoble se préparait avenue de Messine. Mais il y avait tant de choses qui se tramaient qu'il se demanda s'il fallait encore épaissir d'ombres, peut-être improbables, caprices d'un esprit toujours en quête de crimes, ces temps troublés où se machinait une forfaiture universelle.

Au même moment, mais à l'autre bout du bar, Raymond Chouin, flanqué d'Amédée, avait reconnu lui aussi la Mireille. « Je t'en foutrai des violettes aux boches ! Y a des coups de pied au cul qui se perdent. Cette salope, je te la retiens. Je ne sais pas ce qu'elle a bien pu lui mettre en tête, au Dédé, mais c'est sûr que c'est elle qui lui a fichu cette sale mentalité... »

Amédée, qui essayait de reconnaître Rachel parmi les filles du cancan, ne prêtait qu'une oreille distraite au discours du tôlier. « Voyez ! Regardez, c'est elle, c'est Rachel ! » s'écria-t-il en lui donnant un grand coup de coude dans l'estomac. « La grande, en deuxième ligne, qui se passe le pied au-dessus de la tête... Avec la robe verte à pois noirs... C'est elle... Oui, c'est Rachel... » Ce fut au tour du tôlier de lui couper le sifflet. Non sans une certaine hargne, il lui glissa à l'oreille : « Combien de fois faudra-t-il que je te dise, mauviette, de ne pas l'appeler Rachel... Rachel est morte... Kaput Rachel ! Maintenant, il n'y a plus que Maud... Hein ! Maud ! Fourre-toi cela dans ta petite caboche de tapette... — Mais, monsieur... — Allez, petit, poursuivit le père Chouin, en se radoucissant, ne te tortille pas ! Qu'est-ce que ça peut me faire à moi que tu te fasses enfiler par le Grand Crépu... Moi, ce que je t'en dis, c'est pour Maud... Maintenant, fais-moi risette, et qu'on n'en parle plus... » Avisant que le verre d'orangeade d'Amédée était vide, il poussa dans sa direction son anisette. « Tiens, bois un coup... Toute façon, t'as rien à craindre, on se tient la même vérole... D'ailleurs, regarde-les tous autour de nous, les rupins du jour! Eh bien! ces douillards sont à la même enseigne que nous, les purées : tous vérolés!... Le monde entier s'est attrapé une chtouille carabinée... Et on va tous en crever... Tous, tu m'entends, Roubichou... Et même les boches, parce que, pourquoi crois-tu qu'on leur refile nos femmes?...» Il en tenait une bonne; un verre suffisait à le faire partir. Alors, il se faisait lyrique; et ce soir-là, plus précisément, parmi les jeux de miroirs, les globes scintillants au plafond, les lumières trop roses glissant sur les chairs trop lourdes de ces filles nues en troupeau, il était devenu un magicien des ruines, charlatan ténébreux et acerbe, poursuivant du même caprice par une méchanceté négligente le rêve attristé d'un vieux souteneur fatigué d'avoir peiné dans le labour de la prostitution. De son œil de gallinacé — ce même petit œil rond, cerné de rouge, qu'Amédée retrouverait, quelques années plus tard, non sans un certain attendrissement, lors de sa première visite à la mercerie du Chemin-Vert, chez Henriette, sa fille — dont l'alcool n'avait pas atténué l'acuité, il perçut, sous les effervescences des pâtisseries et des dorures, la capricieuse végétation des décombres. Un monde détruit, sans survivant, et devenu familier de la bête immonde. Son regard zigzaguait, allait de l'avant, creusait. Et, peu à peu, s'enfonçant dans ce paysage ruiné, lui, le roi des promenoirs parisiens, qui durant toutes ces années avait emmagasiné le reflet charmant de tant de jolies femmes, se transformait en un rôdeur des solitudes. Archéologue du désespoir, il se confortait de la vieillesse des choses, de ces architectures défaites, qui laissaient paraître par endroits des os épars et des chairs rongées.

Soudain, il eut la vision de ce cabaret comme d'un ossuaire sur lequel les danseuses menaient un cancan macabre. Le grand miroir, qui tenait toute la longueur du bar pour permettre aux habitués venus seuls boire une dernière fine à l'eau de ne rien perdre du spectacle, se mit à vomir un véritable charnier. Sa vieille syphilis mal blanchie lui jouait encore un de ses tours. Perdant tout contrôle de lui-même, il se mit alors à crier : «Non! non! Rachel, ma petite Rachel, ils ne te prendront pas...» tout en essayant d'atteindre le miroir où il voyait des choses que les autres ne voyaient pas. Il y eut un grand bruit de verres brisés. Raymond Chouin était écroulé sur le bar, son corps secoué par un hoquet nerveux. «Ne faites pas attention, c'est un vieux que je connais. Il lui arrive d'avoir son quart d'heure colonial, mais c'est pas un mauvais bougre... Généralement, ça lui passe...» tentait d'expliquer le barman à un groupe de sous-officiers allemands qui n'ayant pu obtenir de table s'étaient réfugiés au bar. Ils regardaient avec un dégoût affiché, comme un déchet, le tôlier aplati sur le bar et barbotant dans les consommations. «On va tous crever. Tous. Vous m'entendez! Tous, on va y passer chez le grand zigouilleur... Ça sera pire qu'une épidémie... Ma petite Henriette, ma petite Rachel...» continuait-il à hoqueter. «C'est bien ma veine...» marmonna Amédée, qui avait reçu, sur son gilet de piqué blanc dont il n'était pas peu fier, l'anisette de son compagnon. A l'autre bout du bar, le Chinois fut alerté par l'un des garçons. Il se leva et, sortant sa carte d'inspecteur de la Police française, se fraya un passage entre les militaires allemands qui commençaient à montrer une certaine humeur devant le spectacle dégoûtant qu'offrait Raymond Chouin, écroulé et bavant. «Schweinhunt! Das ist unmöglich! Das ist ein Schweinrei! Raus der Mann!» Et le plus costaud d'entre eux, pour se faire mousser certainement auprès de la souris grise qui les accompagnait, s'apprêtait à saisir le père Chouin au collet, pour passer ensuite à la manière forte, quand le Chinois intervint. «Pardon, messieurs, pardon, mesdames... Vous avez tout à fait raison : ce spectacle est vraiment affligeant. Que voulez-vous, c'est la France! Grâce à vous messieurs les Allemands, tout cela va changer. Mais, en attendant que ça change, c'est à moi de m'occuper du bonhomme... Et puis, vous voyez, je l'aime bien ce vieux maquereau... — Was ist los?» fit la grande brute, en se frottant le poignet que lui avait saisi le Chinois au moment où il allait empoigner le tôlier. «Pardon, mon vieux, mais vois-tu, j'aime pas qu'on touche à l'un de mes potes...» «Was ist los?» répétait l'Allemand. La souris grise, qui entravait sans doute un peu plus que les autres, lui dit : «Er ist ein französisch Polizei. — Ach so!» fit la brute, à qui cette explication sembla suffire pour qu'il se désintéressât sur-le-champ de la situation. Le Chinois rattrapa le père Chouin au moment où il allait définitivement sombrer derrière le bar et, aidé par l'un des garçons ainsi que par Amédée, il l'évacua par l'une des portes de secours.

Tous trois manquèrent le grand carrousel, final de la revue où, montée nue sur un immense cheval de bois, la nouvelle star de Tabarin, Maud Boulafière, encore inconnue la veille du public, se tailla un succès très personnel.

# 10

Les saisons passèrent. « Maud » vivait comme dans un rêve. Elle arrivait à Tabarin sur le coup des sept heures du soir, pour se préparer, et ne ressortait qu'à l'aube. La revue se déroulait de neuf à onze heures, l'heure du dernier métro. Cependant, grâce à des appuis auprès des autorités allemandes, Victor Cabanel avait réussi à conserver une partie de sa clientèle, celle des vrais noctambules. On pouvait, de cette manière, piéger également toutes sortes de gogos. Le pigeon repéré, on lui dépêchait vivement une entraîneuse, qui avec deux coupes de mauvais champagne lui faisait oublier l'heure du couvre-feu. A minuit passé, il était condamné à se faire plumer jusqu'à cinq heures du matin. « Maud, lui avait dit le Chinois, ça m'arrangerait que tu fasses sauter les bouchons de champagne. L'alcool délie les langues à ces heures incertaines... Y a toujours ici et là des tuyaux à glaner. »

Il y en avait d'autant plus à récolter qu'à ces heures de la nuit la haute pègre et les membres de la Gestapo française, délaissant leurs quartiers généraux voisins du Chantilly, rue Fontaine, et du Grand Jeu, au 58 de la rue Pigalle, débarquaient à Tabarin pour boire, dans une ambiance un peu plus satin, un porto flip qui n'était pas cet imprévisible cocktail fait de vin rouge et de saccharine. Parfois, il s'y faisait du grabuge entre ces messieurs de la mafia ajaccienne et ceux de la « carlingue ». Victor Cabanel ne perdait jamais son sang-froid. Une nuit, entre toutes saignante, il avait donné l'ordre d'évacuer les blessés, enveloppés dans des nappes comme du linge sale, vers l'hôpital Marmottan.

Lorsque la police française arriva sur les lieux, elle trouva dans la poche des malfrats un gros calibre ainsi qu'une carte de membre du SD allemand. Cependant, un coup de téléphone avait suffi pour alerter le Chinois qui, à l'heure où ses confrères faisaient buisson creux à Tabarin, se trouvait déjà aux urgences de l'hôpital, s'y livrant à un interrogatoire serré.

Maud avait commencé à mener de front une carrière de danseuse nue et, sous le nom de code de la Raie, celle d'une donneuse à la Mondaine. L'hiver, elle rentrait encore à la nuit, frissonnant dans son vieux manteau râpé en castor que lui avait cédé à bas prix la Cuttoli, toujours prête à vendre ou à échanger ses fringues. Elle marchait vite par les rues sans éclairage, se heurtant aux poubelles; et les chats effrayés se jetaient dans ses jambes. Au printemps, en revanche, elle aimait à flâner avant de regagner la pension Emma. L'aube la surprenait alors qu'elle débouchait vers le bas de la rue Trudaine. Une odeur de campagne déboulait des fourrés de Montmartre, dans une lumière encore incertaine, lui fouettant le visage de ses paquets d'embruns. Elle s'avançait dans l'avenue moutonnante de brume, tandis que le jour se faufilait au travers d'un ciel blafard et froissé. Des ivrognes titubants sortaient de leur terrier tandis que, de la rue des Martyrs, précédé par une haleine bleue, dans un cliquetis de bidons de fer-blanc, montait un vieux canasson traînant la charrette du laitier.

Parfois, elle s'arrêtait pour un dernier verre au Monte-en-l'air, un bar situé en dessous de l'hôtel Proust, à deux pas du studio de danse de Madame. C'était un ancien beuglant. Un lieu un peu louche, où l'écume de la nuit attendait l'aube. On y trafiquait l'opium. L'endroit était fréquenté par des camés, des filles du boulevard ainsi que des artistes du cirque Médrano. C'est là que parfois le Chinois la convoquait au rapport. Elle y retrouvait aussi, de temps à autre, Germaine l'Escalope, quand celle-ci, un peu trop secouée par son Fernand le lanceur de couteaux et ne sachant plus où aller, venait s'y réfugier. En effet, très vite, Germaine avait abandonné son mi-temps de Tabarin pour se consacrer à sa passion qui, au fond, était la torgnole. Maud s'était depuis longtemps résignée à ne plus lui faire la leçon. Germaine était une cause perdue. Elle avait deviné chez cette fille, pourtant sympathique et claire, au-delà de l'amour inconditionnel qu'elle portait à son homme, comme elle disait, le besoin de se perdre. Elle percevait quelque chose d'assez ignoble dans cette soumission aux injures et aux coups. Mais elle-même, un soir où, rentrée à la pension plus tôt que d'habitude, elle s'était fait apostropher par un papa Chouin remonté : « Est-ce pas malheureux qu'un beau brin de fille comme ça préfère un flicard, roi du popographe et qui, par-dessus le marché, tire sur le bambou, au lieu de se prendre un beau gars pour se faire sauter enfin le berlingue ! » n'avait su expliquer au tôlier ce qui la liait au Chinois et comment, sans lui, cet amour pour son Italien, dont elle lui avait parlé à plusieurs reprises, aurait peut-être perdu de sa force. Elle sentait qu'il y a des choses étranges qui se tissent entre les gens et qui gagnent à demeurer inexpliquées, afin de ne pas détruire l'ordre établi. Maud possédait, en effet, le sentiment profond que les alluvions du destin de Germaine, à l'instar de celui de Madame ou du père Chouin, devaient cimenter le sien.

Aussi, très tard, une nuit, alors qu'elle se trouvait au Monte-en-air avec Germaine, qui l'y avait convoquée d'urgence, l'après-midi même par un pneumatique, lequel laissait prévoir le pire — et son visage tuméfié dépassa tout ce qu'avait pu s'imaginer Maud —, elle ne bougea pas quand un homme entra, jetant ici et là des regards d'assassin ; elle ne fit pas un geste pour protéger son amie contre l'énergumène qui s'approchait et en qui elle venait de reconnaître, comme le père Chouin le lui avait décrit, Fernand Crevel, l'ex-Poignardeur, poissé naguère par le Chinois, et devenu depuis l'une des vedettes du cirque Médrano sous le nom d'Antenor d'Acapulco — bien avant que Germaine, le regard tout embué par l'amour, ne lui eût susurré à l'oreille : « Chut ! C'est mon homme... Surtout pas un mot de ce que je t'ai dit... D'ailleurs, on se monte le bourrichon, on se raconte des choses sans les penser vraiment... » Elle n'avait pas eu le temps de finir sa phrase que l'homme l'avait déjà saisie par les cheveux et traînée dehors, non sans s'être auparavant tourné vers Maud : « Toi, la garce, je sais bien qui tu es... Alors t'as intérêt à ne pas te mêler de mes affaires et à laisser ma môme tranquille... Parce que vois-tu, elle et moi... ça a peut-être pas l'air, comme ça, mais on s'aime... » Et là, en direction de quelques habitués qui regardaient, effarés, cette femme au regard extatique se laissant traîner par les cheveux, il reprit avec une violence accrue : « Oui, on s'aime ! Ça vous en bouche un coin ! Hein ! Oui, vous ne pouvez pas comprendre, vous, avec vos petites baises et vos amours de cloportes ! » Elle n'avait pas bougé, pas fait un geste. Elle n'avait rien dit. Et pourtant, ce soir-là, elle les avait placés tous les deux entre les vivants et les morts.

Germaine n'avait pas été la seule à avoir quitté Tabarin. En plein milieu du succès de la revue Un *vrai paradis,* Mireille Cuttoli, elle aussi, abandonna le cabaret. Un beau soir, vers la fin de 1941, à moins que ce ne fût au début de 1942, elle se tira en douce, sans prévenir, sans même emporter les affaires auxquelles elle tenait, comme cette robe d'intérieur de Lucien Lelong, offerte par un admirateur, disait-elle pour se faire mousser, et qui lui servait pour recevoir les officiers allemands dans la loge, après le spectacle comme si elle voulait signifier aux filles, et à Maud en particulier, que la vache enragée c'était fini pour elle. Victor Cabanel fut désespéré ; car si c'était une sacrée garce, « à poil », comme il disait, « elle enlevait le morceau ». Dès le lendemain, après quelques coups de téléphone, il avait dégoté des jumelles hongroises qu'il balança, sans la moindre répétition, dans le carrousel final. Personne n'entendit plus parler de la Cuttoli, et pourtant elle déplaçait de l'air, avec sa cour d'officiers allemands. Une fois seulement, cela devait se passer durant l'hiver terrible de 1942, l'une des filles du cancan, remontant par hasard, à l'heure du déjeuner, la rue Royale, crut l'apercevoir devant chez Maxim's, emmitouflée dans un manteau de breitschwanz, descendant d'une Bugatti dont un chauffeur, en livrée, tenait la portière. « C'était elle, et la pelure qu'elle avait sur le dos valait son paquet d'oseille. Elle a dû faire un sacré chopin. Au coup d'œil qu'elle m'a balancé, j'ai compris que je ne me trompais pas. Toujours aussi garce et pas contente, alors ça pas contente du tout, de reluquer une vieille copine... T'aurais vu le chapeau, Maud, le galure qu'elle se payait, et le fume-cigarette, et le petit chien... Une vraie dame... » Le soir même, au Monte-en-l'air, le Chinois était averti de la nouvelle vie que menait Mireille Cuttoli.

Maud, entre Tabarin et la pension Emma, qui sans elle eût été à vau-l'eau, car le père Chouin déclinait de jour en jour, ne sortant du potage que pour vaticiner, avait peu de temps à elle. C'est tout juste si elle pouvait distraire une heure pour rêvasser, étendue sous le baldaquin mauresque de son lit, en écoutant «Les amants du jour», une chanson de Piaf, sur un vieux phonographe à pavillon. C'est tout juste si elle apercevait encore Amédée, lui-même débordé. Plus question d'aller flâner au bois de Vincennes, du côté de la porte de Montempoivre, avec les arsouilles qui secouaient les chochottes en goguette dans les fourrés, ni même de rêver de devenir la nouvelle Solidor. Mme Roubichou mère était morte durant le premier hiver de l'Occupation. M. Roubichou l'avait retrouvée sur le carreau de la cuisine, en rentrant du travail. La soupe du soir mijotait sur la cuisinière à charbon. Elle avait eu droit à un enterrement à Notre-Dame-de-Lorette et à une couronne de ses anciennes camarades des PTT. Le père Chouin, lorsqu'on lui avait appris la nouvelle, avait écrasé une larme et, pour toute oraison funèbre, avait marmonné : «C'était tout de même quelque chose la soupe aux choux de la mère Roubichou. Ça faisait partie des odeurs du quartier»; et toute la journée, ensuite, il avait répété, dès qu'il émergeait de sa torpeur : «Ah! La soupe aux choux!» Maud avait embrassé Amédée sur les deux joues : «J'espère que tu vas être à présent un grand garçon. Plus d'escapade au Bois. Je peux tout de même pas déranger le Chinois pour un oui ou pour un non, à ton sujet...» Amédée avait eu un gros chagrin. Et puis le train-train de tous les jours, la queue chez le boulanger, la démerde du marché noir, la vie en somme, l'avait remis en selle.

Un matin, à l'aube, alors qu'il descendait en trombe l'escalier, Maud qui rentrait en traînant la patte d'une de ses nuits épuisantes le chopa par le revers de la veste. «Eh! Canaille! Où cours-tu comme ça? C'est pourtant pas l'heure de michetonner... — Mais qui vous parle de ce genre d'affaires? Moi, je suis un homme honnête, mademoiselle! Pas comme vous, une gourgandine qui passe ses nuits à danser. Moi, je pédale... Oui... Oui... Vous avez bien entendu... Je pédale... Si vous préférez, je fais le vélo-taxi... Ça me renforce le mollet et ça me raffermit les fesses...» Et il s'était échappé en gloussant. Il pédalait une partie de la journée pour une petite entreprise de la Fourche et, lorsqu'il avait fini, il se précipitait faubourg Saint-Honoré, chez Antonio, l'un des coiffeurs à la mode, où il pédalait encore. Ce coiffeur, en effet, avait, à cause des coupures de courant, branché ses séchoirs sur un calorifère alimenté par l'énergie que produisaient des jeunes gens perchés sur des tandems installés en sous-sol. Amédée était devenu, ainsi, non seulement un forçat du bigoudi, mais également l'une des mouches les plus précieuses du Chinois. Que ce fût les petites femmes qu'il cueillait à l'aube avec son taxi devant l'hôtel Regina, à la sortie d'une nuit en compagnie d'Allemands, ou les conversations de bourgeoises sous le casque du coiffeur qu'il surprenait du sous-sol par les tuyaux d'aération, lorsqu'il mettait son vélo en roue libre, tout lui fournissait matière à une chronique au jour le jour dont le Chinois faisait son miel. Il lui arrivait encore d'entrer dans une mercerie et de filouter la patronne de quelques bouts de dentelle qu'il remisait dans son armoire, après les avoir enveloppés dans du papier de soie. Il avait de quoi déjà confectionner une robe quasi transparente, semblable à celle de la Solidor. Toutefois il s'était, faute de temps, résigné à ne plus fréquenter le cours de danse de Madame. D'ailleurs Madame allait bientôt fermer boutique. En fait disparaître.

# 11

Cette disparition survint au début de juin 1942. Depuis quelques jours la presse s'était fait l'écho, d'une manière assez insistante, d'un décret promulgué le mois précédent par lequel les juifs de la zone occupée se voyaient contraints au port de l'étoile de David. Certains journaux, des plus zélés, avaient été jusqu'à en donner le patron ainsi que la description, afin qu'il n'y ait tromperie sur la marchandise. Pensez, quelle perte pour la patrie, si un petit juif allait se calter dans la nature sans sa luisante ! « C'est une étoile à six pointes, ayant la dimension de la paume de la main et les contours noirs ; elle devra être portée, dès l'âge de six ans, sur le côté gauche de la poitrine. » Ce printemps-là, les lilas eurent une odeur de charogne.

Madame donna, comme à l'ordinaire, ses cours le lundi qui, cette semaine-là, tombait le premier du mois. Elle continua à dispenser son bel enseignement jusqu'au jeudi de la même semaine, jour de la Fête-Dieu, où elle s'évanouit définitivement. Ceux qui assistèrent à ses dernières classes remarquèrent ultérieurement, quand ils s'en vinrent, semaine après semaine, espérant son retour, se casser le nez à la porte du studio, avant de se résigner à changer définitivement de crémerie, qu'elle n'était plus depuis quelques jours déjà tout à fait dans son assiette. Les derniers temps, elle ne parlait plus. Enfin plus comme avant. Elle avait découvert que la parole entretient l'illusion des choses fausses et qu'il était temps pour elle de se souvenir de sa vraie vie. D'affronter son enfance, et ce père à la gorge tranchée qui ne cessait de la hanter. Cependant, personne ne fit le rapprochement entre le silence de Madame, qui pourtant ne manquait jamais une occasion de s'inventer des passés mirifiques, et les nouvelles lois qui frappaient les juifs.

Même Pierrot-le-Phoque, derrière son zinc à l'Olympic, oublia de servir à ses habitués, quand on lui apprit qu'elle s'était tirée sans laisser d'adresse, les plaisanteries habituelles sur « sa youpinerie ». La rue des Martyrs demeura quelques semaines sous le choc de cette disparition. Véritablement secouée, tant la haute silhouette de Madame Ivana, se traînant en charentaises, le cabas à la main, la cigarette au bec, coiffée de son éternel turban rose jusqu'à la boucherie du Bœuf Couronné, où le père Tardiveau lui faisait toujours une fleur de quelques bas morceaux pour ses chats, traversant la rue afin d'aller se taper « comme une grrrande » — disait-elle en roulant les *r* — son verre de gnaule, appartenait au décor du quartier. Bien après la guerre, Pierrot, juste un peu plus rouge et le poil plus gris, ne manquerait pas de se rappeler la façon qu'elle avait de s'enfiler ses trois verres de vitriol. « Tu te souviens de la vieille, tu sais bien, voyons, fais un effort. Cette vieille laitue qui se donnait des airs de princesse, fallait la voir se camphrer. Une sacrée schnikeuse, la vioque ! Certains soirs, qu'elle avait vu le chat noir, elle t'aurait descendu comme un rien le polichinelle. Elle ne tortillait pas sur la rincinette, elle, comme les mômes d'aujourd'hui. Tout fout le camp... Ça sait même plus boire, la jeunesse. Et souvent, ensuite, elle remettait ça avec une bistrouille. Je me souviens encore comme elle me disait de sa voix enrhumée : " Pierrot, encore un peu de raide ", et elle me tendait son petit noir pour que je lui reverse une rafilure... Ah ! c'était une sacrée bonne femme... Pas un sou, mais toujours généreuse. Pas une racornie du bénitier. On la charriait un peu sur sa juiverie. Avec tout ce qui s'est passé, elle a dû se faire bouffarder. Paraît qu'il y en a eu des cents et des mille, comme ça, hop ! en fumée. Pauve p'tite mère ! C'est pas que je fasse le sentimental, en y repensant, tiens, j'en ai la larme à l'œil... » C'est dire que Madame faisait partie des meubles. Cependant, alors que Pierrot s'attendrissait sur le temps jadis, personne n'aurait pu imaginer qu'elle se trouvait encore, après ces années, de l'autre côté du boulevard, dans une soupente d'un immeuble de la rue d'Orsel, recroquevillée comme un oiseau malade sur un grabat, oui, à peine à quelques pâtés de maisons de ce petit monde qui se l'était appropriée pour en faire une de ses figures légendaires. Elle attendait tranquillement d'y crever.

Le jeudi matin, jour de la Fête-Dieu, dès l'aube, Madame s'était mise sur son trente et un. Elle avait coiffé son turban des grands jours et mis des hauts talons. Des lézards assez chouettes, qui dataient pas d'hier la veille et dont elle avait consciencieusement découpé au rasoir, sur le côté, des rondelles de cuir, afin de mettre ses durillons à l'aise. Elle se tenait assise, bien droite, sur une chaise placée devant le grand miroir. Sur le coup de six heures, alors que le jour se levait à peine, elle entendit sur les pavés de la cour le claquement de petits pas décidés. Les mêmes pas qu'elle entendait chaque matin avant que Petoucha, munie de sa propre clef, ne fasse son apparition dans le studio. Si ce matin-là une fois encore la clef tourna dans la serrure, avec ce grincement qui pour elle valait tous les réveille-matin, toutefois, au lieu de voir paraître la bonne figure rouge et nigaude de son esclave, elle aperçut dans la glace la physionomie d'une paysanne sans âge. Ni jeune, ni vieille. Au-delà du temps. Ce n'était plus Petoucha qui avait tiré la porte, mais Céleste Truffade. De ses petits yeux noirs et fureteurs qui allaient et venaient, elle cherchait ce qui pourrait bien surgir inopportunément pour se mettre en travers de son mauvais dessein. Lorsqu'elle vit que tout dormait, que rien ne viendrait entraver son action, qu'elle sentit Madame entièrement à sa main, elle plongea son regard dans le miroir afin de saisir celui de la patronne. Cela fut comme une fusillade. Un grand chambardement d'éclairs. Alors, seulement, sortant une main de sa poche, elle brandit l'étoile jaune.

« Le faut-il vraiment ? s'enquit, mais déjà résignée, Madame.

— Il le faut. Oui, il le faut vraiment, sinon, mordiou, je ne réponds de rien... »

La voix de la paysanne était rauque. Elle contenait toutes les aspérités de son pays d'Auvergne. La haine ancestrale des peuples solides, ancrés à leur sol, usufruitiers d'une terre abrupte, violente, envers les éternels nomades, ces enfants du rêve et de l'attente, qui s'approprient l'espace et rendent dérisoire la fidélité au terroir par le jeu perpétuel des Écritures. Céleste Truffade pensait se délivrer ce jour-là et ne se doutait pas qu'elle était elle aussi devenue l'enfant d'un songe commencé une nuit d'hiver à Saint-Pétersbourg, l'aberration talmudique d'un frère et d'une sœur devant le père gisant mort dans son sang, la gorge tranchée. Comment eût-elle pu deviner, la brave paysanne tout juste montée de sa province à Paris, quand un matin elle se présenta pour faire des ménages chez Mme Ivana Ardalionovna Ivoguine, qu'elle allait devenir la vengeance de la vie, ce long couteau, tombé un soir de sabbat sur le plancher d'un petit appartement, rue du Commerce, derrière la synagogue : à la fois la fatalité en marche et l'agent de la rédemption.

Madame, dans le reflet de la glace, vit venir à elle Céleste. Dans un mouvement de tête, comme elle l'avait maintes et maintes fois vu faire, soir après soir, de la coulisse à la grande ballerine, en un dernier sursaut, avant de s'abattre sur la scène dans un frissonnement de tulle, elle tendit le cou ; et tel cet oiseau qui chante si bien avant de mourir et dont la danseuse sur pointes perpétue indéfiniment l'agonie, elle modula une sorte de cri.

« Oui, oui, crache-le, ton venin, lui cria la paysanne, mais crache-le donc, vieille juive... Dis enfin qui je suis... Hein ! dis-le ! C'est ça... nous y sommes... le Malach'amovez... l'Ange de la Mort... Si tu crois que je n'ai pas compris depuis longtemps ce que tu magouillais dans mon dos... Oh ! Petoucha, mes pantoufles... Piotr, mon petit chou, encore un peu de vodka !... Piotr, amour, qu'est-ce que ferait Madame sans toi !... » Et la paysanne, quittant ici son accent auvergnat, imitait à merveille celui de Madame. « Oui, l'Ange de la Mort, c'est moi ! Comme si tu ne le savais pas ! Comme si tu ne l'avais pas toujours su ! » Elle lui colla alors, sur le revers de son paletot, l'étoile. « Maintenant, c'est fini ! Plus un mot. Tu la boucles et tu me suis. » Elle la fit lever de sa chaise. Et les précautions tendres qu'elle y mettait tranchaient étrangement avec ses paroles brutales.

Elles sortirent du studio. Madame n'eut aucun regard en arrière, ni pour Goliath, le chat, perché sur le dos du fauteuil, près du poêle, encore moins pour ce passé qu'elle savait quitter pour toujours. Elles remontèrent la rue à grandes enjambées. A cette heure matinale, les commerçants n'avaient pas encore relevé leurs auvents, ni installé leurs étalages. Leurs ombres, au premier rayon d'un soleil rasant, s'allongeaient sur la chaussée, pour n'en former plus qu'une. Et ainsi, peu à peu, Madame se fondait en Céleste. Elles traversèrent le boulevard, montèrent la rue Dancourt et bientôt arrivèrent rue d'Orsel. C'était une vieille maison, à la façade pansue et délabrée, jadis sans doute peinte en blanc avec des rechampis de couleur grise. Céleste Truffade habitait sous les toits. L'escalier était étroit et les marches penchaient dangereusement vers la cage. Il s'en dégageait une odeur lancinante de chou-fleur. Elles grimpèrent donc les six étages, sans souffler, comme si elles avaient, l'une et l'autre, hâte d'en finir. Arrivées au sixième, elles longèrent un couloir sur lequel donnaient les chambres. La porte des cabinets battait. La chasse d'eau sifflait et une odeur de merde s'était répandue. La cuvette du lavabo commun était brisée et le robinet mal fermé gouttait sur le plancher. La paysanne tira une clef de la poche de sa blouse en calicot noir et, avec des précautions d'assassin, l'introduisit dans la serrure. A ce moment précis, la porte de la chambre d'en face s'entrouvrit pour laisser passer la tête charmante d'un jeune homme, dont les boucles brunes qui encadraient un visage hâlé le dénonçaient comme méditerranéen. Il referma la porte promptement, ayant vu que le couloir qu'il devait emprunter pour se rendre aux WC était encombré. Sur sa porte se trouvait punaisée une carte où l'on lisait le nom d'Eduardo Scannabelli, et sa profession : clown. Au bruit qu'avait fait la porte en s'ouvrant et en se refermant aussi vite, Madame Ivana s'était retournée. Avant qu'elle ait eu le temps de lire le nom inscrit sur la carte de visite, Céleste Truffade l'avait poussée dans son logis.

C'était une petite chambre malcommode, aménagée sous les combles, sans eau ni électricité, et chauffée par l'un de ces poêles en fonte que l'on nomme cloches de Lyon, dont le tuyau était raccordé au conduit d'une cheminée qui passait au milieu de la pièce. Elle était meublée sommairement d'une table en bois recouverte d'une toile cirée sale et usée, sur laquelle étaient posées une lampe à pétrole ainsi qu'une boîte de sardines déjà ouverte et dont l'huile s'était répandue. Une vieille fourchette tordue y traînait également. Le mobilier était complété par un petit lit en fer et, pour tout siège, une chaise à la garniture de paille défoncée, sur laquelle se trouvait jetée la défroque de Petoucha. La lumière du jour pénétrait dans ce taudis par une tabatière étroite. Une cloison avait été montée avec des planches assez malhabilement rivées, afin de gagner sur la pente du toit une sorte de petit réduit, pouvant, s'il y avait eu une porte, servir de placard. Cela sentait son travail d'amateur. Et l'on imaginait fort bien la paysanne s'y adonnant et, avec des clous et un marteau, savourant par avance, nuit après nuit, sa vengeance. Après avoir libéré trois planches, elle montra à Madame d'un doigt autoritaire l'endroit où, dorénavant, elle allait devoir vivre sur une paillasse posée à même le sol. « C'est là », fit-elle. Madame se glissa, sans regimber, par l'interstice. Dès qu'elle eut disparu dans le cagibi, Céleste Truffade alla chercher le marteau dans le tiroir de la table. Après avoir replacé les planches, elle les cloua ensemble. Par une sorte de chatière, elle pouvait passer à la prisonnière des aliments ainsi que le strict nécessaire pour sa commodité, comme ce vieux pot de chambre dont l'anse avait été recollée de travers. Quand, le dernier clou planté, elle eut achevé son travail, elle prit le reste de sardines ainsi que la fourchette tordue et glissa le tout à Madame. « Si le frisé vient te chercher jusqu'ici, mordiou ! c'est que je m'appelle plus Céleste Truffade. » Par un pays, avec qui elle avait été à la communale et qui, après avoir fait faillite dans la limonade, cas unique dans les annales des Auvergnats de Paris, s'était retrouvé « hirondelle », rue de Bretagne, au commissariat des Enfants-Rouges, elle avait appris qu'il se préparait un chambardement où allaient trinquer tous les juifs « qu'étaient, comme il lui avait dit, la cause à tout ce pourrissement ». D'où sa précipitation à coffrer sa patronne, dès qu'elle avait aperçu sur le boulevard les premières étoiles de David fleurissant aux revers de quelques tailleurs printaniers. En effet, il eût été inconcevable pour elle de se laisser chouraver sa proie — fût-ce par la police française, et encore moins par les fridolins.

Quand tard elle s'en revint, le même soir, des ménages qu'elle avait acceptés pour arrondir ses fins de mois, elle posa sur la table son filet à provisions contenant quelques pommes de terre et une bouteille de vodka qui lui avait coûté toutes ses économies. Elle fit cuire les patates sur un petit réchaud à bois. L'eau mit un certain temps à bouillir. Après s'être assurée qu'elles étaient bien cuites, du bout d'une fourchette, elle les sortit de la petite casserole et, une à une, les éplucha. Quand elle eut fini, elle plaça les trois plus grosses sur une assiette à fleurs ébréchée, en faïence grossière, qu'elle avait nettoyée avec un torchon sale en crachant dessus. « Et avec ça dans la berdouille, si le pichou a encore faim... » fit-elle, en passant les pommes de terre ainsi que la bouteille de vodka par la chatière. Ensuite, Céleste Truffade tira son lit qu'elle plaça le long de la cloison, et après s'être déshabillée elle mit sa chemise de nuit en pilou et s'y glissa. La tête tournée vers le plafond, elle scruta de son regard de rat les premières étoiles piquer le carré de ciel que découpait la petite lucarne. Alors, elle se mit à fredonner doucement une vieille comptine en patois de chez elle, une de ces berceuses paysannes qu'accompagnent les crépitements de l'âtre.

Ainsi, chaque soir, revenant du travail, elle passait à sa prisonnière sa pitance du jour. De cette dernière, jamais un cri, jamais une plainte. Parfois un simple mot pour demander de la façon la plus laconique : le pot de chambre, une serviette ou encore une bassine d'eau. Et ainsi cette vadrouille dans le placard dura 2 126 jours ; et toujours les mêmes pommes de terre, agrémentées parfois d'un vieux hareng ou d'un bout de viande, et pour s'endormir la vieille chanson auvergnate.

Quelques semaines après la disparition de Madame, on put lire dans les journaux, à la rubrique des faits divers, cette étrange histoire. Un homme avait été découvert, dévoré par ses chats, dans un petit appartement, impasse de la Boule-Rouge, dans le faubourg Montmartre, où il était pelletier. Certains journaux mentionnaient le nom de la victime : c'était un juif du nom d'Isaac Chapiro. Les plus virulents, comme *Le Matin* ou *Les Nouveaux Temps*, allaient jusqu'à plaindre le sort des chats que la dureté des temps avait contraints à manger du youpin. Les circonstances de cette découverte macabre restaient cependant dans l'ombre, d'autant qu'elle survenait au moment de la fameuse rafle du Vél'd'Hiv', laquelle eut lieu au début de la deuxième quinzaine de juillet. Personne n'avait intérêt à en rajouter. Ni la police, ni les locataires de l'immeuble. Parce que ça n'avait pas été joli à voir. Une vraie ordure. Et ils avaient beau dire que c'était la vie, que tout ça, sans les frisés, ne serait pas arrivé, ils se sentaient tout de même un peu barbouillés de toute cette mouscaille. Le vieux juif si poli dans l'escalier quand on le croisait : le petit coup de chapeau aimable et toujours vous laissant la rampe. Mais aussi tous les autres qu'on avait entassés dans les autobus. Un fouillis dégoûtant d'hommes, de femmes, d'enfants gueulants. Sans la dénonciation d'une des locataires de l'immeuble, la mère Fritard, sage-femme de son état et à temps perdu faiseuse d'anges, qui lorgnait son appartement pour l'un de ses neveux, nul n'aurait même pensé à frapper à la porte du vieux juif pour l'arrêter, le jour de la grande lessive. Personne ne s'en était jamais plaint. Il était comme transparent. On le croisait, on se retournait et, déjà, il n'était plus là. « Cet homme, c'est comme une ombre, disait la bignole. Ça me fait tout drôle quand je le croise. Y a quéc' chose chez lui, je peux pas vous dire quoi, mais on dirait... tiens : qu'il est déjà mort. » S'il est déjà mort, ça lui fait une belle jambe d'occuper son appartement, avait dû se dire la Fritard en lavant ses curettes et ses pinces. Un juif, dites-moi ce que c'est. Eh ! Pardi ! Il eût fallu la voir, l'avorteuse, claquer le fermoir de son vieux sac de chagrin après y avoir fourré la lettre. Clac ! Comme un bruit de mâchoires. Et filer, trotte-menu, son vieux toupignard sur sa tête de musaraigne, jusqu'au commissariat de la rue du Conservatoire.

Le 16 juillet, on vint, comme d'autres locataires d'immeubles voisins, l'arrêter à l'aube. Cependant la tragédie d'Isaac Chapiro avait commencé bien avant ce jour.

Paris suffoquait sous la chaleur. Un soir, comme il en avait l'habitude au moins une fois par mois, Isaac Chapiro, que sa sœur continuait à appeler Itzaak, en faisant bien sonner le *t*, remonta la rue des Martyrs, à l'heure où les commerçants avaient déjà fermé boutique. Il portait, au revers de sa veste, une étoile jaune qu'il tentait de dissimuler avec une écharpe de laine. Il montait péniblement et, tous les dix mètres, s'arrêtait pour reprendre son souffle. Courtaud et gras, la chaleur l'éprouvait et cette écharpe de laine, hors de saison, ajoutait encore à la petite douleur qu'il ressentait, par instants, à la hauteur de l'abdomen. Il jeta un coup d'œil rapide à la terrasse de l'Olympic, puis s'engouffra sous la porte cochère. Il traversa rapidement la cour et frappa trois petits coups secs à la porte du studio de danse. Personne ne venant lui ouvrir, il tira une clef de sa poche et ouvrit la porte. L'intérieur du studio était parfaitement en ordre et n'aurait pu laisser deviner, même à un frère, le drame qui venait de s'y dérouler, quelques jours auparavant. Cependant, le vieux juif sentit d'instinct le parfum de mort dont étaient imprégnés les murs. C'était la même atmosphère lourde que celle qu'il avait respirée dans l'appartement familial de la rue du Commerce, à Pétersbourg, ce soir d'hiver à la fin du sabbat. Il lui fallait fuir. Au moment où il atteignait la porte, il entendit un miaulement. Le chat était perché sur le poêle et le regardait de ses yeux jaunes se débattre dans cette nuit resurgie de son passé. Il eut l'impression que l'animal l'avait compris. Il en eut pitié. Alors, il revint sur ses pas, prit un sac dans le bahut et l'y fourra. Toujours l'écharpe sous le nez et à la main le sac et dans le sac le chat, il redescendit la rue, comme il était monté, en rasant les murs. Arrivé impasse de la Boule-Rouge, le point douloureux qu'il avait ressenti au côté était devenu comme un coup de poignard. Il monta avec difficulté l'escalier jusqu'à l'étage, ouvrit la porte de son appartement et n'eut que le temps de délivrer le chat avant de s'écrouler, mort.

Ce qui est étrange, c'est que l'un des journalistes, préposé aux chiens écrasés dans l'un des canards qui donnèrent quelque importance à cette affaire, qui n'en avait au fond aucune, voulant sans doute faire du zèle, nota la présence dans l'appartement, lors de la sinistre découverte, non d'un chat mais de cinq. La concierge, interrogée, avait été en mal de dire comment ces bestioles se trouvaient dans l'appartement, car le locataire ne possédait aucun animal, à l'exception d'un canari, mort l'hiver précédent. Personne ne sut par la suite ce qu'étaient devenus ces cinq matous anthropophages.

# 12

MAUD traversa donc cette première période de l'Occupation sans se rendre tout à fait compte de ce qui se passait autour d'elle. Elle apprit plus tard que son beau-frère, le petit rabbin, avait perdu un œil dans un attentat à la bombe commis contre la synagogue de la rue Pavée, dans la nuit du 2 au 3 octobre 1941, à l'époque même où elle se taillait, chaque soir, un succès personnel à Tabarin. Elle n'avait pas fait attention à l'allusion perfide que lui avait balancée, ce soir-là, Mireille Cuttoli, tandis qu'elles étaient toutes les deux en train de se maquiller pour le finale. Elle avait décidé, une fois pour toutes, d'ignorer ses rosseries. Et même, y eût-elle prêté quelque attention qu'elle n'aurait pas pu comprendre cet avertissement, qu'elle prit pour une menace à son encontre : «Je peux te dire, Maud, que ça va leur chauffer pas qu'un peu les fesses, lui avait dit Mireille. Pour morfler, ils vont morfler, cette nuit, les youtres.» Par la suite, après la guerre, quand elle sut ce qui s'était passé cette nuit-là, lui revint à la mémoire la phrase de la Cuttoli et elle comprit que celle-ci avait, en lançant son venin, voulu la prévenir. En effet, des anciens cagoulards, probablement de ses amis, firent, avec l'autorisation de la Gestapo, ce soir-là sauter plusieurs synagogues de Paris, entre autres celle de la rue Pavée, ainsi qu'un oratoire tout proche, rue des Rosiers. Mais bientôt de nouvelles rencontres et une série d'événements imprévus allaient jeter Maud à son tour dans la tourmente.

C'était durant l'hiver de 1943. Un hiver terrible. L'eau gelait dans les canalisations. Et la neige qui était tombée, au lieu de fondre ou de se transformer en mélasse, formait des congères sur les trottoirs. Les gouttières craquaient sous le poids des glaces qui s'y accrochaient. Le vent soufflait, aigre, le long de l'avenue Trudaine que remontait cette nuit-là Maud en pressant le pas. Elle s'était éclipsée après le spectacle, prétextant une migraine. D'ailleurs le froid avait vidé le cabaret et, à l'exception de quelques tables d'Allemands et des éternels habitués du bar, ainsi que du promenoir, la salle était vide. Depuis quelque temps, Maud ressentait le poids de sa vie de solitude. «Tout cela est si lent, si lourd, si triste. Ma vie fout le camp... Bientôt je serai vieille et ce sera fini...» se disait-elle parfois, alors que, nue, dans sa loge, elle se démaquillait après le spectacle. Depuis longtemps, elle n'avait plus de nouvelles de Germaine; et Mireille Cuttoli, qui avait elle aussi mis les voiles, lui manquait étrangement. Elle voyait de loin en loin le Chinois qui, lorsqu'elle le rencontrait, au Monte-en-l'air, ne semblait plus très intéressé par les renseignements qu'elle glanait ici et là. Tout se carapatait, dans cette ville repliée sous la neige. Elle avait l'impression que chacun faisait sa vie ailleurs, sans elle. Il lui arrivait même, à présent, de passer des semaines sans penser à son rital. De se dire qu'elle en avait fait son deuil. Et que tant pis si son ventre devait rester sec comme une vieille figue, de toute façon, elle était foutue depuis la naissance, rincée et tout cela était la faute à cette mère qui l'avait rejetée. Il fallait que quelque chose arrive, une rencontre, une vadrouille, quelque chose qui la fasse gamberger. Une lettre! pourquoi pas une lettre, qui lui parle de là-bas, de la mer, du soleil, qui lui dise qu'elle n'avait pas rêvé sa jeunesse; et que le printemps reviendrait.

A peine engagée sous le porche, c'est le piano qu'elle entendit, bien avant d'apercevoir au fond de la cour la pension Emma tout éclairée. Elle s'arrêta, stupéfaite. Les vitres givrées aux fenêtres reflétaient sur la neige une lumière bleue. Et puis cette musique. Même mal jouée sur le vieux piano désaccordé, elle la reconnaissait. Cela valait toutes les lettres qu'elle eût pu recevoir. Elle revit Loulou, déjà passablement cuit, penché sur le piano, alors que le jour tombait et que, par les fenêtres grandes ouvertes du salon de la villa, arrivait par bouffées, mêlée aux embruns, l'odeur des jasmins. Elle entendit la voix d'Emma, gouailleuse : «Allez, Loulou, cesse de te monter la chantilly! Il y a vraiment pas de quoi s'énerver la mélancolie. Regarde plutôt comme c'est beau. La mer, la couleur de la mer, Loulou!» et l'autre continuant à jouer. «C'est parce que c'est beau que c'est triste, madame... Si vous n'avez pas compris que la beauté d'un soir comme ça, ça peut vous foutre en l'air, alors, chère Emma, permettez-moi de vous dire que vous n'avez rien compris à ma vie...» Et Emma, piquée au vif, passant du tutoiement au vouvoiement pour mieux montrer son désagrément, de rétorquer aussitôt : «C'est pas parce que vous vous déballonnez l'âme à plaisir avec votre monsieur Schubert, qui entre nous ne devait pas être un petit rigolo, qu'il faut nous ficher le moral à plat. Tenez, pour vous changer les idées, juste le temps de faire atteler la calèche, je vous emmène tous dîner au Chalet Goulettois. Ça nous rafistolera la sensibilité...»

Maud avait traversé la cour sans même s'en apercevoir, portée par ses souvenirs qui lui branlochaient le cœur. Elle poussa la porte et attrapa la musique qui ne lui était parvenue qu'assourdie à travers la neige, comme ouatée. L'entrée, le salon ainsi que le bar étaient éclairés. «Avec ça, si demain on n'est pas tous coffrés pour ne pas avoir respecté le couvre-feu, c'est qu'il y a vraiment un saint patron pour les boxons...» se dit Maud. Le sol était jonché de verres brisés. Un peu partout, au bar, mais sur le tapis également, des cadavres de bouteilles, des canettes de bière témoignaient de ce qu'avait dû être la nouba. Sur le canapé du salon, deux copailles, pantalons défaits, torses nus et d'évidence ivres, se caressaient sous l'œil vide du père Chouin qui, dans son grand fauteuil qu'il ne quittait guère plus, trônait comme un roi déchu. L'un des marlous, un petit cambouis du garage de la rue La Tour-d'Auvergne qui, de temps à autre, se payait des heures supplémentaires à la pension, façon d'arrondir ses fins de mois, dit à son collègue, lequel faisait mine de lui sucer la poire : «Puisqu'ils ont raqué et qu'ils n'en veulent qu'au cul de Dédé... Ah! le Dédé par-ci, le Dédé par-là... Qu'est-ce qu'ils ont pu nous bassiner de ce gonze... C'est pas qu'on soit des lopes, mais au moins qu'on en profite... Alors roule-la-moi ta pelle et fais pas semblant...» Et le grand Martiniquais continuait de plus belle à fignoler le petit mécano tandis qu'au piano, un officier allemand, la vareuse ouverte, le col de chemise dégrafé, se déboutonnait dans le sentimental. De temps à autre, il bramait : « Dédé, wo bist du... Ach ! Dédé, pourquoi es-tu parti... » Accoudé au piano, ne sachant comment l'interrompre, se trouvait un grand garçon à la chevelure blonde, mais d'un blond si pâle qu'elle semblait blanche. Maud reconnut tout de suite dans cet escogriffe fadasse, au regard bleu délavé, le personnage qu'à Nice, devant le Negresco, le Chinois lui avait désigné comme un journaliste de *Je suis partout* et impénitent consommateur de communiantes.

Depuis qu'elle avait appris à mieux connaître le jeune inspecteur de la Mondaine, elle le savait capable, pour des raisons secrètes qui ne tenaient qu'à lui, de forger de toutes pièces à une vie parfaitement honnête tout un cortège de bizarreries, afin de se rendre maître de la volonté de l'infortuné qui avait eu le malheur de l'intéresser. Son art était si grand et ses pièges si subtils qu'il finissait par persuader sa victime d'un crime d'autant mieux que ce dernier trouvait toujours, en cherchant bien, quelques causes à ce funeste penchant dont on l'accusait dans les marécages de l'enfance, à partir d'un événement oublié souvent sans conséquence, comme ces jeux impudiques auxquels se livrent cousins et cousines, parfois même le jour de leur communion solennelle, et qu'il avait été repêcher, lui, le flic, parmi des ragots de quelques vieilles parentes. Dans le cas présent, ses menées avaient eu pour résultat de conférer à Thierry Le Cailar une réputation de chaud lapin, amateur de communiantes. D'un événement fortuit, dont l'écho lui était parvenu par hasard, il finissait par infléchir le cours d'une vie. Lentement, presque tendrement, il menait celui auquel il s'intéressait vers cette frange incertaine où l'on ne démêle plus très bien les fantasmes de la réalité, ce qui a été fait de ce que nous aurions voulu faire. Ainsi prenait-il en compte des résidus de rêves troubles et, s'insinuant peu à peu, rendait le plus innocent des hommes coupable.

Le mois de juin était devenu un vrai calvaire pour le jeune journaliste. Chaque jour, il dépouillait avec fébrilité la presse, celle à scandale, qui fait la part belle au crime. De grosses gouttes perlaient à son front. Et puis le jour fatal arrivait où, à la page des faits divers, était relaté, avec une diabolique précision, l'assassinat d'une communiante, retrouvée violée et étranglée, tantôt aux Buttes-Chaumont, tantôt à Montsouris, le lieu ainsi que les circonstances variaient à peine d'une année sur l'autre. En effet, c'était toujours la même robe d'organdi, avec son motif incrusté de marguerites, le même bonnet, le même voile rebrodé, la même aumônière. Le jeune journaliste était si troublé, si enfoncé dans la certitude d'avoir commis malgré lui ce crime en état de somnambulisme, que jamais il n'eut l'idée de rapprocher cette tenue avec la robe que portait sa cousine Marie-Josée, déchirée dans un buisson, au fond du jardin de l'hôtel familial, avenue Raphaël, durant le grand goûter qui avait suivi les cérémonies de leurs communions conjointes. S'il se souvenait de la correction que lui avait assenée son père, sans quitter son monocle, et des cris de sa mère prenant à témoin le curé de Saint-Honoré-d'Eylau : « Mais n'est-ce pas... ? Enfin, dites-le-lui, monsieur le chanoine, que ces choses malpropres rendent sourd... Qu'on peut même en devenir tuberculeux... », en revanche, il avait tout oublié de la robe de la cousine, modèle unique de la Grande Maison de Blanc. Pourtant, il existait une photographie des deux communiants, ainsi que de leurs camarades, prise sur le perron par l'oncle Edmond, le banquier, juste avant qu'ils n'aillent s'égailler sous les aucubas. Ce cliché, un peu tremblé, qui perpétuait néanmoins l'élégance du modèle se trouvait à présent — ce qu'ignorait évidemment le jeune journaliste — à la Mondaine dans un dossier à son nom.

Pour comprendre la ténacité dont faisait preuve l'inspecteur Changarnier pour étoffer son fichier secret, auquel nul, à part lui, n'avait accès, il faut — dans le cas précis du dossier Le Cailar-Dubreuil, pour ne prendre que cet exemple — savoir que le 3 juin 1928, jour où le jeune Thierry Le Cailar faisait sa communion solennelle en compagnie de sa cousine Marie-Josée Dubreuil, un jeune Eurasien communiait lui aussi pour la première fois. Au catéchisme, comme en sixième section A, au lycée Janson-de-Sailly, on le surnommait déjà le Chinois.

« Pourquoi, mon chéri, n'invites-tu pas quelques camarades du lycée à ton goûter ? Au moins un ? Par exemple, le petit Jaune... — Le Chinois ? Mais vous n'y pensez pas, mère... — Justement, un Chinois, ce sera parfait. Cela fera couleur locale et montrera notre ouverture d'esprit. Je vois d'ici la tête des Thion, ainsi que celle des autres associés de ton père à la Banque d'Indochine... — Mais, mère, il n'a même pas de costume de communiant... Ce sont des pauvres... —

Justement, mon petit, justement... Nous devons parfois penser à faire la charité...» Le jeune Thierry avait eu beau dire : le Chinois ainsi que sa famille avaient été dûment invités. L'apparition de deux femmes indochinoises, la mère et la grand-mère en sarong et en tunique de soie (le douanier, le père, devait être déjà mort), fit l'effet escompté. Il y eut quelques sourires crispés. Et, très rapidement, les deux invitées furent reléguées, seules à une table, au bout du jardin. Quant au petit Maurice, dans son aube qui remplaçait avec avantage le déguisement — dans le style des élèves d'Eton — dont on affublait alors les communiants chics, il était resté piqué auprès du buffet. Seul, parmi les élèves de Janson, à avoir été invité. Chez les Le Cailar, ainsi que chez les Dubreuil, les enfants ne frayaient pas avec ceux de l'école publique, même si l'on était convenu une fois pour toutes que l'enseignement du lycée était supérieur à celui des bons pères de l'école Gerson ou de Saint-Martin de Pontoise. Tous les autres enfants invités au goûter appartenaient soit à l'école de la rue de la Pompe, soit à Saint-Jean-de-Passy, ou encore à l'École alsacienne. Quant aux amies de Marie-Josée, elles fréquentaient Sainte-Marie, Lubeck et les Oiseaux. Tout ce petit monde qui tournait, criait, offrait des images saintes, avait flairé en Maurice le pauvre. Trois fortes têtes, dont le fils Chadenet, oubliant leur résolution évangélique du matin, en faisant semblant de se courir après étaient venus le bousculer au moment où il buvait son chocolat. Il laissa échapper la tasse dont le contenu se répandit sur son aube. Il en aurait pleuré, si une vieille dame, ayant du coin de l'œil saisi le manège, ne s'était approchée de lui. «Ce n'est rien, mon petit, ce n'est rien... Tiens, prends un macaron... Ils sont exquis... Ce sont les meilleurs de Paris... Je suis une vieille gourmande... Je m'en bourre à m'en faire crever...»

C'était une vieille dame charmante qui tout de suite plut au gamin. Elle avait été une beauté en son temps. Les Le Cailar comme les Dubreuil la tenaient pour une vieille toquée, ne l'invitant qu'aux fêtes de famille, et encore que par charité, car ils la croyaient pauvre. Née Esther de Florimonde, elle était la sœur cadette de la grand-mère de Mme Le Cailar, partant arrière-grand-tante de Thierry et de Marie-Josée. Elle avait eu une jeunesse mouvementée. Enlevée, à quinze ans, par son professeur de piano — en fait, c'était elle qui s'était jetée à sa tête —, elle avait fait une fin en épousant un clubard ami de son père. Veuve, enfin libre, elle avait retrouvé son musicien avec lequel elle s'était mariée aussitôt. Professeur au Conservatoire, celui-ci avait un élève avec lequel il ne faisait pas que du quatre mains. Lorsqu'il mourut, Esther, qui n'en était point jalouse, trouva tout à fait naturel de prendre auprès du jeune homme, qui avait dix ans de moins qu'elle, la succession de son époux. Celui-ci était écossais, et le fils du Lord héréditaire des Cinq Iles. Ils voyagèrent, prirent du bon temps, défrayèrent la chronique de Venise en se baignant nus au Lido. Un soir, alors qu'ils nageaient au clair de lune dans les eaux de la grotte bleue à Capri, il fut pris d'une crampe et se noya. Elle fut inconsolable, mais, comme elle aimait l'homme, elle engagea des valets de pied de belle taille qu'on se chargeait de recruter tout exprès pour elle. Aussi joliment pris, ils voyaient leur candidature refusée s'ils mesuraient moins d'un mètre quatre-vingt-cinq. Elle avait en tout de l'appétit et aimait le copieux. Bientôt, elle se passa des services de ses gardes du corps. La chair était lasse. Elle ne garda que son mécanicien, qui lui servit d'homme à tout faire. Elle vécut ainsi, quasiment cantonnée dans deux pièces, ayant une fois pour toutes fermé les autres appartements de la maison qui recelaient des merveilles de tableaux, entre autres le fameux portrait à cheval de la duchesse de l'Infantade en amazone rouge, peint par Goya, et mit sous des housses un beau mobilier que lui eût envié Versailles. Elle ne sortait guère plus dans le monde ou qu'à de rares occasions, pour une fête de famille ; d'ailleurs on ne l'invitait plus, la croyant ruinée. Néanmoins, elle se faisait conduire chaque jour chez Colombin, rue Cambon, où elle se bourrait de macarons. Elle était devenue, à force de sucreries, lourde et grasse. Elle jurait comme un palefrenier et avait son franc-parler. Ainsi, un jour, elle rétorqua à l'une des serveuses de son pâtissier favori, qui s'étonnait de cette orgie quotidienne : « Ma petite, quand vous aurez mon âge, vous verrez, c'est radical, on gave son ventre pour calmer les fringales de son bas-ventre. Et ça marche ! » Lorsque son nom surgissait, au détour d'une conversation, s'étonnant qu'elle fût « toujours en vie », on ne le mentionnait que comme cette folle d'Esther de Florimonde. On lui donnait du mademoiselle, voulant marquer par là que ses mariages successifs n'avaient, aux yeux du monde, compté que pour du beurre. Si bien que ceux qui l'avaient connue furent étonnés, et les Le Cailar-Dubreuil les premiers, quand *Le Figaro* publia, quelque temps avant la drôle de guerre, le faire-part de sa mort. Celui-ci était rédigé en anglais et montrait une parfaite connaissance du Debrett.

**The Countess STERLING**
**née Esther de Florimonde**

*died at home,*
*8, rue de la Ville-l'Évêque à Paris VIII^e^*
*on friday the 25th of May 1939,*

*beloved wife of the late Earl Sterling,*
*much loved adopted friend : Maurice Changarnier.*

Dans le grand sauve-qui-peut général qui suivit, personne ne pensa à réclamer son héritage ; d'ailleurs, ce qui lui restait de parents, tant chez les Florimonde que chez les Le Cailar ou les Dubreuil, la disaient définitivement rincée. Un vrai nid de dettes. On se posa cependant quelques questions sur ce Maurice Changarnier qui faisait part de la mort de la vieille toquée. Personne ne fit le rapprochement entre ce personnage, dont le nom n'évoquait rien, et le ravissant petit communiant en aube, aux yeux pétillants et légèrement bridés, qui tout un après-midi, avant qu'une vieille dame y vienne mettre le holà, avait été en butte aux rires ironiques et aux malveillances d'enfants gâtés.

« Prends encore un macaron, gamin... » fit la vieille dame. Après avoir ajusté son face-à-main, elle le regarda avec tendresse s'empiffrer. « Mais, au fait, comment t'appelles-tu ? — Maurice, madame... Maurice Changarnier... — C'est tout à fait un joli nom... un nom de flic... Je te vois très bien, un jour, inspecteur... Pourquoi pas même commissaire ou préfet de police... Mais comment as-tu atterri chez ces cloportes ? » Comme il ne répondait pas, elle avait continué : « Pour faire social, on invite le fils du jardinier... C'est leur dernier truc... Faire saliver les pauvres... — Mais, madame, mon père n'était pas jardinier, il était douanier, et nous ne sommes pas pauvres. — Douanier, jardinier, cuisinier, pour ces imbéciles, c'est la même chose. La vie finit au bout de leur salon. Les crétins ! Un ramassis de crétins et de punaises de bénitier... Je leur en ficherai, de la bonne âme, à ces consciences tranquilles... » Là-dessus, elle se mit à dévisager le jeune garçon. « Mais, dis-moi, sais-tu que tu as une petite gueule qui me revient tout à fait, mon mignon ? Une gueule de petite fripouille à qui il ne faut pas donner le Bon Dieu sans confession. Mon cher, je te trouve parfait. Parfait. Et, je ne serais pas la vieille femme que je suis, je t'engagerais tout de suite comme jeune page avec tout plein d'arrière-pensées... Mais vous, les petits hommes, vous grandissez si vite... Une saison, et hop ! Vous voilà du poil au menton... Maintenant que nous avons fait connaissance, nous n'allons pas nous éterniser ici... Allez, gamin, on les met. Donne-moi ton bras et faisons une sortie, comme il convient à des personnes de notre qualité... — Mais, madame, je ne peux pas laisser ma mère et ma grand-mère... — Regarde-les, comme elles se goinfrent de petits fours et comme elles ont l'air ravi... Ils les ont invitées pour les regarder comme des animaux de cirque et ce sont elles qui s'amusent d'eux... Vois comme elles rient... On dirait des jeunes filles... » En effet, les deux femmes assises, seules, à un guéridon sous un parasol, s'esclaffaient comme des petites filles, en se bourrant de tartelettes. On leur avait servi une coupe de champagne et elles étaient, avec la chaleur de ce bel après-midi de juin, légèrement pompettes. On voyait, par instants, dans leurs bouches noires briller leurs dents en or. Tante Esther, au bras du Chinois, fit une sortie fort remarquée. Tricorne noir à plumet et vêtue d'une robe couleur cardinal en carême, d'un modèle de Poiret datant d'avant la guerre de 14 dont elle s'était fait un uniforme, elle traversa l'enfilade des salons. Sur son passage fusaient les lazzis : « Elle les prend au berceau, à présent, cette bonne Esther... » Et, comme si elle tenait à rendre coup pour coup, elle saluait à la ronde, s'arrêtant de temps à autre devant un groupe où elle avait perçu une certaine animosité. Après avoir ajusté son face-à-main, elle jetait à la cantonade : « Alors, mon petit Aymard, toujours un pied dans la faillite, on prend un bain de siège à Panama et on barbote à présent dans *La Gazette du franc et des nations...* » et, ainsi de suite, au gré de son humeur qu'elle avait, ce jour-là, particulièrement méchante, elle rappelait à certains de ces choses qu'ils auraient aimé oublier. A la sortie, Robert, son chauffeur-factotum, qui avait la tête parfaite du Maître Jacques, tenait cérémonieusement la porte de la limousine. Elle s'y engouffra en tirant derrière elle le petit communiant.

Et c'est ainsi que, de ce jour de juin 1928 et jusqu'à sa mort, elle allait demeurer la meilleure amie du Chinois. Au moins deux fois par semaine, il allait la visiter dans son hôtel, quand elle ne se faisait pas conduire rue de la Tour, au Lotus Blanc, le restaurant vietnamien que tenaient Mme Changarnier et sa mère, l'honorable Mme Van Din, ex-tenancière d'une fumerie à Cho Lon. Tante Esther, c'est ainsi qu'elle voulut qu'il l'appelât dorénavant, apprit tout à Maurice. Les tenants et les aboutissants du monde parisien. Ses scandales. Ses crimes. Elle lui montra la grande bourgeoisie et ses moisissures secrètes. L'aristocratie et ses tares. Elle lui détaillait chaque famille, du crétin qui restait auprès de la cheminée à faire tapisserie à celui qui, fou d'amour, avait flingué son garde-chasse lors d'une grande battue parce qu'il se refusait à lui et couchait avec sa femme. Les lents empoisonnements à l'arsenic furent évoqués également, ainsi que l'assassinat du jeune duc de Trème, enfermé de l'extérieur dans les cabinets et retrouvé dans les ruines fumantes d'un château de Sologne, auquel un mari jaloux avait mis le feu. Elle lui parla des faillites, mais aussi des gains fabuleux et frauduleux dont, en même pas une génération, s'étaient enrichies des familles, soit dans l'hévéa, en Indochine, soit dans les phosphates du Gandour. Le trafic des piastres fut aussi une bonne leçon. Elle lui raconta comment le marquis de Ferminy s'était fait pincer dans une pissotière. Au vrai, elle disait une «tasse», étalant la première syllabe, la dégustant presque : «Une tasse, tu imagines, le marquis, chef de l'opposition monarchiste... le trône et l'autel... le bras de Dieu sur terre... pas plus, pas moins, pincé comme un collégien... Le pauvre homme, il en avait arrosé ses bottines de chevreau.» Chaque fois, c'était une scène brossée de main de maître. On se serait cru au théâtre; elle tenait tous les rôles, la victime, le maître chanteur, le policier. Mais, de toutes ces «histoires de choses», comme elle nommait ses petites leçons, c'était sans aucun doute celle du jeune évêque assez mondain qui s'habillait en petit marin et prenait le train de Brest en quête de quelques bonnes aventures qui plaisait le plus au jeune Maurice. Peu à peu, aux yeux de ce dernier, s'animait toute une géographie souterraine de la société parisienne, pleine d'ombres, de secrets, de coutumes tacitement partagées, alors qu'en même temps s'éveillait en lui la vocation du flic.

Parfois, tante Esther l'entraînait dans le grand salon où les meubles semblaient dormir pour l'éternité sous des draps jetés comme des linceuls. Elle lui montrait le grand portrait de la duchesse espagnole. « Longtemps on a cru que c'était la duchesse d'Osuna, et puis ensuite que c'était la Cayetena. Deux grandes luronnes. Mais Albe, comme Osune, était brune. Celle-ci est franchement rousse. Ravissante avec son tricorne et sa veste de chasse... On la dirait en équilibre, à peine posée sur son lipizzan. C'est en lisant *Le Voyage en Espagne,* de Fleuriot de Langle, et les descriptions qu'il nous a laissées de la société espagnole de ce temps-là, que j'ai pu découvrir qui était cette amazone caracolant sur un fond de sierra. Elle n'est autre que doña María Dolores Ponce de León, duchesse de Barrameda, de son propre chef mariée au duc de l'Infantade. Andalouse de pure souche, avec du feu dans le sang ; elle mettait à mort les taureaux dans ses arènes et, le soir, dansait dans les bouges... "Ay, mi dulce amor !" s'écria tante Esther, comme à regret de ne pas avoir été de toutes ces folies. Quant aux toreros, elle en faisait une consommation effrénée... Imagine un peu, ce petit bout de femme ! On dit qu'elle voulut tuer son mari, pour pouvoir épouser librement le matador Costillares, qui fut l'inventeur de la véronique et qu'elle avait volé à la duchesse d'Albe, au soir de la San Isidro. Ce dernier fut encorné avant qu'elle ne mette son projet à exécution... Mais tout cela, aujourd'hui, n'a vraiment plus d'importance ; l'essentiel, c'est qu'elle soit là à nous regarder et nous dise, de son regard effronté : "Attrapez-moi, si vous le pouvez... Je suis plus rapide que le vent de la sierra..." C'est un tableau magnifique. Bien des musées me l'ont envié. Eh bien, ce tableau, je te le donne. Quand je serai morte, tu viendras et tu l'emporteras... »

Tante Esther mourut donc, en mai 1939, quelques mois avant que l'Allemagne n'envahisse la Pologne. Pour elle, la guerre était inévitable. L'une des dernières joies qu'elle eut fut de voir son protégé nommé inspecteur à la PJ. « Je pense que je n'ai pas été pour toi un mauvais indic, lui dit-elle, en levant son verre de champagne pour fêter l'événement, maintenant, je peux prendre ma retraite. » Avant de le congédier, elle lui remit une liasse de bons du Trésor et d'actions au porteur. « Non, prends-les, il y en a pour pas mal d'argent. Être riche et se faire passer pour pauvre, c'est le luxe... Et puis, il faudra revenir, un de ces jours, prendre le portrait de la duchesse... Rien ne presse... Vraiment rien ne presse... Mais par exemple, si tu venais demain, ce serait parfait... Alors, à demain, gamin... »

Le lendemain, Maurice Changarnier fut retenu un peu plus longtemps que prévu au Quai des Orfèvres, et ce n'est que vers le soir qu'il se présenta rue de la Ville-l'Évêque. Robert, le chauffeur, lui ouvrit comme à l'ordinaire et l'introduisit dans le petit salon. C'est seulement là, après lui avoir versé deux doigts de jerez, qu'il lui dit : « Madame était bien désolée. Elle s'était mise sur son mieux car elle comptait sur vous en début d'après-midi. Mais les heures s'écoulant, elle n'a pas pu vous attendre plus longtemps. C'est que, voyez-vous, Madame avait un rendez-vous... » Il laissa le jeune inspecteur finir son verre pour lui faire signe de le suivre. Le fidèle serviteur le précéda, ouvrant les portes et s'effaçant pour le laisser passer. Après avoir traversé plusieurs salons et une vaste bibliothèque où les meubles semblaient reposer sous des suaires, ils parvinrent au grand salon. Le mobilier Boulle avait été débarrassé de ses housses et resplendissait, encore plus somptueux et funèbre, à la lueur des torchères et des candélabres dressés sur de vastes consoles. On avait tiré au milieu de la pièce une duchesse dans laquelle, parmi des coussins de damas, imposante, semblait échouée, pour un petit roupillon de fin d'après-midi, « tante » Esther. Nul chapelet entre ses mains jointes ne pouvait laisser supposer que la brave dame était morte. « Oh ! elle est partie comme cela, sans vraiment s'en apercevoir... En fait, depuis pas mal de temps, elle ne voulait plus vivre... “ J'ai vu les Prussiens en 70, les frisés en 14 ; je ne tiens absolument pas à faire la connaissance des sbires de M. Hitler... Alors, Robert, vous savez ce qu'il vous reste à faire... ” m'avait-elle dit. Aujourd'hui, j'ai doublé la dose... Madame la comtesse se droguait... Depuis toujours... Enfin, depuis la mort de Milord... D'abord quelques pipes d'opium... Après ce fut la morphine... J'ai pensé que vous seriez là... Je n'avais pas compté sur votre retard... Maintenant, monsieur Maurice, pardon, monsieur l'inspecteur, vous pouvez m'arrêter... » Maurice Changarnier s'inclina, plus pour cacher ses larmes que pour se recueillir ; puis sortit, laissant au chauffeur le soin de souffler les bougies. Il eut cependant, avant de quitter la pièce, le temps de voir que le tableau de Goya n'était plus au mur. « Maintenant, qu'allez-vous faire, Robert? demanda le jeune inspecteur au vieux domestique. — Si Monsieur Maurice n'a pas besoin de moi à son service, je pense que je prendrai en gérance un garage. Madame m'a laissé un peu d'argent... Au garage Royal, rue de Berri, il y aurait peut-être une possibilité... Faut voir...» Au moment où, sur le seuil de la porte, il s'apprêtait à quitter le vieux serviteur, celui-ci lui tendit une enveloppe cachetée. Il la fourra, sans même l'ouvrir, dans la poche de son veston.

Le lendemain, au Quai des Orfèvres, son supérieur, un gros commissaire rougeaud qui lui refilait toujours des affaires pourries, lui dit, en tirant sur sa bouffarde : «Alors, on se les accroche dans la haute maintenant?» Comme le jeune inspecteur n'avait pas l'air de comprendre, il lui présenta le carnet mondain du *Figaro.* Un cercle au crayon rouge entourait l'annonce de la mort de sa bienfaitrice, dont il faisait part. Il se contenta de hausser les épaules, laissant l'autre sur sa faim. Il allait gagner son bureau, quand le commissaire le rappela. «Voici une lettre. C'était avec la caisse qu'on a livrée. On ne savait pas où l'entreposer, alors on l'a descendue dans l'une des cellules.» Le Chinois prit la lettre, sans rien dire. Un coup d'œil à l'enveloppe lui avait suffi pour reconnaître la large écriture de tante Esther. Il attendit d'être seul pour la lire. Sur un bristol étaient tracées ces quelques lignes :

*La duchesse t'appartient, à présent. Prends-en soin, gamin! Et si d'aventure tu rencontres une rousse de cette sorte, alors ne réfléchis pas, saute dessus et coffre-la pour la vie...*

*Adieu et sois heureux!*

*Ta tante Esther.*

C'est alors qu'il se souvint du pli que lui avait remis la veille Robert, le chauffeur. Il le tira de sa poche et l'ouvrit. Une photo jaunie glissa sur son bureau. Sur un perron, entre deux grands vases Médicis d'où dégoulinaient des pétunias, étaient massés une douzaine de communiants et de communiantes. Sur le côté, à moitié caché derrière un petit garçon brossé net, en col Eton, il se vit, la tête basse, honteux de sa pauvreté. En lui faisant remettre, après sa mort, ce cliché, qu'avait bien pu chercher à lui dire sa vieille amie? Lui rappeler le jour où ils s'étaient connus? Raviver sa honte? Ou plus simplement, lui dire qu'il était temps de faire le ménage chez les Le Cailar et les Dubreuil? Pas la grande lessive, non, juste les poussières. Depuis ce jour, chaque année, le jeune et brillant journaliste Thierry Le Cailar, qui avait accolé Dubreuil à son nom, dans la bonne tradition de la Troisième République, recevait des coupures anonymes de journaux mentionnant les meurtres de quelques communiantes. Chaque lettre arrivait, c'était réglé comme du papier à musique, le jour anniversaire de la mort de tante Esther, à l'époque des premiers lilas.

Pour l'heure, Thierry Le Cailar se souciait peu des communiantes. Comme ces personnes qui, parce qu'elles ont pris un cachet d'aspirine, pensent que leur mal de dents ne reviendra pas et oublient jusqu'à ce que fut leur douleur, il n'avait même plus souvenance de cette peur qui chaque année le tenaillait, durant un mois, pour ne le quitter que la saison des rhumes des foins passée. Il posa ses grands yeux mélancoliques sur Maud. «Mademoiselle, si vous pouviez m'aider... Voyez-vous, mon ami a un peu trop bu. Et quand il boit, il devient sentimental. Il est allemand. Il faut le comprendre... — On ne peut pas le laisser continuer ce boucan... Ça s'entend de la rue... D'ici qu'on ait la police sur le paletot... Et pas seulement la flicaille, mais les boches aussi... Et le vieux, dans l'état où il se trouve, il ne supportera pas une nuit au violon...» Ici, Maud se tourna vers le père Chouin, pour montrer au journaliste le vieux maquereau, la bouche ouverte, somnolant dans son fauteuil.

«Vous avez tout à fait raison. Pour mon ami, ce n'est pas bon également. Un officier de l'état-major surpris, et en uniforme de surcroît, dans un tel établissement... Vous comprenez...»

Maud eut pour la première fois un réflexe corporatif de tôlière patentée. «Mais, dites-moi, qu'avez-vous à redire à notre établissement? Vous y a-t-on donné du linge douteux? C'est tout de même pas ma faute si votre pote, qui m'a tout l'air d'un sacré loulou, ne trouve pas chaussure à son pied... Qu'il cesse de beugler après Dédé... Dédé, il a foutu le camp... et il ne reviendra plus... Dédé, si vous voulez le savoir, aux dernières nouvelles, il s'est engagé dans la Milice... Et c'est pas demain qu'il lui remettra le grappin dessus... D'ailleurs, ça vaut mieux pour lui. Regardez le vieux, s'il est comme ça aujourd'hui, c'est à cause de Dédé... Oui, comme un fils, il l'aimait, et l'autre s'est tiré sans même un au revoir... Jamais une lettre, jamais une carte... Rien... Et le vieux en crève. Alors s'il a fait ça avec le père Chouin, je peux vous dire que de votre boche, il en a rien à cirer. Lui et la Cuttoli, c'est la même paire de manches... »

Le journaliste la regardait avec des yeux ronds, tandis que l'Allemand, au piano, continuait à réclamer, à grand renfort de Schubert, Dédé. Comme cela aurait pu durer toute la nuit, Maud décida de prendre la situation en main. « Maintenant, ouste, faut dégager... J'ai un ami taxi. Je vais le réveiller et on va fourrer votre boche dans son sabot... »

Maud alla chercher Amédée qu'elle tira du lit. « Tu vas me sauver la mise... Il y a un type impossible qui fait un pétard du tonnerre... Faut me le virer avec ton taxi... Je te revaudrai cela... » Amédée, qui se serait fait tuer pour Maud depuis qu'elle triomphait à Tabarin, enfila un pantalon sur son pyjama, prit sa canadienne et courut chercher son vélo-taxi dans la remise proche, tandis que Maud, de son côté, retournait à la pension.

Elle s'approcha de l'Allemand. « Nom d'un petit bonhomme, tu vas la boucler, oui ? » Et, violemment, elle ferma le piano sur ses doigts. Celui-ci se frotta les mains en la regardant, étonné. « Warum ? fit-il simplement. — Warum ? Warum ? Mais parce que tu commences à nous emmerder, mon coco ! » Maud se tourna alors vers le journaliste. « Et vous, grande andouille, au lieu de me regarder avec vos yeux de merlan, vous pourriez pas m'aider à le tirer de là ? Parce que d'ici peu, on va tous se retrouver dans la panade. » Pris sous le bras par Maud d'un côté et par le journaliste de l'autre, l'officier allemand fut tiré dehors. Il avait du mal à tenir sur ses jambes. « Warum ? Warum ? » répétait-il. Une fine neige, comme une poussière d'argent, s'était mise à tomber. Ils traversèrent la cour en titubant. Amédée les attendait devant la porte. Ils jetèrent sans ménagements l'Allemand dans le taxi. Le journaliste prit place à ses côtés. « Merci, mademoiselle... Ce fut un plaisir de vous rencontrer. » Et pour un peu, il lui eût baisé la main. « Et moi donc, mon gros loup... », répliqua Maud, avant de crier, en direction d'Amédée : « Vas-y, Roubichou, et conduis-les au diable... Mais surtout fais-toi bien payer... »

Le lendemain, en entrant dans sa loge à Tabarin, Maud se trouva nez à nez avec un buisson de roses, enveloppé dans du papier cristal. « C'est pour toi, regarde la carte », lui dit une des filles du quadrille, qui était déjà en train de se préparer. « Ça, ma vieille, t'as fait une touche... On peut pas dire qu'il se soit foutu de toi... »

Maud ouvrit l'enveloppe. Un simple bristol, avec, gravé en caractères gothiques : Bolko Graf von Salza-Kürtling. Ce nom ne lui évoquait rien. Quelques lignes étaient tracées, à la hâte, d'une écriture étroite : « Toutes mes excuses pour hier au soir. Je serai dans la salle. Vous me feriez un grand honneur en acceptant de vous joindre à nous, après le spectacle. »

« Bolko, Bolko... Évidemment... J'y suis ! s'écria Maud, après avoir tourné et retourné la carte de visite. C'est ce timbré qui a foutu la tôle sens dessus dessous... Eh bien ! mon lascar ! Tu peux toujours te fouiller pour que je boive le champagne avec toi... » Elle regarda encore la carte ; alors, elle pensa au Chinois. Et s'il y avait là quelque chose à glaner ?

Elle s'approcha de la table. Elle avait revêtu une robe longue, en crêpe de Chine vert Nil, que la Cuttoli lui avait cédée du temps où celle-ci vendait ses affaires, dont personne ne savait d'où elle les tenait. Cette robe, en drapés, qui portait une capuche par-derrière, venait d'une grande maison. Sa couleur vert électrique convenait parfaitement à la rousseur de Maud. Ils étaient assis à une table, se faisant face, un fauteuil était resté libre entre eux deux. L'officier allemand tapait nerveusement une cigarette sur un étui en or posé devant lui, sur la table, en inspectant la salle de derrière son monocle. Le journaliste buvait, par petites gorgées, une coupe de champagne. Dès qu'ils l'aperçurent, ils se levèrent. L'Allemand fit claquer ses talons. « Bon Dieu, Bolko, combien de fois faudra-t-il te répéter que l'on n'est pas, ici, dans une caserne. Laisse cela à messieurs les SS. » L'Allemand voulut ignorer la remarque. « Mademoiselle, c'est très aimable à vous d'avoir bien voulu répondre à mon invitation... Surtout après ce qui s'est passé hier soir... J'avais un peu trop bu... Vous voyez, cela arrive même aux officiers allemands... Sans vous, je ne sais pas ce que je serais devenu. J'étais... — Cuit. — Cuit... C'est cela... Très drôle ! Vraiment ! Oui, j'étais cuit ! Il faut que je retienne ce mot. Tous les jours, je fais des progrès dans votre langue, c'est fou. » Il sortit de l'intérieur de sa vareuse un calepin auquel tenait par une chaînette un petit crayon en argent. Il y nota consciencieusement l'expression. « Vous pouvez aussi ajouter : ripolin, brindezingue, schlasse, ou encore : qui a une pistache... Et si vous en voulez d'autres, j'en ai plein mon cartable, ajouta Maud en s'asseyant. — C'est elle qui devrait écrire à ta place, fit l'Allemand en se tournant vers le journaliste. Ce serait beaucoup plus drôle. Si vous saviez ce qu'il écrit, c'est incroyable. Même un Allemand n'oserait pas aujourd'hui écrire ces choses. Propaganda ! Propaganda ! d'accord, mais il y a des limites. Personne ici ne semble se douter que la guerre est perdue... Les collaborateurs sont plus hitlériens que le Führer lui-même. Vous verrez, ils finiront, pour lui plaire, par devenir végétariens. — Veux-tu te taire, Bolko. Tu sais bien qu'on peut t'entendre. C'est un miracle, avec tout ce que tu racontes, que tu ne sois pas encore sur le front russe... Tu sais bien que la Gestapo n'attend que l'occasion pour t'arrêter. » Ils discutèrent ainsi, évoquant à bâtons rompus des choses assez secrètes que beaucoup, en ces temps d'espionnages, eussent payé pour connaître. Maud écoutait, et buvait. A l'aube, ils la reconduisirent rue Rochechouart et décidèrent de se revoir bientôt.

Au Monte-en-l'air, le lendemain soir, le Chinois fut mis au courant de cette rencontre. « Très bien, très bien, vraiment du bon travail. Continue. Le Bolko, c'est du gros poisson. Le journaliste, j'en fais mon affaire.

— Mais il n'a pas l'air si assassin que cela... Il me semble plutôt gentil et même, par certains côtés, assez attendrissant...

— Mais qu'est-ce que tu vas m'inventer là !... Je ne t'ai jamais dit que c'était un assassin... Simplement qu'il aimait les communiantes... C'est utile, parfois, de tenir un gars en lui foutant la frousse pour quelque chose qu'il n'a pas commis... On ne sait jamais ce qu'il deviendra plus tard... Et puis, on le fait rêver, il devient criminel malgré lui... Toutes les petites choses pas très nettes qu'il trimbale... les trahisons, les lâchetés... Pas de quoi fouetter un chat, bien sûr, mais qui fait une grisaille se consume à cette peur... Quand il essaye désespérément de voir par où et comment cette grande trouille est entrée en lui, il se souvient du domestique qu'il a fait mettre à la porte pour vol, alors que c'était lui qui avait fait les poches de son père... Tu comprends... Tu comprends, au fond, je le purifie... Et puis, qui te dit que je n'ai pas un vieux compte à régler?... Une vieille haine qui, elle aussi, a besoin d'être lavée... »

Maud revint, deux nuits plus tard, lui apporter d'autres renseignements. Le Chinois avait déjà fait son enquête. Par une de ses mouches à la Kommandantur, il avait appris des détails, anodins mais suffisants, concernant le comte von Salza, lieutenant de la Reichswehr, détaché auprès de l'ambassadeur Otto Abetz, pour avoir son idée sur ce personnage ambigu. En fait, bien avant même que Maud ne lui en parlât, il détenait sur lui un gros dossier; seulement celui-ci avait été ouvert au prénom qu'il utilisait quand, jeune attaché militaire, quelques mois avant la guerre, il se rendait incognito à la pension Emma. L'inspecteur Changarnier n'avait pas fait tout de suite la relation entre l'énigmatique M. Bolko qui fréquentait l'établissement du père Chouin et l'actuel aide de camp d'Abetz. La Gestapo aurait payé cher pour posséder ce dossier, afin d'envoyer l'un des arrière-petits-neveux du chancelier Bismarck en camp de concentration, avec une étoile rose et, sur l'ordre d'arrestation, le simple tampon : « Dégénéré ».

Les SS auraient ainsi réglé un vieux compte. Salza savait trop de choses, connaissait trop de secrets. En effet, dans un mouvement d'exaltation propre à la jeunesse, il s'était engagé, à l'âge de dix-huit ans, malgré les adjurations de sa mère et la mise en garde du chef de famille, son grand-oncle, le prince de Kürtling, grand veneur héréditaire de Poméranie, dans les sections spéciales de Himmler. Rapidement, il avait gravi les échelons et était devenu garde d'honneur du comte Spreti, le Standartenführer des SS à Munich, lequel, quoique appartenant à la SS, avait été arrêté avec un certain nombre de dignitaires de la SA, durant la Nuit des Longs Couteaux. Ramené à Munich, il avait été liquidé dans une cellule de la prison du Städleheim. Le jeune Bolko von Salza n'avait dû son salut qu'à une permission qu'il prenait, au même moment, à Varzin, chez ses cousins Bismarck. Dès son retour, il passa devant un conseil d'honneur, mais aucune charge ne put être retenue contre lui. Certes, son haut lignage — son nom ne perpétuait-il pas le souvenir du plus auguste des grands maîtres des Teutoniques — ainsi qu'une lointaine parenté avec le feld-maréchal von Blomberg, ministre de la Guerre et commandant en chef de la Wehrmacht, avaient dû jouer en sa faveur au moment des délibérations secrètes. S'il put réussir à sauver sa vie, il n'échappa cependant pas à une manière de disgrâce. Il fut muté à la surveillance du camp de Dachau, dans la banlieue de Munich, où à cette époque déjà s'entassaient les opposants au régime : communistes, anarchistes, ainsi que quelques juifs polonais.

Sa blondeur, sa haute stature, son regard d'acier, auxquels s'ajoutait une véritable commisération pour les prisonniers, lui avaient valu rapidement le surnom de l'Ange de Dachau. Après une année, il se vit, à sa demande, relever de son serment de SS, afin d'intégrer les cadres réguliers de l'armée. Déjà, dans le camp, se mettait en place l'horreur. Il avait eu le temps d'apercevoir les premiers bourreaux et également ces médecins ivres d'expériences, qui, gantés de noir, le monocle rivé à l'œil, regardaient leurs victimes, tel l'entomologiste l'insecte, se débattre sous l'effet de nouvelles drogues. Il perçut alors toute l'inanité de sa compassion, sans toutefois imaginer que le mal, courant comme la gangrène, finirait par souiller jusqu'à l'image des anges. Et, ainsi, alors qu'il était déjà loin, essayant d'oublier ce qu'il avait vu, Bolko, qui avait été un temps l'archange de charité, peu à peu se transformait en ange de l'extermination. Un autre officier de la SS, aussi blond que lui, l'œil aussi bleu, était apparu, la cravache sous le bras, dans le camp. Bien des prisonniers étaient morts, ceux qui avaient survécu et qui, parmi les nouveaux détenus, perpétuaient la légende de Bolko, crurent à son retour. Ils renaissaient à l'espoir. A la première pendaison, il leur fallut bien se rendre compte que même les anges apprennent la cruauté. Dans les baraquements des juifs, alors, courut un nom : le Malach'amovez. Bolko von Salza était, malgré lui, sans même s'en douter, par le simple détournement d'une légende, devenu le grand fossoyeur, l'Ange de la Mort.

Plusieurs années passèrent et, un soir, alors qu'il se trouvait en civil dans le hall de l'hôtel Lutétia, il croisa un ancien camarade de la SS qu'il avait perdu de vue depuis longtemps et qui, de ce fait, ignorait sa démission. Celui-ci le félicita pour ses exploits de bourreau. « Il paraît vraiment que tu fais du bon travail à Dachau. On dit même que tu as amélioré le rendement et que ta contribution à la solution finale fait des envieux à Berlin. Bolko, l'Ange de la Mort! Ce surnom est revenu jusqu'aux oreilles du Reichsführer. Vraiment, tu es un exemple pour nous tous...» Et il le quitta sur un sonore «Heil Hitler!». Bolko von Salza demeura abasourdi. Puis lui vint comme une irrépressible envie de vomir. Il ne lui avait fallu qu'un instant pour comprendre l'origine de cette renommée. Bien qu'usurpée, il l'assuma. De ce jour, il se lavait les mains à tous moments, prenait un bain dès qu'il le pouvait et souvent jusqu'à cinq fois par jour, pour faire disparaître cette odeur de cadavre qu'il sentait autour de lui, comme une mauvaise transpiration. Il se comparait, en secret, à ce roi pécheur des légendes de son enfance dont le corps malade empuantissait tout le royaume du Graal.

Il s'était mis à boire et, un soir, avait demandé à son ami Thierry Le Cailar de l'accompagner à la pension Emma. Il lui fallait à tout prix retrouver André Florelle, ce Dédé gouailleur qu'il n'avait rencontré qu'une fois, avant la guerre, et dont il s'était épris comme un collégien, afin de l'empêcher de tomber lui aussi dans le piège. Le garçon ne lui avait-il pas confié, tout en grillant une cigarette, allongé, à poil sur le lit : «Mon vieux, je peux t'dire que je ferai pas de vieux os dans la gigolaille... C'est pas mon truc... C'est vrai, t'es plutôt girond, mais t'auras beau faire le câlin : les mecs, ça me branche pas... Le père Chouin qui n'est qu'un vieux salaud, mais qu'en connaît un bout sur la vie, m'a toujours dit : “Toi, Dédé, t'es une tête brûlée. Il te faudrait la Légion pour te mettre à la redresse.” Et il a raison papa Chouin... Moi, ça me botterait de sonner le “Boudin” à la Légion... Le grand Sud, le désert, les mousmées... Mais ma gonzesse, elle a d'autres projets, elle en veut... Elle connaît des types de la Cagoule qui seraient prêts à m'affranchir...»

Depuis ce fameux soir où il était revenu rue Rochechouart, il se contentait de boire sec, sans jamais monter à l'étage. Parfois, il passait prendre Maud, après le spectacle; et, en compagnie de Thierry Le Cailar, il l'emmenait chez Sidonie Baba, rue Sainte Anne. Ils y demeuraient souvent jusqu'à l'aube. Bolko, quand il avait l'alcool mauvais, se mettait au piano, pour jouer des trucs à tordre l'âme. C'est lors d'une de ces nuits que, ayant aperçu à une table voisine un jeune Obersturmführer appartenant au 4e régiment SS des grenadiers de la mort et reconnaissable à la tête de mort qu'il portait au revers de sa vareuse, il murmura en lui-même, mais assez fort cependant pour être entendu de ses compagnons : « Mon Dieu, quel genre de discipline sommes-nous en train de forger? Ces yeux, nom de Dieu, ces yeux, ils sont comme crevés par toutes les horreurs qu'ils ont vues... des yeux de noyé... » Et tandis qu'il prononçait ces paroles, à voix basse, son regard prenait comme le reflet de celui de cet ancien compagnon de mauvaise fortune. C'est de ce moment-là que Maud décida de le placer, lui aussi, entre les vivants et les morts, parmi ceux dont elle avait charge d'âme. Ainsi, tous les trois, l'Allemand, le journaliste et elle, la danseuse nue, devinrent-ils inséparables.

L'hiver passa, puis vint le printemps. Vers la fin mai, le journaliste, qui travaillait à présent aux *Temps nouveaux*, commença à se montrer nerveux. C'était l'époque des communions. Au fur et à mesure que les jours s'écoulaient, il devenait de plus en plus anxieux. Il lisait les faits divers, mais aucun journal ne mentionnait le meurtre sauvage d'une communiante, ni à Paris ni même dans la grande banlieue. La lettre anonyme qu'il recevait toujours à cette époque de l'année, contenant la coupure de presse, semblait avoir été égarée par les PTT. Il était si troublé qu'il alla jusqu'à faire une réclamation à la poste de la rue Singer. Cette lettre sans doute partie et qu'on ne lui délivrait pas devint son obsession. En fait, la lettre était toujours dans la poche du Chinois. Il est vrai que Maud, qui depuis longtemps avait tout deviné, avait été claire : « Tu laisses le journaleux tranquille, avait-elle dit à l'inspecteur Changarnier, ou je me fâche. Et alors je ne te reverrai plus. » Pour tromper son angoisse, Thierry Le Cailar, chaque jour, à l'heure du déjeuner, inventait un mensonge pour se libérer d'une obligation et courait à la Grande Maison de Blanc ou plus loin, jusqu'à la Samaritaine, et devant les vitrines pleines de mannequins habillés en communiants et communiantes, il rêvait.

# 13

Si la lettre du Chinois ne parvint jamais à son destinataire, en revanche, Maud reçut, à peu près à la même époque, un petit bleu assez alarmant de son amie Germaine. En quelques mots, elle lui expliquait que chaque jour elle s'attendait au pire ; qu'elle en avait assez de cette vie mais que, quitte à crever, elle préférait que ce fût de la main de son homme. « Ça c'est tout Germaine », s'était dit Maud au reçu du billet, qui n'avait pas voulu voir dans ces quelques lignes griffonnées à la hâte un mot d'adieu, mais plutôt un appel au secours. Comme elle commençait les répétitions d'une nouvelle revue, elle se trouvait la plupart du temps libre de sa soirée. Elle décida donc de se rendre au cirque Médrano. Elle en parla au Chinois qui tenta de l'en dissuader. Il ne tenait pas, car il était jaloux, à ce qu'elle rencontrât le jeune Italien dont il lui avait toujours caché la présence à Paris ; il se doutait bien qu'elle le reconnaîtrait tout de suite sous son déguisement de clown. Et même si elle ne le reconnaissait pas, lui finirait bien par la débusquer dans les gradins. D'un autre côté, il ne voulait pas non plus se mêler des affaires d'un ex-Poignardeur, car bien avant que Maud ne lui parlât de son amie Germaine et des torgnoles qu'elle recevait de son partenaire, Antenor d'Acapulco, il n'ignorait pas que sous ce nom exotique se cachait Fernand Crevel, son ancien amant. Il eut beau dire, Maud ne voulut rien savoir : « Si tu ne veux pas venir, ne viens pas... Je ne te force pas... De toute façon, j'ai demandé à Thierry et au boche de m'accompagner... — Comment ? Tu as demandé à ces deux types... — Pardon, mes amis.. Et eux, ils ne se sont pas fait prier pour me rendre ce service... — Alors, je viendrai, fit à contrecœur le Chinois. — Tu sais, toi, je t'aime...» Et Maud lui planta un gros baiser sur la joue. Elle avait pris des places pour le lendemain. C'était un mercredi, le mercredi 2 juin, veille de l'Ascension, et cette date, elle n'allait pas de sitôt l'oublier.

Ils devaient se retrouver au coin de la rue des Martyrs et du boulevard, une demi-heure avant le début du spectacle. Thierry arriva le premier. Il avait l'air décomposé. «T'as pas l'air dans ton assiette... Qu'est-ce que t'as? lui demanda Maud. — C'est toujours cette lettre qui n'arrive pas... — Pas de nouvelles, bonnes nouvelles!» A cet instant parut le Chinois. Maud les présenta. «Je crois que vous vous connaissez. — Je ne pense pas, répondit, surpris, le journaliste. Mais, attendez... Changarnier, Changarnier... Cela me dit quelque chose... Évidemment, votre père n'était-il pas... dans la banque?... — Non, rétorqua le Chinois, non, il était... Enfin, de toute façon, cela n'a plus aucune importance... Je l'ai d'ailleurs assez peu connu...» Maud aurait poussé plus loin son avantage et probablement contraint le Chinois à confesser son trafic avec les communiantes, si l'Allemand n'était survenu à cet instant. Il s'était mis en civil. Mais à sa seule démarche on reconnaissait le militaire. Maud abrégea les présentations. Et chacun se retrouva sur le boulevard, devant le cirque. Il faisait lourd. «Le temps tourne à l'orage. J'aurais dû me munir d'un parapluie...» jeta à la cantonade Thierry Le Cailar, alors que dans sa tête il ne cessait de se répéter le nom de l'inspecteur. Mais il butait toujours comme sur un mur qui lui eût interdit l'accès à ses souvenirs de jeunesse. Car il était à présent certain que ce nom touchait au domaine douloureux de son enfance. Au moment même où, sa mémoire se raffermissant, il sentit qu'il allait atteindre le but, des coups de sifflet retentirent qui eurent pour effet immédiat de rejeter dans l'oubli le jeune communiant en aube, déjà prêt à jaillir de l'ombre. Une dizaine de voitures noires passèrent en trombe sur le boulevard, suivies par des fourgons. Sur les marchepieds des Citroën lancées à toute allure se tenaient comme en équilibre les miliciens. C'étaient eux qui sifflaient à toute volée pour frayer à ce sinistre cortège un passage entre les vélos et les quelques voitures à gazogène qui, à cette heure de la soirée, descendaient le boulevard vers la place de Clichy. «Y a de la rafle dans l'air ! s'écria un badaud. — C'est la Milice, y a pas de danger, rétorqua le type d'à côté. — La Milice est sur le marchepied. Mais c'est la Gestapo qui se trouve à l'intérieur des bagnoles. Et ces fourgons-là, s'ils les sortent, c'est tout de même pas uniquement pour coffrer la grand-mère... »

Ces sifflets, par la suite, longtemps Maud les entendra. Ceux des miliciens bouclant le quartier, de Clichy à Barbès, se confondant avec ceux des clowns qui effectuaient leur dernier tour de piste, alors que déjà s'avançait, tiré sur des roulettes, un décor exotique de yuccas découpés dans du carton, sous lesquels se tenaient Antenor d'Acapulco, coiffé d'un immense sombrero, et, allongée à ses pieds, Germaine, vêtue d'un simple pagne, la peau entièrement passée au brou de noix. Ce fut une de ces soirées d'éternité et de mort. Les sifflets des miliciens et des clowns, mais également le sifflement des poignards et aussi celui des regards. Et plus tard, dans la nuit, ces paroles anodines, émises avec la violence du serpent qui crache son venin : « Vieille femme, cesse de m'ennuyer, tu n'es pas ma mère. Passe ton chemin. Je m'appelle Maud et non Rachel. De toute façon ma mère est morte à ma naissance. » Combien d'années les entendrait-elle encore siffler, ses trois petites phrases, et avec autant de précision que les poignards mexicains, dans la même lueur froide ? Chaque nuit, elles viendraient lui serrer le cœur jusqu'à l'étouffer, tandis qu'au même moment monterait de cette nuit ancienne le regard désespéré de Germaine, et aussi celui, amoureux et étonné, d'un clown, qu'elle n'aura alors su saisir, car le Chinois, jaloux, se sera arrangé pour le lui dérober.

Le plus jeune des paillasses, qui traînait une valise mal fermée d'où s'échappaient quelques oripeaux, au lieu de quitter la piste, était venu s'asseoir sur le rebord, juste en dessous de la loge où Maud trônait, dans une lumière rouge, parmi les moleskines et les pompons dorés. Il avait posé les mains sur ses genoux et ses cheveux de jais, bouclés, encadraient un visage charmant que son maquillage grotesque n'avait pu réussir à défigurer. Sous ses sourcils droits et soyeux, son œil, à la fois humide et brûlant, jetait un regard amoureux et étonné en direction de la loge. Le Chinois, qui l'avait remarqué, s'était penché de manière à masquer sa présence à Maud. De toute façon, celle-ci était trop préoccupée par le sort de Germaine qui, cible vivante, venait de s'adosser à l'un des cactus. Les projecteurs tournaient et, pour rendre l'atmosphère plus lourde et accroître le sentiment périlleux de ce numéro, un roulement de tambour obsédant comme le bourdonnement de grosses mouches avait remplacé la musique joyeuse qui avait présidé à la sortie des clowns. Antenor, bien pris dans son costume mexicain, saluait, poignards à la main, l'assistance, comme le torero triomphant présente au public des arènes les deux oreilles qu'il vient de couper. Il aperçut le Chinois. Alors il ne vit plus que lui. Il se mit à trembler nerveusement. Il fonça sur Germaine et lui cracha sa rage : « C'est toi, hein ! c'est toi qui l'as fait venir ici ce flic !... Tu veux ma peau... Eh bien je la lui vendrai cher, salope ! » Ces paroles sifflèrent, elles aussi ; et elles firent partie d'une première volée de poignards qui s'en vinrent détourer la tête de Germaine. La peur mêlée à la colère s'emparait peu à peu d'Antenor. Sa main commença à trembler tandis que Germaine s'était mise à osciller. Le Chinois fixait le jeune clown qui tentait d'accrocher le regard de Maud, laquelle n'avait d'yeux que pour Germaine, déjà fusillée par ceux de Fernand, l'homme qu'elle aimait. Alors, dans ce cercle magique fait de regards, parmi les lumières qui tournaient, avec le tambour toujours plus obsédant, passa — c'est du moins ce que racontera plus tard l'un des vieux jongleurs qui assurera l'avoir vu — dans le ciel du cirque le trapéziste blanc, ce fantôme qui signale toujours par sa présence l'accident prêt à survenir. Le poignard alla droit au cœur de Germaine qui s'écroula. Maud s'était dressée. « Il faut l'arrêter. Mais fais quelque chose, le Chinois... Tu as bien vu... C'est un meurtre. — Allez, allez, calme-toi... C'est un accident... » Le public, un instant muet, commença à réclamer la police, tandis qu'on emportait Germaine en coulisses. Fernand Crevel, l'ex-Poignardeur, effondré, pleurait comme un gosse. « Assassin ! » lui cria une femme du premier rang. « La police, il faut faire venir la police... » C'est alors que le Chinois descendit sur la piste. Et, après que Monsieur Loyal eut expliqué qu'à cause de ce fâcheux accident le spectacle était annulé et que le public pouvait se faire rembourser aux caisses ou bien faire valider ses billets pour une autre séance, l'inspecteur prit à son tour la parole : « Je suis de la police... Je suis l'inspecteur Changarnier... Et je peux vous assurer qu'il n'y a aucune raison de faire venir d'autres policiers... Ce qui est arrivé est déplorable... Mais ce n'est qu'un accident...»

«Je veux la voir... Je veux aller la voir, criait Maud, hors d'elle. Et lui dire à ce salaud... — Tu ne lui diras rien. C'est moi qui vais m'occuper de cela...» Alors, se tournant vers le journaliste : «Il faut raccompagner Maud chez elle... Pouvez-vous vous en charger?» Maud se laissa entraîner. La première personne sur laquelle le Chinois tomba, dans les coulisses, fut le jeune clown. Il voulut s'esquiver. L'autre le retint par le bras. «Pourquoi tu ne m'as pas dit qu'elle était à Paris? — Parce que tu ne me l'as pas demandé... Maintenant, tu le sais... La surprise n'en est que meilleure... Il ne faut jamais forcer le sort... Les choses arrivent quand elles doivent arriver... — Mais je l'aime, Maurice, je l'aime et tu le sais... Et toi aussi, tu m'aimes bien... alors pourquoi?» Le Chinois, qui s'était dégagé et qui s'apprêtait à continuer son chemin jusqu'à l'infirmerie, revint sur ses pas et, d'une voix rageuse, lui cracha au visage : «Pourquoi? Mais parce que je t'aime, tout simplement, Dino. Je suis jaloux de toi, et d'elle aussi. Je l'aime, peux-tu le croire, oui, je l'aime également. Vous êtes ma raison de vivre. Vous êtes aussi mon désespoir... Et le Fernand, tu vois où il en est... Tout ce gâchis... Eh bien c'est à cause de moi... Je n'ai pas su l'aimer, lui...» Il s'approcha alors du jeune clown et, rapidement, il lui vola, lui, le flic de la Mondaine, un baiser. Pour la première et la dernière fois de sa vie, il venait d'embrasser un homme sur la bouche.

Maud n'avait pas voulu rentrer tout de suite à la pension Emma. Elle avait forcé Thierry et Bolko à l'accompagner au Monte-en-l'air. Pendant ce temps, les miliciens patrouillaient tout autour dans le quartier. Lorsqu'ils ressortirent de cet endroit enfumé pour remonter vers la rue Rochechouart, ils se heurtèrent, au clair de lune, à des ombres qu'on entraînait de force vers les fourgons. On les arrêta à plusieurs reprises, mais au vu de la carte d'officier de l'Allemand, on les laissa passer. Arrivés devant la pension d'Emma, ils poussèrent la porte du porche. Alors, tout de suite, Maud la vit. Elle était là, tapie dans l'ombre, tremblant de peur, un châle sur la tête pour cacher sa perruque rouge. «Rachel, c'est moi, Léa, ta mère... Il faut que tu me loges quelques jours... Juste quelques jours... Je ne sais plus où aller... Ta sœur et son mari ont pu se sauver... Mais il n'y avait pas de place pour moi dans la voiture. Je ne peux plus rentrer rue Pavée... La police est partout...»

Les yeux verts de Maud prirent une couleur mauvaise, comme ces eaux que l'on croit dormantes et qu'une lueur d'orage peut réveiller. «Cette femme est folle... Ce n'est pas ma mère... Ma mère est morte quand je suis née... Elle est folle... Et d'ailleurs je ne m'appelle pas Rachel... Allez, vieille, sors d'ici...» Cette femme, qui n'était ni vieille ni jeune, dans l'ombre où elle s'était réfugiée, émit une plainte comme si on l'eût frappée. Sans prononcer une parole, elle glissa, tel un fantôme, par l'interstice de la porte cochère et disparut. Maud esquissa un geste pour la retenir. Mais sa main retomba. Sa vengeance venait trop tard et à un mauvais moment. «Courez après elle et tâchez de la rattraper», cria-t-elle à l'Allemand et au journaliste. Mais, dans la rue, il n'y avait plus personne. C'était comme si cette femme n'était jamais venue, n'avait jamais existé.

Au même moment, dissimulé dans l'escalier A, se trouvait un homme qui avait vu et entendu tout ce qui s'était passé entre les deux femmes. Cet homme n'était autre que Fernand Crevel. Il connaissait Maud. Il était désespéré. Il l'avait aperçue au cirque. Et, comme il savait par Germaine où elle logeait, malgré les mauvais souvenirs qui lui restaient de la pension Emma, le corps de sa partenaire embarqué pour la morgue, il avait poussé jusqu'à la rue Rochechouart. Il lui fallait se confier, parler longtemps dans la nuit, de Germaine, de leur mauvais amour, de toute cette sorcellerie que le Chinois avait tissée. Mais il fut si effrayé par ce qu'il entendit, par ces paroles de reniement prononcées sous la voûte, qu'il recula sous l'escalier, d'où il ne sortit que lorsqu'il fut certain que personne ne le verrait. Il ne se doutait pas que, pour les avoir entendues, ces paroles de trahison lui seraient un jour également fatales.

Toute la nuit, Maud essaya de joindre le Chinois, mais même à sa permanence du Quai des Orfèvres, on ne l'avait pas vu. Aux premières heures de la matinée, il apparut à la pension Emma, alerté par les différents messages de Maud. Il pensait que c'était Germaine qui l'inquiétait toujours. Il fut surpris d'apprendre la visite de Léa Aboulafia. Il la croyait hors de danger, puisque lui-même avait secrètement contribué, sans même que Maud s'en doutât, à la fuite de la famille. Quelque chose, au dernier moment, avait dû clocher, les passeurs se faisant de moins en moins sûrs. Le verdict tomba, lapidaire. « Avec la Gestapo et la Milice qui traînent leurs guêtres dans le quartier, elle n'a pas dû aller bien loin. » Il donna quelques coups de téléphone. Au bout d'un moment il revint. « Ils l'ont embarquée pour Drancy. Ça commence à sentir la curée et ils mettent les bouchées doubles... On peut essayer de la faire sortir. »

« Maman, regarde-moi ! C'est moi, ta fille Rachel ! Pardon, pardon ! Oh ! Tourne ton regard. Oh ! Maman, ne me laisse pas comme cela... C'est moi, c'est moi, Rachel, ta fille ! » Et elle jetait, comme pour l'agripper, la retenir, ses deux bras à travers les barbelés qui entouraient la gare de triage. Mais l'autre, les yeux perdus dans le vide, demeurait muette, dans son malheur. La tête rasée, elle se tenait sur ce talus, sa perruque posée auprès d'elle. Elle avait commencé son voyage. « Maman, maman ! » hurlait Maud, essayant de se faire entendre. Mais ses appels désespérés se perdaient au milieu des sifflets et des aboiements des chiens ainsi que des coups de gueule des kapos, qui rameutaient ce troupeau d'hommes et de femmes. Au loin, on entendait le bruit des portes des wagons à bestiaux qui se refermaient. « Maman, maman », continua à crier Maud alors que Léa, veuve d'Élie Aboulafia, se perdait dans cette foule qui, sans cris, presque résignée, s'avançait vers les fourgons, lesquels, par-delà les sureaux en fleur dont le parfum imprégnait l'air, semblaient tranquilles, paissant tels d'énormes bovidés parmi les chardons bleus et les liserons. C'est ainsi que Léa Aboulafia fut déportée par une belle matinée de printemps.

« Mais faites-la taire... » suppliait la grosse huile de la Kommandantur que l'inspecteur Changarnier avait dans sa manche. « Qu'elle se taise... Sinon, on va l'embarquer, elle aussi, et nous avec. » Alors le Chinois s'avança vers Maud et lui colla une main sur la bouche. Elle se débattit ; mais de force, il la fit entrer dans la voiture qu'il avait empruntée à la Préfecture.

Bien des années plus tard, on pouvait encore voir, incrustées dans la paume de sa main, des traces de dents.

Après une longue semaine Maud sortit de son état de prostration par un cri de révolte. Alors que le Chinois et Amédée, qu'on avait alerté, se penchaient sur ce corps recroquevillé qui refusait toute nourriture depuis des jours, il se fit en elle une sorte de déchirement. En fait, sa torpeur n'était que feinte, elle se l'était imposée pour mieux se reprendre, se tenant durant ses jours d'abattement à l'affût du moment propice où il lui faudrait resurgir. C'était une savante manœuvre qu'elle effectuait d'instinct, afin de mettre en balance, par un calcul savant, la vengeance et le remords. Elle était encore la chenille, enveloppée dans cette masse spumeuse de draps en désordre, quand soudain, par un violent rugissement, elle jaillit. Et les draps volèrent à travers la chambre. Elle était rouge et hirsute. (Plus tard, Amédée lui dira : «Sais-tu que tu m'as fait peur?... Tu n'étais plus toi-même...») «Vous l'avez bien vu comme elle a osé me narguer. Ce n'est pas pour des prunes qu'elle est montée jusqu'ici. Moi, sa fille? Mais elle m'a tuée, depuis longtemps, bien avant même que je naisse. Bien avant que le rabbin ne lui dise : “Mais, madame Léa, ce n'est pas un garçon.” Et qu'elle se mette à crier : “Alors, c'est Lilith!”... Vous ne vous rendez pas compte de ce qu'elle a fait en venant me relancer. A sa trahison devait répondre ma trahison. C'était prévu. Elle l'avait prévu. Elle ne pouvait pas se faire coffrer comme les autres! Pensez, il fallait me mouiller! Eh bien, maintenant, nous sommes quittes! Quittes? Vous rigolez : c'est moi qui reste et c'est moi qui dois vivre avec elle. Hein! Léa! Quels foutus souvenirs ça va nous faire, à toutes les deux!» De ce jour, jamais plus elle ne prononça le nom de cette mère qu'elle eût tant désiré aimer.

## 14

On était à la fin de 1943. Les Américains venaient de débarquer en Italie. A force de surprendre les conversations dans son vélo-taxi, Amédée connaissait la progression des armées alliées. Maud l'écoutait, attentive. Elle n'était pas si pressée qu'on la délivre. Ce n'était pas qu'elle prenait du plaisir à toutes ces chienneries, mais elle pensait que quelque chose finirait alors. Quelque chose, c'était certain. «Mais quoi? Quoi?» lui demandait Amédée. Elle le regardait et doucement murmurait : «Notre jeunesse, oui, simplement notre jeunesse, Amédée.»

La vie commençait à lui faire peur. Un soir, après avoir assisté à une représentation à l'Opéra, Thierry, flanqué de Bolko, était venu la chercher à Tabarin pour souper. Ils étaient encore sous l'impression de ce qu'ils venaient d'entendre. Ils avaient assisté à une représentation de *Parsifal* de Wagner.

«Ainsi, si je te comprends bien, disait le journaliste à Bolko, Hitler, pour être conséquent avec lui-même, aurait dû envoyer la Gestapo à Bayreuth pour coller une étoile juive à Kundry et l'embarquer dans un camp... — Exact. Puisqu'elle est juive. Et doublement juive, puisqu'elle est la juive aux deux visages, l'éternelle réprouvée, l'incarnation de Lilith. Oui, tu as bien entendu. Lilith, cette maternelle et gigantesque réprouvée...» Maud bâillait dans son coin. Ce n'était pas la première fois qu'elle assistait, impuissante, à ces échanges d'idées auxquelles généralement elle ne comprenait rien, mais qui, si elle n'avait été là, n'eussent pas eu pour eux la même valeur, puisque sa seule présence semblait les mettre en train. Au nom de Lilith, Maud dressa l'oreille. Elle ne connaissait rien de cette Kundry, dont elle entendait le nom pour la première fois, ni de Parsifal, ni du Roi pourrissant, dont le nom, chaque fois qu'il le prononçait, mettait les larmes aux yeux de Bolko. En revanche, elle connaissait les clameurs de Lilith. Depuis longtemps, certaines nuits, elle percevait au fond d'elle les douloureux ululements de l'imparfaite créature.

Bolko, alors, suggéra que Kundry, cette rose de l'enfer, comme la nomme Klingsor l'Enchanteur diabolique, était l'émanation d'un paragraphe d'une Bible écrite à l'envers, à la fois négation et dérision de la vraie, qui par sa lecture libérait un monde de hantises et de pulsions secrètes. Et il reprit : « Elle provoque la chute du Roi du Graal et de ses chevaliers ; Dame du Château sans Retour, gardienne des abysses, elle assure la déchéance et, pourtant, elle promet la rédemption. Bonne servante du Graal, elle est également la fée luxurieuse du jardin enchanté de Klingsor. » Bolko alluma une cigarette. Maud le pressa de continuer. L'Allemand alors la regarda, et il perçut chez elle, à cet instant précis, un éclat particulier, comme le reflet de sa propre blessure. Il comprit qu'en poursuivant, dans la nuit, cet improbable soliloque, il s'acheminerait peut-être sur le chemin de la rédemption, lui, l'Ange de la Mort. Alors il reprit, à voix basse, comme si c'était une affaire entre lui et sa conscience.

Il parla longtemps pour expliquer que l'homme est inférieur à son destin, puisque en acceptant sa mort, il abdique devant lui-même. Mais qu'en revanche, elle, Kundry, ne se résignait pas. Car, ne pouvant être mère, elle accouchait par ses caresses les hommes une seconde fois, leur donnant l'illusion d'une nouvelle naissance. Il ajouta que si elle faisait le mal, c'était sans le vouloir ; et que, le faisant, elle s'inscrivait déjà dans le plan du rachat puisqu'elle devenait l'âme innocente d'une amante aux mains guérisseuses. Après maints détours, il en vint à Parsifal, qui, sans elle, n'eût jamais connu son nom ; et il la nomma la « rebaptiseuse ». Il s'avançait, au sein du mystère, à voix feutrée, comme s'il racontait un secret de famille. Selon lui, elle connaissait, bien avant que ne fût instauré l'ordre du Graal, le pouvoir de la lance et de la coupe de sang, puisqu'elle s'était tenue dans l'ombre des saintes femmes du Golgotha. D'ailleurs, leurs pleurs ne coulèrent sur le passage du Christ que parce qu'elle, Kundry, s'autorisa de rire à la face du Sauveur. Et pour ce rire, concluait-il, elle fut chassée, ainsi que le fut Ashasvérus, le Juif errant, sur la grande route. Il la décrivit, belle, rousse et triste, dans le premier matin blême de son errance. Implacablement belle, passant sans se retourner près du figuier où pendait Judas. « Mais, plus que la juive errante, dit-il, elle est l'une des filles du Calvaire. Elle est le rachat. Car elle seule peut attirer le rédimeur. Elle est la Femme, l'Illusion qui endort. Elle est l'imagination de la Vie.

— Mazette, comme tu y vas.... s'exclama le journaliste, qui aurait souhaité un peu plus de légèreté dans le ton et dans la manière. Vous, les Allemands, avec vos théories... N'est-ce pas l'un de vous qui a écrit que grises sont toutes les théories... Comment est-ce déjà ? »

Bolko vissa son monocle, et, comme s'il récitait un article du code militaire : « " Grau, teurer Freund, ist alle Theorie, und grün des Lebens goldner Baum. " Ce sont les sages paroles de cette fripouille de Méphisto... Mais le vieux diable ne se doutait pas qu'un jour nous rencontrerions l'arbre fleuri. Oui, mademoiselle Maud, vous êtes l'arbre précieux et, comme l'or rougeoyant, vous êtes notre arbre de Vie. »

De retour rue Rochechouart, cette nuit-là, Maud repensa, en attendant le sommeil qui ne lui venait pas, à cette femme maudite, à cette Kundry, dont le destin lui semblait si proche du sien. Elle y repensa ainsi chaque soir, longtemps. Et elle commença à se demander qui viendrait la délivrer, elle et tous ceux qu'elle avait placés entre les vivants et les morts. Et quand ? Car toutes ces vies dont elle avait la charge commençaient à lui peser.

La journée, elle restait dans sa chambre et mettait la TSF. Amédée Roubichou, qui écoutait Radio Londres, la tenait au courant du débarquement des Alliés. Vers la fin du printemps, papa Chouin commença à cracher du sang. Elle fit venir le docteur, qui diagnostiqua une phtisie à un stade avancé, pour laquelle il n'y avait rien à prescrire. « Une question de semaines. De quelques mois, au plus, ma petite dame. » Le tôlier, sortant de sa prostration, ouvrit un œil pour laisser tomber : « Tu parles, ce sont pas mes éponges qui se débinent, mais ma vieille chaude-pisse qui commence à me chauffer le citron... », et de retomber aussitôt dans un profond abattement.

C'est à cette époque que Bolko von Salza déserta et vint s'installer à la pension Emma. Il avait reçu d'Allemagne des nouvelles alarmantes. On avait arrêté, dans la nuit, à Berlin, quelques jours auparavant, son cousin germain Heimato de Salza-Kürtling, sur une simple dénonciation. Il avait été conduit à la prison de Plötzensee, où l'on avait perdu sa trace. Sans doute avait-il comparu devant le sinistre Freisler, et son tribunal du peuple, avec les autres officiers du complot qui avaient pour mission de tuer le Führer, et subi le même sort qu'eux. « Pendez-les tous comme de la viande de boucherie », avait hurlé Hitler, de sa tanière au Loup. Dans le même temps, une autre lettre lui apprenait que sa grand-tante, la princesse de Bismarck, trop vieille pour se faire à l'idée de quitter son domaine de Prusse-Orientale, avait attendu tranquillement dans son salon l'arrivée de l'Armée rouge, non sans avoir auparavant donné un grand goûter pour ses voisins qui, eux, avaient décidé de fuir devant les Russes. Elle était demeurée, seule avec son jardinier, à les attendre. Les premiers éclaireurs de l'armée soviétique étaient restés un instant interdits devant le spectacle qu'offrait cette vieille dame, d'un autre âge, dans cette immense demeure vide. Cependant, après s'être ressaisis, ils lui avaient fait creuser sa tombe dans le parc et, froidement, sans autre forme de procès, l'avaient abattue sur place. « Tante Sibylle, vous vous imaginez, tante Sibylle, la propre belle-fille du Chancelier de Fer... C'est un monde qui s'écroule... — Vous en verrez bien d'autres », lui avait répondu le Chinois, à qui il demandait conseil sur la conduite à tenir. « C'est bien simple, il faut mettre les bouts... — Quoi ? — Oui, vous faire la valise... Stülpnagel a été rappelé à Berlin. Il est probable qu'il finira dans les cellules de la Gestapo. Vous étiez proche de Stülpnagel. Au pire, ils auront lancé un ordre contre vous, et vous finirez pendu ou une balle dans la tête. Au mieux, ils se contenteront de vous punir, en vous envoyant sur le front russe. »

La curée venait de commencer. La Gestapo française et la Milice, à son siège, carrefour de Châteaudun, brûlaient les documents compromettants, en continuant, cependant, à torturer et à tuer. Les Allemands, de leur côté, faisaient de même. Les caves résonnaient de cris. Les bourreaux n'avaient pas perdu l'appétit. Quant à la Joyeuse Collaboration, elle semblait ignorer l'avance des Alliés en Normandie et continuait à donner dîners et fêtes. Chacun essayait de s'étourdir au mieux. Dans ce carrousel incessant, Thierry Le Cailar-Dubreuil, qui chaque jour venait rendre visite à son ami allemand, arriva, tenant à la main une invitation. Il semblait embarrassé, et la tournait et la retournait. « C'est une vieille amie que j'ai perdue de vue depuis le début de l'Occupation, un peu à cause de ses fréquentations, et qui me prie, à présent, à une soirée... Tenez, regardez... Elle ne doit pas être très au fait de ma vie, car l'invitation mentionne Monsieur et Madame... C'est étrange... Pourquoi avoir attendu si longtemps et choisi ce moment où chacun essaye, comme il peut, de plier bagage, pour se rappeler à mon souvenir ? Il y a là quelque chose de bizarre. »

L'inspecteur Changarnier, qui se trouvait présent, lui prit le carton des mains.

*La baronne Abel J. Cain-Machenoir*
*prie Monsieur et Madame Thierry Le Cailar*
*de lui faire l'honneur de venir à une soirée*
*chez elle, le jeudi 29 juin, à 19 heures.*

« Il faut vous y rendre absolument. Je soupçonne qu'il se passe de drôles de trucs chez la Cain-Machenoir. » Depuis quelques semaines, en effet, le Chinois, qui avait jeté sur les toits de Paris, pour soutenir les partisans, sa bande des Poignardeurs, avait appris que Filliol, l'ex-cagoulard, et ses tueurs du II^e service de la Milice, avaient fait de l'hôtel particulier de l'avenue de Messine une sorte de forteresse retranchée. Certains soirs, au dire des escarpes, s'échappaient d'un soupirail des cris étouffés par la musique d'un violon. Ce crincrin qui se faisait entendre des sous-sols avait allumé l'imagination de l'inspecteur. Cette invitation arrivait à point nommé. « Vous emmènerez Maud, qui sera parfaite dans le rôle de l'épouse soumise... Et tâchez de fouiner... » L'idée de faire passer cette fille de Tabarin pour sa femme ne déplut pas au journaliste. Depuis longtemps, il ressentait pour Maud un peu plus que cet attachement qu'entraîne généralement, au bout d'un certain temps, un commerce répété. L'affection qu'il éprouvait pour elle s'embrumait d'un timide désir qui ne pouvait être mis sur le compte d'une routine d'amitié. Le Chinois, dont le regard brillait d'une lueur malicieuse, l'avait percé à jour. En lui proposant cette union impromptue, il prenait en fait des assurances sur l'avenir ; s'il devait perdre Maud, il préférait que ce fût au profit du journaliste, dont il connaissait les goûts et l'impuissance auprès des femmes, plutôt qu'au profit du jeune clown, revers de cette passion unique qui englobait ces deux êtres pour lui indissociables.

Le jour du raout arriva. L'été chantait déjà dans le square d'Anvers. Amédée avait appris le matin même à Maud que, à l'heure où Philippe Henriot était assassiné, la veille, dans son ministère par une bande de faux miliciens qui s'y étaient sans difficulté introduits, rue Ballu, les pensionnaires du Moyen-Age avaient tondu Madame Olga, la sous-maîtresse, pour finir par la pendre dans la cage d'escalier. « La grande lessive a commencé ! » s'était-il contenté d'ajouter.

Thierry Le Cailar se présenta à la pension Emma à l'heure convenue. Le journaliste s'était procuré, pour l'occasion, une vieille Hotchkiss, et Maud avait revêtu une robe habillée, une de celles achetées jadis à la Cuttoli. Le modèle n'était plus tout à fait à la mode. Cependant, encore assez chic. C'était une robe fourreau en satin turquoise. Le corsage, décolleté en carré, était encadré de deux fleurs en crêpe de la même couleur. Maud, dont les cheveux étaient remontés par des peignes, semblait émerger telle une flamme de ce carcan soyeux. Thierry, qui lui tenait la portière, fut ébloui. « Je connais ce modèle... Je ne sais plus ni où, ni sur qui je l'ai vu... Mais je dois vous dire qu'il vous va à merveille... » Et tandis qu'il conduisait lentement vers l'avenue de Messine, le journaliste se demandait sur qui il avait bien pu voir cette robe. Les rues étaient désertes. Des balles sifflaient des toits en direction d'un porche, où des Allemands se tenaient en embuscade. L'un d'eux s'écroula, blessé. « Tiens, ils en ont dégommé un », fit Maud. Par rafales, des bandes de pigeons effrayés obscurcissaient le ciel, reprenant en écho celles de la mitraille. En ce crépuscule de début d'été, la ville, sous un aspect placide, grouillait de bruits à peine perceptibles, tels ces fruits trop mûrs, déjà travaillés, et qui dans l'imminence de l'orage attendent le moment propice pour s'écraser sur le sol.

Lorsqu'ils arrivèrent avenue de Messine, la porte de l'hôtel particulier était grande ouverte. Ils traversèrent le hall désert au mur duquel pendait une série de somptueuses tapisseries des Flandres. C'étaient de grandes verdures empanachées d'oiseaux, qui donnaient à cette pièce en rotonde l'apparence d'une forêt. Pas un domestique ne se porta à leur rencontre. Le silence qui régnait donnait l'impression étrange que la fête était finie avant même d'avoir commencé. Cependant une rumeur lointaine, étouffée, laissait deviner dans un des salons reculés un fourmillement inquiétant. Ils s'avancèrent, guidés par ce bruit sourd, à travers une enfilade de pièces où des individus équivoques et débraillés, dont certains portaient ostensiblement des armes, se tenaient avachis, déjà ivres, dans des fauteuils et des canapés, figés dans la lumière écarlate que répandait le soleil couchant à travers les rideaux de damas rouge. On les eût dits piégés dans le sang de leur crime, retranchés une fois pour toutes de l'humanité. Il y avait, dans ce spectacle, une odeur de curée que Maud ressentit si fort qu'elle se cramponna au bras du journaliste. Elle regardait par terre, comme si elle avait voulu éviter de marcher dans des flaques de sang. Ayant traversé plusieurs salons, ils parvinrent au seuil d'une pièce dont la porte à double battant était poussée. Par l'interstice, ils aperçurent une cohue composée de femmes qui riaient aux bras d'officiers allemands, de gros richards du marché noir, aux mains grasses et aux ongles douteux, de petits messieurs ambigus, rigoureusement cravatés et cintrés dans des costumes sombres, dont le visage paraissait plus blême que leur col amidonné. Se côtoyaient, peut-être pour la dernière fois, dans cet immense salon dont les portes-fenêtres ouvraient sur un jardin, où l'on entendait le bruit d'un jet d'eau, la plus précieuse raclure de la Gestapo et la fine fleur du trafic en tous genres ; un monde des plus interlopes auquel se mêlaient quelques représentants des basses œuvres. Tous ces gens s'attardaient encore à butiner, alors que les plus précautionneux avaient, depuis déjà quelques semaines, plié bagage. Cette insouciance ne recouvrait rien d'autre que les prémices d'une vengeance qui commençait à s'exercer. En effet, à les voir ainsi agglutinés, on eût dit ces grosses mouches d'un bleu zoulou que l'on voit, en Afrique, bourdonner sur les charognes et qui, alourdies et ivres de sang, ne trouvent plus la force de s'envoler.

Quand Maud et le journaliste se glissèrent dans la pièce, un étrange manège avait commencé autour d'un homme de haute taille, entre deux âges, auquel des cheveux noirs coupés ras en brosse et un visage très pâle donnaient une apparence assez sinistre. Il se trouvait au milieu d'un cercle, telle la reine des abeilles, fanfaronnant, dispensant ici et là, aux uns et aux autres, des paroles de réconfort. « Nous n'avons pas dit notre dernier mot, s'emportait-il, quand quelqu'un semblait mettre en doute ses projets. Oui, nous les repousserons à la mer. Et s'il le faut, nous prendrons le maquis. C'est pas une bande de juifs bolcheviks qui va nous impressionner. Je peux vous dire que ce matin même est parti de Compiègne encore un train entier, plein de cette racaille pour l'Allemagne... » Se firent entendre alors quelques applaudissements. Mais on sentait bien que le cœur n'y était plus.

« C'est Filliol, le milicien... Un vrai tueur... Dans le Limousin, d'où il rentre, il a fait régner la terreur sous le nom de M. Denis..., glissa le journaliste à l'oreille de Maud et il poursuivit : C'est étrange, je n'aperçois nulle part notre hôtesse... » Filliol continuait : « Tout ça, ce ne sont que des trous du cul qui froncent... Et ça voudrait nous en imposer... » A un moment, il se tourna vers une grande femme qui titubait, un verre de champagne à la main. « Hé! baronne, c'est pas la peine de te piquer le nez... Je te répète, j' n'aime pas les pochardes... » Et il lui arracha son verre qu'il balança, après l'avoir bu d'une traite, dans le jardin. La femme, qui portait pour l'occasion une robe trop habillée de dentelle rouge, tourna sur elle-même et, perdant l'équilibre, vint s'abattre sur un sofa. « Mais, c'est Mireille... Mireille Cuttoli... Elle dansait avec moi à Tabarin... C'est une peste... Tu sais bien, c'est celle qui, pour mettre le grappin sur Dédé Florelle, avait tout manigancé contre papa Chouin... Dédé Florelle, le petit gars pour qui en pince Bolko... Une baronne, ça! Alors moi je suis duchesse! » Thierry Le Cailar était aussi étonné que Maud.

Il le fut encore plus quand, se sentant tiré par la manche, il se retourna pour découvrir Clément, le vieux maître d'hôtel des Cain-Machenoir. « Ah! monsieur Thierry, fit ce dernier, c'est bien aimable à vous d'être venu... — Mais, enfin, Clément, expliquez-moi ce qui se passe ici... Qu'est-ce que c'est que cette baronne? Et pourquoi m'a-t-on invité avec ces gens atroces? — Venez, monsieur, suivez-moi... Je ne peux pas vous parler ici... » Et le vieux serviteur, ouvrant une porte dissimulée dans la boiserie, entraîna le journaliste et Maud par un passage jusqu'à un office. C'est seulement quand la porte capitonnée se fut refermée qu'il commença à parler. « C'est moi, monsieur, dit-il, qui vous ai envoyé cette invitation. Je voulais que vous veniez car il se passe ici des choses bien étranges... » Ce qui se passait devait être en effet bien étrange, car il tremblait. « Madame la baronne vous aimait beaucoup et, la dernière fois que je l'ai vue dans la chambre où ils l'avaient enfermée et où je lui portais un plateau trois fois par jour, elle m'a dit : "Clément, s'il m'arrivait quelque chose, la première personne qu'il faut prévenir, c'est M. Le Cailar..." Oui, ça elle vous aimait, Madame la baronne... » Alors, il se lança dans un récit rocambolesque, à peine crédible. Il en ressortait qu'au début de l'Occupation, la baronne Abel avait hébergé, de fait plus par fidélité à son passé de fille de music-hall que par amitié, une ancienne collègue du Concert Mayol, qui n'était autre que Mireille Cuttoli. A peine dans la place, celle-ci se poussa rapidement et finit par tout régenter. « Madame n'avait même plus son mot à dire. Elle lui prenait ses robes, donnait en son nom des dîners. Il y avait des Allemands, mais aussi des personnes très incorrectes, qui allaient, quand le vin ne leur plaisait pas, se servir elles-mêmes à la cave. Et, vous savez, monsieur, ils buvaient cela comme du petit-lait. On voyait tout de suite que c'étaient des gens de rien. Et puis, un jour, cette demoiselle me fit venir dans la chambre de la baronne. Elle occupait son lit. Et elle me dit : : Monsieur Clément, vous me ferez le plaisir dorénavant de m'appeler baronne. — Mais, Mademoiselle... lui dis-je. — Il y a pas de mademoiselle : je suis la baronne à présent. Fourrez-vous cela dans votre vieille caboche de loufiat..." Jamais, monsieur, jamais de ma vie, on ne m'avait traité de loufiat... Je m'apprêtais à lui tourner les talons et à lui donner mes huit jours. Mais elle, fine mouche, comprit qu'elle avait été trop loin. Elle prit un air sucré, car elle avait besoin de moi pour mettre son plan à exécution. Ça, pour vous embobiner, elle se posait là. “Allez, mon petit Clément, ne faites pas votre mauvaise tête, me dit-elle, ce que je fais, c'est pour le bien de Mme la baronne. Si je prends sa place aujourd'hui, croyez-moi, c'est pas de gaieté de cœur, mais pour la sauver. Oui, sauver sa fortune, mais aussi sa vie... ” Je restai interdit et ne pus que murmurer : ” Mais que peut-on reprocher à Madame la baronne ? Elle n'est pas juive... ” Et vous savez, à ce moment-là, monsieur, je me suis senti honteux, j'avais l'impression de disculper Madame la baronne d'une faute capitale : celle d'être juive... Je pensais à Monsieur le baron qui avait été si bon pour moi... J'étais vraiment honteux... Vous ne pouvez pas comprendre mais c'est comme cela, par la peur, que ces gens nous grignotent. “ C'est ce qu'elle dit, me répliqua-t-elle, mais elle est juive. Oui, une vraie youpine, il n'y a qu'à la regarder. Ça se sent tout de suite ces choses-là... ” C'est alors qu'elle me tendit des papiers d'identité qui traînaient sur la table de nuit. Le nom de Cohen indiqué sur la carte était évidemment bien un nom juif, ainsi que le prénom d'Esther dont il était suivi. Sur la photo un peu vieillie, on la reconnaissait bien... Un petit oiseau tombé du nid, avec de grands cernes sous les yeux. Exactement comme la nuit où Monsieur le baron l'avait ramenée, toute grelottante. Je me souviens, je lui avais fait un viandox pour la réchauffer. » Et le vieux serviteur raconta comment son maître avait trouvé sa future femme place Blanche, ne sachant où aller, car la camarade avec qui elle partageait une chambre l'avait mise à la rue ; et comment, pris d'une compassion soudaine, il l'avait ramenée chez lui, d'autant qu'elle lui rappelait son unique fille qu'il avait perdue, peu de temps auparavant, dans un accident de voiture. Il retraça ses premiers jours avenue de Messine. La façon dont, peu à peu, elle reprit goût à la vie. Le rouge lui revenait aux joues avec l'appétit. Elle ne tremblait plus. Il relata ensuite son mariage. « Vous ne pouvez pas vous imaginer leur bonheur. Monsieur avait perdu, en quelques semaines, vingt ans. Auprès d'elle, il avait réappris à rire. C'était le soleil dans la maison. “ Clément, me disait-elle, je ne veux pas lui faire honte, alors, apprenez-moi comment il faut me tenir... ” Mais elle avait une grâce innée et il n'y avait vraiment rien à lui apprendre... Je peux dire que les deux années où ils vécurent ensemble, elle rendit Monsieur le baron très heureux... Alors, vous comprenez que pour la sauver j'étais prêt à tout. Sur le coup, bien sûr, j'ai cru que ces papiers étaient vrais. Si vrais que j'entrai dans le jeu de cette femme. Je lui donnai même l'idée d'inviter de vieux amis de la famille afin de les mettre au courant, et ainsi par leur présence de cautionner ce changement de personnalité. Si bien qu'aujourd'hui, pour sauver Madame la baronne, une partie de la haute finance est prête à jurer que la femme du baron Cain-Machenoir est cette Mlle Cuttoli.»

Le maître d'hôtel décrivit ensuite comment les gens de la Gestapo et les miliciens avaient fait peu à peu leur apparition, et comment Filliol vint s'installer à demeure, partageant le lit de la nouvelle baronne. Il mentionna la présence d'un petit milicien. «Oh! pas un méchant bougre, mais il est amoureux de Mlle Cuttoli et, pour elle, il ferait n'importe quoi. Elle le torture à souhait. Parfois, quand je le croise par hasard, je lui dis : "Mais André — il s'appelle André, André Florelle —, mais pourquoi, André, vous ne lâchez pas tout?... Vous n'êtes pas un méchant, vous..." C'est lui qui le premier m'a parlé, un soir où il n'en pouvait plus de ce qu'il voyait à la cave, peut-être bien de ce qu'on l'obligeait à faire... Le bruit des voitures qui s'arrêtent en pleine nuit, les portières qui claquent, les cris, les soupirs, mal couverts par ce violon à la rengaine obsédante, c'est lui qui m'en donna l'explication. Notre maison, monsieur, pouvez-vous l'imaginer, notre maison est un lieu de torture. On y torture toute la nuit et, au petit matin, on rembarque dans la même traction avant le prisonnier, la plupart du temps mort... Et je suis certain qu'il y en a même enterrés sous la pelouse du jardin parce qu'une nuit, je les ai entendus creuser. Oui, King Kong, un grand gaillard velu, torture dans une baignoire pendant que Filliol joue du Paganini. Quand, la semaine passée, Mlle Cuttoli m'a fait savoir que ce n'était plus la peine de monter des plateaux à Madame la baronne, parce que sa cachette n'étant plus sûre, elle avait préféré l'envoyer à la campagne, j'ai compris que quelque chose d'irrémédiable se passait. Au début, Dédé n'a rien voulu me dire. Et puis, il a craqué, le pauvre gosse... "Tout ça, c'est du pipeau, m'a-t-il dit. Les papiers étaient faux. Et, aujourd'hui, comme ça sent le roussi, ils l'ont fait disparaître." Voilà pourquoi, sachant qu'il y avait une soirée qui se préparait, j'ai pris sur moi de vous inviter... Il faut m'aider, monsieur Thierry... Je sais bien qu'il n'y a pas beaucoup d'espoir... Mais on peut toujours essayer... Je ne peux pas croire qu'ils aient osé la mettre dans le convoi qui est parti ce matin de Compiègne... — Hélas, mon pauvre Clément, j'ai bien peur que oui... — Si c'est foutu pour la baronne, alors sauvons Dédé», s'écria soudain Maud, émergeant d'une sorte de stupeur. Elle n'avait rien perdu cependant de tout ce qui s'était chuchoté, butinant ses paroles de crime, déjà les couvant afin, comme elle dira par la suite, de sauver de toute cette saloperie quelques destinées. «Je ne l'ai pas encore aperçu aujourd'hui, mais je pense qu'il doit se trouver dans le cellier, là où ils ont installé la baignoire... Je vais vous montrer par où passer... Mais je ne descendrai pas...» Le vieux maître d'hôtel les conduisit jusqu'à un escalier. «Vous prenez le premier couloir sur la droite, et passé la grande porte de fer, c'est la deuxième porte sur la gauche. Pour sortir sans remonter par ici, voici une clef. C'est celle d'une porte que vous trouverez un peu plus loin en haut d'un petit escalier en fer. Elle donne directement sur la rue de la Bienfaisance.» Maud s'empara de la clef et, suivie du journaliste, s'engagea dans l'escalier.

Bien des années après, lorsque se souvenant des temps de l'Occupation avec le Chinois elle se rappellerait cette aventure, Maud lui confierait que pas un instant elle n'avait eu peur, certaine de réussir son plan car sans Dédé, ni le destin de Bolko, ni celui de papa Chouin n'eussent pu s'accomplir, et comme le sien dépendait du leur, elle n'avait rien à perdre, s'était-elle dit alors.

Tandis qu'elle avançait dans ce couloir sombre, précédant le journaliste, elle se sentit lestée de quelque chose de dur; quelque chose qui se greffait, là, au milieu de sa poitrine, l'irradiant d'un souffle chaud et vivant. Elle écouta à la porte d'où s'échappaient, par instants, de légers gémissements, puis l'ouvrit avec précaution. Une lumière indécise et bleue tombait du plafond. Comme ses yeux ne s'étaient pas accoutumés à cette pénombre insolite, elle faillit buter sur une chaise qu'elle contourna à tâtons, ainsi qu'une table qui se trouvait au milieu de la pièce. Au bout d'un moment, tel un bateau émergeant de la brume, une forme blanche apparut lentement, se détachant du mur. C'était la baignoire. Dedans, il y avait un homme. Elle s'en approcha. Un homme jeune au visage tuméfié, dont la poitrine était brûlée à la cigarette. Des restes de mégots flottaient sur un fond d'eau jaunâtre. Le jeune homme tourna son visage vers Maud et émit un râle. Il voulait parler. Maud comprit qu'il lui désignait quelque chose au fond de la pièce. Au-delà du halo que jetait l'ampoule bleue, elle aperçut le milicien. Il était avachi sur une chaise, les bras ballants ; de l'une de ses mains pendait un pistolet. A sa petite gueule d'arsouille et à ses lèvres charnues faites pour le plaisir, elle devina qu'il s'agissait de Dédé. Elle s'avança vers lui et, lorsqu'elle fut proche à le toucher, elle posa une main sur son épaule. Il se réveilla en sursaut. Surpris, il balbutia : « Mais qui êtes-vous ?... Que faites-vous là... C'est interdit... Ils vont revenir... — T'occupe, petit gars ! Ici, c'est moi qui commande maintenant... » Ses yeux fixés sur lui, elle tentait de s'approprier l'irréel de cette scène, d'en pétrir l'horreur afin de sauver ce qui en restait d'humain. « Allez, suis-moi, il y a un vieux maquereau, à Montmartre, qui va mourir, et qui veut te revoir. » Dédé se mit à chialer comme un gosse. Maud, elle, était déjà au-delà du chagrin. « Qui est-ce ? fit-elle en montrant la baignoire. — C'est un de ces résistants qui ont buté, à ce qu'ils ont dit, le ministre de l'Information... Ils l'ont piqué la nuit dernière, et l'ont amené ici pour le travailler... Mais comme ils ont peur qu'il claque... ils lui fichent la paix pour l'instant... Mais bientôt, ils vont revenir, dès que là-haut la nouba sera finie. » Maud se tourna vers le journaliste, qui se tenait toujours sur le pas de la porte. « Au lieu de rester la bouche ouverte, ça te foulerait les pouces de nous donner un coup de main ? Enlève ce type de la baignoire. On l'emmène avec nous... — Vous n'y pensez pas, Maud ! Cet homme a tué Henriot. S'ils nous arrêtent avec lui, ils nous fusilleront sur-le-champ. — Tu y tiens tellement à ta peau de collabo ? De toute façon, pour toi, c'est déjà cuit. Parce qu'avec toutes les conneries que tu as débitées dans tes feuilles de chou, tu crois pouvoir t'en tirer quand les autres rappliqueront... Tu es fini, mon vieux. Fini ! Alors, haut les cœurs ! »

Quoique aucune mémoire du temps n'y fasse allusion, il est probable que, cette nuit-là, certains des laissés-pour-compte du dernier métro, ou amoureux défiant le couvre-feu sous une porte cochère, virent passer, se jouant des rondes de nuit et des balles perdues, l'étrange cortège que formaient une femme en robe du soir, belle comme un incendie, précédant un jeune homme blessé, que soutenaient deux autres hommes dont l'un portait l'uniforme de la Milice.

# 15

A la pension Emma, le père Chouin ne reconnut pas Dédé. Il posa sur lui un regard vide. Sa bouche était devenue molle, et il bavait. Chaque jour un peu plus son visage s'effaçait. Il n'avait depuis longtemps plus sa tête. Dépenaillé, l'air hagard, l'œil fixe, il scrutait la nuit qui le cernait, telle la sentinelle de son destin. Il prononçait des mots sans cohérence. Parfois lui venait une phrase qui serrait le cœur de Maud car elle montrait que sa raison n'avait pas entièrement vacillé. « Va, t'en fais pas, prophétisait-il, j'aurai l'éternité pour retrouver ma petite Henriette, ma petite fille... » Et, souvent dans sa lancée, il lui arrivait de confondre cette fille perdue avec un fils qu'il n'avait jamais eu, mais qui lui démangeait l'âme. « Il reviendra, il reviendra, nous ne sommes pas pressés... Oui, il reviendra, ce petit corniaud... » Alors, Maud, se penchant à son oreille, murmurait : « Te fais pas de mouron, Dédé est de retour, regarde-le, il est là, près de toi... » Et elle prenait la main de Dédé pour la poser sur celle du vieux ; mais celui-ci continuait à branler de la tête sans vouloir regarder. Maud, alors, poursuivait : « Donne-moi encore un peu de temps, et je te jure que je te la ramènerai, ton Henriette... » D'autres fois, il allait farfouiller dans sa braguette pour en sortir un sexe brun et ratatiné. Maud rougissait. « Veux-tu me rentrer ça, vieux cochon, grondait-elle, en le frappant gentiment sur la main. Si Emma te voyait, elle ne serait pas contente... » Et les yeux du vieux, au seul nom d'Emma, s'éclairaient, pour un instant.

Quant à Bolko von Salza, qui s'était méthodiquement soûlé en attendant l'improbable retour de Dédé, il continua, avec autant de conscience, à se piquer le nez pour fêter les retrouvailles. Au fond, rien ne changea vraiment à la pension Emma. La clientèle se faisait de plus en plus rare. Les petits marloupins s'étaient reconvertis dans la traction avant et le fric-frac. Amédée Roubichou passait en coup de vent, chaque jour ponctuellement à la même heure, pour donner les dernières nouvelles qu'il avait attrapées sur sa TSF, en écoutant Radio Londres. Un jour, il arriva tout excité. « Ils ont pris Avranches. Avranches est tombée ! » On était le 30 juillet. Dédé Florelle ne quittait pour ainsi dire pas le chevet du jeune résistant, à qui Maud avait donné sa chambre, pour qu'il soit plus confortable. Le médecin qu'on avait appelé, au vu des brûlures, avait secoué la tête. « Je pense que tout risque de gangrène est dorénavant écarté. Mais la cicatrisation sera longue, surtout pour les brûlures sur la poitrine... »

Est-ce le médecin qui les dénonça ? Ou plus probablement la Milice, qui, mise au courant par la Cuttoli des anciennes activités d'André Florelle, avait fini par faire le rapprochement entre le milicien, l'officier allemand, tous deux déserteurs, et la pension Emma. Quoi qu'il en soit, la Gestapo française débarqua en pleine nuit. Maud eut juste le temps de cacher les trois hommes dans un réduit étroit, pratiqué entre les cloisons de deux chambres, qui permettait à certains clients d'observer, au travers de miroirs dépolis, les ébats des occupants de l'une et l'autre pièce. La Gestapo demeura toute la nuit, retournant entièrement la maison, sans trouver le moindre indice. Elle repartit à l'aube, bredouille cependant, menaçant de revenir. Maud décida que Dédé et Bolko demeureraient dans le réduit jusqu'à ce que la situation se calme. Quant au jeune résistant, qui était trop mal en point pour rester confiné dans ce placard, il fut confié à la garde d'Amédée qui le prit chez lui. Le vertigineux papotage de la tapette fit mieux que les onguents et les compresses d'ambrine. Au début, la tête lui tourna un peu, puis il en rit. Et ainsi, tout en retrouvant petit à petit le moral, il reprit du poil de la bête. L'ayant mis en confiance, Amédée se fit un devoir de le questionner, par curiosité personnelle certes, mais également afin de rencarder le Chinois. C'était merveille de le voir faire des mines, accoudé à la cheminée, comme les beaux causeurs d'autrefois, en jetant ici et là, pour relancer la conversation, des « Vous m'en direz tant ! ». Il avait une façon délicieuse de lui tirer les vers du nez.

En quelques jours, il connut tout de la vie du jeune résistant. Sa passion du cheval, son entrée à Saint-Cyr, son passage, juste avant la guerre, à Saumur, comme aspirant. « Le cheval, mais j'adore les canassons, s'écriait Amédée qui avait toujours eu une frousse bleue des chevaux. Racontez-moi cela, oui, racontez-moi vos promenades sur Malicieuse. C'est ainsi, n'est-ce pas, que s'appelait votre jument ? » Et le jeune homme revenait sur ses promenades au bord des étangs de Camargue et ses grands galops le long des salins. Et de cheval en promenade, c'était toute sa jeunesse qui lui revenait. La grande maison de Nîmes, avec ses fenêtres ouvrant sur un jardin touffu et ombragé, où coulaient de vasque en vasque les eaux vives. L'odeur de bonne cire d'abeille des parquets. Sa grand-mère excentrique, vieille marquise douairière, qui s'en allait en compagnie de ses gardians trier le bétail et marquer les jeunes bêtes. Avec ses marais miroitants comme l'argent et piqués de petits taureaux noirs qui, les pattes dans l'eau, ruminent un rêve troublé seulement par le grand vol des flamants, ses odeurs marines, ses prés salés, ses vignes, ses villages écrasés sous le soleil avec leurs mails bordés de lourds platanes, et ces lentes méridiennes où tout se délite, et la vie, et le ciel indigo que découpent au loin les premiers contreforts des Cévennes, c'était le Languedoc qui envahissait soudain le petit appartement du postier, par de simples petits mots chargés d'odeurs, jetés ici et là, comme ces ultimes touches de peinture plus vives que le peintre pose légèrement tels des papillons sur une toile, pour mieux rendre, au dernier moment, l'atmosphère onctueuse d'un paysage. « Mais tout cela chlingue à plein nez la cambrousse ! Ah ! Que c'est merveilleux ! » renchérissait Amédée. Et poussant son avantage, il finissait toujours par en savoir un peu plus. « Vous vous appelez " Queue "... C'est tordant ! — Je ne vois pas ce qu'il y a de drôle, rétorquait le jeune homme, surtout quand vous saurez que mon nom s'écrit avec un K. Oui, Keu, comme le grand sénéchal du roi Arthur, dont ma famille se targue de descendre. C'est ce même Keu, s'il vous en souvient, qui eut dans un combat l'épaule démise par Parsifal, pour l'avoir dérangé dans sa contemplation de trois gouttes de sang tombées dans la neige. Elzéar Keu d'Estragues est mon nom, mais, dans mon réseau de résistance, on m'appelait Antor, qui n'est autre que le nom du père du sénéchal de la Table Ronde... — Fouchtra! Mais tout ça, ça fait du beau linge!» fit, assez impressionné, Amédée.

Le soir même, le Chinois fut tenu au courant de ce que, sans le savoir, on avait mis la main sur le dernier des chevaliers de la Table Ronde. «Ça nous fait une belle jambe!» s'exclama Maud. Le Chinois glissa, à ce moment précis, un regard vers elle. Elle était pâle et portait de temps à autre une main à sa poitrine, comme prise d'un malaise soudain. «Toi, tu ne vas pas bien, lui dit-il. C'est pas étonnant, tu te fatigues trop. Tu vas me faire le plaisir de te reposer un peu. — Me reposer, me reposer, comme tu y vas, comment veux-tu que je me repose avec ces deux zouaves, qui dans le placard s'engueulent toute la journée, que je me demande même comment on n'est pas déjà venu les coffrer... Si je ne les en avais pas empêchés, ce matin, ils allaient s'engager pour de bon dans la Légion étrangère... Ça leur avait pris, comme ça, dans la nuit...»

Maud fut alors saisie d'une envie de vomir. «C'est rien, c'est rien. Ça va passer», et elle porta un mouchoir à sa bouche. Le Chinois la regarda dans les yeux, la tenant par les épaules. «Toi, tu me caches quelque chose.» Elle ne put soutenir son regard. Il comprit. «Tu l'as revu, hein?» Maud ne répondit pas. Il la secoua brutalement. «Dis, dis-le que tu as couché avec lui... Mais dis-le, petite garce, qu'il t'a mise enceinte...» Et il continuait à la secouer de plus en plus fort. Mais elle ne répondait toujours rien. Au contraire, elle baissait la tête. Se faisant toute petite. Cependant, aucune peur ni honte ne l'animait. Elle ne se recroquevillait que pour mieux puiser au fond d'elle-même les forces dont elle avait besoin pour cet affrontement, hésitante encore quant au masque qu'elle lui offrirait. Il avait la main déjà levée quand elle se rebiffa. «Allez, frappe, frappe-moi... Évidemment, j'ai été avec lui. Et dis-moi ce que cela peut te faire? Dis-le-moi?» Et, là, se redressant face à lui, elle lui cracha son venin. Il fut surpris par l'expression de son visage. C'était le visage sauvage de Lilith. Il eut peur et recula devant cette violence. Comme le serpent, elle s'était coulée au creux de sa vie la plus secrète, à son insu. Il la sentait forte, rayonnante, en lui, prête à le détruire, quitte à se détruire elle-même. «Oui, dis-moi, dis-moi», lui glissa-t-elle doucement, presque à voix basse, comme un secret entre elle et lui, en s'avançant jusqu'à son oreille. «Qu'est-ce que cela peut bien te faire? A moins... à moins qu'il ne soit ton môme... Hein? C'est ça... T'en pinces, pour une fois... Il t'a chopé, le rital? Tu l'as dans la peau... Hein, avoue-le.»

Le Chinois avait reculé contre le mur et, de ses mains, se couvrait le visage. Maud poursuivit. Ses yeux brillaient. Elle était comme possédée. «Parce que sinon pourquoi ne pas m'avoir dit qu'il était en ville... Que tu le logeais... Que tu lui avais refilé des papiers... Oui! Pourquoi? Tu avais peur que je vienne piétiner tes plates-bandes... — Non, non, assez, se mit à geindre le jeune inspecteur, assez, Rachel, assez, je t'en prie...» Au seul nom de Rachel, Maud changea de visage. Ce fut comme un rappel à l'ordre. Elle s'approcha du Chinois et, sans qu'il s'y attende, le prit dans ses bras. «Ne t'en fais pas... Tout cela n'a plus d'importance... Je ne le reverrai plus... Jamais, tu m'entends, jamais plus... Et pourtant, je l'aime... Oh! oui, comme je l'aime... Maintenant, pardonne-moi...»

Alors, elle lui raconta comment quelques mois plus tôt, au début du printemps, tandis qu'elle rentrait à la pension Emma avant le couvre-feu, elle le trouva, assis sur le bord du trottoir, les pieds dans le caniveau, de l'autre côté de la rue, contemplant la maison. Il était si profondément plongé dans ses pensées que, sans doute, il ne l'eût même pas remarquée si elle n'était venue vers lui. Il demeura étonné un instant par cette apparition. «Je savais que tu étais à Paris, lui avait-il dit, je t'ai vue, un soir, au cirque.» Il lui conta comment il avait tout essayé pour la retrouver et comment ensuite il avait sombré dans le désespoir. Depuis qu'il était sûr de l'avoir perdue, Landru, avec sa barbe et ses gants beurre-frais, tel qu'il avait obsédé ses rêves d'enfant, était réapparu. Il n'y avait pas une nuit qu'il ne vînt mener sa macabre farandole dans ses songes. La représentation à Médrano terminée, ses pas le portaient malgré lui devant le 76 de la rue Rochechouart, où jadis l'assassin avait été arrêté. Cela le calmait un peu et trompait sa tristesse.

Cependant, tandis qu'ils conversaient là, debout au coin de la rue, à la lueur d'un bec de gaz, offrant aux passants fortuits l'image de camarades qui se disent bonsoir et non de deux amants en détresse, le nom de l'inspecteur Changarnier ne fut jamais prononcé, et pourtant le Chinois ne cessa pas d'être entre eux, bien présent. Et c'est peut-être même pour cela qu'il l'entraîna par-delà le boulevard, vers les jardins du Sacré-Cœur. Elle se laissa conduire sans résister, presque heureuse de cette initiative. La nuit était aveugle, mais c'était cependant une des premières belles nuits de printemps. Il la menait rapidement, et rien que par le contact de sa main, elle le pressentait obscur et désespéré... Elle voulait mourir sous lui. Dans le fourré, elle se laissa déshabiller. Mais ce fut comme si on l'écorchait. Elle tremblait. Il la déposa sur l'herbe, la prit maladroitement. Il lui dévorait la bouche, s'accrochait à ses cheveux. Elle sentit comme une rumeur entre ses cuisses, mais elle ne mourut pas. Son amour, l'idée qu'elle s'était faite de son amour, était plus grand que ces balbutiements malhabiles, qui n'étaient que l'ombre de l'amour. Au lieu de renaître, quelque chose venait de mourir et, alors qu'il remettait son pantalon, elle demeura échouée sur l'herbe, triste suprêmement.

Tristesse suprême qu'elle jeta au visage du Chinois, comme un gage d'allégeance. Les yeux de l'inspecteur brillaient comme ceux d'un rôdeur. «Je n'ai rien ressenti! Tu m'entends, rien! C'était comme si mon amour s'était tout d'un coup vidé de son sens. Il n'en restait rien. Je ne sais pourquoi je lui ai dit que je ne le reverrais plus... Jamais, non, jamais je ne le reverrais; et que si nous devions nous croiser, ce serait comme des inconnus... Il ne répondit rien et me laissa nue dans la nuit. Et maintenant, dis-moi, Chinois, ce que je vais devenir avec cette chose qui grandit en moi? Je ne veux pas de cet enfant. Je ne veux pas être mère...» Elle eut comme une hésitation, puis, se reprenant, jeta, dans un cri profond, nocturne et déchirant où l'on percevait en écho les douleurs et les fièvres d'une lointaine enfance : «Je ne peux pas être mère... Non, je ne peux pas, je ne peux pas... Oh! maman, pourquoi tu m'as rejetée?... Oh! laisse-moi revenir en toi, là où il faisait si chaud...» Ce fut au tour du Chinois de la prendre dans ses bras, pour la bercer, ainsi que l'on calme l'enfant effrayé.

Des années plus tard, quand la vie serait passée, estompant quelque peu cette douleur d'être femme, d'aucuns se souviendraient d'avoir, certain soir, à l'heure où chacun accoudé au zinc y va de son histoire de femme, entendu

Maud marmonner à la cantonade, du haut de la caisse du café-tabac, dont elle serait, entre-temps, devenue propriétaire aux Filles-du-Calvaire, de cette manière dont une reine en exil se rappelle, non sans dégoût, son passé : «Question cul, la meilleure chose, c'est de gamberger. Pour dire j'ai connu jadis un petit marlou. Il m'emmena, une nuit de printemps, sous les lilas et me rata au petit matin. Comme vous me voyez, j'en suis encore sur le flanc.» Et son regard, non dénué de tendresse, affirmeraient certains, se portait alors sur le clown Chipolata, que tout le quartier appelait encore le beau Dino. Lui, le rital, pour toute vengeance, se contentait de la regarder vieillir.

Les événements se précipitèrent. Les Poignardeurs tinrent en respect, des toits de la rue des Martyrs, les Allemands, histoire de se faire une virginité dans l'héroïsme, puis ils glissèrent vers Pigalle. Il y eut quelques beaux règlements de compte que l'on attribua aux «Corses», mais qui furent le fait de la bande au Chinois.

Un matin du mois d'août, Thierry Le Cailar, contre toute habitude, car c'était plutôt vers le soir qu'on le voyait apparaître à la pension Emma, arriva étrangement agité. «La censure allemande a débarqué au journal et a interdit le dernier article de Rebatet, "Fidélité au national-socialisme". Pouvez-vous imaginer *Je suis partout* paraissant sans l'édito de Rebatet? C'est une honte. Même les boches nous lâchent. Qu'allons-nous devenir? — Mais rien du tout, beau gosse, lui répondit le Chinois, qui entrait à ce moment précis. Rien, puisqu'on va te fusiller...» Le journaliste pâlit. «Je plaisante, évidemment... Si on ne peut pas plaisanter avec un vieil ami... Comment laisserais-je fusiller un garçon avec qui j'ai fait ma communion solennelle?...» Thierry demeura interdit. Il ne lui fallut cependant qu'un instant pour revoir toute la scène : le jardin de l'avenue Raphaël; mais surtout la tache, cette tache marron sur l'aube blanche, et la nuée d'enfants qui, après leur mauvais coup, couraient en piaillant comme des étourneaux. Il revit aussi, mais moins clairement, ombres déjà dissoutes par l'oubli, les deux femmes annamites dont ils s'étaient tant moqués. Alors, il s'écria : «Bol de riz! Tu es Bol de riz... — Eh oui! fit le Chinois, pour ajouter aussitôt : Pas d'effusions! D'ailleurs, nous n'avons pas un moment à perdre. J'ai ici trois passeports. L'un est pour toi. Les deux autres pour les zigues du placard. J'ai fait établir par un petit faussaire, un artisan qui travaille très vite, très propre, des laissez-passer allemands. On s'y croirait, non ?» Il sortit de sa poche une carte Michelin qu'il déplia sur la table. «En suivant les routes indiquées au crayon rouge, vous éviterez les maquis. En principe, vous ne devriez trouver sur votre chemin que des Allemands. Avec ces sauf-conduits, vous n'avez rien à craindre. Vous êtes une délégation de la Croix-Rouge.» Dédé Florelle et Bolko avaient été avertis, dans leur cagibi, qu'ils venaient enfin de gagner un engagement à la Légion étrangère. L'inspecteur leur remit leur passeport. Keu voulut se joindre à eux. «Pas question, fit sèchement le Chinois, pour l'instant, tu restes ici. D'ailleurs, j'aurai besoin de toi.» Il tendit au journaliste un bout de papier. «Voici une adresse à Madrid. Le type est sûr. Il se chargera de tout. Et puis, je resterai en contact avec lui. Dès que les choses se seront tassées ici, tu pourras rentrer.» Se tournant ensuite vers Bolko et Dédé : «Vous embarquerez à Malaga, d'où vous gagnerez le Maroc espagnol. Là, dans un premier temps, vous vous engagerez dans la Bandera. Ensuite, à vous de déserter et de rejoindre les goumiers à Bir Kecira ou les frangins à Tataouine.» Tout cela avait été dit sur un ton qui ne laissait place à aucune discussion. Deux heures après, ils prenaient la route. Et c'est ainsi que, pour un temps, Bolko von Salza, André Florelle et Thierry Le Cailar-Dubreuil sortirent de la vie de Rachel Aboulafia, alias Maud Boulafière.

Le ventre de Maud s'arrondissait, alors que le vieux Chouin s'endormait lentement. Keu, dont les brûlures avaient fini par cicatriser, disparut un matin, à son tour, sans laisser d'adresse. «Le Chevalier de la Table Ronde s'est tiré», constata Maud, non sans une certaine tristesse. Tous ces départs précipités et, en dernier, celui du jeune résistant lui fichaient le bourdon. Elle avait l'impression qu'on lui tirait son sang. Mais bientôt, son humeur variable, ses révoltes, ses cris firent en elle place à quelque chose de rond et de déjà accompli. Elle était devenue, simplement, femme, une nuit, par une mauvaise rencontre, et, dans cet imperceptible échange de destins, elle pensait s'être vidée de la violence et de la liberté dont elle nourrissait l'imagination de ceux qu'elle retenait prisonniers auprès d'elle. A présent, c'était elle qui se sentait prisonnière, prisonnière d'elle-même, de cette chose qui, en elle, s'impatientait d'une autre vie. Et c'est avec cette méfiance au ventre qui lui prenait toutes ses forces et lentement, mais sûrement, épuisait son imagination, lui imposant un écœurant attendrissement, qu'elle s'avançait dans l'âge de l'anxiété, lourde et gourde, comme percluse devant l'avenir. Elle pressentait qu'elle était comme ces chemins qui ne mènent nulle part, détournés de leur but, et qui n'ont en face d'eux rien d'autre que des saisons mortes. Cependant, au-delà de son consentement et de cette chaude et ronde lourdeur, elle percevait au fond d'elle-même quelque chose qu'elle n'aurait su nommer, doux et extrême, menacé mais sauvé, et qui n'était peut-être que son destin accompli. Ce destin, encore un murmure, la condamnait au retour, à cet éternel recommencement.

Le Chinois, qui connaissait mieux que quiconque sa douleur secrète d'avoir renié une mère qu'elle n'aimait pas, qu'elle n'aimerait jamais, même dans le souvenir, mais du destin de laquelle elle était comptable, lui dit : « T'es pas sortie de l'auberge, la môme, si chaque fois que quelqu'un se débine de ta vie, tu te payes des vapeurs. Mais, t'en fais pas, ils reviendront ou peut-être même est-ce toi, sait-on jamais, qui iras les rejoindre. La Légion c'est tout de même pas le bout du monde... » Cette réflexion confirma Maud dans son idée que le Chinois n'était pas innocent de la disparition du Chevalier de la Table Ronde. « Il l'a fait s'enrôler chez les Poignardeurs », pensa-t-elle. Encore qu'à vingt-quatre ans, le jeune résistant eût atteint l'âge de quitter cette bande plutôt que d'y entrer. En effet, pour se faufiler par le soupirail et grimper sur le toit, ces bijoutiers du clair de lune étaient, pour la plupart, des adolescents qu'on cueillait au sortir de l'enfance. Passé les vingt ans, ils étaient déjà rangés des voitures, ou cognards dans la rousse. Cependant, Maud n'était pas si loin de la vérité puisque le Chinois, connaissant la passion secrète que le jeune résistant nourrissait pour elle, lui avait demandé, comme un service qui intéressait cette dernière au premier chef, de surveiller un clown italien nouvellement engagé au Cirque d'Hiver. « Avec ta connaissance des chevaux, avait-il ajouté, je me fais fort de te faire embaucher comme écuyer, peut-être même comme Monsieur Loyal. » L'autre, qui eût été au diable pour Maud, ne se le fit pas dire deux fois, et le lendemain déménageait ses pénates pour les Filles-du-Calvaire, croyant dur comme fer, d'après le ton de conspirateur qu'avait pris l'inspecteur Changarnier, que la vie de Maud en dépendait, alors qu'il ne s'agissait que de détourner quelques vies des plans de l'impitoyable instinct séculaire, afin de sauver ne fût-ce qu'un seul destin. Le Chinois préparait, en somme, obscurément, sans peut-être même en connaître le but final, l'héritage de l'enfant. A fouiller dans les dossiers où le crime s'entassait, à compulser des paperasses pleines d'abîmes, des documents où la félonie se découvrait à chaque ligne, il avait fini par entrevoir le néant de l'humanité et c'était ce néant qu'il voulait contrecarrer, en lui opposant la vie; mieux, des vies qui se répondraient jusqu'au jour où, prenant son essor, inattendu et pourtant espéré, tel un grain transporté au gré de la tempête, apparaîtrait, calme et aérien, celui dont il devinait déjà la salutaire présence : l'Élu.

Après le départ du jeune résistant, ce fut au tour de l'inspecteur de disparaître plusieurs semaines, qui parurent un siècle à Maud. «Avec les petits FFI qui me tombent sur les bras, sans parler de tous ces trouducs des comités de libération, qui n'ont en tête que la grande zigouillade, je te jure que ce n'est pas la joie à la PJ. Ça n'a pas vu un boche de sa vie, et ça se prend des airs. Si on les laissait faire, ils foutraient Paris à feu et à sang. Alors, tu comprends que je me fasse rare, ces temps-ci... Et puis, il y en a trop qui aimeraient me voir tomber...» avait-il dit à Maud, la dernière fois qu'il était passé en coup de vent à la pension.

Maud accoucha vers la Noël, le jour même de la mort du vieux maquereau. Jusqu'au dernier moment, celui-ci s'était accroché à elle. Il lui caressait le ventre. On eût dit qu'il en guettait les mouvements intermittents comme si les limbes de cette jeune vie touchaient à ceux de la mort. A ce contact rond, il semblait reprendre des forces. Il était devenu le gardien de ce mystère. «Oh! ma petite Henriette toute chaude, toute douce... Comme je vais t'aimer... Comme nous serons bien tous les deux...» marmonnait-il. C'est lors d'un de ses épanchements que Maud, attrapant brusquement par le bras Amédée, qui s'était proposé pour tricoter la layette et qui rôdait dans les parages à la recherche d'une pelote de laine, lui dit : «Toi, mon gaillard, tu vas me faire le plaisir de me lâcher ces aiguilles à tricoter et de t'intéresser de nouveau aux dentelles. Oui, les dentelles ! Y a que ça de vrai... — C'est pas ce que tu me disais y a pas si longtemps... — Du côté de la rue du Chemin-Vert, paraît qu'il y aurait une mercière qu'en a un stock assez chouette. Faudra la travailler au corps. Cette cul-pincé a une fille, une certaine Henriette, faut que tu te la coinces. Ça prendra le temps qu'il faudra, mais je veux qu'elle rapplique ici... Oui... C'est pas la peine de me regarder comme ça avec des yeux de merlan frit... Dans cette tôle je la veux... C'est une promesse que j'ai faite au vieux... Tout le monde se doit, un jour ou l'autre, de revenir à la maison de son père, non ?... » Et voilà comment, après le jeune résistant, Amédée, pour plaire à Maud, gagna à son tour les Filles-du-Calvaire.

Le père Chouin mourut bercé par les premiers vagissements de l'enfant de Maud. Ses dernières paroles furent pour s'inquiéter des pleurs de sa petite Henriette. Ainsi Maud apprit de la sage-femme en même temps la naissance de son enfant et la mort du père Chouin. De retour de sa première expédition rue du Chemin-Vert, d'où il lui avait rapporté deux paires de bas de soie couleur gazelle, Amédée se trouvait près du lit. Le Chinois, prévenu à temps, était également présent. Ce fut lui qui prit l'enfant de son berceau pour le placer dans les bras de Maud. Mais celle-ci, à la seule vue du nourrisson, recula d'effroi. « Non, non, je ne veux pas la voir... Je n'ai jamais voulu de cet enfant... Retire-la... Emporte-la au loin. Je n'ai pas le droit de l'aimer... Non, il ne faut pas que je l'aime... Il ne faut pas... » Et, en sanglotant, elle continua longtemps à répéter : « Il ne faut pas... Il ne faut pas... » Le Chinois prit l'enfant et l'emporta. Maud pleura jusqu'au soir. Du rez-de-chaussée montait un bruit de marteau : on clouait un cercueil.

Les relevailles de Maud eurent lieu une semaine plus tard. Aussitôt, comme ces fauves à qui l'on a enlevé leur petit, elle se mit à tourner autour du berceau vide. Le Chinois semblait se désintéresser de la situation. Confortablement assis dans un fauteuil de la chambre mauresque, il feignait de lire le journal, par-dessus lequel, de temps à autre, il jetait un coup d'œil à Maud. A un moment, n'y tenant plus, celle-ci se précipita sur lui. Elle lui arracha le journal qu'elle se mit à piétiner. « Tu es un sans-cœur... Tu ne vois même pas la douleur d'une mère à qui l'on a pris son enfant... Ma chair, mon sang... Tu t'en tamponnes... Évidemment, des types comme toi, ça peut pas comprendre... C'est si loin de vous... Une mère, l'amour d'une mère, personne ne sait ce que c'est... Naturellement, tu m'as crue quand je t'ai dit que je ne voulais pas la voir... Mais il ne fallait pas me croire... Où est-elle ? Je veux voir ma fille... Je veux la voir.»

L'inspecteur, ayant laissé passer la bordée, se redressa. D'une chiquenaude, il envoya rouler une miette de pain qui se trouvait collée sur son chapeau, posé sur ses genoux, et, lentement, prenant le temps de mastiquer chaque mot, il s'adressa à Maud : «Où est-elle ? me demandes-tu. Mais où veux-tu qu'elle soit ? Elle est là où elle doit être. Si elle n'est pas avec toi ? Elle est évidemment avec son père... Un brave garçon, son père... qui, lui, n'a pas fait tant d'histoires pour garder ce petit bout de lard, arrivé comme par miracle devant sa porte.»

Ces quelques mots suffirent à Maud pour imaginer la scène. L'inspecteur, le nouveau-né dans les bras, guettant dans l'escalier le retour du jeune clown, après la représentation du Cirque d'Hiver. Et c'est ainsi en effet que cela s'était passé. Le Chinois, averti par le sifflement d'un de ses Poignardeurs, posté sur le boulevard du Temple, jeta un coup d'œil dans la cage de l'escalier pour s'assurer que Dino était encore au rez-de-chaussée. Il descendit d'un étage, déposa l'enfant emmailloté sur le paillasson, devant la porte de l'appartement, puis remonta en hâte à l'étage du dessus afin de s'assurer, au travers des barreaux de la rampe, de la bonne réception du colis. Un instant interdit devant la braillardise de ce cadeau, le jeune clown finit par le ramasser. Et quand le Chinois vit qu'il tentait de calmer l'enfant en le berçant, il comprit que c'était gagné. Le jeune clown faisait jouer, devant le visage du bébé, comme s'il eût tapoté du piano, les doigts d'une de ses mains, tout en chantonnant une vieille berceuse napolitaine. L'enfant se calma aussitôt, et agrippa de sa menotte le pouce du jeune homme. Embarrassé de ce paquet, celui-ci ouvrit, comme il put, à tâtons, avec sa clef, la porte de son petit logement. Et ce n'est que le soir, après avoir appelé à la rescousse son nouvel ami, le jeune écuyer Elzéar Keu, engagé à peu près en même temps que lui au Cirque d'Hiver, pour l'aider à langer l'enfant, qu'il aperçut le mot épinglé au revers du bavoir. «Je m'appelle Yvonne et, n'ayant plus de maman, je recherche un papa.» «Tu ne vas tout de même pas la garder? demanda Keu inquiet. — Mais si, mais si..., avait répondu Dino Scannabelli, sans donner d'autre explication sur cette décision. — Yvonne, au fond, fit Keu, c'est un joli nom... Si tu me le demandes, j'accepte d'être le parrain... Tu verras, j'en ferai la plus jolie des écuyères de cirque.» Là-dessus, il descendit acheter à crédit quelques bouteilles de mousseux, chez le mastroquet du coin, et jusque tard dans la nuit, ils célébrèrent l'événement.

Et voilà comme Mlle Yvonne, à l'âge de deux semaines, fit à son tour ses débuts aux Filles-du-Calvaire.

A cette heure tardive, rassuré sur le sort de la fille de Maud, le Chinois avait quitté son poste dans l'escalier pour se retrouver confortablement assis, dans le fauteuil de la chambre mauresque, à la pension Emma.

«Un brave garçon, oui, Maud, ton Dino, et qui n'a pas fait d'histoires pour adopter cet enfant dont il ignore qu'il est le père... Un bon garçon, qui ne dort plus, qui se lève jusqu'à dix fois par nuit, afin de voir si sa petite fille n'a besoin de rien... — Ma petite fille, interrompit Maud, la petite fille que tu m'as prise... Que tu m'as enlevée... Enlevée malgré moi...» Son visage s'était fermé. Elle demeura un instant comme muette, en suspens, errant sans doute au travers de sentiments atroces, dont elle tirait sa douleur et une certaine ivresse. Le Chinois connaissait parfaitement les ruades de cette âme, pour s'être élevé au-dessus du bien et du mal en acceptant la vie et la mort avec la même indifférence. Il avait depuis longtemps compris l'irrésistible tendresse qui pousse les uns vers les autres les éléments disparates d'une nature insoumise comme celle de Maud. Il se leva d'un bond du fauteuil et, d'un doigt sur sa bouche, lui imposa silence. «Tu as raison, va, je sais que je suis mauvaise... Et que c'est mieux ainsi... Sur le coup, je l'ai rejetée... Tu comprends, j'avais l'impression que j'étais en train de devenir Léa... Je prenais la place de ma mère... Et le lardon, c'était moi... Mais maintenant, je me dis que c'est bien triste de vieillir loin de son enfant... De vieillir et de ne pas la voir grandir... — Mais, qui t'empêche de la voir grandir? rétorqua le Chinois, déjà prêt à abattre son jeu. Oui, qui t'en empêche?» Maud, qui connaissait l'homme, le laissa venir. «Oui, par exemple si tu lâchais cette tôle... et que tu t'en ailles t'installer aux Filles-du-Calvaire. Je connais, en face du Cirque d'Hiver, un café tenu par un couple de bougnats qui ne demande qu'à passer la main... » Elle se vit à la caisse et, en un éclair, perçut ce qu'allait être dorénavant sa vie de gardienne du Cirque. Et voilà comment Maud, elle aussi, se trouva transportée du haut de la rue des Martyrs aux Filles-du-Calvaire.

« Ne t'en fais pas, je reviendrai. Je reviendrai au moins une fois par semaine », dit-elle à Felfel qui, déjà, s'était glissé dans les charentaises encore chaudes du père Chouin, en lui remettant les clefs de la pension, tandis qu'au fond de la cour, par-delà le porche, le Chinois qui s'impatientait dans la voiture klaxonnait. Une semaine auparavant, alors qu'elle était en train de faire ses valises et qu'à l'extérieur la neige tombait, elle avait entendu siffler dans la cour. A ce coup de sifflet, tous les souvenirs de sa jeunesse s'étaient rués sur elle. Elle avait revu le chemin ocre et boursouflé qui tournait autour du bouquet de palmiers et qui, plus loin, s'en allait jouer le long de la petite vigne. Sa chambre s'était remplie aussitôt d'une odeur de jasmin. « Felfel », s'était-elle écriée, en se précipitant à la fenêtre. A travers les carreaux embués, elle avait aperçu, au milieu de la cour, un homme. Elle n'avait pu distinguer son visage emmitouflé dans un passe-montagne. Le nez en l'air, parmi les flocons, presque irréel, drapé dans une vaste cape, il tenait une grosse brouette dans laquelle, sous une bâche mal fixée, on devinait, comme posé en équilibre, le cadre d'un immense tableau. Il porta deux doigts à sa bouche et, une nouvelle fois, le sifflet se fit entendre. Maud ouvrit alors la fenêtre et, comme autrefois, par le même geste qu'elle lui adressait du haut du mur de la maison de la rue de l'Angelo, afin de l'avertir que la voie était libre, elle lui fit signe d'entrer. Dès qu'il poussa la porte, ce fut comme s'il l'avait quittée la veille. Et ainsi qu'un vieux meuble remisé quelque temps au grenier et qui, redescendu au salon à la faveur d'une nouvelle décoration ou du changement de propriétaire, retrouve de lui-même la place qu'il occupa durant des générations, il se replaça dans la vie de sa camarade d'entourloupes, au temps où il était petit Arabe à La Goulette et elle, déjà, une fière luronne. Il ignorait tout ce qu'avait pu être sa vie durant les cinq années de leur séparation; et cependant il ne se montra aucunement surpris lorsque Maud lui demanda de l'appeler par son nouveau prénom. Il ne lui demanda pas d'explication. Il enfila simplement les pantoufles du père Chouin qu'elle lui tendait et se coula, comme si elle lui avait toujours appartenu, dans la peau que le vieux maquereau avait, en s'en allant, laissée derrière lui.

En le voyant assis à la même place où s'était tenu durant tant d'années le tôlier défunt, Maud comprit qu'elle pouvait partir. Elle n'avait plus le sentiment de déserter la pension Emma. Plus de remords. Les choses pouvaient continuer. Il y avait dorénavant un successeur à ce royaume des mirages. Elle regarda du coin de l'œil Felfel, bien calé dans le fauteuil, près de la réception, et elle eut l'impression qu'il était enfin parvenu au terme de son voyage. Il n'avait, enfant à Bab Souika, quartier populaire aux portes de Tunis, survécu à l'épidémie de choléra et plus tard, orphelin, à une jeunesse de misère, près des bassins de La Goulette, que pour finir dans la peau d'un vieux maquereau entre Pigalle et Barbès-Rochechouart. Un foutu héritage! Qu'il s'était empoché, sans même en demander l'inventaire, comme s'il lui était attribué de toute éternité. Il se sentait enfin confortable dans ses meubles. Et comme la bernique sur son rocher, après avoir si longtemps roulé, il était venu s'accrocher à cette maison d'où suintaient des relents de chair triste et d'amours rapides. Maud, qui un temps avait cru y trouver son port, comprit que la pension Emma n'était qu'une étape de son errance. Pourquoi, en regardant Felfel, à ce moment précis, repensa-t-elle à cette femme dont le journaliste et l'officier avaient, un soir au Monte-en-l'air, évoqué devant elle le destin? A cette Kundry qui, comme elle, était en attente d'un improbable rachat? Alors que d'autres lieux l'appelaient déjà, elle eut la certitude qu'elle reviendrait à la pension Emma, comme Kundry dans ses jardins enchantés, et, comme elle, que ce ne serait qu'en passant. Quelque chose l'avertit que sa vie se calquait sur le destin de cette femme. Elle éprouva une paix qui sur le moment l'étonna. Elle eut l'impression de toucher à un mystère; de n'être plus tout à fait maîtresse de son destin; elle se sentit lestée par d'autres vies, mal venues, souvent perdues, qui n'aspiraient qu'à se parfaire en elle. Elle était devenue le réceptacle d'une myriade d'âmes migratrices dont elle percevait, en bruissement sourd, le lent travail. C'était comme des voix ancestrales, étouffées, la voix d'une mémoire collective de femmes. Cette impression lui fut confirmée, le soir même, lorsque Felfel retira de la bâche qui le masquait le tableau qu'il avait apporté dans la brouette. Elle reconnut aussitôt le portrait de la marquise Pontormo par Boldini, et elle sut tout de suite que Loulou était mort et qu'il reposait à présent dans le cimetière du Borgel, au côté d'Emma, la seule femme qu'il eût jamais aimée, avec sa mère. Et lorsque, ensuite, Felfel voulut lui raconter la fin de Loulou, elle l'interrompit dès les premiers mots : «Allez, épargne-moi cette chialerie... Les uns se débinent, les autres reviennent... Maintenant qu'on a récupéré la maman de Loulou on a du pain sur la planche... Tiens, aide-moi à la suspendre au mur de l'escalier... Je suis sûre qu'elle y fera un effet bœuf... Loulou serait certainement heureux, s'il pouvait la voir là, au milieu de l'escalier...» En prononçant ces paroles, elle entrevit le destin brisé de cette femme, un destin qui allait lui échoir. Son portrait accroché sur le palier, la marquise Pontormo sortit alors des limbes du souvenir pour venir se placer, elle aussi, entre les vivants et les morts.

Plus tard, dans la soirée, alors que Felfel donnait à Maud des nouvelles du pays et qu'une odeur grasse et épicée, rappelant les arrière-cours de leur enfance, s'échappait du fricot qui mitonnait dans la marmite posée sur le poêle à charbon de la réception, le seul en état de marche à cause des restrictions, il laissa tomber : «... La Zia aussi est morte. On l'a retrouvée, un matin, entre deux tombes, recroquevillée comme un oiseau. La vieille Berbère qui l'a découverte croyait qu'elle dormait. Mais elle était crevée...
— Allons bon! La Zia aussi!» Et tandis qu'elle lançait une bordée contre ce sale oiseau de malheur, Maud se dit en elle-même qu'il faudrait bien un jour qu'elle retourne là-bas, au Borgel, dans ce cimetière des histoires qu'on ne raconte plus, où plus personne à présent n'entretient plus les morts des actions des vivants. «Je reviendrai», dit-elle, en soulevant le couvercle de la marmite et en piquant d'une fourchette dans la sauce verdâtre de la murilla, pour voir si le bœuf du ragoût était assez cuit.

Et c'est tel l'écho qu'elle répéta, quelques jours plus tard, ce «je reviendrai», en tendant les clefs de la pension Emma à Felfel. Oui, elle, l'errante, reviendrait pour recommencer.

Par-delà le porche le Chinois corna une nouvelle fois. Felfel la vit s'éloigner, sa vieille valise à la main. Ce n'était plus depuis longtemps la Rachel qui, un soir d'été, était apparue au père Chouin alors qu'il arrosait ses fleurs, ni même cette belle garce un temps fille nue à Tabarin, mais déjà l'opulente Madame Maud, lourde dans sa chair, qui, du haut de la caisse de son bar-tabac, s'apprêtait à regarder grandir la fille qu'elle avait rejetée. C'était déjà la bistrot des Filles-du-Calvaire.

QUATRIÈME PARTIE

# *Petite chronique des Martyrs*

# 1

De nombreux amateurs de bonne viande se souviendront très certainement avec nostalgie du Bœuf Couronné, la boucherie qui, il y a peu, se trouvait encore à l'angle de la rue des Martyrs et de la rue Manuel. C'était un des hauts lieux du tournedos. On y accourait des beaux quartiers. Les voitures de maître venaient exprès de Neuilly et du fin fond d'Auteuil — car la maison, ne tournant qu'à trois, le patron, son commis et la patronne à la caisse, ne livrait pas — pour chercher la commande d'un pot-au-feu, préparé dans la tende-de-gîte, ou d'un aloyau, créant à ce coin de rues, certains matins, un véritable encombrement. Et, sans doute, le Bœuf Couronné aurait fini par détrôner en notoriété des établissements aussi renommés que le Charolais ou encore la Boucherie Nivernaise, rue du Faubourg-Saint-Honoré, si la fatalité ne s'en était mêlée, à l'occasion d'un séminaire organisé dans les pâturages du Limousin par la Chambre syndicale de la boucherie parisienne. C'est en effet à contrecœur, comme s'il avait eu le pressentiment de ce qui l'attendait là-bas, que Joseph Tardiveau, le patron du Bœuf Couronné, un beau gars de trente-cinq ans, longtemps la coqueluche des filles du quartier, mais qui, depuis qu'il avait repris l'affaire familiale et épousé Madame Yvonne, ne pensait plus qu'à son commerce, s'était laissé entraîner à ce voyage par des confrères avec qui de temps à autre, sur les six heures du matin, au sortir de la halle, il vidait un godet rapide pour s'en raconter une bien bonne. Que se passa-t-il durant ces trois jours d'escapade, pendant lesquels ils visitèrent les meilleurs élevages et jugèrent de la qualité du bœuf dans le pré ? Jamais personne ne le sut. Depuis, cela est certain, la personnalité de Joseph Tardiveau changea du tout au tout. Lui qui, auparavant, prenait un plaisir extrême à parer un morceau de culotte, puis à le larder, fut saisi d'un dégoût prononcé pour la viande. De ce jour, il se contenta en effet de regarder son commis ficeler le bœuf à la mode qui, avec le pot-au-feu du bourgeois pris dans les plates côtes ou, pour aller à l'économie, dans la charolaise, était l'une des spécialités de la maison.

Un soir, après avoir remisé les quartiers de viande dans la chambre froide, lavé à grande eau l'étal et le billot en bois que les coups de hachoir avaient fini par entamer, et répandu de la sciure sur le carrelage, alors qu'il s'apprêtait à baisser les stores rouges sur les grilles à l'ancienne peintes en vert, sa tête résonna soudain d'un douloureux meuglement. Aussi se crut-il possédé par le fantôme de toutes ces bêtes qu'il avait équarries, mises en quartiers, découpées avec délice, durant ces nombreuses années, sans même y prendre garde, et qui, semblables à ce bouvillon à l'œil humide qu'il avait surpris, lors de son voyage, ruminant dans l'herbe tendre parmi les mauves et les boutons-d'or, avaient dû avoir une jeunesse oisive. Un peu plus tard, dans la soirée, de retour dans l'appartement qu'il occupait au-dessus de la boucherie, alors que, sous le plafonnier formé par une coupe d'un vert opalescent qui diffusait dans la pièce une lumière d'aquarium, il s'asseyait à la table de la salle à manger sur laquelle, pour en protéger le plateau en noyer, on avait placé une toile cirée bleue semée de bouquets de cerises, il se sentit lâché par son appétit. Lorsque Madame Yvonne poussa devant lui le plat dans lequel, entouré de carottes et de petits pois téléphone, trônait en majesté une côte de bœuf pour trois que d'habitude il s'avalait à lui seul, il eut un mouvement de répulsion. Comme, à son retour de la cuisine où elle avait été chercher les pommes de terre rissolées, Yvonne, avisant le plat toujours intact, voulut le servir, elle se vit repousser sans ménagements. « Ça lui passera avant que cela me reprenne », se dit la patronne que ce geste surprit, sans toutefois l'inquiéter, tandis qu'elle se coupait un morceau de viande.

« Comment peux-tu manger ça ? soupira, au bord de la nausée, le boucher.

— Serait-ce que tu ferais à présent le difficile ? Que la tête de ce bœuf ne te reviendrait pas ?»

Joseph Tardiveau pâlit et, d'une voix faible, presque imperceptible, il implora son épouse : « Malheureuse, ne prononce jamais plus le nom de cet animal devant moi... Plus jamais que ce mot ne vienne entre nous... » Et pour en finir, afin que sa femme se le tienne pour dit et qu'elle évite ce sujet, il se fâcha rouge : « Tiens, tu vois ce que tu as fait avec ce... avec ce... enfin avec cette côte de... eh bien ! oui ! tu m'as coupé l'appétit. » Il plia sa serviette, la roula, mais au moment où il allait la passer dans le rond de bois sur lequel était gravé le diminutif de Jojo, il repoussa l'objet qui glissa sur la toile cirée. Le rond de serviette, qui ne se laissa pas détourner de son chemin par le compotier posé au milieu de la table, fit une sorte de bond pour s'en aller rouler sous le vaisselier en noyer incrusté d'ébène, meuble hérité de sa mère qui lui avait fait jurer sur son lit de mort de ne jamais le vendre. Le boucher quitta la table et gagna la chambre à coucher. La porte à peine refermée, Yvonne se jeta sur le plat, et elle qui jusqu'ici chipotait sa viande, se forçant pour faire plaisir à son mari, dévora la côte de bœuf. Ensuite, elle alla repêcher le rond de serviette sous le meuble, parmi les moutons qui s'y accumulaient. Elle s'aperçut qu'en même temps que le prénom de son cher fils feu Mme Tardiveau y avait fait graver, sans doute à l'occasion d'un anniversaire, une tête de bœuf, afin de susciter chez l'unique héritier de cette longue et belle lignée de Tardiveau, bouchers de père en fils depuis deux siècles, la passion de cet animal. En effet, l'amour de la boucherie n'était venu que sur le tard à Joseph.

« Tu sais, Mônne... (c'est ainsi que, dès leur première sortie, un soir de boxe à l'Élysée-Montmartre, il appela sa femme, alors encore Mlle Yvonne Scannabelli)... ça n'a peut-être rien à voir... mais depuis qu'on se fréquente, je commence à prendre du goût à la boucherie... — Eh ben ! v'là une déclaration d'amour comme je les aime », s'était exclamée, en riant, Yvonne, piquant son museau dans le cou de Jojo. A l'époque, tout à fait au début des années soixante, c'était encore une gosse, mais déjà avec cette rouquinerie et des yeux liquides, d'un vert indéfinissable, qui accentuaient son allure de chat écorché. Sa poitrine n'avait pas encore pris l'ampleur qu'elle devait acquérir par la suite, faisant se bousculer la population mâle du quartier, chaque samedi, devant la caisse, sous prétexte de venir chercher le rosbif du dimanche. Plus d'un, à l'heure de l'apéro à l'Olympic, enviait en effet le boucher d'être tombé sur un pareil morceau. Et la grande Janine, la fille du père Boucheseiche, dit Pierrot-le-Phoque, devenue la patronne du bar-tabac depuis sa mort, qui avait fricoté dans le temps avec Jojo, mais qui, plaquée pour Yvonne, avait toujours gardé une dent contre celle-ci, ne manquait jamais de hennir de derrière son guichet du PMU, où elle se tenait chaque samedi : « Dites-moi bien un peu ce que vous lui trouvez à la bouchère. Vous l'auriez vue débarquer, comme moi, avec à la main son cornet de frites, y avait pas de quoi effrayer un rat, ni faire miauler un chat. Un vrai lapin de gouttière qu'avait que la peau sur les os... » Mais, tout efflanquée qu'elle fût, la Yvonne, elle lui avait griffé le cœur au Jojo. Et quand, après lui avoir picoté le cou, elle lui avait ensuite mordillé l'oreille, en lui murmurant : « C'est pas tout de suivre le bœuf, faut encore pas s'endormir sur le bifteck », il ne s'était plus senti. Et le soir même, au septième ciel, il lui avait montré comment il savait travailler la viande. Un septième ciel qu'ils ne quittèrent plus durant quinze ans. D'abord, dans le petit lit de la chambre qu'ils occupèrent au sixième de l'immeuble de la boucherie, ensuite dans le grand lit de l'appartement des parents Tardiveau lorsque, après la mort de sa femme, M. Tardiveau père se retira à la campagne avec sa bonniche et son bas de laine bien rempli par le marché noir. Ce fut entre eux, comme on dit, une affaire qui roule. Du moins jusqu'à ce jour fatal où, pour un veau entr'aperçu dans le pré (alors qu'en vrai Parisien, il n'avait jamais été plus loin que La Garenne-Colombes dans l'exploration de ce qu'il nommait, avec dédain, la cambrousse), le fils Tardiveau, le beau Jojo, qui en avait pourtant fait saliver plus d'une, vu le gourdin qu'il se prenait dans son falzar de boucher en pied-de-poule quand, à l'heure de la pause, il remontait la rue des Martyrs, commença à s'endormir sur le « bifteck ». En devenant, sans crier gare, du jour au lendemain, végétarien, Joseph Tardiveau, du même coup, s'était mis à chipoter les appas de Madame Yvonne.

Comme les mouches agaçantes des chaudes siestes d'été, il avait chassé les caresses et les petits baisers par lesquels son épouse tentait de le rappeler à ses devoirs conjugaux et, pour mettre fin à ces agaceries, s'était retourné contre le mur. Il ronflait benoîtement, tandis qu'en rêve il se trouvait transporté dans un champ de luzerne violette et de lupin, où paissait dans une lumière paradisiaque un troupeau de bœufs au pelage truité. « C'est le pompon ! » s'écria Yvonne, dépitée. Elle prit son mal en patience. Car, la trentaine à peine carillonnée, elle avait déjà vu du pays et savait que la vie avait ses hauts et ses bas, même dans une existence aussi réglée que celle d'une bouchère qui ne quittait pour ainsi dire sa caisse de la journée, ne prenant de congés que le dimanche et quelques jours autour du 15 août, qu'elle allait passer au Perray-en-Yvelines, près des étangs de Hollande, où son mari avait un cousin, comme lui dans la boucherie. Aussi se mit-elle à chanter, à chanter merveilleusement, au lieu de faire ce qu'eussent, sans doute, fait à sa place bien des femmes pourvues d'un fier tempérament, à savoir prendre un amant — et dans son cas, la chose eût été facile car son époux n'avait jamais montré la moindre jalousie, même lorsqu'on la serrait de trop près sur la pelouse de Longchamp où il l'emmenait parfois le dimanche, au tout début de leur grande passion, quand la dernière bouchée prise au dîner ils couraient au lit, et qu'après une heure de bon temps ils revenaient dans la cuisine s'avaler une entrecôte avant de remettre ça. Sans doute se disait-il que s'il y en avait assez pour lui, il y en aurait toujours encore pour les autres. Ainsi, du jour où Joseph Tardiveau la délaissa, Madame Yvonne se découvrit un organe. Dès qu'elle entendit, ce soir-là, les premiers ronflements émis par son mari, elle bondit du lit, non sans avoir auparavant enfilé la liseuse en point mousse que lui avait tricotée, pour le Noël précédent, Mlle Painlevé, une vieille fille assez mistigri, professeur de piano de son état, qui logeait de l'autre côté de la rue, laquelle ne manquait jamais, lorsqu'elle venait chercher un bout de mou pour son chat, de murmurer en glissant un regard langoureux vers la caisse, alors que la patronne lui annonçait le prix, toujours en rognant quelques centimes, car elle la savait pauvre : « Ah ! Ces graves ! Ces graves ! Quel organe ! Vraiment c'est un délice ! De la crème ! Avec une voix pareille, j'en connais plus d'une qui aurait cessé depuis longtemps de compter les côtelettes, pour faire un malheur à l'Opéra-Comique. Vraiment quel gâchis!...» La phrase était soupirée, mais assez fort cependant pour que toute la boucherie fût au courant des dons cachés de la patronne. Si bien que le quartier fut rapidement averti, bien avant qu'elle ne le découvrît elle-même, que la bouchère avait un organe. A l'Olympic, où, malgré son ancienne liaison, puis sa rupture avec la grande Janine, Jojo avait gardé ses habitudes, cette dernière ne manquait jamais de l'accueillir d'un air goguenard, en exhibant son beau sourire chevalin. «Alors, c'est la bonne nouvelle, dis donc, paraît que ta femme a un organe...» Ou encore, l'hiver venu : «Avec ce sale temps, on s'est tous fait du mouron pour l'organe de ta bourgeoise...» La Janine passait dans le quartier pour une «vedette», et tout en faisant gondoler, à l'heure de l'apéro, un public qui lui était tout acquis, elle fit plus que quiconque pour établir dans la rue des Martyrs la notoriété de cet organe; et cela bien avant que la bouchère ne se décidât à émettre la moindre note. Encore que personne ne sût très bien à quoi associer cet organe, et Jojo le premier, qui ne manquait jamais de piquer un fard lorsqu'on y faisait allusion. Pour dire que si le boucher avait une personne dans le nez, lui, pourtant bonne pâte et plutôt pas regardant quant à la balance, puisque toujours prêt à rajouter un petit morceau, et à arrondir le prix à la décimale inférieure, c'était bien Mlle Painlevé. Dès qu'il l'apercevait, traversant la rue en direction de sa boucherie, sanglée dans son vieux tailleur à martingale, le chapeau mousquetaire rabattu sur l'œil, et le poil de barbe frissonnant, avec ses partitions sous le bras, il ne pouvait s'empêcher de s'écrier : «Tiens, v'là la Mauricette (c'était ainsi que se prénommait la pianiste) qui va encore nous les briser avec ton organe.» Et sans doute était-ce à dessein qu'il s'exclamait ainsi chaque fois qu'apparaissait la Painlevé, afin de mettre dans son camp les rieurs, qui ne manquaient pas de pouffer dès que ce mot était lâché. A cette représaille toute verbale s'ajoutait également le malin plaisir qu'il prenait à lui compter toujours un peu plus de viande qu'il ne lui en donnait, sachant que de toute façon elle y gagnerait, puisque Yvonne ne manquait jamais, alors que la Painlevé plongeait ses doigts dans son vieux sac, en quête de menue monnaie, de lui dire : «Allons, mademoiselle Painlevé, laissez! On verra ça la prochaine fois...» Et, évidemment, la fois suivante, Madame Yvonne avait égaré la fiche.

Il est probable qu'on en serait resté à ce statu quo si, un samedi, à l'heure où la boucherie était pleine et qu'on faisait même la queue sur le trottoir, la professeur de piano n'était apparue, coiffée de son immanquable feutre qui lui donnait l'air d'un vieux marcheur, duquel s'échappait, comme un couteau sanglant, une plume rouge, le teint enflammé et animée par une excitation inhabituelle. Elle bouscula quelques personnes, écrasant des pieds. Enfin, arrivée à la caisse, elle tira de sous son bras, tremblante, avec une de ces retenues de jeune fille, qui tranchait sur l'allure guerrière qu'elle avait affichée l'instant précédent, une partition de musique qu'elle ouvrit sous le nez de la patronne. « Vous verrez, lui glissa-t-elle, c'est du bonbon. Exactement ce qu'il faut à votre organe... Des notes violettes, à peine arpégées, vous fleuriront dans le gosier sans aucun effort... Croyez-moi, chère, très chère Yvonne... (Ici, elle avança une main vers la bouchère qu'elle retira promptement, comme effrayée de son audace.) Oui, du bonbon... » Puis elle s'éclipsa, en écrasant encore quelques pieds. A sa caisse, Yvonne, confuse, baissait les yeux, tout en affichant une moue boudeuse, comme elle l'avait vu faire tant de fois, dans ses films, à Brigitte Bardot, dont elle perpétuait les robes en vichy et, pour se faire une tête, comme elle disait, bien que la mode en fût passée, la queue de cheval. On entendit alors le boucher, qui était resté durant toute cette scène le tranchoir levé, comme pétrifié par l'impudence du professeur de piano, s'écrier bien distinctement : « Du bonbon, du bonbon, je lui en foutrai du bonbon à cette vieille gouine ! » Yvonne fit semblant de n'avoir rien entendu, les clients de même.

C'est cette partition qu'Yvonne s'en alla chercher, dès les premiers ronflements de Jojo, au fond d'un tiroir de sa coiffeuse. Elle la considéra d'un œil circonspect, sans l'ouvrir, comme si elle pressentait les bouleversements qu'allait subir son existence dès qu'elle y fourrerait le nez. Au milieu d'une floraison de belles-de-jour et de volubilis, s'entortillant aux jambages de certaines lettres, qui, grasses et purpurines, se détachaient sur le fond azuré de la couverture écornée en carton bouilli, elle lut et relut le titre : *Samson et Dalila.* Et en dessous : Opéra en trois actes de Camille Saint-Saëns, avec pour mention : Partition piano et chant réduite par l'auteur. Enfin, elle l'ouvrit, ou plutôt l'ouvrage s'ouvrit de lui-même à la page où un crayon rageur avait souligné les difficultés musicales. Chaque «forte» ainsi que les «pianissimi» étaient marqués d'un trait rouge; sans oublier les appogiatures lorsque la voix se doit de marquer un diminuendo. Un vent printanier sauta au visage d'Yvonne. Toutes ces croches, doubles et triples, faisaient comme des buissons d'aubépine. Elle se gratta la gorge et se jeta dans cette broussaille, après avoir rassemblé ce qu'elle avait appris, naguère, de solfège, auprès des clowns du cirque, dans cette vie antérieure qu'elle pensait parfois avoir rêvée et dont le souvenir, revenant par bouffées, lui donnait comme des langueurs, si bien que certain jour, elle, toujours accorte, disposée au sourire, prenait du haut de sa caisse un air fermé qui faisait dire à Jojo : «Ne vous en faites pas, la patronne a tiré les rideaux. C'est son jour. Elle voyage.»

Elle s'était avancée, alors, sur le balcon étroit qui, au quatrième étage où se situait l'appartement, tournait avec sa balustrade ajourée, en forme d'ogive, autour de l'immeuble vieillot, légèrement de guingois; et là, face à la nuit épaisse, à peine éclairée par un quartier de lune, avec à ses pieds la rue qui montait vers Montmartre, et sur les toits de la maison d'en face, entre les cheminées, quelques chats rôdeurs, elle laissa entendre au quartier qu'elle avait vraiment, oui, vraiment, un bel organe. Et tandis qu'au milieu des pots de géraniums et de pétunias, accrochés au balcon, elle lançait a capella au Sacré-Cœur qui se tenait sous son nez comme une grosse meringue et à la tour Eiffel, au loin, le grand air de Dalila : «Mon cœur s'ouvre à ta voix...», les ronflements, en provenance de la chambre, se firent à nouveau entendre, comme si Jojo, lui aussi, eût voulu respecter l'art subtil du contrepoint. Mais il en fallait plus pour la démoraliser et elle continua :

*Ah! réponds à ma tendresse.*
*Verse-moi, verse-moi l'ivresse...*

C'est au moment où les choses commençaient à se corser, car pour suivre les indications marquées au crayon rouge sur la partition il lui fallait à présent donner de la voix, qu'elle entendit son mari murmurer entre deux ronflements : «Allez, Mônne, laisse tomber. Avec toute cette tendresse, tu vas affoler le p'tit dans le pré...» Elle haussa les épaules et, sans se démonter, telle la grande cantatrice qui a l'habitude des emboîtages du poulailler, elle reprit, da capo, en un souffle long et continu :

*Ah! réponds à ma tendresse.*
*Verse-moi, verse-moi l'ivresse.*
*Réponds à ma tendresse...*

Sa voix, chaude et ronde, légère aussi telle une vapeur violette, étendait son empire sur le quartier assoupi, lequel, lentement, se sentit parcouru d'effluves printaniers. Elle se coulait peu à peu dans la peau de l'enchanteresse, celle qui allaite les hommes de ses songes; sur le balcon, parmi les géraniums, elle était devenue la fille fleur, ce lys empoisonné de la vallée de Soreq. Elle chantait pour l'Hébreu, mais aussi pour Paul, le petit télégraphiste dans sa chambre de bonne, au sixième de l'immeuble d'en face, pour ce fou d'opéra, Guénolé Pouldourec, le plumassier au 24 de la rue des Martyrs, avec qui Amédée Roubichou, à présent souffleur salle Favart, s'était mis sur le tard en ménage, pour Heinz, le gros Noir américain qui, lui, chantait le blues en mitonnant au fond de son restaurant de la rue Clauzel un chili con carne du tonnerre, et aussi pour tous les autres, ceux qui étaient venus et repartis, qu'elle n'avait pas connus, mais dont elle avait entendu parler. Ainsi, peu à peu, le quartier, avec ses vivants et ses morts, se laissait tirer de ses rêves étriqués et mesquins, pour s'en aller pâturer dans les champs de Canaan. Et la grande Janine, dans sa chambre au-dessus de l'Olympic, où par peur de la solitude elle faisait monter le premier petit roublard racolé sur la pelouse de l'hippodrome, ne fut pas la dernière, durant cette saison d'opéra que Madame Yvonne donna de son balcon ce printemps-là, à s'ébrouer, avec son air de grande jument lâchée par le PMU, dans la grande prairie biblique, au milieu des asphodèles et des iris sauvages. Et, par la suite, bien plus tard, quand, après s'être transformée à l'approche de la quarantaine en une conséquente matrone, la bouchère se serait définitivement éclipsée, sans laisser d'adresse, et que le fonds de commerce du Bœuf Couronné, mis en liquidation, aurait été repris par un marchand de fringues, on pourrait, certains soirs, à l'heure de l'apéro, entendre la grande Janine s'exclamer, non sans nostalgie, oubliant la dent qu'elle lui gardait — et en cela, elle ne faisait au fond que suivre une tradition familiale, puisque Pierrot-le-Phoque avait été jusqu'à sa mort la mémoire vivante du quartier — : « On peut dire d'elle ce qu'on veut, mais elle ne s'était pas trompée la vieille gouine, car ça pour en avoir un sacré "orgasme", elle en avait un, la Yvonne ! »

# 2

LONGTEMPS, Mme Tardiveau mère se fit, comme elle disait, en portant une main à sa poitrine, «un sang d'encre» pour son fils Joseph; d'autant plus noire cette encre que celui-ci était le fruit unique d'un mariage, lequel, durant des années, s'était montré infécond, au point de la désespérer de jamais donner de progéniture à ce mari qui l'avait tirée par amour de l'univers déprimant de la quincaillerie où elle était née et où un mariage arrangé depuis toujours, avec un lointain cousin, aurait dû la maintenir. En effet, il était plus que probable qu'elle ne serait jamais sortie des casseroles et des poêles à frire, si elle n'avait, par hasard, une fin d'après-midi d'hiver alors que la neige commençait à tomber, percuté au coin de la rue Notre-Dame-de-Lorette un grand gaillard rougeaud, portant des moustaches à la gauloise, lequel n'était autre que François Tardiveau, le fils du boucher. Ce fut le coup de foudre. Quinze jours après, ils se mariaient, se passant de l'assentiment de leurs familles respectives, qui voyaient dans ces épousailles une mésalliance. On comprend mieux, alors, le regard que lui jeta la terrible Mme Tardiveau, sa belle-mère, qui se tenait encore à la caisse bien que son mari, Joseph Tardiveau (le troisième de cette longue lignée de bouchers à se prénommer Joseph), fût décédé depuis déjà deux années, lorsqu'elle décida, en dernier recours, de se rendre en pèlerinage à Lourdes. «Tu parles! C'est pas un cierge à la Vierge qui apprendra à cette empotée à se servir de celui de son mari! C'est fatal, quand on n'est pas de la boucherie, on n'est pas de la boucherie. Il n'y a rien à faire.» Et tandis qu'elle balançait à la cantonade sa vacherie, elle glissait un regard peu amène à sa bru. « Regardez-moi ça, c'est plat comme une limande, et ça voudrait vous en faire croire ! C'est pas demain la veille, croyez-moi, qu'elle fera un petit. Des cierges ! Pff ! »

Armande Tardiveau, nonobstant les quolibets de sa belle-mère, partit pour Lourdes. Est-ce l'intervention miraculeuse de la Mère des Cieux, ou plutôt l'effet de ces quinze jours de séparation, qui ramena dans le couple une ardeur que cinq années de mariage avaient, peut-être, émoussée ? Quoi qu'il en soit, l'année suivante, Madame Armande — c'est ainsi qu'on l'appelait, dans le quartier, pour la différencier de la bouchère encore régnante puisque occupant toujours la caisse — donna naissance à un fils auquel elle attribua aussitôt le prénom de Joseph, en mémoire de son grand-père, afin d'amadouer sa pétaradante belle-mère. L'imposante bouchère souleva son postérieur et, tout en se cramponnant à sa caisse, condescendit à jeter un regard au nourrisson qu'on lui présentait dans un moïse. « Ça m'a tout l'air d'un rôti de veau... » fit-elle, d'un air pincé. Ces paroles coururent aussitôt le quartier, telle une traînée de poudre, sans toutefois pouvoir être interprétées ni en bien ni en mal par la mère Rageblanc, la crémière, et le charcutier hongrois de la rue Manuel, ainsi qu'en dernière instance par Pierrot-le-Phoque, lesquels faisaient office d'augures suprêmes. Mme Tardiveau se cramponna si fort à sa caisse qu'il fallut pour l'en déloger que, le lendemain du baptême, son fils, Monsieur François, pourtant une bonne pâte, se mette en colère. « Maintenant qu'elle a donné un héritier à la boucherie, tu vas me faire le plaisir de descendre et de lui laisser la caisse. » Ainsi, de ce jour, pour tout le quartier, celle qui n'était que Madame Armande devint Mme Tardiveau. Quant à la terrible belle-mère, elle fit ce qu'elle n'avait jamais fait en trente ans de boucherie : elle s'en alla à l'Olympic boire deux Suze, coup sur coup. Elle y revint le lendemain, et ainsi de suite chaque jour. Bientôt, elle ne quitta plus le café-tabac. Tout cela se passait au temps de la drôle de guerre, et, sans doute, au train où elle descendait ses verres de Suze, il est probable que cette terrible Mme Tardiveau, femme du grand Joseph Tardiveau et grand-mère du petit Joseph, qui nous intéresse, ne survécut pas aux premiers mois de l'Occupation, puisque, dans la chronique du quartier longtemps tenue par Pierrot-le-Phoque, ce personnage fort en gueule n'apparaît dans aucun des grands moments comme la mystérieuse disparition de Madame Ivana, le professeur de danse, et son retour aussi mystérieux; la rafle du mercredi 2 juin 1943, veille de l'Ascension; ou encore les coups fumants de l'inspecteur Changarnier, dit le Chinois, dont quotidiennement, sur le zinc, en torchant ses verres, le patron du café régalait son auditoire avec une faconde inouïe, allant jusqu'à imiter le crépitement des balles de revolver. Elle disparut ainsi que beaucoup disparaissent dans une ville, sans laisser de traces, d'une mort probablement naturelle, puisque, de mémoire de RATéPiste, aucun autobus desservant la ligne 67 — Pigalle-Porte de Gentilly —, lancé à toute vibure dans la rue des Martyrs, n'écrasa jamais une bouchère, fût-elle à la retraite. Aussi peut-on affirmer que c'est du cadre où en photo, en compagnie du grand Joseph, son époux, elle trônait au-dessus de cette caisse sur laquelle elle avait régné sans partage durant trente ans, qu'elle vécut les grandes heures du marché noir, où fut enfin reconnue la suprématie du Bœuf Couronné sur toutes les boucheries du quartier.

A l'inverse de sa belle-mère, Armande Tardiveau était, avec l'âge, devenue une petite personne pointue, au teint bilieux, portant hiver comme été des blouses en lustrine noire. La viande ne l'avait jamais épanouie comme les autres femmes Tardiveau. Et pourtant, aucune n'aima autant l'atmosphère de sa boucherie. Cependant ce qu'elle idolâtrait par-dessus tout était ce fils, qui lui était venu sur le tard alors qu'elle ne l'espérait plus, et l'on peut imaginer ce que furent ses inquiétudes lorsqu'elle perçut chez l'enfant, non pas un dégoût — nous n'irions pas jusque-là —, mais une vague indifférence vis-à-vis de la viande. Très tôt, en effet, il montra peu d'inclination pour ce qui touchait au bifteck. Lorsqu'elle tentait de lui faire énumérer les différentes parties du bœuf, le soir, en cachette de son père, afin qu'il puisse, dès le lendemain, l'éblouir par sa science, le jeune Joseph bayait aux corneilles. Jamais elle ne vit son œil s'allumer aux noms magiques de «bavette d'aloyau», de «paleron» ou encore de «cœur de côtes». Son âme de mère en souffrit. Mais elle n'en dit rien. Elle continua à élever ce fils tel un petit prince, dans l'idée qu'il serait, un jour, le roi des bouchers parisiens.

Si, sur le chapitre du bœuf, le jeune Jojo ne donnait aucune satisfaction, en revanche, il faisait l'admiration des clients car c'était le plus bel enfant qu'on puisse imaginer. Les femmes en particulier le cajolaient, et il n'était pas un jour qu'il ne reçût quelques sucettes Pierrot Gourmand, sorties subrepticement d'un sac, et des boules acidulées, dans de belles boîtes rondes peintes en bleu, sur lesquelles était joliment dessiné le nom de Boissier, le confiseur de l'avenue Raymond-Poincaré. Sucreries qu'Armande Tardiveau, aussitôt que la cliente avait tourné le dos, reprenait à son fils. « Veux-tu donner cette sucette, Jojo ! Au lieu de boulotter toutes ces cochonneries pour te gâter les dents, tu ferais mieux de manger ton bifteck. — La vache ! J'aime pas la viande rouge », avait fait Jojo, un jour hors de lui, sans se douter de l'effet désastreux de ce « J'aime pas la viande rouge » sur le moral d'une mère qui avait mis en ce rejeton tous ses espoirs de se rédimer, une fois pour toutes, du péché d'être née dans la quincaillerie. Parfois, certains messieurs, pour montrer qu'ils appréciaient le charme du bel enfant, le pinçaient sournoisement en murmurant, avec l'air entendu du vieux beau tenant la jambe à un petit rat dans le foyer de l'Opéra : « Ah ! que voilà un joli petit bout de gras ! » De fait, le chagrin secret d'Armande Tardiveau ne faisait alors que commencer, et ce n'était pas demain la veille qu'elle cesserait de se faire, comme elle disait, « un sang d'encre ».

Ses craintes, en effet, quant au goût fort modéré que Jojo montrait à l'égard de tout ce qui touchait au bœuf n'étaient pas de vaines inquiétudes de mère. Avant même l'âge de raison, elle en perçut les signes. Ainsi l'enfant redemandait volontiers de la soupe aux légumes, alors qu'il refusait qu'on lui resservît du rosbif. On ne peut se figurer les ruses que cette mère au cœur meurtri déployait afin que son époux ne découvrît point la tendance végétarienne de leur fils. Ce qu'elle pensait n'être qu'un secret entre elle et sa conscience fut bientôt connu de tous et devint le sujet d'inquiétudes mal intentionnées du quartier. A l'Olympic, toujours à l'heure de l'apéro, où les faits et gestes du quartier étaient disséqués, analysés, commentés et, en dernier ressort, jugés, Pierrot-le-Phoque qui établissait ainsi la ligne de pensée de cette petite communauté fut le premier à évoquer le cas de Joseph Tardiveau. Mais comme un jugement n'était jamais tout à fait définitif, ce qui permettait sur une simple présomption de rouvrir le dossier, et ainsi de modifier l'arrêt, de le casser, voire d'en promulguer un autre, toujours sous l'autorité du bistrot, on revint longtemps sur Jojo et son dégoût de la viande. Cela commençait toujours ainsi : Pierrot, d'un geste large, posait son torchon sur le zinc et, après avoir jeté un coup d'œil à la ronde pour s'assurer de son auditoire, s'exclamait, en feignant la colère : « Alors, parlons-en ! » Le fait que le jeune Tardiveau ne suive pas le bœuf, comme il disait, fut pour lui une aubaine, car cela lui donnait l'occasion de rappeler le peu d'esprit patriote dont avait fait preuve la famille Tardiveau durant l'Occupation, en se livrant au marché noir. Il continuait à régler ses vieux comptes, n'ayant jamais pu se faire à l'idée de cette fortune soudaine dont, s'il connaissait la source, il ignorait en revanche le montant qui variait au gré de son taux d'alcoolémie, ou encore selon des dépenses que s'autorisait le boucher, comme cette Dyna Panhard qui demeura longtemps une blessure pour son amour-propre, même après que la voiture hors d'usage eut été envoyée à la casse. Cependant, bien plus que la bagnole, que le boucher en fait n'utilisait que pour se rendre chez son cousin du Perray-en-Yvelines, avec qui à la belle saison il s'en allait le dimanche taquiner le brochet, la jalousie du patron de l'Olympic se trouvait excitée par la façon dont les Tardiveau élevaient leur fils. En effet, rien n'était assez beau pour Joseph. Et les seuls après-midi où Madame Armande quitta sa caisse, ce fut pour se rendre au rayon garçonnet de la Belle Jardinière afin d'acheter un complet au petit... « Un vrai petit prince ! » s'était écriée la Rageblanc, le jour où il avait arboré son premier pantalon de golf. « Je t'en foutrai du petit prince ! Un bon à rien ! Un fils à papa, oui ! Qui sera même pas capable plus tard de ficeler un rôti ! Faut dire qu'il a de qui tenir, le gamin ! Vous les auriez vus, les Tardiveau, pendant la guerre !... Vous auriez vu ce trafic dans le gigot. Vous vous souvenez de la môme Boulafière, cette grande garce de Maud qui levait la jambe à Tabarin pour mieux se faire casser le cul le soir, chez les tantes, à la pension Emma, eh ben, il y avait pas un jour où elle ne remontait avec son gigot sous le bras. On peut dire que ça y allait dans le rôti. Et je vous assure que c'était pas pour le père Chouin qu'elle se démenait... Elle s'en foutait bien du vieux maquereau, la poule. Le filet et le faux filet, c'était pour le Chinois et sa bande et aussi pour les boches. Parce que du gradé, là-haut ça défilait... SS, Gestapo, et toute la sacristie. C'est bottés et le monocle à l'œil qu'ils présentaient les armes à des petits culs, eux au moins bien français. Ça, le Tardiveau, il fallait qu'il en ait une mentalité pour nourrir toute cette racaille...» Ici, Pierrot marquait un temps, afin de laisser entendre à son auditoire qu'il se retenait pour ne pas lâcher le morceau. Il vidait le fond de son verre et, après s'être essuyé les moustaches du revers de la main, avec un air bonhomme, il concluait, sur un ton patelin : «Végétarien, un fils de boucher! Quel déshonneur pour un père! Même s'il a traficoté durant la guerre... Faut pas non plus exagérer car on était tout de même bien contents de le trouver, certains jours, le père François. Et je me demande même comment Madame Ivana, la prof de danse, aurait survécu si nous n'avions pas été là, lui pour l'approvisionner avec des bas morceaux qu'il lui donnait à l'œil, et moi pour lui rincer la dalle... Oui, même s'il n'a pas toujours été clair, il a pas mérité ça...» Et ses yeux perçants et malins se posaient sur les faces rougeaudes, pour mesurer l'effet de son revirement.

Grâce à la famille Tardiveau, il avait, semaine après semaine, fini par brosser un panorama du quartier durant l'Occupation. Ainsi, en partant d'une simple boucherie où le fils du patron rechignait sur la barbaque, en était-il venu, peu à peu, à donner naissance à une geste assez infamante, faite de fric-frac, de hold-up, de drogue, de prostitution et de chantages en tous genres, dont un inspecteur marron, devenu commissaire à la Mondaine, et une ancienne meneuse de revue à Tabarin n'étaient pas les moindres protagonistes.

Les années passèrent. A sa caisse, Madame Armande continuait à se faire un sang d'encre. D'autant plus que Joseph, ayant abandonné les culottes de golf pour un costume en prince-de-galles, avait réussi à se faire coller à son CAP de boucher. L'année suivante, après que la bouchère eut mis dans la balance la réputation sans tache du Bœuf Couronné, faisant valoir aux yeux de l'examinateur le dommage que subirait du fait de ce recalage l'ensemble de la boucherie parisienne, il obtint son diplôme. A l'Olympic on se gaussa de la manœuvre. Et cette intervention de Madame

Armande auprès des plus hautes instances de la boucherie permit à Pierrot de raccrocher les wagons quant à certains faits de l'Occupation restés encore dans l'ombre. Alors les potes (c'est ainsi qu'il nommait le groupe qui formait le meilleur de son auditoire) eurent au menu, durant un mois, les mauvais coups qui s'étaient perpétrés au Monte-en-l'air, un piano-bar qui se trouvait à l'emplacement de l'actuel marchand de couleurs. Ce nouveau sujet ramenait évidemment les Tardiveau sur le tapis, car si on s'y refilait sous la table de la blanche, on pouvait y tâter également du lapin de chou. On y trouvait toujours en première ligne la Boulafière et le Chinois, « un sacré tandem », assurait Pierrot aux potes qui s'étonnaient de l'ubiquité de ces personnages. « Je vous le dis, à eux deux, ils tenaient le quartier. Ils étaient partout. Fallait les voir. Tiens, demande à cette zouavette de Roubichou. Il les a bien connus, dans le temps. » Alors le patron se tournait vers la table où Guénolé Pouldourec, le plumassier au 24 de la rue, et Amédée avaient l'habitude de s'asseoir : « N'est-ce pas, Amédée, que tu les as bien connus, la Maud et son Chinois ? Paraît qu'il était, lui aussi, un peu de la jaquette ? Entre confrères, ce sont des choses qui devraient se savoir, non ? » Amédée, qui, avec l'âge, avait tourné à la grosse dame, agitait ses petites mains rondelettes pleines de bagues en signe de dénégation. Si le patron insistait maladroitement, alors, retrouvant son impertinence d'autrefois, il lui balançait, ce qui avait pour effet aussitôt de mettre les rieurs de son côté : « Écoute, Gros Pierrot, avec le pétard que tu te paies, tu devrais essayer. Je suis sûr que tu ferais un tabac. Le Chinois ne serait pas le dernier à être rencardé, et si, comme tu le penses, il en croque, il ne demandera qu'à venir te butiner le train... »

Alors que les potes s'esclaffaient, Pierrot, derrière son bar, lui, en revanche, riait jaune. Amédée venait de lui rappeler la présence dans le quartier du commissaire Changarnier. C'était, sous le couvert d'une plaisanterie, une mise en garde : il y avait des limites à ne pas dépasser et Pierrot le savait d'autant mieux qu'un matin il était apparu derrière son bar le visage couvert d'ecchymoses. Quoique personne n'eût osé ouvertement mettre en doute son histoire on ne crut pas à cette chute dans la cave. Même mésaventure, un jour où il avait à peine évoqué la pension Emma et sa patronne. « D'ailleurs, tout cela continue comme avant, du temps du père Chouin. On a beau fermer les claques, je peux vous dire que là-haut, rue Rochechouart, ça turbine sec. Tous les vendredis, y a affluence. Et du beau linge... On y croque même de la communiante. Une spécialité de la maison, à ce qu'on m'a dit. C'est le grand bougnoule, un zobi du tonnerre, qu'a pris ça en main. Paraît que la Maud et lui, ça baignait, dans le temps... Parce que la Maud, elle vient, à ce qui paraît, de loin... Maud, c'est pas son vrai nom... Il y a un type qui vient de temps à autre ici, un ex de la bande au Chinois, et qui en connaît un petit bout sur elle... Je désespère pas de lui faire cracher le morceau...» Deux jours après, il s'était vu assailli par deux individus qui lui infligèrent, façon de l'avertir, une bonne correction, alors qu'à la nuit tombée il tirait les poubelles sur le trottoir. Le lendemain matin, en ouvrant *L'Aurore,* le quotidien auquel il s'était abonné à cause de la bande dessinée «Le crime ne paie pas», il put lire à la page des faits divers, sous le titre «Le pendu du Cirque d'Hiver», l'entrefilet suivant : «C'est durant la représentation d'hier au Cirque d'Hiver qu'a été découvert un corps pendu à un filin, accroché à la hauteur des trapèzes. Il s'agirait d'un garçon de ménagerie, Fernand Crevel, qui plus connu sous le nom d'Antenor d'Acapulco eut son heure de gloire au cirque Médrano, durant la dernière guerre, comme lanceur de couteaux. Bien que tout corrobore le suicide, une enquête a néanmoins été ouverte et confiée au commissaire Changarnier de la Police judiciaire.» Lorsque quelques jours après Pierrot lut, toujours à la rubrique des faits divers, sous le titre «Série noire au Cirque d'Hiver», que Mirabelle Pruceau, femme-tronc de son état, avait été retrouvée écrasée dans la cage des éléphants, il comprit que les Poignardeurs avaient commencé à faire le ménage, et il se le tint pour dit.

Au vrai, Pierrot en savait bien plus qu'il ne le laissait entendre, et même des choses qu'il garda toujours secrètes. Ainsi, lorsque Madame Ivana Ivoguine, la professeur de danse, réapparut quelques mois après la Libération, arborant son éternel turban rose, il se contenta de secouer la tête d'une manière sceptique. Et quand certains vieux habitués lui demandaient pourquoi la russkof ne venait plus comme avant en fin d'après-midi siffler au comptoir son verre de blanc gommé, il prenait un air évasif et résigné, se contentant d'un : «Les gens viennent, les gens vont, parfois ils changent aussi...» Ceux qui se souvenaient de ses sorties d'antan sur Madame et son éventuelle youpinerie se sentirent lésés. C'était, en effet, comme si Pierrot avait oublié toutes les carneries qu'il avait débitées, jadis, à son encontre. Un jour, Félix, le marchand de journaux, voyant du bar où il était accoudé Madame traverser la rue avec son immuable turban et ses charentaises, s'était écrié, en direction du patron : «Regarde-la, Pierrot, elle est increvable, la danseuse. Ça lui fait combien au calendrier, maintenant, à cette vieille youpine?» Ce dernier avait marmonné dans ses moustaches : «Pas juive, mais auvergnate... — Qu'est-ce que tu dis? auvergnate?» Alors, Pierrot, comme surpris dans sa réflexion intérieure, avait sursauté : «Auvergnate! Qu'est-ce que tu vas inventer? J'ai simplement dit qu'elle était aussi juive que je suis auvergnat.» Le patron s'en était tiré par une pirouette. En effet, à une époque où chaque café pouvait encore s'enorgueillir d'avoir son bougnat, le patron de l'Olympic ne perdait jamais une occasion de rappeler ses origines parisiennes. Il en remettait dans le folklore et l'escarpe de Ménilmuche. Qu'une nouvelle tête se présentât au comptoir et il se faisait un devoir d'affranchir le nouveau venu. Alors, il rassemblait en vrac tout ce qu'il avait, jour après jour, semaine après semaine, élaboré, peaufiné, derrière son bar, avec cet air de vieux lamantin que lui donnait sa trogne couperosée, fouinant tel le charognard, creusant, avec l'instinct aveugle de la taupe, certain de rattraper le temps et l'oubli, jouant ici de la simple allégation ou des on-dit pour «resserrer les boulons» de cette vie, qui, sans cela, aurait pu le lâcher définitivement, et alors personne n'aurait eu le souvenir qu'il était venu. Oui, il balançait, alors, tout à trac sa jeunesse sur les pentes de Ménilmontant, qui n'était pas encore devenu «ce repaire de bougnoules»; les origines obscures de la famille Tardiveau et sa grandeur usurpée dans le bifteck; le Chinois qui, avec sa gabardine crème et ses gants en pécari, avait fricoté du côté de la «carlingue» gestapiste, mais qui s'était rapidement refait après la guerre une virginité en aidant, avec sa bande de malfrats, l'inspecteur Casanova à poisser celle de Pierrot-le-Fou, quand il avait monté la souricière de Champigny. Et là, c'était au tour de Jules Loutrel, dit Pierrot-le-Fou, d'apparaître en personne. «Je vous le dis comme je vous cause... Avant de regagner la rue de Douai, où il avait sa planque, il s'arrêtait toujours à l'Olympic, Tiens, là, juste devant, il garait sa Delahaye. Je la revois encore. C'est comme si c'était hier... » Hier était devenu aujourd'hui et déjà l'après-demain. Le nouveau venu, oscillant du chef, comme un vieux cobra au son de la flûte, finissait par avouer : « Ah çà ! Mais vous en avez vu de ces choses... Vous en avez connu du monde. » Pierrot, alors, se rengorgeait et, après avoir versé sa tournée et sifflé son ballon de beaujolais, en faisant claquer sa langue, prenait la pose, comme s'il cherchait ses mots pour définir le cru qu'il venait de s'envoyer cul sec ; puis, ayant une nouvelle fois fait claquer sa langue, ses petits yeux malins prenaient une lumière d'innocence. « Oui, vous avez raison, ça n'a pas l'air, comme ça, mais c'est fou ce que les gens vont et viennent dans ce quartier. Pas besoin de se donner du mal, pas besoin de se pousser le cul, ça vous rapplique tout droit dans le bec... » Et il débitait cela sur un ton de modestie forcée qui laissait à penser à son interlocuteur que ce café, comme les capitales oubliées de civilisations disparues, dont on reconnaît cependant l'ancienne grandeur aux vestiges des monuments, avait dû être véritablement quelque chose. « Il a dû s'en passer de ces trucs là-dedans », se disait le client en lui-même. Et tandis qu'il demeurait baba, assommé par tant de faconde, de son côté, le patron se frottait les mains. « Je lui en ai bouché un coin à ce bleu-bite. Faut tout de même pas qu'il nous prenne pour des culs-terreux ; tout ça parce que ça habite la Madeleine, ou que ça fréquente le Bon Marché. » Son petit œil brillait, malicieux, et il renaissait à lui-même, à sa tristesse de vieil alcoolo, à la monotonie des jours qui se ressemblent.

Certaines fois, il avait l'impression d'être ligoté par les mots, prisonnier de sa parole ; d'autres fois encore, que quelqu'un d'autre parlait à sa place, dont il n'aurait su identifier la voix — et c'était alors que son dit prenait, comme regonflé, une réelle pesanteur, et qu'il avait le sentiment de tenir dans sa main le destin de chaque habitant du quartier. Il se sentait comme possédé, coincé là derrière son bar, pour une cause dont il ignorait le but profond, mais qu'il imaginait toucher aux vivants et aux morts, entre lesquels on l'avait placé pour nourrir et amplifier leur chronique. Chaque fois qu'il se demandait la nuit, lors d'une de ses nombreuses insomnies, quand les choses les plus infimes vous reviennent, qui avait bien pu lui jouer ce méchant tour, sa chambre plongée dans l'obscurité résonnait de cris. Les cris d'une femme suppliant, implorant qu'on lui ouvrît. Toujours les mêmes cris. Ceux qu'il avait entendus, cette nuit du mercredi 2 juin 1943, et auxquels il était demeuré sourd. « Ouvrez ! Ouvrez-moi ! Par pitié ! Je vous en supplie ! Ils arrivent ! Ils vont me prendre ! » Et elle grattait avec ses ongles le manteau de fer du café. « Par pitié, j'ai une fille ! Rachel ! Ma petite Rachel ! Je n'ai pas eu le temps de lui dire que je l'aimais ! Jamais je n'ai pu le lui dire ! Et ils vont me prendre maintenant ! Oh ! Par pitié, ouvrez ! Ouvrez-moi ! Oh ! Rachel ! Pourquoi m'as-tu rejetée ? » Et il avait entendu les bruits de bottes sur le pavé se rapprocher, et il n'avait pas bougé. « Allez, Pierrot, fais quelque chose, tu entends cette malheureuse », lui avait dit sa femme qui s'était redressée sur le lit. « Tu ne peux pas la laisser dans la rue. Tu sais bien ce qu'ils en font quand ils les attrapent... » Et il lui avait collé sa main sur la bouche pour l'empêcher de parler. « Auf Halten ! Papieren, bitte ! Schnell ! Papiers ! Vite ! Ach so eine Jüdin ! Femme juive, vous ! Allez ! » Il entendit alors un hurlement qui aurait pu être celui d'une femme à qui l'on arrachait son enfant. Puis, il y eut un silence. Et très distinctement, la femme que les Allemands arrêtaient s'adressa à lui, comme si elle le savait à l'étage, derrière ses volets clos. Il avait eu beau se dire, par la suite, que c'était un effet du hasard si cette malheureuse l'avait ainsi interpellé, ses paroles restèrent gravées en lui. Brûlantes, tel le remords, et elles y demeureraient jusqu'à sa mort, peut-être même jusqu'à la fin des temps. Et, chaque fois que le sommeil se refusait à lui, la voix revenait aussi claire qu'il l'avait entendue dans cette nuit de printemps : « Oh ! Si vous m'entendez, monsieur, qui que vous soyez, je vous en prie, dites à ma petite Rachel que je l'ai bien aimée... Et que je regrette... que je regrette... Oui, dites-lui que je lui demande pardon. » Et les bruits des bottes des Allemands qui, au loin, remontaient vers le boulevard couvraient ses derniers mots. Il s'était torturé et se torturait encore de sa lâcheté. Sa femme, bien avant de mourir, lui avait pourtant dit : « Ce n'est pas la peine de te tourmenter ainsi. On sait bien que tu n'es pas un lâche. Simplement, tu ne pouvais rien faire. Rien. C'est ma faute. J'aurais pas dû te dire cela. Mais toi, tu l'avais bien compris. Si tu lui avais ouvert, c'est les autres qu'ils auraient également coffrés. Tu sais bien, ceux que tu cachais à la cave, Rosenbaum, le bijoutier avec sa fille et son gendre, le petit Uzan. Tu sais, celui qui est devenu, après la guerre, électricien porte des Lilas. Il est revenu te voir, tu te souviens, il y a deux ans, pour te remercier, lui et sa femme.. — Oui, tu as raison, c'est possible... Oui, le petit Uzan... Ça me dit quelque chose... Tout ça paraît si loin... » Il faisait un effort désespéré pour se souvenir, et c'était comme si cette lâcheté qu'il pensait avoir commise cette nuit du 2 juin 1943, veille de l'Ascension, l'avait rendu, lui qui pouvait se rappeler le moindre geste d'une enfance lointaine et banale à Ménilmontant et en faire toute une épopée, totalement amnésique quant au seul acte de bravoure dont il eût pu se targuer.

Il parvint, non sans peine, au bout de quelques années, à se persuader que, s'il avait été lâche cette nuit-là, il n'avait pas été tout à fait salaud, puisqu'il avait sauvé une famille juive. Il allait se faire à cette idée quand sa femme, que tout le quartier appelait la mère Boucheseiche, sans que personne eût même idée de son prénom, tomba gravement malade. C'était l'année de la communion de leur fille Janine, l'année où il gela si fort qu'aux premiers jours du printemps la Seine était encore prise. Elle demeurait l'unique témoin de sa lâcheté, mais également de son courage, car il avait dû lui en falloir afin de se mouiller, en ce printemps 1943, pour une famille juive. La fièvre lui donnait le délire. Bientôt, elle n'eut plus tout à fait sa tête. Pierrot ne la quitta pas durant les trois jours que dura sa maladie. Il lui tenait la main pour mieux la retenir de l'engourdissement dans lequel elle glissait. Il s'acharnait sur elle. « Dis-moi encore, dis-moi... Le petit Uzan... Tu sais, l'électricien de la porte des Lilas... N'est-ce pas qu'il est bien venu pour me remercier... Tu ne me l'as pas inventé... Hein ? Il est bien venu... » Il lui tirait sur le bras, et sans doute, si elle n'avait été aussi près de la mort, elle eût crié de douleur. Et, jusqu'au dernier moment, il se cramponna ainsi à elle. Au moment de passer, elle eut un sursaut de conscience. Dressée sur son oreiller, elle le fixa droit dans les yeux, et avec une voix douce de petite fille, cette petite fille qu'elle avait été et dont personne ne se souvenait plus, elle lui dit : « Uzan ? Un électricien ? Pendant la guerre ? Non, vraiment, Pierrot, je ne me souviens pas. C'est encore une de tes inventions comme les gros bras de Ménilmuche... » Alors, il fut certain qu'il n'y avait jamais eu de juifs dans sa cave. Et que, s'il y en avait eu, ce n'était pas lui qui leur avait donné asile, ou peut-être que tout cela avait été inventé par sa femme.

# 3

C'EST à partir du jour de la mort de sa femme que Pierrot-le-Phoque, afin de conjurer le mauvais sort d'être né à la fois grande gueule et trouillard, pour tenter peut-être aussi d'oublier ce prénom de Rachel qui lui venait dans la tête comme un carillon les nuits d'insomnie, se fit le véritable chroniqueur du quartier. Croyait-il retrouver ainsi ce que les enfants savent, ce que lui-même avait su et oublié : comment, à force de le provoquer, le Petit Poucet finit par ouvrir l'appétit de l'ogre pour s'endormir avec lui. Posté derrière son bar, Pierrot sondait par cet incessant débagoulage la nuit, une nuit de printemps pleine de bottes. C'était sa façon d'interroger : Veilleur, qu'en est-il de la vie? Et cette interrogation détournée lui permettait de survivre à la douleur d'être venu au monde simplement pour avoir l'opportunité de devenir un lâche, juste le temps qu'une inconnue frappe à sa porte.

Cependant, quel que fût le nouveau venu auquel il allongeait sa sérénade, ou encore le fait divers qu'un de ses potes lui rapportait pour qu'il en fasse son os à moelle, il parvenait toujours, d'une manière ou d'une autre, à ramener dans la conversation cette Rachel qui avait bien dû habiter le quartier et dont très certainement quelqu'un avait dû entendre parler. Mais personne ne connaissait, ni de vue et encore moins de nom, cette personne. Alors, Pierrot, pour se venger de son impuissance, du destin qui lui filait entre les doigts, en remettait sur Claire Rageblanc, la crémière, qui, le dimanche, s'allumait des incendies de cheminée afin d'attirer chez elle l'un des jeunots de la caserne de pompiers de la rue Blanche et, le feu éteint, se l'envoyait non sans lui avoir refilé un bifton pour ses faux frais, ainsi qu'un bon camembert. Mais rien, et bien moins encore cette chronique du quartier qui allait chaque jour en s'amplifiant, ne put le délivrer de cette voix sans visage qui revenait, à présent, chaque nuit. Ce qui le désespérait plus encore était de savoir qu'il y avait dans la ville une femme du nom de Rachel qui ignorerait toujours l'amour que lui avait porté sa mère ; une mère qui était partie l'âme navrée de ce qu'elle n'avait su aimer sa fille, ou simplement le lui dire. Pourtant, il avait eu un certain temps l'espoir de mettre la main sur ce fantôme. Ce fut lorsque Fernand Crevel, l'ancien lanceur de poignards, qu'il connaissait d'avant la guerre pour l'avoir vu traîner dans le quartier avec une môme à qui il en faisait voir, vint s'accouder au bar trois soirs de suite la même semaine. Son expression de bête forcée et aussi ses petits yeux, où passait, par instants, une lueur mauvaise, montraient que, bien qu'il fût à la côte, il pouvait encore mordre. Pierrot comprit tout de suite qu'il cherchait lui aussi quelque chose. Il l'accommoda tant et si bien que, sans trop de détours par sa jeunesse à Ménilmontant et les bords de Marne, du côté de Champigny, où dès les beaux jours il se rendait avec celle qui allait devenir Mme Boucheseiche, il en vint à l'immédiat avant-guerre, puis à l'Occupation, et délaissant le marché noir des Tardiveau, il évoqua le Monte-en-l'air et tout le trafic qui s'y opérait, sous le bonnet et avec la complicité du Chinois et d'une certaine Maud. Sans même relever le nez de son pastis, Fernand laissa tomber : « C'est pas à moi, un vieux de la vieille, qu'il faut faire un dessin sur cézigue... Pour la Maud, elle, elle perd rien pour attendre, je te lui réserve un chien de ma chienne aussi vrai que j'ai été Antenor d'Acapulco... Maud ! Mes fesses ! Tout ça, c'est du toc... C'est pas même son vrai nom... Parce que, j'ai pas l'air, mais j'en connais un petit bout sur elle... Et il y en a d'autres, aux Filles-du-Calvaire, où je peinarde à l'aise à la ménagerie des Bouglione, qu'en ont morflé et qu'en savent un paquet... Mais eux... — c'est qu'elle doit les tenir — ils la bouclent... Moi, je m'en balance... Elle me fait pas peur... Et même si elles sont deux à présent... Et je peux vous dire que la Blanchefleur, l'écuyère... une rousse qu'a le diable au corps, elle a de qui tenir... » C'est alors que Pierrot risqua la question : « Vous qu'avez traîné vos guêtres, peut-être que des fois vous auriez rencontré une certaine Rachel ?» D'une main tremblante, l'ex-Poignardeur, qui n'était plus qu'une loque, rafla la monnaie sur le comptoir et sortit en titubant. Pierrot crut saisir dans son regard une lueur d'inquiétude. Il allait passer la porte, le dos voûté, quand il se retourna et fixa le patron droit dans les yeux : «Je reviendrai la semaine prochaine... Je crois qu'on a pas mal de choses à se dire...» Aussi peut-on imaginer la déception de Pierrot quand il lut l'entrefilet de *L'Aurore.*

En tout cas, ce qui est certain, c'est que depuis cette nuit de l'Occupation où son destin lui avait joué un mauvais tour, lui, le lecteur de *Gringoire* qui ne s'était guère privé de bouffer du juif, on ne l'entendit plus jamais parler de youpins, de youtres et de tous ces marchands de lorgnettes, pieds plats et baptisés au coupe-cigare. On comprend alors qu'il ait remis en place ce pote qui l'avait allumé exprès sur l'âge de Madame Ivana pour en entendre une bonne, rétorquant que l'Auvergne était plus de mise chez elle que la Judée. Évidemment, il avait été le premier à reconnaître, sous le turban rose de la disparue, celle qui avait longtemps été son esclave : Céleste Truffade. Cependant, comme toutes les vérités sur le quartier n'étaient pas bonnes à dire, il s'était repris, convenant volontiers que si Madame n'était ni juive ni auvergnate, elle était bien une «israélite» (il prononçait isrélite) ce qui, pour lui, était fort différent.

La mort du garçon de ménagerie du Cirque d'Hiver, suivie par celle de la femme-tronc, servit d'avertissement à Pierrot. Ainsi, quand, en plein milieu de la guerre d'Algérie, Joseph Tardiveau, en âge d'être appelé sous les drapeaux, se présenta devant le conseil de révision et se vit réformer, le patron de l'Olympic qui pourtant avait là matière à faire des gorges chaudes écrasa le coup. Car il sentait bien qu'il y avait encore du Chinois là-dessous. Cependant il ne put s'empêcher de laisser échapper, quand la Rageblanc lui avait demandé comment il se faisait qu'un gaillard aussi solidement planté puisse ainsi couper à l'appel du clairon : «Puisqu'il est végétarien, c'est pour sûr qu'ils lui auront découvert sa maladie!» Dans le café, on se tint les côtes quelques minutes. Mais, effrayé de sa propre témérité, Pierrot mit rapidement le holà à ces rires. La crémière, ravie de cette aubaine, pour rabattre l'orgueil des Tardiveau, car elle prenait la timidité de la bouchère pour de la morgue, s'en alla colporter au Bœuf Couronné la dernière de Pierrot. Madame Armande en fut ulcérée dans sa chair. Et son sang d'encre redoubla d'autant que Jojo commençait à fréquenter. Il portait, à présent, des pantalons à pattes d'éléphant et traînait dans les brasseries de la place Blanche. « C'est de son âge », rétorquait, philosophe, le père François, occupé à larder un rôti, chaque fois que sa femme lui enjoignait de sermonner leur fils sur ses fréquentations. « Faut que le petit jette sa gourme. Avec tout ce qu'il mange, il a de quoi dépenser chez les demoiselles. Tu ne voudrais tout de même pas en faire une rosière. Regarde-le ! Y a de la viande, là-dedans ! » Et le père François coulait, alors, un œil vers Jojo qui, en bâillant, s'évertuait, un peu plus loin, près de la chambre froide, à dégraisser sans grande conviction des côtes d'agneau. Il n'était pas peu fier de ce jeune coq bien charnu qui, pour lui, n'affichait un air mollasse devant le bœuf que parce qu'il avait été, la nuit précédente, s'ébattre chez les volailles de l'autre côté du boulevard. S'il avait pu avoir naguère certains soupçons quant au manque d'appétence de son rejeton rapport à la viande, ceux-ci étaient depuis longtemps balayés... En effet, au moins deux fois la semaine, madame son épouse ne manquait pas de lui retracer, avec force détails, le carnage auquel s'était livré seul, en pleine nuit, dans la cuisine, ce fils sur un gigot entier. « Cru, vraiment, Armande ? — Eh oui, mon ami. Enfin, à peu près. Tu sais, il avait si faim. Il a eu peur de nous réveiller pour nous demander comment on allume le four... » Et cette scène, quasiment anthropophage, de ce fils boulottant la moitié d'un agneau, seul, de nuit, le ravissait aux larmes. Cependant le pire pour la bouchère restait encore à venir.

Par la Rageblanc, qui s'était fait accompagner ce jour-là de Félix le marchand de journaux, afin de mieux marquer le coup, Madame Armande apprit non seulement que son fils fréquentait, mais qu'il fréquentait de surcroît la Janine. « Quoi ! La fille du Phoque ! Vous n'y pensez pas, madame Claire ! Jojo, il la regarderait même pas, ce grand cheval ! — Je vous l'accorde, peut-être qu'elle est un peu jument. Mais il y a de quoi... ». C'est ce « il y a de quoi... » qui la tourmenta le plus. « Il y a de quoi... quoi ? » se demanda-t-elle aussitôt. Et le soir encore au creux de l'oreiller, avant d'éteindre, alors que le père François, confiant en l'appétit de son fils, ronflait déjà, elle se répétait : « Il y a de quoi... Il y a de quoi... » Et bientôt, dans le demi-sommeil qui la gagnait, à la place de Janine derrière son guichet du PMU, elle voyait une pouliche que Jojo s'apprêtait à mordre à belles dents. Ce n'était certes que l'embryon d'un mauvais rêve que dissipaient, aussitôt réveillée, deux doigts de fleur d'oranger dans un verre d'eau, qu'elle tenait à portée de main sur la table de nuit. Cependant, un rêve prémonitoire qui pour prendre corps n'attendait que les nouveaux commérages de la crémière. « Jument ou pas, c'est qu'il y prend goût, m'ame Armande, votre Joseph, au dada ! Paraît qu'on l'a vu dimanche dernier à Longchamp... Je serais vous, je ferais attention. On commence dans les tribunes, on descend sur la pelouse, pour finir sans chemise dans le ruisseau... » Ce ne fut pas tant la chemise qui inquiéta la bouchère que cette passion soudaine et immodérée de son fils pour la gent chevaline et tout ce qui y ressemblait. Si bien que, cette année-là, au lendemain du Grand Prix, quand Sandor Tatabaniyi, l'épicier hongrois de la rue Manuel, turfiste impénitent, rapporta sans malveillance, façon de lui faire un compliment, qu'il avait, la veille au pesage, aperçu Mlle Janine Boucheseiche en compagnie de son fils, et qu'ils formaient un bien joli couple, Madame Armande, pour la première et sans doute la dernière fois de sa vie, se mit en colère. Oubliant le lieu où elle se trouvait, sanctuaire du bœuf s'il en fut, elle monta sur ses grands chevaux. « Sortez, monsieur Sandor, sortez ! » Et dressée au-dessus de sa caisse, raide comme la justice, elle lui montrait du doigt ce qui tenait vaguement lieu de porte au magasin. « Oh ! je vous vois venir. Je vous connais, vous et vos semblables. Toujours à insinuer, à colporter... Vous feriez mieux, plutôt que de vous occuper des affaires des autres, de répéter votre violon, paraît que c'est une honte vos grincements... » Madame Armande faisait ici allusion au second métier de Sandor Tatabaniyi, lequel, outre le fait de tenir un établissement de delikatessen, était également premier violon remplaçant à l'Opéra-Comique. A six heures du soir, quel que soit le monde qui se pressait dans sa petite boutique, il rangeait ses salamis, tirait son volet et, violon sous le bras, descendait la rue Drouot en musardant. Sa haute stature, son toupet poil de carotte et ses gilets à fleurs étaient devenus familiers aux commerçants qu'il croisait sur son chemin. Mieux qu'une horloge à carillon, il leur indiquait l'heure. « Tiens, v'là le père Sandor qui passe. Encore un petit moment et on rentre les carottes », se disait la marchande des quatre-saisons, au carrefour de Châteaudun. Comme elle était une habituée du poulailler de l'Opéra-Comique, le dimanche en matinée, elle connaissait par cœur l'ouvrage à l'affiche du jour. Ainsi ne manquait-elle jamais, quand elle savait que l'archet du père Sandor devait affronter une partie solo où l'attendaient quelques triples croches, de lui réserver ses encouragements. « Vous allez leur montrer, à ces bourgeois, ce que c'est qu'une Méditation ! Leur en foutre plein les oreilles ! Hein ? Père Sandor ! » Ce fut justement cette Méditation qui fut cause, si ce n'est de sa perte définitive, du moins de l'opprobre dans lequel le tinrent, pour un temps, les musiciens de l'orchestre.

En effet, le charcutier ne se contentait pas de saluer en passant les commerçants de la rue Drouot et du petit bout de la rue de Richelieu devant lesquels il passait et qui, à la longue, étaient devenus ses amis ; il s'arrêtait parfois. Et c'était toujours avec un sonore « C'est pas de refus » qu'il s'envoyait cul sec le petit verre de prune, ou le marc de derrière les fagots qu'on lui proposait. Si bien que, cahotant, il arrivait chez Petit Claude, un gouailleur qui tenait le dessus du zinc au Duc de Richelieu, le bistrot à vins au coin des grands boulevards. Et là, selon l'humeur du moment, selon la nostalgie qu'il ressentait de sa terre natale, de ces crépuscules sur la puszta, encore alourdis par le chant des cithares, il s'enfilait deux bons ballons de saumur. Un soir qu'il s'était laissé envahir par l'âme tzigane, il avait été jusqu'à vider une bouteille qui, s'ajoutant aux prunes et aux marcs de pays bus sur le chemin, l'avait jeté dans une excitation inhabituelle. L'Opéra-Comique affichait *Thaïs* de Massenet. Sandor tenait la place du premier violon. La représentation s'était déroulée normalement quand on en arriva à la Méditation, ce délicieux solo de violon, accompagné de harpes. Le Hongrois attaqua legato, très sentimental, créant d'emblée ce qu'il nommait en roulant les *r* « une atmosphère de bidet pour courtisane repentie ». Sut-on jamais quelle mouche le piqua, mais, au premier arpège descendant, il profita d'un ricochet pour faire rebondir son archet et s'en aller attraper une petite note qui devait, comme un grelot, lui trotter dans la tête depuis son enfance de neige, d'engelures et de flocons qui s'en viennent tels des pigeons aux fenêtres. Il tint la note et, faisant vibrer la chanterelle, embraya sur une czardas endiablée. La consternation dissipée, ce fut le plus beau scandale qu'ait jamais connu la salle Favart. Le poulailler, toujours prêt à applaudir l'artiste inconnu, jetait des bravos auxquels le parterre et les loges répondaient par des sifflets et des huées. A la corbeille, Mme Le Cailar-Dubreuil, la femme de l'académicien, auteur de *La Vie inquiète de Judas Iscariote,* lequel, avec *La Trahison des vierges,* venait de remporter consécutivement les prix Bourdaloue et Louis Veuillot, écrasant tous les tirages, même celui du prix Goncourt de cette année-là, au titre pourtant prometteur de *La Pitié de Dieu,* proclama que c'était la première fois qu'on lui manquait de respect à l'Opéra-Comique. Sa voisine, Mme Gaultier-Poulard, qui patronnait la chanteuse, laquelle ce soir-là débutait dans le rôle de la courtisane d'Alexandrie, opina du bonnet et menaça de résilier son abonnement. Tout cela fit de la mousse qui trouva son écho dans les journaux du lendemain. Le charcutier se vit afficher au tableau de service. Mais on en resta à ce seul blâme. Cependant Amédée Roubichou, qui déjà à cette époque était devenu l'un des souffleurs attitrés de ce théâtre et qui avait pris le parti du beau linge contre le poulailler, lequel, dès son premier air, avait emboîté la nouvelle chanteuse, Mlle Dugazon, rapporta l'affaire à sa manière le lendemain au café de l'Olympic. Ainsi le quartier fut mis au courant des incartades artistiques du charcutier. Incartades auxquelles faisait allusion Madame Armande.

Sandor Tatabaniyi avait passé la porte qu'elle lui criait encore dessus. Elle avait les sangs retournés. Et son visage, d'habitude jaune, était comme piqué par des points violacés. Elle eut un haut-le-corps, et dans un hoquet jeta ce qu'elle avait durant plusieurs semaines tenté d'étouffer, donnant ainsi par la parole une réalité à ce qui n'était encore que soupçons et mauvais rêves. « Ce serait le bouquet ! hurla-t-elle, l'écume aux lèvres. Mais je le vois venir avec sa jument, il voudrait nous faire bouffer de la carne pour mieux transformer cet honorable établissement en boucherie chevaline... » Elle sentit alors peser sur elle la fatalité d'être née dans la quincaillerie, et avant même d'avoir le temps de maudire ce fils si longtemps l'objet de tous ses soins, elle s'écroula. On la porta dans sa chambre où elle délira deux jours et deux nuits. Le troisième jour, comme elle reprenait ses esprits, Joseph en profita pour entrebâiller la porte. « J'aimerais te présenter ma fiancée », lui dit-il. Elle fut aussitôt reprise de tremblements. « Non, je ne veux pas voir cette jument, je ne veux pas assister à la chute des Tardiveau... » Mais c'était trop tard, au pied de son lit se tenait une grande bringue rousse aux yeux verts. « Mais vous n'êtes pas la fille à Pierrot ? Vous n'êtes pas Janine ? — Non, je m'appelle Yvonne... »

# 4

Ce soir-là, Madame Armande fit un effort pour assister au dîner familial et quel ne fut pas son étonnement de constater, à sa plus grande joie, que son Jojo non seulement mangeait sa tranche de rôti, mais en redemandait. Yvonne que l'on avait conviée lui passait le plat, en se servant elle-même au passage. Ce bonheur fut trop grand pour son cœur de mère déjà si éprouvé. Madame Armande fut prise d'une faiblesse. Yvonne et Jojo la portèrent au lit. Elle demeura dans ses oreillers, la bouche entrouverte et le regard extatique, communiquant déjà avec l'éternité. Cette félicité dura toute la nuit. Au petit matin elle prit la main d'Yvonne qu'elle passa dans celle de Jojo, et sans un mot s'éclipsa. Yvonne écrasa une larme. Jojo pleura abondamment, quant à Monsieur François, il se contenta de hocher la tête en murmurant : « Vraiment ce fut une bonne femme... Ça on ne peut pas dire... » On placarda l'avis de décès sur la porte de la boucherie qui resta fermée jusqu'au lendemain des obsèques. Celles-ci eurent lieu à Notre-Dame-de-Lorette devant une assistance choisie. Il y eut même un suisse qui, ayant attrapé un orgelet, prenait un air contrit tout à fait de circonstance. Claire Rageblanc, la crémière, tenait l'un des cordons du poêle et pleurait à chaudes larmes. Même Pierrot, flanqué de la grande Janine pour l'occasion coiffée de choupettes agrémentées de rubans noirs, parut ému. On fit donner les grandes orgues que tint le charcutier hongrois. Les Tardiveau souhaitaient ainsi montrer qu'ils ne lui en voulaient pas de sa malencontreuse intervention à la boucherie. La défunte fut conduite dans le caveau familial aux Batignolles. De retour du cimetière, on remplaça dans le cadre au-dessus de la caisse la photo de la terrible Mme Tardiveau par celle de Madame Armande. A leur grande surprise, le surlendemain, les clients du Bœuf Couronné découvraient, juchée à la caisse, à la place même qu'occupait encore une semaine auparavant la défunte, un morceau de tout premier choix que Monsieur François présentait non sans fierté comme sa future bru. Si les jeunes amoureux n'étaient pas trop pressés d'officialiser leur liaison, en revanche le père François lui, poussait, au mariage. Il voulait même qu'il eût lieu avant les grandes vacances. On publia donc les bans.

Par une matinée ensoleillée de juillet, tandis qu'il arrangeait une jardinière de pétunias le long de la terrasse, Pierrot apprit d'une passante la nouvelle alors même qu'il croyait l'affaire dans le sac entre sa fille et le jeune Tardiveau. Janine fut tirée aussitôt de sa guérite du PMU et avoua en reniflant que Jojo l'avait plaquée le jour du Grand Prix ; il y avait entre eux, depuis quelques mois, de l'eau dans le gaz, depuis qu'il fréquentait une baronne, rencontrée par hasard au pesage. Elle raconta ensuite ce qu'elle savait sur cette Yvonne. Il fallut peu de temps à Pierrot pour tout comprendre, ou du moins assez pour déceler une manigance du Chinois. Sans doute s'apprêtait-il une fois encore à faire le dos rond, à «écraser» comme il disait, quand, à peu de temps de là, un matin, sa curiosité fut attisée par un article du *Parisien.* Sous le titre «Cambriolage chez une baronne», il rendait compte d'un vol de bijoux. L'affaire remontait à un mois déjà. Dans son hôtel particulier de l'avenue de Messine, la veuve du banquier Cain-Machenoir avait été cambriolée. Entre autres bijoux, on lui avait volé son célèbre diamant jonquille. Elle avait porté plainte et l'on avait confié l'enquête au commissaire divisionnaire Changarnier. Les soupçons se portaient tout naturellement sur les individus dont cette baronne aimait à s'entourer.

Un article de *L'Aurore* du même jour, plus explicite, jetait un jour étrange sur la vie de cette veuve qui se plaisait à fréquenter les salles de boxe et le monde des courses. Une photo, prise lors du dernier prix du Jockey Club, la montrait en compagnie d'un de ses « jeunes protégés» au pesage. Et quelle ne fut pas la surprise de Pierrot de reconnaître sur ce cliché, bien qu'il eût été pris à contre-jour, la jolie petite gueule de Joseph Tardiveau. Il replia les journaux et n'en souffla mot à personne. Il sentait bien qu'il tenait là le début d'une vengeance. Le lendemain, il éplucha en vain la presse, et force lui fut de constater qu'on avait dû mettre l'affaire en sourdine. Deux ou trois jours après, en cherchant bien, il trouva un entrefilet annonçant que la baronne Cain-Machenoir retirait sa plainte. Pierrot ne laissa pas pour autant tomber car non seulement il avait reconnu sur la photo du journal le beau Jojo, mais également discerné, malgré les méfaits de l'âge et de la chirurgie esthétique, chez cette veuve de banquier un profil qui lui rappelait une personne connue jadis. Il tourna et retourna la coupure. Claire Rageblanc, la crémière, qui passait par là, le voyant tout embarrassé, lui demanda ce qu'il avait à tortiller ce bout de journal. Elle crut d'abord qu'il s'agissait d'un tuyau de turfiste. Comme elle jouait au tiercé, elle voulut en profiter et lui arracha le papier. « Mais c'est que c'est pas vrai. Faut croire aux revenants. Parole d'honneur ! Mais c'est la Cuttoli... Mireille Cuttoli ! Tu t'en souviens, Pierrot... Tu te souviens de cette grande Corse qui faisait la danseuse nue à Tabarin. C'était pendant la guerre... Et qui ensuite s'est envoyé un nombre de frisés... Une vraie garce... Et elle faisait sa fière, avec ça... Encore une qu'aurait mérité d'être tondue... Enfin Pierrot, rappelle-toi, c'est toute notre jeunesse... — Une drôle de jeunesse, madame Claire, répondit Pierrot en lui reprenant prestement le bout de journal, une drôle de jeunesse que cette saloperie de guerre s'est empressée d'empocher... Après, ça n'a jamais plus été comme avant... — Tiens, remontre-moi la photo... Je voudrais voir encore quelque chose... » Mais Pierrot, qui ne tenait pas à ce que la crémière, dont il connaissait le caquet, aille fourrer son nez dans cette affaire, fit semblant de ne pas entendre. Comme elle revenait à la charge, Pierrot s'emporta : « Allez, Rageblanc, laisse tomber... Et ne me serine pas avec la Mireille qu'est morte et enterrée il y a belle lurette... S'ils l'ont pas tondue, c'est qu'ils l'ont crevée comme il fallait, les féfis. — Tu m'enlèveras pas de la tête que c'est la Mireille », rétorqua la crémière. Et le regardant par en dessous, avant de sortir elle ajouta : « Et puis ce que je te dis... Hein ! t'en fais ce que tu veux, Boucheseiche ! » Dès que la Rageblanc eut tourné les talons, il ressortit de sa poche la coupure.

« Mais c'est qu'elle a raison, la Claire... C'est bien la Cuttoli, ma parole !... »

Quelques semaines plus tard, au retour du cimetière où les habitués de l'Olympic venaient d'assister à l'inhumation de Pierre Boucheseiche, écrasé sur le boulevard des Filles-du-Calvaire par un taxi qu'il n'avait pas vu venir dans le couloir d'autobus, la crémière remit cela, alors que Janine, en grand deuil, servait la dernière tournée du patron : « On m'enlèvera pas de la tête que c'est un coup à la Cuttoli... » Et elle repartit sur la drôle de guerre... Les filles de Tabarin... Les marloupins du père Chouin... Et toutes les saloperies qui s'étaient passées au Monte-en-l'air durant l'Occupation. Alors la Janine posa son verre. « Tiens, c'est drôle ce que vous racontez là, madame Claire... Ce nom me dit quelque chose. Je crois bien que je l'ai entendu déjà... Bien sûr ! C'est celui que le père marmonnait... " Faut que je l'attrape cette Cuttoli ", disait-il... Oui, maintenant, je suis certaine que c'était ce nom qui lui revenait à tout instant... Vous l'auriez vu comme il était excité, pareil au jour où il avait gagné le tiercé... »

Janine remit une tournée pour mieux regrouper autour d'elle les potes de son père auxquels s'étaient joints, ce jour-là, la Rageblanc, le charcutier hongrois et Félix, le marchand de journaux. Et tandis qu'elle parlait, ils eurent peu à peu l'impression que Pierrot revivait en elle tant Janine avait su attraper ses tournures de phrases et ses intonations. « T'as vu comme elle fait son Pierrot. Ça, on peut pas dire, c'est son vrai sang. C'est le Phoque qui aurait été épaté de voir sa mouflette reprendre le flambeau », glissa la crémière émue à l'oreille de Sandor. Et ainsi, en racontant comment un matin son père s'était habillé de son complet en drap d'Elbeuf qu'il ne mettait qu'aux grandes occasions et comment, quand elle lui avait demandé où il s'en allait de si bonne heure et vêtu de la sorte, lui qui, de mémoire de riverain, n'avait jamais été plus loin que la rue Lafayette, il lui avait répondu : « T'occupe, fillette, c'est pas encore tes oignons », elle reprenait la chronique où il l'avait abandonnée. Car, à présent, c'était bien ses oignons à elle. Avant de balancer le reste, elle resservit encore une tournée ; et comme il n'est pas de véritable continuité de la tradition sans quelques inventions nouvelles, elle ajouta pour ceux qui se faisaient prier : « Allez, vous me ferez agrément » et cet « agrément », était si imprévu, et en même temps si bien venu, lancé de cette façon avec la gouaille héritée de Pierrot, que le quartier toujours en quête d'un sobriquet pour ses vedettes ne l'appela plus depuis lors que « Janine-l'Agrément ». Et elle, qu'on avait connue toujours un peu soupe au lait, prête à prendre la mouche, se trouva toute bonifiée par ce surnom, comme si, alors même qu'elle l'ignorait, elle eût voulu s'y conformer. Cependant, quelle que fût son obligeance, celle-ci s'arrêtait, bien évidemment, à Madame Yvonne, à qui elle ne pardonnait pas de lui avoir fauché le seul homme qu'elle eût jamais aimé. D'ailleurs, on vit bien par la suite la profondeur de ce chagrin d'amour à la manière dont elle refusa les meilleurs partis.

C'est après avoir replacé la bouteille de muscadet dans le frigo, en prenant son temps pour ménager ses effets, qu'elle prononça pour la première fois le nom de Rachel. « Vous l'auriez vu à son retour, c'était plus la Cuttoli qui le travaillait, mais cette Rachel. Il se frappait le front. " Mais où avais-je la tête, disait-il, pour ne pas avoir fait le lien ? Rachel, évidemment que c'était elle. " Maintenant, moi aussi, j'ai ma petite idée sur cette Rachel. Mais sur le moment j'avais pas compris. A l'hôpital où on l'avait conduit après son accident alors qu'il n'y avait plus rien à espérer et lui-même se sentant cuit, il y revenait toujours à cette Rachel. Il a fermé ses grands yeux et m'a pris la main... Sa grosse paluche, elle était toute petiote dans la mienne, comme celle d'un enfant... Puis il a réouvert les yeux et m'a dit : " Rachel, tu lui diras à Rachel... Hein ? N'est-ce pas que tu lui diras à Rachel que sa mère l'a toujours aimée et qu'elle lui demande pardon ? " Et je suis sûre qu'à ce moment-là, au moment de sa mort, moi, sa fille, je comptais moins que cette inconnue dont j'avais l'impression que dépendait quelque chose d'immense, d'infini, peut-être même son éternité. Oh ! vous pouvez pas savoir comme j'étais jalouse de cette Rachel, de cette femme qui me prenait mon père quand j'allais l'avoir enfin pour moi toute seule. " Rachel ! " cria-t-il alors une dernière fois, et sa main glissa de la mienne et il s'en alla, me plantant là toute seule... Vous pensez que si je lui mets, un jour, le grappin dessus je vais l'assaisonner cette Rachel qui a été la cause de tout ça. Car sans elle, jamais le père ne serait descendu du haut des Martyrs pour aller se faire aplatir par un taxi aux Filles-du-Calvaire. »

Plus tard, en fait bien des années plus tard, après que le quartier eut changé du tout au tout, que Claire Rageblanc, qui ne s'était jamais mariée parce qu'elle aimait en secret Pierre Boucheseiche, fut morte, et qu'à la place de la crémerie se fut ouvert un magasin plein de néons et de surgelés et que le Bœuf Couronné eut été transformé en marchand de fringues, au fond de l'Olympic, Janine, la quarantaine bien sonnée, mais toujours vieille fille, ayant, enfin, découvert l'identité ainsi que la vraie nature de cette Rachel, perpétuait encore, telle la dernière desservante d'une religion oubliée, cette geste qui avait commencé de l'autre côté de la Méditerranée, bien avant sa naissance, et qui de la rue des Martyrs s'était prolongée jusqu'aux Filles-du-Calvaire. Elle commençait, c'était réglé comme du papier à musique, par revivre la mort de son père dans les cris et les larmes, à grand renfort de coups de frein dans le couloir des autobus, boulevard des Filles-du-Calvaire. Certain jour, lorsqu'elle se sentait d'humeur plus nostalgique, elle se livrait à des considérations sur la qualité de la chaussée parisienne et se mettait à regretter amèrement les pavés en bois de son enfance, qui, sous les roues des véhicules, renvoyaient un son bien particulier, inimitable, poétique, même ; surtout lorsque la carriole du laitier chargée de bidons brinquebalants remontait dans le petit matin bleuâtre la rue pour se perdre ensuite sous les charmilles pleines d'oiseaux ; en fait les platanes de l'avenue Trudaine, métamorphosés par cet élan bucolique. L'eau même du caniveau rendait un gazouillis qu'elle ne retrouvait plus depuis que l'asphalteuse était passée. Elle dosait à merveille ses remarques sur le temps jadis, sur les humeurs des printemps d'alors et jusque sur les bienfaits de la vigne qui musardait encore, selon elle, à cette époque sur les pentes de Montmartre, avec les différents événements qui avaient présidé à la mort de ce père dont elle était le fidèle portrait. Arrivée à ce point de son récit, elle se ménageait une pause afin d'en appeler à témoins. Alors, se tournant vers Félix Frépillon, l'ex-marchand de journaux de la rue Clauzel, et l'un des derniers « potes » encore vivants, elle attendait que ce dernier acquiesçât d'un « craché comme son père, la gamine », ce qu'il ne manquait jamais de bredouiller, le nez dans son verre, s'assurant du même coup, pour cette figuration intelligente, un coin de table au chaud toute l'année et la consommation gratis. L'émotion à son comble, sentant qu'elle tenait son public, elle passait sans transition de l'hôpital, y abandonnant le Phoque sur son lit de mort, à la scène du café qui avait suivi l'enterrement quand, pour la première fois, elle avait révélé à la face du monde le nom de Rachel.

« Imaginez un peu. Nous étions là, comme aujourd'hui. Il y avait la crémière et puis aussi le père Sandor, le charcutier hongrois. Il s'y trouvait également Félix qui, lui, grâce au Ciel, est toujours là. Il y avait Mollet, le serrurier, et Miette qui faisait l'artiste peintre le dimanche à Montmartre et aussi la Chenard, une ancienne du Moyen-Age, le claque de la rue Ballu, qui, à la Libération, après avoir scalpé sa sous-maîtresse, s'était reconvertie dans la boulange. Tous crevés ou partis ailleurs. C'est comme ça quand le premier se débine, après, tout fout le camp. Faut dire que c'était vraiment le père qui faisait le ciment. Pauvre vieux ! C'était donc après le cimetière ; ils avaient bu et ils riaient. Et moi, j'étais là, au milieu de leurs rires, abandonnée avec tout mon chagrin, le Phoque aux Batignolles et déjà oublié. Et moi, je remettais ça sur cette Rachel qu'avait causé sa mort. C'était devenu une idée fixe. Je ne savais pas encore quels pouvaient bien être leurs liens, et pourquoi cette Rachel l'avait obsédé jusqu'à le faire galoper au Cirque d'Hiver. Ce dont j'étais sûre, c'était qu'elle se cachait sous un autre nom. Et que probablement j'avais dû déjà la croiser. Que c'était même sûrement quelqu'un du quartier. Lui, évidemment, avait découvert tout de suite qui elle était, mais il en était mort. Une Corse, ancienne fille nue à Tabarin, qui plastronnait dans la haute et dont il avait retrouvé la trace par hasard, avait dû lui casser le morceau... Il était mort, en emportant une partie de son secret... Mais les yeux, les yeux de cette femme il n'avait pu les emporter. Des yeux d'une couleur indéfinissable. Gris-vert, pailletés comme ceux du serpent. Des yeux qu'on ne peut oublier... » Elle se lançait alors dans une méticuleuse description de ce regard froid qui s'était assoupli, comme arrondi pour mieux l'enclore au moment où elle jetait une dernière fois, comme un appel désespéré, ce prénom de Rachel à l'exécrable harmonie.

Le cercle des habitués s'était comme par enchantement ouvert pour faire place à celle dont le quartier n'évoquait le nom qu'avec crainte, lui prêtant toute une truanderie. Maud Boulafière, dans une robe en jersey ponceau, le visage vultueux sous une chevelure incandescente et les seins nourriciers entre lesquels brillait une main de Fatma en argent, à la fois grasse et imposante, mais la jambe toujours bien alerte et fine, venait de poser son sac sur le comptoir et fixait Janine de son regard : « C'est qu'on dirait, petite, qu'elle t'a fait suer bigrement cette Rachel ? » balança-t-elle, en clignant de l'œil en direction de l'assistance de façon à mettre le public dans son jeu. Et tandis qu'elle prononçait ces paroles, une autre voix, au fond d'elle, criait : « Qu'est-ce qu'il y a pour te servir ? Tu aspirais si fortement vers moi. Tu voulais me voir et m'entendre. Je cède au désir de ton cœur : me voici ! » Comme Janine demeurait silencieuse, elle poursuivit à haute voix : « Semblerait que le Pierrot en avait lui aussi après cette garce ? Sais-tu ce qu'il lui voulait ? » Et alors que ces mots lui venaient à la bouche, une lumière affleura des profondeurs les plus secrètes de cette âme en peine : « Oui, je suis Rachel ! Celle qui veut le bien et fait le mal et ne souhaite que le silence et l'oubli. »

Racontant cette scène quinze, peut-être vingt ans après, Janine ramenait à la vie, au bruit de la rue, du café, ses paroles étouffées, comme scellées à jamais au fond d'une conscience inquiète, anticipant sur ce qu'elle allait par la suite découvrir. « Dès qu'elle parut dans le café, avec sa main de Fatma entre les nichons, je sus que son repos dépendait de moi. » Et elle ajoutait que ce qu'elle avait pu lui dire alors avait peu d'importance ; ces paroles n'étaient là que pour en masquer d'autres. Et que même si rien n'avait été vraiment dévoilé, ce jour-là, leurs âmes étaient déjà en confidence. Elle n'avait eu qu'à tendre l'oreille pour entendre la musique du désespoir. Son père se tenait entre elles, plus vivant que jamais, avec son lourd secret, ramenant d'un printemps depuis longtemps éteint les cris indestructibles d'une mère, hurlés dans la nuit. Oui, l'horrible malentendu qui opposait une mère à sa fille. Les effets d'un sang trop lourd, d'une race trop riche. Un pardon à gagner, une faute à expier.

Quoi que Janine-l'Agrément ait pu raconter après coup pour faire remonter à ce vendredi 6 juillet 1961 sa prescience de ce qui allait par la suite arriver — et il faut dire que pour battre la mayonnaise, elle s'y connaissait, cette shéhérazade des faubourgs —, on était cependant bien loin, en cette fin de matinée, d'entendre dans le bar-tabac, sous le plafond peint où s'étalaient de grosses gaudrioles, comme elle le prétendit par la suite, le froissement des ailes de l'Ange de l'Expiation. Maud Boulafière que le quartier soupçonnait d'avoir repris à son compte la gérance de l'ancienne pension Emma et d'y mener de sales affaires en sous-main s'était bien arrêtée un instant, ce jour-là, à l'Olympic. Certains prétendaient qu'elle se livrait au recel d'objets volés par une bande parce qu'on avait, disait-on, aperçu dans l'escalier de l'ancien bordel deux magnifiques tableaux, sans doute entreposés là afin d'être présentés à d'éventuels acheteurs; d'autres, qu'elle exerçait toujours malgré la loi sur la fermeture des maisons closes le très lucratif métier de proxénète, ne tenant pas un cheptel à proprement parler à demeure, mais convoquant selon le goût du client par téléphone la personne qui à coup sûr ferait l'affaire. Ceux qui en tenaient pour ce beau métier des armes ajoutaient qu'elle y trafiquait aussi du bambin gominé et de la mignonnette en organdi, car dès le mois de mai et spécialement le vendredi on avait surpris à maintes reprises s'engouffrant sous le porche de la maison de la rue Rochechouart des troupeaux entiers de communiantes et de communiants en brassard. Comme chaque vendredi matin, sur le coup de onze heures, Maud Boulafière, qu'il plût ou fît soleil, remontait à grandes enjambées la rue des Martyrs, un cabas à la main, débouchant de la rue Hippolyte-Lebas où elle s'était arrêtée quelques instants à la poste. Or si elle entra ce jour-là à l'Olympic, quoi que soutînt par la suite Janine qui voulut faire de cette station l'une de ses habitudes hebdomadaires, ce fut bien pour la première et la dernière fois. Quand elle s'aventura à le prétendre, les anciens habitués du café avaient fait place à de nouveaux; et ce n'était certes pas le vieux Félix qui eût osé contester ce fait hautement historique pour se voir ensuite priver de son coin de table et de ses petits verres de blanc gratis.

Si Maud s'arrêta à l'Olympic, le jour de l'enterrement du patron, c'est que, les PTT étant en grève, elle avait trouvé porte close au bureau de poste; manquant donc de timbres pour affranchir, comme chaque semaine, une lettre qu'elle destinait à une mercière de sa connaissance, elle était entrée dans le bar-tabac. Tout de suite, elle avait reconnu Claire Rageblanc, une ancienne de l'époque du Monte-en-l'air. Elle s'était postée au bout du comptoir et avait commandé une grenadine, sans prêter attention à la conversation des habitués. Elle n'avait pas sourcillé quand Janine, déjà un peu pompette après la troisième tournée de muscadet, s'était écriée dans un moment d'exaltation : « J' te jure que si je lui mets la main dessus, je lui ferai sa fête à cette Rachel... » Elle avait vidé son verre et était sortie non sans avoir salué en passant la crémière d'un « Bonjour, Claire » auquel cette dernière n'avait même pas eu le temps de répondre, Maud ayant déjà passé la porte. « Au fond, on peut dire ce que l'on veut, mais c'est tout de même quelqu'un, la Maud », avait constaté la Rageblanc en prenant les habitués à témoin, toute fière que celle qui était encore l'instant précédent une ennemie l'eût reconnue. Pour rendre tout à fait justice à la crémière, il faut ajouter qu'elle fut la première à remarquer, entre Yvonne la fiancée de Joseph Tardiveau et Maud, une ressemblance étonnante dans le regard mais aussi dans la couleur des cheveux. Ressemblance qui, de toute évidence, n'avait pas frappé Janine, laquelle s'était contentée de hausser les épaules. Il lui fallut bien en convenir, quand le jour du mariage, qui eut lieu une semaine tout juste après l'enterrement de Pierrot, et auquel elle tint à assister tel un reproche muet pour mieux stigmatiser l'infidélité de celui qu'elle avait considéré, un temps, comme son homme, elle aperçut, au bras du Chinois, à l'écart dans l'obscurité du transept, la tôlière de la rue Rochechouart. Ses yeux brillaient d'une lueur étrange. Ombre ardente et changeante qui semblait s'embosser à l'une des mosaïques dont la lueur des cierges, par instants, faisait frémir les ors. Au moment où, à l'orgue, le charcutier hongrois entamait la marche nuptiale, elle la vit sortir un mouchoir de son sac. « Ma foi, c'est qu'elle serait émue, la mère maquerelle », dit Janine en tirant par la manche Claire Rageblanc. Au bras de Jojo, Yvonne, qui n'avait pas renoncé à sa robe en vichy, mais qui pour l'occasion s'était coiffée d'un voile blanc, s'avançait, éclatante dans sa rousseur, vers la sortie où Amédée Roubichou et Guénolé Pouldourec l'attendaient avec leur sac de riz, quand, arrivée à la hauteur du pilier derrière lequel s'était embusquée Maud, elle tourna la tête. Alors, il y eut dans la pénombre comme l'éclair de deux regards jumeaux qui se réfléchissaient l'un l'autre. Cette légère hésitation n'échappa pas à Janine qui, rendant justice à la crémière, lui souffla à l'oreille : « C'est que ça se pourrait que t'aies raison. C'est vrai qu'elles ont bien un air de famille, ces garces ! »

## 5

Le jour tombait. L'été, avec son orage, s'était tapi au cœur de la ville. Une fois encore, dans la lumière crépusculaire, Maud se retrouvait à la pension Emma, captive de son propre enchantement. Elle était assise, en peignoir, dans le fauteuil du vieux Chouin. On n'avait jamais pris soin de le faire recouvrir, et comme le reste de la décoration il était demeuré à l'identique. On avait seulement jeté sur le billard, personne n'y jouant plus, un drap blanc en guise de housse, ce qui, au délabrement des lieux, ajoutait un air d'hôpital. On eût dit un lit sur lequel eût reposé un mort flottant à l'abandon dans la pénombre. Face à Maud épanouie l'inspecteur Maurice Changarnier se balançait dans un rocking-chair en rotin rouge au vernis écaillé. Il paraissait, avec l'âge, s'être rétréci. Mais son corps agile, robuste et élastique comme celui des reptiles, pouvait se tendre d'un seul coup. Son teint jaunâtre était presque cireux et ses cheveux bruns, domptés par de la gomina à l'effluve de violette, barraient son front. Ses yeux gris n'avaient rien de remarquable, mais qu'il les clignât et ils prenaient aussitôt une expression rusée. Il frappait par une vivacité extraordinaire, même quand il était au repos. En se balançant sur sa chaise, la tête en arrière, le col défait, prêt à entrer dans la peau d'un brave bourgeois qui attend ses pantoufles pour mieux profiter de sa soirée d'été, il demeurait aux aguets. Car l'orage n'était pas seulement sur la ville mais entre eux. Une vieille querelle de couple dont ils avaient oublié jusqu'au véritable motif et qui donnait au sentiment, par ailleurs profond, qu'ils se portaient une sorte d'aigreur diffuse ; un grincement, où tout prétexte était bon pour se chercher noise. Ils s'épiaient sans savoir de qui viendrait la première attaque. L'orage, la lumière rasante du soir, une sorte de moiteur dans l'air, le parfum entêtant de la violette bon marché, tout concourait à un éclat. Dans un coin, près de l'ancien bar sur l'étagère duquel on n'avait pas même pris la peine de remplacer les bouteilles vides d'Arquebuse et de Byrrh, jouait en sourdine un électrophone. Le Chinois se déplia, tendit un bras et tourna le bouton de l'appareil.

« C'est agaçant à la longue ces gueulades. C'est du boche. T'y comprends rien, alors qu'est-ce que t'as à écouter ça ?... »

Maud se leva et remit l'appareil en marche. « Moi, ça me plaît...

— Bon ! bon ! Ce que j'en disais c'était pour nos oreilles...

— C'est du Wagner et c'est très beau...

— Peut-être, mais ça gouale trop fort. On dirait qu'il est en colère... Qu'est-ce qu'il lui passe à sa bonne femme...

— Et d'abord, c'est pas une bonne femme, c'est Kundry. Et celui qui l'appelle, c'est le magicien Klingsor qui se sert d'elle. Elle, c'est une bourlingueuse et il veut qu'elle rapplique. Mais elle, elle ne veut rien savoir. Elle veut seulement dormir pour oublier qu'elle a été maudite... »

Maud parlait à voix basse comme si elle se délivrait d'un secret tandis que la musique de Wagner venait à grands coups de boutoir, jetant ses ressacs, submerger de son flux la pièce. Elle racontait l'histoire de cette femme une fois entendue par hasard, il y avait des années. Comme elle, elle en appelait à l'engourdissement pour se sauver. Car si elle restait dans cette tôle en ruine avec ses souvenirs et ses terreurs d'enfant, avec le Chinois qui, glissant comme une ombre, contrôlait chacun de ses gestes, ce n'était que pour se conformer au destin de cette femme qui était demeurée dans le jardin enchanté pour attendre l'objet de sa délivrance. Elle aussi attendait l'enfant qui la reconnaîtrait, amenant à sa fin la faute et son remords.

Le Chinois l'écoutait. Il la regardait se transformer devant lui. Se déployer dans son peignoir japonais comme un papillon nocturne. Il sentit qu'il avait sa place dans cette histoire peu claire où quelqu'un devait venir. Il brisa ce charme qui lui devenait insupportable.

«Mais qui donc a bien pu te mettre toutes ces idioties en tête?... C'est encore le Roubichou, je parie...

— Laisse tranquille Amédée... C'est vrai. C'est lui qui m'a donné les disques... Mais le reste c'est une très vieille histoire... Oh! vieille comme le monde... C'est l'histoire des femmes de notre famille... Mais au fond qu'est-ce que ça peut te faire? Qu'est-ce que tu connais, toi, aux femmes, puisque tu te veux chaste?»

Elle avait attendu ce moment pour réintroduire, avec un sens infaillible, le couteau dans la blessure. Le Chinois accusa le coup. Son visage ne bougea pas. Son regard seul capta une lueur d'orage. Ce fut rapide, mais on put entendre le crime entrer à pas de loup dans la pièce.

Maud profita de l'avantage. «Ça en fait à présent trois. A quand le prochain?

— Le prochain quoi?

— Mort évidemment. Parce que tu ne vas pas me dire qu'après José... Oui, Fernand Crevel, et la femme-tronc, tu ne lui as pas fait la peau au Pierrot. Oui... oui... Tu as toutes les bonnes excuses... Tu vas me dire le contraire mais je ne te croirai pas. Il rapplique comme un dératé aux Filles-du-Calvaire et au moment où il traverse le boulevard, voilà qu'il se fait faucher par un taxi... Et naturellement jamais retrouvé le taco; et naturellement tu ne t'es jamais demandé qui il pouvait bien venir voir aux Filles-du-Calvaire? Hein? Que pouvait-il bien y venir chercher? Dis-le-moi, Chinois! Parce que toi, tu le sais! Tu savais aussi qu'il connaissait un truc... Car ce n'était pas pour reluquer la trombine de Maud qu'il venait aux Trapézistes, mais pour Rachel. Car il avait deviné quel était mon vrai nom. Comment? Je ne le sais pas encore mais je le découvrirai, va. Ce dont je suis certaine, c'est qu'il connaissait quelque chose qui pouvait m'intéresser; quelque chose que tu ne voulais pas que je sache. Mais le jour où je l'apprendrai, je te promets, le Chinois, que tu ne seras plus à la fête, malgré tes petites combines et tous tes Poignardeurs.

— Il voulait empêcher le mariage d'Yvonne avec le fils Tardiveau... Et je savais combien ce mariage t'importait.

— Oui, c'est vrai, fit Maud, après un instant de réflexion. Ce mariage me faisait plaisir. Elle avait bien le droit à un peu de bonheur après ce qu'elle a eu à subir. Et puis un boucher, un boucher! Mon père était boucher, alors ça fait partie des traditions de la famille. Mais même si Pierrot faisait sa tête de lard, il n'y avait pas de quoi le faire aplatir par un taxi...

— Je te jure, Maud, je te le jure... C'était un accident... Oui, un accident...

— Et les deux autres ? Fernand, tu lui as bien fait faire le cochon pendu, en haut du cirque ; et la Mirabelle, elle a bien été écrasée comme une bouse par l'éléphant...

— Mais c'est toi qui les avais menacés ! Souviens-toi. Je n'ai fait qu'exécuter tes désirs.

— Alors, tu avoues ! C'est toi !

— Non, j'ai seulement donné l'ordre de les secouer un peu. Le reste, ç'a été de la malchance... Tu sais comment ces choses arrivent : on fait un nœud coulant et puis... couic, on se retrouve pendu.

— Oh ! si tu savais comme certains jours tu me dégoûtes, mon pauvre Chinois. »

Cette dernière phrase avait été dite sur un ton de résignation, comme si au-delà du crime — car elle savait bien malgré les protestations du commissaire qu'il y avait eu crime — elle faisait la part de la fatalité qui se trouve au fond de chaque être. On y percevait même une sorte de tendresse, fruit de cette soumission qu'elle s'était imposée à l'égard de cet homme, comme elle un rescapé de la vie.

La nuit venue, ils continuaient, comme chaque fois qu'ils se rencontraient, à se retirer des échardes du cœur et à s'en enfoncer d'autres. A un certain moment, le commissaire posa un pied par terre pour interrompre le balancement du fauteuil puis il regarda sa montre.

« Il ne viendra plus aujourd'hui, fit-il. Son heure est passée... J'aurais pourtant bien voulu voir comment Bolko s'en tire en chauffeur de maître...

— Bolko ! s'exclama, étonnée, Maud.

— Oui, Bolko ! Ton petit copain Bolko, tout Herr Graf qu'il est, je l'ai casé comme chauffeur chez les Le Cailar... Fallait lui trouver une planque... Un déserteur avec la Légion au cul, c'est plutôt encombrant... Et puis, monsieur l'académicien n'avait rien à lui refuser... Il a simplement fait un peu la grimace en voyant son passé lui sauter au visage...

— Mais tu m'avais caché ça, dit Maud, sur un ton de reproche. Tu vois comme tu es. Tu ne dis les choses que par petits bouts...

— Quand le Dédé a rappliqué aux Trapézistes, tu as bien dû te douter que l'autre lui collerait aux fesses... »

Le Chinois rappelait, à ce moment, une histoire vieille d'au moins cinq ans, quand un beau matin André Florelle, dit Petit Dédé, un ancien de la Milice, engagé à la Légion en compagnie de son ami de cœur, le comte Bolko von Salza, ancien lieutenant de la Propagandastaffel, s'était retrouvé sur le trottoir devant le café des Trapézistes, aux Filles-du-Calvaire. S'étant souvenu qu'il était, de tous les micheтonneurs ayant défilé à la pension Emma, le préféré du père Chouin, Maud l'avait accueilli à bras ouverts et en avait fait son commis. Derrière le zinc, il se trouva aussi à l'aise que s'il avait toute sa vie tiré des petites mousses et servi des guignolets. De la caisse, où elle semblait comme embourbée dans ses pensées intérieures, Maud, cependant inquiète, lui balançait des regards à la dérobée ; elle eut tôt fait de comprendre qu'il était arrivé au terme de son long voyage. Ce café paraissait l'avoir attendu depuis toujours. Il s'y était tout de suite incrusté jusqu'à en prendre la couleur ; et peu à peu, il était devenu l'âme de cet établissement. Ce n'est que par la suite que Maud apprit ce qui s'était véritablement passé dans le Sud tunisien.

Tricards de l'Occupation, Dédé et le Bolko, aidés par le Chinois qui leur avait procuré des faux passeports, avaient fini par gagner l'Afrique après avoir erré quelque temps en Espagne. On les avait retrouvés trafiquants à Tanger, ferrailleurs à Tunis, puis engagés dans la Légion où ils passaient pour des copailles. Dédé rechignait un peu devant les grands élans sentimentaux de son camarade et préférait de beaucoup s'en taper une en douce, ou se dégourdir avec la Djemila, une ancienne chanteuse d'avant la guerre au Palmarium de Tunis qui, avec Froufrou, une autre épave du music-hall, tenait salon certains soirs chez Pépète à Moul-el-Bacha, un bled à quelques encablures de sable de Tataouine. Elle gardait ses nippes et lui son képi sur la tête, et ils y allaient pour un quart d'heure de bonheur tandis que l'Allemand, au rez-de-chaussée, jouait à l'harmonica un truc à fendre l'âme. Un jour qu'après s'être soulagé il rajustait son froc, Dédé cria par-dessus le moucharabieh qui donnait directement dans la salle du bas : « Eh ! Bolko, C'est-y que tu ferais grève de musique aujourd'hui ! » En effet, dérogeant à son habitude, l'Allemand n'avait pas joué de son harmonica. En redescendant, Dédé trouva la salle vide à l'exception de Pépète, le patron, un ancien malfrat marseillais, qui, derrière son comptoir, s'éventait d'un vieux journal. L'air était poisseux et la seule musique que rendait la pièce vide était le bruit des mouches et celui, plus irrégulier, d'un ventilateur asthmatique qui tournait ses palmes au plafond. « Où est-il ? » demanda Dédé, inquiet. Le patron se contenta de hausser les épaules. De toute évidence, il se désintéressait de la situation qu'il avait tout de suite perçue comme explosive. Il en avait connu pourtant, de Tataouine à Bir Kecira, chez les Joyeux comme à la Légion, de ces petits durs qui avaient convolé pour un « mariage d'Afrique ». Mais aucun de ces couples de fortune ne lui avait paru plus terrible que celui que formaient le parigot et le grand boche. Il y avait quelque chose de fatal chez ces deux-là, dans la manière dont « ils se tournaient autour du pot » comme il disait sans plaisanter, montrant que lui-même connaissait ce genre de situation, ayant eu jadis, à la relégation, certaines amitiés d'hommes qui lui avaient laissé un regret profond, en tout cas une nostalgie. Comme Dédé revenait à la charge, il lui indiqua du doigt le cabanon qu'on entrevoyait par la porte ouverte, derrière une touffe de palmiers. Dédé se dirigea lentement vers l'oued. Arrivé presque à la hauteur de la cabane de torchis, sans doute avec sa petite coupole badigeonnée à la chaux un ancien marabout désaffecté dont on se servait comme remise, Dédé s'arrêta net. C'était le soir, et les hirondelles avaient commencé leur ballet sur l'eau. Tout paraissait si calme, la terre rouge et ocre, le vert acide des jeunes feuilles de bananiers ; et pourtant, il ressentit comme une effroyable violence dans l'air saturé d'odeur de jasmin. Le nœud d'un orage. C'est alors qu'il entendit le premier soupir, et à ce soupir, en écho, un râle, presque un cri. Il bondit vers la cabane. D'un coup de pied, il en ouvrit la porte ; et avant même que l'Allemand ait pu relâcher son étreinte et se désengager du corps du jeune Arabe qu'il tenait sous lui, Dédé lui avait planté son couteau à cran d'arrêt dans le dos.

Le lendemain matin, sur la place d'armes, entourée de ghorfas appuyés contre les murs du fort où l'on abritait les goumiers méharistes, le caporal-chef André Florelle ne répondit pas à l'appel. Le sergent Bolko fut conduit d'urgence à l'hôpital de Gabès car l'arme qui l'avait blessé avait glissé le long d'une côte et transpercé la plèvre qui s'était infectée. L'Allemand resta plus d'un mois avec des accès de fièvre qui firent craindre pour ses jours. Dans son délire, il appelait Dédé, et malgré l'infirmier et les sangles qui le maintenaient sur le lit, parfois, il arrachait ses pansements en criant : « Je te l'avais bien dit que tu finirais par m'aimer... Je t'ai mangé le cœur. Et c'est toi maintenant qui m'as dans la peau... » Quelques jours plus tard, à l'inspection matinale, l'aspirant médecin trouva le lit vide. Sur le registre de la IIe compagnie du 1er Régiment étranger d'infanterie, le nom du sergent Bolko fut à son tour porté, sous celui du caporal Florelle, comme déserteur et espion.

« ... collerait aux fesses ! reprit Maud. Tu veux peut-être m'annoncer que je vais voir rappliquer le Bolko, à son tour, aux Filles-du-Calvaire ? Ça serait le pompon !

— Tu vois comme tu es, tu prends tout de suite la mouche ! Mais non, il ne sait pas où se trouve Dédé. Et c'est pas moi qui irai le lui dire. De toute façon, il s'est calmé. Je crois qu'il n'en pince même plus pour lui. Ces trucs-là, ça passe. C'est au tour de Dédé de s'être chopé un mauvais coup au palpitant...

— Ça, c'est encore à voir... » fit Maud, sceptique car elle connaissait son Dédé. Elle l'avait, depuis qu'il lui était revenu, décortiqué, jour après jour, décapé, afin de mieux rendre à la réalité des Filles-du-Calvaire cette épave.

La nuit était tombée. « Tiens, fit Maud, ça sent le chou, comme au temps de la mère Roubichou. » Et cette idée soudain que quelqu'un au quatrième dans l'escalier A mitonnait à la même place que l'ancienne postière en plein été du chou la réconforta. Les choses ne se déliaient dans la mémoire que pour mieux revenir et apporter aux rescapés selon les jours, les saisons et les inclinations de l'âme, soit, avec le regret, les morsures douloureuses du souvenir, soit le crépusculaire et très salutaire apaisement devant cette communauté de destins où chaque geste, chaque idée, ne sont que le balbutiement d'autres à venir, comme un motif à reprendre sur la tapisserie éternelle du temps. « Le chou de la Roubichou », soupira à nouveau Maud, avec une délectation particulière, retrouvant du même coup l'accent du vieux Chouin que cette odeur cuisinière, perçue un soir d'été comme celui-ci, avait soudainement rappelé à la vie. Le Chinois décrocha son vieux panama jauni et se faufila dans la nuit. Il s'en allait vers son destin, vers l'une de ces salles de boxe où il se rinçait l'œil de quelques petits coqs campés sur leurs ergots qui se ramponnaient jusqu'au KO ou encore plus probablement vers l'une de ses planques d'où il lançait ses troupes, pour se racheter d'être né dans la peau d'un salaud.

Maud regarda la pendule. Elle marquait onze heures. « Il ne viendra plus, et c'est tant mieux ! » se dit-elle. Il lui fallait un peu de temps pour se faire à l'idée de revoir son vieil ami de l'époque de Tabarin, le comte Bolko von Salza travesti en chauffeur de maître.

Ce soir-là, en effet, elle avait attendu en vain l'académicien Thierry Le Cailar-Dubreuil. Elle devait apprendre par la suite, de la bouche même du maître, pourquoi il avait séché à la pension Emma sa séance hebdomadaire du vendredi qui tout naturellement donnait suite à celles du dictionnaire, la veille, au Quai Conti. Sa femme qui, pour un oui ou pour un non, lui promettait de « retourner chez sa mère » — alors qu'il y avait longtemps que celle-ci était morte, lui ayant d'ailleurs laissé une fortune considérable — avait mis sa menace à exécution. Maud pensa sur le moment qu'elle n'avait pas dû supporter la présence du nouveau chauffeur et l'inadmissible intimité de celui-ci avec son époux. En fait, elle était tombée par hasard, dans le bureau de son mari où elle cherchait le papier à lettres qui lui manquait, sur une boîte en carton ; et quelle ne fut pas sa surprise en l'ouvrant de trouver un lot de photos des plus équivoques. Des communiants et des communiantes par deux ou en groupe sur un lit et pris dans des poses qui ne laissaient aucun doute sur les activités auxquelles ils se livraient. Tous, filles comme garçons, paraissaient avoir dépassé depuis longtemps l'âge de renouveler les promesses du baptême. De toute manière, et malgré le flou des clichés, qui révélait derrière l'objectif l'amateur, certains communiants produisaient, l'œil rigolard et le brassard au bras, par la braguette de leur pantalon Eton, une mâture qui d'évidence ne pouvait appartenir à un chérubin, même en âge de recevoir l'Esprit saint. Quant aux fillettes, robe d'organdi par-dessus tête, elles affichaient, pour la majeure partie, un fessier suffisamment copieux, laissant selon l'écartement des jambes apparaître un peu plus qu'un léger duvet. Les marques de doigts gras, le fait qu'elles fussent cornées, montraient bien que ces photos avaient abondamment servi à accélérer de petites excitations intimes. « Le sale branleur ! » s'était écriée Marie-Josée Le Cailar-Dubreuil hors d'elle. « Et dire que je l'ai cru, chaque fois qu'il se refusait à moi par amour de la Sainte Vierge. Ah ! il fallait savoir choisir ! On ne pouvait pas avoir à la fois de l'inspiration, pulvériser les ventes à la Procure et vivre une vie de couple épanoui, qui sous cette appellation bourgeoise, disait-il, ne serait qu'une vie de désordres. Eh bien, moi, je veux vivre cette vie de désordres et je retourne chez ma mère ! » « Bon débarras ! » avait froidement rétorqué le maître. Mais les choses ne furent pas aussi simples. Après avoir claqué un nombre suffisant de portes pour mettre au courant la domesticité qu'il y avait un peu plus que de l'eau dans le gaz et s'étant retrouvée valise à la main dans l'escalier du bel hôtel de la rue de Varenne qu'elle avait hérité, justement, de cette mère à qui elle en appelait, elle se reprit et rebroussa chemin. Dans le vestibule, elle se campa devant le portrait par Laszlo d'une femme tenant en laisse des lévriers ; la prenant à témoin, elle s'écria : « Tout cela est de ta faute. Si tu ne m'avais pas forcée à me rendre à ce goûter de communion chez ces cousins, parce que tu voulais voir leur bordure d'hortensias dans leur jardin de la Muette, jamais je ne l'aurais rencontré et jamais il ne m'aurait déchiré ma robe d'organdi sous les buissons ; et jamais non plus je ne l'aurais épousé. Ah ! je m'en souviendrai de tes hortensias et de ce 3 juin 1928 ! Comme je te déteste, ma pauvre maman ! comme je te déteste ! Encore mieux qu'à un premier bal, c'est le jour de sa communion qu'une fille dégourdie, disais-tu, appâte son futur mari ! Avec tes idées, tu vois dans quels beaux draps tu m'as mise ! » Ensuite, elle était retournée dans le bureau et avait fauché une partie des photos compromettantes. « Avec ça, je vais vous en faire baver, monsieur l'écrivain catholique ! »

« Tu ne peux pas t'imaginer, dira l'écrivain, quand il racontera cette scène à Maud la semaine suivante, dans quel état elle se trouvait. Une véritable harengère ! Et les mots orduriers qui lui venaient naturellement à la bouche, que je ne saurais même pas te répéter ! Où donc avait-elle été chercher tout cela? Certainement pas aux Oiseaux où elle fut élevée. C'est drôle, comme on peut vivre des années auprès d'un être sans vraiment le connaître. Elle devait avoir une autre vie, d'autres lectures que je ne soupçonnais même pas. La vie secrète de Marie-Josée, quel bon titre, non?, pour un roman dont le sujet serait une femme du monde qui s'encanaille. Quand elle m'a déclaré qu'elle me coupait les vivres et que je pouvais faire mes valises, je t'assure, Maud, je t'assure que j'étais soulagé. Cette nouvelle qui m'aurait certainement détruit quelques semaines auparavant, peut-être même poussé au suicide, provoqua chez moi un apaisement. — Mais comment vas-tu vivre à présent, mon pauvre Thierry, demanda Maud, toi qui as l'habitude du luxe? Et puis le scandale! Si elle met ses menaces à exécution! Tu imagines un divorce pour un écrivain catholique!» Il devait aussitôt la rassurer. Il avait fait agir l'archevêché pour désamorcer la bombe. Le soir même, le confesseur de sa femme se faisait annoncer rue de Varenne. En quelques mots bien sentis, il lui laissa entrevoir que le beau destin d'épouse du plus grand écrivain catholique, l'un des piliers de l'Église depuis la mort de Paul Claudel, nécessitait parfois de petits sacrifices. «Mais vous avez vu, mon père, les photos... Tenez, je vais vous les montrer... Des braquemarts, mon père... — Pas besoin, mon enfant, rétorqua le jésuite, je sais ce que sont ces choses...» Rapidement, ils en vinrent aux modalités d'une séparation de corps. «De corps, hoqueta-t-elle, mais comment séparer des corps qui n'ont jamais été unis? — Ma fille, vous exagérez...» Voyant qu'il y avait là une âme en rébellion, après l'équitation qu'il lui avait un temps conseillée pour la calmer, et la musique à laquelle il l'avait initiée ensuite, dans l'espoir que cette nouvelle passion mettrait un frein à ses désirs, il lui proposa sans détour les thés dansants du Ritz comme palliatif à ses petites misères de femme. L'idée de ces thés dans un palace la ravit. Elle perçut là un air de liberté et de luxe fort nouveau et, sur-le-champ, elle souscrivit aux conditions de la séparation. Thierry Le Cailar allait enfin avoir les moyens de se commander sans y regarder, la lingerie fine dont il s'affublait sous son bel habit vert d'académicien qu'il ne manquait jamais de porter chaque «vendredi» pour se rendre à la pension Emma. Lingeries féminines et coûteuses dans la mesure où il se les faisait déchirer lors de ces «enchantements», comme il dira par la suite en évoquant ses visites hebdomadaires rue Rochechouart, par de jeunes communiantes «ad majorem Dei gloriam».

En effet, bien avant même qu'il ne fût élu au trente-deuxième fauteuil de cette illustre institution, qui avait été celui des deux hommes qu'il vénérait le plus, le grammairien Vaugelas et Mgr Grente, il avait pris l'habitude de rendre visite à son ancienne amie des temps héroïques de la Joyeuse Collaboration. Dès qu'il avait été de retour d'Espagne où il avait passé quelque temps à la Libération, il avait retrouvé le plus naturellement du monde le chemin de la colline enchantée. Malgré sa condamnation à dix ans de prison et à l'indignité nationale, on lui avait assuré qu'il ne serait pas inquiété s'il refaisait surface dans les salons parisiens. Maud l'avait accueilli à bras ouverts. C'était justement un vendredi, jour où elle-même, quittant en grand secret son café des Filles-du-Calvaire, revenait à la pension Emma pour reprendre des forces et conseiller Felfel à qui elle avait confié la direction de l'établissement. Ruiné, rejeté par ses amis et ce qui lui restait de parents, elle lui avait aussitôt proposé de l'héberger, le temps de voir venir. Elle l'avait incité à renouer avec sa cousine Marie-Josée Dubreuil, rencontrée par hasard lors d'un dîner chez un ancien ambassadeur de Vichy. «Tu vas me faire le plaisir de l'épouser. Sinon gare à ton matricule! Une tréfileuse en plus, c'est pas tous les jours que ça se rencontre sous les sabots d'un cheval...» lui avait dit Maud assez brutalement, en le rappelant aux dures réalités de la vie. Le Chinois avait veillé à remettre l'ancien journaliste de *Je suis partout* en selle. Il avait organisé la rencontre avec cette cousine. Maud avait été mise dans le secret de ces grandes manœuvres, qui s'annonçaient délicates, car la réputation de brebis galeuse de Thierry n'était plus à faire même dans sa propre famille. «C'est un paquet, cette fille-là. Tu peux imaginer ce que ça représente, la plus grosse tréfilerie du Havre!» lui avait dit le Chinois. Maud ne se représentait rien du tout, mais en revanche le mot de tréfileuse fut inventé sur-le-champ. Le mariage eut lieu à l'automne de 1949. Dès l'annonce de ses fiançailles, Thierry Le Cailar avait vu s'ouvrir devant lui des portes qui, depuis son retour, étaient malgré ses efforts demeurées fermées et bien avant même son mariage en grande pompe à Sainte-Clotilde, il signait des articles dans *Le Figaro* et dans *La Revue des Deux Mondes,* qui était alors la meilleure antichambre à l'Académie. Il sut rendre de bonne grâce, sans ostentation, avec une modestie de bon aloi, de petits services qu'on appelle renvois d'ascenseur et qui font une partie du charme de la vie littéraire parisienne. Il le fit si bien qu'il se mit dans les petits papiers de vieux académiciens, lesquels, tout naturellement, de la façon dont il savait louanger, mais également décortiquer leur dernier livre, virent en lui un fils spirituel. Il n'en fallut pas plus pour qu'il se trouvât l'héritier légitime d'une demi-douzaine de fauteuils Quai Conti, avec en espérance une élection de maréchal. On avait oublié son passé ; et même quand ce passé revenait à la charge par quelques allusions fielleuses dans un article d'un confrère jaloux, il se trouvait toujours une plume, et souvent la moins suspecte d'avoir prôné la Collaboration, pour voler à son secours.

Ainsi, quand éclata l'« affaire des commodes » et que son nom apparut dans tous les journaux, ce fut au tour du grand A. G. J. Mondonville de se réveiller d'un lent engourdissement qui l'avait saisi, vingt ans auparavant, au sortir de la trentaine d'ouvrages au titre générique : *De quelques aspects du monothéisme sémitique,* pour prendre sa défense car, selon ce bel esprit, l'on ne pouvait faire retomber la faute d'un oncle sur la tête d'un neveu, si proche fût-il. L'affaire, à cette époque, avait suscité bien des remous car au-delà d'une indélicatesse, elle stigmatisait les rapports secrets de la grande bourgeoisie avec les dirigeants nazis durant l'Occupation. En deux mots, voici ce dont il s'agissait. Antoine Le Cailar, le président des Aciéries de l'Est, possédait trois superbes commodes que la reine Marie-Antoinette avait commandées à l'ébéniste Riesner pour ses appartements de Saint-Cloud. Lors d'un dîner chez l'ambassadeur de Brinon où se trouvait le Reichsmarschall Goering, il proposa à ce dernier, entre la poire et le fromage, de lui céder ses trois commodes. L'affaire fut conclue sur-le-champ et le maréchal paya sans sourciller une somme assez considérable qui permettait au président des Aciéries d'attendre de meilleurs jours. A la fin de la guerre, quand, sous l'égide des Américains, on rechercha à travers l'Allemagne les grandes collections juives sur lesquelles les nazis avaient fait main basse, Antoine Le Cailar, bien qu'il ne fût pas juif, demanda la restitution de son mobilier que les Allemands, selon lui, avaient saisi. Comme on ne retrouvait pas les commodes, le gouvernement français le dédommagea d'une forte somme. A quelque temps de là, la commission de restitution tomba, par hasard, sur la correspondance de Goering et de l'homme d'affaires français. Dans une lettre que ce dernier avait adressée au maréchal, il se félicitait d'avoir trouvé un acquéreur de goût pour ce mobilier et lui demandait de verser la somme dont ils étaient convenus dans une banque suisse. Le gouvernement français préféra étouffer l'affaire et fit simplement savoir à l'ancien patron des Aciéries qu'il se devait de restituer, dans les délais les plus courts, l'argent qu'on lui avait versé. Cependant, ce dossier, entre le moment où il quitta le ministère des Affaires étrangères et celui où il vint atterrir sur le bureau du ministre des Finances, passa par une salle de rédaction, et le lendemain le quotidien *Combat* révélait sur une page entière l'entourloupette. L'article de A. G. J. Mondonville — à qui Thierry finit d'ailleurs par succéder à l'Académie française en 1959 — et un dîner que donna Marie-Josée pour Maurice Petsche, le ministre des Finances d'alors, mirent un terme à cette série d'articles fielleux.

Si l'on excepte cet accroc, d'ailleurs vite oublié, la carrière du futur académicien se déroulait parfaitement. Trop parfaitement, peut-être. De cette prodigieuse réussite — disons plutôt rétablissement — il eut le vertige. Il sentait bien que certaines choses lui échappaient. Parfois, il entrevoyait dans l'ombre quelqu'un qui travaillait pour lui et qui, ce faisant, le frustrait de son destin. Sa vie semblait lui échapper. Lors d'une de ses visites hebdomadaires à la pension Emma, il se confia à Maud : « Ma vie s'en va, je ne sais pas par où, mais j'ai l'impression qu'on me vide. Dans l'ombre, il y a quelqu'un qui me lie les mains. Je n'ai pas à me plaindre : dès que j'ai un problème, avant même que j'y trouve une solution, celui-ci est aplani. »

Maud avait, bien entendu, sa petite idée sur cet homme de l'ombre, mais elle se garda de lui en faire part. Comme depuis longtemps elle avait compris que le Chinois ne conduisait son ancien camarade de Janson par les chemins de la gloire vers une mort infâme que pour mieux se tuer lui-même, Maud décida que Thierry Le Cailar-Dubreuil échapperait au commissaire par la littérature. C'est elle qui lui donna le sujet de *Judas Iscariote,* dont le baiser était prévu de toute éternité pour servir le rachat du monde. Elle lui montra toute l'injustice de ce destin et combien fut grand le sacrifice de l'apôtre. Lorsqu'il fut en panne de sujet, après la parution de son premier livre, c'est encore elle qui lui fit lire les lettres d'Emma. En lui racontant l'histoire de sa grand-mère et la mort de la cousine dans les WC, elle lui fournit le thème de *La Trahison des vierges* qui devait obtenir le prix Louis Veuillot. Par ce livre, elle pressentait que quelque chose de sa grand-mère serait sauvé. Ainsi, par le filtre de l'écriture, un simple fait divers scandaleux s'élevait au rang du mystère. Thierry le comprit si bien qu'ébloui il murmura : « Ab historia in mysterium surgere. » Il connaissait l'œuvre de Mondonville et entre autres ce passage : « Si la résurrection de cette sublime supercherie essénienne que fut le Christ doit s'accomplir en nous, c'est dans la perspective d'une transformation d'un fait historique, sans doute falsifié en une réalité mystérieuse et vivante, romanesque... » D'autre part, Maud, avec un sens inné de la musique des mots, lui apprit à casser ses phrases, et c'est en cela, par ce commerce hebdomadaire qu'il eut avec elle, qu'on peut avancer qu'il fut un rénovateur moderne de la prose, introduisant tout un vocabulaire qui, dans un autre contexte, eût pu paraître pornographique. Quand il arrivait sur le coup de trois heures de l'après-midi, vêtu de son bel habit d'académicien brodé de feuilles d'olivier (« Comme te voilà assaisonné avec cette bordure d'estragon, mon pauvre chou », s'était esclaffée Maud la première fois), il s'enfermait aussitôt dans une des chambres pour y travailler jusqu'à neuf heures du soir. Ensuite, Felfel lui servait un thé à la menthe. Après l'avoir dégusté à petites gorgées, il demandait qu'on fît entrer les « communiants » que l'Arabe avait été pêcher du côté de Barbès, avec beaucoup de mal, malgré les énormes pourboires qu'il refilait, car la réputation du « dingo » de la rue Rochechouart qui aimait se faire déchirer ses jarretelles et donner du martinet y avait très vite fait son chemin.

Maud se retourna une nouvelle fois vers la pendule. Non, décidément, il était trop tard. Il ne viendrait plus. Elle pourrait profiter du dernier métro pour regagner les Filles-du-Calvaire.

# 6

Ce fut donc la même année, quasiment le même mois où disparurent tour à tour Madame Armande et Pierrot Boucheseiche, qu'Yvonne Scannabelli épousa le fils Tardiveau. Ils s'étaient connus à l'académie de billard de la rue de Clichy. Elle l'avait tout de suite repéré de dos ; la taille mince, les fesses bien prises dans son falzar, avec cette mèche noire détachée, formant comme un accent grave, et allant jusqu'à toucher le tapis vert. Il avait senti son regard au moment de jouer. Il s'était retourné et, mi-goguenard, mi-énervé d'avoir raté son coup, il lui avait balancé : « Alors, la môme, tu vois bien que tu me fais queuter à me zieuter comme ça ! » Le soir même, il l'emmenait à un match de boxe. Il aimait ce sport, lui-même faisant de la savate chez Lulu Gastier, un ancien poids moyen qui tenait une salle impasse Véron, à côté du Moulin-Rouge. C'était l'un des repaires des Poignardeurs qui, aux Filles-du-Calvaire comme à Pigalle, fréquentaient les salles d'entraînement et les gymnases à proximité des cirques. Le gros Lulu avait été, et sans doute demeurait-il, un indic du commissaire Changarnier. Cependant Yvonne ignora toujours qu'elle aurait dû rencontrer plus tôt Joseph, car, à des titres différents, l'un comme l'autre avaient appartenu sans le savoir à la bande du Chinois.

« Il faudra ensuite caser la petite », avait dit Maud au commissaire le soir où dans la chambre mauresque de la pension Emma Yvonne accouchait. « Faut qu'elle refasse sa vie et qu'elle oublie le dompteur et les Filles-du-Calvaire... Enfin, pour un temps...

— Et son père, avait demandé le Chinois, pourra-t-elle l'oublier aussi ?

— Son père, je m'en charge. Pour le reste, c'est à toi de t'en occuper. Si elle pouvait tomber sur un type bien... Tiens, comme le fils Tardiveau... Un petit gars propre, net, loin de toutes ces manigances du cirque... Elle finirait par oublier... » On entendit alors dans l'escalier le vagissement de l'enfant nouveau-né. Maud pâlit. « Mon Dieu ! Chinois, va voir vite. » Et portant une main à son cœur, elle ajouta : « Même si on s'y attend, ça fiche toujours un coup d'être grand-mère... »

Quelques instants plus tard, ils se retrouvèrent au chevet de la jeune accouchée qui, épuisée par le travail, dormait. Maud eut soudain peur qu'il lui soit arrivé malheur. Mais la sage-femme la rassura. Tout s'était bien passé, seulement l'accouchement avait été pénible et, à présent, elle reposait. Elle tendit l'enfant à Maud qui le prit dans ses bras. « C'est un garçon ? » demanda-t-elle. La sage-femme acquiesça, ajoutant : « Un beau garçon de six livres. — Oh ! je le savais que cela ne pouvait être qu'un garçon. Il fallait que ce fût un garçon. Il le fallait... » Puis, soulevant le nouveau-né jusqu'à hauteur de son visage, elle s'adressa à lui ; et plus personne n'exista dans la pièce : « Mais regardez-moi le joli petit couillu que l'on m'a fait là ! Oh là là !... Mais c'est qu'il m'a reconnu, le petit salaud. On voudrait bien s'accrocher à Maud... On voudrait bien ne plus la quitter sa vieille grand-mère... » Elle aperçut alors ses yeux couleur ardoise et sur son crâne un fin duvet rouge et elle comprit qu'il n'y avait pas d'erreur : c'était bien, après tant de périples, le même sang qui revenait toujours aussi fort, toujours aussi fatal, le sang d'Emma. Elle le serra très fort sur son sein. Très fort à l'étouffer, presque comme si elle eût voulu le faire revenir en elle pour remonter la lignée : en sorte que le dernier de celle-ci la prenant, elle la grand-mère, par sa petite menotte, puis Yvonne et Léa, et enfin Emma, les reconduisît, toutes ces femmes perdues, vers les grands pâturages bibliques où tout aurait pu recommencer comme si jamais rien n'était advenu, ni le crime, ni la trahison. Sentant que quelque chose s'adoucissait en elle, elle se reprit car n'ayant pas eu le droit d'être mère elle ne pouvait être l'aïeule. Elle tendit l'enfant au commissaire. « Chinois, prends le lardon et emporte-le. Place-le à l'Assistance ; où tu voudras. Qu'il soit bien traité. S'il doit me retrouver un jour, il me retrouvera, j'en suis certaine... Avec un grand-père clown et une ancienne de Tabarin comme grand-mère, une mère écuyère et un père dompteur, s'il ne retrouve pas le chemin du cirque, alors je suis cuite, Chinois, tu m'entends, cuite et plus personne ne pourra rien pour moi...» Et tout bas, elle ajouta comme pour elle-même : «Je serai devenue Lilith pour de bon!»

Le commissaire Changarnier, en entrant ce soir-là dans la salle de l'impasse Véron, remarqua tout de suite le grand gaillard qui s'évertuait dans un coin à balancer à hauteur de hanche des coups de pied dans un sac de sable suspendu au plafond. Il demanda au Gros Lucien qui c'était. «Un nouveau venu. Fait, paraît-il dans la boucherie. S'appelle Tardiveau. Du talent. Mais pas de suivi...» Le Gros Lulu, quand il parlait au Chinois, retrouvait ses habitudes de mouchard : ses réponses prenaient alors la tournure laconique d'un rapport susurré à l'oreille.

Le Chinois s'assit dans le coin de la salle où travaillait Joseph. Il revint plusieurs jours de suite. Le troisième soir seulement il lui adressa la parole. «Tu m'as l'air rapide à la détente. Ça te dirait de me rendre service?...» Le fils du boucher savait ce que l'on racontait sur le Chinois. Il le laissa venir. «Ce serait un truc assez simple. Balader une vieille un peu seule. Tu vois d'ici le dessin : les grands restaurants, les courses de chevaux, les dancings, la belle vie, quoi! — Faudra passer à la casserole? — Si tu sais te débrouiller, du moment que tu lui fais voir du paysage, t'auras pas besoin de payer de ta personne. Sur le tard, les vieilles les plus vicieuses deviennent sentimentales.»

Dès le lendemain, le Gros Lucien présentait Joseph Tardiveau à la baronne Cain-Machenoir, alias Mireille Cuttoli, qui pour ne pas déroger à ses habitudes venait une fois par mois, accompagnée de son chauffeur-garde du corps, faire son marché de chairs fraîches dans les salles de boxe du quartier où elle avait traîné au temps de sa jeunesse. Elle avait toujours aimé les combats d'hommes. Le sang et la sueur l'excitaient. On l'apercevait parfois, embijoutée, au premier rang du Palais des Sports ou de l'Elysée-Montmartre. Joseph sécha son travail à la boucherie. Il bambochait la nuit et dormait toute la journée. «Allez, ne te torture pas comme ça, ma pauvre vieille, dit le boucher à sa femme. C'est de son âge de faire la fête. Ça n'empêche pas que je vais lui passer tout de même un savon quand il descendra... »

C'est un soir, alors que la Cain-Machenoir et Jojo dînaient aux chandelles dans le jardin de l'hôtel particulier de l'avenue de Messine, qu'eut lieu, comme par hasard, le cambriolage des bijoux. Le Chinois avait combiné avec soin l'opération. Yvonne, mise à contribution, devait, étant donné sa souplesse de fille du cirque, s'introduire par un soupirail dans la cave de l'hôtel particulier et y attendre qu'on vînt de l'intérieur lui ouvrir la porte. Ensuite, par l'escalier de l'office, elle devait se rendre à la sortie de service, et à son tour ouvrir aux deux Poignardeurs qui attendaient sur l'avenue. Le rôle de Jojo dans cette affaire était simple : ayant repoussé, cinq jours de suite, les assauts de la vieille, il devait lui laisser entrevoir le paradis pour ce soir-là. « Tu la fais bisquer à mort, lui avait dit le matin même au téléphone le Chinois en lui donnant ses dernières instructions. Tu me la mousses ! Et puis, quand tu la sens à ta main, tu lui fais le coup du dîner en tête à tête. Le souper fin aux chandelles. Mais surtout pas de domestiques. D'abord, tu es timide. Ensuite elle te grimpe tellement l'imagination que tu ne réponds plus de rien. Tu lui expliques que ce serait malséant devant les loufiats de la bousculer dans le caviar. La vieille sera sensible à l'argument. Surtout ne bois rien durant le repas, car elle est capable, pour s'assurer de tes sentiments, de te refiler de la cantharide dans le bordeaux, et alors plus question de faire l'endormi. Tu en redemanderais même. Au milieu du repas, sous n'importe quel prétexte, tu t'éclipses. Tu vas jusqu'à la cave. Tu en ouvres la porte dont tu auras auparavant trouvé la clef à l'office, accrochée au tableau. Tu délivres la personne qui se trouve à l'intérieur. Et tu ne t'occupes plus de rien. A la fin du repas, tu embrasses la vieille sur le front en lui disant : "A demain, mon ange ! Dormez bien !" Elle gueulera peut-être. Alors, laisse-la gueuler. Toi, tu te fais la malle sans demander ton reste. »

La baronne avait congédié ses domestiques. Une table avait été dressée dans le jardin. Et tout aurait dû se passer comme l'avait prévu le Chinois : la rencontre d'Yvonne et de Joseph Tardiveau, qu'il pensait comme Maud faits l'un pour l'autre, mais également le vol des bijoux ainsi que de certains documents compromettants abrités dans un coffre. Or, si le plan du Chinois se déroula à la perfection, en revanche, Yvonne et Joseph ne se rencontrèrent pas ce soir-là dans la cave qui avait jadis servi de cellule à la Gestapo. Yvonne mieux qu'un contorsionniste s'était coulée au travers des barreaux et, après avoir brisé une vitre, retrouvée dans la cave. Comme l'un des domestiques avait dû oublier de fermer la porte, elle n'attendit pas la personne qui devait venir la délivrer et se rendit tout droit à la sortie de service. Si bien que, lorsque Joseph descendit à son tour, il trouva la porte ouverte. Alors qu'il regagnait le jardin, les Poignardeurs avaient déjà exécuté une partie de leur mission. Le fameux diamant jonquille empoché, il ne leur restait plus qu'à ouvrir le coffre pour faire main basse sur les documents. Des lettres, datant du temps de l'Occupation, pour la plupart de la main d'un haut fonctionnaire de Vichy qui, blanchi à la Libération, dirigeait la préfecture de police. En parcourant ces lettres, on comprenait vite que la vraie baronne Cain-Machenoir, veuve du banquier Abel-Joseph, décédé à New York en 1941, avait été indûment dénoncée comme juive à la Gestapo et ensuite déportée à Dachau, alors qu'une autre personne lui avait été substituée, avec la complicité des autorités mises en place. L'expéditeur de ces lettres se félicitait de ce bon coup, assurant la nouvelle baronne de sa haute protection. Dans un autre billet, toujours à en-tête du ministère de l'Intérieur, et expédié de Vichy en date du 2 août 1943, il lui recommandait d'obéir aux ordres de Filliol, l'un des chefs de la Milice, qui en retour lui procurerait la cocaïne dont elle avait besoin. Toutes ces choses n'étaient pas dites ouvertement mais assez bien suggérées pour être encore comprises d'un tribunal qui les replacerait dans leur contexte. Ayant ainsi barre sur un haut fonctionnaire de l'État, on comprend mieux, après coup, que la Cuttoli n'ait pas été inquiétée lors de la grande rafle de 1956 qui conduisit la Mondaine à perquisitionner chez le marquis de Balleroise, morphinomane distingué, plus connu dans le milieu sous le nom de «Chnoufette», lequel se retrouva une semaine à la Santé, et exclu à vie du Jockey Club. Ces lettres tombant dans les mains du commissaire Changarnier devenaient de la dynamite. Une arme, certes, mais une arme à double tranchant. Si bien que l'on peut avancer sans trop extrapoler que la guerre des polices, qui devait laisser sur le tapis du menu fretin mais également de grands personnages, commença ce soir-là.

Les hasards des rencontres aux beaux jours, la flâne des dimanches après-midi où l'on vague sur le boulevard provoquèrent donc ce que n'avait pu réussir le tout-puissant commissaire Changarnier : la rencontre d'Yvonne et de Joseph. On connaît la suite.

Durant plus de dix ans, Yvonne triompha à sa caisse dans le simple rôle d'une bouchère de quartier devant un public conquis chaque jour un peu plus par son charme, tandis que Joseph, à son étal, tranchant, parant, lardant, coupant et redécoupant, s'émerveillait à chaque instant de la saignante beauté du bœuf. Oui, plus de dix ans, il découvrit, avec émerveillement, les ressources infinies de cet animal ; de ce même émerveillement qui le saisissait quand le soir, dans son privé au quatrième, après avoir avalé une entrecôte pour quatre, il se retrouvait auprès d'Yvonne. Ainsi lui fit-il sa fête, durant toutes ces années, au moins trois fois par nuit, et les soirs d'été ce festival durait souvent jusqu'à l'aube. Il l'avait rencontrée un dimanche de juillet ; elle connaissait déjà un bout de la chanson, mais c'était comme si elle se donnait pour la première fois. La belle garce du début, avec le temps et les soins que Joseph lui prodiguait, s'épanouit en une femme aux charmes opulents, dont les chairs travaillées avec fougue et amour rayonnaient d'un éclat particulier qui, pour une clientèle fidèle, n'était pas le moindre des attraits de cette boucherie.

La grande Janine, toujours à l'affût de ce qui pouvait arriver au couple Tardiveau, car elle ne se remettait pas d'avoir laissé filer Joseph, eut une de ses boutades qui bientôt allaient devenir aussi célèbres dans le quartier que celles de son père. Celle-ci résumait fort bien le sentiment ambigu de cette clientèle qui commandait un filet de bœuf tout en se rinçant l'œil du décolleté d'Yvonne : « Vous verrez, à force de se malaxer cette salope, il finira par l'accrocher à l'étalage avec le prix au kilo ! »

Jojo mangea donc avec appétit son steak durant ces dix années ; et Yvonne fut heureuse. Heureuse autant qu'on peut l'être lorsqu'on a connu la musique, les lumières et les pétarades du grand cirque. Quelquefois, plus particulièrement au printemps, quand le parfum des sureaux et des hauts marronniers se faisait sentir, déboulant du square d'Anvers par la rue des Martyrs, elle était prise de songeries. On aurait pu la croire nostalgique de ce passé qui lui semblait à la fois si proche et si lointain, comme appartenant à une vie antérieure, secrète, vécue dans un autre quartier, une fois pour toutes occultée, et dont elle était, peut-être, l'unique survivante. Si parfois ses rêveries, par le biais d'une odeur, d'un bruit, la ramenaient aux Filles-du-Calvaire où elle avait passé sa jeunesse entre un père clown au Cirque d'Hiver et un vieux cheval gris pommelé sur lequel un Monsieur Loyal long et triste comme un jour sans pain l'avait fait grimper dès l'âge de quatre ans, il lui venait l'idée, imprécise, telle une lumière lointaine clignotant dans la nuit, qu'un jour elle retournerait là-bas et que la boucherie, Jojo qui lui faisait si bien l'amour, la rue des Martyrs ne seraient alors plus qu'un rêve, comme l'était devenue la parade, le grand cirque illuminé et les enseignes aux néons bleus des Trapézistes se reflétant dans l'asphalte mouillé des pluies printanières.

Quelque chose lui disait qu'on l'avait flouée de son enfance et que toute sa vie n'était peut-être que la conséquence d'une histoire cruelle qui avait commencé bien avant sa naissance. Très tôt, elle avait perçu les clameurs assourdies de cette préhistoire. Tout enfant, dans son petit lit appuyé contre la cloison qui séparait sa chambre de celle de son père, elle l'entendait, certaines nuits, crier dans son sommeil : « Rachel, Rachel, pourquoi m'as-tu abandonné ? » Longtemps elle s'était demandé qui pouvait bien être cette Rachel qui obsédait son père jusque dans ses rêves. Un jour, alors qu'elle débutait au cirque dans son numéro d'écuyère, elle avait demandé à Elzéar Keu, ce Monsieur Loyal aussi bon que triste, s'il avait jamais connu dans sa vie une Rachel. Son visage avait changé aussitôt. Il était demeuré silencieux comme s'il eût voulu ramener à lui des souvenirs de temps très anciens. Le silence était devenu si pesant, si douloureux qu'elle s'apprêtait à le laisser à ses ombres quand elle s'entendit répondre : « Rachel, voyons, Rachel... Eh oui... Tu es trop petite pour t'en souvenir mais c'était une jument que nous aimions bien ton père et moi... Une jument isabelle... Avec des pattes fines... Mais si vicieuse qu'on n'en put rien tirer et qu'il fallut s'en séparer... » Alors qu'elle se rendait, comme chaque jour, aux Trapézistes pour boire son orangeade que lui offrait la patronne Madame Maud, elle ne put s'empêcher de lui demander si elle avait connu cette jument, et si celle-ci était aussi vicieuse qu'Elzéar Keu le lui avait dit. Elle la vit changer d'expression elle aussi. Du haut de sa caisse elle s'était, dans l'instant, muée en une statue de marbre. Son visage s'était figé, et d'une voix détimbrée — une voix comme venant d'ailleurs — elle lui avait répondu : « Pire. Elle était pire. Et si j'avais été ton père je l'aurais fait abattre. » Le cheval isabelle sur lequel elle se voyait, voltigeant, sautant au travers des cerceaux de feu, et que l'on avait abattu ensuite au pistolet, hanta longtemps ses rêves d'enfant. Chaque fois qu'Yvonne revenait sur cette période de sa vie, d'abord l'assaillaient les odeurs fortes de la ménagerie. Ensuite ce n'était ni son père, ni Elzéar Keu qu'elle revoyait mais bien cette Madame Maud. Aussi loin qu'elle remontât dans ses souvenirs, elle se heurtait toujours à la puissante stature de la patronne des Trapézistes. A ce corps tronqué derrière sa caisse, dont elle avait l'impression d'être à présent, dans cette boucherie, comme le reflet. Elle se souvenait même du jour où, toute petite, son père l'avait pour la première fois conduite au café. Il était demeuré à la porte tandis qu'elle s'était avancée jusqu'à la caisse pour réciter à la patronne le compliment qu'il lui avait appris. Madame Maud était omniprésente dans ses souvenirs d'enfance, liés à ceux du cirque, encore qu'elle ne l'y eût jamais vue même le jour de ses débuts en écuyère rose. Après tant d'années, toutes ces choses autour de Madame Maud avaient fini par constituer une sorte de mystère qui enveloppait non seulement la patronne du café mais également son père, Keu, elle-même, ainsi que tous les gens du Cirque qui, volontiers, venaient boire aux Trapézistes. Plus mystérieux encore était ce jour où elle avait cru entr'apercevoir Madame Maud dans l'appartement du boulevard du Temple où elle logeait avec son père.

Elle était alors toute petite. Son père, cette année-là, avait fait venir une femme de son pays pour la garder. Une vieille femme de noir vêtue, aux cheveux blancs et au visage triste. Douloureuse comme un oiseau blessé dans son châle qu'elle ne quittait jamais. Ils parlaient ensemble, pour autant qu'elle s'en souvînt, un dialecte qu'elle ne comprenait pas.

C'est avec déférence que son père s'adressait à elle. A peine s'était-elle habituée à cette présence que la vieille femme était repartie pour l'Italie. Le jour qui précéda son départ, elle vit son père en larmes. Or ce fut ce même jour, alors qu'elle se reposait dans sa chambre, qu'elle fut alertée par un parfum de femme, un parfum qu'elle connaissait bien sans pouvoir toutefois l'attribuer à une personne déterminée. Elle se leva et par la porte entrebâillée elle aperçut la vieille Italienne assise dans un fauteuil, et devant elle, agenouillée, une autre femme en qui elle crut reconnaître Madame Maud. Une Maud qui s'était départie de son aspect formidable pour devenir presque humble, comme quêtant un pardon de la vieille. Celle-ci avait une main placée sur sa tête. Sa présence derrière la porte éveilla l'attention des deux femmes qui, se sentant épiées, se séparèrent aussitôt. L'instant d'après, il n'y avait plus dans la pièce que la vieille. Madame Maud s'était éclipsée. Seul son parfum traînait encore dans l'appartement.

Longtemps elle avait pensé avoir rêvé toute cette scène. Mais chaque fois qu'elle entrait aux Trapézistes, elle n'avait qu'à respirer le parfum dont s'enveloppait Madame Maud pour la revoir agenouillée devant la vieille et recevant sa bénédiction. Ainsi, bien des années après, la majestueuse figure de Maud, la bistrot des Filles-du-Calvaire, continuait à hanter Madame Yvonne dans sa boucherie. Ses souvenirs la ramenaient à cette image qu'elle avait, un temps, crue bénéfique. En effet, petite, c'était toujours vers Maud qu'elle finissait par se tourner pour se faire consoler de ses chagrins d'enfant. Et plus tard, quand elle se sentit saisie de ces découragements qui viennent avec l'adolescence, c'était toujours elle qui lui remontait le moral. Elle fut également la première à connaître ses émois quand parut Max le dompteur. Elle venait d'avoir seize ans, lui en avait à peine vingt. Et ils s'aimèrent un printemps durant dans la cage aux fauves. Ce fut comme un délire, une violente poussée de fièvre qui la laissa languide. Quelque chose qui au fond d'elle-même, malgré elle, la poussait à se perdre, à vouloir se consumer dans ses bras comme s'il lui fallait brûler pour renaître, épuiser une seconde nature qu'elle n'avait jamais imaginé posséder. Et tandis qu'écrasée sous son jeune dompteur, épuisée, comblée, elle reprenait pied dans la réalité, c'est avec effroi qu'elle avait vu, réfléchi dans le regard de son amant, non son image, mais celle de Maud. Il y avait entre la patronne des Trapézistes et elle une symétrie qui faisait que, quelque chemin qu'elle prît, elle revenait toujours à cette femme. Parfois elle se demandait si elle n'avait pas mis elle-même le dompteur et ses tigres sur sa route. Car c'était bien aux Trapézistes qu'elle l'avait aperçu pour la première fois, alors qu'il s'entretenait avec la patronne. Par la suite, quand elle lui avait confié ses escapades nocturnes dans la ménagerie, ne lui avait-elle pas répondu, au lieu de la réprimande : « Va, petite, fais ton animal, rien n'est sale quand on s'aime... » Ensuite, tout fut également son œuvre. Max voulait l'enfant. Elle voulait le faire passer. La femme-tronc lui avait trouvé, rue de Malte, une faiseuse d'anges. Mais Maud s'y était opposée. Ensuite, elle avait bien manœuvré en lui décrivant la colère du clown : « Il te tuera... Il te tuera justement parce qu'il t'aime... Les Italiens sont comme cela... Tu es sa fille mais aussi un peu plus que sa fille... Il faut le comprendre : au fond il n'a eu que toi comme femme dans sa vie... » Et c'est ainsi qu'elle l'avait suivie, un petit matin pluvieux de septembre, jusqu'en haut de la rue des Martyrs. Elle voulait laisser une lettre pour expliquer sa fuite. Maud l'avait déchirée. « Pour lui, il faut que tu sois comme morte. Sinon, tu ne seras jamais en paix, toi et ton enfant. Il vous traquera et finira par vous attraper. Et alors il vous tuera. Pour que ton enfant vive, il faut que tu sois morte. Tu m'entends, morte. Ce n'est pas si terrible. Il faut apprendre à quitter ceux qu'on aime. A vivre comme les morts ou plutôt entre les vivants et les morts. »

Et à quoi tout cela avait-il servi ? A rien puisque l'enfant était mort. Mort, lui avait-on dit lorsqu'elle s'était réveillée. Et pourtant, elle l'avait entendu crier. Là aussi, elle soupçonnait la main de Maud. Dans cette maison où on l'avait tenue enfermée cinq mois, jusqu'à son accouchement, elle avait discerné le long de ces couloirs humides des frôlements d'ombres. Il y avait également ce Chinois et son odeur douceâtre qui rôdait partout. Elle sentait bien qu'on ne lui avait pas dit la vérité ; mais jusqu'où lui avait-on menti ? Lorsqu'elle grattait un peu ses souvenirs, il lui revenait en mémoire des indices qui la confortaient dans l'idée — en fait un sentiment profond, viscéral, que seule une mère peut éprouver — que son fils était encore vivant. De sa vie passée, échappée d'elle, enfuie, il ne lui restait que des détails, qui recollés ensemble dessinaient toujours le même visage : celui de Madame Maud. Cependant, entre la Maud des Filles-du-Calvaire et celle de la rue des Martyrs, il y avait une grande différence. Essentielle. L'une était une femme-tronc, l'autre possédait des jambes.

Ces mêmes jambes Yvonne les apercevait, en premier, chaque vendredi, sur le coup de huit heures du matin, quelques minutes après que le magasin avait ouvert ses portes, se profilant à l'entrée de la boucherie. Parfaitement gainées de soie, elle les voyait s'avancer vers la caisse. Elles étaient uniques en leur genre. Leur perfection avait quelque chose d'envoûtant, d'autant plus que le reste du corps qui les continuait semblait avoir été rapporté, comme posé par-dessus. Et entre le buste imposant de Madame Maud et ces jambes qui paraissaient si peu lui appartenir, c'était bien celles-ci les plus terribles. Des jambes qu'elle avait découvertes un matin pluvieux et qu'elle avait suivies jusque dans une maison close de la rue Rochechouart, des jambes d'ensorceleuse alors que le buste, avec son énorme poitrine, sommé d'une tête flamboyante, appartenait à une femme qu'elle avait fini par aimer presque comme une mère. Pour la bouchère, deux univers paraissaient cohabiter en une même personne. Deux quartiers de Paris : le haut, gourd, enveloppé, comme trop gavé de sève, presque nourricier, représentait à ses yeux les Filles-du-Calvaire, alors qu'en dessous de la taille, l'autre partie de ce corps en appelait, par ses courbes galbées de soie, aux nuits de néons, aux mystères de Pigalle et de Barbès, aux enchantements du haut de la rue des Martyrs qui, après des années, bien qu'elle eût accédé enfin à une sorte de paix, la ramenaient toujours vers cette maison obscure où l'on enlève les enfants — car Yvonne savait bien que ce fils, qui lui était venu comme un excès de vie une nuit de printemps, ne pouvait être mort.

Quand ces jambes arrivaient à la hauteur de la caisse, Yvonne au lieu de se pencher pour les apercevoir relevait la tête et se trouvait nez à nez avec la patronne des Trapézistes. « Ça biche, cocotte ? » demandait à chaque fois Madame Maud, en lui balançant un clin d'œil complice. Et sans attendre la réponse d'Yvonne, elle ajoutait : « Il y en aura au moins une qui aura été heureuse... » C'est alors qu'elle se tournait vers le boucher, et de sa voix profonde, presque voilée, une voix de noctambule repentie, qui ajoutait un parfum de mystère à sa personne, elle lui passait sa commande : « Mon petit Joseph, vous me mettrez quatre côtelettes premières et un beau gigot... Ah ! Et tenez, pendant que vous y êtes, vous me couperez deux kilos de viande pour un haricot... Roubichou passera prendre le tout en fin de matinée... — Pas un petit bout de bœuf? Toujours fidèle au mouton... Vous avez tort, j'ai un cœur de filet que je vous dis que cela, ma'me Maud... — Eh non, Joseph, chez nous, c'est le mouton qu'on aime... » De la caisse, Yvonne les regardait faire et elle percevait chez Maud quelque chose de familier, de presque familial dans le ton qu'elle prenait avec son mari. Cela l'agaçait car elle sentait bien, dans ces phrases anodines, à peu près les mêmes d'une semaine sur l'autre, comme une mainmise sur son mariage. « C'est qu'elle se prendrait, si on la laissait faire, pour de la famille », se disait-elle. Un matin, sans doute laissa-t-elle percevoir quelque chose de cet énervement en prononçant tout haut ces paroles car Maud, déjà sur le trottoir, repassa la porte et, avançant sa tête, lui jeta : « Tu crois pas si bien dire, fillette ! »

Chaque vendredi matin, en montant à sa caisse, Yvonne ressentait un petit pincement d'appréhension au cœur. S'aggravait ce malaise si d'aventure Maud, pour une raison ou pour une autre, ne paraissait pas, se contentant d'envoyer Amédée Roubichou à sa place. Yvonne n'osait lui demander si elle était malade, ne voulant montrer aucune inquiétude à l'égard de cette femme qu'elle considérait à présent comme sa mortelle ennemie. Pourtant elle en était préoccupée. Si elle avait décidé de ne plus venir commander sa viande elle-même ; si elle était malade, pire, qu'elle vînt à mourir ; que deviendrait-elle ? Elle resterait là, seule, sa haine au cœur. Cette haine si profonde que parfois elle en ressentait comme une chaleur bienfaisante, si agréable qu'elle y trouvait presque du bonheur.

Les semaines passèrent, et les années. Joseph prenait de l'ascendant sur le bœuf et Yvonne s'épanouissait à la caisse. On montrait leur couple, dans le quartier, comme l'exemple du bonheur. Et puis vint ce jour fatal où le boucher accepta ce voyage dans le Limousin. Adieu le cœur de charolais, l'aloyau bénéfique ! Si Jojo tranchait encore, parait la viande avec bonne humeur, il en avait perdu l'appétit. Du même coup, Yvonne se trouva un organe. Elle chanta, un printemps, la fenêtre ouverte sur les toits, face aux étoiles et à la nuit, et aussitôt toute la rue s'en ressentit. La pernicieuse publicité que tentait de lui faire la grande Janine derrière son comptoir de l'Olympic, au lieu de la desservir, la promut, en quelques semaines, de son état de bouchère à celui de diva de quartier.

Peu à peu, ce sentiment étrange qu'elle ressentait pour Maud, et qu'elle n'osait s'avouer, se transféra sur Mlle Painlevé. Que la professeur de piano qui gagnait sa vie comme tapeuse au cours de danse de Madame Ivana, où elle avait remplacé Hortense Poucinet morte à la fin de l'Occupation, parût dans la boucherie, et le visage d'Yvonne prenait une expression d'un bonheur ineffable. Les partitions d'opéra qu'elle lui refilait en douce encombrèrent bientôt l'appartement. Jojo, habitué à « s'endormir sur le mastic », comme disait la Janine en ajoutant : « Vous verrez, tout cela c'est de la frime ; ils nous en ont assez éclaboussés durant dix ans et même plus de leur bonheur. Mais moi, on ne me la fait pas : je savais parce que je connais le zoziau. Ça vous le fait aux biscoteaux ; et dans le pieu, le soir venu, vrout ! plus personne. Ah ! çà, tu peux parler d'une flanelle ! » Jojo, donc, qui pourtant était pour la paix des ménages, commença à prendre ombrage de ce manège. Un après-midi, alors qu'il prétextait une sieste, il vira toutes les partitions de l'appartement afin de ne plus être assailli dès qu'il ouvrait la porte par des vocalises qui, jusque très tard dans la nuit, l'empêchaient de dormir, pire, d'aller retrouver en rêve, dans les prés du Limousin, ses grands bœufs blancs. Mal lui en prit : la nuit suivante il fut sévèrement puni. Jusqu'à l'aube, Madame Yvonne chanta de sa voix ronde et chaude « Plaisir d'amour ». Pour mettre fin à ce concert, Jojo se vit obligé d'aller rechercher les partitions qu'il avait mises à la poubelle et de faire, le lendemain, des excuses à Mauricette Painlevé, pour son geste d'énervement.

En fait de geste, il l'avait simplement traitée de « vieille morue mal dessalée » — expression poissonnière qui, dans la bouche d'un éminent représentant de la boucherie parisienne, devenait l'injure suprême. Il est vrai que, non contente de se dégourdir les cordes vocales avec les partitions que lui amenait la Painlevé, Madame Yvonne remerciait cette dernière de ses bons offices en lui faisant mettre de côté, pour elle et son chat, quelques bons morceaux. Ceux que l'on nomme les morceaux du boucher : comme la poire, la queue de filet, l'onglet, la bavette d'aloyau. Cependant quelquefois, perdant la tête, la bouchère grimpait jusqu'au rôti et même parfois jusqu'au gigot : «Joseph, mon ami, vous préparerez un bon gigot d'un kilo et demi... — Ah bon! faisait Jojo, qui sentait, depuis quelque temps, venir le coup. Et pour qui donc, ce gigot? — Mais pour ma grande amie Mlle Painlevé qui vient encore de me faire un merveilleux cadeau...» Et se tournant vers la professeur de piano dont la moustache frissonnait d'aise, elle poursuivait, sur un ton sucré : «Si, si, je tiens vraiment à ce que tout le monde le sache... Vraiment vous me gâtez trop, chère Mauricette... Tout ce que vous faites pour moi est si merveilleux... — Ce n'est rien... Ce n'est rien... Vraiment, je vous assure... Votre voix ma chère c'est du diamant... Oui, je n'exagère pas... Du diamant. Un diamant noir, même... Et c'eût été criminel de ma part, si je n'avais pas tenté de vous révéler à vous-même...» Madame Yvonne, sous cette averse de compliments, baissait la tête avec modestie, ce qui permettait à la Painlevé de revenir à la charge : «Non, ma chère, croyez-moi... C'est rare un tel organe... Même la Melba et, plus près de nous, Fanély Revoil n'ont possédé une voix semblable...» S'étant redressée pour reprendre pied dans la réalité, Madame Yvonne criait dans un élan parfaitement opératique en direction de son mari : «Deux kilos! De deux kilos, vous m'entendez, le gigot, Jojo... — Mais... tentait la Painlevé, aussitôt interrompue par la bouchère. — Pas un mot, mon ange... Laissez-vous faire... D'ailleurs, vous verrez, c'est du beurre... Ça se mange comme un rien...» A son étal, Joseph Tardiveau s'exécutait de mauvaise grâce. Ulcéré d'avoir été traité comme un simple commis et prenant à témoin la photo de Madame Armande, il s'écriait : «De son temps, cela ne se serait pas passé comme ça.» Cet appel aux ancêtres était pour Joseph Tardiveau un ultime recours, un dernier sursaut, comme s'il eût attendu que sa défunte mère descendît de son cadre pour venir mettre bon ordre à ce trafic de gigots et de partitions musicales. Bon ordre et bon compte car, bien entendu, même si Mlle Painlevé faisait mine d'ouvrir son vieux sac pour en tirer un porte-monnaie usé, Madame Yvonne toujours d'un geste — le même, à chaque fois — l'arrêtait : « Non, ma chère, pas de ça entre nous... Je vous le mettrai sur votre petit compte... Vous réglerez quand vous aurez le temps... » Ici allant chercher dans son tiroir-caisse un bout de papier, elle le brandissait ensuite, non tant pour le professeur de piano que pour Jojo. « Vous voyez, il n'y a rien... Ou presque. C'est à croire que vous mangez comme un oiseau... » Cette scène se reproduisait au moins deux fois la semaine et jamais, durant les deux, peut-être même bien les trois ans que dura ce manège il ne fut question que la Painlevé déboursât le moindre centime. Même après l'éclat dont le quartier devait se souvenir encore longtemps, quand le professeur de piano, pour avoir remis la partition de *Carmen* à la bouchère, fut traitée par Jojo non plus de morue mais, cette fois, de vieille rascasse barbue — baroud d'honneur où le boucher tira ses dernières cartouches —, il ne fut jamais question pour cette chère Mauricette de régler son petit compte.

Depuis quelques mois, Mlle Painlevé lui donnait des leçons, une ou deux fois la semaine, chez elle, durant la fermeture de la boucherie, entre une heure et quatre heures de l'après-midi. Comme elle voulait faire connaître aux habitants du quartier les progrès de son élève, elle remettait sur le tapis, à chaque fois qu'elle se présentait à la boucherie, les probables débuts de la bouchère dans *Carmen*. C'était toujours la même chanson. « Croyez-moi ! Je connais bien vos moyens. C'est le moment dans votre carrière d'attaquer ce rôle... Vous en avez le tempérament. Et puis, vous verrez, Charlotte, Dalila vous paraîtront ensuite fades à côté de la Gitane. L'amour sorcier, le feu, les toréadors... Je vous connais, mon chou, c'est tout vous ! » Un beau matin, elle arriva dans la boucherie émoustillée comme le petit printemps. Elle avait accroché une fleur au revers de son tailleur. Les clients sentirent qu'il y avait là plus qu'une entrée un peu théâtrale, une véritable mise en condition. Alors que Madame Yvonne criait en direction de Jojo : « S'il vous plaît, patron, un rôti de veau pour ma meilleure amie », la Painlevé tira de dessous son bras la partition du chef-d'œuvre de Bizet qu'elle plaça sous le nez de la bouchère, ouverte à la page du « Trio des cartes » : « Vous verrez, ça, c'est vraiment du gâteau pour la voix. » C'est alors que perdant son sang-froid Jojo s'écria : « Du gâteau, qu'est-ce qu'elle en sait cette vieille rascasse poilue? » Yvonne bondit. Dressée au-dessus de sa caisse, elle pointait un doigt vengeur vers son mari. « Des excuses tout de suite! Des excuses, mal embouché que tu es! » La Painlevé s'interposa. « Laissez, mon ange, les artistes comme nous sont en butte à ce genre de réflexions. Cela fait partie du métier... » Elle levait les yeux au ciel, tout en fourrant dans son cabas le rôti que lui avait fait préparer la bouchère.

Les effets que provoqua l'intrusion soudaine du rôle de Carmen dans le répertoire de Madame Yvonne devaient longtemps se faire sentir dans la rue des Martyrs. Le soir même, les fidèles de l'Olympic furent mis au courant du changement d'emploi de la bouchère. Amédée Roubichou, qui connaissait l'ouvrage, pour l'avoir pratiqué comme souffleur à l'Opéra-Comique, avait affranchi la Janine sur le personnage de la Carmencita. « Une belle garce, en somme! » avait conclu celle-ci, pour ajouter aussitôt : « Ça lui ira comme un gant! » Or, s'il se trouve encore dans le quartier quelques vétérans de cette époque pour se souvenir de la patronne du Bœuf Couronné en Carmen, c'est parce que ce fut le seul rôle dans lequel elle se risqua publiquement — si l'on excepte sa prestation à l'enterrement de Sandor Tatabaniyi, le charcutier hongrois, où pour saluer ce grand virtuose du violon elle chanta la prière de Tosca, « Vissi d'amor, vissi d'arte... », accompagnée aux grandes orgues par la Painlevé qui s'était chargée de la transcription de cet air, le faisant passer auprès du curé pour une manière d'Agnus Dei. Après le charcutier hongrois, la Rageblanc allait bientôt mourir et sa crémerie céder la place à une agence immobilière et plus tard encore à un magasin de surgelés. Avec la crémière disparaissait un pilier du quartier mais également une partie de sa mémoire. Les petits métiers se perdaient. Les deux cardeurs, toujours entre deux vins, qui refaisaient les matelas au fond des cours, se transportant d'immeuble en immeuble, disparurent à leur tour avec le joueur d'orgue de Barbarie sans même que l'on y prît garde. Et comme les « potes », également, dévissaient les uns après les autres, ce fut Janine, la fille du Phoque, qui reprit alors tous ses droits sur la chronique des Martyrs. Depuis longtemps, elle savait à quoi s'en tenir sur cette Rachel qui avait causé la mort de son père ainsi que sur la fille de cette femme. Bientôt le Bœuf

Couronné allait, lui aussi, céder sa place à une boutique de modes, vu la baisse alarmante de son chiffre d'affaires, causée en partie par le désintérêt de ses propriétaires dont, chaque jour, les folies opératiques de l'une et les escapades dans les prés limousins de l'autre prenaient un tour des plus extravagants.

Madame Yvonne sauta, donc, comme on se jette à l'eau, dans la partition de *Carmen.* «Un piano, s'écria-t-elle, un beau matin, il nous faut un piano.» Et ce «nous» vint comme du baume au cœur de la Painlevé. Elle y vit aussitôt plus qu'une espérance. Leur aventure n'était pas simplement artistique, mais une sorte de mariage mystique, avec même une manière de devenir : le piano. Ce piano dont elle avait représenté la nécessité à Yvonne car il était impossible de s'attaquer à un chef-d'œuvre tel que *Carmen* avec l'instrument édenté et mal accordé qu'elle possédait dans sa chambre et qui, aux premiers arpèges, donnait l'impression de rendre l'âme. «Il nous faut un piano.» Que n'avait-elle dit, la bouchère! L'imagination de la Painlevé se mit soudain à refleurir. Cette vieille fille rance se transforma en un véritable bouquet printanier. Elle se rendit dans la boutique du plumassier et, mettant à mal ses économies, troqua la plume en forme de couteau rouge de son vieux feutre pour un envol de paradis. Plus que *Carmen,* ce piano était devenu le fruit secret de leur union artistique. En un mot, Mlle Mauricette Painlevé, vierge et martyre des fausses notes que lui infligeaient ses élèves toute l'année longue, était enceinte d'un grand-queue de concert.

Les deux complices, auxquelles s'étaient joints Amédée Roubichou et son compère Guénolé Pouldourec, le plumassier, s'interrogèrent longuement sur le style de piano qui conviendrait le mieux. Enfin on tomba d'accord sur un Gaveau. Amédée fut chargé de négocier l'affaire. Il se rendit à la maison Gaveau, qui se trouvait alors rue La Boétie, et loua un grand-queue pour six mois. Ce piano devait être introduit en secret dans le quartier; car pour frapper fort, il fallait surprendre.

Un grand camion, sorte de van, s'arrêta un matin devant la boucherie, alors que l'aube se levait à peine. La rue, le camion, les hommes dans leurs blouses, les couvertures qui enveloppaient l'instrument étaient gris et ajoutaient au mystère de cette scène, lui donnant une couleur décolorée de carte postale. Le petit télégraphiste qui ouvrit à ce moment précis les volets de sa chambre de bonne au sixième de l'immeuble d'en face se demanda, en voyant cette énorme chose noire que précautionneusement les cinq hommes sortaient du camion et qui, malgré les couvertures, laissait apercevoir une croupe laquée, comme étrillée et bouchonnée, si les Tardiveau ne faisaient pas en douce de la viande de cheval. Introduit à la sauvette dans la boucherie, et enfin posé sur ses trois pattes, le piano devint un véritable monstre. Qu'allait-on en faire pour que Jojo ne découvrît pas sa présence ? On opta pour l'immense chambre froide où l'instrument serait d'autant mieux dissimulé, derrière les bœufs écorchés, que depuis ses virées en Limousin Jojo éprouvait quelques réticences à entrer dans cette pièce, préférant s'en remettre à son commis. Les transporteurs de Gaveau qui n'étaient que des mercenaires, assurés d'un bon pourboire, jurèrent le silence.

Ainsi le grand-queue de concert commença sa carrière clandestine au beau milieu des carcasses et des agneaux suspendus à des crocs. Pour répéter, Yvonne profitait des absences de plus en plus fréquentes de Jojo. A la nuit, dès que le magasin avait fermé ses portes, on poussait le piano, non sans quelque mal, d'ailleurs, jusqu'au milieu de la boucherie. Alors pouvait commencer le festival. La Painlevé, très stricte, ne laissait rien passer à son élève. Yvonne fut vertement rabrouée quand elle s'autorisa un port de voix qui n'était pas noté dans la partition. « Si vous voulez faire du cabaret, ma chère, c'est votre droit. Mais le music-hall, sachez-le une fois pour toutes, c'est une chose, et l'opéra en est une autre. Alors, je vous prierai de vous tenir exactement à ce qu'a écrit M. Bizet. Ici, ce ne sont pas les "Folies Carmen" ! » Madame Yvonne prit l'air d'une petite fille surprise un doigt dans la confiture, et l'incident fut clos. Désormais elle savait à quoi s'en tenir : lorsque la Painlevé était à bord de son piano, c'était elle le capitaine. La partition fut rapidement débroussaillée. Yvonne avait déjà bien en voix la Habanera quand elle décida de s'attaquer au « Trio des cartes ». Il fallait, pour ce morceau, trouver les deux autres comparses de la cigarière. Amédée se proposa pour tenir le rôle de Frasquita. « Alors, si Amédée chante Frasquita, pourquoi ne serais-je pas Mercedes ? » s'exclama la Painlevé, qui, de jour en jour, ou plutôt de nuit en nuit, prenait de l'assurance. Ainsi Yvonne et Amédée, auxquels venait s'adjoindre, certains soirs, le plumassier pour tourner les pages de la partition, répétèrent-ils sous la férule de Mauricette Painlevé, durant ce printemps-là. Ils répétaient à la nuit tombée, dès que Joseph Tardiveau, pris d'un élan irrépressible pour la verdure, laissant en plan son tranchoir et sa scie à os, courait à Austerlitz prendre le train de nuit qui, le mettant à sept heures quinze du matin à Limoges, lui permettait d'attraper la micheline, laquelle une heure plus tard le déposait à La Coquille, lieu de toutes ses délices.

Un soir, donc, alors que le boucher s'était tiré sans demander son reste, Yvonne convoqua ses partenaires. On était début juin et, cette année-là, Paris subissait un début de canicule. Yvonne proposa que l'on défît les auvents et que l'on relevât les stores en toile rouge. Quand la Painlevé attaqua le trio, elle était déjà mûre. Après avoir découvert les bienfaits de la viande rouge grâce à son élève favorite, elle s'était mise au pinard. Et elle, qui n'avait jamais bu de sa vie, pour se donner du cœur à l'ouvrage descendait une bonne bouteille à elle seule durant ces répétitions. Certains soirs, elle appuyait si fort qu'il fallait que Guénolé et Amédée l'aidassent à remonter dans son cinquième. Ce jour-là, elle en était déjà à son troisième verre quand, de sa voix assurée de baryton, elle lança :

*Et maintenant, parlez mes belles,*
*De l'avenir donnez-nous des nouvelles...*

et qu'Amédée, faisant mine d'interroger les cartes, poursuivit :

*Dites-nous qui nous aimera*
*Dites-nous qui nous trahira...*

On n'en était qu'au début et, déjà, tout le quartier se pressait aux grilles de la boucherie. Lorsque à son tour Madame Yvonne commença à chanter, il se fit un mouvement dans le public. « C'est elle ! C'est elle ! C'est la bouchère ! » Puis, quand elle arriva aux notes graves de : « Encore ! Encore ! Toujours la mort ! », la première à applaudir fut la Janine. De derrière son bar de l'Olympic, apercevant un attroupement devant la boucherie, elle était descendue en voisine pour voir s'il n'était pas arrivé quelque malheur à sa rivale.

Mauricette Painlevé, devant le succès que remportait ce récital improvisé, décida d'en tirer avantage. Elle fit quelques remarques pour la forme à son élève et d'un air impérial, après s'être envoyé deux grands verres de vin rouge, elle lança : «On remet ça.» Elle plaqua le premier accord, enfonçant la pédale «forte». Ce fut un accord terrible. Était-ce l'effet de l'alcool, ou voulait-elle, pour mieux rendre la fatalité des cartes qui poursuivaient la Gitane, écraser le clavier? En tout cas, le résultat ne se fit pas attendre, l'une des cordes claqua dans un bruit sec, ce qui eut aussitôt pour conséquence de faire dérailler Amédée, lequel se reprit comme il put. Une seconde corde partit. Puis une troisième. Mais rien ne semblait devoir arrêter la Painlevé arc-boutée sur le clavier et qui frappait comme sur une enclume. Elle était ivre. Ivre de vin, mais également de musique, de gloire et d'amour.

*Le mien est très riche et très vieux*
*Mais il parle de mariage...*

Elle ne chantait plus, elle hurlait. Les cordes comme des flammèches jaillissaient de tous côtés. Le piano semblait se désarticuler sous les coups terribles qu'elle lui assenait. L'instrument n'avait pas supporté le régime que, depuis un mois, on lui faisait subir. Le passage de la chambre froide à l'atmosphère surchauffée de la boucherie avait détérioré les cordes. A chaque corde qui pétait, le public applaudissait, comme s'il se fût agi d'une fusée. Madame Yvonne s'apprêtait à entonner sa partie lorsque, sur le trottoir, le public soudain silencieux s'écarta pour laisser passer un homme. La Painlevé, levant son derrière du tabouret pour donner le signal du départ à son élève, se retrouva nez à nez avec Joseph Tardiveau. Le boucher, qui avait raté son train du soir à Austerlitz, se trouvait, une valise à la main, au beau milieu de la boucherie, raide comme la justice. En un instant, ce fut la débandade. Madame Yvonne se drapa dans sa dignité comme une femme surprise par son mari avec un amant et, par la porte de la cour, gagna sans un mot son appartement. « Hou! Hou!» cria la Janine devant la défection de l'artiste. Mais elle fut rapidement remise en place par Félix qui, applaudissant à tout rompre, tentait de faire une sortie à Madame Yvonne. La Painlevé essaya de garder l'accord mais elle fut soulevée de force de son tabouret par Amédée et le plumassier, et, à leurs bras, disparut dans la nuit.

Joseph n'en croyait ni ses yeux ni ses oreilles. Félix s'approcha de lui. «C'était très beau», dit-il, pour le consoler de ne pas avoir été de la fête. Le boucher, sans un mot, se mit à tourner autour du piano comme autour d'une auto neuve. Au bout d'un moment, il s'arrêta et, s'adressant aux quelques badauds qui demeuraient encore devant la porte, il leur cria : «Qu'est-ce que vous attendez, allez, virez-moi d'ici ce bestiau!» Et, très bizarrement, bien des années après, quand la boucherie eut disparu et que l'Olympic eut été transformé en un fast-food, ceux des Martyrs qui demeuraient encore de ces temps héroïques se souvenaient de cette nuit folle comme de la nuit du bestiau. Il est vrai que, même viré sur le trottoir, le piano devait leur réserver encore des surprises.

C'était une nuit chaude et de pleine lune. Cet astre exerce-t-il sur un beau laque noir dans lequel il se réfléchit les mêmes influences que sur les océans? Sinon, comment expliquer que ce piano, si longtemps clandestin, ait pris la clef des champs? Au milieu de la nuit, alors que le quartier enfin reposait, il avait dû sauter du trottoir au milieu de la chaussée, car au matin, ayant dévalé la rue, on le retrouva écrasé contre les grilles de Notre-Dame-de-Lorette. Il gisait, disloqué, pantelant, la mâchoire d'ivoire ouverte, telle une épave funeste. Personne, alors, n'eut l'idée qu'il pouvait bien être le cercueil échoué des illusions de tout un quartier. Un quartier qui avait déjà commencé à s'évanouir.

## 7

Et tandis qu'au Bœuf Couronné la bouchère chantait le «Trio des cartes», à peu près au même moment, rue Rochechouart, Rachel Aboulafia, plus connue sous le nom de Maud Boulafière, se faisait des réussites. Celle même qu'elle avait vu faire si souvent à Emma, le soir au crépuscule, sur la terrasse face à la mer, sans jamais la réussir. C'était sa façon à elle d'interroger les cartes. Elle savait par le Chinois que celui qu'elle attendait, ses seize ans à peine révolus, s'était tiré de l'institution où, comme enfant de l'Assistance publique, on l'avait placé en apprentissage. Le policier lui avait remis des photos. De mauvaises photos d'identité. «Quelle bouille! s'était-elle écriée. Mais plutôt sympathique, le gosse. Comment est-ce donc qu'on l'appelle déjà? — Marceau, lui avait répondu le commissaire. — Mais Marceau quoi? Marceau comment? Marceau. Simplement Marceau. Qu'est-ce que tu veux d'autre? Marceau né de père et de mère inconnus...» Elle s'était penchée sur les photos. «Oh! la tronche de petit roublard qu'il me fait là... Tu ne trouves pas, dis, qu'il a les mêmes yeux qu'Yvonne? C'est sa mère toute crachée à son âge. Les mêmes tifs aussi... Regarde sur celle-là... Non, pas celle-ci... L'autre, qui est en couleurs... Hein? Ça, elle ne peut pas le renier... — Mêmes yeux et mêmes cheveux! Et aussi les mêmes que les tiens! On peut pas dire qu'il ait raté sa famille...» acquiesça le Chinois.

Chaque vendredi, en dégustant le café à la turque que Felfel lui préparait, elle retournait les cartes. «Si je réussis, je suis certaine qu'il débarque dès demain... Il me faut le valet de cœur pour couvrir la dame, et c'est gagné... Si je le retourne, oui, dès demain il rapplique au Cirque... Avec les antécédents qu'il se paie, il n'a pas d'autre choix... Sinon... sinon Léa aura eu raison... Je suis bien Lilith... Lilith...» Et, chaque fois, c'était la mauvaise carte qu'elle retournait. «Toujours ce sept... Pourquoi? Pourquoi toujours ce sept?... Et lui, ce petit voyou, qu'est-ce qu'il fait à rêvasser en route?... Rien que pour emmerder sa vieille grand-mère!» Jour après jour, les cartes devenaient le fidèle miroir de son attente. Elle trichait parfois. Car elle était rusée. D'instinct elle savait par où et comment la vie entrait et sortait. Elle était à l'écoute du destin. De son destin. Elle savait qu'il viendrait. Mais quand? Peut-être arriverait-il trop tard. Trop tard pour mettre un terme à cette lente et longue génération, à cette dynastie de femmes rouges et maudites. A ces créatures de Lilith qui veulent le bien et qui font le mal. Pour un cri de reniement, poussé comme un élan vital, un refus du malheur, elle s'était placée d'elle-même entre les vivants et les morts. Coupée du temps, sans se voir vieillir, elle avait aperçu un jour les ravages des années sur son enfant et elle avait senti dans ses os, au plus profond de ses os, ce désir du retour qu'est la mort. Cette aspiration au silence, à la grande neige, d'où tout vient, où tout aboutit, d'où tout repart. «Faudra songer, avait-elle un jour laissé échapper, à retourner au pays.»

Elle brouillait alors les cartes, rageusement, comme on détruit une vie; et c'était toujours à ce moment-là qu'apparaissait Amédée Roubichou. Le fidèle Amédée, l'ami indéfectible, toujours ponctuel chaque vendredi. Jeune homme, il avait été rondelet, puis ensuite rondouillard, et à présent, à l'approche de la soixantaine, il était devenu crapoussin, juste un peu trop rose et un peu trop blond pour n'avoir jamais accepté ses cheveux gris. Il ne marchait plus, il roulait. Il arrivait au rapport, chaque vendredi, exactement à la même heure. C'est par lui que Maud se tenait au courant des événements du quartier. Il lui avait raconté la «nuit du bestiau». Mais Maud n'avait pas ri. Les folies d'Yvonne la jetaient dans le plus complet désarroi. Elle avait vu, avec tristesse, s'effondrer la beauté de sa fille, comme si elle en avait été responsable, et cette nouvelle manie du chant lui déplaisait, comme lui déplaisaient les escapades de Joseph Tardiveau. Quand Amédée lui eut narré, sans omettre le moindre détail, cette soirée improvisée, Maud avait secoué la tête : « Et dire que je la croyais heureuse. Il ne faudrait pas qu'elle devienne comme son père. Il y a de la folie du côté des Scannabelli... » Maud se souvenait alors qu'on avait dû enfermer dans une maison spécialisée le vieux clown qui, se prenant pour la réincarnation de Landru, entraînait chez lui, dans son petit appartement du boulevard du Temple, les rombières qu'il levait aux terrasses des cafés, près des Filles-du-Calvaire, pour tenter de les empoisonner avec un chocolat dans lequel il versait de l'huile de ricin. La dernière de ses victimes avait été la mercière de la rue Oberkampf.

« La mercière de la rue Oberkampf? » avait demandé Amédée quand Maud, encore toute secouée par l'internement du vieux clown, lui avait raconté le départ de celui-ci en camisole entre deux infirmiers.

« Eh oui, la mercière! Il y en a qu'une! Henriette Roubichou née Chouin! Ta veuve! C'est comme ça, pauvre Amédée, tu n'y peux rien! Elle est ta veuve! Puisqu'elle t'a déclaré mort, écrabouillé par un autobus à la porte de Montempoivre... »

Amédée n'aimait pas qu'on lui rappelât son séjour aux Filles-du-Calvaire qui se perdait dans la nuit des temps. Il n'avait épousé la mercière que pour rendre service à Maud. Et peut-être, aussi, en souvenir du vieux Chouin qui était mort dans ses bras et auquel il avait, comme Maud d'ailleurs, juré de lui ramener sa petite Henriette. Ces deux années passées aux Filles-du-Calvaire avaient été les plus horribles de sa vie. A leur seul souvenir, il se mettait à trembler de la tête aux pieds. On comprend sa réaction quand, à cette occasion, Maud lui apprit qu'il fallait qu'il s'attende à voir débarquer la mercière un jour ou l'autre rue des Martyrs.

« Rue des Martyrs! s'était-il écrié, plus pâle que la mort.

— Bien évidemment puisqu'il faut que je la ramène chez son père. Un serment, c'est un serment! Cette maison au fond lui appartient... »

Amédée reprit quelques couleurs, car il s'était vu un instant en ménage à trois, avec son cher Guénolé et la mercière.

« Ah! tu me rassures », avait-il dit, en poussant un soupir de soulagement.

Le jour précisément où Maud appelait de tout son cœur un valet pour couvrir sa dame afin de réussir sa crapette, Amédée arriva avec une nouvelle qui avait mis, la veille, tout le quartier en émoi : l'arrestation de Madame Ivana, la professeur de danse, et son suicide durant son transfert du Palais de Justice, où le juge chargé d'instruire l'affaire l'avait entendue, au quartier des femmes de Fleury-Mérogis.

« Qu'est-ce que tu me chantes là, Amédée ? s'était écriée Maud, surprise par la nouvelle.

— Eh oui ! Madame Ivana n'était pas Madame Ivana, mais son ancienne servante, Céleste Truffade. Tu te souviens, celle qu'elle déguisait en cocher russe. J'aurais dû m'en douter car la vraie Ivana aurait été centenaire... »

Amédée raconta les événements comme il les tenait de la Janine qui avait assisté à l'arrestation. De derrière son comptoir, elle avait vu arriver le panier à salade, et les policiers en sortir pour entrer aussitôt dans la maison au fond de laquelle Madame Ivana Ivoguine, ancienne danseuse du Ballet impérial, tenait son cours de danse. Quelques minutes plus tard, ils devaient en ressortir en poussant devant eux la professeur, coiffée de son éternel turban rose. Elle portait une étoile jaune au revers de son manteau et, malgré les menottes qu'on lui avait passées, jetait ses bras en avant, comme pour prendre à témoin le Ciel. Elle criait : « Je ne suis plus Céleste Truffade... Je ne suis pas même Ivana Ivoguine... C'est une erreur... Vous commettez une erreur... Je suis Sarah Moïseievna Chapiro, fille de Moïse Davidovitch Chapiro... Je suis juive... Je suis une pauvre juive... » Au moment où les policiers, voyant qu'elle créait un début d'attroupement, voulurent la faire monter dans le fourgon, elle poussa un cri horrible, en menaçant de ses deux poings le Ciel.

« Exactement : le Malach'amovez ! C'est exactement ce mot qu'elle a crié », assurait Janine, le soir même, à son auditoire. Et elle devait ajouter : « Ça veut dire l'Ange de la Mort. Félix qui connaît un rabbin rue de Navarin me l'a affirmé. » Et Félix, qui se trouvait au bout du bar, se sentit obligé d'opiner du bonnet.

L'affaire remontait déjà à quelques mois. L'enquête avait été, paraît-il, longue. Il avait fallu identifier le corps, ou ce qu'il en restait. C'étaient les démolisseurs d'un îlot d'immeubles de la rue d'Orsel, classés par la ville de Paris comme insalubres, qui l'avaient découvert dans les combles, en jetant à bas une cloison. Le squelette s'était, au dire d'un des ouvriers, presque jeté à leur tête. Comme propulsé en avant, habillé d'un tutu de danseuse. Une vision effarante. La tête, encore entourée d'une couronne de fleurs, avait roulé à leurs pieds. « Paraît, avait même ajouté Janine pour rendre encore plus dramatique la scène, que l'un des ouvriers, en reculant, a failli se fendre le crâne contre une poutre. » Lentement, mais sûrement, la police avait mené l'enquête pour aboutir à une certaine Céleste Truffade qui, bien qu'elle n'y habitât plus, était encore la locataire de cette mansarde. « Au fond, elle a assassiné la vieille pour prendre sa place, ayant eu soin de l'habiller ensuite en danseuse. Cette danseuse que Madame Ivana avait toujours rêvé d'être », avait conclu Janine. Ajoutant pour la forme, comme une brève moralité : « En fin de compte, ça ne lui a pas porté chance puisqu'elle est devenue timbrée et qu'elle s'est jetée en sortant de chez le juge dans la cage de l'escalier pour échapper aux Allemands. Elle se croyait revenue aux temps de l'Occupation. Elle s'était même collé, tout le monde l'a vue, comme moi, l'étoile juive. »

« Le Malach' amovez ! répétait Madame Maud. Elle a bien dit le Malach'amovez ?

— Oui, c'est cela et ça veut même dire l'Ange de la Mort, ajouta Amédée.

— La pauvre âme, elle a effectué le même trajet que moi, mais en sens inverse... Elle est devenue une véritable juive... C'est à moi, à présent, de la délivrer... »

Cet après-midi-là, Madame Maud s'absenta de la pension Emma. Absence durement ressentie par l'académicien Thierry Le Cailar-Dubreuil qui, comme chaque vendredi, sur le coup de cinq heures, débarquait dans l'ancien bordel avec le dernier chapitre de son roman en cours qu'il donnait aussitôt à lire à Madame Maud, laquelle ne lui ménageait ni ses avis, ni ses critiques, réécrivant certains paragraphes et parfois même des pages entières. On peut avancer, sans trop extrapoler, que Madame Maud fut, en quelque sorte, la conscience littéraire de cet éminent styliste et peut-être même, comme certains ne se privèrent pas de l'affirmer par la suite, tout bonnement, son nègre. Cette tâche accomplie il gagnait la chambre n° 3 où l'attendait le couple de communiants racolé par Felfel, qui devait relâcher un peu la vapeur de ce grand nerveux sous pression.

Ce jour-là, donc, Maud se rendit des Enfants-Rouges à la rue des Rosiers. Elle s'arrêtait devant chaque boucherie dont une étoile bleue signalait à la clientèle du quartier qu'elle était bien kasher. Elle entrait. Et sans autre forme de préambule, elle s'adressait directement au boucher : « Je suis Rachel Aboulafia, la fille d'Élie qui fut également boucher, jadis à La Goulette, et je suis aussi la belle-sœur de Moshé Zeinfel, le rabbin de la synagogue de la rue Pavée, et je te requiers de me suivre pour dire la prière des morts. » Et ainsi, par dix fois, Madame Maud entra dans une boucherie pour en ressortir presque aussitôt, entraînant à sa suite le patron : car il fallait dix hommes pour dire le Kaddish. Cette prière fut récitée dans la synagogue de la rue Pavée, pour le repos de l'âme de Sarah Moïseievna Chapiro et de celle de Céleste Truffade qui n'en formaient désormais qu'une.

Sur le soir, de retour à la pension Emma, Madame Maud se dit qu'il fallait presser le temps, car bientôt elle ne serait plus couverte par le Chinois. L'arrestation de Céleste Truffade sur un territoire qui, depuis des années, était contrôlé par le commissaire Changarnier, sans même qu'il en fût averti, lui signalait le déclin du magicien et sa chute prochaine.

Un jour, elle cessa de faire des réussites et rangea définitivement les cartes. Le temps était venu. Un petit roublard rouquin venait de débarquer, avec les premiers effluves du printemps, aux Filles-du-Calvaire.

# 8

Ce fut la grande Janine qui, ce vendredi-là, l'aperçut la première. Immanquable, le rouquin dans sa salopette bleue par-dessus laquelle il portait un blouson de cuir avec un aigle dans le dos. Une bouille de petite fripouille, comme elle les aimait. A peine seize ans, mais déjà un vrai homme. Elle avait connu, naguère, à Vincennes, un lad de son gabarit dont elle avait fait ses délices, toute la saison du trot. S'en allant doucement sur la quarantaine, elle aimait encore la chair fraîche. Et là, tout de suite, au premier coup d'œil, elle avait su que c'était du premier choix.

Quelques instants plus tôt, Maud, en passant devant l'Olympic, lui avait jeté sans entrer, alors qu'elle astiquait le comptoir avec du Brillant-Breton : « Ça va comme tu veux, la Janine? — Et vous, madame Maud? » lui avait-elle répondu. C'était ainsi tous les vendredis, le même salut, les mêmes mots jetés à la cantonade. Mais ce jour-là, la tôlière avait en s'éloignant levé une main qu'elle avait agitée au-dessus de sa tête comme pour dire : « Qui vivra verra! » Il était arrivé et, même si elle le savait à ses trousses, elle était inquiète. La patronne des Trapézistes se demandait comment il allait s'y prendre pour faire sauter la tôle, cette grande baraque aux illusions, et la tirer d'entre les vivants et les morts, pour lui rendre, enfin, la paix.

Janine le regarda venir de loin. Déjà Maud se trouvait en haut, au carrefour de la rue Trudaine, quand il se présenta, à son tour, devant l'Olympic. Janine chopa dans l'œil sa tignasse rouge; elle en laissa d'émotion tomber sa bouteille de Brillant-Breton. Elle vit aussitôt la filiation directe ; et, pour son repos, celui de Pierrot son père, pour Joseph Tardiveau qu'elle aimait toujours, pour le quartier et aussi pour ceux des Filles-du-Calvaire qu'elle ne connaissait pas, mais dont elle se doutait bien qu'ils étaient également dans l'attente, elle comprit le rôle que le hasard, le destin peut-être, lui avait dévolu dans cette histoire. Elle avait depuis longtemps découvert le lien entre Maud et Yvonne et, depuis un instant, elle avait repéré le dernier maillon de la chaîne. Elle savait également, par un petit carnet trouvé au fond d'un tiroir où son père consignait les choses qui lui importaient, et par quelques révélations que la Rageblanc lui avait faites avant de mourir, qui était cette Rachel, dont, dans la nuit du 2 juin 1943, une femme avait imploré le pardon. Elle attrapa le bel enfant au vol.

« Eh ! le gamin, tu ne me ferais pas l'agrément d'une limonade ? La côte est rude !

— De la limonade ! Pourquoi pas, pendant que tu y es, me donner le sein tout de suite ? Me prendrais-tu pour un blanc-bec ! Si tu veux me faire une faveur, tire-moi plutôt une petite mousse ! »

Il s'accouda au comptoir et s'alluma une clope. Janine se sentit comme une lourdeur au ventre. Elle en était chavirée.

« T'es de passage ?

— Je m' balade. Je visite. Paraît qu'il y a un cirque pas loin d'ici...

— Il y avait... Ils l'ont démoli...

— Ah ! les enfoirés ! C'est bien ma veine...

— Tu t'intéresses au cirque ?

— Pas qu'un peu. C'est mon rêve, je veux être trapéziste et funambule...

— C'est dangereux...

— C'est mes oignons... »

Janine, apercevant son verre déjà vide, tira une autre bière. Lui alluma une autre cigarette. Sa chevelure avait le même reflet cuivré que le comptoir. Il jeta négligemment des ronds de fumée au plafond. Janine vit bien que c'était un artiste.

« Faut pas que je fasse de vieux os. Sinon je vais perdre la vieille à qui je serre le train...

— La Maud ? Alors là, tu peux dormir tranquille. Elle s'envolera pas. Elle a sa tôle pas loin, rue Rochechouart...

— Vous la connaissez?

— Tu penses! C'est une figure du quartier!»

Comme il poussait son verre à nouveau vide, d'un air crâne pour savoir jusqu'où il pourrait tirer sur la ficelle, elle lui dit :

«T'as la descente rapide, toi. Comment c'est qu'on t'appelle?

— C'est facile, t'as qu'à crier "Marceau" et je rapplique aussi sec.

— Marceau. Tiens, c'est pas commun.» Et elle lui servit une autre pression. «Est-ce qu'au moins tu sais où crécher dans le quartier?»

Comme il lui répondait que non, elle lui proposa une piaule qu'elle avait au sixième, juste le temps de voir venir. Il accepta, sans faire de façons. Il se trouvait bien dans ce café; et de surcroît, sous l'effet de trois bières, il commençait à avoir à la bonne ce grand cheval qui lui hennissait sa tendresse. Il connaissait à présent l'adresse de Maud, rien ne le pressait vraiment. S'il ne découvrait pas cette semaine pourquoi cette muse qui l'avait, elle aussi, si bien accueilli dans son bistrot des Filles-du-Calvaire se sentait obligée de se faire la malle, en douce, chaque vendredi, il le découvrirait une autre fois.

Le soir même, il aidait les garçons de café à rentrer les tables en terrasse. Le dimanche suivant, Janine l'emmena à Auteuil voir le Grand Steeple-Chase. Et c'est elle qui, également, eut l'idée, ayant appris par Félix qu'un des commis du Bœuf Couronné avait donné ses huit jours, d'envoyer Marceau se proposer pour l'emploi.

«Tu verras, lui dit-elle, Joseph n'est pas un mauvais bougre. La Yvonne, c'est une autre paire de manches. Ça, faut se la farcir...» Mais se reprenant, elle ajouta : «Toi, c'est autre chose, il faudra que tu la respectes...» Elle avait dit cela d'un air entendu, comme si elle le faisait, par ces mots, entrer dans un grand mystère.

«C'est qu'elle me crie dessus à tout propos. Alors ç'a été plus fort que moi. Je lui ai dit merde. Et j'ai même ajouté : "Mais vous ne vous êtes pas regardée, vous, avec vos tiffes."

— Oh! Comment as-tu osé? s'exclama Janine catastrophée. Dire ça à Yvonne qui pourrait être ta mère!

— Peut-être ben qu'elle pourrait être ma mère, mais faut pas qu'elle me cherche. Elle n'avait pas à me menacer de me couper les douilles. Chacun fait ce qu'il veut de ses plumes. C'est pas ma faute si je suis rouquin. “Ta tête de loup”, m'a-t-elle dit. Qu'elle se regarde, comme poil de carotte, elle se pose un peu là... »

Tout de suite, Yvonne avait débusqué le petit filou en ce nouveau commis. S'il n'en avait tenu qu'à elle, il n'aurait pas été engagé. Mais depuis la « nuit du bestiau » et les six briques qu'ensuite Jojo avait été obligé de débourser pour le piano, elle l'avait mise en sourdine. Quand la Painlevé passait devant la boucherie, elle se contentait de lui faire un petit signe amical de la main. Celle-ci, définitivement « persona non grata » aux yeux du boucher, avait été priée de s'abstenir d'entrer au Bœuf Couronné. Jojo la tenait pour la principale responsable de la chute de son commerce. Yvonne, cependant, lui faisait porter en secret de la viande, car depuis que le cours de danse avait fermé, la Painlevé n'avait pour toute ressource que les quelques élèves à qui elle inculquait des rudiments de solfège au fond de son petit deux-pièces encombré de souvenirs, de vieux macramés jaunis et de bouquets de fleurs et d'herbes séchées, cueillies en douce à Bagatelle, seul voyage que sa bourse lui autorisait, une fois l'an, aux beaux jours. Son appartement était situé au cinquième, juste sous la chambre du petit télégraphiste à qui elle refilait une pièce pour porter ses lettres à Madame Yvonne. Depuis qu'elle était interdite de boucherie, elle s'était jetée dans une correspondance dont le tour enflammé avait tout d'abord amusé la bouchère, pour finir par l'agacer, car au fond elle se sentait responsable de ces folies. Cependant même les lettres les plus osées ne restèrent pas sans réponse : Yvonne, par retour du courrier, lui assurait toujours sa côtelette d'agneau dont elle la savait friande.

La bouchère avait vu avec déplaisir l'arrivée de ce nouveau commis. Avec d'autant plus de déplaisir que Jojo s'en était toqué. Il n'avait eu qu'à paraître pour séduire. En effet, le boucher l'avait préféré, alors qu'il ne pouvait produire aucun CAP, à l'autre candidat muni pourtant d'un diplôme. Son air affranchi de demi-sel, son regard ironique, sa rouquinerie l'avaient retournée, provoquant très loin, tout au fond d'elle, une sorte de malaise indéfinissable. La douleur d'un regret. Et ce malaise allait en s'amplifiant chaque jour davantage. Dès que Jojo était absent, elle en profitait pour lui crier après. En fait, elle lui en voulait d'être trop pulpeux, trop rouge, trop exactement l'enfant qu'elle aurait dû donner à Jojo et qu'elle lui avait toujours refusé. Jojo qui avait fait les délices de ses nuits, dont elle avait aimé à la folie la légère ombre pubienne qui montait jusqu'à son nombril et chaque muscle de ses pectoraux. Nuit après nuit, elle l'avait contemplé et lentement vu glisser vers l'engourdissement. Elle l'avait regardé mûrir et s'épaissir. Et elle savait qu'elle était la cause du désarroi où elle avait jeté ce dormeur. Elle en voulait encore plus à cet enfant rouge, avec sa grosse bouche et son visage taché de son, qu'elle le percevait confusément comme un morceau détaché d'elle. Une provocation, une insulte à sa propre chair.

Un matin, alors qu'elle croyait son mari toujours chez le boulanger, elle lui avait crié dessus pour ses cheveux trop longs et bouclés. A peine avait-elle fini que Jojo était là, avec sa baguette de pain sous le bras. Il s'était approché d'elle. « Fous-lui la paix ! Je t'interdis de toucher à ce môme, tu m'entends. S'il y a quelqu'un de trop ici, c'est pas lui, c'est toi ! » Réduite au silence, Madame Yvonne, du haut de sa caisse, regardait le manège entre son mari et le nouveau commis. Elle voyait le boucher le tripoter, pour un rien, le frôler, avoir pour lui de ces câlineries qu'elle ne lui avait jamais vu faire à personne d'autre qu'à elle. Il était si coiffé du môme que, certains soirs, elle pensait qu'il en était amoureux. L'appétit de la viande lui était même revenu.

Un matin, elle n'y tint plus. Et, alors que Jojo entourait l'épaule de son commis pour lui montrer comment préparer un carré d'agneau, elle lâcha tout haut : « Quand t'auras fini de lui tourner autour du pot, à ce gosse, tu pourras peut-être t'occuper de la commande de Mme Vallière qui demande, depuis une heure, son gigot raccourci... » A peine ces mots prononcés, elle les regrettait déjà. Que n'avait-elle pas dit, la malheureuse ! Le boucher avait posé son couteau, défait son tablier qu'il avait jeté sur l'étal et, tenant toujours Marceau par le cou, il l'avait entraîné dehors. Plus tard, Yvonne crut qu'elle l'avait inventé. Mais il l'avait bien dit. Oui, elle avait bien entendu la phrase : « Viens, le môme, ce n'est qu'une bonne femme et elle ne comprendra jamais les histoires de mecs entre eux ! »

Jojo et Marceau étaient allés s'asseoir à la terrasse de l'Olympic, où ils étaient demeurés jusqu'à la fin de la matinée à causer comme des amis de longue date. Il lui avait dépeint les prés verts à La Coquille et les grands bœufs mélancoliques et roux qui y paissent lentement, avec leur bouche mauve, et leurs yeux faits comme ceux d'une femme. Il lui avait expliqué qu'il n'avait qu'une seule envie : quitter Paris pour s'installer là-bas ; et que s'il ne le faisait pas c'était à cause d'Yvonne à qui un reste de tendresse l'attachait encore.

La grande Janine, mise au courant par Marceau, comprit que le temps était venu de l'affranchir. Le lendemain était un vendredi. Elle lui dit qu'il n'était plus question pour lui de se rendre à la boucherie, qu'il y avait assez mis de zizanie et que, s'il voulait gagner un peu d'oseille, fallait qu'il se fasse embaucher par l'Arabe à la Maud sous le métro aérien à Barbès. En deux mots, qu'il aille faire le mariole en premier communiant. Et voilà comment l'enfant du cirque se retrouva sur le chemin de la maison des illusions, la tôle au vieux Chouin. Felfel, qui n'avait pas l'œil dans sa poche, l'aborda devant la station et lui refila un billet de deux cents balles qui, lui avait-il promis, ferait des petits après la séance avec le vieux cochon. « Un farfelu, pas méchant ! T'as rien à lui faire que de lui déchirer ses dentelles quand il ouvrira son gilet. Mais surtout, fais exactement ce qu'il demande. De toute façon, ça ne va jamais bien loin. Tu seras avec Aïcha, l'Algérienne, qu'est une mousmée qui connaît déjà bien le truc. »

« T'aurais vu ça ! raconta Marceau, le soir même, à Janine. Le vieux, il s'est déchaîné. Je sais pas si c'est moi qui lui faisais cet effet, mais il a voulu soudain que je la lui sorte. C'était pas au programme. Je pense même que c'était la première fois qu'il demandait un truc pareil parce que l'Arabe a été tout de suite prévenir la Maud. Tu l'aurais vue se pointer la vieille. Ça n'a fait ni une ni deux. Elle te lui a balancé une de ces paires de claques, que le pauvre vieux il en a pivoté sur lui-même. Et vlan ! Encore une. Et elle lui criait : " Je t'interdis de demander ce genre de choses à ce gosse. " Et elle a même ajouté, je te le raconte comme je l'ai entendu : " T'as pas de bol avec celui-là, parce que tu vois, ce petit couillu, c'est comme mon fils ! " »

Ce qu'oublia de raconter Marceau à la patronne de l'Olympic car on lui avait fait quitter très vite, après l'incident, la chambre n° 3, mais qu'elle apprit par la suite, c'est que, furieuse, la tôlière s'était jetée sur l'Arabe : « Toi, je t'avais bien prévenu de pas toucher à mon petit-fils. Je t'avais bien dit qu'il rôdait dans les parages... Mais Rachel, avait répliqué le Tunisien en qui, avec son costume trois-pièces, personne n'aurait jamais soupçonné l'ancienne arsouille de La Goulette, je ne pouvais pas savoir... — Pas savoir, pas savoir... Ça te va bien de me dire ça !... Avec sa tignasse, tu pouvais pas savoir ! Rien que ses cheveux c'est comme un certificat de naissance... Et son regard ? Ne me raconte pas que tu n'as pas vu son regard ! Les mêmes yeux qu'Emma ! Ne me dis pas, Slim Masmoudi, que tu ne te souviens pas non plus de ta vieille camarade Emma ! » Et lui il essayait de l'interrompre pour lui dire que, venant de la part de la Janine, il ne pouvait pas se douter. « De la part de la Janine ! De la Janine de l'Olympic ? Mais de quoi elle se mêle cette grande fesse ? Celle-là, je vais lui réserver, un de ces jours, un chien de ma chienne ! »

« Tu aurais vu les regards qu'elle me jetait », avait ajouté Felfel, en racontant la scène, le soir même, à la patronne de l'Olympic. Car cette dernière et l'Arabe se fréquentaient, nourrissant la même passion des chevaux. C'étaient d'impénitents turfistes. Tout l'argent du Tunisien passait au PMU. Par lui également la Janine apprit ce qui était arrivé ensuite.

L'académicien Le Cailar-Dubreuil, en combinaison peau-de-pêche aux dentelles lacérées et en bas de soie couleur gazelle, avait eu un malaise. Son chauffeur allemand était allé chercher le premier docteur qu'il avait pu trouver. Arrivé trop tard, ce dernier ne put que constater le décès du romancier, provoqué par une crise cardiaque. Felfel, avec ce fatalisme propre aux Arabes, avait conclu : « Tu parles d'une histoire ! Maintenant on est dans de beaux draps avec cette friture sur les bras. »

Malgré les menaces de Maud, Janine, sentant que le moment était enfin venu, se tourna vers l'enfant rouge. Marceau s'appuyait un flipper avec Gilles, un grand sifflet chevelu, fils du patron d'un troquet de la rue Ballu. Au moment où il allait tirer sa bille, elle le chopa de plein fouet

— et ce fut entendu par les trois derniers des «potes» à Pierrot-le-Phoque : «Tu laisses tomber cette andouillerie. Et tu vas dare-dare à la boucherie. Tu dis à Yvonne que tu es son fils et que c'est moi qui t'envoie. Et sans traîner, tu l'emmènes à la pension Emma où tu lui présentes Maud qui est sa mère... Et écoute bien maintenant ce que je vais te dire. Pour que tout rentre dans l'ordre, que mon père repose enfin en paix. Dis à Yvonne afin qu'elle le redise à sa mère que la nuit du 2 juin 1943, une femme frappa à la porte de l'Olympic. Alors que les Allemands l'entraînaient, elle cria : "Dites à ma fille Rachel... à ma petite fille, Rachel, que je l'ai toujours aimée... Et qu'elle me pardonne si elle peut."»

L'enfant rouge se conforma en tous points à ce que lui avait ordonné Janine dite l'Agrément.

«Eh! la vieille! C'est moi, Marceau! Paraîtrait que t'es ma grande-doche!» cria-t-il en entrant dans la tôle du vieux Chouin. Rachel l'attendait de pied ferme sur le haut de l'escalier, drapée dans son peignoir japonais. Jamais les cheveux de l'enfant ne lui parurent si rouges, jaillissant comme des flammes. Elle garda, cependant, elle, la rebaptiseuse, au fond de son cœur, le prénom d'Esaü qu'elle lui destinait depuis toujours. Sans doute, en le voyant surgir ainsi, venait-elle de comprendre qu'elle n'avait pas le droit de lui imposer la fatalité de sa tribu. Cependant ce fut Yvonne qui tira Rachel d'entre les vivants et les morts par ces simples paroles :

«Mère, je t'aime, et Léa, ta mère, t'aimait également, et elle le cria dans la nuit lorsqu'on l'arrêta. Elle le cria si fort que Pierrot de l'Olympic l'entendit : "Rachel, Rachel, je t'aime, je t'ai toujours aimée! Pardonne-moi, si tu le peux!"»

Le soir même, Rachel Aboulafia, Yvonne Scannabelli et Marceau, ce fils qui lui était venu comme une fièvre, un soir de printemps dans la cage aux fauves, quittèrent la rue des Martyrs pour le Cirque, aux Filles-du-Calvaire.

Le vendredi suivant, qui était un vendredi 13 et aussi, cette année-là, le vendredi saint, le commissaire Changarnier arrêtait dans son bar-tabac la patronne des Trapézistes. Et le quartier découvrait avec surprise que cette Maud qui avait, durant plus de trente ans, régi leur vie quotidienne, se nommait en fait Rachel et qu'elle avait aussi des jambes d'une perfection rare. Aussi parfaites que la qualité de son âme.

# Épilogue

L'Arabe avait oublié de raconter à la patronne de l'Olympic que le jour de la mort douteuse du célèbre auteur de *La Vie secrète de Judas Iscariote,* Thierry Le Cailar-Dubreuil de l'Académie française, une personne d'un aspect très particulier, presque indescriptible dans sa petite robe noire avec son vieux chapeau à voilette parme, se trouvait déjà dans le fauteuil du vieux Chouin, qu'avait depuis sa mort occupé tous les vendredis Madame Maud. Cette dernière, avant de mettre la clef sous la porte, l'avait présentée au personnel comme la nouvelle tôlière. Henriette Roubichou, née Chouin, ancienne mercière de la rue Oberkampf, était enfin dans ses meubles. Avant de passer la porte, Madame Maud s'était retournée vers sa vieille ennemie pour lui jeter : « Chacun se doit dc retourner un jour ou l'autre au pays du père. »

La pension Emma fut débaptisée et devint la pension Chouin. Chaque vendredi, très exactement sur les trois heures, Amédée Roubichou venait, avec sa collection de dentelles, rendre visite à celle qui, durant deux années, avait été sa femme aux Filles-du-Calvaire. Le petit hôtel fonctionnait dorénavant comme un meublé ordinaire et, à l'occasion, comme un hôtel de passe. Et chacun était surpris d'entendre cette personne d'aspect si convenable avec son chapeau à voilette et ses gants de filoselle demander aux clients qui se présentaient à la réception, d'une voix qui rappelait à Felfel sa camarade de La Goulette : « Est-ce pour la nuit ou simplement pour le moment ? »

L'Arabe ne demeura pas longtemps au service de la nouvelle proprio. Il ne voulait plus aller au chagrin pour les autres. La chance avait tourné, il avait gagné au tiercé. Ainsi put-il ouvrir à Barbès, où il était devenu une figure, un bar PMU.

Le commissaire Changarnier, dit le Chinois, fut à quelque temps de là retrouvé poignardé dans un terrain vague de la rue d'Orsel. On ouvrit une enquête que l'on referma aussitôt. On parla de guerre des gangs et même de police parallèle.

Janine Boucheseiche demeura quelques années encore rue des Martyrs, puis finit par vendre l'Olympic pour aller rejoindre à la campagne l'homme de sa vie, Joseph Tardiveau, qui de son côté, abandonné par sa femme, avait depuis longtemps bazardé la boucherie du Bœuf Couronné.

Un beau matin, le petit télégraphiste, sonnant à l'appartement de sa voisine du palier d'en dessous, la professeur de piano, Mlle Mauricette Painlevé, trouva la porte entrouverte. Aucun meuble n'avait été enlevé. Le vieux piano était à sa place. Seuls quelques souvenirs avaient disparu ainsi que la professeur.

Aux Filles-du-Calvaire, Yvonne Scannabelli, la fille du vieux clown, retrouva Elzéar Keu, qui lui avait donné les premiers rudiments d'équitation. C'est lui qui prenant la mère et le fils par la main les fit entrer dans le Cirque dont il avait été le gardien si longtemps. Ainsi, Yvonne retrouva Max le dompteur. Et c'est elle qui, un soir, alors qu'il sortait flamboyant de la cage des fauves, présenta l'enfant rouge à son père. Et c'est en pleurant d'émotion qu'il enfouit son visage dans le pelage de son jeune lionceau.

Marceau disparut une journée et revint avec le vieux clown Chipolata à qui il avait fait faire le mur de la clinique des aliénés. Il eut alors l'idée de donner un spectacle pour son grand-père ainsi que pour tous les fous de l'asile, qui, à la suite du clown, s'étaient fait la malle. De la loge centrale où on l'avait placé, le vieil artiste regarda, à la fois étonné et enchanté, traverser sur un fil, vivace comme le feu, ce petit-fils qui lui tombait du ciel, alors qu'au même moment, comme jaillie de l'ombre, une paire de jambes d'une perfection admirable passait dans les hauteurs du cirque. L'enfant funambule fut le seul à les apercevoir. Il se doutait bien qu'elle serait là, la grand-mère. Car, sans elle, la Sainte Famille n'eût pas été complète et cette réunion n'aurait eu aucun sens. L'orchestre, ce soir-là, s'était enrichi d'un piano.

Personne, à l'exception d'Yvonne, ne reconnut, dissimulée sous son chapeau pointu et son faux nez de clown, arpégeant une valse flonflon, Mlle Mauricette Painlevé.

Dédé garda encore quelques mois la gérance des Trapézistes mais disparut à son tour un beau matin sans laisser d'adresse. Seul Elzéar Keu sut où il se rendait. Mais il n'en parla jamais. Car il y avait entre eux un lourd secret.

Le Tout-Paris fut très étonné d'apprendre que la baronne Cain-Machenoir avait épousé à la mairie du VIII^e arrondissement un certain M. Florelle, valet de chambre chez elle depuis peu. Elle vendit son hôtel particulier de l'avenue de Messine. Et personne n'entendit plus jamais parler d'elle.

L'inquiétant M. Bolko, après la mort de son maître, Thierry Le Cailar-Dubreuil de l'Académie française, dont il était le factotum, et le remariage de sa veuve avec un danseur mondain, fut remercié. On retrouva sa trace en Israël, dans un kibboutz. Il y enseignait l'histoire contemporaine et revenait, de leçon en leçon, sur le rôle de celui qu'on avait appelé l'Archange de Dachau et qui n'était peut-être que l'incarnation du Malach'amovez. Un soir, un sabra blond aux yeux bleus, fils de juifs polonais, qui eût pu être son petit-fils tant il lui ressemblait et qui savait à quoi s'en tenir sur le vieil homme, le sentant triste, alors qu'il regardait la nuit s'avancer sur l'antique plaine de Soreq, lui posa la main sur l'épaule en lui disant : « Le souvenir pour moi, le pardon pour toi. » Et par ces mots, le délivra d'entre les vivants et les morts.

Le Cirque se maintint encore quelques saisons. Mais la mode n'était plus aux clowns blancs et aux trapézistes. Yvonne, Max, Marceau, Keu, ainsi que le vieux clown, auxquels s'adjoignit Mauricette Painlevé, quittèrent les Filles-du-Calvaire pour un chapiteau ambulant qui tournait en province. Le cirque s'arrêtait, une fois l'an, à La Coquille, près de Limoges, où les premiers à venir applaudir les chevaux et les lions étaient un couple de fermiers qui, si l'on en croyait les gens du coin, n'élevaient les bœufs que pour les laisser mourir de vieillesse dans le pré.

C'est là, dans cette belle campagne, en marge du Périgord, qu'Yvonne surprit une nuit son père, le vieux clown, et Keu assis dans un pré. Ils contemplaient la lune, une lune ronde et rousse. Elle ne sut jamais auquel des deux attribuer les paroles qu'elle surprit ; mais voici ce qu'elle entendit : « Elle était rousse aussi, et c'était sans doute une sale garce, mais qu'est-ce qu'elle nous manque aujourd'hui... »

Dans le même temps, à La Goulette, Rachel Aboulafia, fille d'Élie le boucher de l'avenue de Carthage, regardait la mer et rêvait de Paris. Certains à l'hospice des vieux juifs de la rue Khaznadar, anciennement rue du Capitaine-Petitjean, qui se souvenaient de la terrible Emma Boccara, assurèrent par la suite qu'elle lui ressemblait au même âge. Parfois, l'après-midi, Rachel faisait atteler la vieille calèche de sa grand-mère pour se rendre au cimetière du Borgel. Ainsi la vit-on sauter de tombe en tombe, et les vieilles Berbères qui campaient près des caveaux crurent que la Zia était revenue. Un soir, elle cessa de venir sur la promenade en bord de mer. Elle s'était évanouie. A la surprise du voisinage, son cheval également demeura introuvable.

# Table

# Le Livre de Poche Biblio

*Extrait du catalogue*

**Sherwood ANDERSON**
Pauvre Blanc

**Guillaume APOLLINAIRE**
L'Hérésiarque et Cie

**Miguel Angel ASTURIAS**
Le Pape vert

**Djuna BARNES**
La Passion

**Adolfo BIOY CASARES**
Journal de la guerre au cochon

**Karen BLIXEN**
Sept contes gothiques

**Mikhail BOULGAKOV**
La Garde blanche
Le Maître et Marguerite
J'ai tué
Les Œufs fatidiques

**Ivan BOUNINE**
Les Allées sombres

**André BRETON**
Anthologie de l'humour noir
Arcane 17

**Erskine CALDWELL**
Les Braves Gens du Tennessee

**Italo CALVINO**
Le Vicomte pourfendu

**Elias CANETTI**
Histoire d'une jeunesse (1905-1921) - *La langue sauvée*
Histoire d'une vie (1921-1931) - *Le flambeau dans l'oreille*
Histoire d'une vie (1931-1937) - *Jeux de regard*
Les Voix de Marrakech
Le Témoin auriculaire

**Raymond CARVER**
Les Vitamines du bonheur
Parlez-moi d'amour
Tais-toi, je t'en prie

**Camillo José CELA**
Le Joli Crime du carabinier

**Blaise CENDRARS**
Rhum

**Varlam CHALAMOV**
La Nuit
Quai de l'enfer

**Jacques CHARDONNE**
Les Destinées sentimentales
L'Amour c'est beaucoup plus que l'amour

**Jerome CHARYN**
Frog

**Bruce CHATWIN**
Le Chant des pistes

**Hugo CLAUS**
Honte

**Carlo COCCIOLI**
Le Ciel et la Terre
Le Caillou blanc

**Jean COCTEAU**
La Difficulté d'être

**Cyril CONNOLLY**
Le Tombeau de Palinure

**Joseph CONRAD**
**et Ford MADOX FORD**
L'Aventure

**René CREVEL**
La Mort difficile
Mon corps et moi

**Alfred DÖBLIN**
Le Tigre bleu
L'Empoisonnement

**Lawrence DURRELL**
Cefalù
Vénus et la mer
L'Ile de Prospero

**Friedrich DÜRRENMATT**
La Panne
La Visite de la vieille dame
La Mission

**J.G. FARRELL**
Le Siège de Krishnapur

**Paula FOX**
Pauvre Georges !

**Jean GIONO**
Mort d'un personnage
Le Serpent d'étoiles
Triomphe de la vie
Les Vraies Richesses

**Vassili GROSSMAN**
Tout passe

**Lars GUSTAFSSON**
La Mort d'un apiculteur

**Knut HAMSUN**
La Faim
Esclaves de l'amour
Mystères
Victoria

**Hermann HESSE**
- Rosshalde
- L'Enfance d'un magicien
- Le Dernier Été de Klingsor
- Peter Camenzind
- Le poète chinois
- Souvenirs d'un Européen
- Le Voyage d'Orient

**Bohumil HRABAL**
- Moi qui ai servi le roi d'Angleterre
- Les Palabreurs
- Tendres Barbares

**Yasushi INOUÉ**
- Le Fusil de chasse
- Le Faussaire

**Henry JAMES**
- Roderick Hudson
- La Coupe d'or
- Le Tour d'écrou

**Ernst JÜNGER**
- Orages d'acier
- Jardins et routes *(Journal I, 1939-1940)*
- Premier journal parisien *(Journal II, 1941-1943)*
- Second journal parisien *(Journal III, 1943-1945)*
- La Cabane dans la vigne *(Journal IV, 1945-1948)*
- Héliopolis
- Abeilles de verre

**Ismail KADARÉ**
- Avril brisé
- Qui a ramené Doruntine ?
- Le Général de l'armée morte
- Invitation à un concert officiel
- La Niche de la honte
- L'Année noire
- Le Palais des rêves

**Franz KAFKA**
- Journal

**Yasunari KAWABATA**
- Les Belles Endormies
- Pays de neige
- La Danseuse d'Izu
- Le Lac
- Kyôto
- Le Grondement de la montagne
- Le Maître ou le tournoi de go
- Chronique d'Asakusa
- Les Servantes d'auberge

**Abé KÔBÔ**
- La Femme des sables
- Le Plan déchiqueté

**Andrzeij KUSNIEWICZ**
- L'État d'apesanteur

**Pär LAGERKVIST**
- Barabbas

**LAO SHE**
- Le Pousse-pousse
- Un fils tombé du ciel

**D.H. LAWRENCE**
- Le Serpent à plumes

**Primo LEVI**
- Lilith
- Le Fabricant de miroirs

**Sinclair LEWIS**
- Babbitt

**LUXUN**
- Histoire d'AQ : Véridique biographie

**Carson McCULLERS**
- Le cœur est un chasseur solitaire
- Reflets dans un œil d'or
- La Ballade du café triste
- L'Horloge sans aiguilles
- Frankie Addams
- Le Cœur hypothéqué

**Naguib MAHFOUZ**
- Impasse des deux palais
- Le Palais du désir
- Le Jardin du passé

**Thomas MANN**
- Le Docteur Faustus
- Les Buddenbrook

**Katherine MANSFIELD**
- La Journée de Mr. Reginald Peacock

**Henry MILLER**
- Un diable au paradis
- Le Colosse de Maroussi
- Max et les phagocytes

**Paul MORAND**
- La Route des Indes
- Bains de mer
- East India and Company

**Vladimir NABOKOV**
- Ada ou l'ardeur

**Anaïs NIN**
- Journal 1 - *1931-1934*
- Journal 2 - *1934-1939*
- Journal 3 - *1939-1944*
- Journal 4 - *1944-1947*

**Joyce Carol OATES**
- Le Pays des merveilles

**Edna O'BRIEN**
- Un cœur fanatique
- Une rose dans le cœur

**PA KIN**
- Famille

**Mervyn PEAKE**
- Titus d'Enfer

**Leo PERUTZ**
La Neige de saint Pierre
La Troisième Balle
La Nuit sous le pont de pierre
Turlupin
Le Maître du jugement dernier
Où roules-tu, petite pomme ?

**Luigi PIRANDELLO**
La Dernière Séquence
Feu Mathias Pascal

**Ezra POUND**
Les Cantos

**Augusto ROA BASTOS**
Moi, le Suprême

**Joseph ROTH**
Le Poids de la grâce

**Raymond ROUSSEL**
Impressions d'Afrique

**Salman RUSHDIE**
Les Enfants de minuit

**Arthur SCHNITZLER**
Vienne au crépuscule
Une jeunesse viennoise
Le Lieutenant Gustel
Thérèse
Les Dernières Cartes
Mademoiselle Else

**Leonardo SCIASCIA**
Œil de chèvre
La Sorcière et le Capitaine
Monsieur le Député
Petites Chroniques
Le Chevalier et la Mort

**Isaac Bashevis SINGER**
Shosha
Le Domaine

**André SINIAVSKI**
Bonne nuit !

**George STEINER**
Le Transport de A. H.

**Tarjei VESAAS**
Le Germe

**Alexandre VIALATTE**
La Dame du Job
La Maison du joueur de flûte

**Franz WERFEL**
Le Passé ressuscité
Une écriture bleu pâle

**Thornton WILDER**
Le Pont du roi Saint-Louis
Mr. North

**Virginia WOOLF**
Orlando
Les Vagues
Mrs. Dalloway
La Promenade au phare
La Chambre de Jacob
Années
Entre les actes
Flush
Instants de vie

18 ans de Camille
La Bodeguita Cubana
Samedi 19h
44 rue de Crimée

Composition réalisée par M.C.P.

IMPRIMÉ EN FRANCE PAR BRODARD ET TAUPIN
Usine de La Flèche (Sarthe).
LIBRAIRIE GÉNÉRALE FRANÇAISE - 6, rue Pierre-Sarrazin - 75006 Paris.

ISBN : 2 - 253 - 06331 - 2    30/9613/8